Patrick Radden Keefe est un écrivain et journaliste d'investigation américain. En plus d'être l'auteur de quatre livres, il écrit pour de nombreuses publications, notamment *The New Yorker*, *Slate* et *The New York Times Magazine*. *Ne dis rien* a paru chez Belfond en 2020.

PATRICK RADDEN KEEFE

L'EMPIRE DE LA DOULEUR

L'histoire cachée de la dynastie des Sackler

Traduit de l'anglais (États-Unis)
par Claire-Marie Clévy

belfond

Titre original :
EMPIRE OF PAIN. THE SECRET HISTORY OF THE SACKLER DYNASTY
publié par Doubleday, une division de Penguin Random House LLC, New York

ISBN : 978-2-266-33571-3
Dépôt légal : septembre 2023

Pour Beatrice et Tristram

Et pour tous ceux qui ont perdu
quelqu'un dans ce drame

Isaac Sackler & Sophie Greenberg

Arthur M. m. Else Jorgensen (2) Marietta Lutze (3) Jillian Tully

Mortimer D. m. Muriel Lazarus

Carol — Elizabeth — Denise — Arthur F. — Ilene — Kathe — Robert — Samantha

Cet arbre généalogique n'est pas exhaustif, car il omet certains conjoints et représentants des générations les plus récentes. Il recense seulement les membres de la famille qui figurent dans ce livre.

LA DYNASTIE SACKLER

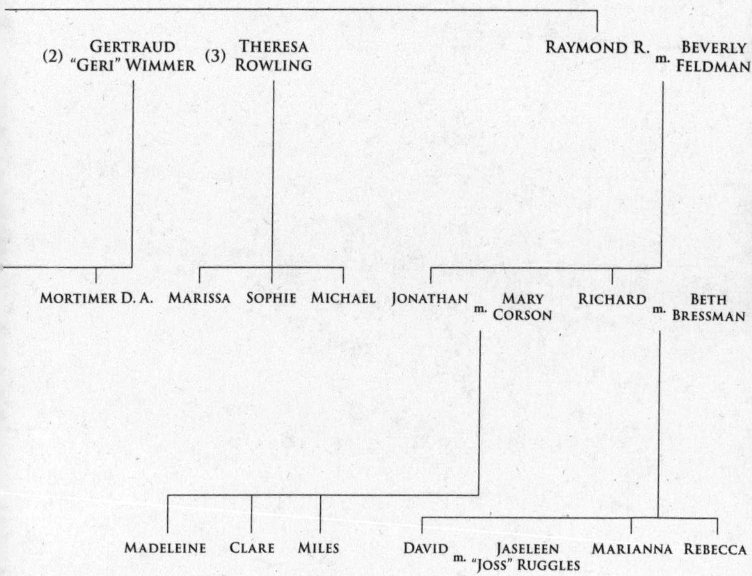

« On s'est souvent moqué des superstitions et de la lâcheté des seigneurs du Moyen Âge, qui pensaient que léguer des terres à l'Église effacerait le souvenir de leurs vols ou pillages ; or les capitalistes modernes semblent s'imaginer exactement la même chose ; à la différence peu négligeable que, dans leur cas, le souvenir des pillages est réellement effacé. »

G. K. CHESTERTON (1909)

« *Doctor, please, some more of these*[1]. »

LES ROLLING STONES (1966)

1. « Docteur, s'il vous plaît, donnez-m'en encore. » *(N.d.l.T.)*

Prologue

À la racine

Le siège new-yorkais du cabinet d'avocats international Debevoise & Plimpton occupe dix étages d'une tour de bureaux noire aux lignes épurées, dans une forêt de gratte-ciel du quartier de Midtown. Fondé en 1931 par deux avocats de sang bleu échappés d'un respectable cabinet de Wall Street, Debevoise est devenu respectable à son tour, se transformant au fil des décennies en un poids lourd de la scène internationale, avec huit cents collaborateurs, une clientèle de haut vol et un chiffre d'affaires annuel de près de 1 milliard de dollars. Les bureaux de Midtown ne conservent plus aucune trace des origines patriciennes du cabinet. On y trouve au contraire le décor banal de n'importe quelle entreprise, avec de la moquette dans les couloirs, des salles de réunion vitrées et des bureaux à hauteur réglable. Au XXe siècle, le pouvoir s'annonçait en grande pompe. Au XXIe siècle, le véritable pouvoir se repère avant tout à sa discrétion.

Par un matin frais et ensoleillé du printemps 2019, tandis que le reflet des nuages dérivait sur le verre noir de la façade, Mary Jo White pénétra dans le bâtiment, prit l'ascenseur jusqu'aux locaux de Debevoise et s'installa dans une salle de réunion fourmillant d'une électricité contenue. Âgée de soixante et onze ans, White était l'incarnation même du pouvoir discret : toute petite – à peine un mètre cinquante –, avec des cheveux bruns coupés court et des paupières tombantes, elle s'exprimait d'une manière franche, sans affectation. C'était pourtant un sniper du barreau. White s'amusait parfois à dire qu'elle se spécialisait dans les « grosses catas » : ses services n'étaient pas donnés, mais si vous aviez d'énormes ennuis, et beaucoup d'argent à dépenser, c'était l'avocate qu'il vous fallait.

White avait auparavant occupé pendant près de dix ans la fonction de procureure fédérale dans le district sud de New York. Elle y avait mené le procès contre les auteurs de l'attentat de 1993 au World Trade Center. Obama l'avait ensuite nommée présidente de la SEC, l'organisme fédéral chargé de réguler les marchés financiers. Entre ces passages dans la fonction publique, White était toujours retournée à Debevoise. Elle avait intégré le cabinet en tant que jeune collaboratrice et était la seconde femme de son histoire à être devenue associée. Elle avait représenté des géants : Verizon, JP Morgan, General Electric, la NFL.

La salle de réunion grouillait d'avocats, membres de Debevoise et d'autres cabinets. Ils étaient plus d'une vingtaine, armés de carnets, d'ordinateurs portables et d'énormes classeurs hérissés de Post-it. Un haut-parleur était placé sur la table pour qu'une vingtaine d'avocats supplémentaires puissent participer à la discussion depuis les quatre coins du pays. Cette petite armée s'était réunie pour assister à la déposition d'une milliardaire aux habitudes de recluse, une cliente de longue date de Mary Jo White qui se retrouvait au cœur d'un maelström de procès, accusée d'avoir par l'accumulation de sa fortune conduit à la mort de centaines de milliers de personnes.

Lorsqu'elle était procureure, Mary Jo White avait une mission simple : « Faire ce qui est juste, lutter contre les malfaiteurs – on rend service à la société tous les jours. » Ces derniers temps, sa situation était plus complexe. Les avocats d'affaires prestigieux sont des experts dans leur domaine, ils jouissent d'une certaine considération sociale ; mais en fin de compte, leurs clients sont rois. C'est une dynamique bien connue des procureurs lorsqu'ils ont un emprunt immobilier et des frais de scolarité à payer : ils passent la première partie de leur carrière à lutter contre les malfaiteurs et la seconde à les défendre.

La personne chargée de mener l'interrogatoire ce matin-là était Paul Hanly, un avocat d'une bonne soixantaine d'années qui détonnait dans cette assemblée d'hommes de loi. Hanly était spécialiste en actions collectives. Il aimait porter des costumes sur mesure bariolés et des chemises cintrées avec un col raide d'une couleur contrastée. Ses cheveux gris fer étaient peignés en arrière, son regard perçant accentué par des lunettes en écaille. Si White maîtrisait les normes du pouvoir discret, Hanly optait pour l'effet inverse : on aurait dit un avocat de bande dessinée. Mais il partageait l'esprit de compétition de White et avait un mépris viscéral pour le vernis de bienséance que les gens de sa sorte apposaient à ce type de procédures. Inutile de se voiler la face, pensait Hanly. De son point de vue, les clients de White n'étaient que des « connards arrogants ».

La milliardaire qui devait répondre aux questions était une femme d'un peu plus de soixante-dix ans, docteure en médecine – même si elle n'avait jamais vraiment été médecin. Ses cheveux blonds encadraient un large visage au front haut et aux yeux écartés. Elle se comportait de manière brusque – ses avocats s'étaient démenés pour éviter de la faire témoigner, et elle n'avait pas envie d'être là. Son impatience désinvolte était celle d'une personne qui n'avait jamais eu à faire la queue pour monter dans un avion, songea l'un des participants à la réunion.

« Êtes-vous Kathe Sackler ? demanda Hanly.

— C'est moi », répondit-elle.

Kathe appartenait à la famille Sackler, une éminente dynastie de philanthropes new-yorkais. Quelques années plus tôt, ils avaient fait leur entrée dans la liste, établie par le magazine *Forbes*, des vingt familles les plus riches des États-Unis avec une fortune estimée à environ 14 milliards de dollars, « évinçant des clans illustres comme les Busch, les Mellon et les Rockefeller ». Le nom des Sackler figurait au fronton de musées, d'universités et d'hôpitaux dans le monde entier. En sortant de la salle de réunion, Kathe aurait pu descendre la rue sur vingt pâtés de maisons jusqu'à l'Institut Sackler des sciences biomédicales, une branche de la faculté de médecine de l'université de New York, ou la remonter afin de rejoindre le Sackler Center pour la recherche en biomédecine et nutrition, un laboratoire de l'université Rockefeller, puis pousser jusqu'au Sackler Center pour l'éducation artistique, au musée Guggenheim, et continuer sur la Cinquième Avenue jusqu'à l'aile Sackler du Metropolitan Museum of Art.

Au cours des soixante années passées, la famille de Kathe Sackler avait marqué la ville de son sceau, comme les Vanderbilt ou les Carnegie l'avaient fait autrefois. Cependant, les Sackler étaient plus riches à présent qu'aucune de ces dynasties dont la fortune remontait à la seconde moitié du XIXe siècle. Et leur générosité s'était étendue bien au-delà de New York, jusqu'au musée Sackler de Harvard et à l'école Sackler des sciences biomédicales de l'université Tufts, à la bibliothèque Sackler d'Oxford et à l'aile Sackler du Louvre, à la faculté de médecine Sackler de Tel-Aviv et au musée Sackler d'Art et d'Archéologie de Pékin. « J'ai grandi avec des parents qui possédaient des fondations », dit Kathe à Hanly. Ils contribuaient à des « causes sociales », expliqua-t-elle.

Les Sackler avaient fait don de centaines de millions de dollars et, pendant des décennies, leur nom avait été associé dans l'esprit du public à la philanthropie. Un directeur de musée avait comparé la famille aux Médicis, le clan d'aristocrates de la Florence du XVe siècle dont le mécénat avait favorisé l'essor de la Renaissance. Mais alors que les Médicis avaient fait fortune dans la banque, les origines précises de la richesse des Sackler étaient longtemps restées plus nébuleuses. La famille apposait son patronyme sur des institutions culturelles et éducatives de façon quasi obsessionnelle. Il était gravé dans le marbre, imprimé sur des plaques en laiton et même inscrit dans le vitrail. Il y avait des chaires Sackler, des bourses Sackler, des cycles de conférences Sackler et des prix Sackler. Pourtant, un observateur lambda aurait eu du mal à relier ce patronyme à un secteur d'activité capable de générer une telle fortune. Les gens qui avaient l'habitude de croiser les membres du clan lors de dîners de gala et de collectes de fonds dans les Hamptons, sur un yacht dans les Caraïbes ou au ski dans les Alpes suisses se demandaient *sotto voce* d'où venait leur argent. C'était d'autant plus étonnant que la majeure partie de la richesse des Sackler avait été acquise non pas à l'ère des grands industriels mais au cours des dernières décennies.

« Vous avez obtenu votre licence à l'université de New York en 1980, c'est bien ça ? demanda Hanly.

— C'est exact, répondit Kathe Sackler.

— Et votre diplôme de médecine à la même université en 1984 ?

— Oui. »

Et était-il vrai, poursuivit Hanly, qu'après deux années d'internat en chirurgie, elle avait commencé à travailler pour Purdue Frederick ?

Purdue Frederick était le nom d'une société pharmaceutique rebaptisée par la suite Purdue Pharma. Basée dans le Connecticut, elle était la source principale de la fortune des Sackler. Alors que ces derniers tendaient à exiger, au moyen d'« accords de dénomination » détaillés, que tous les musées ou centres de recherche qui bénéficiaient de leurs largesses fassent figurer leur patronyme en bonne place, l'entreprise familiale, elle, ne portait pas leur nom. En fait, on pouvait éplucher tout le site Internet de Purdue Pharma sans y trouver la moindre mention des Sackler. Or Purdue était une société privée, qui appartenait exclusivement à des membres de la famille, dont Kathe Sackler. En 1996, Purdue avait lancé sur le marché un médicament novateur, un puissant opioïde[1] appelé OxyContin, salué comme un traitement révolutionnaire contre les douleurs chroniques. Le médicament était devenu l'un des plus gros succès de l'histoire de l'industrie pharmaceutique, générant des revenus d'environ 35 milliards de dollars.

Il avait aussi entraîné une vague de surconsommation et de toxicomanie. À l'heure où Kathe Sackler effectuait sa déposition, les États-Unis étaient en proie à une véritable épidémie : partout dans le pays, des gens étaient devenus dépendants aux opioïdes. Nombre de personnes qui avaient pris trop d'OxyContin étaient passées ensuite à des stupéfiants comme l'héroïne ou le fentanyl. Les chiffres étaient sidérants. Le CDC, l'organisme prescripteur en matière de santé publique américaine, estimait que, au cours du quart de siècle qui avait suivi le lancement de l'OxyContin, environ 450 000 habitants du pays avaient succombé à une overdose liée aux opioïdes. Ces overdoses constituaient la cause principale des morts accidentelles aux États-Unis, devant

1. Le terme anglais *opioid* a deux traductions possibles en français : « opiacé » pour les substances dérivées de composés présents dans l'opium (comme la morphine ou l'oxycodone), « opioïde » pour les substances imitant l'effet de l'opium sans être d'origine naturelle (comme le fentanyl). Tóutes ces substances agissant dans l'organisme sur les récepteurs opioïdes, l'usage actuel tend à privilégier le second terme pour les désigner collectivement. Par souci de clarté, j'ai donc choisi d'employer « opioïde » systématiquement. *(N.d.l.T.)*

les accidents de voiture – dépassant même la catégorie on ne peut plus américaine des morts par armes à feu. En fait, les overdoses dues aux opioïdes avaient coûté la vie à plus d'Américains que tous les conflits militaires dans lesquels le pays s'était engagé depuis la Seconde Guerre mondiale.

Pour Mary Jo White, l'un des gros bénéfices du droit était qu'il vous forçait à « parvenir à l'essence des choses ». L'épidémie des opioïdes était un problème de santé publique incroyablement complexe ; mais en interrogeant Kathe Sackler, Paul Hanly tentait d'atteindre la racine même de cette immense tragédie humaine. La crise des opioïdes aux États-Unis n'existait pas avant le lancement de l'OxyContin. Après le lancement de l'OxyContin, elle était là. Les Sackler et leur entreprise étaient désormais la cible de plus de deux mille cinq cents procès intentés par des villes, des États, des comtés, des nations amérindiennes, des hôpitaux, des commissions scolaires et une kyrielle d'autres plaignants. Ils avaient été emportés dans un gigantesque contentieux civil, dans lequel des avocats des secteurs public et privé réclamaient des comptes à l'industrie pharmaceutique pour avoir commercialisé ces médicaments puissants en induisant le public en erreur quant à leurs propriétés addictives. Un événement de ce genre s'était déjà produit quand les fabricants de tabac avaient dû répondre de leur décision de minimiser les risques pour la santé liés aux cigarettes. Des dirigeants d'entreprise avaient été traînés devant le Congrès et, en 1998, l'industrie avait accepté de payer 206 milliards de dollars en dommages-intérêts – une somme qui ferait date.

White était chargée d'empêcher que ce genre de sanction s'abatte sur les Sackler et Purdue. Dans sa plainte, la procureure générale de l'État de New York, qui avait intenté un procès à Purdue et cité Kathe et sept autres membres de la famille Sackler parmi les accusés, avait argué que l'OxyContin se trouvait « à la racine de l'épidémie des opioïdes ». C'était le médicament précurseur, celui qui avait changé la façon dont les médecins américains prescrivaient des antidouleurs, avec des résultats désastreux. La procureure générale du Massachusetts, qui poursuivait également les Sackler en justice, affirmait qu'« une unique famille avait pris les décisions ayant causé la majeure partie de l'épidémie des opioïdes ».

White n'était pas de cet avis. Ceux qui accusaient ses clients déformaient la réalité pour trouver des boucs émissaires, soutenait-elle. Quel crime avaient commis les Sackler ? Ils n'avaient fait que vendre un médicament tout à fait légal – une substance dont l'usage avait été autorisé par la FDA, l'organisme chargé de réguler la commercialisation des médicaments aux États-Unis. Toute cette mascarade n'était qu'une « chasse aux coupables procédurière », affirmait-elle. Elle maintenait aussi que la crise des opioïdes n'était « pas un problème créé par [ses] clients ni par Purdue ».

Mais ce jour-là, lors de la déposition, elle ne dit rien. Après avoir décliné son identité (« Mary Jo White, Debevoise & Plimpton, représentant le Dr Sackler »), elle se contenta d'écouter, laissant ses collègues intervenir pour interrompre les questions de Hanly par des objections. Plutôt que de taper du poing sur la table, elle faisait office de revolver dans un étui, silencieux mais visible au côté de sa cliente. En outre, son équipe avait bien préparé Kathe Sackler. Quoi que White puisse affirmer sur l'intérêt que le droit portait à l'« essence » des choses, quand votre client se trouvait sur la sellette pendant une déposition, le but de l'exercice était justement d'éviter cette essence.

« Docteur Sackler, Purdue a-t-elle une part de responsabilité dans la crise des opioïdes ? demanda Hanly.

— Objection ! intervint l'un des avocats.

— Objection ! renchérit un autre.

— Je ne pense pas que Purdue ait une responsabilité légale », répondit Kathe.

Ce n'était pas ce qu'il avait demandé, souligna Hanly. Il voulait savoir « si la conduite de Purdue [avait] contribué à l'épidémie ».

« Objection !

— Je crois que cela découle d'un ensemble très complexe de facteurs, de concours de circonstances, de problèmes de société et de problèmes sanitaires, de difficultés et de lacunes dans la réglementation des différents États du pays. Enfin, c'est une affaire très, très, très complexe », déclara Kathe.

Mais ensuite elle fit une chose surprenante. Compte tenu du triste héritage de l'OxyContin, on aurait pu penser qu'elle prendrait ses distances avec ce produit. Cependant, à mesure que Hanly l'interrogeait, Kathe Sackler se mit à rejeter le postulat même de son enquête. Les Sackler n'avaient rien à se reprocher, ni le devoir de s'excuser, car l'OxyContin ne posait aucun problème. « C'est un excellent médicament, et c'est un médicament très efficace et sans danger. » Il n'y avait rien d'étonnant à ce qu'elle se montre sur la défensive, dans la mesure où elle était la représentante d'une entreprise visée par un procès mettant en jeu des milliards de dollars. Mais là, il s'agissait d'autre chose. Il s'agissait de fierté. En réalité, elle affirmait que c'était elle, Kathe, qui avait eu « l'idée » de l'OxyContin. Alors que ses accusateurs avançaient que le médicament était à la racine de l'une des crises sanitaires les plus meurtrières de l'histoire contemporaine, Kathe Sackler affirmait très fièrement être à la racine de l'OxyContin.

« Admettez-vous que des centaines de milliers d'Américains sont aujourd'hui dépendants à l'OxyContin ? demanda Hanly.

— Objection ! » lâchèrent deux avocats à l'unisson.

Kathe hésita.

« Ce n'est pas une question compliquée, reprit Hanly. Oui ou non ?

— Je ne saurais vous répondre », dit-elle.

À un moment donné, Hanly interrogea Kate au sujet d'une demeure située sur la 62e Rue Est, à quelques pâtés de maisons seulement de la salle de réunion où ils se trouvaient. Il s'agissait en fait de deux demeures, le corrigea Kathe. Bien que donnant l'impression d'occuper deux adresses distinctes, elles étaient « reliées » à l'intérieur. « Elles font bloc », expliqua-t-elle. Ces deux belles maisons de ville en calcaire, implantées dans un quartier d'exception en bordure de Central Park, étaient le genre de constructions new-yorkaises intemporelles qui excitaient la jalousie immobilière et évoquaient des images d'une époque révolue. « C'est un bureau qui appartient… commença Kathe, avant de se reprendre : qui *appartenait* initialement à mon père et à mes oncles. »

À l'origine, il y avait trois frères Sackler : Arthur, Mortimer et Raymond. Mortimer était le père de Kathe. Les trois frères étaient médecins, mais ils avaient « un fort esprit d'entreprise ». L'histoire mouvementée de leur vie et de la dynastie qu'ils avaient fondée était aussi l'histoire d'un siècle de capitalisme américain. Les Sackler avaient acheté Purdue Frederick en 1950. « C'était une entreprise bien plus modeste au début, dit Kathe. C'était une petite entreprise familiale. »

LIVRE I

LE PATRIARCHE

1

Un nom respectable

Arthur Sackler naquit à Brooklyn pendant l'été 1913, à une époque où ce quartier de New York se développait à toute vitesse sous un afflux incessant d'immigrés de l'Ancien Monde : on y croisait de nouveaux visages chaque jour, des sonorités nouvelles de langues étrangères à tous les coins de rue, de nouveaux bâtiments construits à une cadence intensive pour loger et employer les nouveaux arrivants, et partout un sentiment étourdissant et joyeux de métamorphose. Étant lui-même le premier-né d'un couple d'immigrés, Arthur partagerait les rêves et les aspirations de cette génération de nouveaux Américains, comprendrait leur énergie et leur avidité. Il en débordait quasiment dès le berceau. On l'avait appelé Abraham, un prénom de l'ancien temps qu'il troquerait contre celui d'Arthur, plus clairement américain. Une photo prise en 1915 ou 1916 le montre, petit garçon, assis bien droit sur un carré d'herbe tandis que sa mère, Sophie, trône derrière lui comme une lionne. Sophie a des cheveux bruns, des yeux foncés, son allure en impose. Arthur, chérubin en culottes courtes avec des oreilles décollées, fixe l'objectif d'un regard posé et extraordinairement sérieux, comme s'il en savait déjà très long.

Sophie Greenberg avait quitté la Pologne quelques années auparavant, en 1906. Elle était encore adolescente quand elle avait débarqué à Brooklyn, où elle avait rencontré un homme au caractère paisible, de près de vingt ans son aîné. Isaac Sackler était un immigré comme elle, originaire de Galicie, une région qui faisait alors partie de l'empire d'Autriche. Il était arrivé à New York par bateau en 1904 avec ses parents et ses frères et sœurs. C'était un homme fier. Il descendait d'une lignée de rabbins qui avaient fui l'Espagne pour l'Europe centrale pendant l'Inquisition, et sa jeune épouse et lui allaient établir une nouvelle tête de pont à New York. Isaac s'associa avec son frère pour ouvrir une petite épicerie au 83 Montrose Avenue, à Williamsburg, qu'ils baptisèrent Sackler Bros. La famille occupait un appartement dans le même bâtiment. Trois ans après la naissance d'Arthur, Isaac et Sophie eurent un deuxième garçon, Mortimer, et quatre ans plus tard un troisième, Raymond. Arthur adorait ses frères et les protégeait farouchement. Pendant un temps, dans leur petite enfance, les trois garçons partagèrent le même lit.

Isaac rencontra suffisamment de succès avec son épicerie pour que la famille puisse bientôt déménager à Flatbush. Cette enclave animée, cœur battant de l'arrondissement, était considérée comme un quartier de la classe moyenne – voire de la classe moyenne supérieure, comparé aux confins du Brooklyn ouvrier de Brownsville et Canarsie. À cette époque déjà, l'immobilier servait de point de repère principal à New York, et cette nouvelle adresse signifiait qu'Isaac Sackler avait réussi dans le Nouveau Monde, atteignant un certain degré de stabilité. Avec ses rues bordées d'arbres et ses appartements bien conçus et spacieux, Flatbush avait l'allure d'un endroit qui se méritait. Un contemporain d'Arthur affirmerait même qu'aux yeux des juifs de Brooklyn d'alors, les membres de leur communauté installés à Flatbush pouvaient donner l'impression d'être « pratiquement des gentils ». Grâce aux revenus apportés par l'épicerie, Isaac investit dans la pierre et acheta des immeubles bon marché pour y louer des appartements. Sophie et lui avaient des rêves pour Arthur et ses frères, des rêves qui allaient au-delà de Flatbush et même de Brooklyn. Ils préparaient l'avenir. Ils voulaient que les frères Sackler laissent leur empreinte sur le monde.

Si par la suite Arthur paraîtrait avoir vécu plusieurs vies en une seule, c'était entre autres parce qu'il avait pris de l'avance. Il avait commencé à travailler dès sa plus tendre enfance, aidant son père à l'épicerie. Petit, déjà, il manifestait des qualités qui le propulseraient et façonneraient sa trajectoire – une vigueur singulière, une intelligence touche-à-tout, une ambition inépuisable. Sophie était vive d'esprit, mais pas instruite. Elle avait été employée dès l'âge de dix-sept ans dans une usine de vêtements et n'écrirait jamais bien l'anglais. Isaac et elle parlaient yiddish chez eux, mais ils encourageaient leurs fils à s'intégrer. Ils mangeaient kasher mais se rendaient rarement à la synagogue. Les parents de Sophie vivaient avec eux et, comme souvent dans les communautés d'immigrés, on avait le sentiment que les espoirs et les aspirations accumulés des anciennes générations avaient été réinvestis dans les enfants nés en Amérique. Arthur ressentait particulièrement le poids de ces attentes : il était le pionnier, le premier né aux États-Unis, et les rêves de tout le monde se concentraient sur lui.

L'éducation serait le vecteur par lequel ces rêves s'accompliraient. Un jour d'automne 1925, Artie Sackler, comme il se faisait appeler, arriva au lycée Erasmus Hall, sur Flatbush Avenue. Il était plus jeune que ses camarades : à seulement douze ans, il avait été admis dans un cursus accéléré pour élèves brillants. Artie n'était pas du genre à se laisser intimider, mais Erasmus était une institution imposante. Construite par les Hollandais au XVIIIe siècle, l'école occupait à l'origine un bâtiment en bois d'un étage. Au tout début du XXe siècle, on avait aménagé autour de cette vieille structure une cour carrée dans le style d'Oxford, entourée de bâtiments néogothiques couverts de lierre et ornés de gargouilles qui évoquaient un château. Cette expansion visait à répondre à l'arrivée massive d'enfants étrangers à Brooklyn. Les enseignants et les élèves d'Erasmus estimaient être à l'avant-garde de l'expérience américaine, et l'établissement prenait au sérieux les concepts d'ascension sociale et d'intégration, fournissant une instruction publique de premier ordre : l'école était dotée de laboratoires pour les sciences ; on y enseignait le latin et le grec ; certains professeurs étaient titulaires d'un doctorat.

Erasmus était aussi gigantesque. Avec huit mille élèves, c'était l'un des plus grands lycées du pays, et la majorité des inscrits ressemblaient comme deux gouttes d'eau à Arthur Sackler : ils étaient les rejetons motivés d'immigrés récents, des enfants des Années folles aux yeux pétillants et aux cheveux lissés à la brillantine. Ils déferlaient dans les couloirs, les garçons en costume-cravate rouge, les filles en robe, des rubans rouges dans les cheveux. Quand ils se retrouvaient sous la grande arche d'entrée à l'heure du déjeuner, on aurait cru « un cocktail à Hollywood », selon l'expression d'un ancien camarade d'Arthur.

Arthur adorait son école. En cours d'histoire, il se découvrit de l'admiration pour les Pères fondateurs et des affinités avec eux, en particulier avec Thomas Jefferson. Comme lui, il avait des intérêts éclectiques – arts, sciences, littérature, histoire, sport, commerce, il voulait tout faire. Erasmus attachait une grande importance aux activités extrascolaires ; il devait y avoir une centaine de clubs, pour toutes les activités imaginables ou presque. En hiver, après la sonnerie de la cloche de fin d'après-midi, l'école entière restait illuminée dans la nuit tombante, les fenêtres brillant tout autour de la cour ; et, en remontant les couloirs, on pouvait entendre des élèves se réunir pour un club ou un autre : « Monsieur le président, l'ordre du jour ! »

Lorsqu'il évoquerait ses jeunes années à Erasmus, Arthur parlerait d'un « grand rêve ». Le lycée était un vaste temple en pierre érigé à la gloire de la méritocratie américaine et, souvent, Arthur percevait que la seule limite pratique à son destin résiderait dans les efforts qu'il serait prêt à fournir. « As-tu posé une bonne question aujourd'hui ? » lui demandait régulièrement Sophie. En grandissant, Arthur était devenu un garçon dégingandé avec de larges épaules ; il avait un visage carré, des cheveux blonds et des yeux bleus de myope. Il avait de l'énergie à revendre, et heureusement. En plus de ses cours, il écrivait pour le journal des élèves et avait décroché un poste aux presses du lycée, où il était chargé de trouver des annonceurs pour les publications scolaires. Plutôt que d'accepter le salaire fixe habituel, il proposa qu'on lui reverse une petite commission sur toutes les ventes qu'il réaliserait. L'administration accepta et Arthur commença rapidement à gagner de l'argent.

Ce fut une leçon qu'il apprit tôt et qui aurait une grande influence sur sa vie : Arthur Sackler aimait parier sur lui-même et il se donnait beaucoup de mal pour échafauder des stratagèmes qui récompenseraient son incroyable énergie. Un seul emploi ne lui suffisait pas. Il monta une affaire pour s'occuper des photos destinées aux albums de promo. Après avoir vendu des encarts publicitaires aux Drake Business Schools, une chaîne d'établissements spécialisés dans la formation à la gestion, il suggéra à l'entreprise de le nommer – lui, un lycéen – responsable de la publicité. Et il obtint le poste.

Son enthousiasme infatigable et sa créativité débridée étaient tels qu'il semblait toujours déborder de nouvelles idées. Erasmus distribuait à ses huit mille inscrits des « bulletins de programme » et différents types de paperasse scolaire. Pourquoi ne pas vendre des espaces publicitaires au dos ? Et pourquoi les Drake Business Schools ne feraient-elles pas fabriquer des règles graduées portant leur nom, qu'elles offriraient aux élèves ? À quinze ans, Arthur gagnait assez d'argent avec ses multiples activités pour aider sa famille. Il accumulait les nouvelles tâches plus rapidement qu'il ne pouvait s'en charger, et il commença à en déléguer certaines à son frère Morty. Il considéra d'abord que Ray, le plus jeune, ne devait pas avoir à travailler : « Laissons le petit s'amuser. » Mais Ray finit par se faire embaucher à son tour. Arthur chargea ses frères de vendre des espaces publicitaires dans le *Dutchman*, le magazine du lycée. Ils persuadèrent la marque de cigarettes Chesterfield de publier des annonces destinées à leurs camarades, ce qui leur valut une belle commission.

Erasmus avait beau être résolument tourné vers l'avenir, il gardait aussi un lien vivant avec le passé. Certains des Pères fondateurs qu'Artie Sackler admirait tant avaient soutenu l'établissement qu'il fréquentait à présent : Alexander Hamilton, Aaron Burr et John Jay avaient contribué à financer le lycée. L'école avait été baptisée en l'honneur du penseur hollandais du XVe siècle Didier Érasme et, dans la bibliothèque, un vitrail commémorait des étapes de sa vie. Le vitrail, dédié au « grand homme dont nous portons le nom depuis cent vingt-quatre ans », avait été terminé quelques années seulement avant l'arrivée d'Arthur. Chaque jour, on inculquait aux élèves l'idée qu'ils prendraient bientôt place dans une longue lignée de nobles Américains, une lignée ininterrompue depuis la fondation du pays. Peu importait qu'ils vivent dans des cagibis, qu'ils revêtent le même costume élimé tous les jours ou que leurs parents parlent une langue étrangère. Cette terre leur tendait les bras, et une vie suffisait pour se couvrir de gloire. À Erasmus, les élèves passaient leurs journées entourés des traces des grands hommes qui les avaient précédés – des images et des noms, un héritage gravé dans la pierre.

L'ancienne école hollandaise se dressait encore au milieu de la cour, relique délabrée d'une époque où ce quartier de Brooklyn était constitué de champs. Quand le vent soufflait en hiver, les poutres en bois du vieux bâtiment grinçaient, et les camarades d'Arthur s'amusaient à dire que c'était le fantôme de Virgile qui gémissait en entendant ses beaux vers latins récités avec l'accent de Brooklyn.

La productivité acharnée d'Arthur à cette période découlait peut-être en partie d'un sentiment d'angoisse : il était encore à Erasmus quand son père connut un revers de fortune. Certains de ses investissements immobiliers avaient mal tourné et les Sackler furent obligés de déménager dans un logement moins coûteux. Isaac acheta une boutique de chaussures sur Grand Street, mais elle ne rencontra pas de succès et dut fermer. Ayant vendu son épicerie pour financer ses activités immobilières, Isaac en fut réduit à accepter un emploi mal rémunéré de caissier dans un autre commerce d'alimentation pour éponger ses dettes.

Arthur se souviendrait par la suite qu'à cette époque, il avait souvent eu froid mais jamais faim. Erasmus possédait un bureau de placement qui aidait les élèves à trouver du travail en dehors de l'école, et Arthur se chargea de petits boulots supplémentaires pour soutenir sa famille. Il distribuait des journaux. Il livrait des fleurs.

Il n'avait pas le temps de fréquenter des filles, de partir en colonie de vacances ou d'aller à des fêtes : il travaillait. Plus tard, il s'enorgueillirait de ne jamais avoir pris de vacances jusqu'à ses vingt-cinq ans.

Malgré tout, Arthur entrevoyait parfois un autre monde – une vie au-delà de Brooklyn, une existence différente qui semblait presque à sa portée. Il se ménageait ici ou là une pause dans son emploi du temps effréné pour grimper les marches en pierre du Brooklyn Museum. Il traversait la forêt de colonnes ioniques pour pénétrer dans les vastes salles, où il contemplait avec émerveillement les œuvres d'art exposées. Il arrivait que ses livraisons l'emmènent jusqu'à Manhattan et aux palais dorés de Park Avenue. À Noël, tandis qu'il arpentait les larges avenues en transportant d'immenses bouquets, il scrutait les fenêtres illuminées des appartements et apercevait les guirlandes qui scintillaient à l'intérieur. Il adorait pénétrer dans un grand immeuble gardé par un concierge, les bras chargés de fleurs, et se sentir enveloppé par la chaleur ouatée du hall en quittant le trottoir glacial.

Quand la crise économique de 1929 frappa, les malheurs d'Isaac Sackler s'aggravèrent. Tous ses revenus étaient liés à ses immeubles bon marché et ceux-ci ne valaient plus rien : il perdit le peu qui lui restait. Dans les rues de Flatbush, des hommes et des femmes abattus rejoignaient les files des soupes populaires. Le bureau de placement d'Erasmus ne recevait plus seulement les candidatures d'élèves mais aussi celles de leurs parents. Un jour, Isaac convoqua ses trois fils. Dans un sursaut de l'ancien orgueil familial, il les informa qu'il ne ferait pas faillite. Il avait mobilisé intelligemment ses maigres ressources et était au moins parvenu à régler ses dettes. Mais il n'avait plus un sou. Isaac et Sophie voulaient à tout prix que leurs fils poursuivent leur instruction – qu'ils aillent à l'université, qu'ils continuent à grimper les échelons, qu'ils fassent tout ce que des jeunes hommes ambitieux étaient censés faire en Amérique. Simplement, Isaac n'avait pas les moyens de les aider. Si les jeunes Sackler voulaient poursuivre leurs études, ils allaient devoir les payer eux-mêmes.

Cela dut être difficile à admettre pour Isaac. Il soutenait toutefois qu'il ne laissait pas ses fils les mains vides. Au contraire, il leur avait légué une chose plus précieuse que l'argent. « Je vous ai transmis ce qu'un père peut transmettre de plus important », dit-il à Arthur, Mortimer et Raymond. Il leur avait donné « un nom respectable ».

Quand Arthur et ses frères étaient petits, Sophie Sackler avait l'habitude de prendre leur température en les embrassant sur le front, pour vérifier qu'ils n'étaient pas malades. Elle avait une personnalité plus dynamique et affirmée que celle de son mari, et dès le plus jeune âge de ses enfants, elle avait eu une idée très claire de la vie qu'elle souhaitait pour eux : elle voulait qu'ils deviennent médecins.

« À quatre ans, je savais que je serais docteur. Mes parents m'avaient enfoncé cette idée dans le crâne », expliquerait Arthur. Sophie et Isaac considéraient tous deux la médecine comme une noble profession. Au siècle précédent, la plupart des médecins étaient vus comme des bonimenteurs ou des charlatans ; mais Arthur et ses frères étaient nés à une période qu'on qualifierait d'âge d'or de la médecine américaine. Au début du XXe siècle, l'efficacité des traitements – et la crédibilité de la profession médicale – avait été grandement accrue par des découvertes scientifiques sur l'origine de plusieurs maladies et sur les meilleurs moyens de les guérir. Par conséquent, il n'était pas rare que des familles d'immigrés juifs souhaitent que leurs enfants fassent médecine. Les médecins avaient une réputation de rectitude morale, et il s'agissait d'une vocation d'utilité publique, qui conférait prestige et stabilité financière.

L'année du krach boursier, Arthur sortit diplômé d'Erasmus et s'inscrivit en classe préparatoire de médecine à NYU, l'université de New York. Il adorait étudier. Comme il n'avait pas d'argent, il achetait ses manuels d'occasion ou les empruntait, et ils étaient souvent abîmés. Il les rafistolait avec des élastiques et travaillait d'arrache-pied, se plongeant dans la vie de penseurs de l'Antiquité tels qu'Alcméon de Crotone, qui avait déterminé que le cerveau était l'organe de la pensée, et Hippocrate, surnommé « le père de la médecine », qui avait posé le principe d'intégrité de la profession avec sa célèbre mise en garde : « Avant tout, ne pas nuire. »

Surmontant la difficulté du cursus, Arthur parvint à poursuivre ses activités extrascolaires. Il contribuait au journal de l'université, à son magazine humoristique et, comme si cela ne suffisait pas, aux albums de promo. Le soir, il trouvait encore le temps de prendre des cours d'arts plastiques à l'université Cooper Union, où il s'essayait au dessin et à la sculpture figurative. Dans un éditorial publié à cette époque, il écrivit qu'une approche éclectique des activités extrascolaires « [procurait] à l'étudiant une perspective sur la vie et ses problèmes qui [rehausserait] de beaucoup l'efficacité et l'utilité des techniques et connaissances acquises grâce au cursus officiel ». À midi, il était serveur au café du campus. Pour meubler les heures perdues entre ses cours, il se fit embaucher au stand de sodas d'une confiserie.

Arthur envoyait de l'argent à Sophie et Isaac à Brooklyn, et expliquait à ses frères comment conserver les emplois qu'il leur avait légués. Pour lui, Morty et Ray seraient toujours « les petits ». Peut-être à cause de la Grande Dépression, qui l'avait forcé à subvenir aux besoins de ses propres parents, ou de son statut glorifié de premier-né, ou juste en raison de sa personnalité naturellement autoritaire, on avait le sentiment qu'il jouait davantage un rôle de parent que de frère aîné auprès de Mortimer et Raymond.

À cette période, le campus de NYU était dans le Bronx, ce qui n'empêchait pas Arthur de s'aventurer au cœur de la métropole avec excitation. Il arpentait les musées, où ses pas résonnaient sur le marbre de salles portant le nom de grands industriels. Il emmenait des filles au théâtre, même s'il ne pouvait se payer que les places les moins chères – ils devaient rester debout pendant toute la représentation. Sa solution préférée pour une soirée bon marché consistait à emmener ses compagnes faire une croisière autour de la pointe de Manhattan, à bord du ferry de Staten Island.

Quand Arthur termina ses études préparatoires, en 1933, il avait gagné assez d'argent (à une époque où le chômage battait des records) pour acheter un nouveau magasin à ses parents, avec un logement à l'arrière. Accepté à la faculté de médecine de NYU, il s'y inscrivit immédiatement. Il se composa un programme chargé tout en travaillant comme rédacteur pour le magazine des étudiants. Sur une photo de l'époque, Arthur arbore un costume élégant et un air digne, exagérément sérieux, un stylo à la main. On croirait qu'on vient de l'interrompre en pleine réflexion, même si la photo est clairement mise en scène. Arthur adorait la médecine – ses énigmes et les perspectives qu'elle offrait, la façon dont elle pouvait « révéler ses secrets » à un enquêteur appliqué. « Un médecin peut tout faire, observerait-il. [La médecine] est la fusion de la technologie et de l'expérience humaine. »

Cependant, il avait également conscience des lourdes responsabilités associées à ce métier : une mauvaise décision pouvait entraîner la mort. Quand il fit ses classes en chirurgie, le chef du service était un vieux ponte que l'âge commençait à rattraper et qui lui paraissait présenter des signes de sénilité. L'homme ne respectait pas les protocoles d'hygiène de base, renouait parfois ses lacets après s'être lavé les mains pour une opération. Plus inquiétant, son habileté au scalpel s'était détériorée au point que des patients mouraient par sa faute. Cela arrivait assez souvent pour que certains employés de l'hôpital se soient mis à le surnommer « l'ange de la mort ».

Un mardi, Arthur accompagnait le chirurgien dans sa tournée des malades quand ils arrivèrent au chevet d'une jeune femme d'une trentaine d'années souffrant d'un ulcère gastroduodénal perforé. L'ulcère était contenu par un abcès et, lorsque Arthur examina la patiente, il constata qu'elle ne courait pas de danger immédiat. Mais le chirurgien-chef annonça : « Je me chargerai de ce cas jeudi. »

Craignant qu'elle ne risque sa vie à cause d'une intervention inutile, Arthur s'entretint personnellement avec la patiente, lui laissant entendre qu'elle n'avait rien de grave et qu'elle ferait mieux de rentrer chez elle. Il lui dit que ses enfants avaient besoin d'elle, et son mari aussi. Il ne pouvait pas lui révéler la source réelle de son inquiétude ; de la part d'un subordonné, cela aurait été considéré comme une grave infraction au protocole. La femme n'avait pas envie de quitter l'hôpital. Arthur s'adressa alors à son mari, mais il n'arriva pas à le convaincre non plus. Lorsque l'on ne possède pas de connaissances médicales, on tend à se fier à l'expertise et au jugement des médecins, et à remettre sa vie et celle de ses proches entre leurs mains. « Le professeur va l'opérer », dit le mari à Arthur.

Le jour prévu, l'ange de la mort opéra la femme. Il perça l'abcès autour de son ulcère, et elle mourut. L'ambition professionnelle d'Arthur lui avait-elle fait oublier ce qui était en jeu ? S'il était sorti du rang pour s'opposer à l'ange de la mort, il aurait pu sauver la vie de cette femme. Il regretterait toujours d'avoir laissé l'opération se dérouler. Pourtant, comme il le remarquerait plus tard, « la médecine est une hiérarchie, et il faut peut-être qu'il en soit ainsi ».

Les lourdes responsabilités inhérentes à la profession médicale n'étaient pas le seul sujet qui taraudait Arthur. Une vie de praticien suffirait-elle à le satisfaire ? Ce choix de carrière avait toujours paru synonyme de stabilité financière ; mais pendant la Grande

Dépression, certains médecins de Brooklyn en avaient été réduits à vendre des pommes dans la rue. Et si l'on écartait la question de la richesse matérielle, il restait celle de la stimulation mentale et intellectuelle. Arthur n'envisageait toutefois pas de devenir artiste ; il était bien trop pragmatique pour ça. Mais il avait toujours eu l'esprit d'entreprise et un vif intérêt pour le commerce, et prêter le serment d'Hippocrate n'y changerait rien. Il avait aussi décroché un emploi à temps partiel intéressant pendant ses études – encore une façon d'arrondir ses fins de mois, cette fois en tant que rédacteur publicitaire pour une société pharmaceutique allemande du nom de Schering. Arthur s'était ainsi découvert un nouveau talent : vendre des choses aux gens.

2

L'asile

Quand Marietta Lutze débarqua à New York après avoir quitté l'Allemagne, en 1945, elle eut l'impression que rien ne jouait en sa faveur. C'était peu dire que les ressortissants allemands n'étaient pas bien accueillis aux États-Unis. Quelques mois plus tôt, Hitler s'était suicidé dans son bunker alors que les troupes russes entraient dans Berlin. Âgée de vingt-six ans, Marietta était grande et mince, avec un port aristocratique, des cheveux blonds bouclés et des yeux pétillants. Elle était déjà médecin et avait obtenu son diplôme en Allemagne pendant la guerre ; mais à son arrivée en Amérique, elle découvrit qu'elle devrait effectuer deux internats avant de pouvoir prétendre exercer la médecine dans l'État de New York. Elle trouva donc un emploi dans un hôpital de Far Rockaway, un quartier du Queens. La transition ne fut pas facile. Les gens avaient tendance à se méfier de cette nouvelle recrue, avec son accent allemand à couper au couteau. Le spectacle d'une femme médecin les laissait encore plus perplexes. Quand Marietta commença à travailler à Far Rockaway, personne – ni ses patients, ni les ambulanciers qui véhiculaient les blessés, ni même ses propres collègues – ne semblait la prendre au sérieux. À la place, des sifflets l'accompagnaient pendant sa tournée des malades.

Pourtant, elle se donnait de la peine. Elle trouvait son travail épuisant, mais stimulant. Et elle parvint tout de même à se faire des amis : deux jeunes internes de Brooklyn qui étaient aussi frères, Raymond et Mortimer Sackler. Mortimer, l'aîné des deux, était bavard et jovial ; il avait un sourire facétieux, des cheveux bouclés et des yeux bruns perçants. Raymond avait des cheveux plus clairs, qui commençaient déjà à se raréfier, des yeux verts, un visage doux et un tempérament plus calme.

Comme Marietta, les deux frères avaient commencé leur formation à l'étranger. Après avoir terminé leurs classes préparatoires à NYU, ils avaient postulé à l'université. Mais au cours des années 1930, de nombreuses facultés de médecine américaines avaient mis en place des quotas d'admission. En 1935, plus de 60 % des candidats à ces formations étaient juifs, et de sévères restrictions avaient été imposées pour lutter contre ce qu'on percevait comme un déséquilibre. Dans certaines universités, comme Yale, les dossiers des postulants issus de familles juives étaient marqués d'un H, pour « Hébreu ». Mortimer, qui avait été le premier à tenter de s'inscrire en médecine, découvrit que ses origines ethniques le plaçaient de facto sur une liste noire. Aucune faculté américaine ne l'accepta. Alors, en 1937, il monta dans un bateau, avec un billet pour l'entrepont, et partit étudier à l'Anderson College, à Glasgow. Raymond le suivit un an plus tard.

Exclus des facultés de médecine de leur propre pays, de nombreux juifs américains décidaient ainsi de se former à l'étranger. Cela dit, c'était le comble de l'ironie que les Sackler, qui avaient quitté l'Europe quelques décennies auparavant dans l'espoir de mener une meilleure vie aux États-Unis, soient obligés après une seule génération d'y retourner pour bénéficier d'un accès équitable à l'éducation. Comme Marietta le comprendrait plus tard, le séjour de Raymond et Mortimer en Écosse avait été financé par leur frère aîné. Ils habitaient dans un logement glacial, à cause d'une pénurie de charbon, et se nourrissaient de haricots blancs. Mais les deux frères apprirent à aimer la chaleur et la gouaille des Écossais. Quoi qu'il en soit, ils ne restèrent pas longtemps : après l'invasion allemande de la Pologne en 1939, ils durent interrompre leurs études en Écosse et finirent par trouver une place à l'université Middlesex, à Waltham, dans le Massachusetts – une faculté de médecine indépendante qui refusait d'imposer des quotas aux étudiants juifs, et qui deviendrait l'université Brandeis.

Voilà comment, après la guerre, Morty et Ray se retrouvèrent à faire leur internat ensemble à l'hôpital de Far Rockaway. Les deux frères étaient intelligents et ambitieux. Marietta se prit d'affection pour eux. Malgré leur charge de travail écrasante, ils manifestaient une joie de vivre qu'elle appréciait. Ils avaient des caractères bien distincts : Morty était impétueux et irascible, avec un humour caustique, tandis que Ray était plus posé et cérébral. « Raymond était un conciliateur, Mortimer plutôt le genre à mettre le feu aux poudres », se rappellerait une de leurs connaissances communes. En dehors de leur différence de teint, les frères se ressemblaient beaucoup, et il leur arrivait d'échanger leurs heures de service à l'hôpital, l'un jouant le rôle de l'autre.

Un soir, après une journée particulièrement exténuante, les internes décidèrent d'organiser une petite fête dans une chambre vide de l'hôpital. Ils apportèrent des boissons et troquèrent leurs blouses blanches pour des tenues élégantes. Marietta portait une robe en tricot noir qui laissait entrevoir sa peau pâle. Les internes passèrent la soirée à boire et discuter et, à un moment donné, certains se mirent à pousser la chansonnette. Marietta était assez timide, d'ordinaire, mais elle aimait chanter. Alors elle se leva devant l'assemblée, s'arma de courage et entonna un air qu'elle avait l'habitude de chanter à Berlin. C'était une chanson française, *Parlez-moi d'amour* et, très vite, Marietta se laissa totalement prendre par son interprétation, susurrant les paroles d'une voix grave et séduisante de chanteuse de cabaret.

Pendant sa prestation, elle remarqua un inconnu qui l'observait attentivement dans l'assistance, parfaitement immobile. Il avait des cheveux blond cendré, des yeux bleu clair, et ses lunettes à monture invisible lui donnaient un air docte. Il la regardait droit dans les yeux. Dès que Marietta eut terminé son numéro, l'homme se dirigea vers elle pour lui dire à quel point il avait aimé l'écouter. Sa voix était douce et il respirait l'assurance. Il était médecin aussi, expliqua-t-il. Il s'appelait Arthur Sackler. C'était le frère aîné de Morty et Ray.

Trois médecins sur trois fils : leurs parents avaient « fait un sans-faute », aimait-il à plaisanter.

Le jour suivant, Arthur téléphona à Marietta pour lui proposer une sortie. Elle refusa. Son internat l'accaparait entièrement, elle n'avait pas le temps de fréquenter quelqu'un.

Marietta n'entendit plus parler d'Arthur Sackler pendant un an. Elle se concentra sur son travail. Quand son premier internat toucha à sa fin, elle entreprit d'en chercher un second. Elle avait des vues sur Creedmoor, un asile psychiatrique public situé dans le Queens ; et lorsqu'elle demanda à Ray Sackler s'il y connaissait quelqu'un, il lui répondit que oui : son frère aîné Arthur, qu'elle avait rencontré à la fête, travaillait justement là-bas. Alors Marietta appela Arthur Sackler et prit rendez-vous avec lui.

Fondé en 1912 pour permettre aux patients de l'hôpital public de Brooklyn de se reposer au vert, Creedmoor était devenu dans les années 1940 un vaste centre psychiatrique composé de soixante-dix bâtiments, répartis sur un terrain de cent cinquante hectares. Tout au long de leur histoire, les sociétés humaines ont été confrontées à la question du traitement des malades mentaux. Dans certaines cultures, ces personnes étaient ostracisées, ou condamnées au bûcher pour sorcellerie. D'autres considéraient les gens souffrant de troubles psychologiques comme des guides, pensant qu'ils possédaient une sagesse particulière. En Amérique, les autorités médicales tendaient depuis le XIXᵉ siècle à les isoler dans un réseau toujours plus étendu d'asiles. Au milieu du XXᵉ siècle, un demi-million d'Américains étaient internés dans des établissements de ce genre. Et il ne s'agissait pas d'hospitalisations temporaires : les malades qui arrivaient dans des endroits comme Creedmoor n'en sortaient généralement plus. Ils y restaient des décennies, passant le reste de leur vie enfermés. Ces établissements finissaient donc par être surpeuplés : construit pour accueillir un peu plus de quatre mille patients, Creedmoor en abritait désormais six mille. C'était une institution à l'atmosphère lugubre et inquiétante. Certains patients étaient simplement dans un état comateux : muets, incontinents, coupés du monde. D'autres étaient sujets à de violentes crises. Les visiteurs croisaient des malades qui vagabondaient dans le domaine, serrés dans des camisoles de force blanches, comme sortis d'une gravure de Goya.

Arthur Sackler était arrivé à Creedmoor en 1944, après avoir terminé ses études à NYU et effectué son internat dans un hôpital du Bronx. Là-bas, il avait travaillé par tranches de trente-six heures, participé à des accouchements, accompagné des ambulanciers et continué à apprendre, sans cesse stimulé, appréciant de découvrir de nouvelles maladies et de nouveaux traitements. Au fil du temps, il avait développé une fascination particulière pour la psychiatrie. Il s'était formé auprès de Johan van Ophuijsen, un psychanalyste hollandais chenu qui avait été « le disciple préféré de Freud », selon la description enthousiaste d'Arthur. « Van O », comme il le surnommait, était exactement son genre d'homme : un érudit touche-à-tout qui soignait des patients, menait des recherches, signait des articles scientifiques, parlait de nombreuses langues et, à ses heures perdues, faisait de la boxe et jouait de l'orgue.

Arthur le révérait et le qualifiait de « mentor, ami et père ».

À cette période, la psychiatrie ne faisait pas partie des branches les plus réputées de la médecine. C'était au contraire « une carrière qu'on tendait à éviter », d'après un contemporain d'Arthur. Les psychiatres gagnaient moins que les chirurgiens et les médecins généralistes et ne jouissaient pas du même prestige social et scientifique. À la fin de son internat, Arthur voulut poursuivre ses recherches en psychiatrie, mais il n'avait aucune envie d'ouvrir un cabinet et se sentait toujours dans l'obligation de gagner de l'argent pour aider sa famille ; après tout, il avait les études de médecine de ses frères à payer. Il trouva donc un emploi dans l'industrie pharmaceutique, chez Schering, la société à laquelle il avait loué ses services de rédacteur publicitaire pendant ses études. Pour un salaire annuel de 8 000 dollars, il fut embauché au département recherche et développement, ainsi qu'au service publicité de l'entreprise. Quand les États-Unis entrèrent en guerre, la mauvaise vue d'Arthur le dispensa d'aller combattre. Au lieu de rejoindre l'armée, il commença un nouvel internat, à Creedmoor.

Depuis des millénaires, les médecins avaient cherché à percer le mystère des maladies mentales. Ils avaient envisagé d'innombrables théories, pour la plupart sommaires et grotesques : dans l'Antiquité, beaucoup pensaient que la folie découlait d'un déséquilibre des « humeurs » corporelles, tel qu'un excès de bile noire ; au Moyen Âge, les médecins jugeaient que certaines formes de maladie mentale résultaient d'une possession démoniaque. Tandis que la première moitié du XXe siècle avait été marquée par d'immenses progrès dans d'autres branches de la médecine, quand Arthur arriva à Creedmoor, les fonctions et dysfonctions de l'esprit humain demeuraient globalement une énigme pour les médecins américains. Ils étaient capables de diagnostiquer une maladie comme la schizophrénie mais n'avaient aucune idée de ses causes, et encore moins des traitements appropriés. La romancière Virginia Woolf, elle-même affectée par des troubles mentaux, avait observé qu'on se heurtait à « une pauvreté de la langue » lorsqu'il s'agissait de certaines infirmités : « La plus simple écolière, quand elle tombe amoureuse, dispose de Shakespeare, Donne, Keats, pour dire le trouble de son esprit ; mais qu'un homme souffrant essaie d'expliquer à un médecin la douleur dans sa tête et aussitôt le langage se tarit. »

Lorsque Arthur avait commencé à pratiquer la médecine, on trouvait grosso modo deux théories divergentes sur l'origine des maladies mentales. La plupart des médecins estimaient que la schizophrénie – et d'autres maladies telles que l'épilepsie, ou encore les handicaps mentaux – était héréditaire. Les patients naissaient affectés de ces troubles, qui étaient donc naturels, immuables et incurables. Le mieux que la communauté médicale pouvait faire était de séparer ces cas désespérés du reste de la société – et souvent, de stériliser ces personnes pour les empêcher de transmettre leurs infirmités.

À l'opposé, on trouvait les freudiens, qui pensaient que les maladies mentales n'étaient pas intrinsèques et innées, mais provenaient des premières expériences de vie du patient. Pour les freudiens comme Van O, nombre de pathologies pouvaient être traitées par la thérapie et l'analyse. Néanmoins, la psychothérapie était une solution coûteuse et individuelle, trop peu pratique pour être envisagée par une institution de taille industrielle comme Creedmoor.

Au fil de l'histoire, la façon dont on a diagnostiqué les maladies mentales a souvent trahi un manque d'égalité entre les sexes. À Creedmoor, les femmes étaient près de deux fois plus nombreuses que les hommes. À son arrivée, Arthur fut affecté au bâtiment R, réservé aux « femmes violentes ». L'endroit pouvait être terrifiant. Il arrivait qu'Arthur soit obligé de plaquer ses patientes à terre pour les maîtriser. D'autres fois, elles s'en prenaient à lui. Une femme l'attaqua avec une cuillère en métal qu'elle avait affûtée comme un poignard. Malgré cela, Arthur éprouvait une profonde compassion envers ses patientes. Il se demandait ce que cela disait de la société américaine, que ces personnes sensibles et souffrantes aient été isolées entre quatre murs, reléguées dans ce qu'il en était venu à voir comme « les limbes des morts vivants ». C'était absurde de croire qu'enfermer ces gens suffisait, qu'interner ces patients dans des asiles délivrait d'une certaine façon l'ensemble de la communauté (et les médecins en particulier) de l'obligation de soulager leur douleur. « On a presque le sentiment que la société s'est auto-anesthésiée ou persuadée que ces terribles souffrances individuelles et cette destruction généralisée de compétences et talents humains n'existe pas – parce que nous les avons cachées derrière des murs d'hôpital », observa Arthur à l'époque. Van O partageait son mépris des asiles publics. Selon lui, les États-Unis étaient en proie à une épidémie de troubles mentaux. Y répondre en emprisonnant des patients – en les « enterrant » dans un hôpital psychiatrique – revenait à les condamner à une sorte de mort.

Arthur ne se départait jamais de son esprit d'analyse et, en réfléchissant à ce dilemme, il conclut que le problème pratique était le suivant : les troubles mentaux semblaient se répandre plus rapidement que les autorités ne parvenaient à construire des asiles. Il suffisait de parcourir les bâtiments surpeuplés de Creedmoor pour s'en rendre compte. Arthur voulait trouver une solution. Une méthode performante. Le défi, en matière de santé mentale, résidait dans l'efficacité des traitements : quand un chirurgien effectuait une opération, on pouvait généralement constater en peu de temps si la procédure avait fonctionné. Lorsqu'on touchait au cerveau, les résultats étaient plus délicats à jauger. Ces difficultés d'évaluation avaient mené à des expériences réellement absurdes. À peine quelques décennies plus tôt, le directeur d'un hôpital public du New Jersey s'était convaincu qu'on pouvait guérir la folie en ôtant les dents des malades. Comme ce traitement ne semblait pas avoir d'effets sur certains de ses cobayes, l'homme avait continué sur sa lancée, enlevant des amygdales, des colons, des vésicules biliaires, des appendices, des trompes de Fallope, des ovaires, des cols d'utérus et des utérus entiers. Au bout du compte, il n'avait guéri aucun patient avec ses expériences, mais il en avait tué plus de cent.

À Creedmoor, on privilégiait une procédure moins invasive, qu'Arthur ne tenait pas pour autant en haute estime : les électrochocs. Cette méthode avait été inventée quelques années plus tôt par un psychiatre italien, qui en avait eu l'idée en visitant un abattoir. Après avoir vu qu'on étourdissait les porcs avec une décharge électrique avant de les tuer, il avait imaginé une procédure qui consistait à placer des électrodes sur les tempes d'un humain pour envoyer un courant électrique dans le lobe temporal et d'autres zones du cerveau liées au traitement de la mémoire. Sous le choc, les patients étaient pris de convulsions, puis perdaient connaissance. Quand ils revenaient à eux, ils étaient désorientés et nauséeux. Certains souffraient de pertes de mémoire. D'autres étaient profondément ébranlés par l'expérience et ne savaient plus qui ils étaient. Malgré leur brutalité, les traitements par électrochocs paraissaient cependant soulager de nombreux malades. Ils semblaient tempérer les dépressions les plus graves et aider les patients sujets à des épisodes psychotiques. Ils ne guérissaient peut-être pas la schizophrénie, mais ils en atténuaient souvent les symptômes.

Personne ne savait pourquoi cette méthode fonctionnait, au juste. Les résultats étaient simplement là. Et pour une institution comme Creedmoor, cela suffisait. Le traitement y avait été utilisé pour la première fois en 1942 et serait administré à des milliers d'internés. Il comportait assurément des effets secondaires. Les convulsions qui secouaient les patients quand la décharge traversait leur crâne étaient douloureuses et terrifiantes. La poétesse Sylvia Plath, qui avait subi des électrochocs dans un hôpital du Massachusetts à cette époque, décrivit la sensation en ces termes : « À chaque éclair de grandes secousses me rossaient jusqu'à ce que je sente mes os se briser et la sève me fuir comme celle d'une plante sectionnée. » Le chanteur Lou Reed, qui vécut la même épreuve à Creedmoor en 1959, se retrouva temporairement plongé « dans un état de stupeur » et incapable de marcher, selon sa sœur.

Les électrochocs avaient leurs défenseurs et, aujourd'hui encore, ils demeurent un traitement répandu en cas de dépression sévère. Mais Arthur Sackler les détestait. Chaque aile de Creedmoor fut bientôt équipée d'une machine à électrochocs, dont il dut se servir encore et encore. La procédure aidait parfois ses patients, et parfois non. Elle semblait néanmoins d'une violence terrible : il fallait ligoter les malades pour qu'ils ne blessent personne en se débattant, ajuster le courant électrique comme un scientifique fou dans un film hollywoodien, et les patients en ressortaient souvent profondément traumatisés.

Arthur avait toujours encouragé ses frères cadets à suivre ses traces – à Erasmus, dans les différents emplois à temps partiel qu'il avait obtenus pour eux, et enfin dans l'exercice de la médecine. Il invita Mortimer et Raymond à le rejoindre à Creedmoor, où ils durent aussi rapidement administrer des électrochocs. À eux trois, les Sackler réalisèrent la procédure des milliers de fois, ce qui finit par les démoraliser. Ils étaient accablés par les limites de leurs propres connaissances médicales – et par l'idée qu'ils n'avaient pas de traitement plus humain à proposer.

Comme si les électrochocs ne suffisaient pas, une méthode bien plus drastique était en train de gagner en popularité : la lobotomie. Ce procédé, qui impliquait de sectionner des nerfs dans le cerveau, paraissait atténuer les troubles psychologiques ; mais en pratique, on obtenait ce résultat en plongeant l'esprit des patients dans le noir. Les hôpitaux publics surpeuplés comme Creedmoor y voyaient une technique attrayante, car elle était rapide et efficace. « Ce n'est rien de bien sorcier, expliqua un médecin pendant une démonstration, en 1952. Je prends une sorte de pic à glace chirurgical que je tiens de cette manière, je le plante dans les os juste au-dessus de l'œil, je traverse le cerveau, je remue un peu, je coupe les fibres comme ceci, et voilà. Le patient ne sent rien du tout. » C'était vraiment aussi rapide que ça. Les gens pouvaient souvent rentrer chez eux quelques heures après l'opération. On les repérait à leurs yeux tuméfiés à la sortie de l'hôpital. Certaines personnes, dont une grande partie de femmes, furent lobotomisées parce qu'elles souffraient non pas de schizophrénie ou de psychose, mais de dépression. La procédure était irréversible et rendait les gens dociles en les changeant en zombies.

Face à cet éventail de techniques effroyables, Arthur Sackler et ses frères finirent par être convaincus qu'il devait exister un meilleur remède aux maladies mentales. Arthur ne croyait pas que la folie soit immuable et incurable, comme les eugénistes l'avançaient. En dépit de sa formation de freudien, il pressentait aussi que le vécu d'une personne ne pouvait pas entièrement expliquer les troubles mentaux, qu'un composant biochimique devait entrer en jeu et qu'un traitement plus fiable que l'analyse freudienne était possible. Il se mit en quête d'une réponse, d'une clé qui permettrait de percer le mystère des maladies mentales et de libérer ceux qui en souffraient.

Le directeur de Creedmoor était un médecin appelé Harry LaBurt, dont on ne pouvait certainement pas dire qu'il était amateur de théories novatrices. Il se délectait du pouvoir conféré par son poste à la tête de l'asile. Il occupait une belle demeure dans l'enceinte de l'hôpital, qu'on surnommait l'« hôtel particulier du directeur ». Son bureau était toujours fermé à clé : quand on voulait le voir, il fallait demander la permission par interphone. LaBurt donnait parfois l'impression d'être un gardien de prison plutôt qu'un médecin – un collègue d'Arthur décrirait Creedmoor comme « un pénitencier de six mille places ». LaBurt s'accommodait très bien de la situation et ne semblait guère avoir l'intention de chercher des solutions inventives qui permettraient de délivrer les malades du royaume fortifié sur lequel il régnait. « La commission a constaté, avec la plus grande satisfaction, les effets bénéfiques de la télévision sur les patients », déclarait l'un des rapports annuels de Creedmoor. Pour quelqu'un d'aussi remuant et ambitieux qu'Arthur Sackler, cette attitude complaisante ne pouvait qu'être agaçante. Il ne s'entendait pas bien avec LaBurt.

Au fil de ses conversations avec ses frères, Arthur commença néanmoins à disséquer le problème des maladies mentales. Et si les eugénistes et les freudiens avaient tort ? Et si la réponse ne résidait pas dans les gènes d'un patient, ni dans son vécu, mais dans des dérèglements neurochimiques ?

Marietta Lutze n'eut finalement pas besoin d'être embauchée à Creedmoor ; elle trouva un internat dans un autre hôpital du Queens. Cependant, quand elle avait rendu visite à Arthur Sackler afin de se renseigner sur l'asile psychiatrique, il en avait profité pour renouveler son invitation. Cette fois, elle avait dit oui. Arthur s'apprêtait à assister à un congrès médical à Chicago et il lui avait proposé de l'accompagner. Depuis son arrivée aux États-Unis, Marietta avait été si concentrée sur son travail qu'elle n'avait voyagé nulle part dans le pays ; elle accepta. Le jour dit, elle se vêtit d'un tailleur noir et d'un chapeau à large bord et se rendit dans le quartier de Midtown. Arthur lui avait donné rendez-vous à la gare de Grand Central, mais ils ne prendraient pas le train : il attendait Marietta dans la rue, à côté d'une énorme décapotable Buick Roadmaster d'une belle couleur bleu nuit.

Durant le long trajet jusqu'à Chicago, Marietta raconta son histoire à Arthur. Elle avait grandi dans une famille aisée, propriétaire d'une société pharmaceutique allemande réputée du nom de Dr. Kade. Même si elle avait étudié la médecine à Berlin pendant la guerre, Marietta assurait n'avoir eu qu'une vague idée des atrocités qui avaient lieu dans son pays à l'époque. En apprenant qu'elle venait d'Allemagne, beaucoup d'Américains affichaient une réaction hostile et remettaient en cause son expérience. Ce ne fut pas le cas d'Arthur. S'il avait des doutes sur sa version des événements, il ne les exprima pas. Au contraire, il l'écouta attentivement.

Marietta n'avait pas été entièrement coupée du conflit. En fait, elle avait épousé un officier de la marine allemande. Kurt était chirurgien, et considérablement plus âgé qu'elle. Ils s'étaient rencontrés et mariés durant la guerre, mais ils n'avaient vécu ensemble qu'un mois avant que Kurt soit mobilisé. Il avait été capturé par des soldats américains à Brest et envoyé dans un camp de prisonniers. Pendant un temps, il avait écrit des lettres à Marietta, de courtes missives qu'il griffonnait sur du papier à cigarettes et parvenait à faire sortir clandestinement de la prison. Mais sa captivité avait été si longue que leur couple avait fini par battre de l'aile.

Écouter l'histoire de Marietta devait être bien étrange pour Arthur – un juif américain directement concerné par l'antisémitisme, qui avait manifesté contre l'ascension de Hitler quand il était étudiant, et dont la famille détestait les Allemands tout aussi farouchement, et probablement davantage, que le reste de leurs compatriotes. Mais, encore peu de temps auparavant, Arthur travaillait lui-même pour une société allemande, Schering. Il trouvait peut-être aussi un attrait exotique à Marietta, cette beauté teutonne qui ressemblait à Ingrid Bergman dans *Casablanca*, et qui était médecin, par-dessus le marché. La xénophobie s'était accrue dans l'Amérique d'après-guerre ; cependant, Arthur Sackler s'était toujours distingué par son profond intérêt pour les gens et les cultures radicalement éloignés de lui. Pendant ce trajet vers Chicago, Marietta remarqua qu'il ne parlait pas beaucoup de lui-même, préférant poser des questions de sa voix apaisante. C'était rafraîchissant, après les hommes américains qu'elle avait connus ; très peu d'entre eux avaient semblé la prendre au sérieux en tant qu'adulte, et encore moins en tant que médecin. Arthur, lui, se contentait d'écouter ses anecdotes. Sur le moment, Marietta pensa que ce déséquilibre venait simplement d'une curiosité sincère. Ce ne serait que plus tard qu'elle décèlerait dans la réserve d'Arthur un certain penchant pour le secret.

Quand ils furent rentrés de Chicago et que Marietta retourna au centre hospitalier du Queens, des fleurs commencèrent à arriver par brassées dans son service. C'était une avalanche, un véritable déluge, de nouveaux bouquets apparaissant chaque jour. Arthur, l'ancien petit livreur, envoyait à Marietta des boutonnières élaborées qu'elle n'aurait jamais pu épingler à sa blouse blanche. Il se mit aussi à lui téléphoner à l'hôpital, l'interrompant dans son travail à toute heure pour exprimer son ardeur.

« Il faut que je te voie. Maintenant ! décrétait-il au milieu de la nuit.

— Je ne peux pas, protestait Marietta. Je suis épuisée.

— Il faut que je te voie, insistait-il. Quand ? »

L'attention totale qu'il lui portait était étouffante. Pourtant, il y avait quelque chose de spécial chez Arthur Sackler – sa force vitale, sa ténacité à toute épreuve, sa façon d'envisager les choses. Pour Marietta, tout paraissait possible quand on était avec lui. Aucun obstacle ne semblait insurmontable. D'ailleurs, quand elle finit par apprendre que cet homme qu'elle fréquentait depuis un certain temps avait déjà une femme et deux enfants, Arthur traita ce fait comme une vétille, un détail négligeable qui ne devait en aucun cas mettre un frein à leur histoire.

Un jour, à Creedmoor, les frères Sackler se cotisèrent pour acheter un lapin. Si les électrochocs fonctionnaient, du moins une partie du temps, ils voulaient comprendre pourquoi. Que se produisait-il quand on envoyait une décharge dans le cerveau d'un patient, pour que cela lui apporte un certain soulagement ? Ils branchèrent le lapin à une machine, plaçant des électrodes sur l'une de ses longues oreilles. Puis ils lui administrèrent une décharge. En observant le lapin, les frères remarquèrent que les vaisseaux sanguins de son oreille se gonflaient immédiatement. Quelques secondes plus tard, ils remarquèrent que les vaisseaux de l'autre oreille, celle qui n'avait pas reçu de décharge, s'emplissaient aussi de sang. Le courant électrique semblait avoir libéré une substance chimique qui était passée dans l'oreille non branchée, y dilatant les veines. Les trois frères se souvinrent alors d'une molécule appelée histamine que le corps humain secrétait quand les tissus étaient endommagés. Et si les électrochocs fonctionnaient précisément parce qu'ils relâchaient de l'histamine dans le sang, dilatant les vaisseaux et leur permettant d'apporter plus d'oxygène au cerveau ? Dans ce cas, ne pourrait-on pas injecter l'histamine directement, en se passant des électrochocs ?

Les Sackler entreprirent de mener l'expérience sur des patients de Creedmoor. D'un point de vue clinique, les dimensions industrielles de l'asile avaient toujours présenté un inconvénient : il y avait trop de patients, pas assez d'employés, et toujours une urgence à traiter. Mais si on voulait étudier les maladies mentales et pas simplement les soigner, le nombre d'internés devenait un avantage. On avait là toute une base de données. Arthur était si excité à l'idée d'entamer ces recherches qu'il convainquit son ancien mentor, Van O, de les rejoindre, ses frères et lui, à Creedmoor.

Quand ils donnèrent des injections d'histamine à quarante patients qui avaient été déclarés schizophrènes, près d'un tiers parurent aller tellement mieux qu'on put les renvoyer chez eux. Des malades qu'aucun traitement n'avait aidés réagirent de façon positive à cette méthode. En s'appuyant sur ces recherches, les Sackler publièrent plus d'une centaine d'articles scientifiques. Leur but était d'identifier « les causes chimiques de l'aliénation mentale », selon leurs propres termes. Fort de son expérience inhabituelle dans les domaines de l'écriture, du marketing et de la publicité, Arthur savait exciter l'intérêt de la presse. « Les médecins pensent avoir trouvé un moyen de traiter les troubles mentaux sans hospitalisation », claironna le *Philadelphia Inquirer*. Les trois frères prédisaient que leur découverte pourrait doubler le nombre de patients libérés. Un article de *Better Homes and Gardens* avançait sans craindre l'hyperbole : « La théorie sur l'activité chimique des Sackler est tout aussi révolutionnaire, et presque aussi compliquée, que la théorie de la relativité d'Einstein. »

À lire la façon dont la presse en parlait, on avait l'impression que ces trois frères employés dans un hôpital psychiatrique du Queens avaient résolu comme par magie une énigme médicale qui taraudait l'humanité depuis des millénaires. Si le problème des troubles mentaux trouvait son origine dans la biochimie du cerveau, la chimie y remédierait peut-être. Et si, à l'avenir, la folie se guérissait avec une simple pilule ? Le *Brooklyn Eagle* célébra le succès des Sackler, d'anciens gamins du quartier : « Ces trois élèves d'Erasmus Hall – des frères – n'ont eu qu'à suivre le même chemin, expliquait le journal, avant de préciser : Ils ont tous des bureaux à Manhattan aujourd'hui. »

Même si ces articles faisaient rarement la distinction entre les frères, les appelant simplement « les Sackler »,

Arthur conservait le premier rôle – et son autorité fut encore renforcée à la mort d'Isaac. Les trois médecins se trouvaient à Creedmoor quand ils apprirent que leur père avait fait une crise cardiaque. Ils se précipitèrent à son chevet. Isaac était encore lucide à sa dernière heure et il fit des adieux affectueux à sa famille. Il confia à Sophie qu'il se souvenait encore de la robe bleue qu'elle portait à leur rencontre. Et il dit à ses fils qu'il regrettait de ne rien pouvoir leur laisser en héritage en dehors d'un nom respectable. C'était devenu un mantra pour Isaac : si vous perdez une fortune, vous pouvez toujours la rebâtir. Mais une réputation perdue est irrécupérable.

Après la mort de son père, Arthur commença à financer de sa poche les recherches qu'il menait avec Raymond et Mortimer. Une grande partie des papiers qu'ils publiaient mentionnaient que leurs travaux avaient été réalisés grâce à « des dons effectués en mémoire d'Isaac Sackler ». Arthur était généralement le premier auteur cité, l'instigateur. Une photo parue dans le *New York Herald Tribune* à l'époque montre les frères à une remise de prix : Raymond a un sourire un peu gauche et la peau lisse du petit dernier ; Mortimer, cheveux bruns peignés en arrière et bouche charnue pincée, arbore des lunettes noires à monture épaisse et tient une cigarette à la main ; et Arthur, de profil, est habillé d'un costume à revers en pointe et couve ses frères d'un regard bienveillant. Les Sackler semblaient à l'aube d'une découverte capitale. Ils affirmaient à qui voulait l'entendre que leurs recherches pourraient à terme « prévenir l'aliénation mentale ».

Arthur s'était marié en 1934, quand il était encore étudiant en médecine. Son épouse, Else Jorgensen, était une émigrée, fille d'un capitaine de navire danois. Ils avaient été présentés l'un à l'autre par un camarade d'université d'Arthur. Comme le règlement de la faculté de médecine défendait aux élèves de se marier, Arthur avait d'abord gardé son union secrète. Else avait étudié deux ans à NYU, avant de devoir se mettre à travailler. Arthur et elle avaient emménagé dans un meublé à St. Mary's Place, près de l'hôpital Lincoln, dans le Bronx, puis dans un appartement sur la 25e Rue Ouest à Manhattan. Ils avaient eu une première fille, Carol, en 1941, puis une deuxième, Elizabeth, en 1943.

Pourtant, quand Marietta apprit qu'Arthur avait une famille – et une tout autre vie –, elle ne put se départir du sentiment que son attention restait résolument focalisée sur elle. Peu après leur retour de Chicago, Arthur l'emmena dîner à la Grotta Azzurra, un restaurant romantique situé sur Mulberry Street, dans le quartier italien, et il lui annonça qu'il souhaitait la voir plus souvent.

« Je suis trop fatiguée, répliqua-t-elle. L'hôpital me vide de mes forces. »

Arthur ne voulut rien entendre. Après tout, il travaillait dur aussi – il avait même plusieurs emplois et une famille en prime. Cela ne l'empêchait pas de ménager du temps pour Marietta, et il souhaitait en trouver plus.

« Je veux être avec toi. Tout le temps, lui dit-il.

— Tu sais, Arthur, tu es le genre d'homme que je pourrais épouser, répondit Marietta. Mais je ne veux pas briser ton couple. »

Arthur ne se laissa pas abattre. Il inonda Marietta de lettres d'amour. À l'été 1949, il l'invita à « commencer une nouvelle vie » avec lui, « pleine d'espoir, de joie et de passion ». Ce qu'il lui proposait, c'était un partenariat – un partenariat à l'aspect clairement public : « Nous nous associerons et travaillerons ensemble pour aider les gens, pour défricher de nouveaux domaines et apporter notre contribution [...] à l'humanité. » Au fil du temps, ses lettres se firent plus insistantes. « Ma vie est littéralement devenue impossible sans toi, écrivit-il. C'est toi que j'aime, et toi seule... Je n'appartiens qu'à toi, et à toi seule. »

Ils éprouvaient néanmoins tous les deux des sentiments ambivalents. Marietta était concentrée sur sa carrière de médecin et devait penser à ses proches en Allemagne. Sa grand-mère venait de mourir et elle avait hérité de l'entreprise pharmaceutique familiale. Elle commençait aussi à se rendre compte qu'Arthur était sujet à l'indécision et enclin à laisser les choses suivre leur cours. Il avait toujours tout fait – étudié toutes les matières, accepté toutes les offres d'emploi. Sa réaction face à une alternative consistait généralement à choisir les deux options. Il ne s'accommodait pas facilement de limites. Arthur avait une femme, des enfants, et plusieurs carrières naissantes. Il semblait parfois ne pas voir d'inconvénient à ajouter Marietta à l'équation. « Il avait toujours eu beaucoup de mal à prendre des décisions tranchées, raconterait Marietta bien plus tard, avant d'ajouter : Ma grossesse l'a obligé à faire un choix. »

3

Séduire les médecins

En 1949, une curieuse réclame commença à surgir dans des revues médicales. « Terra bona », annonçaient d'épais caractères bruns sur fond vert. On ne savait pas bien ce que ces mots signifiaient, au juste – ou même si la publicité était censée vanter un produit particulier. « La terre nourricière a donné plus que du pain à l'homme », expliquait un texte en dessous, observant que de nouveaux antibiotiques découverts dans le sol avaient permis de prolonger la vie humaine. « Pour isoler, sélectionner et produire ces agents essentiels, il a fallu l'intervention notable de… *Pfizer.* »

Pendant près d'un siècle, Chas. Pfizer & Company, une entreprise basée à Brooklyn, était restée un modeste fabricant de principes actifs pharmaceutiques. Jusqu'à la Seconde Guerre mondiale, les sociétés de ce type avaient l'habitude de vendre leurs marchandises en vrac, sans nom de marque, à d'autres entreprises ou à des pharmaciens (qui réalisaient les préparations eux-mêmes). Au début des années 1940, le développement de la pénicilline annonça l'ère des antibiotiques – des médicaments puissants, capables d'arrêter les infections bactériennes. Quand la guerre éclata, l'armée américaine, qui avait besoin d'une grande quantité de pénicilline pour ses troupes, s'adjoignit l'aide d'entreprises comme Pfizer. À la fin du conflit, le modèle économique de ces sociétés avait définitivement changé : elles ne produisaient plus seulement des composés chimiques à grande échelle, mais aussi des médicaments finis, prêts à la vente. Malgré son aspect révolutionnaire, la pénicilline n'était pas protégée par un brevet, ce qui signifiait que tout le monde pouvait en fabriquer. Comme aucune entreprise n'en avait le monopole, elle demeurait bon marché, et par conséquent peu lucrative. Pfizer, enhardie, commença donc à chercher d'autres médicaments qui pourraient être brevetés et vendus à un prix plus élevé.

Ce fut l'époque des « remèdes miracles ». L'industrie pharmaceutique était en plein essor et l'optimisme régnait quant aux pouvoirs de l'innovation scientifique : on allait concevoir des solutions chimiques sans précédent qui freineraient la mortalité et les maladies, et rapporteraient des sommes faramineuses aux fabricants de médicaments. La parole utopique prêchée par les Sackler à Creedmoor – l'idée que tous les maux humains pourraient un jour être guéris par un cachet – gagnait du terrain dans l'ensemble de la société. Dès les années 1950, l'industrie pharmaceutique américaine lançait un nouveau produit presque chaque semaine.

On appelait ces nouveaux remèdes des « médicaments éthiques », un terme rassurant visant à indiquer qu'il ne s'agissait pas de potions de sorcière qu'on achetait sous le manteau : ils étaient uniquement destinés aux médecins, qui se chargeaient de les prescrire. Ces produits devinrent si nombreux que les sociétés pharmaceutiques commencèrent à recruter des publicitaires pour mettre en avant leurs innovations auprès des patients et des médecins. Le président de Pfizer était un jeune cadre dynamique du nom de John McKeen. Sa société avait récemment développé un nouvel antibiotique baptisé Terramycine, du nom de la ville de Terre Haute, dans l'Indiana, où des chercheurs de Pfizer étaient censés avoir découvert la substance dans une motte de terre. Pour McKeen, ce médicament rencontrerait un grand succès à condition qu'on en fasse correctement la promotion. Voulant mener une campagne de vente agressive auprès des grossistes et des hôpitaux, il contacta une petite agence de publicité new-yorkaise spécialisée dans le domaine pharmaceutique. L'agence s'appelait William Douglas McAdams. Mais son propriétaire – et l'homme qui s'occuperait du dossier Pfizer – était Arthur Sackler.

« Vous n'avez qu'à me fournir l'argent, et je ferai de la Terramycine et de votre entreprise des noms connus de tous », affirma Arthur à McKeen et ses collègues.

William Douglas McAdams était un ancien journaliste originaire de Winnetka, dans l'Illinois. Il avait travaillé pour le *St. Louis Post-Dispatch* avant de se lancer dans la publicité en 1917. McAdams avait d'abord monté une agence traditionnelle, qui promouvait toute une gamme de produits, des flocons d'avoine jusqu'aux haricots en boîte. L'un de ces produits était de l'huile de foie de morue fabriquée par la société pharmaceutique E. R. Squibb. McAdams avait eu une idée : l'huile se vendrait peut-être mieux si on la proposait directement aux médecins. Il avait placé une publicité dans une revue médicale. Sa stratégie avait fonctionné ; les ventes avaient décollé et, à la fin des années 1930, McAdams avait décidé de se consacrer exclusivement au secteur pharmaceutique. Il avait embauché Arthur Sackler en 1942.

Arthur n'avait pas encore trente ans, mais la Grande Dépression avait précipité son passage à l'âge adulte. De plus, il avait subvenu à ses besoins en vendant et rédigeant des publicités tout au long de ses années de lycée et d'université : il avait donc déjà passé la moitié de sa vie à travailler dans ce domaine. Outre sa formation médicale, il avait une grande sensibilité pour les arts visuels et une plume alerte. Il avait aussi le chic pour se trouver des mentors. Comme il avait été l'apprenti de Van O en psychiatrie, il devint celui de McAdams (qu'il appelait « Mac ») dans le secteur de la publicité. Il avait beau être parfaitement qualifié pour son poste, il était reconnaissant à Mac de l'avoir embauché, car il considérait le monde des publicitaires de Madison Avenue comme un « club essentiellement fermé » aux juifs. Avec ses yeux clairs et ses cheveux blonds, Arthur pouvait passer pour un gentil, ce dont il jouait parfois. Il se méfiait néanmoins de l'antisémitisme – un problème généralisé, même à New York.

Officiellement, Arthur travaillait chez McAdams à temps partiel, car il occupait déjà un poste à temps plein à Creedmoor. Il passait donc de longues heures dans les bureaux de l'agence à Midtown le soir et le week-end. Il ne pouvait simplement pas rater cette occasion de conjuguer ses passions pour la médecine, la publicité et les produits pharmaceutiques, et il s'épanouissait chez McAdams. La promotion des médicaments éthiques avait toujours constitué un domaine très sage, comparé aux autres secteurs de la publicité. Alors que les cigarettes, les voitures ou les cosmétiques bénéficiaient de campagnes percutantes, les médicaments vendus sur ordonnance présentaient habituellement un aspect générique, sans nom de marque ni beaucoup de détails permettant de les différencier les uns des autres. De toute façon, les produits pharmaceutiques n'étaient pas sexy. Comment pouvait-on vendre une pilule ?

La stratégie d'Arthur consista à adopter l'éclat séducteur des publicités classiques – des slogans accrocheurs, des visuels tape-à-l'œil – et à cibler un public influent : les prescripteurs. Arthur avait hérité de la révérence de ses parents pour la profession médicale. « Je préférerais que ma famille et moi-même nous en remettions au jugement et à la merci d'un confrère plutôt que de l'État », aimait-il à déclarer. Ses campagnes pour vendre de nouveaux médicaments s'adresseraient directement aux praticiens grâce à des réclames placées en évidence dans des revues médicales et à des brochures distribuées chez les professionnels de santé. Ayant constaté que les médecins étaient principalement influencés par leurs pairs, il recruta des praticiens réputés pour promouvoir ses produits – l'équivalent dans le milieu médical de mettre un joueur de base-ball sur un paquet de céréales. Sur ses conseils, les fabricants citaient des études scientifiques (qu'ils avaient souvent financées eux-mêmes) afin de démontrer que leurs produits étaient efficaces et sans danger. John Kallir, qui avait travaillé pendant dix ans pour Arthur chez McAdams, expliquerait : « Les publicités de Sackler avaient un style très sérieux et clinique – celui d'un médecin s'adressant à un autre. Mais c'étaient bel et bien des publicités. »

Arthur pouvait avoir tendance à pontifier, surtout quand il s'agissait du noble art de la médecine. Mais il avait l'esprit vif et son travail était imprégné d'une fantaisie joueuse. Une publicité pour la Terramycine prenait ainsi la forme d'un test de vue chez l'opticien :

L
ES
INFE
CTIONS
OCULAI
RES NE
RÉSISTENT
PAS À LA
TERRAMYCINE

Mac nomma Arthur directeur de l'agence deux ans après ses débuts chez McAdams. Pfizer était un de leurs plus gros clients et Arthur gérait ce dossier lui-même, se déplaçant jusqu'au siège de la société, au 11 Bartlett Street à Brooklyn, pour s'entretenir personnellement avec John McKeen. (En privé, il qualifiait ces excursions de descentes dans « la fosse aux lions ».) D'après un de ses contemporains, Arthur était « un créatif hors pair ». La Terramycine était quant à elle une nouvelle sorte d'antibiotique : un médicament « à large spectre ». Destinés à lutter contre des maladies spécifiques, les premiers antibiotiques couvraient ce qu'on appelait un spectre étroit. À présent, on en concevait qui permettraient de traiter un éventail plus large de problèmes. C'était une stratégie lucrative pour l'industrie pharmaceutique : au lieu d'occuper un marché de niche, on préférait vendre ses produits à la catégorie de patients la plus vaste possible. Le terme « à large spectre » avait beau paraître scientifique, il avait en fait été inventé par des publicitaires : son apparition dans la littérature médicale datait de la campagne d'Arthur Sackler pour la Terramycine.

La première réclame en vert et brun intitulée « Terra bona » ne mentionnait même pas le nom de l'antibiotique. Ce qu'Arthur vendait réellement, c'était la promesse d'un nouveau produit, et l'idée qu'il serait fabriqué par Pfizer. Il avait compris d'instinct que le nom de l'entreprise comptait autant que celui du médicament, et il s'était engagé à faire de Pfizer, avec son *p* muet exotique, une marque célèbre. La technique du teaser – une publicité qui annonçait en fanfare l'arrivée imminente d'une nouveauté – avait déjà été employée dans d'autres secteurs. Mais avant Arthur Sackler et la Terramycine, elle n'avait jamais été utilisée dans le cadre de l'industrie pharmaceutique.

Arthur collabora avec McKeen pour orchestrer un bombardement publicitaire sans précédent. Les troupes de choc de la campagne étaient ce qu'on appelait les « délégués médicaux » – de jeunes représentants de commerce propres sur eux qui faisaient la tournée des cabinets médicaux, armés de brochures promotionnelles, pour décrire les avantages d'un médicament. Au départ, il n'y avait que huit délégués pour la Terramycine. Toutefois, ils vantèrent ce nouveau produit avec tant d'énergie que, selon un article de presse de l'époque, ils établirent « une sorte de record de vitesse [...] pour la transition du laboratoire à l'usage clinique généralisé ». En dix-huit mois, Pfizer était passée d'une force de vente de huit délégués à trois cents. En 1957, ils seraient deux mille. La Terramycine n'était pas un produit particulièrement révolutionnaire, mais elle rencontra un immense succès grâce à cette stratégie marketing inédite. C'est à Arthur Sackler qu'on attribuerait le mérite non seulement de cette campagne, mais aussi d'avoir révolutionné le secteur entier de la publicité médicale. En matière de promotion pharmaceutique, « Arthur avait tout inventé », affirmerait un de ses employés de longue date chez McAdams.

Désormais, on présenterait des médicaments aux médecins plus ou moins de la même façon que des maillots de bain ou des assurances auto aux consommateurs ordinaires. Pour vendre ses antibiotiques à large spectre, Arthur emploierait un large spectre de tactiques publicitaires. En plus des réclames publiées sur plusieurs pages dans des revues médicales, les professionnels de santé recevaient la visite de délégués qui leur offraient parfois un repas et repartaient en leur laissant des brochures à l'allure parfaitement scientifique. On inondait aussi les médecins de courrier pour les tenir au courant des dernières nouveautés. « Les sociétés pharmaceutiques font la fête aux médecins et les courtisent avec l'ardeur d'une idylle printanière, observa un chroniqueur. L'industrie convoite leur âme et leur carnet d'ordonnances, car ils jouissent d'une situation économique unique : ils disent aux consommateurs quoi acheter. »

La campagne de séduction était intense, et elle commençait tôt. Tout comme Arthur avait distribué aux élèves d'Erasmus des doubles décimètres sponsorisés par le réseau d'écoles de commerce qui l'avait embauché, la société pharmaceutique Eli Lilly commença à offrir des stéthoscopes aux étudiants en médecine. Une autre société, Roche, proposait des manuels universitaires gratuits traitant de l'insomnie, de l'alcoolisme, de l'anxiété – autant de problèmes auxquels l'entreprise pensait savoir comment remédier. Pfizer commença à organiser des tournois de golf où toutes les balles étaient frappées du nom de la société. Ce changement de modèle en faveur de la promotion et de la différenciation des marques fut un succès immédiat. Quelques années seulement après qu'Arthur avait lancé sa campagne pour la Terramycine, le *New York Times* observait que « de plus en plus de médecins [précisaient] une marque ou un nom de fabricant » lorsqu'ils prescrivaient un traitement.

Tout le monde ne se réjouissait pas de cette nouvelle synergie entre la médecine et le commerce. « Le public bénéficiera-t-il vraiment du fait que les praticiens et les enseignants accomplissent leur mission au milieu de la clameur et des efforts de marchands qui cherchent à accroître les ventes de médicaments ? » s'interrogea Charles May, un professeur réputé de la faculté de médecine de Columbia. Il s'inquiétait de ce qu'il décrivait comme un « imbroglio malsain » entre ceux qui prescrivaient les médicaments et ceux qui les fabriquaient et les commercialisaient.

Arthur balaya ces critiques en arguant que ses activités ne relevaient pas du tout de la publicité : il s'agissait d'éducation. Tant de nouveaux médicaments sortaient sur le marché que les professionnels de santé avaient besoin d'aide pour s'y retrouver. Arthur ne faisait que faciliter un cycle vertueux dans lequel les compagnies pharmaceutiques créaient des remèdes salvateurs, les publicitaires en informaient les médecins et les médecins prescrivaient les remèdes à leurs patients, sauvant ainsi des vies. Personne ne cherchait à exploiter ou à tromper qui que ce soit. Après tout, à ses yeux, les soignants étaient au-dessus de tout soupçon. Il était risible de suggérer qu'un praticien puisse être séduit par une annonce clinquante dans une revue médicale, telle une ménagère influencée par une publicité léchée dans un magazine. Le rôle d'un médecin était de veiller aux intérêts de son patient, et ni les médecins ni les patients n'avaient besoin d'un défenseur ou d'un arbitre pour les protéger des publicités mensongères car ils n'étaient pas « assez obtus pour se laisser berner longtemps », avançait Arthur dans un essai non publié.

Il pensait avoir entrevu l'avenir, un avenir dans lequel les sociétés pharmaceutiques et les publicitaires présenteraient de formidables innovations au public – et en profiteraient pour gagner une fortune. Tous ces mauvais esprits semblaient vouloir mettre un frein aux progrès médicaux incroyablement excitants qui étaient en cours autour d'eux. Ce qu'ils souhaitaient en réalité, c'était « revenir en arrière », estimait-il.

Quand il lança la campagne pour la Terramycine, Arthur avait déjà racheté son agence à McAdams. Comme l'expliquerait un employé qui avait connu les deux hommes, Mac était « vieux et fatigué », et Arthur, brillant et plein d'énergie. Un demi-siècle plus tard, lorsque le nom d'Arthur serait inscrit au Medical Advertising Hall of Fame, le panthéon de la publicité médicale, on le présenterait en ces termes : « Le Dr Arthur Sackler, un homme aux multiples talents, a contribué plus que quiconque à définir l'essence de la promotion pharmaceutique. » C'était lui qui avait apporté « toute la force de la publicité et de la communication au marketing pharmaceutique », poursuivrait la description.

Un jour de février 1950, alors que la campagne pour la Terramycine battait son plein, Arthur, Mortimer et Raymond se joignirent à leur mentor Van O pour l'inauguration du centre de recherche qu'ils venaient de fonder, l'Institut d'études psychobiologiques de Creedmoor. Ce nouvel organisme serait hébergé dans l'aile H de l'asile, où soixante-deux chambres avaient été réservées pour traiter des patients et mener des recherches sur l'histamine et d'autres options que les électrochocs. C'était une grande victoire pour Arthur. Même s'il était indubitablement à l'origine de cette initiative, il avait décidé que Van O serait le directeur et le visage public de l'institut tandis que lui-même occuperait le poste moins important de « directeur de la recherche ». Il s'agissait peut-être simplement d'une marque de déférence envers son mentor. Cela dit, devant les exigences des deux emplois à temps plein qu'il tentait de conjuguer – à l'agence de publicité qu'il dirigeait à Midtown et à l'hôpital psychiatrique public du Queens –, Arthur commençait aussi à s'apercevoir qu'il était plus prudent de rester discret quand on prenait part à une gamme d'activités potentiellement conflictuelles.

Il avait toutefois un faible pour l'apparat et savait faire les choses en grand. Quatre cents personnes assistèrent à l'inauguration. Le discours d'ouverture fut prononcé par le président de l'Assemblée générale des Nations unies. Même Harry LaBurt, le directeur autoritaire et sans imagination de Creedmoor avec lequel Arthur avait eu maille à partir par le passé, fut obligé de faire une apparition pour saluer la réussite de son subordonné. Van O annonça à l'assemblée les grands projets que les frères Sackler et lui nourrissaient pour le centre : ils allaient découvrir comment diagnostiquer les maladies mentales plus tôt et comment utiliser la biochimie pour les traiter. La création de cet institut engendrerait « un âge d'or de la psychiatrie ».

À plusieurs kilomètres de là, à la pointe sud de Manhattan, Marietta accouchait dans une chambre du New York Hospital. Arthur avait une vie très remplie et, par une malheureuse coïncidence, il avait été forcé de trancher entre assister à la naissance de son institut et à celle de son enfant. Il avait choisi l'institut. Après avoir appris que Marietta était enceinte, Arthur avait décidé de quitter sa femme, Else. Ils étaient partis en vacances en famille au Mexique et y avaient obtenu un divorce rapide. (D'après les souvenirs personnels d'Arthur, qu'une des fondations de la famille publierait, cette séparation avait été non seulement amicale mais inévitable ; Else « avait reconnu [qu'Arthur] était un homme avec de formidables ambitions et qu'elle ne pouvait tout simplement pas avancer au même rythme ».)

À son retour du Mexique, en décembre 1949, Arthur épousa rapidement et discrètement Marietta. Ils achetèrent une maison sur Searingtown Road, à Albertson, un quartier résidentiel de Long Island. Il leur avait fallu un certain temps pour la trouver, car Arthur ne voulait pas d'une résidence conventionnelle. Sa demeure devait être unique et remarquable. Comme sa carrière dans la publicité avait pris son envol, il aurait de quoi la payer. Le couple finit par repérer une vieille ferme hollandaise, construite dans les années 1700 à Flushing et transplantée par la suite à Albertson. Elle était entourée de buis et dotée de poutres apparentes, de portes à doubles vantaux et de parquets à lames larges, chevillés à la main. L'endroit paraissait un peu sombre à Marietta, mais il avait séduit l'amoureux du passé qu'était Arthur. La maison datait de la même époque que l'ancienne école au cœur du lycée Erasmus.

Si Marietta était très heureuse d'avoir épousé Arthur, la transition n'avait pas été simple. Sa belle-mère, Sophie, était farouchement opposée à ce mariage parce qu'il avait mis fin à la première union de son fils et que Marietta n'était pas juive. Bien plus tard, un ami d'Arthur dirait que Marietta avait « fui l'Allemagne nazie », une fiction qui lui donnait une allure de résistante ou de juive persécutée. À l'époque, l'illusion était plus difficile à entretenir. Pendant les cinq premières années de ce mariage, Sophie refusa de parler à Marietta ou même d'admettre son existence. Marietta s'entendait bien avec Mortimer et Raymond, dont elle avait fait la connaissance avant de fréquenter Arthur ; mais elle avait tout de même l'impression de ne pas avoir sa place dans cette famille soudée. « J'étais vue comme une intruse qui avait contraint Arthur au mariage, et le fait que je vienne d'un pays profondément haï et méprisé aggravait encore mon cas », écrirait-elle.

Le jour où Marietta commença à avoir des contractions, Arthur la conduisit à l'hôpital. Comme l'heure de l'inauguration à Creedmoor approchait, il lui dit au revoir et se dépêcha de rejoindre le Queens. Marietta le laissa partir ; elle savait à quel point l'institut comptait pour lui. Elle donna naissance à un garçon menu et fripé, tout en longueur. Bien que les familles juives n'aient pas pour tradition de donner aux garçons le prénom de leur père, Marietta choisit d'appeler l'enfant Arthur Felix. Elle voulait qu'il soit associé à Arthur – qu'il hérite de son nom respectable complet. Il y avait peut-être aussi dans cette décision un désir d'asseoir sa légitimité, de se prémunir contre toute insinuation que le rejeton de la seconde épouse ne serait pas un Sackler à part entière. Après l'accouchement, Marietta eut le sentiment d'avoir acquis une importance nouvelle en participant au processus dynastique, comme si avoir donné le jour au descendant mâle de la famille avait rehaussé son statut. Une fois l'inauguration terminée, Arthur retourna en toute hâte à l'hôpital pour rencontrer son enfant. Ray et Morty l'accompagnèrent. Ils apportèrent des fleurs.

Quand elle était tombée enceinte, Marietta avait choisi d'arrêter de travailler, une décision qu'Arthur approuvait mais qu'elle n'avait pas prise sans appréhension.

Après sa sortie de la maternité, elle s'occupa donc du bébé pendant qu'Arthur allait passer de longues journées à Creedmoor, suivies de longues soirées chez McAdams. Une fois l'enfant endormi, Marietta préparait à manger, se changeait – Arthur aimait qu'elle s'apprête pour le dîner –, allumait des bougies et attendait le retour de son mari.

Plutôt que de réduire ses engagements professionnels pour tenir compte de sa nouvelle famille, Arthur acceptait plus de projets que jamais. Il devint rédacteur en chef du *Journal of Clinical and Experimental Psychobiology*. Il monta une maison d'édition médicale. Il fonda une agence de presse à destination des professionnels de santé, fut nommé président de l'Institut de radio-télévision médicale et lança un service de radio en continu sponsorisé par des sociétés pharmaceutiques. Il ouvrit un laboratoire de recherche thérapeutique à la faculté de pharmacie de Brooklyn, à Long Island. Toute cette activité avait quelque chose de frénétique ; Arthur semblait créer une nouvelle société chaque semaine. La raison de ces différentes initiatives était que ses frères et lui effectuaient un travail remarquable à Creedmoor, mais que personne ne le savait. Les investissements d'Arthur dans le domaine des médias visaient à combler cette lacune. Avec son emphase habituelle, il affirmait s'inscrire dans la tradition d'Hippocrate, qui éduquait les gens en plus de traiter des patients. Marietta comparait son nouvel époux à la grande statue en bronze d'Atlas installée devant le Rockefeller Center, qui portait le monde sur ses épaules musclées.

La métamorphose du gamin de la Grande Dépression, issu des confins de New York, semblait accomplie.

Arthur Sackler était un chercheur et publicitaire émérite, qui avait conscience de sa propre importance. Certains vétérans de McAdams qui le connaissaient depuis sa période étudiante l'appelaient Artie, mais pour presque tout le monde il était désormais « le docteur Sackler ». Il portait des costumes élégants et se comportait comme une figure d'autorité. Le pouvoir et l'adulation le nourrissaient : il semblait en tirer une énergie renouvelée, comme s'il avait trouvé un moyen de métaboliser l'admiration d'autrui. Il avait quasiment gommé son accent de Brooklyn, adoptant à la place une diction sophistiquée, mi-britannique mi-américaine. Il parlait toujours d'une voix douce, mais avec une assurance feutrée et travaillée.

Environ un mois après la naissance de son fils, Arthur accompagna Van O à Washington pour une audience au Congrès. Dans une salle du Capitole, les deux médecins se présentèrent devant une sous-commission du Sénat afin de solliciter des fonds pour leur institut à Creedmoor. « Aborder les maladies mentales sous l'angle du trouble biochimique n'aura pas seulement pour effet de faire sortir plus de patients des hôpitaux psychiatriques : la thérapie biochimique pourra permettre à plus de patients de ne jamais être internés », promit Arthur aux sénateurs. Pourquoi ne pas traiter ces problèmes chez le médecin ? « La prévention est assurément une meilleure solution que de se contenter de construire de plus en plus d'institutions », avança-t-il.

Le président de la sous-commission, un sénateur du Nouveau-Mexique appelé Dennis Chavez, n'était pas convaincu. Et si on allouait de l'argent fédéral à ce type de recherches et que, après avoir bénéficié de cette précieuse formation subventionnée par le gouvernement, les médecins de Creedmoor quittaient le service public pour s'établir à leur compte ? Ces travaux devraient-ils être menés pour le bien de tous ou pour le bien des psychiatres ? demanda-t-il à Arthur.

Avec sa foi irréductible en l'intégrité fondamentale de la profession médicale, Arthur ne pouvait pas accepter la prémisse de cette question. « La fonction élémentaire d'un médecin est précisément l'intérêt de tous, déclara-t-il.

— C'est vrai, répondit Chavez. Mais j'en ai connu certains qui étaient de vrais marchands de Venise. »

L'espace d'un instant, Arthur resta abasourdi. L'antisémitisme voilé était un élément quotidien de la vie américaine dans les années 1950, même au Sénat. Mais une référence au *Marchand de Venise* ? L'allusion était si grosse qu'elle n'avait plus grand-chose de voilé. Les membres de la commission prenaient-ils Arthur pour une sorte de Shylock qui cherchait à les berner pour leur soutirer leurs inestimables crédits ?

« Je suis heureux de dire… » commença-t-il.

Mais Chavez, qui avait mal entendu, le coupa sèchement :

« C'est malheureux à dire.

— Je suis heureux de dire que je n'en ai jamais rencontré », reprit Arthur, avec toute la dignité qu'il put afficher.

Malgré les préjugés qu'Arthur pouvait affronter dans le monde extérieur, chez McAdams, il régnait en maître.

La rumeur s'était propagée dans le milieu de la publicité que des choses excitantes se produisaient sous la houlette d'Arthur Sackler. L'agence devint un « aimant » à talents, comme le dirait plus tard un ancien employé. Arthur avait un don pour repérer les bonnes recrues et il se mit à appâter des rédacteurs et des artistes d'autres agences. C'était un employeur inhabituellement ouvert d'esprit pour l'époque. Tant que le talent et la motivation étaient là, le reste lui importait peu. Il embaucha de nombreux juifs à une période où ils ne trouvaient pas de travail dans la publicité. « Sackler avait une préférence pour les réfugiés européens », se rappellerait Rudi Wolff, un concepteur et graphiste qui avait travaillé pour McAdams dans les années 1950. Il y avait des survivants de la Shoah et des personnes qui avaient fui la pauvreté et les révoltes. « Il y avait des médecins, poursuivrait Wolff. Des titulaires de doctorat qui n'auraient jamais pensé à travailler pour une agence de publicité, mais qu'il savait repérer. Des gens qui ne trouvaient pas facilement d'emploi à cause de leur accent. On avait des Noirs. Certains des rédacteurs qu'il avait recrutés avaient été victimes du maccarthysme, et personne ne voulait les embaucher. Mais Arthur les acceptait. » Un jour, un concepteur suédois, qui était communiste, fit un esclandre en allumant un petit bûcher dans le bureau pour y brûler des publicités de l'agence et manifester son dégoût pour « ces merdes capitalistes ». « Le directeur artistique l'a réprimandé, raconterait Wolff. On a tous trouvé ça hilarant. Mais il a continué à venir au travail. »

Arthur avait lui-même flirté avec le communisme dans les années 1930. Il avait pris part aux luttes syndicales pendant ses études de médecine et rejoint une organisation antifasciste. Cela n'avait rien d'inhabituel pour quelqu'un ayant grandi à Brooklyn pendant la Grande Dépression : à cette époque, les déçus du capitalisme étaient nombreux. Mortimer semblait avoir partagé son point de vue et, selon une enquête déclassifiée du FBI, Raymond avait été membre du Parti communiste, tout comme Beverly Feldman, la jeune femme qu'il avait épousée en 1944. « McAdams avait beaucoup d'employés aux opinions politiques douteuses. Et c'était ce qui m'avait séduit », ironiserait John Kallir, l'ancien employé d'Arthur.

L'agence occupait plusieurs étages d'un immeuble au 25 de la 43e Rue Ouest. Une ambiance décontractée et bohème régnait dans les locaux. Le *New Yorker* faisait partie des autres locataires du bâtiment et, un jour, Kallir et ses collègues avaient découvert avec ravissement que le célèbre dessinateur Charles Addams, créateur de la série macabre *La Famille Addams*, occupait un bureau quelques étages en dessous du leur. Voulant s'amuser, ils avaient imprimé une image de bébé avec un photostat, l'avaient attachée à une ficelle et descendue par la fenêtre pour l'agiter tel un appât dans le champ de vision d'Addams. Quelques minutes plus tard, ils avaient senti une petite secousse sur la ligne. En la remontant, ils avaient découvert qu'Addams avait pratiqué un trou en forme d'impact de balle dans le front du bébé.

« On avait un tas d'argent à dépenser en illustrations. Beaucoup d'artistes venaient nous présenter leur portfolio », raconterait Rudi Wolff. Andy Warhol faisait partie des jeunes talents qui fréquentaient l'agence. « Comme j'étais le directeur artistique et que j'avais tous ces sous, je lui disais : "Andy, fais-moi dix têtes d'enfants, et joliment." Il dessinait extrêmement bien. » Warhol aimait les illustrations de chats. McAdams en utilisa une dans une publicité pour les laboratoires Upjohn.

Arthur avait beau cultiver une atmosphère détendue et créative autour de lui, il n'était pas pour autant un patron facile. Tony D'Onofrio, un autre employé de l'époque, le décrirait comme quelqu'un de « clivant, déroutant et caractériel ». Il travaillait comme un forçat et imposait le même rythme à ses collaborateurs. Ayant été rédacteur, il ne voyait aucun inconvénient à donner son avis sur tout. Même sa générosité était à double tranchant. Il éconduisait les employés juifs qui lui réclamaient une augmentation en prenant pour prétexte l'antisémitisme qui prévalait dans le secteur : « Où iriez-vous d'autre ? » Quand un rédacteur reçut une offre d'embauche de l'agence Eli Lilly, il s'esclaffa : « Lilly ? Ils n'aiment pas les juifs. Ils ne te garderont même pas un mois. »

« Nous n'étions pas très bien payés. Mais personne ne partait », se souviendrait Rudi Wolff.

Wolff était juif aussi, et très pratiquant. Lorsqu'il se fiança, Arthur et Marietta organisèrent une fête surprise en son honneur à Searingtown Road. Ils engagèrent un traiteur, et Arthur prit soin de commander des plats kasher, signalés par de petits drapeaux portant l'étoile de David. Wolff fut touché par ce geste, tout en percevant son aspect stratégique. « C'était bon pour son image », expliquerait-il. Cela permettait à Arthur de se poser en employeur attentionné et humain. « Je n'étais pas dupe. Il avait fait ça pour moi, mais aussi pour lui-même. » Un de ses collègues de l'époque, Harry Zelenko, renchérirait : « Artie pouvait se montrer très charmant. Mais il était aussi foncièrement égoïste. »

Quand il avait été embauché à l'agence, Arthur avait une concurrente évidente : Helen Haberman, une autre jeune protégée de McAdams. Certains imaginaient qu'elle lui succéderait à sa retraite. Haberman écrivit un roman à clé sur la vie d'une jeune femme employée dans une agence de publicité à Manhattan. L'un des personnages était un jeune New-Yorkais ambitieux qui parlait avec un enthousiasme débordant de ses expériences sur les hormones et la biochimie et qui « continuerait à travailler sur le sujet trois cent soixante-cinq jours par an, jusqu'à ce qu'il ne reste plus beaucoup d'hommes autour de lui qui aient travaillé aussi longtemps ou avec autant d'acharnement ». Malheureusement pour Haberman, il était déjà très difficile pour une femme de faire carrière dans la publicité dans les années 1940, sans parler de diriger une agence. « Artie a été plus rusé qu'elle et il a pris le dessus, se souviendrait Harry Zelenko. C'était un dur à cuire. »

« Il n'était pas du genre à vous envoyer des fleurs, dirait un autre ancien de McAdams, Phil Keusch. D'une certaine façon, on avait le sentiment que si on travaillait avec lui, c'est qu'on l'avait mérité. » Dans le milieu de la publicité, tout le monde semblait admettre qu'Arthur était doté d'un talent comme on en voyait rarement. « Si on me demandait de définir le terme "génie", c'est lui qui me viendrait à l'esprit, déclarerait Keusch. Je l'observais pendant les réunions avec les clients : Upjohn, Roche… Il s'imposait totalement. En fin de compte, tout revenait à lui. Il y avait tous ces hommes autour de la table, toutes ces huiles. Mais c'était lui qui raisonnait le plus intelligemment. Je n'avais jamais rencontré quelqu'un d'aussi brillant. On peut dire que c'est lui qui a créé notre secteur d'activité. »

Arthur avait bien un rival d'envergure dans l'industrie. McAdams n'était pas la seule agence de publicité exclusivement dédiée au domaine pharmaceutique : elle disputait le terrain à une autre société, L. W. Frohlich. Baptisée en l'honneur de son énigmatique président, Ludwig Wolfgang Frohlich – il se faisait appeler Bill –, l'agence semblait gérer tous les gros clients qui ne travaillaient pas avec McAdams. Bill Frohlich était un émigré allemand débonnaire qui habitait dans une élégante maison de ville sur la 63e Rue Est. Son entreprise, installée dans un immeuble en brique de neuf étages sur la 51e Rue, était « probablement la plus grande agence » consacrée à l'industrie pharmaceutique, selon ses dires. Frohlich partageait toutefois le goût du secret d'Arthur Sackler et refusait de dévoiler son chiffre d'affaires, ce qui rendait ses affirmations difficiles à vérifier. C'était un apôtre convaincant de la publicité pharmaceutique, qui aimait mettre l'accent sur l'aspect séduisant et romanesque de son domaine d'activité : « Nous sommes en train de vivre une révolution pharmacologique. Cet effort délibéré et ciblé pour créer des médicaments particuliers qui combattront des maladies particulières […] a captivé l'imagination du public. »

Frohlich était un ancien employé d'Arthur Sackler. À ses débuts chez Schering, Arthur l'avait embauché pour créer des caractères typographiques. « Il a commencé par travailler pour d'autres entreprises en tant que concepteur artistique. C'était son talent premier », expliquerait la première femme d'Arthur, Else Sackler, qui l'avait rencontré en 1937. À l'époque, Frohlich venait d'arriver d'Allemagne. Il n'était pas médecin, contrairement à Arthur, mais il avait du flair. Il monta sa propre société en 1943. Très vite, Frohlich et McAdams se retrouvèrent dans un rapport à somme nulle : si un grand nom ne collaborait pas avec une agence, c'était qu'il collaborait avec l'autre.

Frohlich avait une réputation de bon vivant : il fréquentait assidûment l'opéra et organisait des fêtes dans sa propriété en bord de mer à Long Island. Il était néanmoins réservé et discipliné. Il avait observé un jour que l'industrie pharmaceutique se caractérisait par « un esprit de concurrence forcené » qui aurait « ravi Adam Smith ». Dans l'« art pharmaceutique », comme il l'appelait avec une certaine grandiloquence, on disposait seulement de « l'intervalle entre la commercialisation et l'obsolescence » d'un produit pour engranger des profits.

Arthur Sackler avait conscience de cette réalité : « Nous travaillons dans un domaine où la concurrence est incroyablement rude » ; pour décrocher, puis conserver chaque contrat, il devait l'emporter sur « vingt autres agences ». Son plus grand compétiteur semblait cependant être Frohlich. Le magazine *Advertising Age* décrivit leur rivalité en les qualifiant « des deux acteurs les plus importants du secteur ». John Kallir se montrerait plus franc : « Frohlich et McAdams dominaient le marché. »

Certaines connaissances de Frohlich le soupçonnaient de ne pas dévoiler tout son jeu. À cause de son accent allemand et de ses manières tatillonnes, d'aucuns se demandaient s'il ne cachait pas un passé nazi. En fait, le FBI s'était renseigné à son sujet pendant la guerre pour déterminer s'il avait des liens avec le régime de Hitler. Ce n'était pas le cas, bien au contraire : Frohlich était juif. Si Arthur pouvait occasionnellement passer pour un gentil, Frohlich avait entièrement investi le rôle, gommant et rejetant ses origines juives dès son arrivée aux États-Unis. Beaucoup de ses plus proches amis et collaborateurs ne découvrirent sa judéité que bien après sa mort. Ils ne savaient pas non plus qu'il était homosexuel – il le dissimulait soigneusement. Cela n'était pas si inhabituel dans les cercles que Frohlich fréquentait au milieu du siècle, où des hommes menaient parfois plusieurs vies, certaines publiquement, d'autres dans la plus grande discrétion.

« L'essor de notre domaine ne se reflète pas dans ses profits, mais il se poursuit à une vitesse étourdissante, écrivit Arthur à un ami en 1954, observant que ses responsabilités semblaient se multiplier. Un million de choses arrivent en même temps. » Les trois frères Sackler devaient considérer que les hypothèses qu'ils avaient formulées à Creedmoor étaient désormais confirmées. Le groupe pharmaceutique Smith, Kline & French venait de commercialiser un nouveau médicament, la Thorazine, qui était précisément le genre d'antipsychotique miracle que les frères avaient envisagé. Des patients autrefois agressifs devenaient dociles. Les asiles purent de nouveau autoriser leurs internés psychotiques à allumer leurs cigarettes eux-mêmes sans craindre qu'ils mettent le feu à l'hôpital. Arthur ne s'était pas chargé de la publicité pour le médicament, mais il aurait aussi bien pu : le slogan de Smith, Kline & French annonçait que la Thorazine maintenait « les patients hors des hôpitaux psychiatriques ». En 1955, le nombre d'admissions annuelles dans les asiles américains diminua pour la première fois depuis un quart de siècle. Au cours des décennies suivantes, on assisterait à la désinstitutionalisation progressive des malades mentaux, à mesure que les hôpitaux psychiatriques comme Creedmoor se videraient. Le succès de la Thorazine n'était assurément pas le seul facteur à l'origine de ce bouleversement, mais il semblait bel et bien étayer la théorie à laquelle Arthur souscrivait – l'idée que les maladies mentales étaient causées par des perturbations dans la biochimie du cerveau plutôt que par des traits génétiques immuables, une enfance traumatique ou un défaut de caractère. De fait, la Thorazine fournit de nouveaux objectifs aux chercheurs : si l'on pouvait traiter les troubles mentaux en réglant des insuffisances chimiques dans le cerveau, on pouvait certainement soigner d'autres maladies de la même manière. « Aider les schizophrènes ne serait qu'un début », allait affirmer un historien. Dans la nouvelle ère qui se profilait, on pourrait mettre au point un médicament pour presque chaque problème.

Arthur percevait cette excitation et il semblait sans cesse imaginer de nouvelles synergies entre la pharmacologie et le commerce. En collaboration avec Pfizer, il participa à l'invention de l'une des premières formes de « publicité native » – une réclame camouflée en article – lorsque l'entreprise fit paraître un supplément en couleur de seize pages avec l'édition dominicale du *New York Times*. (Le journal soutiendrait que la nature commerciale du supplément était « clairement indiquée », mais reconnaîtrait que « le but était que le lecteur moyen y voie une publication maison ».) Pour un champion autoproclamé de la communication, Arthur manifestait une propension tenace à altérer la vérité quand cela jouait en sa faveur (ou celle de ses clients). Et cela arrivait souvent.

À cette époque, il se mit à dissimuler aussi fréquemment que possible ses activités. Après avoir pris la tête de l'agence McAdams, il céda la moitié de ses parts à sa première épouse, Else. Il s'agissait d'un don tenant lieu d'indemnité compensatoire pour leur divorce. C'était aussi une feuille de vigne. Else ne jouait aucun rôle significatif dans la gestion de l'entreprise, mais en faire une des propriétaires officielles était une façon plausible pour Arthur de minimiser l'importance de ses intérêts personnels dans la société. Il ne voyait aucun inconvénient à placer quelqu'un d'autre sur le devant de la scène si cela signifiait qu'il pouvait rester en coulisse.

Arthur détenait également un secret plus important – un secret qu'il emporterait dans la tombe, mais qu'il avait partagé de son vivant avec Bill Frohlich : l'une des sociétés dans lesquelles il avait investi discrètement était sa prétendue rivale, l'agence L. W. Frohlich. Aux yeux du monde, Sackler et Frohlich étaient concurrents ; en réalité, Arthur avait aidé Frohlich à créer son entreprise. Il avait financé son projet, lui avait envoyé des clients et, finalement, les deux hommes s'étaient entendus en secret pour se diviser l'industrie pharmaceutique. « Il était extrêmement important à l'époque [...]

d'essayer d'obtenir autant de contrats que possible », expliquerait des années plus tard l'avocat de longue date d'Arthur, Michael Sonnenreich. L'ennui était qu'afin d'éviter les conflits d'intérêts, aucune agence n'avait le droit de représenter deux produits concurrents. « Alors ils ont monté deux agences », dirait Sonnenreich. Selon lui, cet arrangement n'était « pas illégal », même s'il avait été délibérément conçu pour masquer un conflit d'intérêts flagrant.

Arthur Sackler et Bill Frohlich étaient de vieux amis. Plusieurs cadres de L. W. Frohlich finirent par se douter qu'Arthur avait investi dans l'agence. Il refusa toujours de l'admettre, mais c'était bien le cas, et il ne s'agissait pas d'une participation minoritaire. Selon Sonnenreich, Arthur était la force dominante derrière la société : « En résumé, l'agence de Frohlich [lui] appartenait. »

Cependant, un lien plus profond encore unissait les deux hommes. Arthur n'était pas le seul Sackler à être proche de Bill Frohlich : Mortimer et Raymond devinrent aussi amis intimes avec le publicitaire allemand. Ils se reconnaissaient peut-être en lui : un battant du milieu du XXe siècle qui s'était réinventé, prêt à conquérir le monde. Les frères Sackler et Frohlich se surnommaient les « mousquetaires », en référence au trio qui accompagne d'Artagnan dans le roman d'Alexandre Dumas. Pour Marietta, leur amitié avait un aspect « peu commun » : ils formaient un club dont même leurs épouses étaient exclues. Les hommes discutaient jusqu'à tard le soir, débattant de leur travail et de leurs projets. La devise des mousquetaires de Dumas était « Un pour tous, tous pour un » ; et par un soir de neige, à la fin des années 1940, les frères Sackler et

Bill Frohlich avaient conclu un pacte similaire à un coin de rue de Manhattan. Selon Richard Leather, l'avocat qui représentait les quatre hommes et avait officialisé leur accord par la suite, ils s'étaient engagés à mettre en commun les parts des sociétés que chacun possédait. Ils s'aideraient mutuellement dans leurs entreprises et partageraient leurs actifs. À la mort du premier d'entre eux, les trois autres hériteraient du contrôle des sociétés. À la mort du deuxième, elles reviendraient aux deux survivants. À la mort du troisième, le dernier mousquetaire contrôlerait toutes les sociétés. Et à sa mort, les actifs seraient transférés à une fondation caritative.

C'était un engagement peu négligeable. Bill Frohlich n'avait pas d'enfants, mais les frères Sackler étaient tous mariés et pères de famille. Mortimer avait épousé une Écossaise appelée Muriel Lazarus et s'était installé avec elle dans la région de Great Neck, sur Long Island. Ils avaient deux filles, Ilene et Kathe, et un garçon nommé Robert. Raymond et Beverly s'étaient établis à East Hills, également sur Long Island, et avaient deux fils, Richard et Jonathan. À l'époque de l'accord, Arthur avait déjà deux filles, Carol et Elizabeth, avec Else, et aurait bientôt un fils, puis une fille avec Marietta. À travers leur pacte, les mousquetaires avaient décidé que leurs propres enfants n'hériteraient pas de leurs actifs. À la place, chaque homme aurait le droit de léguer une somme raisonnable à ses descendants, et le reste passerait à terme dans leur fondation caritative. « En 1950, j'avais déjà gagné assez d'argent pour mes enfants et mes petits-enfants. Le reste ira à la fondation », décréterait Arthur. Cet engagement à l'esprit civique reposait peut-être sur la philosophie socialiste partagée par les Sackler : ils produiraient des richesses, mais ils ne les accapareraient pas.

Les frères ne prenaient pas cette idéologie à la légère. De fait, c'était une affiliation qui allait leur coûter cher. Quand la guerre de Corée éclata, la Commission de l'énergie atomique américaine sollicita l'aide de Creedmoor pour mener des recherches sur les effets des brûlures causées par des substances radioactives. Ce fut peut-être cette collaboration avec l'État fédéral qui braqua le feu des projecteurs sur l'hôpital ; quoi qu'il en soit, on se mit à soupçonner l'existence d'une « cellule communiste » entre ses murs. Les États-Unis étaient en proie à la Peur rouge, et il s'avéra que le FBI avait discrètement enquêté sur les frères Sackler et découvert des preuves de leurs sympathies communistes. En 1953, Mortimer et Raymond furent renvoyés de Creedmoor pour avoir refusé de signer un « serment de fidélité » envers les États-Unis, car celui-ci impliquait de dénoncer les personnes engagées dans des « activités subversives ».

Arthur finit par démissionner de Creedmoor. Tout au long de sa vie, il évoquerait les préjudices causés à ses proches pendant l'ère McCarthy. En réalité, les frères Sackler avaient déjà l'intention de développer leur portefeuille d'activités au-delà de la publicité et de la recherche en psychiatrie. Dans un article sur le licenciement de Raymond et Mortimer, le *New York Times* notait que les frères avaient ouvert un bureau au nº 15 de la 62ᵉ Rue Est, juste à côté de Central Park, dans l'Upper East Side.

« Arthur était un formidable bouclier pour Mortimer et Raymond. Plutôt qu'un simple frère aîné, il faisait réellement office de *pater familias* », déclarerait l'avocat Richard Leather. Avant même que Mortimer et Raymond soient renvoyés de Creedmoor, Arthur avait conçu un nouveau projet pour les Sackler. En 1952, il décida d'acheter une petite société pharmaceutique. Il s'agirait officiellement d'un partenariat : chaque frère détiendrait un tiers de l'entreprise. Toutefois, l'argent viendrait d'Arthur, qui jouerait en pratique un rôle de bailleur de fonds ; Mortimer et Raymond géreraient l'affaire tandis qu'il resterait en coulisse. Les Sackler acquirent la société pour 50 000 dollars. Elle n'avait rien d'exceptionnel : l'entreprise fabriquait quelques produits ordinaires, vendus sans ordonnance, avec un chiffre d'affaires annuel de 20 000 dollars et un siège situé dans un étroit bâtiment en briques rouges sur Christopher Street, à Greenwich Village. Elle possédait cependant un nom robuste et distingué, que les frères décidèrent de conserver : Purdue Frederick.

4

De la pénicilline contre le blues

Un jour de 1957, un chimiste du nom de Leo Sternbach fit une découverte surprenante. Âgé d'une bonne quarantaine d'années, Sternbach travaillait dans un laboratoire sur le vaste campus de l'entreprise pharmaceutique suisse Roche, à Nutley, dans le New Jersey. La société essayait depuis quelques années de mettre au point un tranquillisant mineur. La Thorazine, le médicament qui avait donné d'excellents résultats quand on l'avait administré dans des asiles comme Creedmoor, était désignée comme un tranquillisant « majeur », car elle était assez puissante pour soigner les psychotiques. Néanmoins, les ambitieux responsables de l'industrie pharmaceutique avaient conscience que le nombre de patients souffrant de ce genre de troubles sévères était limité. Ils entreprirent donc de concocter un tranquillisant mineur : un médicament moins puissant, qui pourrait traiter des problèmes plus quotidiens (et répandus) tels que l'anxiété.

L'un des concurrents de Roche, Wallace Laboratories, fut le premier à se lancer sur le marché avec le Miltown, un produit qui connut un succès fulgurant. Avant le Miltown, les gens pouvaient soulager leur stress ou leurs névroses avec des barbituriques, des calmants ou de l'alcool. Ces remèdes présentaient des effets indésirables : ils donnaient envie de dormir, montaient à la tête et provoquaient parfois une dépendance. Le Miltown, présenté comme dénué d'effets secondaires, se vendit comme des petits pains. Brusquement, tout le monde semblait en prendre. Aucune connotation négative n'était associée au médicament : vous y réfléchissiez peut-être à deux fois avant d'avouer à un collègue que votre médecin vous avait mis sous Thorazine, mais se soigner au Miltown n'avait rien de honteux. Au contraire, cela devint une mode – on en consommait pendant les fêtes à Hollywood. Les gens se vantaient d'avoir une ordonnance.

L'industrie pharmaceutique étant connue pour son instinct grégaire, d'autres sociétés entreprirent à leur tour de développer des tranquillisants mineurs. Chez Roche, Leo Sternbach avait reçu une consigne très simple : il devait inventer un médicament qui détrônerait le Miltown. « Modifie un peu les molécules », lui avaient ordonné ses supérieurs. Le but était de créer un produit qui soit suffisamment différent du Miltown pour pouvoir être breveté et vendu au prix fort en tant que concurrent, mais pas différent au point de ne pas pouvoir le supplanter sur son propre marché.

Sternbach, qui se considérait comme un chimiste pur et dur, trouvait ces consignes quelque peu agaçantes. Pendant son enfance à Cracovie, en Pologne, il avait eu l'habitude de subtiliser des produits dans la pharmacie que tenait son père et de mener des expériences, mélangeant plusieurs éléments pour voir s'il obtenait une explosion. Il éprouvait un fort sentiment de loyauté envers Roche : l'entreprise lui permettait de faire ce qu'il aimait, mais surtout, elle lui avait possiblement sauvé la vie. Quand la Seconde Guerre mondiale avait éclaté, Sternbach travaillait à Zurich, au siège de la société mère de Roche, Hoffmann-LaRoche. Même si la Suisse était officiellement neutre, beaucoup d'entreprises pharmaceutiques du pays avaient décidé d'« aryaniser » leur personnel en excluant les juifs. Ce n'était pas le cas de Hoffmann-LaRoche. Alors que la situation des juifs d'Europe devenait de plus en plus précaire, l'employeur de Sternbach, reconnaissant qu'il faisait partie d'une « espèce menacée », comme il le disait lui-même, avait pris la précaution de le transférer aux États-Unis.

Sternbach estimait donc avoir une dette envers Roche. Cependant, cela faisait maintenant deux ans qu'il essayait sans succès d'inventer un médicament capable de rivaliser avec le Miltown, et ses chefs commençaient à s'impatienter. Il avait formulé plus d'une dizaine de nouveaux composés, mais aucun ne produisait exactement le résultat escompté. Sternbach était contrarié. La bonne chimie demandait du temps, et il n'aimait pas qu'on le bouscule. Et puis, alors que ses supérieurs s'apprêtaient à abandonner le projet pour lui confier une autre mission, ses efforts portèrent leurs fruits. Il était en train de réaliser des essais avec un composé improbable qui avait jusqu'alors principalement été utilisé dans des teintures synthétiques quand il se rendit compte qu'il venait peut-être de tomber sur la solution à son problème.

Il appela cette nouvelle concoction « composé Roche n° 0609 ». En la testant sur des souris, il découvrit que celles-ci n'avaient pas l'air sonnées, comme cela se produisait avec le Miltown (en dépit de sa réputation de médicament sans effets secondaires). Au contraire, elles étaient détendues mais alertes. Avant de déposer le brevet, Sternbach prit lui-même une forte dose du médicament et nota soigneusement dans son carnet l'évolution de son état d'esprit. « Guilleret », écrivit-il. C'était ce que Roche cherchait. On baptisa le nouveau médicament Librium, un mot-valise formé à partir des termes anglais signifiant « libération » et « équilibre ». Et pour le promouvoir, on fit appel à Arthur Sackler.

« Aucun d'entre nous, ni chez Roche ni à l'agence, n'avait la moindre idée du succès que le Librium allait avoir », raconterait John Kallir. Arthur l'avait chargé de travailler sur ce nouveau dossier, mais « ce n'était pas facile, parce qu'il n'y avait pas de produit à illustrer ». En outre, Roche et McAdams tenaient à ce que la campagne touche un large public. Quelques années auparavant, s'adresser directement aux praticiens semblait suffisant ; mais après le Miltown, cette approche était dépassée. Les patients avaient commencé à aller réclamer chaque nouveau remède miracle à leur médecin en le désignant par son nom. Quand Roche avait effectué des essais cliniques sur le Librium, l'entreprise avait conclu avec enthousiasme que celui-ci pouvait traiter une gamme stupéfiante de problèmes.

L'anxiété. La dépression. Les phobies. Les obsessions. L'alcoolisme, même. À chaque nouvelle « indication », le marché potentiel s'élargissait. Mais si le Librium devait être destiné au grand public, quel type de campagne Arthur Sackler et son équipe chez McAdams pouvaient-ils concevoir pour attirer l'attention des masses ?

Un obstacle immédiat se dressait devant eux : à l'époque, la réglementation américaine interdisait aux sociétés pharmaceutiques de promouvoir leurs produits directement auprès des consommateurs. Malgré tout, comme Arthur le savait, il existait bien des façons de se faire entendre du public. En avril 1960, le magazine *Life* publia un article intitulé « Une nouvelle façon de calmer un félin ». Il était accompagné de deux photos d'un lynx du zoo de San Diego. Sur la première, le lynx montrait les crocs d'un air féroce. Sur la seconde, il semblait tranquille et inoffensif – on aurait d'ailleurs dit qu'il reniflait une fleur. Le reportage expliquait que ce changement d'humeur miraculeux avait eu lieu après que des médecins avaient administré au félin « un nouveau tranquillisant appelé Librium ». Un vétérinaire donnait son point de vue, affirmant avec toute l'assurance d'un camelot : « Contrairement aux tranquillisants précédents, qui rendaient les animaux patraques et inhibés, le Librium leur permet de rester actifs, tout en les rendant réellement dociles et amicaux. » L'article ajoutait au passage – comme si ce n'était pas son but premier – que le Librium « pourrait à terme avoir un usage important chez l'humain ».

Ce reportage, publié dans l'un des magazines à plus gros tirage du pays un mois seulement avant la commercialisation du Librium, n'était en rien dû au hasard. L'idée venait de Roche, et l'un des experts en relations publiques d'Arthur Sackler avait été dépêché sur le terrain pour « aider » l'auteur de l'article. « Le représentant était avec nous à chaque étape, à chaque déjeuner, à chaque verre, expliquerait le journaliste. C'était un type parfaitement charmant [...] qui ne nous lâchait pas d'une semelle. »

L'article n'était qu'un tir d'essai. Roche dépenserait 2 millions de dollars pour vendre le Librium durant son année de lancement. L'entreprise envoya à des cabinets médicaux des enregistrements sur vinyle où des professionnels de santé vantaient les bienfaits du médicament. McAdams inonda les praticiens de dizaines de courriers et fit paraître de somptueuses publicités dans des revues médicales. Comme une critique publiée en 1960 dans un bulletin d'information médical l'observait, un grand nombre d'affirmations sur l'efficacité du Librium n'étaient pas « étayées par des preuves convaincantes ». Pourtant, ces assertions semblaient irréfutables : après tout, elles émanaient de médecins qui s'adressaient à d'autres médecins, souvent dans les pages de revues prestigieuses. On aurait pu penser que ces revues auraient eu intérêt à vérifier le bien-fondé des réclames placées par des gens comme Arthur Sackler et Bill Frohlich ; mais une grande partie d'entre elles dépendaient fortement des revenus apportés par les annonceurs. (À la fin des années 1960, le *New England Journal of Medecine*, où paraissaient beaucoup de publicités d'Arthur, engrangeait ainsi plus de 2 millions de dollars par an, principalement versés par des sociétés pharmaceutiques.)

D'après Win Gerson, qui avait longtemps été le bras droit d'Arthur, celui-ci occupait désormais une place à part dans l'industrie. Il possédait un don presque surnaturel pour comprendre « ce que les produits pharmaceutiques étaient capables d'accomplir ». Et il n'aurait pas pu mieux choisir son moment. Une publicité pour le Librium placée dans une revue médicale présentait le médicament comme un remède universel pour l'« âge de l'anxiété », et il s'avéra que la guerre froide était une époque idéale pour lancer un tranquillisant destiné à un large public. La course aux armements avait démarré. Les informations du soir évoquaient régulièrement la menace soviétique. Une conflagration nucléaire semblait non seulement possible, mais probable. Qui n'aurait pas été un peu tendu ? Selon une étude, jusqu'à la moitié de la population de New York souffrait d'anxiété « clinique ».

Le premier mois qui suivit sa mise sur le marché, en 1960, le Librium généra 20 000 dollars de recettes. Puis les ventes décollèrent pour de bon. Un an plus tard, les médecins rédigeaient un million et demi de nouvelles ordonnances pour le médicament chaque mois. Cinq ans plus tard, quinze millions d'Américains l'avaient essayé. McAdams avait décrit le Librium comme un arrêt de mort pour la concurrence ; ce n'était pas un tranquillisant comme un autre, mais « le successeur des tranquillisants ». Arthur et ses collègues avaient participé à transformer le composé de Leo Sternbach en ce qui était, à l'époque, le plus grand succès commercial de l'histoire de l'industrie pharmaceutique. Toutefois, Roche ne s'arrêterait pas là.

Sternbach n'avait joué aucun rôle dans la commercialisation du Librium. Même s'il se réjouissait évidemment de la réussite étonnante du produit, il était déjà de retour en laboratoire, à faire ce qu'il aimait. Il cherchait d'autres membres de la famille chimique du Librium, dans l'espoir de formuler de nouveaux composés qui pourraient aussi devenir des tranquillisants efficaces. Fin 1959, avant même que le Librium ait été lancé sur le marché, Sternbach avait développé un composé qui semblait promettre d'être encore plus performant, car il faisait effet à plus petite dose. Choisir le nom d'un nouveau médicament était davantage un art qu'une science, et Sternbach n'y connaissait pas grand-chose, de toute façon. Ce fut donc un autre employé de Roche qui en inventa le nom en jouant sur le terme latin *valere*, qui signifie « être en bonne santé ». On le baptisa Valium.

Cependant, avant la mise en vente du produit, en 1963, Roche se retrouva face à une difficulté inédite : l'entreprise venait de lancer un tranquillisant révolutionnaire avec le Librium, qui continuait à faire un tabac. Si elle commercialisait à présent un autre tranquillisant, encore plus efficace, ne risquait-elle pas de cannibaliser son propre marché ? Et si le Valium rendait le Librium obsolète ?

La solution à ce casse-tête résidait dans la publicité – le domaine d'Arthur Sackler. Avec le succès du Librium, Roche était devenue le plus gros client de McAdams. L'agence avait emménagé dans de nouveaux locaux, au 130 de la 59e Rue Est, et comptait à présent environ trois cents employés. Un étage entier des bureaux était dédié aux campagnes pour Roche.

« Arthur avait des rapports assez étroits avec les dirigeants de Roche, se rappellerait Rudi Wolff, le directeur artistique de McAdams. On murmurait qu'il tirait les ficelles de l'entreprise. »

Le Librium et le Valium étaient tous les deux des tranquillisants mineurs. Leurs effets étaient plus ou moins les mêmes. L'équipe d'Arthur avait pour tâche de convaincre tout le monde – les médecins aussi bien que les patients – que ces deux médicaments étaient en fait différents. Une manière d'y parvenir consistait à les vendre pour des problèmes distincts. Si le Librium était le remède à « l'anxiété », le Valium devait être recommandé pour « la tension psychique ». Si le Librium pouvait aider les alcooliques à se sevrer, le Valium pouvait empêcher les spasmes musculaires : pourquoi ne pas s'en servir pour traiter les sportifs ? Bientôt, les médecins se mirent à prescrire les tranquillisants de Roche pour une gamme de problèmes d'une ampleur tellement énorme qu'un praticien écrivit dans une revue médicale : « Quand n'utilise-t-on pas ce médicament, au juste ? » Pour Arthur et ses collègues, c'était ce qui faisait du Valium un produit si facile à promouvoir. Comme Win Gerson le noterait, « l'une des meilleures qualités du Valium était qu'on pouvait s'en servir dans quasiment toutes les branches de la médecine ».

De la même manière qu'on internait plus de femmes que d'hommes à Creedmoor, les médecins semblaient prescrire les tranquillisants de Roche bien plus souvent aux femmes qu'aux hommes. Ce phénomène n'échappa pas à Arthur et ses collègues, qui commencèrent à promouvoir activement le Librium et le Valium auprès des consommatrices. Une publicité typique pour le Valium décrivait ainsi la patiente idéale : « Trente-cinq ans, célibataire et psychonévrosée. » Une des premières réclames pour le Librium montrait une jeune femme chargée d'une pile de livres et laissait entendre que même une angoisse aussi ordinaire que celle d'un départ à l'université pourrait trouver sa solution dans un comprimé. À vrai dire, les campagnes pour le Librium et le Valium employaient une telle panoplie de clichés sexistes typiques du milieu du XXe siècle – la vieille fille névrosée, la ménagère exténuée, la carriériste déprimée, la mégère ménopausée – que, pour reprendre les paroles de l'historienne Andrea Tone, on avait l'impression que les tranquillisants de Roche offraient en réalité une solution toute faite au problème « de la féminité ».

Roche n'était assurément pas la seule entreprise à user de ce genre de publicités franchement douteuses. Pfizer proposait un tranquillisant pour les enfants, illustré par une petite fille au visage strié de larmes, et avançait que le médicament pouvait apaiser la peur de « l'école, du noir, de la séparation, des visites chez le dentiste, des "monstres" ». Cependant, une fois que Roche et Arthur Sackler eurent lancé le Librium et le Valium, plus aucune société ne fut en mesure de rivaliser avec eux. Dans l'usine de Nutley, de gigantesques presses à comprimés s'efforçaient de répondre à la demande, débitant des dizaines de millions de pilules par jour. Le Librium fut d'abord le médicament le plus prescrit en Amérique, avant d'être supplanté par le Valium en 1968. Même alors, il continua à figurer parmi les cinq produits en tête du classement. En 1964, on rédigea aux alentours de vingt-deux millions d'ordonnances pour le Valium. En 1975, les soixante millions avaient été atteints. Le Valium fut le premier médicament de l'histoire à rapporter 100 millions de dollars, et Roche devint non seulement la plus grande société pharmaceutique au monde, mais aussi l'une des entreprises les plus rentables du globe, toutes catégories confondues. L'argent affluait, et on le réinvestissait aussitôt dans les campagnes publicitaires conçues par Arthur Sackler.

Étant plus jeune, à Erasmus, Arthur avait négocié le droit de toucher une commission sur les publicités qu'il vendait afin d'être récompensé en fonction de son succès ; il s'en était tenu à ce modèle depuis lors. Avant d'accepter de promouvoir le Librium et le Valium, il s'était arrangé avec Roche pour qu'on lui verse des bonus de plus en plus importants, proportionnels au volume de médicaments vendus. Et chaque année, ce volume augmentait. Aux yeux d'un publicitaire, ces nouveaux tranquillisants étaient le produit idéal, des outils chimiques indispensables pour affronter l'angoisse de la vie moderne – ou, comme certains les appelaient, « de la pénicilline contre le blues ».

Le 28 février 1955, Marietta donna naissance à un second enfant : une fille, Denise. Cette fois, Arthur était présent à l'accouchement. Denise avait les cheveux noirs et raides ; il l'examina et la déclara en bonne santé. Quand son fils Arthur Felix était né cinq ans plus tôt, seuls Raymond et Mortimer étaient venus fêter son arrivée à la maternité ; mais Arthur était devenu quelqu'un, dans l'intervalle. La chambre débordait de bouquets envoyés par des amis, des collègues, des associés et des admirateurs, et les visiteurs semblaient se succéder en un flot ininterrompu pour féliciter les parents. Comme leur vie avait changé, pensait Marietta, enchantée.

À cette époque, Arthur ne se déplaçait jamais sans une grande mallette. Il y rangeait des documents liés aux différentes carrières et vies qu'il menait pour pouvoir voler d'un milieu à l'autre, surgissant brusquement tel un superhéros venu résoudre tous les problèmes. Comme si ses recherches médicales et son agence de publicité florissante ne suffisaient pas, il entreprit de publier un journal hebdomadaire destiné aux médecins. Il avait toujours aimé les convergences et les synergies – des façons de permettre aux différentes parties de sa vie de fonctionner en harmonie –, et le *Medical Tribune* publiait des articles qui tendaient à leur être favorables, à lui et à ses clients. On y trouvait aussi beaucoup de publicités. « Le *Medical Tribune* était son bébé », se rappellerait l'ancien employé de McAdams Phil Keusch, expliquant qu'Arthur « obligeait » les clients de l'agence à y faire paraître des réclames. Le but de l'opération était de toucher un public de médecins et de les influencer (de les « éduquer », soutenait Arthur). Le *Medical Tribune* était donc financé par la promotion pharmaceutique et distribué gratuitement. Il fut bientôt lu par des millions de médecins aux États-Unis et, à travers ses éditions internationales, dans le monde. Roche était l'un des principaux annonceurs du journal ; pendant des décennies, quasiment tous les numéros incluraient des publicités de plusieurs pages pour le Librium et le Valium.

Arthur était conscient que certains risquaient de voir un conflit d'intérêts dans sa double casquette de directeur d'un hebdomadaire médical et de dirigeant d'une agence de publicité spécialisée dans l'industrie pharmaceutique. Il expliqua un jour que s'il préférait autant que possible rester discret et anonyme, c'était parce qu'il pensait que cela lui permettrait de « faire les choses comme [il l'entendait] ». Au départ, son nom ne figurait pas dans la liste des contributeurs du journal – lequel ne prenait pas non plus la peine d'avertir ses lecteurs que sa direction éditoriale était assurée par une personne impliquée de près dans le commerce pharmaceutique. Ces contradictions ne perturbaient pas Arthur. Pendant des années, le *Medical Tribune* et l'agence McAdams partagèrent des locaux. Ils partagèrent aussi parfois des employés. Tout se faisait en famille.

Tandis qu'il construisait sa vie avec Marietta et leurs deux enfants sur Long Island, Arthur maintenait une relation étroite avec sa première épouse, Else Sackler, qui avait conservé son nom après leur divorce. « Le Dr Sackler et moi sommes restés proches amis et associés », observerait-elle. (Même les membres de sa famille appelaient Arthur « le Dr Sackler ».) Comme Else avait hérité de la moitié des parts de McAdams, elle demeura pendant des années la seule actionnaire de l'agence avec Arthur. Celui-ci se rendait aussi régulièrement à l'appartement de Central Park West où il l'avait installée après leur divorce. Même s'il justifiait ces visites en disant qu'il voulait continuer à faire partie de la vie de ses deux filles aînées, Carol et Elizabeth, il fréquentait assidûment Else. Plus qu'une amie, c'était sa confidente. « Nous discutions tous les jours », se rappellerait-elle, ajoutant qu'Arthur et elle étaient « sans cesse en contact ». Selon l'un de ses avocats, Arthur était « un homme soucieux de sa vie privée », un individu secret qui, à chaque année qui passait et à chaque nouvelle étape de son succès, prenait de plus en plus soin d'élaguer sa stature publique. C'était peut-être parce que Else l'avait connu avant qu'il devienne l'auguste Dr Sackler, lorsqu'il était simplement Artie de Brooklyn, qu'il pouvait se confier à elle, quand il trouvait trop risqué de le faire avec d'autres. Lorsqu'il avait des informations excitantes à partager – il avait décroché un gros contrat, ou on lui avait décerné de nouveaux lauriers –, c'était vers Else qu'il accourait. Une fois, elle s'était rendue à Carnegie Hall pour assister à un concert avec des amis et, à la sortie, elle avait trouvé Arthur qui faisait les cent pas devant la salle en l'attendant. Il savait où elle était ce soir-là et il avait une nouvelle à lui annoncer.

Dans la vieille ferme hollandaise de Long Island, Marietta, qui s'était d'abord réjouie que son mari ait réglé son divorce à l'amiable, commença à déchanter. Bien entendu, elle savait qu'Arthur se sentait coupable d'avoir abandonné sa femme et ses enfants pour l'épouser, et elle jugeait remarquable qu'il s'efforce de garder un lien avec Carol et Elizabeth. Cela dit, il s'investissait déjà tellement dans son travail qu'il ne consacrait pas beaucoup de temps à Marietta et à ses enfants à elle. La maison de Searingtown Road avait beau être belle, elle était aussi isolée, perdue au milieu d'un bois. Arthur restant en ville du matin jusqu'à tard le soir, Marietta se sentait assez seule.

Leur vie de famille adopta un rythme prévisible. Arthur travaillait à New York toute la semaine, se chargeant de plus en plus de responsabilités, et ses réunions se terminaient souvent à une heure avancée. Marietta lui préparait toujours un bon repas en fin de soirée et se faisait belle pour son arrivée. Cependant, quand il finissait par rentrer, Arthur refusait de discuter de son travail. Cela semblait particulièrement injuste à Marietta, car, contrairement à d'autres femmes au foyer de Long Island, elle aurait pu en parler avec lui : elle était docteur en médecine ! Mais Arthur était tout simplement épuisé. Même s'il réservait en théorie ses week-ends à sa famille, les rares fois où il était bien là, il ne faisait quasiment que dormir pour se remettre des efforts de la semaine. Le couple contrebalançait ces séparations par une vie sexuelle débridée. Malgré cela, Marietta eut rapidement l'impression d'être piégée dans une prison dorée.

Elle adopta un petit chien pour lui tenir compagnie, un fox-terrier à poil dur qu'elle appela Bottom, « Derrière », parce qu'il avait une tache noire sur l'arrière-train. Son fils, le petit Arthur, se mit à passer beaucoup de temps avec un gentil jardinier, George, qui donnait un coup de main à la maison et qui lui apprit le genre de choses que l'homme dont il portait le nom ne lui enseignait pas. Malgré son attachement à la notion de famille, Arthur était essentiellement un père absent. Un jour, quand Denise avait environ six ans, elle jouait à la corde à sauter dans la maison, et Arthur la réprimanda parce qu'elle risquait de casser quelque chose.

« Joue avec moi, papa ! le supplia-t-elle.

— J'attends que tu sois adulte, dit Arthur. Alors on pourra avoir une conversation tous les deux. »

Arthur rentrait de plus en plus tard et, au bout d'un moment, il se mit à appeler certains soirs pour dire qu'il ne rentrerait pas du tout. Marietta savait qu'il croulait sous le travail ; mais cela la dérangeait qu'il profite du peu de temps dont il disposait pour dîner deux fois par semaine avec Else et ses enfants à Manhattan. Le samedi matin, il retournait en ville pour prendre le brunch avec son autre famille, puis passait le reste de la journée au bureau.

Chez McAdams, où Arthur semblait déjà mener une double vie professionnelle, allant et venant tandis qu'il s'occupait de ses différentes carrières, on ne manqua pas de remarquer qu'il paraissait aussi mener une double vie personnelle. John Kallir conduisait parfois Arthur à l'agence, et il y eut au moins un matin où celui-ci lui demanda de venir le chercher à l'appartement de Central Park West.

Le Librium et le Valium avaient rendu Arthur extrêmement riche. Au même moment, des signes perturbants avaient commencé à émerger, indiquant que les remèdes miracles conçus par Leo Sternbach chez Roche n'étaient peut-être pas aussi miraculeusement dénués d'effets indésirables que les campagnes de publicité l'avaient laissé entendre. Roche avait informé les médecins et les régulateurs que ses tranquillisants pouvaient être prescrits sans craindre qu'on en abuse, car, contrairement aux barbituriques, ils n'entraînaient pas de dépendance. Il s'avérait désormais que ces allégations étaient davantage fondées sur un vœu pieux que sur la science. En réalité, alors que l'entreprise avait mené de très nombreux tests cliniques pour déterminer la myriade de problèmes que le Librium et le Valium pourraient régler, elle n'avait jamais réalisé la moindre étude sur les risques liés à la surconsommation.

Roche ne s'était pas contentée de supposer allègrement que les médicaments puissants qu'elle s'apprêtait à proposer à la population étaient sans danger : l'entreprise avait sciemment masqué des preuves du contraire. En 1960, elle avait recruté un médecin et professeur de Stanford, Leo Hollister, pour servir de consultant sur le Librium. Hollister redoutait que le médicament n'engendre une dépendance, s'il était aussi efficace que son fabricant l'avançait. Il avait donc décidé de faire une expérience. Il avait administré de fortes doses de Librium à trente-six patients pendant plusieurs mois, puis s'était mis à donner un placebo à onze d'entre eux. Dix des personnes qu'on avait brusquement sevrées du traitement avaient souffert de désagréables effets de manque ; deux d'entre elles avaient fait une attaque. Quand Hollister en avait informé Roche, les cadres de l'entreprise n'avaient pas apprécié la nouvelle. « Mon but n'était pas d'enterrer leur médicament », se souviendrait Hollister. Il estimait seulement que les patients avaient le droit de savoir que l'image que Roche et McAdams projetaient – celle d'une pilule du bonheur, totalement dénuée d'inconvénients – n'était pas exacte.

Cette découverte ne tempéra en rien les ardeurs de Roche. En fait, quand Hollister publia ses résultats, le directeur médical de l'entreprise lui rétorqua qu'il avait mal interprété sa propre étude. Les symptômes de manque ne révélaient pas une dangereuse dépendance physique au Librium, mais une aggravation du problème que le médicament visait à traiter en premier lieu. En d'autres termes, ces patients avaient tout simplement besoin d'encore plus de Librium.

Malgré tout, on recensait de plus en plus de cas avérés de consommateurs qui développaient une forte dépendance aux tranquillisants. Face à ces données, Roche proposa une nouvelle interprétation : s'il était vrai que certaines personnes semblaient prendre trop de Librium et de Valium, c'était parce qu'elles s'en servaient dans un but non thérapeutique. Certains individus étaient simplement sujets à l'addiction et avaient tendance à faire une consommation excessive de toute substance mise à leur portée. Les sociétés pharmaceutiques se rejoignaient généralement sur ce point : ce n'étaient pas les médicaments qui posaient problème, mais les gens qui en surconsommaient. « Certaines personnes développent une dépendance à presque n'importe quoi. J'ai lu il n'y a pas longtemps qu'un homme était mort après avoir bu trop de cola. Malgré tous les récits d'épouvante qu'on lit dans les médias, il est très rare de devenir dépendant aux tranquillisants », déclara à *Vogue* Frank Berger, le président de Wallace Laboratories, qui fabriquait le Miltown. En 1957, une rubrique dédiée aux questions de santé dans un journal de Pittsburgh se demandait si « les tranquillisants provoquaient une dépendance ». La réponse apaisait toutes les craintes que les lecteurs pouvaient nourrir à ce sujet : « L'usage des tranquillisants n'est pas en train de nous transformer en un pays de drogués. » Cet avis était signé par un certain « Dr Mortimer D. Sackler ».

En 1965, le gouvernement fédéral ouvrit une enquête sur le Librium et le Valium. Une commission consultative de la FDA recommanda qu'on classe les tranquillisants dans la catégorie des substances contrôlées – ce qui les rendrait bien moins accessibles pour les consommateurs. Roche et Arthur Sackler perçurent cette éventualité comme une grave menace. Arthur se méfiait généralement des régulations gouvernementales dans le domaine de la médecine, et il avait conscience qu'un contrôle accru des tranquillisants mineurs pourrait avoir des effets désastreux sur ses profits. Durant près d'une décennie, Roche contrecarra les efforts de la FDA pour restreindre l'usage du Librium et du Valium et continua à toucher des centaines de millions de dollars sur leur vente. Ce ne fut qu'en 1973 que l'entreprise accepta « volontairement » de se soumettre aux régulations. Néanmoins, un conseiller de la FDA avancerait que le moment choisi pour cette volte-face n'avait rien d'un hasard : Roche s'avoua vaincue au moment où les brevets qui protégeaient ses médicaments allaient expirer, ce qui signifiait que la société n'en posséderait plus le droit d'exploitation exclusif et serait obligée de baisser ses prix face à la concurrence des génériques. Bill Frohlich, l'ami et associé secret d'Arthur, l'avait bien fait remarquer : la durée de vie commerciale d'un médicament de marque est limitée au court intervalle entre le moment où l'on commence à en faire la publicité et celui où l'on en perd le monopole d'exploitation. Roche et Arthur n'avaient pas eu besoin de résister à la régulation éternellement ; il avait suffi de la retarder jusqu'à l'expiration des brevets.

Lorsque Roche permit enfin qu'on régule l'usage de ses tranquillisants, le Valium faisait partie de la vie d'une vingtaine de millions d'Américains. Il s'agissait du médicament vendu sur ordonnance le plus consommé – et surconsommé – du monde. L'Amérique avait mis du temps à prendre conscience des inconvénients du Valium, notamment parce que le consommateur moyen n'avait pas l'habitude de penser qu'un médicament, surtout prescrit par un médecin, puisse être dangereux. Les vagues de panique suscitées par les produits pharmaceutiques tendaient à se concentrer sur les stupéfiants et à jouer sur les craintes liées aux minorités, aux immigrés et aux influences criminelles. L'idée qu'on puisse devenir dépendant d'une pilule recommandée par un médecin en blouse blanche, avec un stéthoscope autour du cou et un diplôme accroché au mur, était relativement inédite. Mais à terme, des personnalités en vue telles que l'ex-première dame Betty Ford avoueraient avoir eu un problème avec le Valium, et le sénateur Edward Kennedy pointerait du doigt les tranquillisants pour avoir créé « un cauchemar de dépendance et d'addiction ». Roche fut accusée d'avoir « promu à outrance » le médicament. Les Rolling Stones écrivirent même une chanson sur le Valium, *Mother's Little Helper*, dont les paroles évoquaient la campagne de McAdams orientée vers les femmes. « Aujourd'hui, maman a besoin de quelque chose pour se calmer, chantait Mick Jagger. Elle n'est pas vraiment en mauvaise santé, mais on lui a donné un petit comprimé. »

« Le Valium a changé notre façon de communiquer avec les médecins, affirmerait plus tard le bras droit d'Arthur, Win Gerson, qui restait fier du médicament. Il a rendu certaines personnes un peu accros, mais il fonctionnait. » Arthur, lui, se trouvait face à un paradoxe. Polissant son image publique, il s'était fortement reposé sur une apparence de respectabilité et l'idée qu'il était un homme de science aussi vertueux qu'avisé. Pourtant, on pouvait établir un lien direct entre sa fortune et les ventes effrénées de deux tranquillisants hautement addictifs. Arthur avait assurément de nombreux intérêts commerciaux : il montait des entreprises à tour de bras et investissait largement dans toutes sortes de secteurs. Cependant, le clan Sackler originel avait été bâti sur le Valium ; et il semble important – et révélateur – qu'Arthur ait passé le reste de sa vie à minimiser ses rapports avec ce médicament, soulignant sa réussite dans d'autres domaines et dissimulant délibérément (ou omettant entièrement) le fait qu'il avait d'abord fait fortune dans la publicité pharmaceutique. Il finit en revanche par reconnaître son rôle clé dans le *Medical Tribune* : il ajouta son nom dans la liste des contributeurs et signa sa propre chronique, intitulée « L'homme et la médecine », dans laquelle il discourait sur les thèmes médicaux du moment. Il y dénonçait régulièrement les dangers de la cigarette, attirant l'attention non seulement sur les risques de santé associés au tabac, mais aussi sur les périls de la dépendance. Il semblait toutefois incapable de porter le même regard critique sur son propre rôle de camelot grassement payé pour vendre un produit addictif et dangereux. Et parce que Arthur vendait avec une efficacité redoutable aussi bien ses produits que son personnage d'homme irréprochable, on ne lui demandait pas souvent de se justifier sur ces contradictions. Les rares fois où il abordait les ravages du Valium, il émettait le même son de cloche que ses clients chez Roche et que les autres fabricants de tranquillisants : ce n'étaient pas les médicaments qui rendaient les gens dépendants, mais leur propre tendance à l'addiction. Le Valium était un médicament sûr et les données affirmant le contraire ne lui inspiraient ni doutes ni regrets. Les personnes qui rencontraient des problèmes avec ce médicament devaient l'avoir « mélangé avec de l'alcool ou de la cocaïne », soutenait-il.

Leo Sternbach partageait son point de vue. Alors qu'Arthur avait finement négocié pour récolter des profits proportionnels aux ventes du Librium et du Valium, Sternbach n'était pas devenu riche. À la place, il avait gagné 1 dollar par brevet, ce qui était la norme pour un chimiste employé chez Roche. Quand ses innovations étaient devenues les produits pharmaceutiques les plus vendus de l'histoire, il avait reçu un bonus de 10 000 dollars pour chacun des médicaments. Il n'en éprouvait cependant aucune amertume. Il ne rêvait pas de villas ni de yachts, ne souhaitait pas s'adonner à des loisirs coûteux. Il préférait passer sa vie à faire de la chimie. À l'instar d'Arthur Sackler, Sternbach ne s'estimait pas du tout concerné par les inconvénients des tranquillisants mineurs. Il s'était contenté d'inventer les composés, qui avaient été présentés au monde. Il ne se sentait aucune responsabilité morale pour le mauvais usage qu'en faisait le public. « Franchement, on peut abuser de tout », affirmait-il.

5

La fièvre chinoise

Quand Arthur et Marietta s'étaient installés dans la ferme hollandaise de Long Island, ils s'étaient rendu compte qu'ils ne possédaient pas assez de meubles. Arthur avait acheté aux anciens propriétaires une table de presbytère et du mobilier pour la chambre à coucher, et Marietta avait apporté une commode ancienne héritée de sa famille allemande. Ce n'était clairement pas suffisant pour remplir un si grand espace et, quand des invités venaient dîner, le couple était obligé d'improviser, déplaçant des chaises de la salle à manger au salon pour que tout le monde puisse s'asseoir.

Puisqu'elle devait rester coincée chez elle, Marietta décida d'installer des bibliothèques et des meubles de rangement. Or, un ébéniste vivait dans les parages, et il était lui-même allemand, originaire de Bavière. Un samedi, Marietta parvint à force de cajoleries à convaincre Arthur de l'accompagner à son atelier. Alors qu'ils étudiaient les meubles exposés, Arthur repéra une table en bois de rose d'un style bien distinct.

L'ébéniste lui expliqua qu'elle appartenait à un habitant des environs qui collectionnait les antiquités chinoises et lui apportait parfois des meubles à restaurer. « Savez-vous s'il accepterait d'en vendre ? » demanda Arthur, intrigué.

Quand Arthur Sackler voyait une chose qui lui plaisait, il ne reculait en général devant aucun effort pour l'obtenir – c'était de cette façon qu'il avait conquis Marietta. Le jour suivant, il partit donc à la rencontre du propriétaire de la table. L'homme s'appelait Bill Drummond et logeait dans un pavillon de plain-pied à Roslyn Heights, non loin de chez les Sackler. Il venait de Chicago mais avait vécu pendant plus de trente ans entre les États-Unis et la Chine, où il gérait un commerce d'antiquités. Son frère se trouvait encore dans la région, même s'il avait dû déménager à Hong Kong quand les communistes avaient pris le pouvoir en 1949. La maison de Drummond était remplie de magnifiques meubles chinois : des tables en teck, des bureaux laqués avec des poignées en or, des reproductions d'objets qui avaient autrefois orné le palais d'Été de l'empereur à Pékin. Les meubles chinois présentaient « deux visages », aimait à dire Drummond – « un respect pour ce que l'on ne dit pas ». Drummond était lui-même un homme à deux visages : à l'origine, son commerce de meubles lui avait servi à dissimuler ses activités d'espionnage pour le compte de l'Office of Strategic Services, l'ancêtre de la CIA. Malgré tout, cette idée de choses passées sous silence ne pouvait que trouver un écho chez Arthur Sackler. Beaucoup des objets de Drummond étaient en réalité des imitations récentes de meubles vieux de plusieurs siècles. Mais ils étaient construits pour durer et possédaient un aspect robuste et intemporel qui plaisait à Arthur. On aurait dit qu'ils avaient toujours existé et qu'ils existeraient toujours.

Le mobilier chinois ancien n'était pas exactement en vogue dans la Long Island résidentielle des années 1950. Après la prise de contrôle du Parti communiste, les États-Unis avaient imposé un embargo sur tous les produits en provenance du pays, ce qui limitait l'offre. Cependant, comme le noterait Harry Henderson, un de ses amis de longue date, Arthur « se targuait de savoir "discerner" ce qu'on avait négligé, que ce soit dans le domaine de l'art, de la révision de texte ou de la logique ». Les meubles que Drummond avait à vendre – en particulier ceux de la période Ming – captivèrent son imagination. Il décida sur un coup de tête de les acquérir : pas une ou deux pièces choisies, mais une partie de la collection de Drummond assez importante pour que Marietta commence à se demander s'ils en avaient vraiment les moyens.

Outre les meubles, Arthur acheta à Drummond des céramiques d'époque Han et d'autres antiquités. Cette découverte de l'esthétique chinoise sembla éveiller quelque chose en lui. Marietta appréciait tout autant que son mari la beauté de l'art et du style chinois, mais Arthur s'adonna à ce nouvel intérêt avec une passion qui frisait l'obsession. Il n'avait jamais eu de passe-temps en soi ; en enfant de la Grande Dépression, il tendait à consacrer chaque once de son énergie à son avancement professionnel. Mais il avait de l'argent, à présent, et l'idée de partir en quête des précieuses reliques d'une société ancienne le subjuguait. « C'est à cette époque qu'Arthur a attrapé la fièvre chinoise. Et il ne s'en est jamais remis », raconterait Henderson.

Arthur avait toujours aimé l'art, dans une certaine mesure. Il y avait eu ses visites de jeunesse au Brooklyn Museum et ses cours de sculpture le soir à Cooper Union. Marietta le considérait comme un homme foncièrement créatif qui aurait pu mener une carrière artistique si la Grande Dépression ne l'avait pas obligé à subvenir aux besoins de ses parents et de ses frères. À un moment ou un autre, les personnes ayant atteint un certain niveau de richesse et de renommée se mettent généralement à acheter des œuvres d'art. Il est possible que ce soit une façon d'étouffer les doutes qui les habitent sur leur propre place dans la culture – ou bien cela représente simplement un nouveau domaine à conquérir. Quoi qu'il en soit, bien avant Arthur Sackler, des hommes fortunés et accomplis avaient développé l'habitude prévisible de rechercher du plaisir et du sens dans la peinture, la sculpture et les antiquités. Le financier J. P. Morgan, qui était mort l'année de la naissance d'Arthur, avait eu une seconde carrière de collectionneur. Il avait fini par dépenser la moitié de son patrimoine en œuvres d'art.

Bientôt, Arthur se mit à fréquenter assidûment les maisons de vente et à éplucher les catalogues de musée et les ouvrages sur l'histoire et l'archéologie chinoises. Il aborda l'art du collectionneur avec la rigueur d'un scientifique, s'efforçant, selon ses propres termes, de constituer un vaste « corpus de documents » qu'il pourrait étudier. Quand il rentrait à Long Island tard le soir, après une journée marathon en ville, il se glissait dans le lit à côté de Marietta puis sortait une pile d'ouvrages savants qu'il lisait jusqu'au milieu de la nuit. Il commença à visiter les musées de façon plus méthodique avec sa famille : il cherchait les salles consacrées à la Chine et parcourait rapidement les collections, choisissant quelques objets devant lesquels s'arrêter pour asséner des dissertations à ses enfants mortifiés, comparant les œuvres exposées à celles qu'il possédait. Il prenait grand soin de prononcer correctement tous les noms chinois.

Son immersion dans ce nouveau monde alla de pair avec son initiation au sein d'une petite communauté de collectionneurs tout aussi obsédés que lui. En 1957, il acheta trente bronzes chez Parke-Bernet, une maison de ventes de Manhattan, et découvrit par la suite qu'ils appartenaient tous à la même personne, un médecin du New Jersey du nom de Paul Singer. Renseignements pris, le docteur était son genre d'homme : un psychiatre qui avait fui l'Autriche en 1938. Singer était un autodidacte, un connaisseur au flair infaillible qui avait acquis sa première œuvre d'art asiatique, une représentation en bronze du bodhisattva Manjushri, à seulement dix-sept ans.

« J'ai acheté tous les objets que vous aviez mis en vente, dit Arthur à Singer quand il parvint à le joindre au téléphone. La prochaine fois que vous voudrez vous séparer d'une œuvre, nous pourrons nous passer d'intermédiaire. »

Singer vivait à Summit, dans un modeste trois-pièces rempli du sol au plafond de précieuses antiquités chinoises. Arthur avait trouvé quelqu'un qui partageait son obsession mais qui avait une bonne longueur d'avance sur lui. « C'était un élève très enthousiaste », dirait de lui Singer. Arthur le bombardait de questions pointues sur l'histoire de l'art chinois et les techniques utilisées par les collectionneurs, et Singer était ravi de voir le plaisir intense que les œuvres procuraient à ce nouvel initié. Quand il lui montra un magnifique ensemble de jades et qu'Arthur en prit un entre ses mains, « il y eut comme une décharge électrique », raconterait Singer. Selon lui, les collectionneurs les plus assidus étaient motivés par un schéma d'excitation et d'assouvissement tout bonnement érotique : « Le pouls s'accélère, l'observateur voit de la beauté, il veut la posséder. Il est prêt à donner de sa propre substance pour s'en emparer. »

Marietta percevait ce schéma chez son mari. Elle se rendait compte que la « chasse » était ce qui l'excitait, que le fait d'identifier un objet précieux puis de trouver un moyen de l'obtenir était pour lui un processus « secret, sensuel ». Une fois qu'Arthur eut prouvé qu'il n'était pas un simple dilettante mais un collectionneur sérieux, les gens commencèrent à lui montrer leurs trésors les plus rares. Un des marchands qu'il rencontra, un homme du nom de Dai Fubao qui se faisait appeler M. Tai, avait une boutique sur Madison Avenue. Un escalier y descendait vers une salle au sous-sol où l'acheteur pouvait communier avec un objet avant de décider de l'acheter. Un jour, Singer téléphona à Arthur : M. Tai avait acquis un manuscrit sur soie connu sous le nom d'*Almanach de Chu*, qui datait d'environ trois cents ans avant Jésus-Christ. « Vous pourriez jeter toute votre collection actuelle dans l'Hudson, et ça n'aurait aucune importance si ce bout de soie était à vous », déclara-t-il.

Lorsque Arthur se présenta à la boutique, M. Tai affirma que le manuscrit était bien en sa possession, mais qu'il n'avait pas l'intention de le vendre.

Arthur ne voulut rien entendre. « Ou bien vous êtes un marchand, ou bien vous êtes un collectionneur, dit-il. Si vous êtes un collectionneur, je ne peux pas faire affaire avec vous : vous êtes mon concurrent. Si vous êtes un marchand, vous devriez fixer un prix et vendre cet inestimable manuscrit. » Le prix de M. Tai était un demi-million de dollars. Arthur paya.

L'aspect confidentiel et clandestin de ces transactions flattait le penchant naturel d'Arthur pour le secret. « Je suis de ces personnes qui accordent une grande importance à la vie privée », affirmait-il. Il se sentait toujours plus à l'aise quand il opérait dans l'ombre, en sous-main. Son fils Arthur se rappellerait l'avoir vu régler des affaires de cette manière : « Ces accords se concluaient par une poignée de main. » Pour ses nouveaux partenaires dans le monde de l'art, Arthur était un personnage mystérieux. Il était impérieux, opiniâtre, déterminé, et tenait autant que possible à conserver son anonymat. Il lui arrivait de donner rendez-vous à des représentants de maisons de ventes dans un hôtel où il était descendu sous un faux nom. Personne ne semblait savoir au juste comment Arthur Sackler était devenu riche – les gens ignoraient apparemment son lien avec le Valium –, mais il était clair qu'il avait de l'argent, et beaucoup. Parfois, il appelait une salle de ventes pour ordonner qu'on annule des enchères car il avait décidé d'acheter tous les objets proposés. Il acquit la réputation de dépenser sans compter – et sans trop y regarder, pensaient certains : d'après un directeur de musée, Arthur achetait « des collections entières sans avoir paru y jeter plus qu'un coup d'œil ».

S'il était dépensier, il négociait aussi âprement. « Une fois que l'affaire était entendue, Sackler se mettait invariablement à marchander », expliquerait le même directeur de musée. Selon Marietta, les vastes connaissances d'Arthur – qui touchaient à tous les sujets, du Code fiscal jusqu'à la psychologie de ses interlocuteurs – en faisaient un redoutable négociateur. Il avait l'habitude « d'optimiser chaque affaire, contrat ou accord de manière que la balance penche ne serait-ce qu'un tout petit peu plus en sa faveur », se rappellerait-elle.

Des cartons remplis de sublimes œuvres d'art ne cessaient d'arriver à la maison de Long Island. Les enfants aidaient à les ouvrir. Parfois, d'autres amateurs venaient assister au déballage. L'opération prenait l'aspect d'une séance de spiritisme quand Arthur brandissait des objets rituels en bronze et des armes anciennes, des miroirs et des poteries, des os gravés et des antiquités en jade. Les spectateurs émettaient des sifflements d'admiration pendant que la famille manipulait ces œuvres mystiques, dialoguant avec des fantômes, touchant du doigt l'histoire.

Évidemment, avec tous ces objets extrêmement précieux dans la maison, il était parfois difficile de laisser les enfants s'y amuser sans retenue. À un dîner, l'un des invités demanda à la fille d'Arthur, Denise, ce qu'elle voulait le plus au monde. « Un gros chien ! » répondit-elle, avant de se reprendre et d'observer que les gros chiens avaient de longues queues qui auraient pu faire tomber les bronzes anciens. (La famille adopta finalement un yorkshire à la queue courte, qu'on appela Jade.)

Quand il entama sa carrière de collectionneur, aux alentours de la quarantaine, Arthur avait déjà accompli beaucoup de choses. Ce fut cependant l'art qui « le fit entrer sur la scène internationale », comme le noterait Marietta. En dix ans, Arthur rassembla l'une des plus grandes collections d'objets d'art chinois jamais constituée. Les bronzes qu'il détenait auraient eu toute leur place dans un musée. Ses laques étaient les plus beaux en possession d'un particulier. D'où qu'elle lui soit venue, cette passion remplissait une importante fonction civique, pensait Marietta. Après tout, sans la générosité de la famille Médicis, la Renaissance aurait-elle eu lieu ? Florence aurait-elle vu naître les éternels joyaux de l'architecture, de la peinture et de la sculpture qu'on y trouvait désormais ? Les acquisitions d'Arthur lui apportèrent une reconnaissance que la publicité et la médecine ne lui avaient pas fournie ; mais selon Marietta, l'idée d'élaborer une collection de chefs-d'œuvre anciens, une collection qui porterait son nom et serait si remarquable qu'elle perdurerait après sa mort, offrait une chose encore plus importante à Arthur : « la possibilité d'atteindre l'immortalité ».

C'était peut-être ce qu'Arthur avait en tête, quand il se défendait d'être un simple ploutocrate qui accumulait les babioles : il créait un bien public durable. Son projet avait une visée intellectuelle et, par conséquent, les œuvres qu'il avait rassemblées ne devaient pas seulement décorer sa maison ou croupir dans une réserve. Elles devaient au contraire être exposées, étudiées par des historiens de l'art et analysées lors de symposiums publics. À la fin des années 1950, Arthur s'aventura dans un nouveau domaine, qui s'accordait parfaitement avec ses ardeurs de collectionneur : la philanthropie. Il commença par faire des dons à l'université de Columbia. Il ne choisit pas NYU, où il avait lui-même étudié, mais cet établissement plus prestigieux du nord de Manhattan qu'aucun membre de sa famille n'avait jamais fréquenté. En 1959, il mit en place ce qu'il appela le « Don Sackler » pour subventionner les études extrême-orientales à l'université. Il proposa aussi d'établir le « Fonds Sackler », destiné à financer la recherche académique ainsi que l'achat d'objets qu'on réunirait dans la « collection Sackler ».

Arthur serait un jour loué pour son extraordinaire générosité ; mais dès le début, ses œuvres philanthropiques lui servirent aussi à parfaire l'image de marque de sa famille. Arthur avait grandi dans une ville enrichie et transformée par les contributions d'hommes fortunés, qui avaient érigé des monuments publics portant leur nom. Il était encore étudiant en médecine quand l'ancienne demeure de l'industriel Henry Clay Frick était devenue un musée d'art, la Frick Collection, en 1935. J. P. Morgan, Andrew Carnegie, les Rockefeller et les Mellon n'avaient pas seulement marqué la ville de leur empreinte ; ils l'avaient aussi frappée de leur sceau. Pourquoi les Sackler se comporteraient-ils différemment ?

Un problème se présentait toutefois à Arthur. Comment concilier son fervent désir de voir le nom des Sackler reconnu et son penchant tout aussi prononcé pour l'anonymat ? Il n'avait aucun scrupule à apposer des modalités à ses dons : il deviendrait bientôt célèbre pour les contrats-fleuves truffés d'obligations et de clauses juridiques qu'il envoyait afin d'encadrer ses diverses dotations. Les courriers qu'il adressait à l'administration de Columbia illustraient bien son ambivalence au sujet de l'attention. « Aucune publicité personnelle ne doit être associée à ce don dans les communiqués de presse généraux, les photographies ou tout autre type de support », stipulait une de ses lettres. « Le Dr Sackler a des exigences très précises concernant l'utilisation de son nom », expliqua un administrateur de l'université à un autre : Arthur ne voulait être cité dans aucune communication promotionnelle. En même temps, il souhaitait que toutes les acquisitions réalisées grâce à ses subventions soient désignées comme appartenant à la « collection Sackler de l'université Columbia ». Il cherchait la postérité, pas la notoriété. La dernière chose dont il avait envie était d'attirer l'attention sur sa fortune et ses investissements, afin d'éviter que les gens s'interrogent sur ses carrières entremêlées. Il résolut ce dilemme en posant l'idée d'une fortune familiale qui serait apparue du jour au lendemain, toute formée, comme si les Sackler n'étaient pas trois frères partis de rien à Brooklyn, mais les héritiers d'une dynastie établie de longue date, aussi patinée et vénérable que des meubles Ming. Arthur avait beau être l'incarnation même du self-made-man, il détestait cette expression. La collection Sackler de Columbia surgit donc simplement dans le monde, comme par génération spontanée, sans grand lien perceptible avec l'homme qui l'avait créée.

Il s'agirait d'une entreprise familiale à plus d'un titre. Arthur informa Columbia qu'une fois le fonds établi, des « membres de [sa] famille » y contribueraient aussi. Il avait toujours impliqué ses frères et ses épouses successives dans ses projets. Le faisait-il pour qu'ils possèdent des intérêts réels ou simplement pour dissimuler les siens ? Il était parfois difficile de le savoir. Le Fonds Sackler n'échapperait pas à cette règle. Il était doté au départ d'environ 70 000 dollars ; or cette somme n'avait pas été fournie par Arthur, mais par Raymond, Marietta et Else. Chacun avait effectué un paiement à quatre jours d'intervalle, ce qui amenait à se demander s'il s'agissait bien de leur argent ou de sommes qu'Arthur leur avait données pour qu'ils les reversent à l'université. On peinait à discerner où commençaient et finissaient les comptes en banque de chacun. Et pour simplifier les choses (ou pour les compliquer, selon le point de vue), tout le monde semblait être représenté par le même comptable, un ami proche des frères Sackler du nom de Louis Goldburt.

En 1962, Columbia abrita la première exposition consacrée à la collection Sackler. Comme Arthur n'avait jamais organisé d'événement de ce genre, il était nerveux, espérant que le succès serait au rendez-vous. Columbia avait accepté de mettre à sa disposition la rotonde de la Low Memorial Library, un magnifique bâtiment à colonnade conçu sur le modèle du Panthéon de Rome par le célèbre architecte Charles Follen McKim. Arthur craignait toutefois que les objets ne soient pas mis en valeur dans l'intérieur sombre de la rotonde, qui manquait de fenêtres. Il décida donc de téléphoner au bijoutier Tiffany, dont il admirait l'agencement de la vitrine sur la Cinquième Avenue. C'était une innovation typique d'Arthur : importer les dernières stratégies du monde étincelant du commerce pour donner un peu d'éclat à l'atmosphère poussiéreuse de Columbia. Tiffany lui recommanda un de ses experts étalagistes, qui disposa et éclaira chaque œuvre de la collection si joliment qu'Arthur et Marietta tinrent par la suite à le recruter pour décorer leur maison. L'inauguration eut lieu le 20 novembre 1962. Arthur écrivit dans la préface du catalogue qu'il espérait que l'exposition procurerait aux visiteurs « le frisson de la découverte » et rehausserait « notre estime et notre respect pour l'homme : ses capacités, son talent artistique, son ingéniosité et son génie ».

Malgré cela, les administrateurs de Columbia demeuraient circonspects au sujet des frères Sackler, soupçonnant des intentions cachées derrière leur générosité. À un moment donné, Louis Goldburt les informa que Mortimer et Raymond envisageaient de faire don à Columbia d'une « propriété à Saratoga Springs », dans le nord de l'État de New York. Le lieu s'avéra être un petit terrain sans aucun rapport évident avec l'université ni avec la recherche académique, mais qui avait abrité une usine appartenant à une société pharmaceutique rachetée par les frères. « On dirait un stratagème d'évasion fiscale », nota un administrateur dans le dossier.

Columbia devait cependant faire face à une réalité gênante : l'université ne pouvait pas se montrer très regardante sur ses donateurs. Elle manquait d'argent, et une dynamique très claire s'était déjà établie avec ces trois frères fortunés – à savoir que Columbia prendrait ce qu'ils voudraient bien lui donner. En 1960, un administrateur écrivit à Arthur qu'il avait vu un article dans le journal à propos du nouveau siège majestueux de Pfizer, qui serait bientôt achevé sur la 42e Rue. « J'espérais que vous pourriez vous renseigner au sujet de l'ancien mobilier », indiqua-t-il, suggérant de façon pathétique qu'Arthur essaie d'obtenir des chaises et des tables d'occasion pour l'université.

Au fil du temps, Arthur devint encore plus inflexible sur l'utilisation de son nom de famille. Michael Sonnenreich, son avocat, expliquerait la situation avec franchise : « Si vous mettez votre nom sur quelque chose, ce n'est pas de la charité, c'est de la philanthropie. Vous obtenez quelque chose en retour. Si vous voulez que votre nom soit mis en avant, c'est une transaction. » Arthur proposa à Columbia d'installer une plaque à la Low Memorial Library qui honorerait la collection Sackler « en mémoire » de son père, Isaac Sackler. Dans une lettre adressée à l'université, il indiqua : « Toutes les photographies des objets Sackler doivent à tout moment comporter une référence à la collection Sackler, à la galerie Sackler ou à l'Institut Sackler ». En interne, les employés de Columbia considéraient Arthur comme un homme caractériel et étrange. « Le Dr Sackler est quelqu'un d'assez atypique », remarqua un employé dans une note, ajoutant que la position de l'université à son sujet était : « Tant que l'argent continue d'affluer, on ne s'en préoccupe pas. »

Toutefois, Arthur avait des projets pour Columbia, ce qu'il décrivit dans une lettre adressée au président de l'université comme un « rêve » : il voulait construire un musée Sackler. D'un côté, la proposition avait de quoi séduire Columbia : une nouvelle institution consacrée à l'histoire de l'art et aux études de l'Asie de l'Est, financée par un riche bienfaiteur, et qui serait dotée dès le départ d'une collection d'envergure internationale. Ce qui rendait la situation déroutante, c'était que Raymond et Mortimer Sackler avaient entamé leurs propres pourparlers avec Columbia pour subventionner la construction d'un centre dédié aux sciences qui porterait leur nom. Arthur avait continué jusqu'à un âge bien avancé à appeler ses frères « les petits ». Il s'exprimait si souvent à leur place – leur indiquant comment ils devaient mener leur carrière, à qui ils devaient donner de l'argent – qu'on pouvait avoir tendance à considérer cette famille comme un monolithe où tout le monde consultait le même comptable et, pour ce qu'on en savait, puisait dans le même compte bancaire bien garni. Or voilà qu'apparaissait un signe de discorde, si subtil fût-il.

Arthur régla le problème. « Je ne doute pas que la proposition de mes frères de subventionner un Institut des sciences de la vie présente dans une certaine mesure un dilemme, écrivit-il au président de Columbia. Cependant, la perspective historique suggère que l'occasion unique qui se présente actuellement dans le monde de l'art ne se reproduira probablement pas, et cet aspect important diffère de la situation dans le domaine des sciences. » L'affaire s'arrêta là. On ne reparla plus d'un bâtiment dédié aux sciences de la vie et financé par Raymond et Mortimer.

Le terrain de la ferme hollandaise de Long Island comportait un bel étang autour duquel Arthur fit planter des bambous, dans l'espoir de reproduire dans son propre jardin l'effet d'un paysage chinois. Mais le bambou est une espèce notoirement invasive et, une fois planté, il peut être difficile à juguler. Les pousses ne cessèrent de croître, horizontalement et verticalement, jusqu'à menacer d'envahir le jardin entier. « Ils devaient sans arrêt les couper. Les bambous avaient pris le contrôle », se souviendrait un ami qui rendait souvent visite aux Sackler.

À l'intérieur de la maison, les cartons s'accumulaient. Arthur achetait désormais des œuvres d'art chinoises à un rythme si effréné que ses acquisitions arrivaient plus vite que la famille ne parvenait à les déballer. Il y avait des cartons partout : à l'étage, au rez-de-chaussée, au grenier. Au lieu de ralentir la marche, Arthur fit envoyer les nouveaux objets dans plusieurs garde-meubles. Bientôt, ses possessions étaient devenues si nombreuses qu'on ne pouvait plus vraiment en tenir le compte à l'œil nu ; elles rejoignirent le domaine des bordereaux d'expédition, des inventaires, des interminables liasses de papiers couverts de pattes de mouche, de dates, de prix, de numéros de lot et de notices de catalogue. Pourtant, Arthur ne s'arrêtait toujours pas. Il poursuivait sa collection sans relâche, insatiablement. Les factures commencèrent à s'amonceler à leur tour, car il dépensait une fortune. L'argent des tranquillisants semblait ressortir de ses comptes aussi vite qu'il s'y déversait, et Arthur se sentait obligé de travailler encore plus dur pour tenir le rythme de ses propres acquisitions. Même son ami Paul Singer, qui partageait sa passion – à défaut des mêmes ressources pour s'y adonner –, remarqua que « l'étincelle » qu'il avait décelée dans le regard d'Arthur lorsqu'il avait tenu ce premier jade entre ses mains s'était changée en « conflagration ».

« Chaque achat éclipsait le précédent », se rappellerait Marietta. Dès l'instant où Arthur concluait une affaire, tout attrait que l'objet avait semblé posséder à ses yeux était évincé par son désir pour sa conquête suivante. Marietta pensait détecter dans cette façon de collectionner de plus en plus frénétique une peur de la vieillesse, de la désillusion, de la mort. « Dans ce monde, il pouvait être le maître, il pouvait exercer un contrôle qu'il n'avait pas dans la médecine, ou dans sa vie professionnelle et personnelle, écrirait-elle. Arthur trouvait de la sécurité et du réconfort dans les objets ; ils ne pouvaient pas lui faire de mal ni exiger quoi que ce soit de lui. »

6

La pieuvre

Lorsque le Dr Henry Welch monta sur scène, le silence se fit dans la salle. Des centaines de médecins, de chimistes, de cadres de l'industrie pharmaceutique et de publicitaires étaient réunis à Washington pour le 4e Symposium annuel sur les antibiotiques. Ils s'étaient rassemblés à l'hôtel Willard, un somptueux établissement surplombant le National Mall, à quelques rues à peine de la Maison Blanche, pour une série de conférences sur les derniers progrès en matière d'antibiotiques. Les différents intervenants venaient des quatre coins du pays et du monde. On était au milieu de l'automne 1956 et, en cette première matinée du congrès, Welch, l'un des organisateurs de l'événement, s'apprêtait à accueillir les participants.

Son discours ne serait pas l'une de ces tirades de pure forme que l'assistance n'écoute que d'une oreille, trop occupée à s'installer et à trouver du café. Welch était un acteur important du monde pharmaceutique : en tant que directeur de la division antibiotiques de la FDA, il avait le pouvoir de décider du sort d'un médicament. Le public voulait entendre ce qu'il avait à dire. Welch n'était pas médecin à proprement parler mais titulaire d'un doctorat en bactériologie médicale, et on le considérait comme une autorité dans son domaine. Doté d'un visage carré et de bajoues, de lunettes en écaille et du physique corpulent d'un ancien athlète, il était aussi ce que l'industrie pharmaceutique comprenait de plus proche d'un héros de guerre : pendant la Seconde Guerre mondiale, il avait conçu un système pour tester et approuver toute la pénicilline salvatrice distribuée aux soldats américains à l'étranger, ce qui lui avait valu d'être décoré par l'État fédéral.

Les personnes présentes dans la salle ce jour-là avaient le sentiment d'être engagées dans une mission cruciale, indissociable des intérêts du pays. Welch avait reçu avant le congrès un télégramme de la Maison-Blanche dans lequel le président Eisenhower souhaitait la bienvenue aux participants et observait que l'industrie naissante des antibiotiques, « développée grâce aux efforts collectifs de scientifiques et de dirigeants d'entreprise, [avait] contribué à sauver la vie de milliers de nos concitoyens ».

Welch se lança dans un discours de bienvenue enjoué, évoquant l'intérêt porté « dans le monde entier » aux recherches des participants et « la croissance phénoménale de cette jeune industrie ». Ensemble, ils livraient un formidable combat contre les microbes, déclara-t-il. Ils avaient accompli de grands progrès, mais la bataille n'était pas encore gagnée, car l'usage généralisé des antibiotiques avait donné naissance à de nouvelles bactéries aguerries, capables de résister aux médicaments.

Tandis que Welch parlait, un homme mince au teint olivâtre et à la fine moustache le contemplait avec une excitation à peine contenue. Il s'appelait Félix Martí-Ibáñez, et ce médecin d'un abord charmant, bien qu'un peu mielleux, était le co-organisateur de l'événement. Psychiatre de formation, il avait exercé la médecine à Barcelone et été blessé pendant la guerre d'Espagne, avant d'émigrer aux États-Unis. À New York, il avait été employé par plusieurs sociétés pharmaceutiques, dont Roche, et avait fait des recherches à l'asile de Creedmoor, en étroite collaboration avec les frères Sackler. Dans une lettre datée de 1956, Arthur Sackler décrivait Martí-Ibáñez comme son « ami le plus cher », ajoutant : « Il n'y a aucun médecin, ou d'ailleurs aucun homme tout court, pour lequel j'éprouve plus d'affection que Félix. »

Comme Arthur, Martí-Ibáñez se targuait de ses multiples talents. Il pouvait disserter sur un large éventail de sujets avec son accent mélodieux et aimait raconter que son père, qui avait été professeur en Espagne, était l'auteur « d'environ cinq cents livres ». En plus de publier des articles scientifiques avec les Sackler, Martí-Ibáñez écrivait des romans, des nouvelles, des ouvrages sur l'histoire de la médecine et des chroniques dans des magazines grand public – par exemple, dans *Cosmopolitan*, en 1963 : « Être malade n'est plus "en vogue" ».

Depuis quelques années, il travaillait pour l'agence de publicité d'Arthur, William Douglas McAdams. Il gérait également une maison d'édition qu'il avait fondée peu de temps auparavant, MD Publications. MD produisait un magazine sur papier glacé consacré à la médecine, rempli de publicités léchées pour des produits pharmaceutiques, ainsi que deux revues spécialisées, *Antibiotics and Chemotherapy* et *Antibiotic Medicine and Clinical Therapy*, que Henry Welch codirigeait avec lui. Les revues étaient des sponsors du symposium. C'était Martí-Ibáñez qui avait proposé une collaboration à Welch. Les deux hommes étaient très différents : alors que Martí-Ibáñez était un Européen adorant étaler sa culture et s'exprimant dans un méli-mélo de métaphores fleuries, Welch était l'incarnation même de l'Américain franc du collier et rustique des années 1950. Malgré cela, ils étaient devenus très proches. Pendant que Welch continuait à superviser sa division de la FDA à Washington, Martí-Ibáñez s'occupait de leur affaire à New York. Il aimait envoyer à Welch des lettres avec des dessins humoristiques dans la marge, comme celui d'un petit bonhomme qui attrapait un gros flacon de tranquillisants Miltown.

S'il semblait un peu curieux qu'un régulateur de la FDA soit l'un des rédacteurs en chef d'une revue du secteur privé traitant de l'industrie même qu'il était chargé de contrôler, ni Welch ni Martí-Ibáñez ne s'appesantissaient sur le sujet. Et si les employés de la FDA y voyaient un problème, ils étaient suffisamment intelligents pour ne pas le mentionner. « Welch était sûr de ses opinions et ne tolérait pas qu'on le contredise », se souviendrait un de ses collègues. Welch avait créé lui-même la division des antibiotiques et n'hésitait pas à jouer de son autorité hiérarchique, ni à user des prérogatives qui lui étaient accordées. Quand il avait voulu construire une piscine chez lui, dans une banlieue cossue du Maryland, il avait ordonné à quelques-uns de ses sous-fifres à la FDA de prendre leur après-midi pour la creuser. (Ils s'y étaient « sentis obligés, pour garder leur travail », expliquerait un autre de ses collègues.)

Le congrès au Willard était cosponsorisé par la FDA, mais tous les frais avaient été pris en charge par les revues de Martí-Ibáñez et Welch. Dans une lettre adressée à Welch, Martí-Ibáñez expliqua qu'ils avaient « l'occasion unique [...] d'orienter » le symposium dans la direction qui serait « la plus utile à [leur] lectorat ». Dès le début de leur partenariat, Welch avait su, ou du moins soupçonné, qu'une tierce personne avait un intérêt dans les revues : un bailleur de fonds anonyme, qui avait aidé à financer toute l'entreprise. Cependant, quand il pressait Martí-Ibáñez de lui révéler son nom, l'Espagnol se montrait évasif, affirmant que « les aspects privés et confidentiels de [leur] travail » ne devaient être « dévoilés à personne » – même pas à Welch.

« Nous sommes entrés dans la troisième ère des thérapies antibiotiques », annonça Welch d'un ton triomphal au Willard. La première ère avait été celle des antibiotiques « à spectre étroit », comme la pénicilline. La deuxième avait débuté avec la création des médicaments à large spectre, telle la Terramycine de Pfizer, qui faisaient effet sur toute une gamme de bactéries pathogènes. Cette troisième ère, expliqua Welch, serait caractérisée par des associations « synergiques » entre plusieurs traitements qui permettraient de lutter même contre les maladies résistantes aux antibiotiques classiques.

Quelques visiteurs étrangers présents dans la grande salle de l'hôtel ce matin-là exprimèrent leur gêne en voyant le grand manitou des antibiotiques américain vanter les mérites de l'industrie de cette façon. Mais les sceptiques étaient minoritaires. « Les maladies les plus dangereuses vaincues par les antibiotiques », claironna le *Washington Post*, qui décrivit le congrès avec enthousiasme, glorifiant cette « victoire » sur les infections tenaces et le pouvoir de « ce qu'on appelle les remèdes miracles ». À peine une heure après le discours de Welch, Pfizer publia un communiqué de presse pour saluer « la troisième ère des traitements antibiotiques » et annoncer le lancement d'un nouveau médicament, la Sigmamycine, que le fabricant présentait comme la première « association synergique » capable de lutter contre « des microbes qui ont appris à vivre avec les anciens antibiotiques ». Le communiqué de presse soulignait qu'une figure de la plus grande autorité, Henry Welch, de la FDA, avait observé que les associations synergiques « constituaient une tendance nouvelle et extrêmement efficace ».

Aux yeux de Welch et de Martí-Ibáñez, le congrès avait été un franc succès. Cependant, à cause de ce symposium – et notamment du discours d'ouverture de Welch sur la « troisième ère » des antibiotiques –, les deux hommes se retrouveraient bientôt au cœur d'un scandale et d'une enquête fédérale qui mettraient fin à la carrière de l'un d'eux, et qui prendraient au piège Arthur Sackler et ses frères.

Un jour de 1960, Arthur Sackler acheta une maison à Manhattan. Il avait pris cette décision sur un coup de tête, sans même consulter Marietta. C'était une petite maison de ville dotée de trois étages et d'un sous-sol, située sur la 57e Rue Est. Après avoir découvert cet achat surprise, Marietta déclara en plaisantant que la nouvelle maison était « trop petite pour [eux] tous, mais parfaite pour [Arthur] ». Ce logement serait effectivement utile pour les activités de son mari, admit-elle ; et de toute façon, elle se sentait un peu cloîtrée dans la maison de Long Island. Après la naissance de Denise, Marietta avait brièvement repris le travail et passé ses examens pour exercer la médecine. Cependant, comme Arthur ne comprenait pas pourquoi elle tenait à faire carrière et qu'elle se sentait coupable de ne pas rester avec ses enfants, elle avait renoncé à sa vie professionnelle au bout d'un an. Si toute la famille s'installait en ville, cela leur donnerait peut-être la possibilité de passer plus de temps avec Arthur. Pendant que celui-ci supervisait la décoration de leur nouveau foyer, Marietta organisa donc le déménagement des enfants, du chien, du hamster et d'une portée de souris blanches. La famille retournerait à la ferme de Long Island pour les week-ends. Peu après leur installation, Marietta commença également à négocier avec la femme qui possédait la maison de ville accolée à la leur dans l'idée de la racheter et de relier les deux bâtiments – ce que les Sackler finiraient par faire.

Marietta était heureuse que ses enfants grandissent à New York, où ils auraient accès à des activités plus variées et stimulantes que celles offertes par le cadre bucolique mais étriqué des quartiers résidentiels de Long Island. En ville, ils pourraient croiser « un pauvre, un aveugle, un mendiant », pensait-elle. Elle traitait cette expérience comme s'il s'agissait d'un safari urbain, plein de dangers mais aussi de merveilles et de beauté. Quand le petit Arthur fut prêt à se rendre à sa nouvelle école dans la grande ville, Marietta lui donna une boussole, au cas où il se perdrait en chemin.

La maison de la 57e Rue se trouvait à une courte distance à pied du nº 15 de la 62e Rue Est, où les frères Sackler avaient récemment établi leurs quartiers. Dans cet étroit bâtiment en calcaire, à deux pas de Central Park, un dédale de bureaux abritait désormais les recherches en psychiatrie des trois frères, les nouvelles fondations qu'ils avaient établies pour gérer leurs œuvres philanthropiques, leurs maisons d'édition et toute une gamme d'activités de moindre importance. De là, les frères pouvaient faire la navette jusqu'à l'agence McAdams, sur la 59e Rue, ou à leur entreprise pharmaceutique, Purdue Frederick, à Greenwich Village.

Raymond Sackler, le benjamin du trio, passait beaucoup de temps à s'occuper de leur mère, Sophie. Après plusieurs années de silence, celle-ci avait finalement accepté d'adresser la parole à Marietta et les deux femmes entretenaient à présent des rapports cordiaux. Arthur éprouvait cependant des sentiments conflictuels envers sa mère ; il l'évitait autant que possible. Il avait beaucoup de respect pour elle et lui était reconnaissant des efforts qu'elle lui avait consacrés. Néanmoins, Sophie était étouffante – elle l'avait toujours été. Elle tenait à ce que ses fils non pratiquants célèbrent avec elle la Pâque juive et d'autres fêtes importantes, mais en dehors de ces moments, Arthur préférait garder ses distances. Quand on diagnostiqua à Sophie un cancer des poumons, Mortimer l'installa chez lui et se chargea d'organiser son suivi médical. La famille décida de préparer une bar-mitsvah pour les treize ans d'Arthur

Sackler junior, pensant que cela réconforterait Sophie de voir le premier fils de son premier fils initié à la foi juive. Il n'y eut pas de cérémonie à la synagogue, seulement une fête à l'hôtel Waldorf Astoria, mais toute la famille y assista. Arthur père portait un nœud papillon. Sophie rayonnait, un rang de perles autour du cou.

Au début du siècle, Purdue Frederick avait rencontré le succès avec un « élixir » à base de sherry appelé Gray's Glycerine Tonic, qui, selon les dires du fabricant, stimulait l'appétit, améliorait la nutrition et devait être consommé « chaque fois qu'un fortifiant général [était] nécessaire ou désiré ». Les employés s'amusaient à dire que ce remontant avait « très bien marché pendant la Prohibition ». Plus récemment, Purdue s'était spécialisée dans une gamme de produits peu séduisants, comme un traitement anti-cérumen ou encore un laxatif appelé Senokot, dédié au « soin du colon défaillant ». (« Avez-vous envisagé d'inclure dans un de vos publipostages pour le Senokot une carte du monde montrant la géographie de la constipation ? » demanda Félix Martí-Ibáñez à Raymond et Mortimer en 1955. Il s'agissait d'un « problème international », faisait-il remarquer.) L'entreprise cherchait désormais à mettre à profit cette réussite légèrement embarrassante pour se lancer sur d'autres marchés. Tandis que Raymond se concentrait sur les activités de Purdue en Amérique, Mortimer sillonnait le globe dans le but de développer l'entreprise. Mortimer était le plus extraverti des frères Sackler, et le plus indépendant. Ce rôle d'homme d'affaires toujours sur les routes lui convenait parfaitement. « Je pars pour Bruxelles demain après-midi, et j'enchaîne sur Amsterdam et Londres avant de retourner à Paris vendredi soir, écrivit-il à Martí-Ibáñez depuis l'hôtel Eden au Lac, à Zurich, en 1960. Le week-end prochain, je serai soit en Scandinavie, soit de retour au pays, selon les nouvelles de New York. » Si Arthur était dévoré par sa passion pour les œuvres d'art, Mortimer développait sa propre obsession, celle des voyages. « Je viens de terminer une initiation au ski de quatre jours dans le cadre magnifique de Saint-Moritz, et je suis officiellement un mordu du sport qui a hâte de faire un tour dans le Vermont, à Pittsfield puis dans l'Ouest, avant de repartir vers l'Italie, la France, la Suisse et l'Autriche l'année prochaine, écrivit-il, ajoutant avec nostalgie : Mais rien ne peut remplacer la Riviera. »

L'aube des années 1960 était un grand moment pour les Sackler. Tant de leurs ambitions semblaient porter leurs fruits, et il restait encore tant à venir. Arthur écrivit à Martí-Ibáñez que dans « les rares moments où [il parvenait] à sortir la tête de l'eau », il réfléchissait à « ce que l'avenir [avait] en réserve » pour ses frères et lui. Cependant, il ignorait qu'à l'angle animé de la Cinquième Avenue et de la 62e Rue, parmi la foule qui arrivait et repartait de Central Park, des enquêteurs du gouvernement fédéral surveillaient le quartier général des Sackler.

Les problèmes avaient commencé quand Arthur Sackler avait attiré l'attention d'un journaliste d'investigation fouineur du nom de John Lear. Employé à la rubrique science du *Saturday Review*, Lear avait auparavant travaillé au magazine *Collier's*, où il avait acquis une réputation de poil à gratter obstiné, doté d'une fibre théâtrale. En août 1950, cinq ans après l'attaque nucléaire des États-Unis au Japon, Lear avait publié en une de *Collier's* un article intitulé « Hiroshima, USA », qui décrivait à grand renfort de détails horrifiants – bien qu'hypothétiques – ce à quoi pourrait ressembler une attaque nucléaire soviétique sur New York. Le texte était illustré par un dessin apocalyptique en couleur montrant la pointe sud de Manhattan en proie aux flammes, avec des ponts écroulés dans les rivières et un champignon atomique qui assombrissait le ciel. Comme Arthur Sackler, Lear savait attirer l'attention.

Un soir, à la fin des années 1950, Lear dînait avec un chercheur en médecine de sa connaissance. Après le repas, l'homme l'invita à visiter le laboratoire de l'hôpital où il travaillait. Il voulait lui parler d'une affaire inquiétante. « Regardez-moi tout ça », dit-il en ouvrant un tiroir rempli de publicités pour des produits pharmaceutiques et d'échantillons gratuits de nouveaux médicaments. Ces publicités étaient souvent mensongères, déclara le médecin d'un ton indigné. Elles comportaient des affirmations non étayées sur les effets des produits. C'était un sujet d'importance majeure, soutint-il en montrant à Lear une série de réclames pour la Sigmamycine, l'association d'antibiotiques de la « troisième ère » que Pfizer avait dévoilée au congrès de l'hôtel Willard en 1956.

Une des publicités, une brochure distribuée aux professionnels de santé par courrier, déclarait :

De plus en plus de médecins considèrent la Sigmamycine comme le meilleur des traitements antibiotiques.

Le publipostage présentait des cartes de visite comportant les noms, adresses et horaires de huit médecins qui recommandaient apparemment le produit. Il y avait un médecin de Miami, un autre de Tucson, un troisième de Lowell, dans le Massachusetts. D'après la brochure, l'efficacité de la Sigmamycine était non seulement « très élevée », mais aussi « cliniquement prouvée ». Pendant que Lear étudiait la publicité, le médecin lui expliqua qu'il avait écrit à chacun des praticiens cités pour se renseigner sur les conclusions des essais cliniques qu'ils étaient censés avoir réalisés. Il tendit à Welch un paquet d'enveloppes. C'étaient les lettres qu'il avait postées. Toutes étaient frappées de la mention « Retour à l'envoyeur – pli non réclamé ».

Intrigué, Lear écrivit aux médecins à son tour. Ses lettres lui revinrent sans avoir été ouvertes. Il fit une nouvelle tentative par télégramme, avec pour seul résultat d'apprendre que les adresses en question n'existaient pas. Il essaya finalement les numéros de téléphone indiqués sur les cartes de visite, sans succès : ils étaient fictifs aussi. Pfizer avait distribué cette publicité constituée de fausses recommandations à des praticiens aux quatre coins du pays. Elle semblait si plausible, si réelle grâce à ce vernis d'autorité particulier conféré par les huit médecins. La brochure était élaborée, impressionnante – et foncièrement trompeuse. Elle avait été conçue par l'agence d'Arthur Sackler.

En janvier 1959, Lear publia les premiers résultats de son enquête dans un article de la *Saturday Review* intitulé : « Des remèdes pas si miraculeux ». À contre-courant de l'euphorie qui accompagnait généralement les débats publics sur les antibiotiques, Lear avançait que ces médicaments étaient beaucoup trop prescrits, souvent sans raison médicale valable, et que l'omniprésence et la sophistication de la promotion pharmaceutique étaient en partie responsables du problème.

Après la parution de l'article, Lear reçut un déluge de courriers. Une partie des professionnels de santé qui le contactèrent l'informèrent que s'il cherchait à creuser le sujet des intérêts commerciaux corrompant la médecine, il devait se renseigner sur l'homme à la tête de la division des antibiotiques de la FDA. Lear appela donc Henry Welch pour solliciter une interview.

Quelle coïncidence, déclara Welch au téléphone. Il s'apprêtait justement à lui écrire une lettre à propos de « toutes les erreurs commises dans l'article ».

Lear se rendit à Washington, où il s'entretint pendant deux heures avec le représentant de la FDA. Welch paraissait à l'aise. Il assura à Lear que toutes les craintes qu'on pouvait avoir sur la promotion des nouveaux médicaments étaient injustifiées. Les médecins américains n'étaient assurément pas « assez naïfs pour se laisser berner par des publicités », s'esclaffa-t-il. Les dangers des antibiotiques étaient tout autant exagérés, et si jamais des membres de la communauté médicale avaient affirmé le contraire à Lear, ils « ne savaient pas de quoi ils parlaient ». En une démonstration de pouvoir typique de Washington, Welch avait invité un de ses assistants à participer à l'entretien, et Lear eut le sentiment que le rôle de cet apparatchik était pour l'essentiel de manifester son accord total avec tous les propos de son chef. Pour retourner la situation, Lear déclara qu'il aimerait s'entretenir avec Welch en privé et lui demanda poliment si son subordonné pouvait prendre congé. Quand ils furent seuls, Lear expliqua que certains de ses informateurs avaient laissé entendre que Welch tirait des revenus substantiels des deux revues qu'il dirigeait avec Félix Martí-Ibáñez.

« La source de mes revenus ne regarde que moi », aboya Welch, abandonnant tout semblant d'affabilité.

C'était une drôle d'affirmation, venant d'un fonctionnaire. Welch déclara que les deux revues étaient gérées par une société, MD Publications, dans laquelle il n'avait pas d'intérêt financier. « Mon seul lien avec ces publications est mon rôle de rédacteur en chef, pour lequel je reçois des honoraires », dit-il. Il ajouta qu'il appréciait ce travail, et qu'il n'avait « aucune intention d'y renoncer ». Lear avait espéré lui poser d'autres questions – il y avait l'affaire de la « troisième ère » des antibiotiques, par exemple. Mais Welch était agacé, et l'interview s'arrêta là.

Si Welch pensait avoir mis un point final à l'histoire en chassant Lear de son bureau, il avait grandement sous-estimé le journaliste ; car il n'était pas le seul fonctionnaire de Washington avec lequel celui-ci s'était entretenu. En fait, Lear avait déjà rencontré plusieurs membres du cabinet d'un sénateur américain – un sénateur qui partageait son penchant pour l'investigation.

Estes Kefauver était un homme efflanqué d'un mètre quatre-vingt-dix, au teint rougeaud, qui avait grandi dans les montagnes du Tennessee. C'était un ancien avocat formé à Yale, un progressiste du Sud, le genre de bon samaritain sincère qui peut parfois paraître un peu trop enamouré de sa propre vertu, même aux yeux de ses partisans. C'était un défenseur de la libre concurrence, président de la puissante sous-commission sénatoriale de lutte contre les trusts et les monopoles[1]. À cette période, les commissions du Congrès jouissaient d'un pouvoir et de ressources immenses. Quand le sénateur commença à s'intéresser à l'industrie pharmaceutique, à la fin des années 1950, sa sous-commission comportait trente-huit membres à temps plein.

Kefauver aimait enquêter. Dix ans plus tôt, il s'était propulsé sur le devant de la scène nationale avec une investigation inédite sur la mafia. Il avait voyagé dans tout le pays pour organiser des audiences à Chicago, Detroit et Miami, entre autres, convoquant des capos de la pègre aux surnoms fleuris – Jake « Patte Graissée » Guzik ou encore Tony « Gros Poisson » Accardo. Les audiences avaient été diffusées à la télévision, un média encore relativement jeune à l'époque, réunissant un nombre sans précédent de spectateurs. La presse avait qualifié les audiences de Kefauver de « meilleur feuilleton télévisé jamais diffusé ». Le sénateur avait fait la une du *Time* – à trois reprises. Il s'était présenté à l'élection présidentielle en 1952 et avait battu Harry Truman lors des primaires du New Hampshire ; mais Adlai Stevenson avait fini par remporter l'investiture démocrate. Quatre ans plus tard, Kefauver avait de nouveau été déçu dans ses espoirs d'accéder à la Maison-Blanche, cette fois en tant que vice-président de Stevenson. En 1958, il semblait s'être résigné à son

1. Les commissions permanentes du Congrès américain sont chargées d'étudier les propositions de loi. Des commissions temporaires peuvent également être établies pour enquêter sur des sujets particuliers. *(N.d.l.T.)*

rôle de sénateur poids lourd ; et c'était à ce moment-là que le célèbre justicier du petit écran avait reporté son attention sur l'industrie pharmaceutique.

Lorsqu'ils entamèrent leur enquête, les membres de l'équipe de Kefauver se déployèrent à travers le pays pour interroger environ trois cents personnes. John Lear collaborait avec eux en coulisse, leur fournissant des informations et de précieux contacts. Pendant sa plongée dans le monde de la mafia, Kefauver avait remarqué que les criminels se protégeaient derrière un cercle supposément légitime d'avocats, de politiciens et de facilitateurs. L'industrie sidérurgique employait la même technique, payant au prix fort des marchands d'influence en costard-cravate. Au fil de cette nouvelle investigation, Kefauver se rendit compte que les cadres de l'industrie pharmaceutique avaient fait un art de ce type de combats par intermédiaires grassement rémunérés. « Ces fabricants de médicaments financent un lobby qui ferait passer les types de la sidérurgie pour des vendeurs de pop-corn », constata un membre de son équipe. Kefauver savait comment la pègre parvenait à corrompre les autorités publiques – elle achetait des shérifs et distribuait tant d'argent que les institutions qui auraient dû contrôler ses activités lui mangeaient dans la main. Là encore, cette situation semblait reflétée dans l'industrie pharmaceutique. Pour Kefauver, les régulateurs pouvaient bien trop facilement être amenés à servir les intérêts des secteurs qu'ils encadraient. Toutefois, quand il commença à organiser des audiences, fin 1959, il n'était pas préparé à ce qu'elles allaient révéler.

L'une des personnes appelées à témoigner devant la sous-commission était Barbara Moulton, qui avait été évaluatrice de produits pharmaceutiques à la FDA pendant cinq ans avant de démissionner pour marquer son indignation. L'agence avait « totalement échoué » dans sa mission de régulation de la promotion et de la commercialisation des médicaments vendus sur ordonnance, affirma-t-elle. Elle décrivit la FDA comme un lieu où l'on subissait en permanence la pression des entreprises pharmaceutiques et où l'habitude voulait que les régulateurs, au lieu de contrôler les fabricants de médicaments et leurs produits, manifestent une déférence servile envers le secteur privé. Le fait que Moulton ait tenu à effectuer son travail correctement paraissait avoir mis un frein à sa carrière. Elle avait été réprimandée par un de ses supérieurs pour son « manque de politesse envers les représentants de l'industrie pharmaceutique ». Elle cita la Sigmamycine, l'antibiotique de Pfizer, comme un cas typique de médicament que l'agence n'avait pas soumis à une évaluation suffisamment approfondie. « Aucune personne ayant des connaissances sur les traitements antibiotiques ne pouvait honnêtement conclure que les affirmations au sujet de ces produits étaient fondées », déclara-t-elle. L'industrie pharmaceutique « induisait en erreur » les médecins. L'idée que la FDA protégeait les consommateurs américains n'était qu'un mythe rassurant.

À l'origine, les audiences devaient se concentrer sur les politiques de prix anticoncurrentielles de l'industrie pharmaceutique. Cependant, une fois que Kefauver et son équipe eurent commencé à convoquer et interroger des témoins, l'enquête se réorienta vers les problèmes plus profonds liés au marketing trompeur des médicaments. Kefauver était un interlocuteur patient et tenace.

Il était doté d'un affect tranquille, presque mélancolique, et manifestait une politesse à toute épreuve : il attendait qu'un témoin ait fini de parler puis tirait longuement sur sa cigarette avant de l'aiguillonner par une question bien sentie. Quand le président de Pfizer, John McKeen, fit le déplacement depuis Brooklyn pour défendre son entreprise, Kefauver lui signala que son propre directeur médical avait constaté que 27 % des gens ressentaient des effets secondaires après avoir pris un médicament qui, aux dires du fabricant, n'en occasionnait aucun.

« Vous avez inondé les professionnels de santé de publicités, déclara Kefauver de sa voix traînante. De mon point de vue, vous avez caché les informations les plus importantes aux médecins américains. »

Des chargés de communication furent également appelés à s'exprimer devant la commission. Kefauver les interrogea méthodiquement sur le 4e Symposium annuel sur les antibiotiques qui avait eu lieu à l'hôtel Willard quelques années auparavant, et plus particulièrement sur le discours prononcé par Henry Welch. C'était à cette occasion que Welch avait évoqué la « troisième ère des antibiotiques », une expression que les cadres de Pfizer avaient tellement appréciée qu'ils s'étaient empressés de l'intégrer à leurs publicités pour la Sigmamycine. Kefauver demanda à entendre un jeune homme appelé Gideon Nachumi. Celui-ci expliqua que lorsqu'il était étudiant en médecine, plusieurs années auparavant, il avait pris un congé sabbatique pour gagner un peu d'argent dans le domaine de la publicité. Il avait d'abord travaillé sur les campagnes de Pfizer chez William Douglas McAdams avant de devenir rédacteur publicitaire pour le fabricant de médicaments.

C'était McAdams qui avait créé la brochure mensongère avec les cartes de visite ; mais Kefauver s'intéressait davantage à l'expérience de Nachumi chez Pfizer. Le jeune homme attesta qu'au début de l'automne 1956, on lui avait confié la tâche de « réviser un discours écrit par le Dr Welch ». Le texte allait être lu au 4e Symposium annuel sur les antibiotiques, lui avait-on dit. Henry Welch en avait envoyé un exemplaire à Pfizer, « pour approbation », et Nachumi devait y jeter un coup d'œil afin de « lui donner un peu de peps ». La sous-commission sénatoriale avait obtenu grâce à une ordonnance judiciaire une copie du brouillon original de Welch. Lorsque Kefauver montra le document à Nachumi, le jeune médecin admit qu'une des modifications importantes qu'il avait effectuées concernait l'ajout du passage sur la « troisième ère des antibiotiques ». Cette expression avait en effet été imaginée par un employé de Pfizer pour servir de « thème » promotionnel à la Sigmamycine. Le fond de l'affaire n'était donc pas que Pfizer avait été séduit par la petite phrase du cadre de la FDA au point de l'emprunter pour ses publicités : l'entreprise avait inséré son propre slogan directement dans son discours.

« Vous êtes certain d'avoir suggéré vous-même d'inclure cette phrase ? demanda l'un des collaborateurs de Kefauver à Nachumi.

— Oui, monsieur », répondit-il.

Attribuer cette citation à une « autorité respectée » comme le chef de la division des antibiotiques de la FDA allait permettre à l'entreprise de construire toute une campagne promotionnelle, observa-t-il. Dans les publicités de Pfizer, l'aube de la troisième ère était représentée par un soleil éclatant qui se levait sur la mer.

« Je crois que le message graphique est clair, poursuivit Nachumi. Cela laisse plus ou moins entendre que la création de la Sigmamycine est d'une importance comparable à la découverte des antibiotiques à large spectre, voire de la pénicilline. »

La version finale du discours de Welch avait été publiée dans l'une des revues qu'il dirigeait avec Félix Martí-Ibáñez. Selon un accord passé entre les deux hommes, Welch percevait la moitié des revenus générés par toute réimpression d'article paru dans ces revues ; et après le symposium, Pfizer avait commandé des réimpressions de son discours. Beaucoup de réimpressions. Deux cent trente-huit mille copies, pour être exact.

« C'était un sujet de plaisanterie au travail », témoigna Warren Kiefer, un autre chargé des relations publiques chez Pfizer.

Bien entendu, l'entreprise soutenait avoir commandé ces réimpressions dans le but de les distribuer pour promouvoir son produit. Cependant, combien de copies du discours de bienvenue du Dr Henry Welch au 4e Symposium annuel sur les antibiotiques pouvait-on réellement espérer écouler ? Pendant toute la campagne promotionnelle, la société n'avait réussi à en placer que quelques centaines.

« Ces réimpressions s'entassaient donc dans votre bureau ? demanda Kefauver à Kiefer.

— Elles encombraient plutôt la réserve, répondit-il.

— Et est-ce qu'on a fini par… les jeter ?

— J'imagine », dit Kiefer.

Alors Kefauver porta l'estocade.

« Pourquoi en avoir acheté autant, à votre avis ? Si vous n'en aviez pas l'usage ? »

Dans sa réponse, l'homme noya le poisson. Mais pour n'importe quel auditeur attentif, l'explication sautait aux yeux : en achetant toutes ces réimpressions, Pfizer avait aussi acheté Henry Welch.

Tandis que les audiences se poursuivaient à Washington, mois après mois, l'équipe de Kefauver menait également l'enquête sur les Sackler. Arthur n'était peut-être pas impliqué personnellement dans les malversations que la commission était en train de mettre au jour, mais son nom ne cessait d'apparaître ici ou là, lié à chaque élément. McAdams était son agence. Pfizer était son client. La Sigmamycine était l'un des produits qu'il promouvait. Félix Martí-Ibáñez était son ami et avait été son employé chez McAdams. « Au fil de notre investigation sur l'industrie pharmaceutique, j'ai parfois entendu des rumeurs sur les "frères Sackler" », écrivit John Blair, l'un des fidèles adjoints de Kefauver, dans une note datée du 16 mars 1960. Blair avait d'abord pensé que le rôle des Sackler était « marginal ». Cependant, plus il s'y intéressait, plus il les voyait ressurgir. Il avait appris que des investisseurs anonymes avaient financé la création de MD Publications, la maison d'édition de Martí-Ibáñez – et il était persuadé qu'il s'agissait des Sackler.

« Toute organisation capable d'établir des liens aussi étroits avec le responsable public le plus puissant en matière d'antibiotiques n'est assurément pas marginale », observa Blair. Il ajouta que la « discrétion » avec laquelle les frères opéraient suggérait que les enquêteurs n'avaient peut-être découvert « que la partie émergée de l'iceberg ». Lorsque l'équipe de Kefauver s'efforça de répertorier les multiples investissements des Sackler, ils constatèrent que les trois frères avaient été incroyablement prolifiques. Néanmoins, ils avaient si bien réussi à dissimuler leurs activités qu'elles demeuraient nébuleuses, même pour des enquêteurs fédéraux. « Il y a trois frères Sackler : Arthur, Raymond et Mortimer. [Ils] sont apparemment psychiatres », écrivit Blair. Il évoqua une femme appelée Marietta, qui était « peut-être l'épouse d'Arthur ».

Les enquêteurs avaient repéré le quartier général de la famille, sur la 62e Rue, un « bâtiment d'apparence ordinaire » qui, une fois examiné de plus près, s'avérait être « une véritable ruche ». Une partie du courrier qui arrivait là était destiné à l'agence McAdams ou à MD Publications. L'équipe de Kefauver identifia jusqu'à vingt sociétés domiciliées à cette adresse. Il était cependant difficile de les distinguer les unes des autres, car « toute l'opération [était] voilée de mystère ».

Sur plusieurs grandes feuilles de papier, les enquêteurs tentèrent d'établir un schéma du réseau tentaculaire composé par les intérêts des Sackler, reliant par un fouillis de lignes des petites cases contenant des noms d'entreprises et d'individus. « L'empire des Sackler est une organisation totalement intégrée », écrivit Blair. Les frères pouvaient concevoir un médicament, faire réaliser des essais cliniques, obtenir des rapports favorables de la part de médecins et d'hôpitaux où ils avaient des contacts, créer une campagne de publicité dans leur agence, faire paraître des articles scientifiques et des publicités dans leurs revues médicales et user de leur pouvoir dans le domaine des relations publiques pour placer des articles dans des journaux et magazines.

Travaillant en tandem avec l'équipe du sénateur, le journaliste John Lear publia une enquête dans le *Saturday Review* où il décrivait Arthur comme le « cerveau de McAdams » et se demandait quel rôle il pouvait jouer dans le scandale qui éclaboussait désormais Martí-Ibáñez et Welch. Kefauver avait constaté en étudiant la mafia que tous ses membres tendaient à employer les mêmes comptables ; et Lear venait de découvrir que Louis Goldburt, le fidèle comptable des Sackler, semblait représenter toutes les parties concernées. « [Goldburt est] le premier véritable point commun que j'aie pu établir entre Martí-Ibáñez et Sackler », expliqua-t-il dans une lettre adressée aux enquêteurs : il avait déniché un document dans lequel Martí-Ibáñez appelait Goldburt « notre chef comptable ». Lear affirmait aussi que d'après l'un de ses informateurs, Arthur Sackler était « un bailleur de fonds de Frohlich » – l'agence de publicité L. W. Frohlich, concurrente apparente de la sienne. Un jour, Lear découpa un dessin humoristique qu'il avait trouvé dans une revue médicale, représentant une pieuvre dont les tentacules s'étendaient vers l'« industrie pharmaceutique », la « promotion pharmaceutique » et les « revues médicales ». Il envoya l'illustration à John Blair, accompagnée d'un mot : « Le propriétaire de cette pieuvre est une famille de trois personnes. »

Les enquêteurs cherchaient avant tout à prouver qu'il existait un rapport entre les Sackler et Henry Welch. Ils avaient fini par conclure que Martí-Ibáñez était « un simple "prête-nom" » pour les trois frères, mais c'était justement le problème des prête-noms : tant que Martí-Ibáñez se chargeait de la basse besogne, il serait difficile de rendre les Sackler responsables de ses actes – ou même de prouver qu'ils en avaient connaissance. Il fallait que l'équipe de Kefauver parvienne à révéler un lien direct entre les frères et le cadre de la FDA.

De son côté, Welch semblait en très mauvaise posture. Plus la sous-commission fouinait, plus elle découvrait de malversations choquantes dans lesquelles le représentant de la FDA était empêtré jusqu'au cou. En mars 1960, alors que les enquêteurs envoyaient des citations à comparaître et entendaient des témoins, Welch fit un infarctus sans gravité. Le 5 mai, Kefauver informa Welch et Martí-Ibáñez qu'ils devaient se présenter au Capitole deux semaines plus tard. Welch jura de défendre son intégrité, affirmant qu'il viendrait réfuter les accusations portées contre lui « même si l'on [devait le] porter sur un brancard ».

Il ne se montra pas. Martí-Ibáñez refusa également de comparaître, pour des raisons de santé. « Il semble que le Dr Welch serait exposé à un risque de crise cardiaque s'il était appelé à témoigner. Quant au Dr Martí-Ibáñez, il souffrirait d'un cas si grave de glaucome qu'il pourrait perdre la vue », rapporta la presse.

Martí-Ibáñez avait entrepris discrètement de ménager une porte de sortie à son ami. En mars, il avait adressé à Bill Frohlich un courrier frappé de la mention « Confidentiel » dans lequel il expliquait : « Henry Welch était ici la semaine dernière et nous avons discuté de beaucoup de choses, y compris de son avenir. » Welch envisageait de quitter la fonction publique. Il voulait rejoindre le secteur privé, ce qui lui donnerait l'occasion de mettre à profit ses « contacts uniques avec les dirigeants de l'industrie pharmaceutique ». Frohlich aurait peut-être un travail à lui proposer, suggérait Martí-Ibáñez, avant d'ajouter : « Je sais que vous êtes toujours à la recherche de bonnes recrues. »

Mais à ce stade, il était trop tard pour sauver la carrière de Henry Welch. Quand les enquêteurs de Kefauver ordonnèrent la saisie de ses relevés bancaires, ils firent une découverte stupéfiante. Henry Welch avait indiqué à John Lear qu'il touchait seulement des « honoraires » pour son travail auprès des deux revues qu'il dirigeait avec Martí-Ibáñez. C'était un mensonge. En fait, il percevait 7,5 % des recettes publicitaires de MD Publications, et 50 % des revenus générés par les réimpressions d'articles. La FDA versait à Welch un salaire annuel de 17 500 dollars, un chiffre en adéquation avec son statut hiérarchique, parmi les plus élevés de l'agence. En outre, les enquêteurs se rendirent compte qu'entre 1953 et 1960, Welch avait gagné 287 142 dollars grâce à ses publications. « Quand ces chiffres sortiront, c'en sera fini de ces deux types », s'exclama un sénateur à propos de Welch et Martí-Ibáñez.

Lorsque les chiffres finirent bel et bien par sortir, le scandale obligea Welch à démissionner de la FDA. Il continua à clamer son innocence, imputant sa chute à des « manœuvres politiciennes » et déclarant : « Je défie quiconque de trouver dans ces revues le moindre article, le moindre paragraphe ou la moindre phrase qui reflète un manque d'intégrité éditoriale ou scientifique. » Malgré cela, Welch était en bout de course. Il échappa aux poursuites judiciaires, fit valoir ses droits à la retraite et partit s'installer en Floride. De son côté, la FDA annonça qu'elle réévaluerait chaque médicament dont Welch avait autorisé l'usage.

C'était un triomphe de taille pour les enquêteurs. Cependant, Kefauver n'en avait pas terminé : il voulait interroger Bill Frohlich. Il lui envoya une citation à comparaître et découvrit alors que ses convocations semblaient avoir engendré une petite crise de santé publique : à l'instar de Welch et Martí-Ibáñez, Frohlich refusa de témoigner, fournissant une lettre dans laquelle son médecin décrivait « un problème à l'œil qui pourrait être aggravé par sa comparution ». Au cas où on aurait douté de son excuse, Frohlich préféra ne rien laisser au hasard et partit en voyage à l'improviste. La commission fut informée qu'il était indisposé, « quelque part en Allemagne ».

En décembre 1961, un compte rendu de presse annonça que Kefauver mettrait bientôt un terme à ses audiences. Il espérait que les preuves qu'il avait rassemblées encourageraient les législateurs à corriger « les abus de l'industrie pharmaceutique ». L'article notait toutefois qu'avant de clore son enquête, le sénateur souhaitait convoquer un dernier témoin : « le Dr Arthur M. Sackler, président de McAdams ».

Marietta avait toujours été frappée par la capacité hors du commun de son mari à « faire abstraction de tout ce qui n'était pas le sujet qui l'accaparait ». Tandis que le tourbillon de l'enquête, des articles à scandale et des audiences se déchaînait autour de lui, Arthur était occupé à gérer ses entreprises, ses collections et ses familles. Il méprisait Kefauver, un démagogue décidé à détruire l'industrie pharmaceutique, selon lui. Arthur n'avait jamais accordé beaucoup de crédit aux régulateurs ; il les considérait avec dédain comme des bureaucrates ineptes, le genre d'individus à avoir choisi de rejoindre la fonction publique parce qu'ils n'avaient pas pu faire médecine. Kefauver semblait partir du principe que les professionnels de santé étaient « soit des imbéciles, soit des canailles » et que ni les chercheurs ni les publications scientifiques « n'étaient dignes de foi », se plaignait-il. Il était particulièrement vexé qu'on puisse suggérer qu'il était lui-même empêtré dans des conflits d'intérêts. Il balayait ces allégations en les qualifiant d'« insinuations » et de « racontars », et soutenait qu'il n'avait jamais rien fait d'autre qu'essayer d'aider les gens.

Il avait toujours fui l'attention médiatique ; et à présent qu'elle était braquée sur lui, à cause des enquêtes du *Saturday Review* et du Sénat, elle se révélait aussi dangereuse qu'il l'avait imaginé. Un certain nombre de médecins réputés, membres du comité de rédaction des revues dirigées par Martí-Ibáñez, avaient commencé à taper du poing sur la table, envoyant des missives indignées pour savoir si les « trois Drs Sackler » étaient secrètement propriétaires des publications. (Martí-Ibáñez leur rétorquait que les Sackler étaient des « amis très chers, [qu'il admirait] », tout en refusant catégoriquement de répondre à la question.) « J'étais très heureux que mon nom figure au comité, auparavant, affirma un célèbre médecin à *Newsweek*. Aujourd'hui, je suis écœuré. J'ai démissionné. »

Quand on le convoqua à Washington, Arthur ne prétendit pas avoir un problème à l'œil ni ne disparut en Europe. Plus tard, sa décision d'aller livrer bataille deviendrait un chapitre mythique de sa biographie. « C'était l'ère de la chasse aux sorcières de McCarthy et tous les membres du secteur pharmaceutique étaient terrifiés à l'idée qu'on cause leur perte, lirait-on dans un récit publié par une fondation de la famille Sackler. [Arthur] Sackler avait accepté de se soumettre à cet examen intrusif pour toute l'industrie. » Il engagea Clark Clifford, un ténor du barreau et négociateur légendaire de Washington qui avait été un proche conseiller du président Truman. Et le 30 janvier 1962, il se présenta devant le Sénat.

« La séance est ouverte », annonça Kefauver.

Il souligna que les audiences avaient notamment porté sur le sujet de la publicité et de la promotion. « Les affirmations sur l'efficacité d'un médicament sont fréquemment exagérées », tandis que les avertissements sur ses effets secondaires « brillent souvent par leur absence », déclara-t-il. Ce jour-là, la sous-commission entendrait donc le témoignage du directeur de l'une des deux plus grandes agences de publicité pharmaceutique.

« Jurez-vous sur l'honneur de dire toute la vérité, et rien que la vérité ? commença le sénateur.

— Je le jure », répondit Arthur.

C'était un grand moment pour les enquêteurs de Kefauver : la pieuvre en personne leur faisait face. Ils avaient répété cet interrogatoire pendant des semaines, préparant les questions que le sénateur allait poser et anticipant les réponses possibles de Sackler.

« Je suis docteur en médecine et président du conseil d'administration de William Douglas McAdams, déclara Arthur. Je suis actuellement le directeur des laboratoires de recherche thérapeutique, et professeur de recherche thérapeutique à la faculté de pharmacie de Brooklyn, qui dépend de l'université de Long Island. J'ai publié, présenté ou critiqué environ soixante articles dans des revues médicales ou lors de conférences internationales sur la psychiatrie et la physiologie ». Il avait apporté une bibliographie, qu'il invitait la commission à consulter : « J'apprécierais qu'elle soit incorporée au dossier. » Il observa que ses recherches en psychiatrie avaient été « saluées [dans le pays] et à l'étranger ». Il avait deux carrières, expliqua-t-il : l'une en médecine, l'autre dans le commerce. Il les menait « simultanément, mais indépendamment l'une de l'autre ».

La dernière fois qu'il s'était présenté au Capitole, dix ans plus tôt, Arthur était moins sûr de lui. Il était venu quémander des subventions, et un sénateur antisémite lui avait opposé une fin de non-recevoir. L'Arthur Sackler qui se trouvait à présent au Sénat était une tout autre personne : un homme cultivé, raffiné, doté d'une immense autorité dans le milieu médical. Il dégainait son accent patricien tel un couteau face à ses interlocuteurs. « Il semblait exhiber sa voix comme une preuve manifeste de réussite », se rappellerait une connaissance. Tandis que Kefauver et ses collaborateurs l'interrogeaient sur la fabrication et la commercialisation des médicaments, Arthur se montra imperturbable et obligeant, manifestant ici ou là une légère impatience quand le manque de connaissances scientifiques de son auditoire se faisait sentir. L'agence McAdams n'était pas un simple ramassis de publicitaires, souligna-t-il. Il y avait des *médecins* qui travaillaient là-bas, et en grand nombre. Sous « la direction d'une équipe principalement issue de la communauté médicale », McAdams défendait l'idée qu'une « promotion pharmaceutique de qualité et éthique [jouait] un rôle positif dans l'amélioration de la santé publique ». Arthur avait saisi depuis longtemps l'utilité de minimiser l'importance de sa propre influence et de ses actifs, et il soutenait à présent que McAdams n'était pas du tout l'une des deux plus grandes agences de publicité pharmaceutique. Ses activités étaient en fait assez limitées. « Nous serions naturellement très flattés, chez McAdams, de nous croire aussi importants, ronronna-t-il. Or la réalité des chiffres démontre que nous occupons une place relativement mineure dans la sphère économique. »

La technique d'interrogatoire préférée de Kefauver consistait à user de politesse pour donner au témoin un faux sentiment de sécurité et à le laisser parler jusqu'à ce qu'il se piège lui-même. Face à Arthur Sackler, cette approche respectueuse s'avérait totalement contre-productive. La promotion médicale *sauve des vies*, car elle raccourcit l'intervalle entre la découverte d'un nouveau traitement et son utilisation par les professionnels de santé, continuait à déclamer Arthur, monopolisant la parole. « Chaque semaine, mois ou année qu'une communication pharmaceutique rapide et fiable retranche du laps de temps entre la découverte [d'un médicament] et son usage clinique préserve la vie, le confort, le moral et l'argent des patients », poursuivit-il, ajoutant qu'il serait ravi de fournir aux sénateurs « la documentation pour le prouver ».

Tous les plans de bataille élaborés que l'équipe de Kefauver avait préparés étaient officiellement tombés à l'eau. Arthur assénait une leçon à la commission comme si celle-ci était un groupe d'étudiants en première année de médecine. Les professionnels de santé ne se laisseraient jamais séduire par des publicités mensongères, déclara-t-il, et de toute façon, de quelles publicités mensongères parlait-on ? La majorité des campagnes qu'il voyait, et assurément toutes celles qu'il produisait, étaient parfaitement acceptables. Il interrompit son propre soliloque le temps de remarquer : « J'espère que je ne vais pas trop vite », puis repartit de plus belle. À un moment donné, Kefauver lui demanda, ayant presque l'air de s'excuser, s'il accepterait « de faire une pause pour une question ».

« Sénateur Kefauver, j'aimerais poursuivre, pour la simple raison que je suis persuadé que mon témoignage clarifiera les choses et rendra peut-être toute question inutile », répondit Arthur.

Cela cloua le bec au sénateur, mais pas pour longtemps : il finit par couper Arthur brusquement pour poser sa question.

« Nous y arriverons bientôt, sénateur », répliqua Arthur sans ralentir l'allure.

C'était une prestation extraordinaire. Au bout d'un certain temps, un membre de l'équipe de Kefauver aboya : « Docteur, avez-vous enfin terminé ? » Mais non, Arthur n'avait pas terminé. Il était occupé à contester les informations de la commission et son interprétation de ces informations.

« Sénateur Kefauver, j'aimerais être très clair sur ce point, dit-il alors qu'il corrigeait une faute de compréhension élémentaire. Si vous aviez vous-même suivi la formation requise pour obtenir un diplôme de médecine, vous n'auriez jamais commis cette erreur. »

Il pirouettait encore et encore, sans que personne parvienne à briser son élan. Évidemment, aucun traitement n'est entièrement dénué d'effets secondaires, concéda-t-il. Cependant, quand Kefauver l'interrogea sur un effet indésirable précis associé à un médicament pour le cœur – la chute des cheveux –, il rétorqua d'un ton pince-sans-rire : « Je préférerais avoir les cheveux clairsemés que les artères bouchées. »

La débâcle fut telle ce jour-là que les enquêteurs ne trouvèrent pas l'occasion d'interroger Arthur sur un ensemble de lettres qu'ils avaient obtenues par ordonnance judiciaire. Ces courriers ne furent jamais évoqués pendant l'audience ni rendus publics d'aucune façon, même si la sous-commission les détenait bel et bien : pendant des décennies, ils resteraient enfouis dans une grande pile de dossiers, au fond d'un carton perdu parmi quarante boîtes du même type qui contenaient les archives complètes de l'enquête de Kefauver sur l'industrie pharmaceutique. Les lettres en question retraçaient un échange entre Henry Welch et Arthur Sackler. Le 23 février 1956, Henry Welch avait écrit : « Cher docteur Sackler, j'ai eu grand plaisir à m'entretenir avec vous au téléphone, et je regrette que nous n'ayons pas pu nous croiser lors de mon dernier déplacement à New York. » Il sollicitait ensuite « un petit coup de pouce » pour financer une nouvelle revue.

« Je serais ravi de vous rencontrer et de faire plus ample connaissance », avait répondu Arthur cinq jours plus tard. Trois ans après, quand les ennuis de Welch avaient commencé, Arthur lui avait écrit de nouveau. « J'aimerais vous dire en cette période difficile que vous avez beaucoup d'amis qui [...] vous soutiennent. Les persécutions injustes que vous subissez à cause d'un individu mesquin décidé à faire les gros titres à renfort de sensationnalisme [une allusion au journaliste John Lear] sont désolantes. » S'adressant au directeur de la division antibiotiques de la FDA accusé de corruption, un homme que, en tant que bailleur de fonds de MD Publications, il avait aidé à corrompre, un homme que son client, Pfizer, avait soudoyé en lui achetant des centaines de milliers de réimpressions inutiles, Arthur déclarait : « Nous vous souhaitons tout le meilleur, à vous et à votre famille. »

Les enquêteurs ne parvinrent jamais à interroger Arthur au sujet de Welch. L'audience devait se dérouler dans un temps limité, probablement négocié au préalable avec Clifford, l'avocat tout-puissant d'Arthur, et pendant cette brève séance, ce fut à peine si l'équipe du sénateur parvint à caser un mot. Lorsqu'il se leva pour quitter la salle avec son entourage d'hommes de loi, Arthur devait savourer sa victoire. Avant de partir, il regarda Kefauver une dernière fois et le remercia de lui avoir permis de s'exprimer.

« Les faits parlent d'eux-mêmes », déclara-t-il avec emphase. Puis il tourna les talons.

7

Le derby de Dendour

Un petit temple se dressait sur les rives du Nil. Il avait été édifié par le gouverneur romain de la région une ou deux décennies avant la naissance de Jésus-Christ, en mémoire de deux frères qui s'étaient noyés dans le fleuve, selon une légende. Le temple était en grès, ses murs ornés de bas-reliefs montraient les deux frères, Peteisis et Pihôr, en pleine adoration du dieu Osiris et de la déesse Isis. Puis le Christ avait vu le jour et était mort, et le temple avait été transformé en église chrétienne. Au fil des siècles, de nouvelles religions s'étaient développées, de nouvelles langues s'étaient formées, de grands empires avaient émergé et sombré. Et pendant tout ce temps, le temple était resté debout. Bien sûr, il y avait eu des saccages : tous les trésors des grands temples d'Égypte qui pouvaient être déplacés avaient été emportés par des pilleurs de tombes dépenaillés, ou plus tard par des pilleurs de tombes dont les élégants costumes de lin s'affaissaient sous le soleil et qui se faisaient appeler des « égyptologues ». Durant des siècles, des gens étaient venus étudier le temple et s'interroger sur l'univers disparu dont il était un vestige. À côté des bas-reliefs originaux, on trouvait des graffitis en démotique qui avaient perduré longtemps après que cette langue s'était éteinte, quand plus personne en dehors de savants n'était capable de la lire. En 1821, Luther Bradish, un avocat et ancien combattant américain, avait visité le temple et gravé une inscription sur une paroi : L. BRADISH DE NY US 1821. Un photographe français, Félix Bonfils, s'y était arrêté à la fin du XIXe siècle et avait marqué son nom à la peinture. On pouvait encore discerner son graffiti sur des photos prises quarante ans plus tard, alors que le Français était déjà mort. Mais la peinture avait fini par s'effacer et on avait oublié Bonfils.

Ce réflexe de profaner un temple antique en y inscrivant son propre nom pouvait être vu comme du vandalisme. C'était aussi un geste de défi – envers la mort, envers le temps lui-même. Aujourd'hui, deux mille ans après leur noyade dans le Nil, nous connaissons les noms de ces deux frères. Mais nous connaissons aussi les noms des vandales, encore visibles sur les murs du temple. L'homme est mort. Son nom perdure.

En 1960, la modernisation de l'Égypte était en marche et, pour contrôler les crues annuelles du Nil, le pays entreprit de construire un barrage qui permettrait de mieux gérer l'irrigation de la région. Il transformerait des millions d'hectares de désert en terres arables, et des turbines installées en sous-sol produiraient de l'hydroélectricité. Ce barrage était considéré comme une prouesse technologique, une « nouvelle pyramide ». Il n'y avait qu'un problème : en redistribuant le débit d'un immense cours d'eau, on créerait un lac de cinq cents kilomètres de long qui inonderait les environs et ferait disparaître cinq temples antiques éparpillés aux alentours. Pendant des millénaires, ces chefs-d'œuvre architecturaux avaient survécu aux ravages du temps ; mais l'Égypte devait désormais faire un choix entre son avenir et son passé. L'édifice qu'on appelait le temple de Dendour – d'après le lieu où il se trouvait – était l'une de ces structures vulnérables. Le courant allait l'emporter.

Une campagne internationale fut lancée pour sauver « les monuments nubiens ». Les Nations unies acceptèrent d'aider l'Égypte à déplacer tous les temples que le barrage affecterait. Cela aurait un coût, cependant, un coût que le pays n'était pas capable de payer. Alors le gouvernement américain s'engagea à faire un don de 16 millions. Ému par cette générosité, Abdel el Sawy, un fonctionnaire égyptien, proposa en 1965 d'offrir le temple aux États-Unis pour les remercier. C'était un beau geste. Mais comment offrait-on un temple de huit cents tonnes ? Et dans un si jeune pays, où ce monument si ancien allait-il trouver à s'abriter ?

Le Metropolitan Museum of Art, qui occupait un site prestigieux sur la Cinquième Avenue, avait été conçu au lendemain de la guerre de Sécession, quand un groupe de notables new-yorkais avait décidé que les États-Unis devraient se doter d'un grand musée d'art, capable de rivaliser avec ceux de l'Europe. L'institution avait été fondée en 1870 et avait déménagé sur la Cinquième Avenue dix ans plus tard. Elle avait d'abord abrité une collection privée appartenant au magnat des chemins de fer John Taylor Johnston, principalement constituée de peintures européennes, ainsi que des œuvres offertes par d'autres grands industriels. Dès le départ, le musée avait été le théâtre d'une tension fascinante entre les intérêts et le plaisir de sa coterie de donateurs richissimes, et une mission plus égalitaire, orientée vers le service public. Le Met serait gratuit et ouvert à tous, mais subventionné par la classe fortunée. Lors de l'inauguration du nouveau bâtiment, en 1880, l'un des membres du conseil d'administration, l'avocat Joseph Choate, prit la parole devant un parterre de grands entrepreneurs de l'époque. Afin de s'assurer de leur soutien, il glissa l'observation matoise que la philanthropie était en réalité un moyen d'acheter l'immortalité : « Pensez, vous les millionnaires de tant de marchés, à la gloire qui pourrait être la vôtre si vous suivez simplement notre conseil de transformer le porc en porcelaine, les céréales et les denrées alimentaires en précieuses poteries, les minerais bruts du commerce en marbre sculpté. » Les parts de chemins de fer et les actions minières – qui, à la prochaine panique financière, « [périraient] sûrement tels des parchemins desséchés » – pourraient devenir des legs durables, des « toiles célébrées des grands maîtres de ce monde qui [orneraient] ces murs pendant des siècles », avança Choate. Par cette transsubstantiation, de grandes fortunes pourraient passer dans des institutions publiques pérennes. Au fil du temps, les basses origines des largesses de tel ou tel clan sombreraient dans l'oubli ; les générations à venir ne retiendraient que leur héritage philanthropique grâce au nom qui figurerait dans une galerie, une aile, ou peut-être au fronton du bâtiment lui-même.

Au début des années 1960, le Met était devenu l'un des plus grands musées d'art du monde. Il se trouvait cependant dans une situation précaire. D'un côté, le musée ne reculait devant rien pour acquérir des chefs-d'œuvre. En 1961, il avait déboursé la somme record de 2,3 millions de dollars pour un tableau de Rembrandt intitulé *Aristote contemplant le buste d'Homère*. D'un autre côté, le Met avait à peine assez d'argent pour rester ouvert et payer ses employés, et sa survie dépendait de subventions de la ville de New York, dont le budget était déjà mis à mal. Les chiffres de fréquentation n'étaient pas le problème : après l'acquisition du Rembrandt, quatre-vingt-six mille visiteurs avaient défilé devant l'œuvre en quelques heures (pour décider par eux-mêmes si « un tableau [valait] le prix d'un missile », comme on put le lire dans la presse). Trois millions de personnes se rendaient au musée chaque année. L'ennui était qu'aucune ne payait.

Le nombre colossal de visiteurs aggravait également un autre problème : le bâtiment n'était pas climatisé. Au plus fort de l'été – et de la saison touristique –, on étouffait dans les salles. Le musée devait donc trouver des fonds pour une rénovation qui comblerait ces lacunes. Le directeur du Met de l'époque était un homme râblé, expert en art et fumeur de pipe du nom de James Rorimer. En 1961, il annonça qu'il s'était donné pour mission de faire installer la climatisation au Met avant l'ouverture de l'exposition universelle de New York, qui devait avoir lieu trois ans plus tard.

Il ne lui restait plus qu'à obtenir des financements. Pour ce faire, il sollicita l'aide d'Arthur Sackler.

Rorimer avait bien choisi son moment. Les Sackler commençaient tout juste à s'essayer à la philanthropie, et la passion d'Arthur pour les collections d'art était en pleine expansion. Les trois frères étaient ressortis totalement indemnes de l'enquête de Kefauver, ce qui leur avait insufflé une énergie et un optimisme renouvelés. « Ils étaient fiers de s'en être tirés », dirait Richard Leather, l'avocat qui les avait représentés à cette période. Par ailleurs, Rorimer pouvait leur offrir une chose qu'ils désiraient. Depuis l'époque de Joseph Choate et de sa clique de grands personnages, le Met constituait le club fermé new-yorkais par excellence. Les frères Sackler avaient donné de l'argent à un large éventail d'institutions, mais plus particulièrement à des établissements auxquels ils n'étaient pas personnellement liés auparavant. Arthur n'avait pas étudié à Columbia, mais à NYU. Mortimer et Raymond n'avaient même pas pu intégrer NYU à cause de quotas antisémites. Malgré cela, les frères avaient destiné leurs dons à Columbia, puis finalement à NYU, ainsi qu'à la plus prestigieuse université de toutes, Harvard. Leur générosité reflétait très clairement leurs aspirations.

Le Met occupait cependant une place à part. Le principe de libre accès au public défendu par l'institution était contrebalancé par sa réputation d'ultra-exclusivité lorsqu'il s'agissait des riches donateurs qui la subventionnaient – et qui pouvaient décrocher un des sièges tant convoités au conseil d'administration. Le musée était une organisation caritative au cachet sans égal. C'était aussi indéniablement le genre d'endroit qui plaisait à Arthur Sackler. Chaque couloir, vestibule et galerie en marbre regorgeait de trésors. Le Rembrandt avait peut-être représenté un gros achat, mais en réalité, le musée possédait déjà plusieurs toiles du peintre – une trentaine. Le Met était l'équivalent pour les musées d'art de l'enfant qui a plus de jouets que tout le monde. Quand Rorimer le contacta, Arthur accepta d'effectuer un don substantiel de 150 000 dollars pour la rénovation d'une partie du premier étage du musée, à condition qu'on rebaptise les lieux la « galerie Sackler ».

Cette demande n'avait rien d'inhabituel. Quand des bienfaiteurs versaient de l'argent, ils aimaient qu'on affiche leur nom en bonne place. Toutefois, Arthur proposa aussi un marché plus original. Il rachèterait au Met tous les objets destinés au nouvel espace – une collection de chefs-d'œuvre de l'art asiatique, acquis dans les années 1920. Il les paierait au prix que le musée avait payé à l'époque, puis céderait de nouveau les œuvres à l'institution, afin qu'elles puissent être décrites comme « un don d'Arthur Sackler », même si elles n'avaient jamais quitté le Met. Ce serait une façon pratique pour le musée de remplir un peu plus ses caisses, et pour Arthur d'accoler son nom à encore plus d'objets. Arthur avait également appris à manipuler le Code fiscal à son intérêt : pour obtenir des réductions d'impôt, il déclara pour chacune des œuvres en question non pas le prix d'achat dont il s'était acquitté, mais sa valeur actuelle sur le marché. C'était une stratégie qui lui ressemblait bien : innovante, ostentatoire, un peu limite ; un acte de bienfaisance qui, compte tenu des avantages fiscaux associés, lui permettrait en fait de s'enrichir. Mais le musée avait besoin de liquidités ; son offre fut acceptée.

Rorimer était un personnage à part. Pendant la guerre, il avait travaillé à récupérer les œuvres d'art volées par les nazis ; et une fois devenu directeur du Met, il avait pris l'habitude d'arpenter les lieux comme un policier en patrouille, vêtu d'un costume en flanelle et de rangers. Il se sentait à tel point responsable de la préservation des trésors de sa collection qu'il s'arrêtait pour épousseter les vitrines. Un millier d'écoliers traversaient le musée chaque jour, et quand il apercevait un jeune visiteur dissipé en train de tripoter une statue, Rorimer tonnait : « Cet objet a quatre mille ans ! » Malgré cela, il défendait fermement l'idée que le musée participait à humaniser la société. « Rendre la beauté familière ne peut qu'engendrer plus de beauté », aimait-il à déclarer.

Cette devise touchait particulièrement Arthur, qui conservait des souvenirs marquants de ses excursions d'enfance au Brooklyn Museum. Il appréciait Rorimer, qu'il ne considérait pas seulement comme un partenaire en affaires mais aussi comme un esthète du même acabit que lui. Il évoquerait plus tard les moments « merveilleux » passés en sa compagnie au Met : « Nous parlions pendant des heures, purement de recherche et d'art, comme deux nobles érudits de la Chine antique. » À mesure qu'il approfondissait son lien avec le musée, Arthur s'aperçut aussi qu'il pouvait tirer avantage d'une situation à laquelle il avait pris goût pendant ses échanges avec Columbia. Appelons ça l'« art de l'appât » : un riche mécène qui soutient une institution désargentée peut souvent bénéficier de faveurs et d'une influence sans commune mesure avec les dons qu'il a réellement effectués, car ce rusé bienfaiteur a appris à faire miroiter la possibilité de futurs dons – une possibilité que le musée ou l'université concernés ne peuvent pas se permettre de négliger. Quand la technique est exécutée correctement, il n'y a quasiment rien qu'une institution ne soit prête à faire pour apporter satisfaction au donateur (voire au donateur potentiel).

Arthur avait des exigences. Par exemple, il voulait disposer d'un espace au Met où conserver sa collection personnelle, qui se développait rapidement. La ferme hollandaise de Long Island et la maison de ville de New York continuaient à se remplir de meubles, de poteries antiques, de peintures et de sculptures. La collection d'Arthur empiétait littéralement sur sa vie de famille. Il avait besoin de place. Pourquoi louer un vulgaire garde-meubles quand on pouvait avoir une salle réservée au Met ? Il s'agirait d'une solution plus prestigieuse, qui lui épargnerait aussi de se préoccuper de questions comme le contrôle de la température et la sécurité. Le musée s'arrangea donc pour fournir à Arthur ce qu'il désigna avec son emphase habituelle comme une « enclave » privée. Il y installa plusieurs milliers d'objets de sa collection, ainsi que son conservateur personnel, qui travaillerait sur place. Il obtint également un bureau dans l'enclave pour son ami Paul Singer, le psychiatre et amateur d'art viennois qui avait été son mentor en matière d'œuvres asiatiques. Il fit poser un nouveau verrou sur la porte pour que ses collaborateurs et lui puissent accéder aux lieux, mais pas les employés du Met. Rorimer accepta cet arrangement dans l'espoir qu'un jour, Arthur lègue au musée l'immense trésor qu'il était en train de constituer.

Conformément aux souhaits d'Arthur, on garda l'accord secret. Même les employés du musée ne savaient pas ce qui se tramait dans cette mystérieuse section. Bien plus tard, Arthur laisserait entendre que l'enclave n'était pas son idée : Rorimer la lui avait suggérée, dans l'espoir que conserver sa collection sous son toit l'empêcherait d'« aller voir ailleurs ». C'était pourtant difficile à croire, notamment parce que Arthur avait obtenu au même moment une enclave dans une deuxième institution, le musée des Indiens d'Amérique.

Un mercredi du printemps 1966, après une longue journée de travail au musée, James Rorimer regagna son appartement de Park Avenue, se coucha, et fit un infarctus. Sa mort soudaine était une grande perte pour Arthur et pour le Met ; mais on lui trouva bientôt un successeur, encore plus haut en couleur. Thomas Hoving était une pile électrique, un jeune loup aux dents longues doté d'un fort instinct politique, qui avait été directeur du musée des Cloisters à Washington Heights et responsable des parcs et jardins de New York – un poste précédemment occupé pendant des décennies par l'urbaniste Robert Moses. C'était un obsédé de la publicité, un populiste décomplexé qui se pavanait dans les espaces verts de la ville affublé d'un casque colonial et qui organisait des happenings pour attirer les New-Yorkais dans les parcs. Il clamait sur tous les toits que le Met devait être une grande institution populaire qui ferait parler d'elle, un établissement destiné au grand public plutôt qu'aux érudits et aux intellectuels. Hoving avait une fascination particulière pour l'Égypte antique ; il se fixa pour objectif d'obtenir le temple de Dendour.

Le temple consistait à présent en un amas de six cent quarante-deux blocs de grès. Il avait été démonté pierre par pierre par le gouvernement égyptien et attendait un nouvel abri. Quand l'Égypte avait annoncé son intention d'offrir l'édifice aux États-Unis, Hoving avait exprimé sa conviction profonde que le Metropolitan Museum de New York constituait la seule structure d'accueil permanente appropriée pour le temple. Toutefois, il s'avéra que l'institut Smithsonian de Washington avait également des vues dessus. Si Hoving était un vendeur enthousiaste, tout en bagout et culot new-yorkais, S. Dillon Ripley, le directeur du Smithsonian, optait pour un aplomb patricien. « Nous n'avons pas fait campagne pour obtenir [le temple], annonça-t-il, avant d'ajouter comme après coup : Nous l'accepterions volontiers. »

Le Met et le Smithsonian n'étaient pas les seuls concurrents en lice. Vingt villes se portèrent candidates : Memphis ! Phoenix ! Philadelphie ! Miami ! Des sénateurs plaidèrent leur cause auprès du département d'État. Des organisations citoyennes donnèrent leur avis. Et Le Caire, dans l'Illinois ? Quel meilleur endroit pour accueillir un temple égyptien en Amérique qu'une minuscule ville du Midwest ? La ruée vers ce trophée magistral devint frénétique et virulente. La presse surnomma l'affaire le « derby de Dendour ».

Le futur emplacement du temple était devenu d'importance nationale. La décision revint finalement à l'ancien président des États-Unis en personne, Dwight Eisenhower. Ce dernier nomma un jury d'experts pour l'aider à trancher. Le Smithsonian et le Met se détachèrent rapidement de la mêlée, prenant la tête de la course. Leurs propositions pour le temple étaient sensiblement différentes. Le Smithsonian prévoyait de situer l'édifice en plein air, au milieu de la nature, comme il l'avait été pendant deux millénaires : Ripley préférait qu'on le présente « de la façon la plus naturaliste possible ». Au Met, Hoving nourrissait de plus grandes ambitions : il voulait ajouter une aile au musée pour accueillir le temple. D'après lui, il était parfaitement insensé que le Smithsonian propose de le laisser dehors, surtout à Washington. Le bâtiment avait peut-être survécu à l'assaut des éléments en Égypte pendant deux mille ans, mais face aux hivers glacials et aux étés moites de la capitale, il n'avait aucune chance. « [C'était] un fait avéré » : si le temple était placé en extérieur à Washington, il serait très vite réduit à « un tas de sable », proclama un représentant du musée d'un ton lugubre.

Cet argument finit par l'emporter et, en avril 1967, Eisenhower annonça que le temple de Dendour serait attribué au Met. Thomas Hoving avait gagné. « Je suis si heureuse que vous ayez obtenu le temple », s'enthousiasma son amie, l'ancienne première dame Jackie Kennedy, ajoutant que « John John », son fils, adorait se promener dans les salles égyptiennes du Met. Hoving comptait faire ériger la nouvelle aile à l'angle de la 84e Rue et de la Cinquième Avenue, et l'appartement des Kennedy se trouvait juste en face. « J'illuminerai le temple pour que vous en ayez une bonne vue de votre fenêtre », promit-il.

C'était plus facile à dire qu'à faire. Le projet de Hoving reposait sur d'ambitieux travaux d'agrandissement et de rénovation du musée. On y ajouterait plusieurs bâtiments : une aile Rockefeller, qui accueillerait la collection de Nelson A. Rockefeller, gouverneur de New York et petit-fils du milliardaire John D. Rockefeller ; et une galerie Lehman, destinée à la collection de Robert Lehman, petit-fils du cofondateur de Lehman Brothers et dirigeant de la banque à l'époque. Le temple de Dendour serait placé dans une aile dédiée, agrémentée d'un miroir d'eau et d'une grande paroi vitrée qui permettrait aux passants de le contempler. Comme le plan prévoyait d'élargir la structure du musée vers Central Park, l'ancien responsable des parcs et jardins fut accueilli par une volée de bois vert de la part des défenseurs de l'environnement. Ses détracteurs l'accusaient de vouloir « violer Central Park ». Des actions en justice furent intentées contre sa proposition. Des rassemblements houleux eurent lieu devant le musée.

Et puis qui allait payer la facture ? Environ un mois après qu'Eisenhower eut décerné au Met l'honneur d'accueillir le temple antique, l'Égypte contemporaine entra en guerre contre Israël. Hoving avait eu l'intention de chercher des financements auprès de riches New-Yorkais, mais l'Égypte et tout ce qui avait trait au pays étaient soudain passés de mode. Le temple lui-même avait été envoyé en kit, déchargé à Brooklyn et attendait à présent sur un parking, enveloppé dans une bulle protectrice en plastique, pendant que Hoving s'efforçait de réunir les fonds pour construire sa nouvelle demeure. Aucun donateur ne voulait afficher son nom sur un temple égyptien. Hoving se montrait de plus en plus fataliste. Il affirmait, ne plaisantant qu'à moitié, avoir été victime de « la malédiction des pharaons ».

Mais rien ne pouvait l'abattre et, un jour, il s'aperçut qu'il lui restait encore une personne à solliciter : Arthur Sackler.

Hoving avait découvert l'existence de l'enclave Sackler une fois à la tête du Met, et cet arrangement lui avait paru assez étrange. Arthur Sackler avait-il explicitement promis que le musée obtiendrait à terme les œuvres qu'il y entreposait ? Personne ne pouvait l'affirmer. Hoving ne comprenait même pas vraiment d'où Arthur tirait sa fortune. Il savait seulement qu'il était riche, qu'il avait donné de l'argent au Met et qu'il semblait vouloir en donner davantage. Il téléphona donc au médecin pour lui demander s'il envisagerait une contribution. Arthur Sackler n'était pas un homme facile à joindre : comme il était toujours très occupé et papillonnait constamment d'un travail à un autre, même ses proches avaient parfois du mal à le localiser. Mais trente minutes après que Hoving eut décroché son téléphone, Arthur apparut, en personne et un peu hors d'haleine, dans son bureau du Met.

Hoving entama aussitôt son laïus. Arthur était la seule personne à New York à avoir « assez de cran » pour effectuer ce don, déclara-t-il. C'était généralement à ce stade que les autres philanthropes objectaient, par pur principe, à l'idée de subventionner un nouveau foyer pour un temple égyptien adopté. Cependant, Arthur écoutait toujours. Alors Hoving se jeta à l'eau : il avait besoin de 3,5 millions de dollars, déclara-t-il.

C'était une somme faramineuse, en 1967, qui dépassait de loin tous les dons qu'Arthur avait pu effectuer jusqu'alors.

« C'est d'accord », répondit-il.

Évidemment, il émit des conditions. Il stipula que ses frères Mortimer et Raymond participeraient au don et que la somme ne serait pas versée en une seule fois, mais progressivement. La nouvelle annexe, qui rejoindrait l'aile Rockefeller et la collection Lehman, serait baptisée l'« aile Sackler ». L'enceinte du temple serait désignée sous le nom de « galerie d'art égyptien Sackler ». Un ensemble de nouvelles salles seraient appelées les « galeries d'art asiatique Sackler ». Tous les panneaux relatifs à ces nouveaux locaux mentionneraient individuellement Arthur, Mortimer et Raymond, avec les initiales de leur deuxième prénom et la mention « M. D. », pour « docteur en médecine ». Ces consignes furent retranscrites officiellement sous la forme de clauses contractuelles irrévocables. Un administrateur du Met remarqua pour rire qu'il ne manquait que « les heures de bureau » des Sackler à cette signalétique soigneusement négociée.

Au printemps 1974, quand Hoving eut finalement obtenu toutes les autorisations nécessaires, un concert de perceuses et de marteaux-piqueurs retentit dans Central Park, marquant le début des travaux. Le *New York Times* annonça que la nouvelle aile avait pu voir le jour « en grande partie grâce à un don de 3,5 millions de dollars effectué récemment par les Drs Arthur M. Sackler, Mortimer D. Sackler et Raymond R. Sackler ». En réalité, comme les trois frères avaient négocié le droit d'étaler leur contribution sur vingt ans, le musée ne disposait pas d'assez de liquidités au moment de démarrer la construction et avait dû trouver d'autres financements. (La ville de New York avait fini par débloquer 1,4 million de dollars.)

Du côté nord du Met, une équipe d'artisans déballa les énormes blocs de grès et entreprit de les disposer sur une vaste plate-forme en béton. Le temple était resté en kit pendant onze ans. Chaque pierre avait été numérotée et les constructeurs s'aidèrent d'un plan à l'échelle et de photographies pour les réassembler. On aurait dit un immense jeu de Lego. À mesure qu'ils reconstituaient le temple, les ouvriers retrouvèrent non seulement les bas-reliefs antiques qui ornaient les murs depuis leur édification, mais aussi les graffitis plus récents, les inscriptions en démotique et le nom de cet avocat new-yorkais du XIXe siècle, L. Bradish, qui était allé en Égypte et y avait gravé son nom sur la paroi d'un monument – tout cela pour que ce monument se retrouve à New York.

L'événement promettait d'être un triomphe pour les frères Sackler ; mais si Arthur pensait qu'une aile à son nom au Met suffirait pour se faire accepter de la haute société new-yorkaise, il se trompait. Il s'engagea activement dans la vie du musée, participant à un voyage en Inde sponsorisé par l'institution. (Quand un autre membre de l'expédition, le philanthrope Edward Warburg, tomba malade, Arthur ouvrit la valise dont il ne se séparait jamais. Elle contenait tant de médicaments que Warburg s'exclama en riant qu'on aurait dit « une boutique d'apothicaire ».) Par ailleurs, Hoving appréciait réellement Arthur – dans la mesure où un séducteur professionnel pouvait apprécier une de ses conquêtes. « Il était susceptible, excentrique, despotique – et vulnérable, ce qui rendait la chasse d'autant plus fascinante », observerait le directeur du musée.

D'autres responsables du Met se montraient toutefois irrités par les nombreuses clauses contraignantes dont Arthur entourait ses dons. Quant aux bourgeois conservateurs du monde de l'art, ils traitaient cet arriviste cousu d'or et trop zélé avec dédain, voire avec un franc mépris. Arthur Sackler avait tout le charme « d'un symbole monétaire », déclara à *Vanity Fair* un dirigeant de maison de ventes. Une personne qui avait visité le Xanadu truffé d'œuvres d'art où il résidait avait comparé la maison à « une annexe de pompes funèbres ». Arthur rêvait de siéger au prestigieux conseil d'administration du musée et estimait, non sans logique, l'avoir mérité. « J'ai donné au Met exactement ce que les Rockefeller ont dépensé pour leur aile », se plaignait-il.

Cependant, le musée refusait de céder. Ses dirigeants avaient le sentiment qu'Arthur Sackler présentait quelque chose d'inconvenant. Et Arthur s'en rendait compte. Il était suffisamment sensible aux dynamiques subtiles de l'entre-soi de l'élite pour avoir remarqué le problème, qui lui était familier : le Met était « un endroit antisémite ».

Mais la réalité était peut-être plus complexe. D'une part, il y avait des juifs au conseil d'administration du musée. Un haut responsable du Met, Arthur Rosenblatt, aimait à dire que les administrateurs avaient été obligés de commencer à accepter l'argent de donateurs juifs après avoir épuisé leur vivier de protestants riches et âgés. Cela étant, certaines personnes soupçonnaient Arthur et ses frères de manigances réellement douteuses. Ainsi que le nota un employé du Met, comme ils avaient obtenu de verser leur don de 3,5 millions de dollars sur une période de vingt ans, pendant laquelle ils bénéficieraient de réductions d'impôts, « l'aile Sackler [représentait] un cadeau généreux, mais aussi une affaire en or pour les Sackler ». Un autre employé, Joseph Noble, qualifia Arthur de « fuyant » et laissa entendre que l'enclave mise à sa disposition par Rorimer était « la plus grande concession » jamais accordée par le musée. « Débarrassez-vous de lui avant qu'un scandale éclate », conseilla-t-il à Thomas Hoving.

Fin 1978, les travaux étaient achevés et Hoving dévoila l'aile Sackler en y organisant une première exposition : « Les trésors du roi Tut ». C'était un coup de maître. On y montrerait cinquante-cinq objets funéraires éblouissants découverts dans la tombe de l'enfant-pharaon Toutankhamon. Avant l'ouverture de l'exposition au public, le Met organisa un gala en grande pompe dans la nouvelle aile pour fêter l'événement. Le temple était là, de nouveau debout, magnifiquement restauré et illuminé de façon spectaculaire, avec les noms des deux frères noyés dans le Nil toujours inscrits sur le grès, accompagnés de ceux des visiteurs qui s'étaient succédé au fil des siècles et désormais des noms d'Arthur, Mortimer et Raymond Sackler, gravés sur le grand édifice du Met lui-même.

Pour l'occasion, les Sackler avaient passé commande d'une nouvelle œuvre à la célèbre chorégraphe Martha Graham, qu'Arthur considérait comme « la déesse de la danse contemporaine ». Les danseuses de Graham se produisirent à l'intérieur du temple telle une troupe de ménades. Le maire de la ville, Ed Koch, qui s'était lié d'amitié avec Arthur, était présent. Par une extraordinaire coïncidence, le président Jimmy Carter venait de superviser les accords de Camp David, mettant fin au conflit entre Israël et l'Égypte. Koch, qui était également juif, observa à quel point il était symbolique que trois médecins juifs aient financé la réédification d'un temple égyptien à New York, reflétant ainsi la géopolitique du moment : « Quelle meilleure façon de marquer l'occasion que l'inauguration de l'aile Sackler et du temple de Dendour ? »

Plus tard, on servit des cocktails et un orchestre joua de la musique dansante. Les frères Sackler rayonnaient, assistant à ce qui deviendrait indéniablement un moment clé dans l'histoire de leur famille. Leur réussite était actée. Si Arthur parut un tant soit peu distrait au cours de la soirée, personne ne le fit remarquer. Cependant, les administrateurs du Met n'avaient pas tort de craindre un scandale. Alors même que les frères célébraient leur triomphe, le procureur général de New York venait d'apprendre l'existence de l'enclave Sackler et d'ouvrir une enquête. Un scandale plus immédiat et personnel se profilait également pour Arthur. Ce soir-là, il avait à son bras une jeune femme svelte et élégante. Elle avait quasiment trente ans de moins que lui, était britannique, et ce n'était pas son épouse.

8

La désunion

Le premier mariage de Mortimer Sackler, avec Muriel Lazarus, s'était soldé par un divorce. Muriel était une femme imposante : née à Glasgow, elle avait déménagé à New York dans sa jeunesse, étudié au Brooklyn College, décroché un master en sciences au MIT en 1945, puis un doctorat à Columbia. Mortimer et elle avaient eu trois enfants : Ilene était née en 1946, Kathe en 1948 et Robert en 1951. Cependant, au milieu des années 1960, alors qu'il venait de fêter son cinquantième anniversaire, Mortimer était tombé amoureux d'une jeune femme nommée Gertraud Wimmer. Geri, comme on l'appelait, était une Autrichienne sculpturale qui avait dirigé une galerie d'art à Munich. Elle avait à peine vingt ans, le même âge que la fille aînée de Mortimer, Ilene ; mais malgré leur différence d'âge, ils entamèrent une relation. Si certaines personnes voyaient la situation d'un mauvais œil, d'autres considéraient Geri comme un trophée approprié pour un homme qui avait réussi. Purdue Frederick, la petite société pharmaceutique qu'Arthur avait achetée pour ses frères en 1952, s'était avérée un bon investissement, et Mortimer était désormais riche. Félix Martí-Ibáñez, le médecin espagnol dont les agissements avaient constitué l'un des principaux sujets des audiences de Kefauver, était resté proche des frères Sackler après le scandale. Il appelait invariablement la nouvelle épouse de Mortimer « la *bellissima* Geri ».

Mortimer avait commencé à passer plus de temps à l'étranger à partir des années 1960. Durant une période, il avait été plus ou moins forcé à la sédentarité pour prendre soin de sa mère vieillissante, Sophie. Arthur, qui lui était entièrement dévoué en théorie, constatait en pratique qu'il n'avait pas tellement envie d'aller voir sa mère, même après qu'elle était tombée malade. Sophie lui en voulait et affirmait en riant jaune que si seulement elle avait été faite en jade, Arthur lui aurait peut-être accordé plus d'attention. Quoi qu'il en soit, c'étaient ses frères cadets qui se chargeaient d'elle. Mortimer lui avait trouvé une aide-soignante à plein temps. Sophie mourut d'un cancer en 1965, avec ses fils à son chevet.

Après cela, Mortimer se mit à effectuer de plus longs séjours en Europe. « La Côte d'Azur n'est pas aussi bondée cette année, écrivit-il à Martí-Ibáñez à l'été 1966. Comme toujours, les endroits à la mode et ceux qui ne le sont pas ont changé. Il y a une nouvelle cuvée de filles en bikini, et quelques rescapées des précédentes. » Officiellement, Mortimer travaillait à développer le portefeuille des Sackler dans l'industrie pharmaceutique. Cette année-là, il supervisa l'achat d'une société britannique moribonde,

Napp, qui opérerait en tandem avec Purdue Frederick, à New York. Mortimer avait toujours été plus épicurien que ses deux frères, et il adopta le mode de vie d'un play-boy européen. Il passait ses journées à l'hôtel du Cap-Eden-Roc, un établissement chargé d'histoire bâti en surplomb de la Méditerranée sur un promontoire du cap d'Antibes, où F. Scott et Zelda Fitzgerald allaient boire autrefois et où les Kennedy avaient séjourné. L'endroit était plongé dans une torpeur apaisante, onirique, avec des jardins languides, des fruits de mer frais et des cocktails proposés au bord de la piscine par des serveurs endimanchés. Mortimer jouait au tennis presque tous les jours. (Il n'aimait pas perdre : mais si d'autres personnes semblaient s'énerver pendant un match, il s'esclaffait : « Du calme, prenez un tranquillisant ! ») Il fréquentait une cohorte d'expatriés de la jet-set, tel le romancier et scénariste Paul Gallico qui était marié à une baronne (sa quatrième épouse) et logeait dans une villa des environs, où il écrivait ses livres en dictant à une secrétaire américaine des phrases entrecoupées de longs silences. Mortimer aimait échanger des ragots sur les restaurants en vogue et sortir danser le soir. Il développa l'habitude méditerranéenne consistant à dédier une bonne partie de ses conversations à la météo. « Le soleil nous accompagne chaque jour et nous sommes tous heureux d'être là », écrivit-il à Martí-Ibáñez.

Comme Arthur, Mortimer n'était pas un père spécialement attentionné. À l'époque où il se mit à fréquenter Geri Wimmer, ses filles Ilene et Kathe étaient assez âgées pour avoir pris leur indépendance ; mais Bobby, le benjamin, vivait encore avec sa mère Muriel à Manhattan. « J'attendais Bobby, qui devait me rejoindre cette semaine », nota Mortimer dans une lettre en 1966. Malheureusement, il avait contracté la mononucléose et ne pouvait pas voyager. « Il faudra qu'on rattrape ça au cours de l'année. » Deux étés plus tard, en 1968, Mortimer écrivit à Martí-Ibáñez pour lui annoncer une nouvelle excitante. « Geri et moi attendons… un enfant ! » En aparté, il observa que c'était « sa décision à elle ». Mais Geri et lui étaient très heureux, installés pour l'été chez les Gallico, et prévoyaient de rentrer à New York à l'automne. Leur fille Samantha naquit en septembre. L'année suivante, le couple était marié.

Souhaitant acquérir son propre pied-à-terre au cap d'Antibes, Mortimer jeta son dévolu sur une belle villa créée par l'architecte américain Barry Dierks, qui avait aussi conçu des maisons pour le romancier Somerset Maugham et pour le producteur de cinéma Jack Warner. Construite en 1938, la demeure était entourée de jardins raffinés et idéalement située, juste au-dessus de l'hôtel du Cap. « La maison est loin d'être terminée, et il nous reste beaucoup d'achats à faire, écrivit Mortimer en juillet 1969. Même si je dis qu'on "campe" cet été, elle est vraiment confortable. »

Peut-être parce qu'il avait grandi dans l'environnement polyglotte de Brooklyn, ou parce qu'il avait vécu à Glasgow pendant les années 1930, Mortimer se sentait de plus en plus l'âme d'un vagabond cosmopolite, d'un citoyen du monde. Il acheta une énorme maison de ville au 10 de la 64e Rue Est, à deux pas du quartier général des Sackler, afin d'y loger quand il rentrait au pays. Il possédait aussi un appartement luxueux à Paris, rue Saint-Honoré, non loin des Tuileries.

Il fréquentait l'opéra à Paris et le théâtre quand il se rendait à Londres, où il acheta également une maison. Décrivant la vie sociale de la capitale anglaise dans les années 1960, il affirma en plaisantant être devenu « un gars dans le vent ». Mortimer avait une haute opinion de lui-même et l'esprit de compétition. Toutefois, il n'était pas obsédé par le travail comme son frère Arthur. Il souhaitait mener « une existence bien remplie et dynamique, consacrée à la vie et à l'amour, et à l'effort pour assouvir les deux ». Dans une lettre, il taquinait Martí-Ibáñez sur son goût pour la lecture, lui recommandant des passions plus charnelles : « Même si les livres et l'écriture procurent un grand plaisir, tu conviendras sûrement qu'il nous faut explorer toutes les voies du plaisir, de la détente et du contentement. »

En 1971, Geri donna naissance à un deuxième enfant, un garçon, Mortimer David Alfons Sackler. À l'image d'Arthur, Mortimer avait choisi de donner son nom au premier fils issu de son remariage. Il appelait les enfants qu'il avait eus avec Geri sa « nouvelle famille », ce qui, couplé à son départ pour l'Europe, pouvait donner l'impression que les trois enfants de sa première union étaient son « ancienne » famille, une mue dont il s'était débarrassé. Comme un autre signe de la séparation émotionnelle qu'il était en train d'opérer avec les États-Unis, il renonça à sa nationalité américaine en 1974 pour devenir autrichien, comme Geri. (Celle-ci expliquerait qu'il avait fait ce choix pour des raisons fiscales, une motivation étonnante de la part d'un ancien communiste. Mais les gens changent.) Ce printemps-là, Martí-Ibáñez écrivit à Mortimer que, depuis qu'ils étaient devenus amis en 1946, il ne l'avait jamais vu aussi heureux.

Mortimer D. A. Sackler était encore bébé qu'on évoquait déjà la possibilité qu'il devienne médecin. Il se trouvait que son demi-frère aîné portait aussi le nom de son père : Robert Mortimer Sackler, alias Bobby. Cependant, arrivé à l'adolescence, Bobby ne paraissait pas être un bon candidat pour exercer la médecine. Élevé dans l'aisance, c'était un enfant de divorcés qui partageait son temps entre sa mère écossaise sévère, installée dans l'Upper East Side, et son père hédoniste toujours par monts et par vaux, dont la nouvelle épouse avait seulement quelques années de plus que lui. Au bout d'un moment, les rapports de Bobby avec son père virèrent à l'orage. Mortimer l'accusait d'être peu serviable et de manquer de considération. Mais quand ils se retrouvaient pour les vacances, tout semblait s'améliorer : Bobby jouait au tennis avec son père ou nageait avec lui dans la Méditerranée, et on avait l'impression qu'il était en train de s'extirper de son marasme post-adolescent pour devenir le jeune homme équilibré que Mortimer attendait.

« Il me semble qu'Arthur était un peu jaloux de Mortimer », expliquerait Michael Rich. Rich avait commencé à fréquenter Denise Sackler, la fille d'Arthur et Marietta, quand ils étaient tous les deux étudiants à Pomona College dans les années 1970 ; il avait rejoint le clan en l'épousant. « Mortimer était un meilleur don Juan que lui, toujours entouré de jeunes femmes seins nus au cap d'Antibes. » D'après Rich, Arthur évoquait parfois, « non sans envie », les frasques de son frère dans le sud de la France. « Je crois qu'il avait le sentiment que Mortimer avait plus le temps de s'amuser que lui, le bourreau de travail. » Mais sa rancune avait aussi un aspect plus profond : Arthur paraissait estimer que « si Mortimer disposait de tout ce temps, c'était grâce à lui ».

Aux yeux d'Arthur, Mortimer et Raymond avaient toujours été « ses petits frères, qui suivaient son exemple », poursuivrait Rich. Il ne les considérait pas comme « ses égaux. Il se sentait obligé de les épauler ». Il intervenait encore de temps à autre quand ils avaient besoin de lui chez Purdue Frederick, mais dans l'ensemble, Mortimer et Raymond géraient l'entreprise seuls, réalisaient leurs propres investissements, lançaient leurs propres initiatives caritatives et gagnaient leur propre argent – beaucoup d'argent. Les divers intérêts commerciaux des trois frères étaient toujours étroitement liés : le *Medical Tribune* faisait paraître des réclames pour les produits de Purdue Frederick dans presque tous ses numéros, et McAdams créait des publicités pour le fabricant. Toutefois, il arrivait encore à Arthur de mettre ses frères dans l'embarras en s'ingérant dans les campagnes promotionnelles de McAdams ou en traitant Raymond avec condescendance devant ses subalternes.

Les deux frères cadets restaient très proches. Raymond, qui était chargé de garder la boutique à New York pendant que Mortimer gérait leurs affaires à l'étranger, était le plus réservé des trois Sackler. Son épouse Beverly et lui avaient renoncé à leur engagement communiste à mesure qu'il développait ses activités commerciales. Cependant, leur engagement l'un envers l'autre demeurait inchangé. « Ray était tranquille, assez honnête, et toujours marié à la même femme, se rappellerait John Kallir, l'ancien publicitaire de McAdams. C'était le moins intéressant des trois frères. » Il vivait encore à Roslyn, un quartier résidentiel de Long Island, où Beverly et lui élevaient deux fils, Richard et Jonathan. Richard comptait même devenir médecin.

Mortimer et Raymond avaient beau avoir des personnalités très différentes, ils partageaient un lien profond, ayant tous les deux grandi dans l'ombre d'Arthur. Ce dernier s'inquiétait parfois de ne pas avoir la moindre idée d'où se trouvait son frère globe-trotteur. « Je n'ai jamais connu un tel "silence radio". À ce jour, Morty ne m'a pas envoyé un seul itinéraire », écrivit-il un été. Alors que Mortimer communiquait par courrier avec presque tout le monde quand il était en Europe, il donnait fréquemment des nouvelles à Raymond par téléphone. Raymond et Beverly aimaient lui rendre visite en France, même s'ils étaient moins aventureux que lui en matière de voyages – comme Raymond le disait, il se contentait de « laisser Morty les guider ». De leur côté, Mortimer et Geri rentraient à New York pour les réunions budgétaires de Purdue Frederick, qui avaient lieu au dernier étage de l'hôtel Pierre, à deux pas du bureau des Sackler, sur la 62e Rue. Quand ils étaient en ville, Geri organisait des réceptions extravagantes chez eux pour leurs amis et leur famille. Il arrivait encore aux trois frères de signer une lettre « Arthur, Mortimer et Raymond », comme s'ils constituaient une entité indistincte, et on pouvait avoir du mal à savoir lequel d'entre eux l'avait écrite. Martí-Ibáñez louait les efforts de Mortimer pour maintenir « la "famille" intacte ». Néanmoins, on ne pouvait nier que ce qui avait autrefois fait figure d'unité fraternelle inviolable avait commencé à se fracturer, et que les deux plus jeunes Sackler s'éloignaient progressivement d'Arthur.

Pour Marietta, Sophie Sackler avait été la dernière chose qui les unissait. « Il me semblait que sa présence forte de matriarche avait préservé l'image d'une famille soudée. Après son décès, cette image a commencé à se dissiper », écrirait-elle.

Il était aussi possible qu'Arthur ait tout simplement atteint la limite absolue du nombre de relations intimes qu'il était capable de conjuguer. S'il était toujours proche de ses deux filles issues de son premier mariage, il entretenait des rapports plus tendus avec son homonyme, Arthur Felix. « J'ai essayé d'intéresser mon fils à la médecine, [...] en vain », soupirait-il. Arthur fils était dyslexique et dériva peu à peu vers la contre-culture. Il vagabonda de-ci de-là, étudia dans une petite université du Wisconsin, passa un an à vivre en communauté dans le Vermont, acheta une ferme dans le Maine. Marietta commença à craindre qu'on ne l'appelle au milieu de la nuit pour lui annoncer qu'il lui était arrivé une chose terrible. Denise alla suivre un cursus d'art à Pomona College, où elle rencontra Michael Rich. Quand Arthur se rendit à son exposition de fin d'études, il en retira une grande fierté. « C'est ainsi que les Sackler devraient voir figurer leur nom dans une salle de musée. Pas seulement en tant que donateurs, mais en tant qu'artistes », lui dit-il.

Arthur fréquentait toujours sa première femme, Else, ce qui contrariait de plus en plus Marietta. Il lui rendait visite chaque semaine dans son appartement de Central

Park West, l'accompagnait au musée et à des conférences sur l'art. Il partait parfois en vacances avec elle sans emmener Marietta, comme la fois où ils allèrent à Cannes, en 1957. Lors de ce voyage, ils s'arrêtèrent dans une galerie d'art, et Arthur acheta à Else une lithographie de Renoir. En 1962, il lui fit la surprise d'un magnifique tableau de Monet représentant un bosquet de peupliers. Else fit installer un éclairage spécial dans son appartement pour mettre en valeur les nuances délicates de la palette utilisée par le peintre. Arthur aimait contempler le tableau dans le salon d'Else et expliquer qu'il avait pu l'acquérir pour une somme raisonnable, car l'œuvre était longtemps restée en possession d'une famille suisse, au lieu de subir des ventes successives qui auraient fait grimper son prix. Il se montrait très satisfait d'avoir réussi à « trouver un Monet pour Else ».

Rien de tout cela ne réjouissait particulièrement Marietta ; et encore, elle ne savait pas tout. Car si Arthur conservait une relation ouvertement intime avec son ex-épouse, il voyait également en secret une troisième femme, Jillian Tully.

« J'ai rencontré le Dr Sackler en 1967 », raconterait Jillian des années plus tard. Elle avait vingt-huit ans à l'époque et travaillait dans une agence de publicité à Londres. Arthur avait la cinquantaine bien sonnée, des cheveux gris qui se raréfiaient et un début de bedaine. Mais il manifestait encore une grande vigueur physique et intellectuelle, et Jillian fut aussitôt conquise par cet homme âgé brillant, charmant et riche. « Il était incroyablement intelligent, se souviendrait-elle. Il régnait sur le monde de l'art et des sciences. »

Arthur lui dit qu'il était séparé de sa seconde femme et ils commencèrent à se fréquenter, principalement quand il était à Londres. Lorsque leur relation devint plus sérieuse, il assura à Jillian qu'il voulait l'épouser mais qu'il ne pouvait pas divorcer avant d'avoir réglé « une affaire complexe de répartition des biens ». La jeune femme comprit. Quelques années plus tard, elle déménagea à New York pour se rapprocher de lui. En sa compagnie, Arthur se comportait tout simplement comme s'il n'était plus marié à Marietta. « [Il] me traitait comme son épouse et me désignait comme telle », raconterait Jillian. Arthur avait toujours fait une fixation sur son nom. Après l'avoir donné à une aile de musée, il voulait que sa nouvelle compagne le porte aussi. Elle commença donc à se présenter comme « Mme Arthur M. Sackler », ce qui signifiait qu'avec Else et Marietta, elles étaient désormais trois à Manhattan. Cependant, Arthur « trouvait gênant que ce ne soit pas l'exacte vérité » – que Jillian se contente d'emprunter son patronyme, telle une actrice de théâtre endossant un rôle. « Il a tenu à ce que je change mon nom légalement, de Tully à Sackler », expliquerait-elle. Le 4 mars 1976, Jillian fit officiellement modifier son patronyme à Londres pour adopter celui d'Arthur, même s'ils n'étaient pas vraiment mariés et qu'Arthur n'avait pas divorcé de Marietta.

La famille Sackler semblait à présent scindée en deux factions distinctes, avec Arthur d'un côté, et Raymond et Mortimer de l'autre. Jillian ne devint jamais proche des deux plus jeunes Sackler, et de fait, Arthur leur parla de moins en moins au fil des années. « Ce n'était pas une famille qui se retrouvait autour d'un barbecue le 4-Juillet », expliquerait Michael Rich. Les branches du clan Sackler étaient devenues « très cloisonnées ».

De l'extérieur, cet éloignement semblait avoir eu lieu progressivement, à cause du temps, de la géographie et de vies très remplies. Mais aux yeux des frères Sackler, un incident se détachait qui était devenu une source profonde d'acrimonie et de méfiance – un moment identifiable à partir duquel la relation entre Arthur et ses cadets s'était gâtée. En 1954, leur ami Bill Frohlich, le publicitaire allemand qui était aussi le quatrième mousquetaire, avait créé à New York une entreprise, IMS. L'idée était de collecter les données de vente de l'industrie pharmaceutique en recueillant des informations sur les médicaments prescrits par les médecins, puis de proposer ces données aux sociétés pharmaceutiques qui seraient prêtes à les payer au prix fort pour affiner leur stratégie marketing. Frohlich était officiellement le fondateur d'IMS ; mais tout comme il avait tiré les ficelles de l'agence L. W. Frohlich, Arthur avait joué un rôle secret dans la création de cette entreprise. En fait, il semblait avoir été à l'origine du concept. Ne voulant pas entraîner un nouveau conflit d'intérêts évident, il avait permis à Frohlich de lui servir de prête-nom pour dissimuler sa propre participation dans la société.

L'agence de publicité de Frohlich avait continué à prospérer. En 1970, elle possédait des bureaux à Londres, Paris, Francfort, Milan, Madrid et Tokyo, et son chiffre d'affaires s'élevait à près de 40 millions de dollars. Frohlich avait acquis un refuge méditerranéen à la hauteur de celui de Mortimer, sur l'île d'Elbe, en Italie. Quand Mortimer lui rendit visite, il s'extasia devant cette « magnifique villa, perchée sur une colline d'Elbe, surplombant la mer ». Un jour de 1971 où il venait de rentrer de vacances aux Caraïbes, Frohlich convoqua ses employés pour une réunion ; mais il se mit à bredouiller des paroles inintelligibles et perdit connaissance. Lorsqu'il apprit que son vieil ami était malade, Arthur se chargea immédiatement de lui trouver les meilleurs médecins. Il était trop tard : Frohlich avait une tumeur au cerveau et mourut en septembre 1971, à l'âge de cinquante-huit ans.

Frohlich avait joué un rôle tellement central dans son agence de publicité qu'elle ne lui survécut pas, faisant rapidement faillite. Cependant, IMS était toujours à flot et, un an après la mort de Frohlich, des cadres de l'entreprise firent une découverte étonnante. Il s'avéra que Frohlich avait conclu un accord secret avec la famille Sackler, en vertu duquel Raymond et Mortimer hériteraient d'une participation majoritaire dans l'entreprise s'il venait à décéder. Ce contrat était ce qu'on appelait une tontine, un mode d'investissement remontant à l'Europe du XVIIe siècle qui permettait à plusieurs personnes de mettre leurs fonds en commun pour ce qui était en pratique une loterie sur la mort dans laquelle le dernier investisseur encore en vie remportait la mise. Mais ce que les cadres d'IMS venaient d'exhumer en réalité, c'étaient les vestiges du pacte des quatre mousquetaires formulé par les frères Sackler et Bill Frohlich un soir de neige à New York, dans les années 1940. Vingt ans plus tard, les quatre hommes avaient engagé l'avocat Richard Leather, associé au cabinet juridique Chadbourne & Parke, pour officialiser le marché.

Selon Leather, deux accords avaient été rédigés, l'un régissant les activités des mousquetaires dans le pays, l'autre, leurs activités à l'international. Les quatre hommes avaient signé le pacte national, qu'on avait surnommé l'« accord quadripartite ». Mais pour une raison inconnue, Arthur avait préféré ne pas participer au pacte international, qui était donc devenu l'« accord tripartite » entre Raymond, Mortimer et Frohlich. L'idée générale était que lorsque le premier des participants mourrait, ses entreprises seraient léguées non pas à ses héritiers, mais aux autres membres du pacte. Et voilà que Bill Frohlich était décédé, bien plus tôt qu'ils ne s'y attendaient.

Selon le contrat, Arthur aurait normalement dû hériter d'IMS en même temps que ses frères. Cependant, comme son avocat Michael Sonnenreich l'expliquerait, il « ne pouvait en aucun cas » devenir un des légataires de Frohlich, « parce qu'il dirigeait McAdams, et que cela aurait créé un conflit. Alors il a mis ses frères sur le coup ». D'après Sonnenreich, Raymond et Mortimer n'avaient « rien à voir » avec IMS ; mais ils étaient membres du pacte et, comme d'habitude, ils permirent à leur frère de masquer sa participation. Par la suite, lorsque IMS fit son introduction en Bourse, la famille de Frohlich – sa sœur et ses deux filles – reçut un total de 6,25 millions de dollars. L'accord des mousquetaires avait toujours stipulé que chaque homme pourrait mettre de côté une somme raisonnable afin de subvenir aux besoins de ses héritiers. De leur côté, Raymond et Mortimer touchèrent près de 37 millions de dollars à eux deux.

Arthur s'attendait à ce que ses frères honorent leur engagement et lui cèdent une part de ce butin considérable. Après tout, c'était lui qui avait conçu IMS : les deux frères n'avaient joué aucun rôle réel dans la société. « Quatre personnes ont fondé IMS », affirmerait plus tard le fils de Raymond, Richard Sackler, avançant qu'Arthur n'était « qu'un des quatre » participants, au même titre que ses frères. Toutefois, Raymond avait lui-même déclaré à un journaliste, Adam Tanner, qu'il était très peu impliqué dans l'entreprise : « Je ne connaissais pas grand-chose, voire presque rien à l'affaire. » Selon Sonnenreich, dans le cadre de l'accord quadripartite, Arthur « avait renoncé à ses droits sur IMS, mais convenu avec Frohlich que si l'entreprise était vendue un jour, il percevrait un quart des profits ».

Cependant, lorsque la société fut introduite en Bourse, Raymond et Mortimer n'entendirent pas les choses de cette oreille. Ils arguèrent que puisque IMS possédait des bureaux partout dans le monde, il s'agissait dans les faits d'une entreprise internationale : elle devait donc être régie par l'accord tripartite, qu'Arthur n'avait pas signé. « Ils avaient sorti la société du pays », expliquerait Arthur Felix, affirmant que son père était « furax » de « ne pas avoir reçu sa part ».

« Papa avait eu l'idée d'IMS et, après un arrangement officieux, il avait donné son feu vert à Bill, se rappellerait la fille d'Arthur, Elizabeth Sackler. Quand Frohlich est mort et que l'entreprise a été introduite en Bourse, Raymond et Morty s'en sont mis plein les poches. »

Arthur perçut cette mise à l'écart comme une immense trahison. D'après ses enfants Elizabeth et Arthur, c'était là que résidait « l'origine de la grande rupture ». Les rares fois où il évoquerait l'incident par la suite, Arthur ne pourrait que marmonner avec un étonnement amer : « Quand IMS a fait son entrée en Bourse, je n'ai rien eu. »

Un autre secret, plus lugubre, vint hanter la famille Sackler à cette période. Quand le fils de Mortimer, Bobby, avait célébré sa bar-mitsvah en 1964, Félix Martí-Ibáñez, qui n'était pas du genre à laisser passer une occasion pareille, lui avait envoyé une lettre. « Tu entames ta vie avec les plus grands atouts qu'un jeune homme puisse posséder : des parents aimants et dévoués », écrivait-il, avant de souligner qu'il avait également hérité d'un « nom illustre ». Quel incroyable avantage, de faire son entrée dans l'âge adulte en étant un Sackler. Quel privilège, quel tremplin ! Assurément, « rien n'est facile dans la vie, mais c'est ce qui la rend excitante », poursuivait Martí-Ibáñez. L'important était de travailler dur et d'exceller. « Je suis convaincu que le seul but auquel un homme devrait aspirer dans la vie est d'avoir quelque chose de grand. »

Mais pour Bobby, le nom des Sackler ne s'avéra pas être le genre de talisman que Martí-Ibáñez imaginait. Il rencontra des difficultés tant sur le plan émotionnel que mental. Il logeait dans un immeuble de la 64e Rue qui appartenait à sa famille mais, d'après Elizabeth Bernard, employée de maison chez Mortimer Sackler pendant trente ans, il fit aussi des séjours en hôpital psychiatrique quand il avait une vingtaine d'années. Bernard s'occupait de ses chats en son absence. Bobby s'installait parfois avec sa mère, Muriel, dans son appartement rempli de livres au neuvième étage d'un bel immeuble ancien sur la 86e Rue Est, juste à côté de Central Park. « Son fils était absolument incontrôlable, se rappellerait Dolores Welber, une amie de Muriel Sackler. Robert était complètement déboussolé. Il nageait en plein délire. Il était fou. » Une fois, on l'avait trouvé en train d'errer dans Central Park, nu. « C'était sûrement un problème de drogue », indiquerait Welber.

D'autres connaissances de la famille finirent aussi par penser que Bobby était toxicomane. Des décennies plus tard, quand elle répondrait aux questions de l'avocat Paul Hanly dans les locaux new-yorkais de Debevoise & Plimpton, la sœur aînée de Bobby, Kathe, émettrait une remarque sur les ravages de l'héroïne dans les années 1970. « J'ai des amis. Des parents. Je veux dire, je connais des gens, des individus qui en ont souffert. Cela touche la vie de tout le monde. C'est horrible. » Si Bobby avait bien un problème avec l'héroïne, ce n'était pas la seule drogue qu'il consommait : selon Elizabeth Bernard, il s'était mis à prendre de la PCP. Conçue dans les années 1950 pour servir de tranquillisant, la PCP avait été interdite à la vente quand on avait découvert qu'elle entraînait des hallucinations, des convulsions et un comportement agressif. Vingt ans plus tard, c'était devenu une substance illicite populaire, surnommée la « poussière d'ange ». Lorsque Bobby en prenait, « il disjonctait », se souviendrait Bernard.

Les portiers de l'immeuble de Muriel Sackler sur la 86e Rue avaient parfaitement conscience que son fils était toxicomane. « Elle se plaignait [en disant] : "Il prend de la drogue", expliquerait Ceferino Perez, qui avait travaillé dans l'immeuble pendant quarante-sept ans. Il était un peu barjot. C'était le genre de gars que personne n'aurait embauché. » D'après Perez, Bobby venait parfois voir sa mère alors qu'il était « à cran » – en plein trip, ou bien en manque. « Il se disputait avec elle. »

Un samedi matin de l'été 1975, Perez se tenait à la porte de l'immeuble quand Bobby arriva, sur les nerfs et furieux. Il cria sur le liftier puis disparut dans l'appartement de Muriel. On entendit du bruit et des éclats de voix. « Il voulait de l'argent, se souviendrait Perez. Pour acheter de la drogue, peut-être. Mais elle refusait de lui en donner. » Perez et le liftier prévinrent le concierge de l'immeuble, qui leur conseilla de ne pas s'en mêler.

Perez reprit donc son poste sous la marquise de l'entrée. C'était une matinée chaude de juillet. On voyait passer des touristes qui se rendaient au Met, ainsi que des promeneurs de chiens et des joggeurs en route vers Central Park. Soudain, Perez entendit quelque chose au-dessus de sa tête, un fracas de verre brisé, puis un bruit beaucoup plus fort et proche – une chose lourde venait de s'écraser sur le trottoir. Le choc fut si violent que le portier crut à un accident de voiture. Mais quand il s'approcha, il vit qu'un homme gisait sur le trottoir. C'était Bobby Sackler. Il était tombé de neuf étages. Son crâne s'était ouvert sur le macadam.

L'espace d'un instant, plus rien ne bougea. Puis un téléphone se mit à sonner. C'était celui de l'entrée. Quand Perez décrocha, il entendit la voix de Muriel Sackler.

« Mon fils a sauté par la fenêtre, dit-elle, bouleversée. Il a cassé la vitre avec une chaise. Vous pensez qu'il est mort ? »

Perez regarda le corps. Cela ne faisait aucun doute.

« Je suis désolé, bredouilla-t-il. Il est mort. »

Il raccrocha. Un attroupement s'était formé. Des passants s'arrêtaient pour fixer la scène. La police était en route. Quelqu'un trouva une couverture, et Ceferino Perez l'étendit comme un linceul sur Bobby Sackler.

9

Fantômes

Plus Arthur Sackler endossait de responsabilités, plus il voyageait, plus il acquérait d'œuvres d'art, plus il voyait sa réputation grandir, plus il semblait s'éloigner de Marietta. Elle ne comprenait pas pourquoi il se chargeait de travail à ce point : il avait déjà accompli et acquis tant de choses, pourquoi ne pas en profiter ? Mais elle finit par se rendre compte qu'Arthur trouverait toujours de nouveaux sommets à conquérir. Son appétit de collectionneur devait être motivé non seulement par un désir de reconnaissance publique, mais aussi par un besoin plus profond de s'assurer que « le monde n'oublierait pas son nom », conclut-elle.

Les enfants de Marietta avaient grandi. Arthur Felix s'était un temps détaché de ses parents, puis s'en était rapproché : il avait travaillé pour son père chez McAdams, puis au *Medical Tribune*, avant de commencer à s'occuper de Dr. Kade, la société pharmaceutique que la famille de Marietta possédait en Allemagne. Denise entretenait un rapport plus distant avec son père. Elle était restée sur la côte Ouest et avait épousé Michael Rich.

Arthur voyageait plus souvent. Au lieu de lever le pied avec l'âge, il paraissait accélérer, comme s'il se livrait à une course contre la montre. Marietta se sentait à la dérive, déprimée. Elle finit par entamer une psychothérapie. Arthur n'approuvait pas son choix : encore cramponné aux théories développées pendant ses premières recherches à Creedmoor, il soutenait que tout problème psychologique possédait forcément une origine métabolique, physiologique, et devait être traité avec un médicament adapté plutôt qu'avec une analyse. Malgré cela, Marietta trouva l'exercice si utile qu'elle décida d'entreprendre une formation de psychothérapeute à son tour. Pendant longtemps, le sexe demeura son lien principal avec son mari. Arthur avait toujours eu un appétit vorace dans ce domaine ; mais Marietta ne décelait plus aucune émotion dans leurs rapports, plus de tendresse. Comme tant d'autres choses avec Arthur, elle avait désormais l'impression qu'il ne s'agissait que d'une « conquête ». Et même le sexe finit par le lasser. Marietta avait le sentiment que son mari s'était totalement coupé d'elle. Un soir au début des années 1970, elle lui dit que si c'était son travail qui le stressait autant, ils pouvaient tout bonnement vendre leurs entreprises et mener une vie plus simple. *Je t'en supplie*, l'implora-t-elle. Mais il ne semblait pas intéressé.

« Est-ce que tu m'aimes encore ? » lui demanda-t-elle alors.

Et Arthur répondit : « J'en aime une autre. »

Enfin, il lui parla de Jillian, la jeune femme qu'il fréquentait depuis des années. Après le choc initial,

Marietta fut obligée de reconnaître que les signes n'avaient pas manqué. De longues absences. Des disparitions inexpliquées. Un soir, peu de temps auparavant, Arthur était censé être resté en ville, et Marietta avait décidé sur un coup de tête de le rejoindre depuis Long Island. Elle avait trouvé la maison vide et l'y avait attendu toute la nuit. Quand il avait surgi le lendemain matin, très étonné de la voir, il lui avait raconté que sa voiture était tombée en panne et qu'il n'avait pas réussi à retrouver son chemin dans le noir – une histoire franchement absurde, se dit-elle avec le recul.

Malgré tout, Arthur ne semblait pas avoir avoué sa liaison à Marietta pour qu'ils se séparent. Il se contentait de l'informer en termes simples de sa nouvelle situation. Ce qu'il souhaitait, comprit Marietta, c'était un arrangement plus « ouvert », en adéquation avec les mœurs permissives des années 1970. D'après elle, il lui proposa qu'ils conservent l'apparence d'un couple marié tout en restant libre lui-même de poursuivre sa relation avec Jillian.

Par une coïncidence affreusement gênante, il se trouvait qu'Arthur allait avoir soixante ans le 22 août 1973 et que Marietta avait prévu d'organiser une réception en son honneur dans leur maison de Long Island. Le couple décida de maintenir les festivités. Tout le monde fit illusion. La famille et les amis d'Arthur répondirent à l'appel, sauf Jillian, évidemment. Marietta était censée prendre la parole et on aurait pu penser qu'elle préférerait y renoncer, incapable de surmonter cette humiliation – ou bien qu'elle s'en donnerait à cœur joie et livrerait à l'assemblée des Sackler et leur cortège de parasites son véritable point de vue sur la situation.

Au lieu de quoi, en une démonstration d'abnégation, elle lut le texte qu'elle avait préparé, une rétrospective flatteuse de la carrière d'Arthur. Elle lui offrit un ensemble d'albums contenant des coupures de presse soigneusement compilées qui retraçaient ses multiples exploits dans le domaine de la médecine et des arts. Elle avait intitulé son discours : « Soixante ans peu productifs ».

Arthur avait pénétré une nouvelle strate sociale. On le voyait éviter les flashs des paparazzi à une exposition sur Goya, ou fêter la venue d'un marquis français à Los Angeles. Il refusait toujours la majorité des demandes d'interviews mais ne redoutait plus de voir son nom dans la presse. Sa chronique au *Medical Tribune*, « L'homme et la médecine », présentait un assortiment caractéristique de tirades moralisatrices sur tout ce qu'il détestait (les cigarettes, la réglementation de la FDA, le journalisme « amateur » animé par des personnes qui n'étaient pas médecins) et d'anecdotes personnelles sur sa vie et ses voyages, saupoudrées de noms célèbres. Il consacra trois articles à une longue conversation qu'il avait eue avec le chanteur d'opéra Luciano Pavarotti. Des histoires à propos de divers sujets trouvaient toutes un moyen de revenir sur son amitié intime avec le roi de Suède. Il se targuait d'avoir été l'un des premiers défenseurs du travail de Ralph Nader pour la protection des consommateurs, même si le directeur d'une organisation fondée par Nader, le Public Citizen's Health Research Group, avait déclaré : « Ce que le *Medical Tribune* veut faire passer pour des informations ne sont que des commentaires éditoriaux ultra-filtrés et irrationnellement favorables à l'industrie pharmaceutique. »

Si Arthur s'habituait à l'idée d'attirer l'attention des médias, il soutenait le faire selon ses conditions. « Il voulait être le rédacteur en chef. Il refusait de laisser le dernier mot à quiconque », remarquerait le collectionneur d'art Edward Warburg, un des responsables du Met. En 1975, Arthur fit l'objet d'un hommage au Philbrook Art Center de Tulsa, qui s'apprêtait à inaugurer une exposition itinérante de ses gravures et dessins de Piranèse. Il engagea la conversation avec un jeune homme aimable et s'aperçut trop tard qu'il s'agissait d'un reporter du *Tulsa World*. « Bonté divine, j'espère que la presse de New York et Londres ne lit pas le *Tulsa World* », s'exclama-t-il après avoir compris qu'il venait d'accorder une interview par mégarde.

Ses collaborateurs voyaient encore en lui des traces du gamin de Brooklyn et de la Grande Dépression. « Je suis l'une des rares personnes nées à New York qui y soit restée », se plaisait-il à dire. S'il ne regardait pas à la dépense quand il s'agissait d'acquérir des œuvres d'art ou d'effectuer des dons en son nom, il demeurait économe dans d'autres domaines. Il adorait prendre l'avion et s'extasiait sur le miracle du 747 : « L'homme vole aujourd'hui à travers les cieux avec une vitesse et un confort dépassant ceux des fabuleux chars dorés des dieux grecs. » Il était cependant connu pour préférer la classe économique et demandait toujours un siège à l'arrière de l'appareil, près d'une issue de secours, afin d'avoir de la place pour ses jambes et sa mallette.

Il fréquentait désormais les grands de ce monde. Il était devenu proche d'Anouar el-Sadate, le président égyptien. Lors d'une fête donnée en son honneur dans l'aile Sackler du Met, il lui avait offert un jade vieux de cinq cents ans. Elizabeth, une des filles de sa première union, se rappellerait avoir « connu beaucoup de génies », parce qu'ils « gravitaient » dans les mêmes cercles sociaux que son père. Arthur se lia d'amitié avec le peintre Marc Chagall et le romancier Bernard Malamud. Ce dernier avait grandi à Brooklyn ; Arthur et lui s'étaient croisés à Erasmus et avaient renoué par la suite. Décrivant leur amitié, la fille de Malamud, Janna Malamud Smith, observerait qu'ils étaient l'un comme l'autre « fils d'épicier ». Elle estimait logique qu'ils se soient trouvés, car ils avaient tous les deux un fort ego et que les hommes dotés d'un fort ego qui réussissaient tendaient à réorganiser leur sphère sociale pour inclure des individus d'une stature comparable à la leur. D'après elle, ils « prenaient sûrement beaucoup de plaisir à contempler leur réussite à travers les yeux de l'autre ». Tout souvenir de l'épisode fâcheux des audiences de Kefauver s'était estompé depuis longtemps. En fait, c'était pratiquement devenu un rite de passage pour chaque nouveau dirigeant de la FDA d'accorder un long entretien à l'éditeur du *Medical Tribune*, Arthur Sackler.

Dans sa chronique hebdomadaire, Arthur parlait parfois de maladie mentale, d'addiction et de suicide. Mais quand Bobby, le fils de son frère Mortimer, mourut à l'été 1975, il garda le silence. La presse ne rapporta pas l'incident. La famille fit paraître un court avis de décès dans le *Times*, disant simplement que Robert Mortimer Sackler était décédé « soudainement, à l'âge de vingt-quatre ans ». Des obsèques eurent lieu à la Riverside Chapel, une entreprise de pompes funèbres juive. Les hommes coupèrent l'extrémité de leur cravate, une marque de deuil traditionnelle symbolisant l'acte de déchirer ses vêtements. On créa une bourse à la mémoire de Robert Sackler à l'université de Tel-Aviv sans que ce don soit assorti d'une explication sur qui il avait été de son vivant. C'était un étrange paradoxe : les Sackler avaient apposé leur nom partout, mais quand un membre de leur famille mourut jeune, ils ne l'honorèrent pas publiquement. Dans l'ensemble, ils ne parlaient pas de lui. Son existence fut effacée.

Sa mère, Muriel, resta dans l'appartement de la 86e Rue. Elle fit réparer la fenêtre et vécut là jusqu'à sa mort. Comme Marietta, elle entama une nouvelle carrière de psychanalyste et intégra une communauté soudée de praticiens new-yorkais. Elle semblait ne jamais évoquer son fils. Elle travaillait de chez elle, recevant ses patients dans l'appartement où Bobby s'était tué. Plus tard, elle tomba amoureuse d'un avocat international sympathique du nom d'Oscar Schachter ; mais même avec lui, elle refusait d'aborder le sujet de la mort de Bobby. Un jour, l'une des filles adultes de Schachter, issues d'un premier mariage, passa un après-midi à explorer une boîte à chaussures remplie de vieilles photographies avec Muriel. Chaque fois qu'elles tombaient sur une photo montrant un garçon, Muriel la repoussait, l'enfouissant au fond de la pile. Elle était incapable de le regarder.

Mortimer Sackler se trouvait en France au moment de la mort de Bobby. Bouleversé, il était rentré à New York pour les obsèques. Peu de temps après, sa relation avec sa deuxième épouse, Geri Wimmer, avait commencé à battre de l'aile. À l'été 1977, la rupture était consommée ; à en croire les tabloïds, Geri « était ravie d'annoncer à tout le monde qu'elle divorçait ». Trois ans plus tard, Mortimer se remaria à nouveau. Malgré sa brouille avec son frère aîné, il avait une fois de plus suivi son exemple en se mettant en couple avec une très jeune Anglaise. Originaire du Staffordshire, Theresa Rowling enseignait dans une école du quartier londonien de Notting Hill. À trente ans, elle était plus jeune que les filles aînées de Mortimer, Ilene et Kathe. Mortimer continua de séjourner dans sa villa du sud de la France et à Gstaad, dans les Alpes suisses – sa passion pour le ski ne s'était pas démentie depuis son initiation de jeunesse à Saint-Moritz. Mais sa nouvelle épouse et lui choisirent pour résidence principale une immense demeure en stuc blanc de Chester Square, probablement le lieu le plus huppé de Belgravia, le quartier le plus huppé de Londres.

Bien que Mortimer eût désormais soixante ans passés, Theresa et lui eurent trois enfants : Michael, Marissa et Sophie. Ils seraient élevés en Grande-Bretagne, loin des rues de Flatbush où leur père avait grandi, du Connecticut où leur oncle Raymond dirigeait toujours l'entreprise familiale, ou de l'Upper East Side où leur demi-frère aîné Bobby s'était suicidé.

Un soir de septembre 1982, un millier de personnes arrivèrent au Met pour le défilé automne-hiver du couturier italien Valentino. À l'intérieur, des top-modèles vêtues de vestes sans manches, de jupes portefeuilles et de robes somptueuses en soie et en velours paradaient dans l'une des grandes salles. C'était un spectacle extravagant, qui adhérait pleinement à la nouvelle décadence des années 1980. La rumeur disait que l'une des robes de la collection coûtait 100 000 dollars. Après le défilé, trois cents personnes étaient invitées à dîner dans l'aile Sackler. L'actrice Raquel Welch échangeait des plaisanteries avec le romancier Norman Mailer. Le danseur Mikhaïl Barychnikov bavardait avec la mannequin de dix-sept ans Brooke Shields. Mohamed Ali faisait des tours de magie tandis que Valentino en personne, bronzé et rayonnant, déambulait en smoking. Les tables étaient décorées de fleurs blanches et de centaines de cierges qui projetaient des ombres vacillantes sur les murs du temple égyptien.

Quand il eut vent de la fête, Arthur Sackler fut écœuré. Afin d'augmenter ses recettes, le Met avait commencé à louer l'aile Sackler pour des événements ; Arthur était indigné qu'on « dévalorise » ainsi le temple de Dendour. En privé, il avait entrepris de répertorier les « entorses » faites au contrat qui liait le Met et la famille Sackler à propos de l'utilisation de l'espace. Il aimait l'idée que l'aile accueille des cérémonies officielles – des réceptions du département d'État, par exemple. Mais un défilé de mode ?

Cela faisait plus d'une décennie qu'Arthur appâtait le musée en donnant tous les signes qu'il avait prévu de lui léguer son inestimable collection d'œuvres d'art. Malgré cela, à son grand désarroi, il ne s'entendait pas particulièrement bien avec le dernier directeur en date, Philippe de Montebello, un conservateur de musée cultivé aux manières d'aristocrate. Arthur s'était habitué à ce que les dirigeants du Met l'entourent d'un certain niveau de flatterie déférente et de prévenance, et il n'avait pas le sentiment que Montebello lui en accordait suffisamment.

Pendant des années, il avait profité discrètement de son enclave au musée. « L'endroit évoquait un peu la dernière scène de *Citizen Kane*, se souviendrait le beau-fils d'Arthur, Michael Rich. On aurait dit une réserve. Ce n'était pas un lieu qui mettait en valeur les œuvres d'art. J'ai immédiatement pensé à "Rosebud" en le voyant. » Cependant, l'existence de l'accord secret qui permettait à Arthur de disposer de cet espace avait fini par être révélée. Sol Chaneles, un sociologue qui dirigeait le département de justice pénale à l'université Rutgers et pratiquait le journalisme à ses heures perdues, avait entendu parler de l'enclave et demandé à interviewer Arthur. Celui-ci avait d'abord refusé de lui parler, mais quand il était devenu clair que Chaneles publierait l'information de toute façon, il avait décroché son téléphone.

« Il m'a proposé plusieurs cadeaux, dont un Piranèse, pour que je renonce à faire paraître l'article », affirmerait Chaneles. L'accord finit bien par être dévoilé, mais pas par Chaneles. En 1978, *ARTnews* publia un article sur l'enclave Sackler. Le journaliste s'interrogeait : « Un musée peut-il légitimement attribuer des emplacements à la collection privée et au personnel d'un particulier [...] sans trahir sa mission de service public ? » La revue rapportait que le procureur général de New York avait ouvert une enquête sur la légalité de l'arrangement. Arthur fut obligé de faire une déposition (« Il estimait qu'il s'agissait d'une perte de temps », se rappellerait l'un des enquêteurs), mais on ne l'accusa en fin de compte d'aucune infraction.

Bien qu'embarrassés, les administrateurs du Met se demandèrent si ce scandale ne présentait pas un certain avantage. Pourrait-il forcer Arthur à les rendre honnêtes, pour ainsi dire, en leur faisant don de la collection qu'ils hébergeaient gratuitement depuis des années ? Arthur avait toujours clamé son intention de se séparer de la majeure partie de ses biens. « Les grandes œuvres d'art n'appartiennent à personne, affirmait-il comme s'il n'était que le gardien temporaire des trésors qu'il avait payés si cher. Plus vos collections rencontrent de succès, plus elles vous échappent. » Même s'il ne mettait pas autant de zèle que ses prédécesseurs à flatter et amadouer Arthur, Philippe de Montebello ne faisait pas mystère de ses ambitions. Il espérait « qu'au moins une partie de sa collection – la meilleure, bien entendu – reviendrait au Met en temps voulu ».

Toutefois, le musée ne nomma jamais Arthur au conseil d'administration. Dans certains cercles des beaux quartiers de Manhattan, on avait peut-être considéré avec mépris que l'homme courait tout simplement trop après ce poste. Arthur avait toujours profondément détesté qu'on lui donne l'impression d'être un arriviste ou une pièce rapportée, et il arguait avec fureur qu'en lui refusant un siège au comité d'administration, le Met cherchait à le punir d'avoir « profité » du musée en y installant son enclave. Brooke Astor n'avait-elle pas dépassé la durée réglementaire de son mandat ? Pourquoi ne pouvait-il pas prendre sa place ? Il se plaignait que le Met avait enfreint les termes du contrat qui les liait en installant un café et une boutique de souvenirs dans la salle Sackler à l'occasion d'une nouvelle exposition sur le Vatican. Et puisqu'on parlait de cette exposition, c'était son idée à lui ! Malgré cela, le musée avait refusé de lui en attribuer le mérite. (De Montebello rétorquait sarcastiquement qu'il ne fallait pas « être un grand génie pour penser qu'exposer des œuvres d'art du Vatican pourrait être intéressant ».)

Arthur appréciait encore certains aspects de sa collaboration avec le Met. Il trouvait amusant de pouvoir envoyer à un de ses nouveaux amis, le scientifique et lauréat du prix Nobel Linus Pauling, une invitation officielle à passer un après-midi au musée en commençant par la « galerie des sculptures Arthur M. Sackler », avant une visite de « l'exposition des bronzes dans l'aile Sackler ». Toutefois, il ne cachait pas sa conviction qu'un philanthrope devait pouvoir jouir d'un vaste éventail de prérogatives en échange de sa générosité. Comme le soutenait son avocat Michael Sonnenreich, la philanthropie n'était pas un acte de charité. C'était une transaction. Quand Arthur avait attribué des fonds à la restauration du Palace Theatre, un théâtre de variétés historique de Stamford, dans le Connecticut, Jillian avait écrit dans une lettre adressée à Pauling que l'établissement était « le nouveau jouet d'Arthur ».

C'était notamment parce qu'il semblait rejeter ce postulat que Philippe de Montebello déplaisait autant à Arthur. « Si vous êtes directeur [de musée] et que vous avez un mécène, vous passez du temps avec lui. Philippe avait décidé qu'il n'avait pas de temps pour Arthur », expliquerait Sonnenreich. Outré qu'on le traite avec une telle légèreté, Arthur commença à faire une fixation sur de Montebello. Il alla trouver son prédécesseur Thomas

Hoving, avec lequel il avait eu de meilleurs rapports, et lui fit part de ses griefs. Il s'indignait que de Montebello ait posé pour des photos dans *Harper's Bazaar* comme un genre de « mannequin homme ». Allant jusqu'à comparer le directeur à Adolf Hitler, il demanda à Hoving de l'aider à « expulser cet homme du musée ».

Mais de Montebello n'avait pas l'intention de partir. Ce fut donc Arthur qui finit par le faire. « Cher docteur Sackler », lui écrivit en 1980 S. Dillon Ripley, le directeur de l'institut Smithsonian, à Washington. Si Ripley avait perdu la bataille du temple de Dendour face au Met, il s'apprêtait à prendre sa revanche. Il fit savoir à Arthur qu'il avait eu vent de son « souhait de prendre des dispositions dans un avenir proche concernant la cession d'une partie de [ses] remarquables collections ». Ces collections « méritaient une place au National Mall », poursuivait-il. Il avait un projet pour Arthur Sackler, l'idée d'un « unique et superbe don ».

Ripley avait bien choisi son moment. Arthur lui répondit qu'il réfléchissait depuis quelque temps à faire « une dotation d'importance à la nation ». Et ce fut ainsi qu'un pas de deux s'engagea. Ripley attira lentement Arthur dans ses filets, mais la négociation n'eut rien de simple ; ce n'était jamais le cas, avec Arthur. « Sackler tient vraiment à mettre son nom au-dessus de la porte », écrivit Ripley dans une note interne. C'étaient ses conditions : il ne céderait sa collection que sous réserve d'obtenir un musée entier à son nom. Pour Ripley, sa proposition avait « des avantages et des inconvénients ». Il s'agissait d'un « cadeau extrêmement généreux, à la fois en liquide et en nature, mais pas vraiment assez conséquent pour justifier une “sacklérisation” du nouveau musée ».

Arthur proposait de donner 4 millions au Smithsonian, ainsi que les plus belles œuvres de sa collection. L’institut aurait néanmoins besoin de plus d’argent pour construire ce nouveau bâtiment, ce qui engendrait un dilemme. « Nous vous sommes profondément reconnaissants d’avoir si généreusement offert un don majeur issu de vos superbes collections, ainsi que 4 millions de dollars destinés à la construction du musée Sackler, écrivit Ripley à Arthur. Le problème demeure que nous devons trouver 10 millions de dollars pour édifier ce musée, et d’une manière qui convienne avec le fait qu’il porte votre nom. Cela limite évidemment les sources de financement vers lesquelles nous pourrions nous tourner. » Comment pourrait-il persuader d’autres donateurs de verser des millions de dollars pour la construction d’un musée déjà baptisé en l’honneur d’Arthur Sackler ? Lors d’une conversation téléphonique ultérieure, Arthur déclara que c’était à Ripley de régler ce souci, pas à lui. Il réitéra son offre initiale, indiquant que sa position était « ferme ».

Arthur l’emporta. Les deux hommes conclurent un marché : Arthur donnerait un millier d’objets de sa collection, dont Ripley estimait la valeur à environ 75 millions de dollars. Le musée ouvrirait ses portes en 1987.

Quand l’accord fut annoncé, Philippe de Montebello s’efforça de masquer son mécontentement. « Déçu ? Les déshérités ont toujours ce point de vue », dit-il au *Washington Post*. Il souligna que les responsables du musée avaient permis à Arthur d’entreposer sa collection au Met pendant des années : « Bien entendu, nous l'avions accueillie dans le but de nous attirer les bonnes grâces du Dr Sackler. » Un jour, une escouade de conservateurs du Smithsonian débarqua au Met. Ils pénétrèrent dans l'enclave Sackler et entreprirent de la passer au peigne fin, sélectionnant les plus belles œuvres d'art pour les envoyer à Washington.

Pendant un temps, Arthur parvint à jongler entre les différentes femmes de sa vie. Il revenait toujours au foyer conjugal, mais passait aussi de longues périodes avec Jillian. Marietta avait le sentiment qu'il n'avait pas envie de choisir – qu'il voulait tout avoir, comme il y était parvenu avec Else et elle. En fin de compte, elle décida qu'elle ne pouvait pas accepter cette situation. Elle embaucha des déménageurs pour sortir les affaires de son mari de la vieille maison hollandaise de Searingtown Road et informa Arthur qu'elle refusait de n'être qu'une partenaire parmi d'autres dans sa « collection ».

Arthur lui demanda de stipuler dans une lettre les biens qu'elle espérait obtenir après leur divorce. Marietta rédigea donc une liste. Elle voulait la maison de Long Island ainsi qu'un appartement que le couple avait acheté, situé en face du siège des Nations unies. Elle affirmerait plus tard n'avoir réclamé aucune œuvre d'art, ce qui lui semblait être une concession importante puisque Arthur et elle en avaient acquis une grande partie ensemble.

Marietta attendit ensuite une réaction, qui ne vint pas. Des mois passèrent. Chaque fois qu'elle demandait à Arthur quand il avait prévu de lui répondre, il répliquait qu'il avait des affaires plus urgentes à traiter et qu'il s'en chargerait « la semaine prochaine ». Au bout d'un moment, Marietta commença à penser qu'il n'était pas tant occupé qu'incapable de regarder la réalité en face. Elle n'en pouvait plus. Elle avait l'impression d'être piégée dans une sorte d'entre-deux – et le plus rageant était qu'Arthur aimait les entre-deux. Ils lui réussissaient. Il avait bâti toute une vie autour de frontières brouillées, d'identités croisées, de conflits d'intérêts. L'entre-deux était son élément. Mais Marietta en devenait folle. Un jour, à bout de nerfs, elle appela Arthur pour exiger une réponse. Avec une fureur contenue, il lui rétorqua qu'elle avait intérêt à trouver un bon avocat.

Marietta raccrocha, désespérée. Sur un coup de tête, elle attrapa une poignée de somnifères et les fourra dans la poche de sa veste. Le ton haineux d'Arthur l'avait marquée au fer rouge et elle se retrouva à marcher dans la rue, hébétée, puis à courir pour rejoindre son bureau dans les deux maisons de ville accolées qu'il lui avait achetées en 1960. Quand elle surgit dans la pièce, elle trouva Arthur en plein conciliabule avec quelques collaborateurs ; tous levèrent la tête, étonnés.

« Tu dois m'écouter, maintenant, dit Marietta à Arthur. J'ai besoin d'une réponse. »

Arthur la réprimanda, furieux qu'elle fasse irruption dans son bureau avec ses revendications et se donne en spectacle. Marietta avait apporté une copie de la lettre récapitulant les biens qu'elle souhaitait obtenir après leur divorce et elle la brandit devant lui, exigeant une réponse. Arthur prit la lettre, mais sa lecture ne fit qu'attiser sa colère. Il la jeta à terre avec mépris.

Alors Marietta saisit les somnifères dans sa poche et, avant qu'Arthur ait pu l'en empêcher, elle les avala. Elle n'avait qu'un désir à cet instant : s'enfuir, s'enfoncer dans le sommeil. Elle sentit une partie sombre d'elle-même émerger, une force primitive et malveillante s'emparer d'elle. Les somnifères avaient un goût amer et, soudain, ses sens se brouillèrent. Elle se retrouva sur le tapis, où Arthur avait jeté la lettre. Elle percevait de l'agitation autour d'elle. Des voix. Quelqu'un criait. Puis il y eut de la lumière. Des mains sur son corps. Une pression. Quelqu'un l'appelait.

Quand Marietta reprit connaissance, elle était dans un lit d'hôpital. Sa gorge était sèche et irritée. Elle ne se souvenait pas bien de l'incident. Arthur était à son chevet, attendant qu'elle se réveille.

« Comment as-tu pu me faire ça ? » furent ses premiers mots.

Marietta se rétablit et le divorce finit par être prononcé. Arthur épousa Jillian le jour suivant. Au bout du compte, il garda la maison de Long Island et Marietta, l'appartement près du siège des Nations unies. Elle se trouvait là-bas, un matin à 9 heures, quand une équipe de déménageurs arriva. Ils avaient été envoyés par Arthur et entreprirent d'empaqueter les œuvres d'art qui décoraient la maison. Ils récupérèrent des bronzes, des statues, des vases par centaines ; des objets dont Marietta n'avait que faire, et d'autres dotés d'une immense valeur sentimentale. Le puits aux souhaits. Le grenier à grain. Le cheval en jade qui reposait sur le piano. Dix heures plus tard, les déménageurs avaient enfin réussi à tout ranger dans des caisses et à les emporter. Il ne restait plus que Marietta, qui se sentit très seule dans le grand appartement. Elle se mit à pleurer, entourée d'étagères vides et de ce qui lui semblait être des « fantômes » – les rectangles décolorés laissés par les tableaux sur les murs.

10

Passer à la postérité

Le Sanders Theatre est un immense bâtiment néogothique situé sur le campus de Harvard, doté de somptueuses boiseries, d'un plafond voûté et d'une excellente acoustique. Un soir de l'automne 1985, Arthur Sackler s'avança sur la scène où Teddy Roosevelt, Winston Churchill et Martin Luther King s'étaient exprimés par le passé. Avec un sourire rayonnant, il contempla les mille deux cents personnes qui lui faisaient face, vêtues de leurs plus beaux atours.

« Président Bok, commença-t-il en se tournant vers le président de Harvard, Derek Bok. Excellences. Milords et miladys. Estimés professeurs et camarades. Chers amis et honorables invités. »

C'était la cour d'Arthur Sackler, une vaste salle peuplée de dignitaires, tous rassemblés pour écouter ce qu'il avait à dire. Pour lui rendre hommage. Il était venu à Cambridge afin de participer à trois jours de fêtes et de réceptions qui devaient marquer l'inauguration du musée Arthur M. Sackler à Harvard.

L'institution serait abritée dans un nouveau bâtiment en brique et en verre conçu par l'architecte britannique James Stirling, qui servirait d'annexe au musée d'art de l'université, le Fogg. Harvard avait peiné à financer ces travaux d'agrandissement, allant jusqu'à envisager de vendre une partie de sa collection pour les payer. À un moment donné, Derek Bok avait tout bonnement annulé le projet. Mais Arthur était arrivé à la rescousse, sous réserve que le nouveau bâtiment porte son nom. Lorsqu'il monta sur scène au Sanders Theatre, il avait donné plus de 10 millions de dollars à Harvard.

« Un nouveau millénaire s'ouvrira dans une quinzaine d'années à peine, annonça Arthur, avant d'invoquer l'un de ses sujets préférés : l'aptitude de l'être humain à contrôler la nature. Après des milliards d'années et des myriades d'espèces, un nouveau venu, *Homo sapiens*, a en seulement quarante ans franchi une série d'étapes décisives à l'échelle planétaire, inversant entièrement des réalités qui avaient primé pendant toute l'existence de notre Terre. »

L'ami d'Arthur, Linus Pauling, lauréat à la fois du prix Nobel de chimie et de celui de la paix, se trouvait dans l'assistance – il avait fait le déplacement pour l'occasion. Le violoniste Itzhak Perlman était présent aussi, de même que l'actrice Glenn Close et l'artiste Frank Stella. Le *Boston Globe*, qui n'était apparemment pas au courant de l'intérêt d'Arthur pour tout ce qui touchait à l'Asie, rapporta que la cérémonie d'inauguration comporterait « de la musique, de la danse, des visites du musée et (curieusement) des démonstrations d'arts martiaux ».

Pendant des milliards d'années, continua Arthur, « toutes les espèces avaient été à la merci de l'environnement ». Désormais, l'environnement était « à la merci d'une seule espèce ». Les êtres humains avaient envoyé un des leurs sur la Lune et conçu d'ingénieuses méthodes pour influer sur « l'hérédité et l'évolution », rappela-t-il. Grâce aux progrès de la médecine, l'inconcevable était devenu « banal », et l'homme était l'unique espèce à avoir appris à « déjouer la fatalité de la mort ». Le nouveau millénaire ne ferait qu'accélérer ces avancées. Il était temps de réfléchir attentivement aux questions qui détermineraient la qualité de la vie au XXIe siècle et de jeter des ponts entre les arts, les sciences et les lettres.

« C'est à ce projet que j'ai dédié ma vie. Et aujourd'hui, je lui dédie cette institution », conclut Arthur.

Peu après les festivités à Harvard, le Smithsonian annonça à son tour avoir l'intention d'ouvrir un musée Arthur M. Sackler sur le National Mall de Washington. L'institut souligna dans un communiqué de presse que le nom des Sackler était « associé à un large éventail d'institutions scientifiques » telles que la faculté de médecine Sackler de l'université de Tel-Aviv, le centre des sciences Arthur M. Sackler de l'université Clark et le centre communication et santé Arthur M. Sackler de l'université Tufts. Pour présenter au monde l'homme qui donnerait son nom à ce nouveau musée, le Smithsonian s'était appuyé sur une biographie fournie par Arthur, qui s'avérait étonnamment sélective. Arthur avait déclaré un jour à ses collègues de McAdams avoir passé « la majeure partie de [sa] vie d'adulte » à l'agence de publicité. Par bien des façons, il s'agissait de l'environnement le plus déterminant de sa carrière. Pourtant, la biographie qu'il avait préparée pour le Smithsonian n'évoquait pas une seule fois McAdams. Elle se répandait en détails superflus sur d'autres étapes de sa vie, notant qu'il avait été membre de la rédaction « de toutes les publications étudiantes » de son lycée. Elle omettait entièrement l'agence de publicité qu'il possédait encore et ne mentionnait pas non plus le Librium et le Valium, les médicaments à l'origine d'une grande part de la fortune qui lui permettait justement de se montrer si généreux.

Le projet du Smithsonian impliquait la construction d'un nouveau centre d'art souterrain, qui abriterait le musée national d'Art africain et la galerie Sackler. Arthur et Jillian se rendirent à Washington pour l'inauguration des travaux. Arthur, en costume noir et nœud papillon, paraissait jovial. Il pleuvait depuis une semaine et le chantier était un océan de boue. Le Smithsonian avait fait monter une tente à part pour les dignitaires qui assisteraient à l'événement. Les mesures de sécurité étaient strictes : Warren Burger, le président de la Cour suprême des États-Unis, avait fait le déplacement, de même que le vice-président George H. W. Bush. C'était « un moment tout à fait exceptionnel », déclara Arthur. Il était prévu qu'il remette un chèque représentant la seconde partie de son don lors de la cérémonie, et il avait proposé de le confier directement au vice-président. Alors qu'il s'apprêtait à le faire, une jeune femme des services secrets s'interposa. Quand Arthur lui expliqua qu'il avait quelque chose à donner à George Bush, l'agent lui rétorqua qu'elle devrait examiner l'objet d'abord. Alors Arthur sortit son chéquier et, avec une satisfaction goguenarde, il y inscrivit les mots : « Deux millions ».

À présent qu'Arthur abordait la phase ultime de sa carrière, on aurait pu penser qu'il parviendrait enfin à se détendre. En 1986, il intégra la liste des quatre cents Américains les plus riches établie par le magazine *Forbes*, avec une fortune estimée à « plus de 175 millions ». Il semblait également très enclin à revenir sur ses propres exploits. Lors du vingtième anniversaire du *Medical Tribune*, il établit une longue liste de « premières » – des domaines dans lesquels il estimait que son journal avait innové. Les lecteurs « auraient peut-être envie d'y contribuer », suggéra-t-il, comme s'il était incapable de tenir à lui seul le compte de ces prouesses. En 1986, Jillian organisa un hommage de trois jours à Woods Hole, dans le Massachusetts : des amis et des collègues d'Arthur se rassemblèrent pour chanter ses louanges et partager des anecdotes sur ses multiples contributions aux arts et aux sciences. Tout comme Marietta, Jillian se retrouva à chroniquer la réussite de son illustre mari, mettant continuellement à jour un document qu'elle appelait sa « liste de hauts faits ».

Malgré toutes les rétrospectives festives auxquelles il participait, Arthur n'estimait pas avoir achevé sa carrière. Il souhaitait encore accomplir beaucoup de choses. Selon son ami de longue date Louis Lasagna, « il lui aurait fallu trois vies pour mener à bien tous ses projets ». Arthur avait beau discourir sur la capacité de l'humanité à soumettre la nature à ses desseins, il ne pouvait en réalité pas soumettre le temps aux siens, et il le savait : « [Le temps] est mon plus grand ennemi.

Le temps est un dictateur cruel, intraitable, inexorable – qui finit toujours vainqueur. » Il aimait décrire son mariage avec Jillian en ces termes : « La troisième fois [a été] la bonne. » Cependant, il parlait aussi de cette décision comme d'une sorte de tactique pour l'emporter sur le sablier. « Un avantage au fait qu'elle soit plus jeune est que cela débouchera sur cent ans de philanthropie et de grandes œuvres : mes cinquante ans – et les cinquante ans qui lui resteront après moi », expliqua-t-il à un ami.

En attendant, il continuait à se surmener. Il s'astreignait toujours à un emploi du temps éreintant, travaillant sept jours sur sept et voyageant fréquemment. Il continuait de lire des revues médicales avant de se coucher pour se tenir au courant des avancées de la recherche. Son âge et le rythme qu'il s'imposait commençaient tout de même à le rattraper. À l'automne 1986, Arthur tomba malade et resta alité plusieurs semaines à cause d'un zona.

Quelques mois plus tard, Mortimer fêta son soixante-dixième anniversaire à son tour en organisant une soirée extravagante dans l'aile Sackler du Met. Il ne devait pas avoir échappé à Arthur qu'on pouvait à présent accuser son propre frère de se livrer au genre de profanation vulgaire qu'il méprisait tant. La réception, organisée par la troisième épouse de Mortimer, Theresa, incluait des centaines d'invités et un énorme gâteau réalisé sur commande qui représentait un sarcophage égyptien doté du visage à lunettes de Mortimer. Theresa avait engagé un décorateur d'intérieur et nourrissait au départ l'ambitieux projet d'agrandir le temple de Dendour en y ajoutant deux piliers. Le Met avait mis son veto, déclarant qu'apporter des « modifications architecturales » au temple antique, même pour une fête d'anniversaire de la plus haute importance, ne semblait pas tellement nécessaire. Outré, Mortimer avait rétorqué : « Ils ont le don d'irriter leurs mécènes. »

Tout désapprobateur qu'il ait pu être, Arthur fit une apparition à la fête de Mortimer. Marietta s'y rendit également. Arthur et elle ne s'étaient pas vus depuis quelque temps. Les suites de leur divorce n'avaient pas été plaisantes. Leur fille Denise avait pris le parti de Marietta et coupé les ponts avec son père. Elle avait fini par changer légalement son nom de famille en « Marika », un amalgame des prénoms de sa mère et de sa grand-mère, Marietta et Frederika. Pour qui ne connaissait pas le clan Sackler, cela pouvait passer pour une affectation fantaisiste de hippie. Mais s'agissant de la fille d'Arthur, c'était un geste lourd de sens : rejeter son patronyme était l'acte de renonciation ultime. « Elle s'est lavée de ce nom à la paille de fer », déclarerait une de ses amies. Malgré tout, Arthur se montra cordial avec Marietta et lui proposa de déjeuner avec lui à l'occasion.

Ils se retrouvèrent dans un petit restaurant français qu'ils fréquentaient autrefois, près de l'appartement des Nations unies. Ils s'assirent et commencèrent à discuter, mais Arthur demanda à changer de table. Il était devenu dur d'oreille et voulait que Marietta puisse lui parler du côté où il entendait le mieux. Elle se chargea de l'essentiel de la conversation, le mettant au courant des derniers événements de sa vie. Après une période d'abattement et de colère, elle avait commencé à retrouver le chemin du bonheur, écrivait de la poésie, voyageait en Europe. Elle avait quitté New York définitivement pour s'installer dans le Vermont et avait rencontré un homme gentil, qui différait d'Arthur par bien des aspects – un homme qui n'avait peut-être pas aussi bien réussi, mais qui la rendait heureuse. Arthur se contenta principalement de l'écouter, comme il l'avait fait quarante ans plus tôt pendant ce long trajet en voiture jusqu'au congrès médical de Chicago. Marietta remarqua cependant qu'il semblait distrait et agité, la tête ailleurs.

Malgré toute sa richesse, Arthur avait encore des soucis d'argent. Il continuait à acquérir des œuvres d'art et à faire des promesses de don à un rythme effréné, et il craignait d'avoir pris trop de risques. À cause de cela, peut-être, sa relation avec Jillian s'était tendue. Quelques mois après son déjeuner avec Marietta, il envoya une note laconique à son épouse, dictée à un assistant dans la voiture qui le conduisait à l'aéroport. Il l'y informait qu'il avait décidé « d'assumer la responsabilité de toutes les finances » qu'il déployait et exigeait qu'elle établisse un « budget pour les dépenses du ménage », avec des entrées détaillées pour chacune de leurs quatre résidences, répertoriant les paiements effectués pour « la nourriture, l'entretien, les étrennes et autres pourboires, les assurances, les lignes téléphoniques, le gaz et l'électricité, l'ameublement ». Il semblait en proie à une angoisse fébrile. « À mon retour, jeudi après-midi, je veux toutes les données susmentionnées que tu auras pu rassembler, ainsi qu'un plan et un calendrier explicitant comment tu fourniras le reste. » Arthur tançait sa femme pour ses « récriminations répétées » au sujet du « manque de fonds et de soutien [qu'il apportait] à [ses] intérêts ». C'était uniquement parce qu'il était pressé qu'il lui envoyait une note : « À l'avenir, je te dicterai directement mes instructions. » Il subissait une immense pression, déclara-t-il. Les gens dépensaient son argent trop librement ; mais il était décidé à « reprendre les choses en main ».

L'un des intérêts de Jillian qui requéraient « des fonds et du soutien » concernait ses acquisitions de bijoux anciens – pas des antiquités, que beaucoup de gens pouvaient acheter, mais des bijoux de l'Antiquité. Arthur avait encouragé ce nouveau passe-temps, appréciant l'idée que son épouse constitue sa propre collection. Ce printemps-là, la Royal Academy of Arts de Londres préparait une exposition intitulée « Bijoux des temps anciens : pièces choisies de la collection Jill Sackler ». On y montrerait plus de deux cents objets constituant ce que le musée appelait « la collection privée de bijoux du Proche-Orient la plus complète qui soit détenue par un particulier ». Dans un texte visant à promouvoir l'exposition, Jillian affirmait : « Ma décision de collectionner des bijoux tire son origine de cadeaux de mon époux, qui est lui-même un collectionneur passionné, ainsi qu'un éminent scientifique et psychiatre, et un important mécène auprès de musées et d'institutions liées aux arts, aux sciences et aux lettres. »

L'exposition ouvrit ses portes au mois de mai. Les trésors présentés étaient époustouflants : couronnes, chaînes en filigrane d'or, amulettes en lapis-lazuli. On estimait que certains objets étaient encore plus vieux que le temple de Dendour, remontant jusqu'au IIIe millénaire avant Jésus-Christ. Jillian avait bien précisé qu'elle ne s'était pas contentée d'accumuler des babioles clinquantes. Au contraire, elle visait comme son époux à soutenir la recherche : à mesure que sa collection s'étoffait, elle avait été « heureuse de se découvrir quasiment seule dans un domaine qui n'avait pratiquement pas été étudié auparavant ». Les conservateurs avaient tenu à ce que l'exposition soit faiblement éclairée pour ne pas abîmer ces objets anciens. Mais les bijoux brillaient de mille feux. Comme un visiteur l'écrirait par la suite, c'était extraordinaire de penser que « des joyaux aussi fragiles que les couronnes ou une exquise fleur en or étaient restés intacts pendant plusieurs milliers d'années – scintillant comme s'ils avaient été façonnés la veille ».

Néanmoins, l'exposition ne fut pas le triomphe espéré par Jillian. Après l'inauguration, le *Sunday Times* publia un article choc qui semait le doute sur l'authenticité de certains bijoux. « Je suis convaincu qu'une grande partie des objets les plus remarquables sont des faux. Mais le fait de les exposer à la Royal Academy leur donne une légitimité. Cela retardera de vingt ans les études menées sur la joaillerie », affirmait Jack Ogden, un consultant spécialisé dans l'identification de fausses œuvres d'art pour les musées. Jillian s'opposa avec force à cette analyse : « Je serais extrêmement surprise si un seul de ces objets n'était pas authentique. » Cependant, la Royal Academy convoqua vingt-quatre experts du monde entier, qui examinèrent la collection pendant deux jours puis annoncèrent dans un communiqué être « de l'avis unanime que plusieurs de ces objets, dont une partie des pièces maîtresses de la collection, ne sont pas anciens ».

Le scandale fut terrible pour Jillian – et pour Arthur. La galerie Arthur M. Sackler du Smithsonian devait ouvrir à l'automne, et il était prévu que l'exposition de bijoux de Jillian soit montrée à l'étranger, à la National Gallery de Washington. Lorsqu'il apparut que certains des objets les plus éblouissants étaient probablement des faux, les préparatifs de l'exposition furent discrètement abandonnés.

« L'homme propose, mais Dieu dispose », aimait à déclarer Arthur quand un projet déraillait. En mai, alors que la polémique faisait rage à Londres, il se rendit à Boston pour une réunion à la State Street Bank, dont il était devenu l'un des actionnaires majoritaires. Une fois là-bas, il éprouva une étrange douleur à la poitrine. Il reprit l'avion pour New York plus tôt que prévu et annonça qu'il avait peut-être fait une crise cardiaque.

Arthur avait soixante-treize ans. Il avait toujours détesté être malade. Se retrouver en situation de dépendre des autres ne lui plaisait pas – il craignait peut-être qu'on tente de profiter de lui s'il était diminué. Quel qu'ait été son raisonnement exact, quand on l'hospitalisa, il choisit de ne pas prévenir sa famille. En guise de précaution supplémentaire, et comme en écho à son goût d'autrefois pour l'anonymat, il inscrivit un faux nom sur les formulaires. À cause de toutes ces cachotteries, aucun membre de sa famille, à l'exception de Jillian, n'apprit qu'il était souffrant. Quand ses enfants arrivèrent pour le voir, il était déjà mort. Denise annonça la nouvelle par téléphone à Marietta, qui n'en crut pas ses oreilles. Au fond, elle avait supposé qu'Arthur vivrait éternellement.

Arthur avait toujours apprécié qu'on célèbre sa réussite de son vivant. C'était donc regrettable qu'il n'ait pas pu être témoin des événements qui suivirent sa mort : ils lui auraient plu. Il y eut des cérémonies élaborées peuplées d'invités prestigieux à Harvard, Tufts et au Smithsonian. Il y eut un concert en sa mémoire au Kennedy Center de Washington, auquel deux mille personnes assistèrent. Enfin, un après-midi de juin, quatre cents personnes se rassemblèrent dans l'aile Sackler du Met pour lui rendre hommage.

« Dans la religion juive, les éloges funèbres n'ont généralement pas lieu à la synagogue », déclara Ed Koch, le maire de New York. Mais Arthur avait « bâti sa propre synagogue, poursuivit-il. Cela en dit beaucoup sur lui que l'endroit qu'il a bâti, dans toute sa splendeur, soit celui où nous entreprenons ces éloges funèbres ». Koch regarda la foule. « Je suis sûr qu'il apprécie le fait que vous soyez dans son temple. »

« Comment pourrais-je trouver des mots dignes de lui ? s'interrogea Jillian quand vint son tour de s'exprimer. Il était suprême. » Arthur avait « fait tout son possible pour sa famille », observa-t-elle. Il avait aidé « ses frères à aller à l'école puis à la faculté de médecine, et créé toutes les entreprises familiales ». Pourtant, dans les dizaines de discours prononcés par les amis célèbres et les collaborateurs d'Arthur au fil des diverses commémorations publiques, on ne trouvait pas le moindre mot de Raymond ou de Mortimer. En fait, à l'heure où Arthur était mort, ils se parlaient à peine.

« Il est particulièrement ironique que cette personne nous ait quittés *in media res* », souligna J. Carter Brown, le directeur de la National Gallery de Washington, lors de la cérémonie au Met. C'était un motif récurrent des discours : l'idée qu'Arthur n'était encore qu'à « la moitié du chemin », comme le déclara Brown. À l'instar d'Isaac Sackler, qui n'avait eu de cesse de rappeler à ses fils l'importance d'avoir un « nom respectable », Arthur Sackler avait un précepte qu'il aimait à répéter à ses propres enfants : « Quand nous partons, nous devons laisser un monde meilleur qu'à notre arrivée. » En cet après-midi de 1987, un sentiment partagé planait dans l'aile Sackler : même si la vie d'Arthur Sackler était parvenue à son terme, il était encore trop tôt pour prendre la pleine mesure de son héritage.

LIVRE II

LA DYNASTIE

11

Apollo

Richard Kapit croisa pour la première fois le chemin de la famille Sackler au printemps 1964, alors qu'il terminait sa première année d'études à Columbia. Kapit était un étudiant boursier vif d'esprit, originaire d'une petite ville sans avenir située au beau milieu de Long Island. Doté d'un physique quelconque, il était assez timide et n'avait pas une foule d'amis. Cependant, le soir, une bande de garçons se réunissaient dans son dortoir sous prétexte de réviser ; quand Kapit mentionna qu'il n'avait toujours pas trouvé de camarade de chambrée pour l'année suivante, l'un d'eux lui suggéra un certain « Sackler ». Richard Kapit contacta donc Richard Sackler et apprit qu'il cherchait également un colocataire. Richard était le fils de Raymond Sackler et de sa femme Beverly et avait lui aussi grandi à Long Island, bien que dans un milieu assez différent. Il s'avéra être aussi brillant que Kapit, et les deux garçons se lièrent rapidement d'amitié.

Plutôt que de s'installer dans l'un des dortoirs, Sackler et Kapit cherchèrent un appartement à l'extérieur du campus. Ils en trouvèrent un à quelques stations de métro de là, dans un complexe moderne de Columbus Avenue appelé Park West Village. C'était un trois-pièces en rez-de-chaussée situé juste en face d'une caserne de pompiers – après y avoir emménagé, les garçons découvrirent qu'ils allaient devoir s'habituer aux hurlements nocturnes des sirènes qui accompagnaient les allées et venues des camions. Lorsqu'ils se mirent en quête de meubles, Kapit s'aperçut que son nouvel ami ne venait peut-être pas d'une famille ordinaire. Sackler l'emmena de l'autre côté de Central Park, dans une maison de ville de la 62e Rue Est, à deux pas de l'hôtel Pierre. Elle appartenait à sa famille, expliqua-t-il. Aux yeux de Kapit, l'endroit avait l'allure d'un petit palais tout droit sorti d'un conte de fées new-yorkais. Sackler ne précisa pas si la maison était à ses parents ou à d'autres membres de sa famille. Il conduisit Kapit au sous-sol, dans une pièce remplie de meubles inutilisés – pas le genre de chaises branlantes et d'étagères dépareillées typiques des logements d'étudiants, mais des meubles solides d'adultes. Les deux garçons prirent ce dont ils avaient besoin et leur appartement fut meublé.

Kapit était captivé par son nouveau colocataire : Richard était intelligent, excentrique et surtout très divertissant. Il était trapu, avec un front large, un nez droit, une voix rauque et un sourire réjoui. Sa particularité la plus remarquable était son enthousiasme débordant pour la vie. Il ne se consacrait que par intermittence à son travail universitaire, préférant des activités plus épicuriennes. Il aimait les cigares et la pipe – il cherchait à se procurer les tabacs les plus raffinés – et appréciait de rester à l'appartement le soir pour fumer et discuter. Les deux garçons bourraient leur pipe avec une variété spéciale de tabac syrien que Richard affectionnait particulièrement, censée avoir été séchée sur un feu de bouse de chameau. Le tabac dégageait un arôme puissant et pénétrant, et Richard se calait dans son fauteuil, enveloppé de fumée, pour méditer à la manière de Sherlock Holmes. Une collection de bons vins était entreposée dans un placard de l'appartement ; Richard achetait les bouteilles par caisses et en sortait plusieurs à la fois pour des dégustations. Les deux amis prenaient de longues gorgées, discourant d'une voix pâteuse sur les différences subtiles entre les cépages.

Pour Kapit, ce fut une expérience « transformatrice », une éducation des sens. Richard se targuait d'être un sensualiste : quelqu'un qui voulait voir, goûter et toucher ce que le monde avait de meilleur et de plus exotique à offrir. Et il était merveilleusement altruiste – ravi de payer la facture, assez riche pour ne pas avoir à s'en préoccuper, heureux d'initier son colocataire moins expérimenté à ces mystères. « Ma participation comptait pour beaucoup là-dedans, se souviendrait Kapit. Il avait besoin de quelqu'un avec qui partager ces choses pour en tirer un plaisir maximal. » L'attachement de Richard à ses propres passions était « absolu », comprit peu à peu Kapit. « Pour lui, c'étaient les choses fabuleuses qu'on pouvait acheter qui rendaient la vie réellement digne d'être vécue. »

Kapit payait sa part du loyer, mais dans presque tous les autres domaines, il s'aperçut bientôt qu'il dépendait de la générosité de Richard. Cela le mettait mal à l'aise. Il venait d'un milieu modeste : sa mère était diététicienne, son père enseignant. Cependant, Richard Sackler n'était pas seulement un peu plus aisé que lui. Il roulait sur l'or. Il se montrait dans l'ensemble relativement insouciant et semblait évoluer dans une stratosphère où il ne voyait aucun inconvénient à régler systématiquement l'addition, car ce geste qui avait tant d'importance pour Kapit était en définitive insignifiant pour lui. Kapit avait le sentiment que l'argent ne le préoccupait pas parce qu'il n'avait pas à s'en préoccuper ; l'argent avait toujours été là, en abondance, prêt à être investi, économisé ou gaspillé à son gré. Comme l'air.

Cela dit, Kapit avait aussi remarqué qu'il semblait être le seul véritable ami de Richard Sackler à la fac. Ou plutôt, son seul ami de sexe masculin. Sackler avait une petite amie officielle, Margie Yospin, qui étudiait à Barnard, l'université pour filles située juste en face de Columbia sur Broadway. Ils sortaient ensemble depuis leur rencontre au lycée de Roslyn, à Long Island. À l'époque, ils faisaient tous les deux partie d'une clique d'intellos marginaux qui se surnommaient le « non-groupe ». Richard était inscrit au club de géométrie. C'était l'un des rares membres de la bande à posséder sa propre voiture, et ses amis et lui avaient l'habitude d'acheter une bouteille de whisky avant de sillonner les routes pour trouver un endroit où la boire.

Margie était intelligente et sophistiquée ; elle avait passé neuf mois en échange scolaire dans un lycée argentin et parlait couramment espagnol. Richard Kapit la trouvait sympathique, et le trio commença à passer tout son temps libre ensemble. Kapit n'arrivait pas à comprendre pourquoi Sackler n'avait pas plus d'amis, au juste. Mais au fil du temps, il remarqua que son colocataire présentait des traits de personnalité inhabituels. Malgré son immense générosité, il semblait manquer d'empathie : il peinait à prendre en considération les expériences et les émotions des autres, ou la façon dont son propre comportement pouvait les affecter. Un jour, il proposa à Kapit de sortir avec une de ses cousines. Kapit fit des projets pour la soirée et retrouva la jeune femme ; mais quand un bus municipal s'arrêta devant eux et qu'il lui indiqua qu'ils allaient monter à bord, elle blêmit et tourna les talons. Kapit fut humilié. Il n'avait pas les moyens de parcourir la ville en taxi ; il lui semblait que Sackler aurait dû le savoir, et savoir que sa cousine refuserait catégoriquement de prendre le bus. Pourtant, ça ne lui était pas venu à l'esprit. Lorsque Kapit l'informa que l'incident l'avait blessé, Sackler ne parut pas saisir pourquoi. « On aurait dit que ses parents l'avaient délibérément élevé de façon que rien ne le dérange », se rappellerait Kapit.

Il était aussi possible que Sackler n'ait pas beaucoup d'amis parce qu'il ne tenait pas spécialement à assister aux cours. Il était pourtant doué et curieux. Au début, il avait été impressionné par la rigueur du cursus. « Les exigences sont stupéfiantes », écrivit-il à un camarade de Roslyn, concluant sa lettre comme seul un étudiant pourrait le faire : « Il faut que j'aille lire Sophocle. » Il se plaignait d'avoir trop de travail et grommelait que Raymond et Beverly Sackler allaient regarder ses notes de près. « Je n'ai jamais autant bûché de ma vie. Ce n'est pas que je me sois métamorphosé en polard : simplement, je dois travailler pour ne pas affronter la Fureur du Foyer », écrivit-il au printemps de sa première année.

Richard avait le sens de l'humour. Il aimait raconter et entendre des histoires drôles, et avait développé son propre style de vulgarité scabreuse à la Shakespeare. « Quel trou du cul béant, pour qui se prend-il ? écrivit-il dans une lettre à propos d'un camarade qui l'avait apparemment vexé. Je compte sur toi pour lui faire ravaler son braquemart boursouflé jusqu'aux tréfonds de sa gorge merdeuse. »

Selon Kapit, Sackler commença à s'intéresser à son programme d'études lors de la deuxième année d'université. L'un des sujets qui le captivaient était le sexe. Richard Kapit était puceau, un garçon timide qui craignait d'être affligé d'une inhibition débilitante en présence des femmes. Richard Sackler avait perdu sa virginité depuis belle lurette et, aux yeux de Kapit, il faisait étalage de sa vie sexuelle avec Margie. En sensualiste déclaré, il avait clairement signifié à son camarade qu'il ne savait pas ce qu'il ratait ; il lui avait conseillé d'oublier ses états d'âme et de trouver quelqu'un avec qui coucher. Mais il aimait aussi simplement discuter de sexe, et les deux amis avaient entre autres l'habitude de débattre, dans un nuage de tabac à pipe syrien, au sujet de l'orgasme. Sackler était fasciné par la physiologie de l'orgasme – ce qui le causait, comment le comprendre. Pour lui, il s'agissait d'un sujet important, trop longtemps négligé par la science. Les Richard décidèrent donc de transformer leurs questionnements en enquête personnelle, une sorte d'étude indépendante.

Kapit avait eu l'intention de trouver un emploi saisonnier à la fin de l'année. Richard avait d'autres projets : plutôt que de travailler, il proposa à Kapit de consacrer son été à résoudre l'énigme scientifique de l'orgasme. Il couvrirait tous les frais nécessaires, alors pourquoi ne pas essayer ? « Son enthousiasme était contagieux, se rappellerait Kapit. Il voyait la vie comme un terrain de jeu où presque tout était possible et méritait d'être tenté, si cela pouvait présenter un intérêt ou apporter une certaine satisfaction. » Kapit trouvait fascinant, et même galvanisant, de côtoyer quelqu'un à qui l'on n'avait jamais refusé grand-chose. Richard traversait l'existence avec audace, convaincu qu'absolument tout était faisable, qu'aucune limite pratique ne devrait empêcher une lubie de devenir réalité.

Ils passèrent donc leur été à étudier l'orgasme. Ils explorèrent des bibliothèques médicales, consultèrent des traités scientifiques et des revues obscures. À un moment donné, Sackler repéra un chercheur à l'institut océanographique de Woods Hole, à Cape Cod, qui travaillait sur le système nerveux et pourrait éclairer leur lanterne. Il fallait qu'ils aillent le voir, décréta-t-il. Il emprunta la voiture de sa mère, une Pontiac Grand Prix, et passa chercher Margie avec Kapit avant de prendre la route du Massachusetts. Lorsque l'éminent neurophysiologiste de Woods Hole finit par comprendre pourquoi ces trois étudiants très sérieux étaient venus à sa rencontre depuis New York, il éclata simplement de rire. « Il était hilare. C'était un vrai gag », se souviendrait Kapit.

Le trio partagea une chambre de motel à Cape Cod, que Sackler paya, et Kapit se sentit une fois de plus mal à l'aise au sujet du sexe. Richard faisait pression sur lui pour qu'il trouve une femme avec laquelle perdre sa virginité. Kapit avait rencontré plusieurs membres de la famille de Richard – son père, Raymond, et son oncle Arthur –, et tous semblaient partager le point de vue machiste qu'une vie sexuelle robuste était l'un des éléments qui faisaient d'un jeune homme un jeune homme. Un jour, Richard avait invité Kapit à déjeuner avec Arthur Sackler. Ils s'étaient donné rendez-vous dans un restaurant chinois huppé de Midtown. Kapit avait été subjugué par Arthur : l'autorité qu'il dégageait, son intelligence vorace, la coupe de son costume. La serveuse qui s'occupait d'eux était une jeune Chinoise. Au cours du repas, Kapit avait été alarmé de voir Arthur Sackler lui faire du charme. La femme était clairement mal à l'aise, et Kapit en avait rougi de honte. Richard Sackler n'avait pas paru s'en émouvoir.

Richard admirait son oncle. Il montra fièrement à Kapit un numéro de *MD*, le magazine publié par Félix Martí-Ibáñez dont Arthur était secrètement propriétaire. La période d'études des deux garçons à Columbia coïncida avec celle où Arthur commença à faire de généreux dons à l'université. Quand la Low Memorial Library accueillit la première grande exposition consacrée à sa collection d'art asiatique – celle qui avait été mise en scène par l'étalagiste de Tiffany –, Richard y emmena son ami. « C'était un grand événement pour [lui]. Il était tellement excité de voir ces beaux objets, expliquerait Kapit. Toute la famille avait un faible pour l'art et la beauté asiatiques. »

Le 24 juillet 1969, la capsule spatiale Apollo 11 traversa l'atmosphère de la Terre à une vitesse de quarante mille kilomètres-heure, prenant l'allure d'une énorme boule de feu tandis qu'elle semait des fragments embrasés de son enveloppe protectrice. Elle abritait les astronautes Neil Armstrong, Buzz Aldrin et Michael Collins, qui venaient d'entrer dans l'histoire en marchant sur la Lune. Dans le ciel du Pacific sud, trois parachutes se déployèrent et la capsule amerrit en douceur, ballottée comme un bouchon par les hautes vagues. Bientôt, un hélicoptère s'approcha et plusieurs hommes-grenouilles de la marine sautèrent dans l'océan pour stabiliser le module avec un collier de flottaison. Ils gonflèrent un canot de sauvetage et, lorsque les astronautes émergèrent de la capsule, les plongeurs les aspergèrent avec une solution antiseptique marron au cas où ils auraient rapporté par inadvertance des « microbes de la Lune » sur la Terre. Les astronautes s'installèrent dans le canot et se soumirent un par un au genre de toilette de chat que l'on donnait aux nouveau-nés, laissant les hommes-grenouilles leur frictionner les bras et les jambes. C'était une première étape assez comique de la procédure post-vol de la NASA, mais elle était essentielle. La solution dont les hommes-grenouilles avaient oint les astronautes était de la Betadine.

Trois ans auparavant, Purdue Frederick avait racheté Physicians Products, l'entreprise de Virginie qui fabriquait ce produit. La Betadine permettait aux chirurgiens de se désinfecter les mains avant une opération et serait mise à forte contribution sur le champ de bataille pendant la guerre du Viêtnam. Le programme spatial était un coup de maître qui apportait une publicité inestimable à l'entreprise. « Amerrissage réussi ! » clamait une campagne de Purdue Frederick, qui indiquait que si la NASA se servait de la Betadine pour lutter contre les microbes de l'espace, le produit était aussi disponible sur Terre, sous forme de « bain de bouche ».

Dès les premiers temps de son amitié avec Richard Sackler, Kapit avait été frappé par la dévotion de son camarade envers l'entreprise familiale. Pour ce qu'il en savait, le produit phare de Purdue Frederick était le laxatif Senokot. La société en chantait les louanges dans des publicités omniprésentes et très gênantes, pleines de slogans sur les vertus des « selles molles » et de photos d'hommes grimaçants, en proie à la constipation. Richard ne trouvait pas cela embarrassant du tout : il était fier de l'entreprise et de ses produits. Et malgré tout ce qu'on pouvait en dire, les gens achetaient du Senokot : c'était un traitement efficace. Kapit avait accompagné quelques fois Richard au siège de Purdue Frederick, qui avait déménagé dans un grand immeuble à Yonkers. Il savait aussi que les Sackler étaient liés d'une manière ou d'une autre au Valium, un médicament au succès phénoménal. Le père de Kapit avait été pharmacien avant de devenir enseignant, et sa famille estimait comme les Sackler que ces remèdes miracles étaient un symbole du progrès humain et un avant-goût de l'avenir.

Ils semblaient assurément représenter l'avenir de Richard Sackler. Tout le monde partait du principe qu'il ferait médecine puis intégrerait l'entreprise familiale. En fait, les Sackler vantaient si bien l'excitation, la noblesse et les avantages financiers associés à la profession médicale qu'après une conversation avec Raymond, Richard Kapit décida de s'engager sur la même voie. Il postula en médecine et fut accepté à NYU. La petite amie de Richard, Margie, deviendrait également médecin.

Cependant, à ce stade, les deux Richard ne s'adressaient plus la parole. Après leur été passé à étudier l'orgasme, ils étaient retournés à l'université pour une troisième année ; mais Richard Kapit se sentait de plus en plus mal à l'aise avec cette amitié. Plus tard, il serait incapable de mettre le doigt sur ce qui l'avait perturbé, au juste. Cela avait peut-être un rapport avec le sexe et l'étrange pression que Richard exerçait sur lui à ce sujet. Ou peut-être la tension autour du trio formé avec Margie était-elle simplement intenable. Toutefois, il était persuadé qu'un élément de réponse résidait dans son inconfort grandissant face à son statut d'invité perpétuel de Sackler et dans sa crainte lancinante d'être devenu un parasite. Un soir, Kapit et Sackler dînaient à l'appartement. Ils avaient bu du vin, et l'évier était rempli de vaisselle sale. Ils se mirent à discuter de qui allait la laver quand, brusquement, Kapit craqua. Il ne savait pas ce qui l'avait poussé à bout, exactement. La vaisselle n'était clairement qu'un prétexte. Mais il explosa et se mit à hurler sur Richard. C'était comme si « une soupape avait sauté », dirait-il par la suite. Pris de court, Richard le fixa comme s'il avait perdu la tête. « Il pensait m'avoir toujours bien traité, et c'était le cas. À sa façon, il l'avait fait. Alors pour lui, ça sortait de nulle part. »

Peu après, il trouva une chambre dans un dortoir sur le campus et déménagea. « Richard semblait vraiment blessé », se souviendrait-il. Son incapacité à percevoir les émotions d'autrui l'avait peut-être empêché de comprendre que sa relation charitable avec son ami moins aisé n'était pas aussi simple qu'il l'avait cru. Les Richard arrêtèrent de se fréquenter. Au bout d'un moment, quand de l'eau eut coulé sous les ponts, Kapit appela Richard à Roslyn pour prendre de ses nouvelles. Beverly décrocha, mais elle refusa de lui passer son fils. « Je pense que tu lui as fait assez de mal comme ça », déclara-t-elle.

Ayant traité ses études avec une certaine nonchalance, Richard Sackler ne parvint pas à intégrer une faculté de médecine prestigieuse comme Harvard ou NYU, même avec les contacts que sa famille y cultivait à grands frais. À la place, il alla étudier à l'université de Buffalo pendant deux ans, puis obtint un transfert à NYU. Cela n'avait pas tellement d'importance, de toute façon. Quelle que soit l'université et qu'il obtienne de bons résultats ou non, la destination finale de Richard Sackler ne faisait aucun doute.

« Mon très cher neveu et collègue, lui écrivit Félix Martí-Ibáñez le 7 juin 1971. Il y a quelques années seulement, j'ai eu le plaisir d'assister à ta bar-mitsvah, et aujourd'hui, j'ai le privilège de fêter ton diplôme de médecine. La première fois, tu devenais un homme ; à présent, tu es davantage qu'un homme. » Être médecin revenait à « être élu des dieux », expliqua Martí-Ibáñez. Richard allait rejoindre un ordre supérieur, et ce avec tous les avantages imaginables. Après tout, il était un Sackler : « Je sais que, durant toute ta vie, tu feras honneur au nom illustre que tu portes. »

12

L'héritier potentiel

En août 1972, W. T. Grant, un millionnaire du Connecticut, décéda à l'âge de quatre-vingt-seize ans. Parti de rien, Grant avait bâti une immense fortune en ouvrant des magasins à prix unique. Il laissait derrière lui une vaste propriété privée située dans le quartier résidentiel huppé de Greenwich. Le domaine était immense, occupant six hectares d'une péninsule qui s'avançait dans le détroit de Long Island ; on y trouvait une gigantesque résidence principale, un complexe indépendant de style Tudor destiné aux employés de maison, une serre, un terrain de tennis et un garage pouvant accueillir sept voitures. La maison était équipée de commodités typiques du milieu du siècle telles qu'un dressing au système de climatisation spécialement conçu pour les manteaux de fourrure.

Grant n'avait pas d'héritiers. Ayant édifié cette somptueuse propriété pour lui seul, il avait choisi de la léguer après sa mort à l'hôpital de Greenwich. L'administration voulut transformer les lieux en établissement de santé, mais il s'avéra que le zonage local ne le permettait pas. Encombré d'un cadeau qu'il ne pouvait pas utiliser, l'hôpital décida donc de vendre le domaine. Cependant, quand il fut mis sur le marché, son prix exorbitant dissuada tous les acheteurs potentiels. Le problème, comme le résuma le *New York Times* d'un ton acerbe, était qu'on ne trouvait pas « grand monde qui cherche une maison en bord de mer à 1,85 million de dollars ». Même dans un quartier chic comme Greenwich, la propriété de Grant représentait un luxe bien trop grand pour des gens simplement fortunés. En l'absence d'acquéreur, l'hôpital de Greenwich s'aperçut que le don généreux s'était transformé en fardeau : entre les impôts, l'entretien et les frais divers, la seule possession du domaine lui coûtait des milliers de dollars chaque mois.

Enfin, à l'été 1973, la propriété fut vendue pour 1,3 million de dollars. C'était bien moins que le prix demandé, mais tout de même la somme la plus élevée jamais dépensée pour une maison individuelle à Greenwich. L'acheteur ne souhaitait pas se faire connaître. Quand un journaliste entreprenant du *Times* téléphona au notaire qui avait supervisé la transaction, il apprit toutefois que le domaine resterait une résidence privée. D'après le titre de propriété, une entité du nom de Rock Point Ltd avait avancé 325 000 dollars en liquide pour l'achat, tandis qu'une autre entité, Mundi-Inter Ltd, avait souscrit un emprunt immobilier de 1 million. Mundi-Inter possédait une adresse à Norwalk, dans le Connecticut. Lorsque le journaliste du *Times* appela le numéro de téléphone correspondant, une standardiste l'informa qu'il était en communication avec les bureaux de l'entreprise Purdue Frederick.

Le *Times* n'enquêta pas davantage et ne publia pas le nom du véritable acquéreur du domaine de Grant. Mais il s'agissait de Raymond Sackler.

Raymond avait décidé de quitter Long Island pour le Connecticut car sa société allait s'y implanter. Créée à Greenwich Village, Purdue Frederick avait d'abord déménagé à Yonkers et prévoyait désormais de s'établir dans un immeuble flambant neuf de onze étages dans le centre-ville de Norwalk. Deux cents employés feraient le déplacement. L'un d'eux, qui venait d'intégrer la société, était le fils de Raymond, Richard Sackler.

Après son transfert à NYU, Richard avait décroché le titre tant convoité de docteur en médecine. Cependant, il n'avait jamais eu l'intention de devenir un professionnel de santé : sa seule expérience pratique se résumait à un stage en médecine interne à l'hôpital de Hartford. En 1971, il avait été embauché chez Purdue Frederick au poste d'assistant du directeur. Le directeur était son père.

L'entreprise que Richard avait rejointe avait rapporté beaucoup d'argent aux Sackler au fil des décennies – suffisamment pour permettre à Raymond d'acquérir la résidence la plus coûteuse de Greenwich. Elle était encore spécialisée dans les produits ordinaires, vendus sans ordonnance, et non dans les médicaments élaborés. Le Senokot demeurait un de ses piliers : l'usine de Yonkers dégageait des effluves de séné, une plante aux propriétés laxatives qui en constituait l'ingrédient principal. « Tout Yonkers sentait le séné », se rappellerait un ancien employé. C'était devenu une plaisanterie récurrente pour le personnel : « Si les ventes continuent d'augmenter, il faudra agrandir les égouts. »

La Betadine rencontrait elle aussi un grand succès, et la société proposait une gamme d'autres remèdes prosaïques, allant du Cerumenex (un nettoyant auriculaire) au Paremycin Elixir (un antidiarrhéique).

Quand Purdue avait déménagé à Yonkers, Raymond avait continué à gérer la plupart des opérations courantes depuis la maison de ville des Sackler à Manhattan. Il y travaillait en compagnie d'une coterie de proches conseillers, dans une atmosphère assez « surannée », selon un membre de l'entreprise. Raymond était un homme distingué. Il tenait la porte aux femmes, leur avançait une chaise quand elles s'asseyaient. Deux fois par jour, une employée faisait le tour des bureaux pour servir le café dans de la porcelaine élégante.

Après l'installation de Purdue Frederick à Norwalk, Raymond chercha à instiller le même esprit dans ce nouvel environnement, plus aseptisé. Dans les années 1970, Purdue était une entreprise « conventionnelle », dirait Danielle Nelson, qui y avait été employée pendant trente-quatre ans. C'était une société « très petite et intime », se souviendrait Charles Olech, un commercial de cette époque. « On ne pouvait pas la comparer à Merck et aux autres géants de l'industrie, mais on avait l'impression d'appartenir à un groupe familial soudé. » À la différence d'Arthur, passionné par les acquisitions et la réussite, ou de Mortimer, aux voyages incessants et à la vie nocturne tapageuse, Raymond était appliqué et prévisible, fidèle à ses habitudes. Beverly et lui formaient un couple heureux. Ils aimaient aller à l'opéra à New York. Le week-end, ils recevaient du monde dans leur propriété de Greenwich pour un match de tennis (Raymond avait l'esprit de compétition, à défaut d'être très doué), suivi d'un déjeuner servi par le personnel de maison. Chaque jour de la semaine, Raymond effectuait un court trajet en voiture jusqu'aux nouveaux bureaux de Norwalk, où il arrivait à 10 heures du matin. À la pause déjeuner, il prenait place dans une salle à manger privée, invitant souvent des cadres à le rejoindre. À 17 heures, il entamait sa tournée dans les couloirs du bâtiment, passant la tête dans les bureaux pour demander : « Quoi de neuf, jeunes gens ? »

« Prendre soin de tous nos employés fait partie intégrante de notre philosophie », avaient écrit Raymond et Mortimer dans une brochure dédiée à l'entreprise. Les salariés voyaient en Raymond une figure bienveillante. Il préservait jalousement son intimité, comme les niveaux d'obstruction dissimulant son achat immobilier semblaient l'indiquer. On considérait souvent Arthur Sackler comme un obsédé de la vie privée, mais comparé à Raymond, il faisait figure d'exhibitionniste avec ses discours d'inauguration et sa chronique dans le *Medical Tribune*. Juste avant d'acheter la propriété de Greenwich, Raymond avait versé avec ses frères 3 millions de dollars à l'université de Tel-Aviv pour y fonder la faculté de médecine Sackler. Il s'était rendu en Israël pour la première fois de sa vie. Ce pèlerinage avait dû être chargé d'émotion ; quelques années avant sa naissance, en 1917, ses parents avaient vendu les bijoux de Sophie afin de contribuer à la création d'un État juif en Palestine. Malgré cela, quand un journaliste du *Jerusalem Post* avait tenté d'interviewer le bienfaiteur américain en visite, il avait refusé de répondre même aux questions les plus élémentaires sur lui-même. L'impression paradoxale que Raymond parvenait à donner était celle d'un homme aussi effacé qu'on pouvait l'être quand on déboursait d'importantes sommes d'argent pour faire construire une école portant son propre nom.

Lorsque Raymond et Beverly voyageaient à l'étranger, Richard s'installait parfois dans leur maison de Greenwich. Il y adoptait un train de vie seigneurial à la Gatsby, comme s'il était le propriétaire des lieux. Il continuait à cultiver ses passions. Il explorait toujours ses intuitions scientifiques avec l'enthousiasme débordant qu'il avait témoigné pour la physiologie de l'orgasme. Il était fou de ski. En revanche, il ne s'impliquait pas dans le monde – les arts, la politique – de la même façon que son père et ses oncles. Étant privilégié de naissance, il ne semblait pas encombré par le désir de se faire accepter par la haute société que nourrissait l'ancienne génération des Sackler. Margie Yospin et lui avaient rompu avant qu'il termine ses études de médecine, mais il avait rencontré Beth Bressman, une jeune femme brillante et sociable qui avait grandi dans la banlieue résidentielle du New Jersey et dont le moindre exploit était retracé dans le journal local. Elle avait étudié à l'université de Pennsylvanie, où elle avait manifesté contre la guerre du Viêtnam. Aussi vive d'esprit que Richard, elle avait poursuivi sa formation par un doctorat en psychologie clinique à l'université George-Washington. Ils s'étaient mariés en 1979.

Cependant, le premier amour de Richard Sackler semblait être l'entreprise familiale. Dès ses débuts chez Purdue, il passa d'un service à l'autre, ce qui lui permit d'acquérir une expertise variée. S'il y avait un parcours à suivre pour accéder aux échelons de la direction, c'était celui-là. Il prit des cours à la Harvard Business School, même s'il n'y obtint jamais de diplôme. Purdue Frederick appartenait toujours à trois personnes : Arthur, Mortimer et Raymond. Mais Arthur ne s'impliquait pas dans les affaires courantes de l'entreprise et Mortimer était occupé à gérer les activités de la famille à l'étranger. Raymond était donc seul à Norwalk, et il préparait clairement son fils à lui succéder.

« J'avais beaucoup d'idées, principalement dans la conception de produits », se souviendrait Richard. Il se passionnait pour la recherche. « Il adore vous bombarder d'infos scientifiques, s'il juge un sujet intéressant », observerait un de ses collaborateurs chez Purdue. Richard était un inventeur en herbe ; son nom figurerait à terme sur une dizaine de brevets. Quand une vague idée pour un nouveau produit lui traversait l'esprit, il décrochait son téléphone et appelait un de ses collègues pour voir ce qu'il pouvait faire. Peu importait qu'il ne soit qu'un blanc-bec à peine sorti de la fac de médecine et que les gens qu'il appelait soient plus âgés ou plus expérimentés que lui, ou même ses supérieurs hiérarchiques : Richard allait hériter de Purdue Frederick, et il se comportait en conséquence. Dans les bureaux de Norwalk, on le considérait comme une sorte de petit prince, un dilettante imbu de lui-même, qui papillonnait d'un service à l'autre – R & D, affaires médicales, marketing, ventes – et se comportait avec ses collègues chevronnés non comme quelqu'un qui était là pour apprendre, mais comme un donneur de leçons. Ses interventions enthousiastes n'étaient presque jamais les bienvenues. Il n'avait pas non plus l'élégance de son père : là où Raymond régnait avec une autorité feutrée, Richard était brusque, tout en aspérités.

« Richard était un jeune homme pressé, commenterait Bart Cobert, un médecin qui avait rejoint Purdue en 1983. Il était très malin, ça ne faisait aucun doute, mais il était né avec une cuillère en argent dans la bouche. » Cobert ne venait pas d'une famille aisée. « J'étais un gamin pauvre du Bronx », dirait-il. Les Sackler avaient toujours eu pour politique d'employer des immigrés et des réfugiés, des juifs qui avaient été exclus d'autres métiers, ou des battants acharnés issus de milieux défavorisés. L'ambiance dans les locaux de l'entreprise pouvait donc paraître assez cosmopolite, avec une pluralité notable d'accents et d'obédiences religieuses. La deuxième génération des Sackler, elle, ne présentait aucune trace d'origines modestes.

Cobert avait été embauché pour travailler avec un médecin que Richard avait recruté chez Purdue, Bill Pollack. Lauréat du prestigieux prix Lasker pour ses recherches sur un important vaccin dans les années 1960, Pollack semblait être un scientifique respectable et Cobert était excité à l'idée de collaborer avec lui. Quand il pénétra pour la première fois dans les bureaux de Norwalk, il fut impressionné. Le bâtiment était ultramoderne pour l'époque, avec son propre hélicoptère et un héliport sur le toit. Il offrait une vue magnifique sur le détroit de Long Island et des kilomètres de feuillage embrasé en automne. L'entreprise avait proposé à Cobert un salaire très compétitif ; Purdue avait beau être une société de petite taille, elle attirait des talents en les payant correctement et en les traitant bien. En tant que directeur adjoint, Cobert avait droit à une voiture de fonction.

Toutefois, quand il se mit au travail, il comprit rapidement que les apparences étaient trompeuses. Sur le papier, Bill Pollack était peut-être un scientifique de renom et une recrue en or pour Richard Sackler ; mais comme Cobert s'en aperçut presque immédiatement, « sa carrière était sur la pente descendante ». L'enthousiasme de Richard s'étendait aux gens qu'il embauchait : il croisait une personne dans un avion ou sur une piste de ski, se mettait à discuter avec elle puis décidait sur un coup de tête qu'elle devait absolument travailler pour Purdue. Il avait peut-être engagé Pollack à cause des recherches majeures que le médecin avait menées vingt ans auparavant ; mais Purdue n'était pas à la pointe de la science. À son arrivée, Cobert apprit qu'il plancherait sur un biscuit riche en fibres qui pourrait être vendu comme laxatif. Cela le laissa perplexe. « J'ai une double spécialité en médecine. Je ne voulais pas fabriquer des biscuits », raconterait-il.

Malgré cela, il se rendit vaillamment au bureau tous les jours, espérant s'accommoder d'une situation peu idéale. Il s'avéra que Richard Sackler menait la vie dure à ses employés. L'une de ses sources de mécontentement concernait le Senokot, qui ne lui semblait pas fonctionner assez vite.

« Rendez-le plus rapide », ordonna-t-il à Cobert.

Celui-ci resta interdit. Le médicament agissait sur le colon : pour faire effet après avoir été ingéré, il devait passer de la bouche au tube digestif, un processus qui durait plusieurs heures. Ce n'était pas un défaut de conception. C'était une simple question de biologie.

« C'est impossible, protesta-t-il.

— Faites ce que je vous dis », aboya Richard avant de s'éloigner à pas furieux.

C'était du Richard tout craché, expliquerait Cobert. « Il s'attendait à ce que ses subordonnés exécutent ses ordres à la lettre. » Richard avait un secrétaire particulier, un Américain d'origine coréenne jeune et mince, qui était chargé de transmettre ces missions impossibles. Cobert et ses collègues apprirent à redouter les visites de cet adjudant : « Il débarquait avec des idées ou des consignes qui n'avaient ni queue ni tête, et je lui répondais : "Je ne comprends même pas ce que ça veut dire." »

« Richard était un drôle de personnage, raconterait un autre employé qui l'avait côtoyé à l'époque. Parfois, je me posais des questions sur son équilibre mental. Il avait un côté un peu bizarre. "Irréfléchi", c'est le mot que j'emploierais. »

Malgré cela, selon l'impression générale, Richard était protégé. Il s'agissait d'une entreprise familiale, après tout. Chez Purdue Frederick, le pouvoir de chacun dépendait entièrement de son lien avec la famille. Au bureau de Norwalk, on disait de certains vieux employés qu'ils faisaient partie de la « filière Sackler » : ils étaient proches de la famille, donc intouchables. Certains d'entre eux étaient relativement incompétents, pour tout dire ; ils se contentaient d'occuper un fauteuil et d'encaisser leurs chèques. Personne n'était capable d'expliquer ce qu'ils apportaient à l'entreprise, ni à quoi ils occupaient leurs journées. Mais ils avaient prouvé leur fidélité aux Sackler, et l'un des principes clés de la société voulait qu'on récompense ce genre de loyauté. Dans la logique de l'organisation, si vous n'aviez pas l'oreille des Sackler, mieux valait trouver un allié qui l'avait.

Si la fidélité déterminait l'influence, le fidèle en chef et le premier maillon de la filière Sackler était un avocat pataud et corpulent répondant au nom de Howard Udell. Udell avait grandi à Brooklyn et s'exprimait encore avec un léger accent du quartier. En 1966, fraîchement diplômé de la faculté de droit de NYU, il avait intégré un minuscule cabinet d'avocats dont les trois membres travaillaient pour la famille Sackler, et avait fini directeur délégué et chef du service juridique de Purdue. Udell manifestait une loyauté indéfectible envers les Sackler. « Les avocats d'affaires ont deux modes d'action possibles, expliquerait Bart Cobert. Ils peuvent aller voir les dirigeants d'une entreprise et leur dire : "Vous ne pouvez pas faire ça." Ou bien ils peuvent aller les voir et leur dire : "Dites-moi ce que vous voulez faire et je trouverai un moyen d'y arriver." Howard appartenait à la seconde catégorie. » Udell décrivait sa philosophie professionnelle en des termes analogues. Le rôle d'un avocat n'est pas de dire à la direction d'une entreprise qu'elle « ne peut pas faire ce qu'elle a besoin de faire », affirmait-il. C'était un personnage « à la Tom Hagen dans *Le Parrain* », se rappellerait un avocat qui avait eu affaire à lui : « extrêmement fidèle à la famille ».

Les Sackler trouvaient probablement utile de s'entourer de gens comme Udell, qui pouvaient servir de garde-fous au jeune Richard. Une anecdote sur ce dernier circulait dans l'entreprise ; qu'elle ait été vraie ou non, on continuait à la répéter car elle était l'illustration même de ses points faibles. Dans les années 1970, Raymond était parti en vacances, laissant son fils seul pendant quelques semaines aux commandes de l'entreprise familiale. Toujours désireux d'innover, Richard s'était convaincu que la société pourrait faire des économies en trouvant un moyen de baisser les coûts de production de la Betadine. Après avoir examiné la question, il avait décrété qu'utiliser un type d'iode meilleur marché permettrait de gagner un certain nombre de dollars sur chaque lot. Sans consulter Raymond, il avait ordonné qu'on lance la nouvelle formule. À ce qu'on racontait, l'entreprise avait commencé à vendre cette version avant de découvrir qu'elle causait des brûlures au premier degré une fois appliquée sur la peau. Quand Raymond avait compris ce qui s'était passé, il avait fait rappeler le produit immédiatement. « Ils ont remisé les flacons dans un entrepôt. De temps en temps, l'un d'entre eux explosait », expliquerait un ancien employé en riant.

L'anecdote était-elle vraie ? Personne ne pouvait l'affirmer. Mais la morale de l'histoire était claire : Richard était un type intelligent qui prenait de très mauvaises décisions. « Il voulait être le prochain Merck ou Lilly, déclarerait Bart Cobert. Mais il ne savait pas comment faire, et il ne savait probablement même pas qu'il ne savait pas comment faire. » Ce dont personne ne doutait, c'était que, malgré les handicaps qu'il pouvait avoir, Richard nourrissait de grandes ambitions pour lui-même et pour l'entreprise familiale. « Il était toujours en quête de nouvelles possibilités, de nouveaux produits », se souviendrait un ancien employé.

Las de fabriquer des biscuits, Cobert démissionna de chez Purdue moins d'un an après son arrivée. Mais entre-temps, il s'était lié d'amitié avec un scientifique plus âgé du nom d'Eddie Takesue. Takesue avait été embauché comme directeur de la recherche clinique chez Purdue en 1975. Il avait roulé sa bosse, en avait vu des vertes et des pas mûres. Fais attention à Richard Sackler, avait-il prévenu Cobert. « Méfie-toi de lui. »

Mortimer, l'oncle de Richard, ne participait à la vie de l'entreprise que par intermittence dans les années 1980. Au siège de Norwalk, on le considérait comme un personnage un peu mystérieux. « Mortimer était en Europe. Il avait des petites copines et un château », se rappellerait un ancien employé, résumant l'image que le personnel se faisait du copropriétaire play-boy de la société. Mortimer « arrivait et repartait comme bon lui semblait », raconterait Bart Cobert. Il se montrait parfois au siège, mais jamais très longtemps : « Il était distant, détaché et élégant. »

« Ma résidence légale est en Suisse », affirmait Mortimer. Sa situation domestique était en réalité un peu plus complexe que cela. Il avait renoncé à la nationalité américaine en 1974 pour devenir autrichien, mais il ne vivait pas en Autriche. À la place, il partageait son temps entre ses résidences de Londres, Paris, New York, Gstaad et du cap d'Antibes. Richard travaillait chez Purdue depuis quatre ans quand son cousin Bobby, le fils de Mortimer, se suicida. Les employés du bureau de Norwalk savaient qu'un événement tragique s'était produit, mais ils n'en discutaient jamais ouvertement, se contentant d'échanger des rumeurs. On raconta d'abord que Mortimer avait perdu un fils dans un terrible accident : le jeune homme était tombé d'une fenêtre. Au bout d'un moment, le bruit courut que Bobby avait sauté. L'information était cependant difficile à vérifier, car l'incident n'avait pas été rapporté dans la presse ; bien sûr, les Sackler n'en parlaient pas.

Après s'être séparé de sa deuxième épouse, Geri, en 1977, Mortimer lui avait acheté un appartement de seize pièces sur East End Avenue et lui avait accordé un budget de 140 000 dollars pour « la décoration et l'ameublement ». Geri y élèverait leurs deux jeunes enfants, Samantha et Mortimer, tandis que Mortimer senior conserverait son appartement face à Central Park, sur la Cinquième Avenue. En pratique, Mortimer était si souvent à l'étranger que Geri finit par se servir des deux logements. Un jour, Mortimer reçut un appel de son employée de maison à New York, Elizabeth Bernard, qui l'informa que Geri avait emménagé dans l'appartement de Central Park et l'avait congédiée. Déjà en mauvais termes avec son ex-épouse, Mortimer fut outré par ce qu'il perçut comme une invasion. Il se dépêcha de rentrer à New York et découvrit que son appartement était occupé par un groupe de photographes et de mannequins qui y vivaient en communauté. Geri n'était nulle part en vue, mais ces intrus aux mœurs douteuses informèrent Mortimer qu'elle les avait autorisés à s'installer là. Quand il ouvrit la penderie dans sa chambre, il fut pris de rage en y voyant les vêtements d'un autre homme. Il expulsa les squatteurs, fit changer les serrures et embaucha un agent de sécurité pour empêcher Geri de retourner dans l'appartement. Puis il attaqua son ex-épouse en justice, l'accusant de manifester une cupidité « sans borne » et de chercher à « créer le tapage le plus désagréable possible pour [qu'il finisse] par lui donner ce qu'elle voulait ». (L'affaire fut réglée à l'amiable.)

Même au milieu de cette tourmente personnelle, Mortimer continuait soigneusement à développer l'empire pharmaceutique familial. Selon Arthur Sackler, le problème des sociétés pharmaceutiques de taille moyenne était que leur département recherche et développement n'avait généralement pas la capacité de découvrir de nouveaux produits. Mais en Angleterre, Mortimer gérait désormais Napp Laboratories, une entreprise qui nourrissait d'ambitieux projets. Rachetée par les Sackler en 1966, la société avait été fondée dans les années 1920. Son activité ne consistait pas seulement à acquérir des licences de produits pour les vendre, comme Purdue Frederick l'avait toujours fait ; elle créait aussi ses propres médicaments. Mortimer décrivait ce processus comme une stratégie d'investissement à long terme. « Seul un produit sur dix marchera », avertissait-il. Mais si l'entreprise parvenait à concevoir le bon médicament, ses résultats pourraient en être transformés.

À la fin des années 1970, Napp conçut un produit réellement innovant : un comprimé de morphine. Le fabricant avait été lancé sur cette piste par un centre de soins palliatifs londonien, St. Christopher's. Sa directrice, Cicely Saunders, était un médecin engagé qui avait écrit un ouvrage intitulé *Care of the Dying* (« Prendre soin des mourants ») et initié un mouvement visant à proposer un environnement plus humain aux malades en fin de vie. À St. Christopher's, elle avait chargé un de ses confrères, Robert Twycross, de mener des recherches sur l'utilisation des narcotiques dans le domaine des soins palliatifs. Twycross avait contacté le directeur médical de Napp et l'avait encouragé à développer un comprimé à base de morphine.

Jusqu'alors, la morphine était généralement administrée par intraveineuse, sous forme de perfusion ou d'injections. En conséquence, les patients en phase terminale d'un cancer ou d'une autre maladie extrêmement douloureuse n'avaient pas d'autre choix que de passer leurs derniers jours à l'hôpital pour qu'on puisse les soulager. Cependant, Napp venait de développer un système d'enrobage particulier pour les comprimés qui permettait de réguler soigneusement la libération d'une substance dans le sang d'un patient au fil des heures. L'entreprise appelait ce système « Contin » et l'avait déjà employé pour un traitement contre l'asthme. Et s'il était appliqué à la morphine ? Le patient n'aurait qu'à avaler une pilule pour que la substance se diffuse lentement dans son organisme, comme avec une perfusion. Ce nouveau médicament, qu'on baptisa « MS Contin » et qui fut commercialisé au Royaume-Uni en 1980, représentait une avancée majeure.

« La MS Contin était un médicament vraiment remarquable : il a permis aux malades du cancer, en particulier, de ne pas avoir à être hospitalisés pour qu'on traite leur douleur. Avant ça, les patients devaient faire de fréquents séjours à l'hôpital », expliquerait la fille de Mortimer, Kathe. Selon elle, la MS Contin avait « changé la donne ». Depuis trente ans qu'ils avaient racheté Purdue Frederick, les Sackler avaient pris des décisions commerciales avisées et lucratives, comme acquérir la licence du Senokot et de la Betadine ; mais l'entreprise n'avait pas manifesté de penchant pour l'innovation. La MS Contin constituait donc un tournant majeur : un produit réellement révolutionnaire. En 1983, un médecin interviewé dans le *Times* de Londres décrivit ce nouveau médicament comme l'une « des plus grandes avancées de ce siècle dans le domaine des narcotiques ». Un autre affirma qu'il constituait « le plus grand progrès qu'on ait vu dans le contrôle médicamenteux de la douleur depuis la morphine elle-même ». Les Sackler étaient extrêmement fiers de cet exploit et clamaient que le système Contin avait « révolutionné » la manière dont on administrait non seulement la morphine, mais les médicaments en général. Une publicité pour Napp citait l'article du *Times* et vantait la croissance et l'ambition de l'entreprise, affirmant : « Nous n'avons aucune intention de nous arrêter. »

Après avoir développé ce médicament en Angleterre, sous la houlette de Mortimer, les Sackler pouvaient désormais le commercialiser aux États-Unis, le territoire de Raymond. Cela soulevait toutefois un dilemme intéressant. Les Sackler tenaient à présenter la MS Contin comme un produit novateur et même révolutionnaire. Or la procédure mise en place par la FDA pour autoriser la vente d'un nouveau médicament impliquait de se soumettre à un long et fastidieux processus d'approbation. Et si Purdue affirmait que le médicament n'avait en réalité rien de nouveau ? Son seul ingrédient actif était la morphine, une substance ancienne et bien connue dont l'usage avait été autorisé depuis longtemps. En réalité, seul le mécanisme de distribution avait changé. Or, une nouvelle réglementation fédérale se préparait qui interdirait de commercialiser de nouvelles versions d'anciens médicaments sans avoir déposé une demande d'approbation standard au préalable. Quand cette information parvint à Howard Udell, il décida que Purdue devait prendre la FDA de vitesse. « Avant que cette règle entre en vigueur, je propose qu'on fabrique la MS Contin – et qu'on la lance sur le marché », déclara-t-il, d'après un cadre qui avait travaillé avec lui à cette période. Sans avertir la FDA, et encore moins lui demander la permission, Purdue commença donc à produire la MS Contin dans une usine du New Jersey et la mit en vente en octobre 1984.

Lorsqu'une entreprise pharmaceutique commercialise un nouveau médicament, une grande réunion de lancement est organisée – un genre de mélange contre-nature d'enterrement de vie de garçon, d'événement marketing et de rassemblement religieux. « Elles sont extraordinaires, ces réunions de lancement de médicament, expliquerait le collaborateur d'Udell. On fait venir tous les commerciaux du pays. On les accueille à grands frais. On trouve un orateur énergique pour les exhorter à se mettre à vendre le produit. » L'ancien cadre de Purdue avait assisté au lancement de la MS Contin : des centaines de personnes rassemblées dans une salle de bal, des discours à foison. Un directeur commercial britannique avait retroussé ses manches et clamé les vertus de ce médicament qui allait tout changer, expliquant comment la force de vente de l'entreprise allait en faire un immense succès. D'après l'ancien cadre, l'homme avait encouragé les employés à vendre le produit « pas seulement pour [eux], pas seulement pour la société, mais pour Richard ». Le message général semblait être que Richard Sackler était personnellement investi dans la MS Contin et l'avenir de Purdue, qu'il était un grand homme avec une vision audacieuse et que les commerciaux seraient ses troupes d'assaut. « On se serait crus à Nuremberg en 1934, se souviendrait le cadre. Tout le monde était debout. Ça m'a fiché une peur bleue. »

Les délégués de Purdue entreprirent donc de présenter la MS Contin aux médecins américains comme un outil flambant neuf pour traiter les douleurs liées au cancer, même si le médicament n'avait en réalité pas été approuvé par la FDA. Purdue partait du principe qu'elle n'avait besoin de l'accord de personne pour commercialiser ses comprimés de morphine. La MS Contin était en vente depuis trois mois quand la FDA envoya un courrier à Norwalk pour informer l'entreprise qu'elle n'avait pas le droit de commercialiser un nouveau médicament pour lequel elle n'avait jamais déposé de demande d'approbation.

Après avoir reçu ce courrier, Howard Udell se précipita à Washington en compagnie d'un escadron d'avocats pour y enchaîner les réunions urgentes avec des responsables de l'agence. En théorie, Purdue était en mauvaise posture ; l'entreprise aurait dû rappeler son produit et tout recommencer depuis le début, cette fois en suivant les règles : déposer une demande d'approbation auprès de la FDA, échanger longuement avec l'agence, obtenir l'autorisation de vente (si elle avait de la chance) et alors seulement, organiser une réunion de lancement. Néanmoins, en ayant allégrement bousculé le processus et commercialisé son antidouleur sans autorisation, Purdue avait créé une nouvelle réalité sur le terrain. Il y avait désormais des médecins – et de très nombreux patients – qui comptaient sur la MS Contin pour soulager les douleurs liées au cancer. Le commissaire de la FDA, Frank Young, craignait qu'on porte préjudice aux malades qui prenaient déjà le médicament en supprimant brusquement cette possibilité de traitement.

Udell et ses collègues arguaient que tout cela n'était qu'un malentendu et qu'ils n'avaient jamais été obligés de demander l'accord de l'agence pour vendre la MS Contin, car il s'agissait simplement de morphine. La FDA rétorquait que la très haute dose contenue dans le comprimé en faisait un nouveau produit. Selon l'ancien cadre de Purdue, la société finit par court-circuiter les régulateurs en s'adressant directement aux responsables de l'administration Reagan. « Ils faisaient pression sur la Maison-Blanche », expliquerait-il.

Cette stratégie fonctionna. La FDA finit par déclarer à Purdue qu'elle pouvait continuer à vendre la MS Contin à condition qu'elle dépose la demande d'approbation qu'elle aurait dû constituer en premier lieu. Udell annonça d'un ton triomphant que l'entreprise continuerait à commercialiser le médicament : « La FDA ne s'en mêlera pas. »

La MS Contin générerait à terme 170 millions de dollars par an, écrasant tous les produits que Purdue Frederick avait vendus par le passé. Les Sackler étaient déjà indéniablement riches ; mais après le lancement de leur premier antidouleur, ils le devinrent soudain beaucoup plus. Dès le départ, Richard Sackler avait nourri pour l'entreprise des rêves qui dépassaient les plus grandes ambitions de son père. Et voilà que ces rêves semblaient devenir réalité.

13

L'affaire Sackler

Un jour d'été 1987, quelques mois après la mort d'Arthur Sackler, sa première épouse, Else, s'achemina vers les maisons de ville jumelées de la 57e Rue Est qu'Arthur avait achetées pour sa deuxième épouse, Marietta. Elles appartenaient toujours à la famille ; Arthur et sa troisième femme, Jillian, les avaient transformées en garde-meubles et bureaux, et y avaient parfois organisé des réceptions. Désormais âgée de soixante-treize ans, Else menait toujours une vie active, bien qu'un peu plus tranquille et solitaire depuis la mort d'Arthur, et n'avait rien perdu en intransigeance et en vivacité d'esprit. Conformément aux souhaits de son mari, elle faisait partie de ses exécuteurs testamentaires.

Arrivée sur place, Else retrouva Jillian Sackler. Celle-ci n'avait encore qu'une quarantaine d'années. Sans posséder beaucoup de points communs, les deux femmes avaient entretenu des rapports cordiaux du vivant d'Arthur, même si les Sackler tendaient à considérer Jillian comme une poule de luxe.

Lors des obsèques, Jillian avait décrit Else comme « l'amie la plus chère d'Arthur – et la mienne ». Cela dit, la forte personnalité d'Arthur et la propension des deux femmes à vouloir lui plaire empêchaient de savoir si leur entente reflétait des sentiments authentiques ou simplement une volonté instinctive de le satisfaire.

Une réunion avait été organisée pour discuter de la répartition des biens d'Arthur. Marietta n'avait pas été invitée car elle ne figurait pas dans le testament : après leur divorce âprement négocié et sa tentative de suicide, Arthur l'avait rayée de la liste de ses héritiers. Mais son fils, Arthur Felix, était là. Les deux filles d'Else, Carol (devenue médecin et installée à Boston) et Elizabeth (toujours à New York, travaillant dans l'art), étaient présentes aussi, de même que l'assistante de longue date d'Arthur, Miriam Kent, et trois avocats.

« Nous savons que nous avons un patrimoine net à neuf chiffres », annonça l'un des avocats, Stanley Bergman.

Cependant, à cause des multiples investissements d'Arthur et de son goût du secret, il allait être difficile de déterminer l'ampleur exacte de l'héritage qu'il laissait derrière lui. Et il ne s'agissait pas seulement d'actifs : Arthur avait des dettes. Afin de financer ses acquisitions d'œuvres d'art et sa philanthropie, il avait emprunté. Il avait puisé dans les caisses de ses propres sociétés. Il avait acheté des œuvres à crédit. Il avait fait des promesses de don sous la forme d'actions dans ses entreprises. En bref, il avait l'équivalent dans le monde de l'art d'une ardoise de bar non réglée. Et pendant des années, il avait contracté des emprunts auprès de son amie et confidente la plus proche, sa première épouse. Il avait pu avoir l'impression que, même s'ils étaient séparés depuis des décennies, son argent lui appartenait encore en pratique : Else n'avait pas travaillé depuis les années 1930 et la majorité de ses revenus découlaient du fait qu'Arthur lui avait cédé 49 % des parts de William Douglas McAdams après leur divorce. L'agence de publicité restait une affaire prospère ; un avocat de la famille la décrirait comme une « vache à lait ». Else n'avait donc pas de soucis à se faire. Arthur ne voyait pas d'inconvénient à lui demander de l'argent, et elle acceptait toujours de lui en prêter. « Ne t'inquiète pas. Fais-en simplement bon usage », lui disait-elle.

Le problème, comme Arthur junior le fit remarquer aux autres, était que lorsque son père effectuait un emprunt, un prêt ou même un achat, il n'en laissait aucune trace écrite. L'accord officieux était sa spécialité. Par conséquent, on avait découvert après sa mort qu'il avait des obligations en suspens – des promesses de paiement pour des œuvres d'art déjà acquises, des engagements caritatifs qui n'avaient pas été menés à bien. Devenue veuve, Jillian avait à peine eu le temps de pleurer son mari avant que les factures et les reconnaissances de dettes commencent à affluer. Elle soutenait qu'il incombait à présent aux héritiers d'Arthur de trouver et d'allouer assez de fonds pour tenir les nombreuses promesses qu'il avait faites. Son souci principal était « que le nom des Sackler ne soit terni en aucune façon par des engagements philanthropiques bafoués ».

« Chacun d'entre vous [...] connaît une partie du passé et de l'histoire d'Arthur », déclara Bergman à l'assemblée des Sackler.

L'avocat avait représenté Arthur avant sa mort et souhaitait désormais que sa famille réfléchisse aux actifs et obligations qui n'avaient peut-être pas encore été répertoriés. Arthur avait toujours compartimenté sa vie, dans le but plus ou moins avoué que personne ne soit capable de l'appréhender dans sa totalité. Ses exécuteurs testamentaires devraient donc rassembler « toutes les pièces du puzzle », indiqua Bergman. Ce serait un apprentissage pour eux tous ; mais il était nécessaire qu'ils fassent le tri dans ces biens, et cela « sans que l'oncle Sam en empoche une partie ». L'argent devait terminer là où Arthur l'avait voulu, pas dans les caisses « du gouvernement des États-Unis », conclut l'avocat.

Même si Arthur avait commencé à fréquenter Jillian à la fin des années 1960, il ne l'avait épousée qu'une fois son divorce prononcé, en 1981. Jillian avait à peu près le même âge qu'Elizabeth et Carol. De son vivant, Arthur l'avait tenue à l'écart de ses enfants adultes sous le prétexte légèrement absurde que, puisqu'elle n'avait pas d'enfants elle-même, elle pourrait trouver douloureux de passer du temps avec les siens. Il s'agissait plus probablement d'un autre exemple de ses efforts pour empêcher les différentes sphères de sa vie d'entrer en contact. Ou peut-être avait-il détecté l'attitude hostile et moqueuse de ses enfants, qui considéraient Jillian comme une usurpatrice (« la secrétaire », disaient-ils) ayant attiré leur père dans une union irraisonnée. Quoi qu'il en soit, Jillian ne s'était jamais rapprochée des jeunes Sackler. Et les choses n'avaient pas dû s'améliorer quand on avait découvert que le testament d'Arthur contenait une clause stupéfiante. Ses enfants hériteraient chacun de 600 000 dollars et se partageraient le *Medical Tribune*, dont la valeur était estimée à une trentaine de millions de dollars. Mais le reste de son patrimoine de 100 millions serait légué à Jillian.

Dans un premier temps, les enfants d'Arthur continrent leur ressentiment – puis plus du tout. Ils s'approprièrent la maison de ville de la 57e Rue et en firent changer les serrures pour que Jillian ne puisse plus y accéder. Ce n'était pas la seule ligne de faille qui menaçait de se transformer en crevasse. Après le décès d'Arthur, Mortimer et Raymond avaient manifesté un soutien de façade à sa famille. Cependant, ce n'était un secret pour personne qu'à la fin de sa vie, Arthur n'était plus en bons termes avec « les frères », comme ses enfants les appelaient. Une grande partie de ses actifs les plus rentables avaient commencé par des sociétés qu'il possédait conjointement avec Raymond et Mortimer, et les différentes branches de la famille Sackler allaient devoir mettre les choses à plat. Lors de la réunion de la 57e Rue, Arthur Felix annonça que son oncle Morty lui avait déjà demandé avec qui les frères devraient négocier, exactement.

Ce serait un processus délicat, avertit Bergman. Mortimer et Raymond avaient beau faire partie de la famille, ils n'étaient pas pour autant dignes de confiance. Comme les frères avaient été très proches durant la période où ils avaient bâti leur empire, puis s'étaient éloignés, ils avaient pris l'habitude de dissimuler aux yeux des autres la valeur réelle de leurs diverses sociétés. C'était probablement en partie un réflexe hérité d'Arthur : depuis sa comparution devant la commission de Kefauver, lorsqu'il avait affirmé aux sénateurs que son agence de publicité n'était qu'une petite affaire aux revenus négligeables, il avait toujours eu coutume de minimiser l'ampleur et la valeur de ses actifs. « Papa disait qu'il les sous-évaluait exprès, pour que Morty et Ray ne pensent pas qu'ils étaient plus importants que ça », observa Elizabeth.

Peut-être, répondit Bergman, mais cela ne signifiait pas que cette ruse avait fonctionné. « Je ne sous-estimerais pas l'intelligence de vos oncles. »

Une première question se posait aux héritiers d'Arthur : devaient-ils vendre leurs parts de Purdue Frederick ? Deux semaines avant la réunion, l'avocat de longue date d'Arthur, Michael Sonnenreich, s'était rendu à Londres pour discuter avec Mortimer. Les deux frères souhaitaient racheter la portion de l'entreprise détenue par Arthur. Restait à savoir ce que Purdue valait. Sonnenreich avait préparé une estimation de ce que serait un prix de vente raisonnable, et Bergman avait souligné que céder ces parts « fournirait une nouvelle source de capital » permettant de solder les dettes d'Arthur. En aparté, Sonnenreich s'était plaint aux autres avocats de se trouver dans une situation sans issue : quel que soit le marché qu'il conclurait avec les frères, Jillian lui reprocherait de ne pas leur avoir soutiré assez d'argent.

On tenait pour acquis que Mortimer et Raymond se montreraient durs en affaire et cacheraient à leurs neveux et nièces la véritable valeur de Purdue.

« Votre père avait fait la même chose, alors personne n'est blanc comme neige dans cette histoire », déclara Bergman aux enfants d'Arthur. En fin de compte, leur dit-il, « ce sont vos oncles, mais je suis votre avocat. Et je dois partir du principe que tout le monde va se comporter en homme d'affaires et essayer de prendre l'avantage ».

Else Sackler s'était peu exprimée pendant la réunion. Elle semblait toutefois atterrée que les choses en arrivent là. Arthur avait voulu transmettre un patrimoine familial cohérent, mais son héritage s'avérait être un cadeau empoisonné. Au lieu de les rassembler, la richesse et les biens qu'il avait accumulés au fil de sa vie semblaient dresser les membres de sa famille les uns contre les autres. Else connaissait Morty et Ray depuis un demi-siècle. Elle avait grandi avec ces deux hommes, qu'elle considérait encore comme les petits frères chéris d'Arthur, et avait vécu à leurs côtés chaque triomphe et chaque tragédie. Lorsque les négociations auraient lieu, il serait peut-être utile qu'un membre de la famille d'Arthur y assiste, avança-t-elle. Pas pour participer, simplement pour faire acte de présence. « Les choses changent quand on regarde les gens en face », avança-t-elle.

Si les héritiers d'Arthur pensaient pouvoir montrer un front uni dans ce combat, ils se trompaient lourdement. Les tensions autour de Jillian, qu'ils étaient parvenus à contenir pendant cette réunion en juillet, exploseraient bientôt avec une violence spectaculaire. La vie d'Arthur avait été un long exercice d'ambiguïté soigneusement orchestrée. Toutes ces années passées à jongler avec toutes ces balles – et à présent, elles commençaient à tomber.

« Des promesses ont été faites, des promesses verbales », déclara Elizabeth aux autres héritiers. Dans la vaste collection d'Arthur, il y avait « un certain nombre d'œuvres [qu'elle pouvait] sélectionner ». À présent, elle réclamait son dû. « Je ne vais pas en faire une affaire légale, dit-elle avec une bonne dose d'hostilité rentrée. Je vous en informe juste. »

Quel statut devait-on attribuer aux objets qui appartenaient à Jillian et Arthur à la mort de ce dernier, mais qui pouvaient avoir été promis à ses enfants, sans la moindre forme d'accord écrit ? Le lit Ming, par exemple : Else affirma qu'Elizabeth devait en hériter, même s'il n'était pas en sa possession au moment du décès d'Arthur.

« Ce n'était pas pratique pour toi d'avoir un lit Ming là où tu vivais », fit-elle remarquer à sa fille.

En effet, renchérit celle-ci. Elle avait toujours pensé que ce lit lui reviendrait. D'ailleurs, à l'âge de quatorze ans, elle avait eu « le plaisir d'emmener [son] petit ami le voir ».

Un conflit semblable éclata au sujet des *Peupliers*, la toile de Monet qu'Arthur avait achetée pour Else. Quelques mois après la mort d'Arthur, Else avait contacté Jillian au sujet du tableau, accroché dans le triplex de Park Avenue du couple. Le Monet était en fait un prêt, avait expliqué Else : Arthur le lui avait offert en 1962. À contrecœur, Jillian lui avait permis d'emporter le tableau ; mais elle s'était aussitôt demandé si elle avait pris la bonne décision. Après tout, aucun document ne certifiait que le Monet appartenait à Else ou qu'Arthur le lui avait donné. N'avait-il pas été exposé pendant des années dans son appartement ? « Elle ne m'a présenté aucune preuve. Elle est simplement venue prendre le tableau », se plaignit-elle.

Jillian commençait à avoir l'impression que les héritiers d'Arthur se méfiaient d'elle. Tandis que la famille s'efforçait de recenser les innombrables actifs d'Arthur, l'un des avocats d'Else insinua que sa veuve était peut-être en train de subtiliser des tableaux de sa collection pour les faire sortir discrètement des États-Unis. Bientôt, tout semblant de coopération amicale s'évapora. Chacun se retrancha derrière ses avocats – et il ne s'agissait pas d'experts en succession lambda mais d'assassins du barreau de première classe. Les réunions devinrent plus peuplées, le ton plus acrimonieux, la paperasse plus formelle et compliquée. Marietta avait toujours vu Arthur comme un soleil autour duquel un grand nombre de planètes semblaient graviter dans un équilibre fragile. À présent qu'il avait disparu, ces planètes étaient entrées en collision. Jillian se vit interdire l'accès à l'enclave où Arthur conservait ses œuvres d'art. (Pour des raisons évidentes, celle-ci ne se trouvait plus au Met mais dans un entrepôt de l'Upper East Side.) Elle accusa les enfants d'Arthur de vouloir la « traîner dans la boue » en la dépeignant comme une « veuve cupide, amorale et rapace » qui tentait de « s'enrichir aux dépens des autres ». Elle confia à un ami que sa querelle avec les Sackler avait mis en péril non seulement les œuvres philanthropiques d'Arthur, mais aussi ses propres « rentes », qui avaient été « pratiquement gelées ».

Pour leur part, les enfants d'Arthur affirmaient dans des documents juridiques que Jillian avait été « motivée tour à tour par l'appât du gain, la malveillance ou la rancune ». Il y eut des plaintes et des contre-plaintes, des déclarations écrites et des dépositions, des dizaines d'avocats mobilisés, des milliers d'heures de travail facturées, des vitupérations sans fin. On se disputa chaque action en Bourse, chaque bout de sculpture. La bataille échappa à tout contrôle et fit rage pendant des années, en un feuilleton digne de Dickens : « L'affaire Sackler », comme on surnomma le dossier. En 1993, Christie's prépara une grande vente aux enchères consacrée à la collection de céramiques de la Renaissance assemblée par Arthur, qu'on dut finalement annuler à la dernière minute quand Jillian parvint à faire interdire l'événement par ordonnance judiciaire. Selon une estimation, le litige autour de la succession d'Arthur coûta plus de 7 millions de dollars aux Sackler – même si le chiffre était probablement bien plus élevé, en réalité.

Pendant les quinze dernières années de sa vie, Arthur avait collaboré avec une conservatrice privée qu'il avait débauchée du Brooklyn Museum, Lois Katz. Quand les différents camps se formèrent, les enfants d'Arthur considérèrent que Katz s'était rangée dans celui de Jillian. Lors d'une de ses visites à l'enclave, la conservatrice fut scandalisée qu'Elizabeth et Carol lui ordonnent de laisser son sac à l'extérieur pour éviter qu'elle pille le trésor des Sackler.

Un jour, Elizabeth informa Katz que la Fondation Arthur M. Sackler se passerait désormais de ses services : elle la gérerait elle-même. Parmi tous les enfants d'Arthur, Elizabeth émergea comme la gardienne principale de l'héritage du grand homme. Vive d'esprit et autoritaire, dotée d'une certaine hauteur aristocratique, elle en imposait tout autant que son père. Elle avait suivi une formation de danseuse classique à la School of American Ballet et en 1968, alors qu'elle étudiait à l'université, elle s'était inscrite au concours de Miss Amérique. Sacrée Miss Vermont, elle avait participé à la finale à Atlantic City, où elle avait interprété un numéro de danse chorégraphié par ses soins pour dénoncer la guerre du Viêtnam, et remporté la catégorie « meilleur talent ». Arthur en avait été extrêmement fier. Il s'était vanté d'avoir une fille reine de beauté et avait accroché dans son bureau une photographie d'Elizabeth en train d'exécuter son numéro de danse.

Arthur avait été un père indifférent, dans le meilleur des cas. Selon un ami de la famille, quand Denise, la fille qu'il avait eue avec Marietta, était au lycée, elle devait « prendre rendez-vous » avec sa secrétaire pour lui parler. Cela dit, il avait toujours adoré Elizabeth. Alors qu'elle était âgée de vingt-quatre ans, il l'avait emmenée à une fête organisée par l'artiste Robert Rauschenberg à SoHo. Entendant Arthur la présenter comme sa fille, Rauschenberg avait supposé qu'il s'agissait en réalité d'une de ses conquêtes et s'était esclaffé : « Mais bien sûr ! » Arthur n'avait pas paru gêné de cette méprise. En fait, dans une chronique rédigée par la suite pour le *Medical Tribune*, il s'était félicité que d'autres personnes aient commis la même erreur ce soir-là, concluant de façon assez répugnante : « J'ai renoncé à m'expliquer et simplement profité de l'illusion. »

« Mon père avait ses passions, se rappellerait Elizabeth peu de temps après sa mort. Il adorait l'opéra, la danse classique, le canard laqué et la soupe aux boulettes de pain azyme. C'était un excellent danseur de salon. » Quand il avait décidé d'apprendre cette discipline, il avait fait venir un professeur à son bureau pour ne pas perdre de temps, expliquerait-elle. « Nous allions en Europe en bateau à l'époque, et nous dansions ensemble le soir. »

Elizabeth aimait louer le « génie » de son père. S'il avait transformé le nom des Sackler en symbole durable de réussite et de prestige, elle était déterminée à entretenir et à parfaire cet héritage. Cela la conduisait parfois à entrer en conflit avec des personnes dont il avait été proche, comme Lois Katz. Après la mort d'Arthur, le psychiatre viennois Paul Singer, qui l'avait guidé dans ses acquisitions d'art asiatique, voulut donner une partie de sa propre collection au Smithsonian. Elizabeth protesta en se référant à un marché conclu par les deux hommes plusieurs décennies auparavant : Arthur s'était engagé à financer les achats de Singer à condition qu'ils intègrent à terme sa collection personnelle. Elizabeth ne voyait pas d'inconvénient à ce que le Smithsonian récupère ces œuvres ; toutefois, elle souhaitait qu'on les attribue non pas à la « collection Singer », mais à la « collection d'art chinois du Dr Paul Singer, de la galerie Arthur M. Sackler ». Comme son père, elle attachait une importance talismanique aux noms. Singer, qui avait quatre-vingt-dix ans passés, ne supportait plus les Sackler. Il envoya une lettre furieuse à l'avocat d'Elizabeth : « Si les héritiers d'Arthur ne me fichent pas la paix, ils peuvent tous aller se faire pendre. »

En filigrane des procédures judiciaires entourant la succession d'Arthur, on voyait sans cesse affleurer l'accord des mousquetaires forgé entre Arthur, Raymond,

Mortimer et Bill Frohlich dans les années 1940, et officialisé par deux contrats vingt ans plus tard. Selon Richard Leather, l'avocat qui avait rédigé ces documents, l'intention des quatre hommes avait toujours été que les parts d'entreprise de chacun soient transmises aux autres après sa mort et que le dernier survivant place l'ensemble des actifs restants dans une fondation. Au cours des réunions entre les exécuteurs testamentaires et des négociations autour de la succession d'Arthur, on évoqua souvent Frohlich, l'« accord quadripartite » et le souhait d'Arthur d'établir des fondations.

Lors d'une déposition, un avocat demanda à Else si Arthur avait jamais « noué des relations d'affaires avec M. Frohlich ».

« Je n'en ai pas le souvenir », répondit-elle.

C'était soit un instant de sénilité providentiel, soit un mensonge pur et simple. Else avait encore la mémoire relativement claire à soixante-dix ans passés et, plus que tout autre membre de la famille, elle avait très bien connu les activités professionnelles et les proches collaborateurs de son ex-mari. Arthur et Frohlich avaient noué des relations d'affaires multiples, fortes et étroitement imbriquées. Elle ne pouvait l'ignorer.

« Savez-vous s'ils avaient établi un partenariat ou fondé une entreprise ensemble ? lui demanda l'avocat.

— Je ne sais pas. Je ne suis pas sûre de comprendre la question.

— Pouvez-vous me dire quelles actions, titres ou propriétés ont été acquis conjointement par le Dr Sackler, ses frères et M. Frohlich ?

— Je ne sais rien du tout sur M. Frohlich, soutint Else, avant d'admettre : Enfin, ils ont monté des affaires ensemble… des sociétés. »

L'avocat lui demanda si elle avait connaissance d'un « projet établi du vivant du Dr Sackler » visant à ce que ses actions dans les sociétés qu'il avait créées « soient vendues, et les bénéfices reversés à une fondation ».

« Absolument pas », répondit Else.

L'avocat abordait là une question clé qui sous-tendait toute l'affaire : selon le pacte originel des mousquetaires, Jillian, Else et les enfants d'Arthur auraient dû hériter de beaucoup moins. Les entreprises qu'Arthur partageait avec ses frères auraient dû être léguées à Mortimer et Raymond, et après la mort de ces derniers, à une fondation. « Il n'y avait aucun droit à faire valoir sur ces actifs, déclarerait Richard Leather. Ils devaient être transmis progressivement. À l'exception d'une portion raisonnable destinée aux besoins de la famille, ils devaient parvenir intacts au dernier survivant. » À la mort du dernier mousquetaire, « ces actifs devaient être placés dans une fondation ». Selon Leather, le principe même de ce règlement de succession était donc « une imposture ».

Il semblait toutefois qu'avant la mort d'Arthur Sackler, ses frères et lui aient décidé d'un commun accord d'enterrer discrètement le pacte. Ce marché n'avait peut-être été que le produit d'un idéalisme juvénile – un projet bien intentionné, mais voué à l'échec dès le début par son manque de réalisme. L'accord avait été fragilisé pour de bon dans les années 1960 lorsque les mousquetaires avaient décidé de faire établir à Richard Leather deux contrats : l'un traitant des entreprises américaines

– qui concernerait les quatre hommes –, et un autre traitant des actifs étrangers – qui lierait uniquement Raymond, Mortimer et Frohlich. Les enfants d'Arthur estimaient que « la rupture », comme ils l'appelaient, avait débuté après le décès de Frohlich, quand Raymond et Mortimer avaient hérité de dizaines de millions de dollars sous forme d'actions d'IMS sans qu'Arthur en voie la couleur.

Très vite, les frères avaient commencé à délocaliser leurs activités américaines afin de brouiller les pistes sur ce que l'accord quadripartite couvrait ou non. C'était notamment pour cela que le rôle de directeur international de Mortimer était si important : en transférant autant de leurs investissements pharmaceutiques que possible à l'étranger, Raymond et Mortimer privaient Arthur de sa part. Comme ses enfants l'admirent lors d'une réunion, Arthur avait usé de la même tactique en fondant le *Medical Tribune International* et en y concentrant ses actifs, ses efforts et ses capitaux, car ses frères n'en étaient pas actionnaires.

Tout cela signifiait qu'à l'heure de la mort d'Arthur, l'esprit du pacte avait été abandonné depuis longtemps, et la lettre en grande partie oubliée. Il n'était pas question que Raymond et Mortimer héritent des titres des sociétés d'Arthur aux États-Unis ni que les titres cumulés des trois frères soient placés à terme dans une fondation. À la place, on s'affronterait à couteaux tirés pour décider des actifs que chacun obtiendrait et de la valeur qu'il convenait de leur attribuer. Purdue Frederick était une entreprise américaine, et les héritiers d'Arthur en contrôlaient un tiers. Mortimer et Raymond souhaitaient à présent racheter leur part.

On était en 1987 et l'entreprise se trouvait à un tournant particulièrement intéressant : en Angleterre, Napp Laboratories avait rencontré un succès phénoménal avec la MS Contin, le comprimé de morphine à libération prolongée. Cependant, le médicament venait seulement d'être lancé sur le marché américain. Bergman, l'ancien avocat d'Arthur, craignait que l'accord des mousquetaires ait créé une atmosphère de dissimulation. « Ce qui m'inquiète le plus, c'est de savoir quelle part légitime de Purdue Frederick a été transférée à l'étranger parce que les deux frères contrôlent l'organisation internationale et nos intérêts se situent aux États-Unis », expliqua-t-il aux héritiers d'Arthur. Aucun d'eux ne semblait très au courant de la nature exacte des activités de Purdue. Napp venait de créer un antidouleur révolutionnaire et extrêmement rentable que la société avait déjà entrepris de commercialiser aux États-Unis ; mais au cours d'une réunion, Else observa : « Je ne sais pas vraiment ce que fait Napp, pour être honnête. »

Malgré tout, Michael Sonnenreich, l'avocat qui gérait les négociations avec Mortimer, affirmait que Purdue Frederick ne valait tout simplement pas tant que ça. « Le prix proposé est-il correct ? Tout à fait, annonça-t-il, avant d'ajouter : Je connais la valeur des entreprises. Celle-ci est de petite taille. » Les héritiers d'Arthur acceptèrent finalement de vendre à Mortimer et Raymond le tiers des actions de Purdue Frederick qui leur revenait pour 22 millions de dollars. Au vu de ce que l'entreprise s'apprêtait à devenir, c'était une extrêmement mauvaise affaire.

14

Le compte à rebours

Imaginez que vous ayez inventé un nouveau médicament. Normalement, pour le commercialiser aux États-Unis, vous aurez besoin qu'il soit approuvé par la FDA. Avant même de constituer une demande d'approbation, vous aurez cependant intérêt à obtenir un brevet. Un brevet vous assure l'exclusivité d'exploitation de votre invention pour une période temporaire. Il s'agit d'un système destiné à encourager l'innovation en mêlant « au feu du génie le combustible de l'intérêt pour la découverte et la production de choses nouvelles et utiles », comme le disait Abraham Lincoln. Néanmoins, déposer un brevet présente des complications. Afin qu'on vous l'accorde, vous devrez faire publiquement état de votre invention, révélant ainsi au monde entier le projet sur lequel vous travailliez en secret. Ce type d'informations est publié sur le site internet du Bureau américain des brevets et des marques déposées, là encore dans le but de promouvoir l'innovation : partager ses connaissances, plutôt que de les garder pour soi, peut inciter les autres à concevoir de nouvelles idées à leur tour. Après cette étape, le détenteur du brevet est protégé – du moins en théorie – du risque qu'on lui vole son invention grâce au monopole d'exploitation qu'il a obtenu. C'est ce monopole qui explique les profits faramineux de l'industrie pharmaceutique. La recherche et le développement de nouveaux médicaments demandent du temps, et beaucoup d'argent. Seul un pari sur dix pourrait s'avérer payant, comme le soulignait Mortimer Sackler – une estimation optimiste, selon les critères de l'industrie. Par conséquent, quand un médicament fonctionne, est approuvé et répond à un problème médical qu'aucun produit disponible jusqu'alors ne parvenait à traiter, son fabricant le vend souvent à un prix exorbitant. Le consommateur paie non seulement le coût de production d'un flacon de comprimés, mais aussi tous les essais et les échecs qui ont contribué à sa conception initiale.

Il y a toutefois une autre raison pour laquelle les sociétés pharmaceutiques fixent des prix si élevés : le monopole accordé par un brevet est seulement temporaire. Après avoir obtenu votre brevet, vous disposez en général de vingt ans d'exploitation exclusive, même si cette période est en pratique souvent plus courte car le dépôt du brevet a généralement lieu avant la procédure d'approbation de la FDA. Une fois cette durée écoulée, n'importe quelle autre entreprise peut fabriquer une version générique de votre médicament et la vendre à un prix plus modeste. Vous leur avez facilité la tâche en publiant la formule en échange du brevet.

Les frères Sackler détestaient les génériques. Sous la direction d'Arthur, le *Medical Tribune* avait mené ce qu'une personne décrirait comme « une incessante campagne médiatique et éditoriale » contre les versions moins coûteuses et sans marque des médicaments populaires. Arthur ne reprochait pas aux génériques de menacer ses profits ou ceux de ses clients dans l'industrie pharmaceutique, mais de présenter un contrôle qualité insuffisant. Cependant, sa croisade était aussi clairement intéressée et portée sur l'exagération hystérique. En 1985, le *Medical Tribune* publia un article intitulé « Des génériques trop faibles poussent des schizophrènes au "délire" ». On y rapportait qu'un « vent de panique » avait soufflé sur un hôpital pour anciens combattants en Géorgie quand le service psychiatrique avait substitué un générique bon marché à la Thorazine, l'antipsychotique de marque. Onze patients autrefois stables étaient brusquement devenus incontrôlables, avant de retrouver leur état normal (« en un clin d'œil ») lorsqu'on avait recommencé à leur administrer de la Thorazine. Selon un reportage ultérieur du *New York Times*, la FDA avait enquêté sur l'incident et conclu que l'article du *Medical Tribune* avait été fabriqué de toutes pièces. L'hôpital avait en réalité lancé le passage au générique sans incident « six mois avant le début des problèmes supposés ».

En dépit des efforts d'Arthur, la concurrence des génériques était une réalité que toute société pharmaceutique devait fatalement affronter : une horde de compétiteurs surveillaient simplement leur montre, attendant l'heure où un brevet expirerait. Comme Bill Frohlich l'avait observé en 1960, un fabricant de médicaments de marque dispose d'un intervalle limité pour engranger des profits. Même dans le cas où un produit s'avère extrêmement rentable – surtout dans ce cas, en fait –, le fabricant sait qu'il a peu de temps pour le vendre : à un moment donné, le brevet expirera et les génériques afflueront pour décimer ses recettes. Dans l'industrie pharmaceutique, on surnomme cette étape inévitable mais terrifiante du processus la « falaise des brevets », car c'est ce qu'on observe sur les graphiques de chiffres d'affaires après l'expiration d'un monopole d'exploitation : une chute si vertigineuse qu'on croirait tomber dans le vide.

Richard Sackler avait été l'un des partisans clés de la transition de Purdue Frederick vers le traitement de la douleur. En 1984, il aida à organiser une conférence à Toronto, le Symposium international sur le contrôle de la douleur. L'événement, qui eut lieu dans l'auditorium de la faculté de médecine de l'université de Toronto, était sponsorisé par Purdue. Richard avait personnellement invité des spécialistes du sujet à participer. « Il s'agit d'un forum réellement international, qui permettra des échanges intéressants autour d'idées développées dans le monde entier sur la théorie et la gestion de la douleur, y compris de la douleur liée au cancer », avait-il expliqué par courrier à l'un d'eux. Sous ses dehors de colloque scientifique, l'événement servait en réalité des intérêts commerciaux. Bon nombre des conférenciers témoignèrent des résultats qu'ils avaient obtenus en utilisant l'antidouleur MS Contin. L'un des médecins invités à s'exprimer était Robert Kaiko, un spécialiste des analgésiques qui avait travaillé au centre de recherche sur le cancer Memorial Sloan Kettering avant d'être embauché chez Purdue Frederick.

Kaiko possédait un doctorat en pharmacologie de l'université Cornell. C'était aussi un inventeur, qui avait joué un rôle essentiel dans le développement clinique de la MS Contin chez Napp.

Un mouvement pour réexaminer le traitement de la douleur était en marche dans la médecine américaine. Une cohorte émergeante de soignants arguait que la communauté médicale avait pendant trop longtemps négligé la douleur en l'envisageant seulement comme le symptôme d'autres problèmes, plutôt que comme une affection méritant en elle-même un examen clinique attentif. Des médecins telle Cicely Saunders, la militante des soins palliatifs de Londres, affirmaient que de nombreuses personnes subissaient des souffrances inutiles parce que les professionnels de santé ne prenaient par leur douleur au sérieux. « La douleur est le symptôme le plus courant que les patients présentent », expliquait Richard. La difficulté résidait dans son aspect profondément subjectif. « Aucun médecin ne peut vous ausculter et dire : "Oh, vous êtes à trois sur l'échelle de la douleur." Vous devez vous fier à la description du patient. »

Richard Sackler avait entamé une correspondance avec John J. Bonica, un médecin que beaucoup considéraient comme l'initiateur de ce nouveau mouvement aux États-Unis. Bonica était un personnage haut en couleur : né sur une île minuscule au large de la Sicile, il avait émigré en Amérique en 1927, à dix ans, et travaillé comme cireur de chaussures, vendeur de journaux et marchand de fruits et légumes avant de devenir catcheur professionnel. Sous le nom de Masked Marvel, il avait remporté le championnat du monde de catch dans la catégorie des poids mi-lourds. En cours de route, il s'était aussi intéressé à la médecine et avait réussi à décrocher son diplôme tout en gagnant sa vie en tant qu'hercule de foire. Motivé en partie par les terribles répercussions des blessures qu'il avait subies pendant sa carrière de catcheur, Bonica avait entrepris de se concentrer sur l'étude de la douleur, encore peu développée. En 1953, il avait publié un ouvrage précurseur, *La Gestion de la douleur*. Après que sa propre épouse avait failli perdre la vie en accouchant, Bonica avait œuvré à la création de la péridurale. Au fil des années, il avait acquis la conviction que près d'un tiers de la population américaine souffrait probablement de douleurs chroniques non dépistées – pas seulement de douleurs causées par un cancer ou la pratique d'un sport, mais de douleurs dues à un mal de dos, une opération, un accident du travail. Il reprochait aux médecins de considérer que ces souffrances allaient de soi, soulignant qu'aucune « faculté de médecine ne [proposait] de cursus dédié à la douleur ». Même les cancérologues ignoraient comment gérer les supplices physiques engendrés par cette maladie. « Ils ne savent pas comment les traiter parce qu'on ne leur a pas appris à le faire », affirmait Bonica. Il était persuadé qu'à cause de ce manque d'intérêt, l'Amérique était en proie à un fléau invisible de souffrances non diagnostiquées, une « épidémie de douleur ».

Une partie du problème, estimaient Bonica et Richard, résidait dans la trop grande réticence des médecins à administrer de la morphine aux malades. Il s'agissait pourtant d'un traitement très efficace contre la douleur. L'ennui, du point de vue de Richard, était que son usage avait été stigmatisé. Cette marque d'infamie découlait d'une « idée répandue, à la fois chez les professionnels et chez les non-spécialistes, que la morphine était une substance administrée en fin de vie ». Comme on considérait depuis longtemps qu'elle présentait de hauts risques d'addiction, les médecins la réservaient aux cas les plus graves. Par conséquent, les patients et leur famille préféraient souvent qu'on évite ce traitement, car dans l'imaginaire collectif il s'agissait d'un « arrêt de mort ».

La MS Contin visait à pallier cette faille thérapeutique en proposant un mécanisme de diffusion moins intimidant, sous la forme d'un comprimé. Les invités à la conférence de Toronto partageaient la conviction que la morphine était un excellent traitement, trop peu utilisé. Certes, cette substance était vue comme potentiellement addictive, mais selon les intervenants, ces craintes n'étaient pas justifiées. « L'addiction n'est jamais un problème chez les patients qui ont besoin de morphine pour contrôler leur douleur », assura un médecin autrichien du nom d'Eckhard Beubler lors de son intervention.

Ce message fut répété de nombreuses fois au cours de la conférence : la morphine utilisée pour traiter la douleur ne provoquait pas de dépendance. Selon un autre participant, Jerome Romagosa – un oncologue radiothérapeute à la retraite qui venait de Louisiane –, il était important de « contrer les nombreux mythes » au sujet de la morphine et d'autres opioïdes. « Beaucoup de ces mythes ont intégré le folklore des corps médicaux et infirmiers », regrettait-il. Richard Sackler avait personnellement invité Romagosa à la conférence. En un écho des démentis d'Arthur Sackler sur les dangers du Valium, l'oncologue affirmait qu'on avait exagéré le risque d'addiction lié à la morphine : l'addiction était « une maladie psychologique » qui ne se développait que lorsque la substance était utilisée à mauvais escient « par ceux qui n'en [avaient] pas besoin ».

Ce discours arrangeait les affaires des Sackler. La conférence possédait par ailleurs le genre de patine scientifique rassurante qu'Arthur aurait admiré : il s'agissait d'un groupe de médecins, qui parlaient de médecine, dans une école de médecine. En même temps, tous les participants avaient conscience que Purdue Frederick s'apprêtait à lancer sur le marché américain son propre produit à base de morphine, la MS Contin. Dans son allocution de bienvenue, le président de la faculté avait fait remarquer que la MS Contin était déjà en train de « révolutionner le marché canadien des analgésiques narcotiques ». Purdue avait également subventionné la totalité de l'événement. Pendant le discours de clôture, le professeur de pharmacologie britannique John W. Thompson plaça un jeu de mots sur le système Contin breveté par Purdue en remerciant l'entreprise pour « sa généreuse hospitalité, à diffusion prolongée ».

Arthur Sackler avait compris dès les années 1950 qu'un cadre d'industrie pharmaceutique avisé pouvait recruter des praticiens en apparence indépendants pour asseoir la légitimité de son produit, et cet événement était exactement le genre d'entreprise de validation soigneusement orchestrée qu'il avait imaginé. Après la conférence, certains des médecins qui y avaient participé annoncèrent leurs conclusions dans une déclaration commune : « La morphine est le traitement le plus sûr et le mieux indiqué pour contrôler les douleurs chroniques sévères. »

Le lancement de la MS Contin aux États-Unis fut un immense succès qui changea la trajectoire de Purdue Frederick. L'entreprise avait l'occasion de réaliser les espoirs de Richard Sackler en devenant un acteur majeur de l'industrie. Elle avait parfaitement réussi à surfer sur la mutation qui commençait à s'opérer dans le traitement de la douleur. Son chiffre d'affaires explosait, à un niveau jamais atteint avec le Senokot ou la Betadine. Pourtant, une course contre la montre se jouait en arrière-plan, tandis qu'approchait inexorablement la date où les Sackler perdraient le monopole d'exploitation des comprimés de morphine à libération prolongée qu'ils avaient fait découvrir au monde. Déjà très pointilleux, Richard suivait désormais avec un soin maniaque les chiffres de vente du produit. « J'espère que les recettes n'ont pas baissé la semaine dernière. Quand ça va mal, Richard débarque et éteint la veilleuse du chauffe-eau pour économiser le gaz », s'amusait à dire Bob Kaiko.

En 1990, Kaiko écrivit, dans une note adressée à Richard : « À terme, la MS Contin fera peut-être face à une telle concurrence des génériques que d'autres opioïdes à libération prolongée doivent être envisagés. » Si Purdue était condamnée à perdre le monopole de son antidouleur phare, il serait peut-être possible d'utiliser le système Contin avec d'autres opioïdes, afin d'obtenir de nouveaux brevets.

Des décennies plus tard, la cousine de Richard, Kathe Sackler, affirmerait avoir été la première à proposer l'oxycodone. Kathe possédait aussi un diplôme de médecine, décroché à NYU en 1984. Elle était par certains aspects très semblable à Richard : grosse tête, brusque, sûre de son droit, peu au fait des conventions sociales. Elle épouserait une femme du nom de Susan Shack et aurait deux enfants. Son prénom était un hommage à Käthe Kollwitz, une artiste allemande de gauche dont l'œuvre se concentrait sur le prolétariat – un vestige des anciennes sympathies communistes de Mortimer, peut-être. Mais Kathe était à l'aise avec sa fortune. Elle aimait arborer une grosse boucle de ceinture ornée du H de Hermès. Son rôle au sein de Purdue fluctuerait au fil du temps ; certains employés se souviendraient l'avoir vue régulièrement dans les bureaux, tandis que d'autres estimeraient qu'elle n'était pas impliquée du tout. Son degré de participation semblait principalement dépendre de son humeur.

Quand Arthur Sackler était encore en vie, Mortimer et Raymond avaient joint leurs forces pour présenter un front uni contre lui. Cependant, après sa mort, des dissensions importantes avaient émergé entre les deux frères. Pendant les réunions du conseil d'administration, ils s'asseyaient chacun à un bout de la table et se disputaient violemment, échangeant des insultes au vu et au su de tous. Mortimer avait un tempérament volcanique et, malgré sa délicatesse apparente, Raymond était très têtu. Un jour, les deux frères se querellèrent avec tant de rancœur qu'ils en vinrent aux mains, échangeant des coups de poing. (L'un d'eux rata sa cible et toucha un juriste.)

Comme Mortimer passait le plus clair de son temps en Europe, Kathe était devenue son émissaire chez Purdue.

Elle restait à Norwalk pour défendre ses intérêts et ceux de sa branche de la famille. Au sein de l'entreprise, on surnommait Mortimer et ses héritiers le « camp A », d'après le nom des parts qu'ils possédaient chez Purdue. Raymond et ses héritiers constituaient le « camp B ». En tant que mandataire de son père, Kathe exigeait des mises à jour régulières de la part des cadres de l'entreprise, « pour le Dr Mortimer ». Elle avait la même écriture que lui et il était parfois difficile de déterminer lequel des deux avait signé un document. De son côté, Richard servait de plus en plus de délégué à Raymond, même si ce dernier était toujours présent et avait le plein contrôle de la société. La tension entre les deux pôles de la famille, Mortimer et Raymond, était désormais reflétée par une nouvelle opposition entre leurs enfants, Kathe et Richard. Et si l'ancienne génération pouvait parfois paraître altière et inaccessible, la nouvelle était tout sauf inoffensive. « Raymond et Mortimer avaient la réputation d'être sympathiques et bienveillants. Kathe et Richard étaient très imbus d'eux-mêmes », se souviendrait un ancien employé.

Pour sa part, Kathe se plaignait d'être mise à l'écart au bureau de Norwalk. « Il y avait des sortes de réunions officieuses tous les jours, quand les autres se retrouvaient pour déjeuner », expliquerait-elle. Dans la salle à manger de la direction, Raymond Sackler tenait salon avec Richard, l'avocat Howard Udell et différents fidèles conseillers. « Je n'étais pas invitée à ces déjeuners, poursuivrait Kathe. Ils m'incluaient dans la mesure où ils devaient le faire, parce que nous étions partenaires à 50 % et que j'étais sur place. Mais ça s'arrêtait là. » On ne lui rendait pas « la vie facile » dans l'entreprise, affirmait-elle. Richard avait clairement des vues sur le poste de directeur, mais Kathe était capable de contester ses décisions d'une manière que n'aurait jamais osé utiliser un employé extérieur à la famille. Elle pouvait se montrer acerbe : « Je ne pense pas que Richard doive avoir le dernier mot sur les activités de l'entreprise. Ni même le premier. »

Alors que la MS Contin s'approchait dangereusement de la falaise des brevets, Kathe et Richard dînèrent ensemble un soir dans le Connecticut. Richard travaillait à cette époque au service recherche et développement, se concentrant sur le traitement de la douleur. Le défi consistait à trouver un successeur à la MS Contin. La véritable innovation apportée par ce médicament n'était pas la morphine mais le système Contin, et l'entreprise cherchait d'autres substances avec lesquelles l'utiliser. À chaque réunion, on discutait des différentes possibilités et Richard proposait des idées. Ce soir-là, Kathe lui suggéra d'essayer l'oxycodone.

D'après Kathe, Richard n'avait jamais entendu parler de cette substance. Elle lui expliqua qu'il s'agissait d'un opioïde synthétisé en Allemagne en 1917, un cousin chimique de la morphine – et de l'héroïne. L'oxycodone était toutefois bien plus puissante que la morphine. On l'utilisait déjà pour ses propriétés analgésiques dans des traitements modérés comme le Percodan et le Percocet. Ces médicaments ne contenaient qu'une faible quantité d'oxycodone : elle était associée à de l'aspirine dans le Percodan et à du paracétamol dans le Percocet – deux substances qui pouvaient devenir toxiques à trop haute dose. En revanche, si on utilisait de l'oxycodone pure avec le système Contin, il serait peut-être possible d'en administrer une quantité plus importante, qui serait libérée progressivement dans le système sanguin du patient.

Richard garderait un souvenir différent de cette étape cruciale dans l'histoire de l'entreprise. « Le projet avait commencé à la fin des années 1980 », affirmerait-il. D'après lui, l'idée n'était pas venue de Kathe mais de Bob Kaiko. En effet, dans sa note de 1990, celui-ci avait évoqué l'oxycodone, « moins susceptible d'être concurrencée par des génériques dans un premier temps ».

Après son déménagement à Norwalk, Purdue Frederick avait gardé une présence à Yonkers, par le biais d'un centre de recherche situé sur Saw Mill River Road. À l'opposé du siège de Norwalk, qui occupait un élégant immeuble de bureaux, cette division était abritée dans une usine de tapis reconvertie, entourée de hautes grilles frangées de barbelés. Le quartier n'était pas sûr ; dans les années 1980, on avait retrouvé un cadavre au beau milieu d'un caniveau. « Certaines personnes qui venaient passer un entretien s'arrêtaient sur le parking, jetaient un coup d'œil aux alentours et repartaient aussitôt. L'endroit ne payait vraiment pas de mine », se rappellerait un ancien employé.

Le chimiste Larry Wilson avait été embauché au centre de recherche en 1992 et y avait passé les quinze années suivantes. Il avait été affecté au « projet oxycodone », comme on l'appelait à l'époque. Les premières formules qu'on avait expérimentées n'avaient pas abouti et, à l'arrivée de Wilson, l'équipe travaillait jour et nuit sur le nouveau médicament. « Plus on s'approchait de l'expiration du brevet de la MS Contin, plus les efforts s'intensifiaient », raconterait-il. Bob Kaiko gérait le projet au quotidien. Wilson l'appréciait : Kaiko possédait une grande expérience dans l'usage clinique des narcotiques, et il était fermement convaincu de l'intérêt thérapeutique que présenterait un comprimé d'oxycodone à libération prolongée.

Wilson croisait aussi fréquemment Richard Sackler, qui lui plaisait tout autant. Il pouvait se montrer autoritaire mais ne semblait avoir aucune « conscience de classe » : il parlait à tous les employés, quel que soit leur statut hiérarchique, se souvenait de leur nom et les interrogeait en détail sur leur travail. Ce n'était pas le genre de cadre distant qui voulait qu'on le tienne informé mais se désintéressait des détails du terrain : pour le projet oxycodone, Richard mettait les mains dans le cambouis lui-même. « Il travaillait très dur, dirait Wilson. Je crois qu'il ne dormait jamais : je n'étais pas le seul à qui il envoyait des mails à 3 heures du matin. Il avait simplement une foule d'idées. »

Tout le monde ne trouvait pas le style interventionniste de Richard si agréable. Il avait été l'un des premiers à adopter le courrier électronique et pouvait afficher une attitude déconcertante pendant les réunions. Il gardait les yeux fixés sur son énorme ordinateur portable, comme s'il n'écoutait pas un mot de ce qui se disait dans la pièce, puis redressait soudain la tête pour poser une question bien précise. De temps à autre, il se levait et allait brancher son ordinateur à une prise téléphonique murale, obligeant l'assistance à subir les bruits discordants de la connexion internet tandis qu'il envoyait un mail. Son ardeur au travail pouvait s'avérer éprouvante pour ses subordonnés. Si vous lui envoyiez un mail à minuit après une longue soirée de labeur, il vous répondait aussitôt, avec des questions. Si vous ne donniez pas suite, il vous appelait chez vous. Il avait conscience que beaucoup de ses employés le trouvaient casse-pieds, mais son comportement était motivé par une sorte d'obsession, une détermination farouche à faire du comprimé d'oxycodone un digne successeur de la MS Contin.

La jeune génération des Sackler jouait un rôle de plus en plus important dans l'entreprise. Richard intégra officiellement le conseil d'administration en 1990, en même temps que son frère Jonathan et ses cousines Kathe et Ilene. L'année suivante, la famille créa une nouvelle entreprise, Purdue Pharma. Purdue Frederick continuerait d'opérer, se focalisant sur les remèdes classiques vendus sans ordonnance. La nouvelle société reflétait en revanche les ambitions de Richard et des autres jeunes Sackler. « Purdue Frederick était l'entreprise d'origine, que mon père et mon oncle ont acquise en 1952 », expliquerait Richard. Purdue Pharma avait été fondée pour « endosser les risques liés aux nouveaux produits ».

C'était une distinction subtile : une entreprise Sackler de plus. Elle témoignait néanmoins de la direction dans laquelle Richard souhaitait pousser le groupe familial. Il affirmait vouloir « des produits plus innovants, lancés plus fréquemment, en y consacrant davantage de savoir-faire et de ressources ». L'époque était révolue où Purdue se contentait de fabriquer tranquillement des laxatifs et des nettoyants auriculaires. Richard était convaincu qu'une « nouvelle agressivité » était nécessaire. En 1993, il accéda au poste de directeur général délégué. Les Sackler préparaient un médicament qui semblait promis à un succès retentissant. Ils avaient décidé de l'appeler l'OxyContin. En décembre 1993, l'équipe responsable du projet indiqua dans une note de service que les nouveaux comprimés seraient positionnés en « concurrents du Percocet » et pourraient à terme « remplacer la MS Contin » si la concurrence des génériques devenait intenable. Ce serait un traitement très efficace contre les douleurs liées au cancer.

Toutefois, une idée plus alléchante s'était également présentée. Richard avait toujours été intéressé par le marketing et, en 1984, il avait recruté un nouveau directeur pour ce département chez Purdue. Michael Friedman était un grand gaillard originaire de Brooklyn, qui avait été professeur de lycée à Long Island avant de se lancer dans le commerce en écoulant des outils électriques puis de retourner à l'université pour décrocher un master. En une illustration typique de ses habitudes d'embauche, Richard l'avait engagé après s'être retrouvé assis à côté de lui dans un avion. Friedman était le fils de survivants de la Shoah qui s'étaient rencontrés dans un camp de réfugiés après la guerre. À l'heure de leurs noces, ils n'avaient pas assez d'argent pour acheter une robe de mariée. Son père avait donc troqué deux livres de café contre un parachute, et sa mère offert deux paquets de cigarettes pour que quelqu'un lui en fasse un vêtement. (La robe serait un jour exposée au musée de l'Holocauste à Washington.) Friedman était bavard et d'un abord facile. « Le Dr Richard écoutait Michael Friedman, et Michael Friedman écoutait tout le monde », raconterait un ancien cadre de Purdue qui avait travaillé avec les deux hommes. À cause de sa taille et de son teint, Richard s'amusait à surnommer Friedman « le grand roux ».

En 1994, Friedman envoya une note précédée de la mention « Hautement confidentiel » à Raymond, Mortimer et Richard Sackler. Il y faisait remarquer que le traitement des douleurs liées au cancer représentait un marché de taille, avec quatre millions d'ordonnances rédigées par an. En fait, la MS Contin comptait à elle seule pour sept cent cinquante mille de ces ordonnances. « Nous pensons que la FDA limitera notre lancement initial de l'OxyContin au marché du cancer », écrivit Friedman. Et si, au fil du temps, le médicament dépassait ces frontières ? Il existait un marché encore plus important pour d'autres types d'affections : maux de dos, torticolis, arthrite, fibromyalgie. À en croire John Bonica, le catcheur devenu spécialiste de la douleur, un Américain sur trois souffrait de douleurs chroniques non traitées. Si la réalité s'approchait ne serait-ce qu'un tant soit peu de ce chiffre, cela représentait un gigantesque marché non exploité. Pourquoi ne pas chercher un moyen de vendre ce nouveau médicament, l'OxyContin, à toutes ces personnes ? L'idée devrait rester secrète pendant un temps, mais dans sa note, Friedman confirmait que l'entreprise avait l'intention de « développer l'usage de l'OxyContin au-delà des douleurs liées au cancer pour inclure les douleurs chroniques non malignes ».

C'était un projet extrêmement ambitieux. Dans les années 1940, Arthur Sackler avait assisté au lancement de la Thorazine, un tranquillisant « majeur » qui opérait des miracles sur les patients psychotiques. Mais c'était en participant à la commercialisation du Librium et du Valium, des tranquillisants « mineurs », qu'il avait permis à sa famille d'amasser sa première grande fortune. La Thorazine était considérée comme une solution sérieuse à un problème sérieux ; son marché se limitait naturellement aux personnes souffrant de maladies assez graves pour qu'on doive les traiter avec ce genre de produit. Les tranquillisants mineurs, eux, avaient cela de merveilleux qu'ils s'adressaient à tout le monde. La clé de leur succès résidait dans le fait qu'il s'agissait de simples pilules qu'on pouvait avaler pour soulager un éventail extraordinaire de problèmes psychologiques et émotionnels communs. À présent, les frères d'Arthur et son neveu Richard s'apprêtaient à opérer le même virage avec un antidouleur. Ils avaient rencontré un grand succès avec la MS Contin, vue comme un traitement sérieux contre les douleurs liées au cancer. Or le cancer était un marché limité. S'ils pouvaient trouver un moyen de vendre l'OxyContin non seulement aux malades du cancer, mais également aux personnes souffrant de n'importe quel autre type de douleur, ils engrangeraient des profits astronomiques. Il était « impératif [...] d'établir une documentation » qui étaierait ce genre de positionnement, expliqua Friedman aux Sackler. L'OxyContin serait recommandée pour « la gamme la plus large possible d'usages ».

Un obstacle de taille se dressait néanmoins devant eux. Comme l'oxycodone était à peu près deux fois plus puissante que la morphine, l'OxyContin aurait des effets bien plus forts que la MS Contin. Les médecins américains observaient encore la plus grande prudence quant à l'administration des opioïdes, en raison d'inquiétudes bien ancrées sur le caractère addictif de ces substances. Depuis des années, les défenseurs de la MS Contin arguaient que lorsqu'on avait affaire à un patient en fin de vie, engagé dans une lutte à mort contre le cancer, il était un peu absurde de redouter qu'il devienne dépendant à la morphine. Cependant, si Purdue voulait vendre un opioïde aussi puissant que l'OxyContin pour des douleurs plus légères et persistantes, le fait que les médecins perçoivent les opioïdes comme très addictifs poserait problème. Pour que l'OxyContin accomplisse ses promesses commerciales, les Sackler et Purdue allaient devoir changer cette perception.

15

Le dieu des rêves

Le pavot à opium est une plante élancée et attrayante – un petit bourgeon perché sur une longue tige qui oscille doucement dans la brise. Sa fleur est très belle, rouge vif ou rose pâle, et paraît sereine, d'une indifférence exaspérante, presque vaniteuse. Les pavots sont d'origine naturelle. Ils se ressèment d'eux-mêmes, éparpillant leurs graines lorsque le vent les agite comme une salière. Il y a des millénaires, à l'aube de l'humanité, quelqu'un a découvert qu'en incisant la capsule qui contenait ces graines, on obtenait une pâte laiteuse dotée de propriétés médicinales. Les Mésopotamiens cultivaient le pavot. Les Sumériens aussi. Son nectar est évoqué dans des tablettes médicales assyriennes datant du VIIe siècle avant Jésus-Christ. Dans la Grèce antique, Hippocrate lui-même recommandait de boire du jus de pavot blanc mélangé avec des graines d'ortie comme remède à toutes sortes d'affections. Ingérer ce breuvage pouvait favoriser le sommeil, calmer les nerfs et procurer une sensation de confort ouaté et d'euphorie.

Chose plus remarquable encore, le pavot avait la capacité de faire disparaître la douleur.

Si la plante semblait posséder des propriétés magiques, on comprenait déjà dans l'Antiquité qu'elle comportait certains dangers. La personne qui en consommait pouvait succomber à la force écrasante de ses pouvoirs, sombrant dans la dépendance ou un sommeil éternel. Le pavot pouvait tuer. Il pouvait créer un état de détente si profond qu'à un moment donné, on cessait simplement de respirer. On s'en servait comme remède, mais aussi comme poison et instrument de suicide. Dans le vocabulaire symbolique des Romains, le pavot représentait tout autant le sommeil que la mort.

Cette fleur gracile était si puissante qu'elle pouvait prendre en otage non seulement des individus mais des sociétés entières. Au XIXe siècle, le pavot avait contribué à bâtir des empires : le lucratif marché de l'opium avait conduit les Britanniques à mener une guerre sanglante contre la Chine à deux reprises. L'usage récréatif de cette drogue était devenu une mode dans certaines régions d'Europe, inspirant la poésie romantique de Samuel Taylor Coleridge et Percy Bysshe Shelley. Les médecins et les pharmaciens en dispensaient pour soigner toutes sortes de maux, de la fièvre à la diarrhée. Au tournant du XIXe siècle, un assistant d'apothicaire prussien était parvenu après une série d'expériences à isoler les alcaloïdes de l'opium et à les synthétiser. Il avait appelé cette nouvelle substance la morphine, d'après Morphée, le dieu grec des rêves.

Dans son livre *Opium: A History* (« Une histoire de l'opium »), Martin Booth observe que « l'histoire a tendance à se répéter » quand il s'agit des produits dérivés du pavot. Pendant la guerre de Sécession, l'usage de la morphine fut plébiscité pour soigner les terribles blessures infligées au combat ; mais cela créa aussi une génération de vétérans dépendants à la drogue. Selon une estimation, en 1898, un quart de million d'Américains étaient morphinomanes. Dix ans plus tard, le président Theodore Roosevelt nomma un commissaire à l'opium, le Dr Hamilton Wright, pour combattre le fléau de la toxicomanie. L'opium était « la drogue la plus néfaste que l'humanité ait connue », avertit Wright.

Cependant, il se trouvait qu'une équipe de chimistes allemands, déjà à l'origine de l'invention de l'aspirine, venait de réussir à raffiner la morphine pour produire une nouvelle substance, l'héroïne, que l'entreprise pharmaceutique Bayer commença à vendre en masse comme un remède miracle – une solution dénuée des dangers de la morphine. Les comprimés étaient présentés dans de petites boîtes à l'étiquette ornée d'un lion. Le fabricant avançait que grâce à sa structure moléculaire modifiée, l'héroïne ne possédait pas les dangereuses propriétés addictives de la morphine. C'était une suggestion alléchante : tout au long de l'histoire de l'humanité, les bons et les mauvais côtés de l'opium avaient semblé inextricables, comme les brins entremêlés d'une double hélice. Or voilà que Bayer assurait les avoir désaccouplés grâce à la science ; avec l'héroïne, l'homme pourrait profiter de tous les bienfaits thérapeutiques du pavot à opium sans subir aucun de ses inconvénients. En fait, certaines personnes conseillaient même d'utiliser l'héroïne pour guérir la dépendance à la morphine.

Aucune de ces affirmations n'avait de fondement. En réalité, l'héroïne était environ six fois plus puissante que la morphine, et tout aussi addictive. Il suffit de quelques années aux soignants pour constater qu'elle provoquait bel et bien une dépendance. Sa consommation finissait souvent par devenir un besoin, et comme l'organisme augmentait sa tolérance à la substance au fil du temps, les patients devaient prendre des doses de plus en plus fortes pour retrouver un sentiment d'équilibre. Il en va de même pour tous les opioïdes : à mesure que le corps s'y accoutume, une plus haute dose devient nécessaire pour soulager la douleur, provoquer l'euphorie ou simplement éviter les symptômes de manque. Ce schéma est parfois décrit par les médecins comme une succession de « pics et de creux » : une sensation d'extase incomparable lorsque la substance pénètre dans l'organisme, suivie, à mesure que la drogue se dissipe dans le sang, par un sentiment d'abattement et un besoin irrépressible, presque animal, d'en consommer davantage. La dépendance physique peut souvent mener à des crises de manque débilitantes. Privé d'opium, de morphine ou d'héroïne, le toxicomane se tord de douleur, transpire et vomit, tout le corps secoué de frissons, ou bien se convulse violemment, tressautant comme un poisson hors de l'eau.

En 1910, les mêmes médecins et pharmaciens qui avaient conseillé l'héroïne pour soigner tous les maux commencèrent à admettre qu'ils avaient peut-être commis une terrible erreur, et son usage médical déclina. Bayer cessa de fabriquer le médicament en 1913. Beaucoup de personnes continuèrent toutefois à considérer que le coût associé à la consommation d'héroïne valait en définitive la peine d'être payé. On raconte que Heinrich Dreser, l'un des chimistes allemands de Bayer ayant participé à l'invention de la substance, en devint lui-même dépendant et mourut d'une attaque en 1924. Les risques ont beau être immenses, l'euphorie est sublime. Les opioïdes peuvent vous délivrer, ne serait-ce que quelques minutes, des douleurs physiques ou émotionnelles, de l'inconfort, de l'angoisse, du manque. Aucune autre expérience humaine n'égale cela. « Je mourrai jeune, mais c'est comme si j'embrassais Dieu », déclara un jour le comédien Lenny Bruce au sujet de sa propre addiction. (Il mourut effectivement à l'âge de quarante ans, nu sur le sol de sa salle de bains, après une overdose de morphine.)

Tout au long de sa vie, Richard Sackler s'était adonné à ses passions sans retenue. Une fois que Purdue eut décidé de lancer l'OxyContin sur le marché, il se consacra à ce nouveau projet avec une énergie fiévreuse. « Tu n'imagines pas à quel point je suis décidé à faire de l'OxyContin un immense succès, écrivit-il à un ami. J'en suis presque à y consacrer ma vie entière. »

Richard se tuait à la tâche et surmenait ses employés. « Tu as besoin de faire une pause, et j'ai besoin que tu mettes tes mails sur pause », lui écrivit à un moment donné Michael Friedman, son directeur délégué au marketing. Friedman était l'une des rares personnes chez Purdue à pouvoir lui parler de cette façon : il bénéficiait d'une certaine liberté car Richard l'avait recruté lui-même.

Il exerçait peut-être aussi une influence particulière sur lui parce qu'il était chargé du marketing et que

Richard nourrissait d'audacieux projets concernant la promotion de ce nouveau médicament. Purdue avait prévu d'affronter l'expiration imminente du brevet de la MS Contin avec une stratégie radicale : l'entreprise dévoilerait un nouvel antidouleur plus puissant, l'OxyContin, et le présenterait comme un concurrent de la MS Contin – son propre produit – afin de transformer de fond en comble le modèle existant en matière de traitement de la douleur. « [C'est bien] la première fois que nous choisissons de rendre notre propre produit obsolète », proclama Richard.

Cependant, il ne cherchait pas seulement à détrôner la MS Contin : il avait de plus grandes ambitions pour l'OxyContin. La perception générale de la morphine restait celle d'une substance réservée aux cas extrêmes. Si un médecin vous annonçait que votre grand-mère allait être mise sous morphine, cela signifiait qu'elle allait mourir. « On ne cessait de nous dire que les professionnels de santé n'informaient pas leurs patients que la MS Contin était de la morphine, parce que la morphine était mal vue, se rappellerait un ancien cadre de Purdue qui avait travaillé avec Richard et Friedman. Des malades entendaient des membres de leur famille, ou même des pharmaciens, leur déclarer : "Vous ne pouvez pas prendre ça. C'est de la morphine !" » Une note sur une étude de marché réalisée en 1992 par l'entreprise indiquait que les chirurgiens orthopédistes, par exemple, semblaient « effrayés » ou « intimidés » à l'idée d'administrer de la morphine, car ils l'associaient aux concepts de « traitement lourd/patient en fin de vie/toxicomanie ». Dans le même temps, la note observait que ces chirurgiens accueilleraient favorablement un antidouleur à libération prolongée qui ne serait pas de la morphine. Et, comme l'ancien cadre de Purdue l'expliquerait, l'oxycodone ne pâtissait pas de « cette mauvaise réputation ».

Michael Friedman aimait à dire que chaque médicament avait sa « personnalité ». Quand Richard et lui cherchaient comment positionner l'OxyContin, ils avaient fait une découverte surprenante. La personnalité de la morphine était clairement celle d'une drogue puissante, utilisée en dernier recours. Son nom seul évoquait un parfum de mort. L'oxycodone avait en revanche une personnalité très différente, comme Friedman le fit remarquer à Richard dans un mail. Au cours de son étude de marché, Purdue avait constaté que de nombreux médecins considéraient que cette substance était « plus faible que la morphine ». L'oxycodone était moins bien connue et comprise, et semblait moins menaçante, plus accessible.

D'un point de vue marketing, c'était une véritable aubaine. Purdue pouvait présenter l'OxyContin comme une solution de rechange à la morphine, plus sûre et modérée. Un siècle plus tôt, Bayer avait vendu l'héroïne comme de la morphine dénuée d'effets indésirables, même si elle était en fait plus puissante que la morphine, et tout aussi addictive. Pendant leurs réunions internes au siège de Purdue à Norwalk, Richard et ses collègues envisageaient une tactique similaire. En réalité, l'oxycodone n'était pas non plus moins puissante que la morphine : elle l'était quasiment deux fois plus. Les experts marketing de Purdue ne savaient pas bien pourquoi les médecins se méprenaient à ce sujet. Peut-être était-ce parce que la majorité d'entre eux connaissaient principalement l'oxycodone à travers le Percocet et le Percodan, des médicaments dans lesquels elle était associée à faible dose à du paracétamol ou à de l'aspirine. Quoi qu'il en soit, Richard et son équipe élaborèrent une astucieuse stratégie qu'ils exposèrent dans une suite de mails. Si la véritable personnalité de l'oxycodone était mal comprise par les médecins américains, l'entreprise ne les détromperait pas. Au contraire, elle exploiterait leur erreur.

Comme la MS Contin, l'OxyContin pourrait être utile aux malades du cancer affligés de douleurs sévères. Toutefois, Friedman signala à Richard que Purdue devrait se garder de destiner trop clairement le médicament à ce marché, car cela risquerait de rendre plus trouble l'aspect inoffensif de sa « personnalité ». « Même si nous pourrions souhaiter en vendre davantage pour traiter les douleurs liées au cancer, il serait extrêmement dangereux, à ce premier stade de la vie du produit, de toucher à cette "personnalité" et de laisser penser aux médecins que ce médicament est d'une puissance supérieure ou égale à celle de la morphine », écrivit-il. Évidemment, l'OxyContin était bel et bien plus puissante que la morphine. C'était un simple fait chimique – un fait que l'entreprise prendrait soin de dissimuler. Après tout, le nombre de malades du cancer était limité. « Il serait préférable d'élargir l'usage de l'OxyContin », nota Friedman. Le véritable gros lot résidait dans « les douleurs non malignes ». L'OxyContin ne serait pas un médicament « de niche » réservé aux malades du cancer, pouvait-on lire dans le compte rendu d'une des premières réunions consacrées au projet. Selon les estimations de l'entreprise, cinquante millions d'Américains souffraient d'une forme de douleur chronique. C'était le marché que Purdue visait : l'OxyContin serait un médicament grand public.

Les Sackler bénéficieraient du fait qu'à l'heure où ils avaient commencé à développer l'OxyContin, un changement majeur s'opérait déjà dans la façon dont les professionnels de santé envisageaient le traitement de la douleur. Depuis le congrès que Richard avait aidé à organiser à Toronto en 1984, Purdue avait assidûment cultivé cette communauté de médecins révolutionnaires. Une des vedettes de ce nouveau mouvement était un trentenaire passionné à la barbe bien taillée et à l'air assuré, Russell Portenoy. Il avait été professeur de neurologie et de neurosciences à l'université Cornell avant d'être embauché par l'hôpital Beth Israel de New York pour y créer un service d'analgésie et de soins palliatifs. Intelligent, télégénique et très persuasif, Portenoy était un excellent porte-parole, l'incarnation même de la nouvelle orthodoxie en matière de traitement de la douleur. Pendant trop longtemps, la profession médicale n'avait pas pris la douleur au sérieux, arguait-il. Au fil de conférences, d'articles et d'apparitions au journal télévisé du soir, il assénait que les souffrances de millions d'Américains avaient été négligées par la médecine traditionnelle. Dans son bureau, il avait affiché en bonne place une maquette de magazine qui le sacrait « roi de la douleur ».

Portenoy considérait les opioïdes comme « un don de la nature ». Il déclara un jour en plaisantant que sa méthode pour traiter les patients se résumait à deux phrases : « Voilà, six mois de médicaments.

À la prochaine. » Il établit très tôt des liens durables avec Purdue Pharma ainsi qu'avec d'autres sociétés pharmaceutiques. Deux ans après le congrès de Toronto, il cosigna un article à grand retentissement avec Kathleen Foley, un autre médecin en première ligne de la campagne pour le réexamen de la douleur. Ils y exploraient l'usage prolongé des opioïdes dans le cadre de cette lutte. Portenoy expliquerait plus tard qu'ils l'avaient écrit pour mettre en lumière « la possibilité de soulager la douleur à long terme grâce aux opioïdes, en évitant que se développent [...] des effets secondaires lourds, notamment une dépendance aux médicaments ». Ce n'était pas une étude rigoureuse ; les preuves médicales reposaient principalement sur quelques témoignages. Cependant, ce genre d'article s'avérerait extrêmement avantageux pour une entreprise comme Purdue.

Portenoy estimait comme Richard que les opioïdes pâtissaient injustement des inquiétudes liées à leurs propriétés addictives et que cela avait dissuadé des générations de médecins de traiter la douleur avec ce qui était peut-être la thérapie la plus indiquée et la plus efficace. D'après lui, les professionnels de santé américains avaient fortement sous-estimé les avantages des opioïdes, et fortement surestimé leurs dangers. Bien sûr, une partie des personnes qui utilisaient ces substances en devenaient dépendantes, admettait-il ; mais il ne s'agissait généralement pas de véritables malades qui suivaient le traitement prescrit par leur médecin. Dans ces cas-là, des « prédispositions psychologiques, sociales et physiologiques » entraient souvent en jeu, avançait Portenoy. Certains individus étaient simplement sujets à la dépendance. C'était plus fort qu'eux : si on leur donnait de la morphine, il était fort possible qu'ils en abusent. Toutefois, cela reflétait leurs propres penchants plutôt que des propriétés fondamentalement addictives de la substance. Portenoy décrivait la peur des opioïdes comme un genre d'hystérie. Il lui avait même donné un nom, l'« opiophobie ».

Sur les encouragements de Portenoy et des autres médecins en croisade contre la douleur, l'opinion des professionnels de santé commença à changer à la fin des années 1980. De 1990 à 1994, la consommation de morphine aux États-Unis augmenta de 75 %. Richard Sackler connaissait Portenoy et Kathleen Foley ; il suivait attentivement leurs travaux. Dans un cadre clinique en apparence indépendant, et hautement respectable, ces spécialistes de la douleur validaient les recherches commerciales que Richard et ses collègues menaient chez Purdue. Un jour de 1991, alors que l'entreprise venait de commencer à développer l'OxyContin, Richard annonça d'un ton excité à son équipe : « Jusqu'à la semaine dernière, notre conviction qu'une forte dose d'oxycodone pourrait constituer un substitut adéquat à une forte dose de morphine n'était qu'une supposition. Pas plus tard qu'en juillet, le Dr Kathleen Foley me disait : "L'idée est très prometteuse, mais on ignore s'il est possible d'utiliser l'oxycodone à haute dose pour les douleurs liées au cancer, parce que personne ne l'a jamais fait." » Cependant, Foley avait administré de l'oxycodone sous forme de solution buvable à des patients et « obtenu d'excellents résultats », sans « effets secondaires inattendus », expliqua Richard. Il ajouta que Foley avait donné des doses colossales à ces patients, jusqu'à « 1 000 milligrammes par jour ». (Mise devant ce chiffre des décennies plus tard, la cousine de Richard, Kathe Sackler, déclarerait : « C'est assez choquant, 1 000 milligrammes. Mon Dieu, c'est une dose énorme ! ») À l'époque, Richard ne voyait là que des promesses commerciales infinies. D'après les conclusions de Foley, même ce genre de dose gargantuesque ne constituait pas « une limite pratique », s'émerveillait-il.

Comme Arthur Sackler, Mortimer et Raymond avaient toujours manifesté un goût obsessionnel du secret. Alors même que leur réputation de philanthropes grandissait, ils continuaient à fuir toute attention médiatique. Après avoir pris le contrôle de l'entreprise familiale, Richard Sackler adopta le même comportement. Ce fut donc une surprise quand, à l'été 1992, Purdue Frederick prit la décision inhabituelle de coopérer avec le journal local, le *Hartford Courant*, pour un long article à son sujet. « Une société de Norwalk trouve une niche parmi les géants de l'industrie pharmaceutique », annonçait le titre. Les Sackler avaient toujours invoqué leurs diplômes en médecine comme un gage non seulement de réussite, mais aussi de droiture, et l'article notait que les propriétaires de Purdue étaient « médecins ». Cependant, en dehors d'un passage indiquant qu'ils participaient « toujours activement à la gestion de l'entreprise », les Sackler n'étaient quasiment pas mentionnés. Cela aurait pu sembler une bonne occasion pour Richard de se mettre en avant, après avoir endossé une partie des responsabilités de son père et de son oncle et éclipsé sa cousine et rivale putative, Kathe. Cependant, son nom n'apparaissait nulle part dans l'article. À la place, les Sackler avaient choisi de faire représenter la société par le fidèle conseiller de la famille et avocat de l'entreprise, Howard Udell.

Purdue avait « rencontré le succès dans un domaine peuplé de géants », se vantait Udell, qui posait sur une photo avec une panoplie de remèdes quotidiens vendus par le fabricant. La société gardait encore la trace de ses origines prosaïques (l'article évoquait le moment triomphal, des décennies plus tôt, où la NASA avait utilisé la Betadine, et notait avec enthousiasme que Purdue avait « récemment lancé sur le marché un traitement contre les verrues génitales »). Toutefois, avec l'aide de la MS Contin, son chiffre d'affaires annuel approchait désormais les 400 millions de dollars, et Udell affirmait que l'entreprise se concentrait sur l'avenir.

L'article parut à ce qui était en réalité un moment critique pour Purdue : la société s'efforçait d'obtenir l'accord de la FDA avant de commercialiser l'OxyContin. Pour la MS Contin, elle s'était contentée de lancer son produit sur le marché à toute vitesse, sans même chercher à le faire approuver – un pari risqué, que Howard Udell avait encouragé. Cette fois, ce serait différent. Toute révolutionnaire qu'ait été la MS Contin, l'OxyContin représentait une innovation encore plus radicale. Par ailleurs, Purdue avait besoin de la FDA : l'agence devrait non seulement approuver la vente du médicament, mais aussi de nombreux aspects de sa commercialisation et de son positionnement sur le marché. Si Richard et son équipe voulaient mener à bien l'idée de vendre le produit pour pratiquement toutes les douleurs chroniques, et pas simplement pour celles liées au cancer, ils devaient montrer patte blanche. Le processus d'approbation d'un nouveau médicament était devenu une épreuve bureaucratique chorégraphiée au millimètre près, qui durait des années. C'était une affaire fastidieuse, bien plus qu'elle ne l'était dans d'autres pays. Les normes modernes de la FDA découlaient des audiences de Kefauver, après lesquelles on avait mis en place des critères compliqués pour juger de l'efficacité et de la sécurité de chaque nouvelle substance. L'agence employait une petite armée d'experts, des régulateurs dotés du genre de pouvoir qui permettait de décider du sort d'un produit à 1 milliard de dollars.

Richard Sackler n'était pas un homme patient. Il avait de grands projets, et il était pressé. « Les choses changent de plus en plus vite, et nous devons concevoir des produits plus rapidement qu'autrefois si nous voulons avoir la croissance souhaitée. Développer des produits plus vite signifie aussi faire approuver notre gamme de produits plus vite », déclara-t-il à ses employés. La fiabilité mollassonne d'antan avait assez duré, sous-entendait-il. Il était temps que Purdue accentue son aspect compétitif. Il n'en demeurait pas moins que, pour vendre l'OxyContin, la société avait besoin de l'accord de la FDA, et plus particulièrement d'un dénommé Curtis Wright, responsable des antidouleurs à l'agence, qui serait l'évaluateur médical et l'enquêteur en chef chargé du dossier.

Wright avait obtenu son diplôme de médecine grâce à des cours du soir alors qu'il occupait un poste de chimiste à l'Institut national de la santé mentale, puis était devenu médecin dans la marine. Il avait quitté les forces armées pour faire un postdoctorat consacré à la pharmacologie comportementale des opioïdes, avant que sa femme lui ordonne de trouver un vrai travail, sans quoi ils se retrouveraient à la rue. Il avait donc intégré la FDA en 1989. Il avait traité les dossiers d'approbation de plusieurs autres antidouleurs opioïdes avant l'OxyContin, et il était le régulateur principal que Purdue chercherait à satisfaire. L'entreprise devrait lui prouver que l'OxyContin était un médicament sans danger, et qu'elle fonctionnait.

L'OxyContin serait placée dans la catégorie des substances contrôlées. Comme pour tout opioïde puissant, le risque de dépendance devrait être pris en compte. La logique aurait voulu que Purdue réalise des essais cliniques sur les propriétés addictives de ce nouveau médicament ; mais l'entreprise ne le fit pas. À la place, elle soutint que le système d'enrobage breveté des comprimés d'OxyContin écartait le risque d'addiction. Le principe de la dépendance aux opioïdes reposait sur l'idée de pics et de creux – une dose entraînant un manque, une sensation euphorique suivie des premiers symptômes de privation. Toutefois, comme l'enrobage à libération contrôlée de ce médicament permettait à l'oxycodone de s'écouler dans le système sanguin sur une durée de douze heures, le patient ne ressentirait pas le brusque pic d'adrénaline procuré par une substance à effet immédiat, et par conséquent, il ne subirait pas de va-et-vient constant entre l'euphorie et le manque.

En fait, l'avantage de l'OxyContin n'était pas seulement de présenter peu de risques d'addiction, affirmait Purdue : les caractéristiques uniques du médicament le rendaient plus sûr que d'autres opioïdes sur le marché. Les chimistes de Bayer s'étaient peut-être trompés quand ils pensaient avoir résolu le paradoxe thérapeutique essentiel de l'opium grâce à l'héroïne ; mais à présent, Purdue soutenait avoir bel et bien percé le mystère, séparant une bonne fois pour toutes les facultés médicales du pavot et les périls de l'addiction correspondants. La solution était là.

Tout le monde n'en était pas convaincu, à la FDA. Curtis Wright avertit la société qu'elle allait peut-être un peu trop loin en avançant que l'OxyContin était plus sûre que d'autres antidouleurs déjà disponibles, et lui conseilla de « prendre garde à limiter la publicité comparative ». Il informa aussi des responsables de Purdue que certains de ses collègues à la FDA étaient « fermement convaincus » que les opioïdes « ne devaient pas être utilisés pour les douleurs non malignes ».

Évidemment, c'était tout le projet que l'entreprise nourrissait pour l'OxyContin. Elle persista donc dans cette voie. La FDA limiterait probablement le lancement initial de l'OxyContin au marché du cancer, écrivit Michael Friedman en 1994, dans une note adressée à Richard, Raymond et Mortimer Sackler. « Cependant, nous pensons aussi que les médecins considéreront l'OxyContin comme du Percocet à libération prolongée (sans acétaminophène) et en élargiront l'usage. »

« L'indication thérapeutique initiale concernait les douleurs chroniques liées au cancer », se rappellerait Larry Wilson, le chimiste qui avait travaillé sur le développement de l'OxyContin au centre de recherche de Purdue, à Yonkers. Quand ses collègues et lui avaient conçu ce médicament destiné à succéder à la MS Contin, il n'avait « jamais entendu personne parler d'autre chose que de cancer ». Malgré cela, comme Wilson le soulignerait, « une fois qu'une entreprise a été autorisée à vendre un médicament, les médecins peuvent le prescrire pour tout ce qu'ils veulent ».

Afin d'assurer le succès de l'OxyContin, les représentants de Purdue avaient besoin que la FDA approuve la notice qui accompagnerait chaque flacon. Ce petit dépliant était « la bible du produit », aimait à dire Richard Sackler, et chaque mot devait être soigneusement négocié avec l'agence. La notice de l'OxyContin fut révisée plus de trente fois, tandis que les experts de Purdue marchandaient avec les fonctionnaires, étudiant à la loupe la moindre expression. Selon Richard, le but n'était pas seulement d'informer le consommateur sur les risques, l'utilité et la posologie du médicament, mais aussi de créer « un instrument de vente plus puissant ».

Peu à peu, l'équipe de Richard mit Curtis Wright dans sa poche. Au début, quand Wright avait consulté la première ébauche préparée par Purdue, il avait observé que la notice de l'OxyContin comportait plus de vocabulaire promotionnel et marketing qu'il n'en avait jamais vu dans ce genre de document. Il avait informé l'entreprise que ce contenu publicitaire flagrant devait disparaître. Mais finalement, on n'y avait pas touché.

D'ordinaire, les échanges entre les responsables de la FDA et l'entreprise dont ils évaluaient le produit étaient rigoureusement encadrés, pour des raisons de transparence et afin de prévenir toute influence indue ou corruption. Ces précautions institutionnelles avaient émergé après le scandale qui avait éclaté dans les années 1950 lorsqu'on avait découvert que les Sackler et Félix Martí-Ibáñez avaient acheté Henry

Welch. Cependant, en 1992, un cadre de Purdue appelé Robert Reder, qui avait joué un rôle clé dans la préparation du dossier d'approbation de l'OxyContin, croisa par hasard Curtis Wright à un congrès médical organisé à Washington. Les deux hommes se mirent à discuter de l'OxyContin et, dans une note interne de Purdue, Reder écrivit que Wright « avait accepté de poursuivre ces échanges informels dans un avenir proche ». Cette nouvelle réjouit Richard Sackler, qui se félicita des « progrès accomplis pour construire une relation positive » avec Wright et l'agence.

Parfois, Wright demandait à Purdue de lui envoyer certains documents à son domicile plutôt qu'à la FDA. D'après une note confidentielle que des procureurs fédéraux rédigeraient par la suite, une petite délégation de représentants de Purdue finit par se rendre dans le Maryland, où elle loua une chambre près du bureau de Wright. Chose hautement inhabituelle, ces représentants passèrent ensuite plusieurs jours à aider Wright à composer ses évaluations de rapports d'études cliniques et ses résumés généraux sur l'efficacité et la sécurité de leur propre produit.

Parfois, on pouvait avoir l'impression que Wright avait renoncé à son rôle de régulateur fédéral impartial pour devenir une sorte de porte-parole de Purdue auprès de l'agence. La notice de l'OxyContin se transformait au fil des innombrables brouillons et versions. Un jour, une nouvelle phrase se glissa dans le texte : « On estime que l'absorption différée permise par les comprimés d'OxyContin réduit les risques d'abus du médicament. » C'était une tournure rhétorique étrange. *On estime ?* Qui était ce « on » ? Cela ressemblait davantage à un vœu pieux qu'à une donnée scientifique. Bien plus tard, quand on s'interrogerait sur l'origine de cette phrase, personne ne voudrait en assumer la responsabilité. Curtis Wright soutiendrait qu'il ne l'avait pas ajoutée dans la notice, sous-entendant que Purdue devait l'avoir rédigée. Robert Reder rétorquerait que Wright en était bien l'auteur. Dans une déposition sous serment, Wright admettrait que c'était une possibilité, bien qu'il n'en ait gardé aucun souvenir précis. C'était un fragment de texte orphelin.

Même à l'époque, cette formulation fut accueillie avec scepticisme à la FDA. « Ça m'a l'air d'être du flan », écrivit dans un mail Diane Schnitzler, une collègue de Wright.

« En fait, Diane, c'est parfaitement correct, lui répondit Wright. Un des facteurs importants pour déterminer les risques d'abus d'une substance est la vitesse à laquelle elle agit. »

L'idée qu'on « estimait » que l'enrobage de l'OxyContin réduisait les risques d'abus resta finalement dans la notice et, le 28 décembre 1995, la FDA autorisa la mise en vente du médicament. « Ce n'est pas arrivé tout seul. C'est un résultat qui a été habilement coordonné et planifié, déclara Richard Sackler à son équipe. Alors que d'autres dossiers croupissent pendant des années à la FDA, ce produit a été approuvé en onze mois et quatorze jours. » À titre personnel, Richard se disait satisfait d'avoir « grandement contribué » à la qualité de la notice. Cependant, il en attribuait aussi le mérite à la « collaboration sans précédent » entre Purdue Pharma et la FDA.

De son côté, Curtis Wright envisageait depuis quelque temps de quitter la fonction publique. Après l'approbation de l'OxyContin, il démissionna de la FDA. Il alla d'abord travailler pour Adolor, une petite entreprise pharmaceutique de Pennsylvanie ; mais il n'y resta pas longtemps. À peine un an plus tard, il fut engagé chez Purdue Pharma, à Norwalk. Sa rémunération initiale atteignait près de 400 000 dollars.

Dans un témoignage effectué par la suite, Wright nierait avoir approché Purdue avant d'accepter cet emploi, soutenant qu'il avait été contacté par un chasseur de têtes, et ce seulement après avoir quitté la FDA. Il trouvait logique que la société ait voulu l'embaucher – pas à cause de services qu'il pourrait lui avoir rendus mais parce qu'il était un « évaluateur de la FDA particulièrement honnête et efficace ».

En réalité, téléphoner à Purdue pour s'enquérir de possibles domaines de collaboration avait été l'un des premiers actes de Wright quand il avait intégré Adolor. Appelé à témoigner à son tour, Richard Sackler affirmerait que Wright avait émis lui-même l'idée de travailler pour l'entreprise – et qu'il l'avait fait avant de démissionner de la fonction publique. « Il a discuté avec quelqu'un chez Purdue quand il préparait son départ de la FDA », se rappellerait-il. À l'époque, Richard avait estimé que recruter Wright ne serait pas bon pour l'image de l'entreprise. Il en avait parlé à un collègue, qui trouvait aussi « peu judicieux d'embaucher une personne qui avait évalué [leur] produit ». À la place, Wright avait « rejoint une autre société » pendant un an. C'était apparemment un délai suffisant pour que Richard Sackler ne craigne plus qu'engager Wright donne l'impression d'un conflit d'intérêts.

16

La bombe H

Calixto Rivera se réveilla avant l'aube. Dehors, le temps était froid et pluvieux, une matinée détrempée d'avril 1995. Calixto habitait avec sa femme et ses enfants dans un appartement à Newark. Le couple avait un bébé de trois mois, ce qui pouvait être épuisant, et quand Calixto constata à quel point il faisait mauvais ce jour-là, il envisagea de se faire porter pâle. Il était lessivé. Comme tous les autres employés de l'usine de produits chimiques Napp, située à Lodi, il avait enchaîné les heures supplémentaires afin de terminer plusieurs gros projets avant que la fabrique ne ferme ce week-end-là pour plusieurs semaines de rénovations. Caressant toujours l'idée de retourner se coucher, Calixto téléphona à une de ses collègues, comme s'il cherchait sa permission tacite. Mais elle l'encouragea à se faire violence. « Ce n'est qu'une journée de huit heures, Papo, lui dit-elle, employant le surnom qu'on lui donnait depuis l'enfance. Tu n'as qu'à tenir bon pendant huit heures, et tu auras deux semaines pour rester au lit. » Alors Calixto dit au revoir à sa famille à voix basse et partit travailler sous la pluie.

Lodi est une petite ville ouvrière des environs de Hackensack où plusieurs usines de produits chimiques sont éparpillées au milieu de quartiers résidentiels assoupis. Les industries chimiques et pharmaceutiques dominent depuis longtemps le New Jersey : en 1995, elles constituaient son premier secteur d'activité, générant des recettes d'environ 24 milliards de dollars par an. On trouvait près de mille cinq cents usines de produits chimiques dans tout l'État, et quatorze rien qu'à Lodi. La fabrique de l'entreprise pharmaceutique Napp occupait un vaste ensemble de bâtiments à un étage sur les rives de la Saddle. L'endroit avait abrité une teinturerie au début du XXe siècle, et on apercevait encore aux alentours les carcasses vides de constructions industrielles abandonnées. Napp avait racheté le complexe en 1970 afin d'y élaborer les composants chimiques de ses produits. Le maire de Lodi essayait désormais de faire fermer l'usine et s'était mis en quête d'un promoteur privé pour pouvoir exproprier Napp. Les habitants des environs n'aimaient pas voir cette fabrique de produits chimiques vieillissante près de chez eux. Elle ne leur inspirait pas confiance.

Calixto Rivera travaillait à Napp depuis neuf ans. Sa famille s'était installée dans le New Jersey après avoir quitté Porto Rico. Il était dur à la tâche, fort et bel homme, toujours tiré à quatre épingles, avec une moustache et des sourcils noirs qui accentuaient ses expressions faciales, tels des signes de ponctuation. Ce jour-là, il se rendit à l'usine en marchant péniblement sous la pluie froide. La journée promettait d'être intéressante.

Napp avait opéré une restructuration quelques années auparavant et commencé à réaliser des préparations chimiques non seulement pour ses propres produits et ceux de sa maison mère, Purdue Frederick, mais aussi pour d'autres sociétés qui avaient besoin de ce service ponctuellement. Cela voulait dire qu'au lieu de transformer les mêmes composants bruts pour les mêmes produits Napp semaine après semaine, Calixto et ses collègues avaient désormais affaire à des composants inconnus et inédits chaque jour.

Cette semaine-là, ils avaient été embauchés par une entreprise de Rhode Island pour mélanger des substances chimiques hautement volatiles qui serviraient à créer le placage à l'or de produits électroniques. Un peu plus tôt, vingt fûts métalliques étaient arrivés à l'usine, frappés de mises en garde sur leur contenu dangereux. Pendant plusieurs jours, ils étaient restés dans un coin – personne n'avait particulièrement envie de les manipuler.

En franchissant le portail de Napp, Calixto remarqua aussitôt que quelque chose clochait. La fabrique fonctionnait vingt-quatre heures sur vingt-quatre, sur le principe des trois huit, et c'était l'heure de la relève du matin. L'équipe de nuit avait été occupée à mélanger les produits chimiques livrés dans les fûts. Mais comme Calixto l'apprit à son arrivée, les choses avaient mal tourné.

En réalité, l'usine de Napp ne constituait pas un environnement de travail très sûr. Elle avait été épinglée pour de nombreuses infractions. Napp payait ses employés à un tarif inférieur à celui pratiqué par d'autres fabricants de la région et avait la réputation d'embaucher des gens qui avaient été renvoyés ailleurs. Ce n'était un secret pour personne, à Lodi : si vous étiez désespéré et prêt à trimer pour un maigre salaire, Napp se ferait une joie de vous accueillir. « Ils recrutaient tout ce qui bougeait », dirait un ancien employé. Ainsi, l'un des ouvriers de l'usine était alcoolique, et il venait parfois travailler et manipuler des produits dangereux alors qu'il était ivre. La main-d'œuvre n'était pas très qualifiée, et ce manque d'expérience était devenu encore plus apparent quand l'usine avait commencé à se charger de commandes extérieures pour augmenter les revenus de ses propriétaires – ce qui signifiait que les employés étaient sans cesse confrontés à des composants chimiques qu'ils ne connaissaient pas. Former le personnel à la sécurité ne semblait pas être une grande priorité. Un autre problème concernait la diversité de la main-d'œuvre : les ouvriers étaient issus de très nombreux pays. Ils ne parlaient pas tous anglais, mais ils n'avaient pas non plus d'autre langue commune tel l'espagnol. Par conséquent, il pouvait parfois y avoir des malentendus sur les quantités et les proportions à utiliser, un scénario très risqué, s'agissant de substances chimiques.

Pour préparer les produits, les ouvriers se servaient d'un mélangeur Patterson Kelley de trois mètres de haut qui ressemblait à un immense cœur en inox. Ils avaient commencé à mélanger les composants de Rhode Island la veille, versant quatre tonnes d'hydrosulfite de sodium dans la machine ainsi qu'une demi-tonne d'aluminium en poudre, une substance si explosive qu'on l'utilisait parfois pour propulser des fusées. Un contremaître avait supervisé les opérations depuis les hauteurs d'une passerelle, regardant la poudre blanc argenté se lover dans la machine. Après cela, les ouvriers auraient dû ajouter du benzaldéhyde, un liquide incolore qui serait pulvérisé dans le mélangeur au moyen d'une buse. Mais quelque chose bloquait la valve, qu'il allait falloir réparer et nettoyer. Le temps que l'équipe de nuit arrive, des effluves nauséabonds avaient commencé à s'échapper du mélangeur. Certains employés manquaient tellement d'expérience qu'ils n'étaient pas capables de faire la différence entre une bonne et une mauvaise odeur chimique ; cependant, d'autres reconnurent les relents de soufre caractéristiques de l'hydrosulfite de sodium en décomposition.

En règle générale, il ne faut jamais ajouter d'eau à des substances chimiques. Des panneaux d'avertissement le rappelaient dans la salle des mélanges : NE PAS UTILISER D'EAU À L'INTÉRIEUR OU DANS LES ENVIRONS DE LA SALLE. Même une goutte pouvait s'avérer fatale. L'hydrosulfite de sodium réagit de façon particulièrement explosive à l'humidité. Personne ne savait très bien ce qui s'était passé, mais quand on avait essayé de débloquer la vieille buse du mélangeur, de l'eau avait dû s'infiltrer à l'intérieur. Les réparateurs qu'on avait fait venir pour décrasser la valve n'avaient pas été formés à la manipulation de produits chimiques, et il était possible qu'ils n'aient pas eu pleinement conscience du danger. À une concentration élevée, le soufre humidifié peut être plus toxique que le cyanure d'hydrogène. Lorsque l'odeur commença à flotter, les responsables de service ordonnèrent aux employés de ne plus toucher à la machine et de travailler à d'autres choses. Ils ouvrirent la valve en haut du mélangeur pour laisser d'éventuels gaz s'échapper. Tout allait bien, déclarèrent-ils. Puis ils laissèrent la machine sans surveillance pendant des heures.

Petit à petit, les indicateurs de température et de pression du mélangeur commencèrent à grimper. Les composants chimiques brûlaient et bouillonnaient à l'intérieur comme dans une sorte de chaudron infernal, dégageant cette odeur pestilentielle. Certains employés affirmaient que cela sentait la charogne. Pendant que Calixto dormait dans son appartement à Newark, en cette nuit pluvieuse, la pression ne cessait d'augmenter dans la cuve. Une caserne de pompiers se trouvait à cent mètres de l'usine, mais personne ne la prévint. Napp préférait opérer à l'abri des regards et gérer ses problèmes discrètement.

Lorsque Calixto arriva pour le changement d'équipe ce matin-là, on était en train d'évacuer toute l'usine. Près du portail, il retrouva un de ses amis, Jose Millan, qui s'apprêtait aussi à commencer sa journée. Jose était également un vétéran de la fabrique, où il travaillait depuis huit ans. Autour d'eux, les ouvriers frissonnaient dans la bruine glaciale en maugréant ; ils n'avaient pas eu le temps de récupérer leurs manteaux au vestiaire et ils avaient froid. Ils étaient inquiets, aussi. La puanteur qui s'élevait du mélangeur était désormais si puissante qu'elle s'échappait des bouches d'aération sur le toit de l'usine pour se répandre dehors. On respirait le danger. Pendant que Calixto et Jose se joignaient aux travailleurs évacués, un chef d'équipe annonça que quelqu'un avait discuté avec un ingénieur chimiste chez Napp, qui lui avait conseillé de renvoyer des ouvriers dans l'usine pour essayer de vider une partie de la cuve du mélangeur. Sept hommes furent sélectionnés pour cette tâche. Calixto et Jose n'en faisaient pas partie, alors Jose proposa qu'ils aillent acheter un café dans une épicerie du coin. Mais Calixto avait remarqué qu'un des ouvriers choisis était une de ses connaissances, un homme âgé de près de soixante-dix ans.

« Reste là, lui dit-il. J'irai à ta place. »

Plus tard, l'entreprise soutiendrait que les responsables n'avaient pas ordonné aux employés de retourner dans l'usine ; une dizaine d'ouvriers présents ce jour-là affirmeraient le contraire. Calixto demanda à Jose de lui rapporter un café de l'épicerie. Avec six autres hommes, il mit un masque équipé d'un filtre à charbon et pénétra dans l'usine.

Un calme étrange régnait à l'intérieur. La puanteur était suffocante. Malgré tout, les ouvriers s'avancèrent au milieu des émanations – se dirigeant même droit vers elles – pour rejoindre la salle des mélanges. Ce qu'ils ne pouvaient pas voir, ou savoir, c'était qu'en s'infiltrant dans la cuve, l'eau avait dégradé l'hydrosulfite de sodium, ce qui avait généré de la chaleur. La chaleur avait produit de la vapeur, qui avait réagi avec l'aluminium en poudre et créé de l'hydrogène. Dans la grande carapace du mélangeur, une réaction en chaîne avait démarré, la pression augmentant d'heure en heure. Comme un chimiste l'observerait plus tard, la cuve métallique renfermait tous les ingrédients d'une bombe à hydrogène.

Aucun des hommes qui étaient retournés dans l'usine n'était chimiste. Quand ils atteignirent la salle des mélanges, ils ouvrirent la cuve et entreprirent de transvaser la substance bouillonnante dans de plus petits fûts. Soudain, un sifflement perçant se fit entendre : un bruit de gaz qui s'échappait à toute vitesse. Le silence revint. Six hommes, dont Calixto, restèrent pétrifiés. Le septième se mit à courir. Et puis…

Blam !

Le mélangeur éclata comme un ballon. Des fragments de métal et des produits chimiques brûlants explosèrent en tous sens. L'onde de choc fut si forte qu'elle arracha du sol le bloc de béton de dix tonnes qui servait de support au mélangeur et le propulsa comme un frisbee dix mètres plus loin dans l'usine. Une tempête de feu se leva, envoyant de longues flammes voraces dans les couloirs et pulvérisant les portes coupe-feu. Une colonne orange fulgurante creva le toit. Les vitrines de la rue commerçante de Lodi volèrent en éclats. Des débris enflammés s'abattirent sur les maisons. Jose Millan était en train de retourner à l'usine avec un café pour Calixto quand l'explosion le fit tomber à la renverse. Le toit éventré du bâtiment vomissait dans l'air une fumée chimique âcre. Jose contempla l'incendie en sachant que son ami était à l'intérieur. Il chercha désespérément quoi faire mais demeurait impuissant.

Calixto fut tué sur le coup, le crâne fracassé par la force de l'explosion. On ne parviendrait à identifier son cadavre calciné que grâce à son dossier dentaire. Trois autres hommes perdirent la vie dans l'explosion. Un autre eut le corps brûlé à 90 % et mourut à l'hôpital quelques jours plus tard. Quarante personnes furent blessées. Un ouvrier qui avait échappé à la boule de feu dans l'usine dirait qu'il avait eu l'impression de faire face au soleil.

L'usine continua à fumer pendant des jours. Des maisons furent endommagées. Des rejets verts toxiques s'écoulèrent de la fabrique en ruine. Ils ruisselèrent dans l'artère commerçante de la ville et se déversèrent dans la Saddle. La pollution se propagea à la rivière Passaic, empoisonnant des oiseaux aquatiques. Des milliers de poissons remontèrent à la surface et flottèrent jusqu'aux rives, où leurs cadavres pâles s'échouèrent. Au terme d'une enquête fédérale, Napp fut citée à comparaître pour une longue liste d'infractions à la sécurité et condamnée à une amende remarquablement modeste de 127 000 dollars. Les procureurs envisagèrent d'inculper l'entreprise pour homicide involontaire, avant d'y renoncer. Un employé de longue date de Purdue Frederick, Winthrop Lange, déclara à l'époque que Napp avait eu tort d'opérer une transition vers la fabrication ponctuelle de produits chimiques pour d'autres entreprises, car elle ne disposait pas « des équipements ni de l'expertise technique nécessaires pour réaliser des préparations sur commande ». Un ancien cadre de Napp, un chimiste d'origine polonaise appelé Richard Boncza, conclut que la société avait commis une imprudence en confiant des tâches dangereuses à des travailleurs inexpérimentés. « Ils ne cherchaient jamais à vérifier si quelqu'un avait une aptitude pour les manipulations chimiques », affirma-t-il. Face à la vive émotion et à la colère de leurs employés et des habitants de Lodi, les dirigeants de Napp annoncèrent que l'usine ne serait pas reconstruite, ce qui signifiait que toutes les personnes qui avaient survécu à l'explosion allaient se retrouver au chômage.

Un porte-parole cita les propriétaires de la fabrique : « Nous n'irons pas là où nous ne sommes pas les bienvenus. »

Ce porte-parole s'était bien gardé de les nommer, mais les propriétaires en question étaient les Sackler. Une autre société – ou une autre famille – aurait pu faire mine de débattre des concepts d'imputabilité en vigueur ou des subtilités de la responsabilité sociale des entreprises, voire se contenter de manifester de la compassion envers les victimes. Cependant, les Sackler évitèrent soigneusement d'admettre avoir une quelconque responsabilité dans cette tragédie, ou même un lien avec elle. La famille n'exprima ni regrets ni condoléances. Elle ne se montra pas aux enterrements. Elle ne fit aucune déclaration publique. Howard Udell, l'avocat de l'entreprise, se chargea d'organiser la riposte juridique des Sackler. La règle générale consistait à éviter de présenter des excuses ou de reconnaître la moindre faute personnelle. Richard Boncza, le chimiste polonais – il avait été embauché directement par Richard Sackler –, expliquerait que la société avait formellement interdit à ses employés de discuter de ce qui avait pu mal tourner. Pour lui, on aurait dit qu'ils « essayaient d'étouffer l'affaire ».

Malgré cela, il ne fallut pas longtemps à l'équipe du journal du comté de Bergen, le *Record*, pour découvrir la véritable identité des propriétaires de Napp. « Il s'agit d'une famille de grands industriels et philanthropes américains, rapporta le journal. Leur cercle international d'amis comprend la princesse Diana de Grande-Bretagne, des prix Nobel, des entrepreneurs influents : rien que du beau monde, en général. [...] Ce ne sont pas les Rockefeller. Ce sont les Sackler. »

Pendant des mois, les journalistes du *Record* s'efforcèrent d'obtenir un commentaire de la part de Raymond ou Richard Sackler ; mais ni le père ni le fils ne voulait dire un mot. Ils demeurèrent inflexibles, apparemment indifférents. Finalement, à l'automne 1995, sept mois après l'explosion, l'un des reporters s'aventura à Manhattan et parvint à accoster Raymond Sackler devant le consulat britannique – dans son territoire de l'Upper East Side, à quelques rues seulement de la maison de ville des Sackler. Il pleuvait encore ce jour-là et Raymond, sur son trente-et-un, s'apprêtait à entrer dans le consulat quand le journaliste l'arrêta pour l'interroger sur l'accident.

« Nous sommes dans ce secteur depuis plus de quarante ans, déclara Raymond. Nous savons ce qu'est la sécurité. Et nous nous soucions de la vie des gens – de tout le monde.

— Mais pensez-vous avoir la moindre responsabilité personnelle dans cette tragédie ? lui demanda le journaliste.

— Absolument pas », répondit Raymond.

Puis il tourna les talons et entra dans le bâtiment. C'était un grand jour pour lui, et il n'allait pas laisser un journaliste intrusif du New Jersey le gâcher. En reconnaissance de ses contributions philanthropiques aux domaines des arts et des sciences, la reine Élisabeth lui avait décerné le titre honoraire de chevalier, et le consul général britannique devait lui remettre une médaille lors d'une cérémonie officielle.

Cette distinction était un sujet dont Raymond était bien plus enclin à parler ; il se déclara profondément ému d'être ainsi récompensé par la reine.

« C'est un honneur, dit-il. Cela me touche beaucoup. »

17

Vendre, vendre, vendre

La première semaine de 1996, un blizzard frappa la côte Est des États-Unis. Un déluge de neige s'abattit sur la région, inondant les petites villes comme les grandes, paralysant l'activité et ensevelissant tout sous un tapis blanc ouaté. Des milliers de voyageurs se retrouvèrent bloqués dans des aéroports, des gares routières et des aires d'autoroute – des bourrasques aveuglantes réduisaient la visibilité, rendant tout déplacement impossible. À New York, les sans-abri se réfugièrent partout où ils purent pour éviter de mourir de froid dans la rue. À Greenwich, dans le Connecticut, de la dentelle de givre recouvrit les fenêtres des demeures élégantes, et quand la neige cessa enfin de tomber, des enfants emmitouflés dans des vêtements colorés s'aventurèrent dehors pour faire des batailles de boules de neige. Des voitures déchargèrent comme par magie des groupes de Latinos, et ces équipes de travail improvisées remontèrent les rues pour déblayer les allées de garage et les entrées de maison.

De l'autre côté du pays, à quatre mille kilomètres de là, le soleil brillait. Une fête battait son plein au Wigwam, un hôtel de luxe célèbre pour ses trois parcours de golf et son décor amérindien kitsch, situé dans le haut désert en bordure de Phoenix. Il neigeait peut-être à New York, mais en Arizona, il faisait vingt degrés. Dans une ambiance joyeuse, où l'alcool coulait à flots, le service commercial de Purdue Pharma se préparait au lancement officiel de l'OxyContin.

La FDA avait autorisé la vente du médicament plusieurs semaines auparavant. Cette fête était une façon de marquer l'événement et de faire du *team-building* en s'amusant : quelques jours de formation et de discours motivants dans le cadre somptueux d'un hôtel cinq étoiles. Les employés de l'entreprise avaient participé à des tournois pour décrocher divers lots (en phase avec le thème de l'établissement, les récompenses étaient appelées « wampums », du nom des colliers de perles amérindiens), et après un dîner de gala dans la grande salle de l'hôtel, des centaines de commerciaux applaudissaient à présent l'arrivée de Richard Sackler sur l'estrade.

« Depuis des millénaires, les êtres humains savent que les bouleversements majeurs dans la trajectoire des civilisations et des entreprises des hommes sont annoncés par des cataclysmes géologiques ou climatiques », commença-t-il.

Sans grand charisme naturel, Richard n'était pas particulièrement doué pour s'exprimer en public. Cela dit, son enthousiasme était palpable tandis qu'il entamait ce discours préparé avec un soin évident. Il lui avait fallu plus de temps que prévu pour quitter le Connecticut, expliqua-t-il ; certains membres de l'équipe de direction étaient encore coincés sur la côte Est. Toutefois, cette tempête de neige « présageait un changement », annonça-t-il avant de se lancer dans une fable humoristique décousue à propos d'un périple que d'autres cadres et lui avaient effectué pour consulter un oracle dans l'Himalaya. « Ô, grand sage, nous sommes des commerciaux », s'étaient-ils présentés. L'histoire était longuette, mais Richard avait affaire à un public captif (il était le propriétaire de l'entreprise, après tout) et il ne ménagea pas ses efforts pour la raconter. Il parvint même à caser une poignée des interjections archaïques qu'il employait depuis l'université : « Balivernes ! Billevesées ! Fadaises ! »

Une génération plus tôt, avec l'aide d'Arthur Sackler, Pfizer était parvenue à faire du Librium un immense succès en recrutant une armée de commerciaux agressifs. Purdue adopterait la même tactique avec l'OxyContin, et la tempête de neige dans le Connecticut serait considérée rétrospectivement comme un présage mystique de sa réussite, proclama Richard. « Le lancement des comprimés d'OxyContin sera suivi d'un blizzard qui ensevelira nos concurrents. Le blizzard sera si dru, dense et blanc que vous ne les verrez même pas hisser leur drapeau blanc. Le commerce des produits concurrents sera paralysé », poursuivit-il, filant la métaphore. L'OxyContin était un médicament « révolutionnaire », assura-t-il à ses délégués. « Vous vous apprêtez à révolutionner le traitement des douleurs chroniques liées au cancer aussi bien qu'à des affections non malignes. »

C'était l'heure de gloire de Richard, l'aboutissement de ses projets les plus fous. Il s'était efforcé de remodeler l'entreprise familiale à son image, de transformer ce fabricant de remèdes quotidiens sans charme au chiffre d'affaires constant en une entité plus agressive, plus créative, plus compétitive et moins conventionnelle. Il avait patiemment cultivé la communauté des spécialistes et militants de la douleur, amadoué les régulateurs de la FDA et développé des stratégies pour encourager un revirement d'opinion chez les médecins américains qui hésitaient encore à prescrire des opioïdes puissants. Avec le lancement de ce nouvel antidouleur, il s'apprêtait non seulement à catapulter les profits de Purdue dans une nouvelle stratosphère, mais aussi à éclipser son propre père et ses oncles.

« Les comprimés d'OxyContin sont le lancement de produit le plus important de l'histoire de l'entreprise. Dans les années à venir, nous nous souviendrons de cette semaine comme du début d'une nouvelle ère pour notre société, et pour nous tous », déclara Richard. Il évoqua « l'engagement toujours plus important de la famille Sackler » dans la société et chanta les louanges de l'équipe chargée du développement de l'OxyContin, qui avait fait approuver le produit par la FDA en un temps record, ainsi que du service commercial, qui allait jouer un rôle essentiel dans la réussite du médicament : « Il n'y a absolument rien d'éthique et légal que nous n'hésiterons à faire pour renforcer le succès de la meilleure force de vente de la planète ! »

Richard resta sur le podium un moment, auréolé de la splendeur de ses troupes, de son empire, de ses perspectives d'avenir. Puis il lâcha : « J'adore cette industrie ! »

Les représentants de commerce ne sont pas des médecins. Ce sont des vendeurs : malins, souvent assez jeunes (parfois tout juste sortis de l'université), compétents, avenants, d'un abord facile. En plus de cela, les représentants de l'industrie pharmaceutique sont connus pour leur physique souvent attrayant. Ces qualités ne sont peut-être pas un prérequis essentiel, mais elles s'avèrent utiles dans un métier qui est par certains aspects relativement ardu. Un délégué pharmaceutique passe son temps à rendre visite à des médecins, des chirurgiens, des pharmaciens – toutes les personnes qui peuvent avoir une influence sur la prescription d'un médicament. En règle générale, ces gens sont débordés et surmenés, et n'apprécient pas forcément qu'on les interrompe à l'improviste au milieu d'une journée très chargée. Les commerciaux sont aussi des professionnels qui ont suivi une formation spécialisée. Un délégué pharmaceutique n'a pas étudié la médecine ni obtenu de diplôme en pharmacie, et pourtant sa tâche consiste à convaincre le prescripteur de prescrire différemment. Les commerciaux sont des missionnaires ambulants. Les meilleurs sont persuasifs de nature. La persuasion est leur métier.

Aux yeux de Richard Sackler, la main-d'œuvre la plus précieuse de Purdue Pharma n'était pas le personnel médical ni les chimistes, ni même les fidèles conseillers de la famille, mais les représentants de commerce. « Nous avions un produit doté d'un formidable potentiel. Le principal moyen de s'assurer qu'on l'utilise était de convaincre les médecins [...] de l'utiliser », se souviendrait-il. Certains délégués de Purdue travaillaient pour l'entreprise depuis des années, voire des décennies, et l'idée de se lancer dans les analgésiques les réjouissait.

Le traitement de la douleur était un domaine d'importance, à la pointe du progrès : un antidouleur opioïde à libération prolongée était un produit glamour à vendre. Pour les commerciaux de longue date, cela représentait un changement de décor rafraîchissant. « Je vendais de l'antiseptique Betadine, des laxatifs Senokot, un produit appelé Cerumenex, pour dissoudre les bouchons d'oreilles, et le X-Prep, qui était un purgatif. Autant vous dire que ça ne m'aidait pas à briller en société », se rappellerait un commercial chevronné.

L'OxyContin semblait en revanche pouvoir faire date, et sa promotion constituerait une entreprise de taille ; Purdue renforça donc son service commercial avec un escadron de nouvelles recrues. Chaque délégué fut préparé : entraîné par des instructeurs, briefé sur les sujets à aborder, armé de brochures médicales d'allure sérieuse qui témoignaient des propriétés révolutionnaires de l'OxyContin. Ils n'avaient qu'une mission, leur déclara un cadre de Purdue : « Votre priorité est de vendre, vendre, vendre l'OxyContin. »

Si un médecin traitait déjà un patient avec un autre antidouleur, les délégués devaient le persuader de passer à l'OxyContin. Même si cet antidouleur était la MS Contin, le propre produit de Purdue, ils lui conseillaient de changer : les Sackler étaient si investis dans ce nouveau médicament qu'ils étaient prêts à pousser le précédent vers la sortie.

L'OxyContin était l'antidouleur « avec lequel on commence, et qu'on adopte », affirmaient les commerciaux, entonnant comme un mantra cette expression soigneusement formulée. Elle laissait entendre que l'OxyContin ne devait pas être considérée comme une solution de dernier recours, à laquelle un patient n'arriverait qu'après avoir épuisé tous les remèdes moins drastiques, mais comme la première ligne de défense contre « les douleurs modérées à sévères ». Par ailleurs, l'OxyContin traitait tout aussi efficacement les douleurs aiguës et ponctuelles que les douleurs chroniques ; c'était un médicament qu'on pouvait utiliser pendant des mois, des années, toute une vie, un médicament « qu'on adoptait ». D'un point de vue commercial, c'était une formule alléchante : on commençait tôt et on ne s'arrêtait jamais.

Bien sûr, Richard et son équipe savaient que beaucoup de professionnels de santé risquaient d'émettre des réserves. Avant le lancement du médicament, ils avaient organisé des réunions de consommateurs pendant lesquelles des médecins avaient exprimé leurs craintes concernant les propriétés potentiellement addictives des opioïdes puissants. Les représentants de commerce avaient reçu des instructions très claires pour contrer ces inquiétudes. On les avait formés à travers des exercices pratiques à « venir à bout des objections ». Si des médecins s'inquiétaient des risques d'abus et d'addiction, les délégués devaient répéter les éléments de langage de la notice, que Curtis Wright, le représentant de la FDA, avait approuvés : « On estime que l'absorption différée permise par les comprimés d'OxyContin réduit les risques d'abus du médicament. » Apprise par cœur, la phrase était récitée comme un verset de texte religieux.

Toutefois, ils ne se contentaient pas de reprendre les affirmations laconiques de la notice. Purdue avait chargé ses commerciaux d'informer les médecins que

« moins de 1 % » des patients qui prenaient de l'OxyContin en devenaient dépendants. C'était le phénomène des « pics et des creux » qui causait l'addiction, expliquaient-ils. Comme l'OxyContin libérait sa charge narcotique dans le système sanguin de façon progressive, les pics et les creux étaient moins prononcés, ce qui rendait une dépendance moins probable. Richard Sackler défendait mordicus cette idée. Au siège de Purdue, on racontait qu'il avait un jour avalé un comprimé d'OxyContin pendant une réunion afin de démontrer que le médicament ne provoquait aucun effet euphorique et n'altérait en rien le comportement.

Après chaque visite, les commerciaux rédigeaient un bref rapport à l'intention de leurs responsables chez Purdue. Ces comptes rendus ressemblaient à des haïkus, griffonnés dans une voiture entre deux déplacements, truffés d'abréviations cryptiques et de raccourcis pratiques. On y retrouvait cependant une foule de références aux promesses de Purdue sur la sécurité de l'OxyContin :

Discuté des risques accessoires d'abus et du ft que l'Oxy entraîne probablemt – d'abus que Percocet et Vicodin.

Inquiétudes cf addiction à l'Oxy [...]. Oxy dure + longtps, a – de pics [...] Est – addictive.

Message sur Oxy mieux passé en parlant d'absence potentielle d'effet euphorisant.

Emily [la directrice de la pharmacie d'un Walmart dans le Kentucky] m'a dit que le Dr Kennedy prescrivait de l'Oxy à tour de bras. Elle a levé les yeux au ciel en disant que le produit marchait extrêmement bien.

Pour encourager les médecins à prescrire davantage d'OxyContin, les commerciaux invoquaient souvent la littérature médicale, et notamment une étude spécifique. « En fait, une enquête réalisée sur plusieurs années auprès de onze mille patients prenant des opioïdes a fait état de seulement quatre cas d'addiction avérés », déclaraient-ils, expliquant que ces données avaient été publiées dans la prestigieuse revue *New England Journal of Medicine*, sous un titre qui se suffisait à lui-même : « L'addiction est rare chez les patients traités avec des narcotiques ». En réalité, le texte en question n'était absolument pas un rapport d'étude vérifié mais une lettre de cinq phrases envoyée à la revue par deux médecins du centre hospitalier universitaire de Boston. L'enquête qu'ils y décrivaient était tout sauf complète : elle était fondée sur un groupe de patients qu'on avait observé à court terme, pendant de brefs séjours à l'hôpital. Bien plus tard, Hershel Jick, l'un des auteurs de la lettre, se dirait « stupéfait » de la façon dont Purdue et d'autres entreprises avaient exploité cette contribution mineure à la recherche pour justifier la commercialisation de masse d'opioïdes puissants. L'industrie s'était approprié son travail pour en faire « une publicité », affirmerait-il.

Cette étude était cependant irrésistible aux yeux des commerciaux, car elle véhiculait un message extrêmement utile : l'opinion publique avait beau associer les opioïdes à l'idée d'addiction, il était extraordinairement rare que des patients deviennent dépendants aux antidouleurs narcotiques tant qu'un médecin supervisait le traitement. Purdue donnait également l'impression que cette nouvelle perception des opioïdes était de plus en plus répandue. Ses délégués étaient armés de ce que la société décrivait comme de la documentation « extérieure » : des analyses réalisées par des groupes en apparence indépendants – qui avaient en réalité été produites ou subventionnées par Purdue. La société se dota d'un service des conférences au travers duquel elle rémunéra plusieurs milliers de médecins pour aller vanter les mérites des opioïdes puissants lors de congrès médicaux. Ces professionnels de santé étaient envoyés tous frais payés à des « séminaires sur la gestion de la douleur » dans des endroits comme Scottsdale, dans l'Arizona, ou Boca Raton, en Floride. Pendant les cinq années qui suivirent le lancement de l'OxyContin, Purdue sponsorisa sept mille séminaires de ce genre.

Le marketing de l'OxyContin reposait sur un cycle empirique : l'entreprise persuadait des médecins que le médicament était sans danger grâce à des informations produites par des médecins payés ou subventionnés par l'entreprise. Russell Portenoy, l'homme qu'on appelait le « roi de la douleur », incarnait parfaitement ce conflit d'intérêts. Il dirigeait le service d'analgésie et de soins palliatifs de l'hôpital Beth Israel de New York, mais avait aussi des liens financiers avec Purdue. Il présidait la Société américaine de la douleur et une partie de la Fondation américaine de la douleur, deux groupes a priori indépendants qui étaient en réalité financés par Purdue et d'autres sociétés pharmaceutiques. Partout où il allait, il arguait que la mauvaise réputation dont souffraient les opioïdes était injustifiée. Le problème n'était pas que des spécialistes de la douleur tel Portenoy se fassent payer pour défendre des thèses auxquelles ils ne croyaient pas : Portenoy était fermement convaincu de l'innocuité des opioïdes, et qu'ils devaient être prescrits plus largement. Il s'agissait plutôt d'une convergence d'intérêts : Purdue et lui s'aidaient mutuellement à amplifier un même message. Plus tard, Portenoy reconnaîtrait lui-même qu'avant l'OxyContin, « aucune entreprise n'avait fait la promotion des opioïdes avec autant de zèle ».

Purdue plaçait des publicités pour l'OxyContin dans des revues médicales, sur des sites internet sponsorisés traitant des douleurs chroniques, et distribuait un assortiment vertigineux de cadeaux promotionnels : chapeaux de pêche, peluches, étiquettes à bagage. Les commerciaux semaient ces objets dans leur sillage – où qu'ils se tournent, les médecins trouvaient des rappels du produit. Ils élaboraient aussi d'habiles stratégies pour soutirer quelques minutes aux praticiens débordés, surgissant par exemple à midi avec un déjeuner offert par Purdue.

Les professionnels de santé accueillaient souvent avec dédain l'idée que les cajoleries des sociétés pharmaceutiques puissent influencer leurs habitudes de prescription. Cela avait été une des pierres angulaires de la philosophie d'Arthur Sackler : une image des médecins en figures monacales, insensibles à la flatterie, à la tentation ou à l'appât du gain, uniquement concentrées sur les étroits diktats des bonnes pratiques médicales. Du point de vue d'Arthur, il était risible voire insultant d'insinuer qu'une réclame originale ou un bon steak suffiraient à orienter le jugement clinique d'un soignant. On ne pouvait tout simplement pas acheter un médecin, arguait-il.

Évidemment, cela n'est pas plus vrai aujourd'hui qu'à l'époque où Arthur Sackler l'affirmait. Les médecins sont humains, et l'idée qu'enfiler une blouse blanche les protège comme par magie de la tentation est une chimère. Une étude de 2016 montre qu'offrir ne serait-ce qu'un seul repas d'une valeur de 20 dollars à un praticien peut suffire à modifier la façon dont il prescrit les médicaments. Quand bien même ils prétendaient le contraire, les Sackler en étaient tout à fait conscients et n'avaient pas besoin d'études pour s'en convaincre. Certaines années, Purdue alloua jusqu'à 9 millions de dollars uniquement pour les repas offerts aux médecins. Richard Sackler était tellement tatillon qu'il n'aurait jamais approuvé une telle dépense s'il n'avait pas été certain qu'elle s'avérerait payante. « Les médecins qui ont assisté aux dîners ou aux rencontres du week-end ont rédigé plus du double de nouvelles ordonnances pour l'OxyContin que le groupe témoin », écrivit-il dans un mail envoyé à Michael Friedman en 1996, récapitulant des données recueillies par Purdue. Il nota que les « rencontres du week-end avaient eu le plus d'impact ».

Même les médecins qui n'acceptaient pas de cadeaux de l'entreprise se révélaient très sensibles au message que Purdue cherchait à faire passer. « Le but premier de la médecine est d'apaiser les souffrances, et l'un des types de souffrance les plus courants auxquels les médecins sont confrontés, c'est la douleur, soulignerait David Juurlink, directeur du département de pharmacologie clinique et de toxicologie de l'université de Toronto. On a un patient qui souffre, on a un médecin qui veut réellement l'aider, et tout à coup, on a une intervention qui – nous dit-on – est sans danger et efficace. » Comme certains documents promotionnels de Purdue l'avançaient, c'était en réalité « un flacon d'espoir » que l'entreprise vendait.

« Tout indique que nous avons devant nous un produit capable de faire exploser les ventes ! » déclara à l'ensemble des commerciaux Mike Innaurato, un responsable de Purdue. Cela pourrait s'avérer très rentable pour eux, souligna-t-il : « C'est le moment de capitaliser sur les primes que l'OxyContin vous permettra de décrocher. » Purdue était encore une entreprise de taille moyenne, moins importante que les géants de l'industrie pharmaceutique cotés en Bourse. Elle jouissait toutefois d'une bonne réputation en tant qu'employeur. Les Sackler payaient bien, prenaient soin de leur personnel et encourageaient les commerciaux à miser sur leur propre talent. « Les Sackler considéraient vraiment les gens qui travaillaient pour eux comme leur famille, se souviendrait un ancien cadre. Ils avaient un système de rémunération unique, qu'ils utilisaient déjà bien avant l'OxyContin. La plupart des sociétés limitaient le montant des primes qu'un commercial pouvait toucher. Pas Purdue. » C'était, en substance, le contrat qu'Arthur Sackler avait négocié pour lui-même quand il travaillait à promouvoir le Valium : si les ventes augmentaient, les bonus suivaient. Il n'y avait pas de limite. « Purdue n'a jamais imposé de plafond ; ils voulaient motiver leurs employés. »

Steven May était un ancien policier installé à Roanoke, en Virginie, qui avait été représentant de commerce pour une société pharmaceutique concurrente avant de rejoindre Purdue en 1999. May connaissait la réputation de l'entreprise. On y payait mieux qu'ailleurs, et l'OxyContin était un médicament en vogue. Le sentiment général dans l'industrie était que Purdue faisait de bonnes choses et que cela lui réussissait : elle produisait un remède novateur qui aidait les gens et récoltait d'immenses profits au passage. « Nous avions l'impression de servir une noble cause, raconterait May. Des millions de personnes souffraient, et nous avions la solution. » May se rendit à Norwalk pour trois semaines de formation théorique au siège de la société. Un soir de fête dans une *steak house*, il posa pour une photo avec Raymond Sackler devant une sculpture en glace représentant le mot « Purdue ». Pendant le dîner, il se retrouva assis à la même table que Richard. « J'étais subjugué, se souviendrait-il. En le voyant pour la première fois, j'ai pensé : "C'est le type à l'origine de tout ça. Il dirige une entreprise que sa famille possède. Je veux être lui, un jour." »

May faisait partie des quelque sept cents délégués que Purdue déploya dans tout le pays avec pour mission d'encourager les professionnels de santé à prescrire de l'OxyContin à la plus large catégorie de patients possible. Au total, ils rendirent visite à près d'une centaine de milliers de médecins. Selon May, « Purdue était particulièrement douée pour une chose : cibler les médecins qui n'étaient pas spécialistes de la douleur, comme les généralistes ». Pour ce faire, les commerciaux avaient accès à un outil de poids. Dans les années 1950,

Arthur Sackler et son ami Bill Frohlich avaient fondé la société d'études de marché IMS – celle-là même qui avait causé la brouille entre les frères Sackler à la mort de Frohlich, quand Raymond et Mortimer avaient refusé de céder sa part à Arthur. IMS était restée en activité et s'était transformée au fil des décennies en entreprise de *big data* ; elle récoltait des informations extraordinairement détaillées sur les habitudes de prescription des professionnels de santé. Les données fournies par IMS permettaient à Steven May et ses collègues de décider quels médecins contacter. Ils visaient certaines régions en particulier – des endroits où l'on trouvait beaucoup de médecins de famille, où beaucoup de gens avaient perçu une indemnité après un accident de travail ou bien souffraient d'un handicap. « Nous dirigions l'attention de nos délégués vers les médecins qui [...] prescrivaient beaucoup d'opioïdes », expliquerait Richard Sackler. Un praticien qui rédigeait énormément d'ordonnances pour des antidouleurs était un atout inestimable. Reprenant un terme employé dans les casinos pour désigner un joueur extrêmement dépensier, les commerciaux appelaient ce type de médecin une « baleine ».

Purdue avait aussi demandé explicitement à ses délégués de cibler les médecins que l'entreprise qualifiait de « naïfs au sujet des opioïdes » – des médecins peu habitués à prescrire ce genre de médicaments. Il semblait à May que Purdue constituait la principale source d'information dont certains de ces praticiens disposaient à propos de l'utilisation des opioïdes dans le traitement de la douleur. On avait conseillé aux commerciaux d'éviter d'employer des « termes comme “puissants” », qui « risqueraient de faire penser à certaines personnes que le médicament était dangereux et devait être réservé à des douleurs plus sévères ». En 1997, un cadre de l’entreprise souligna lors d’un échange avec Richard Sackler que beaucoup de professionnels de santé pensaient à tort que l’oxycodone était moins puissante que la morphine – elle l’était deux fois plus. « Nous devons prendre garde à ne pas changer cette image », déclara-t-il.

Le secteur où May était chargé de faire du démarchage couvrait une partie de l’ouest de la Virginie et du sud de la Virginie-Occidentale. Purdue avait constaté que dans certaines régions, la demande pour le produit était pratiquement illimitée. « Les ventes sont allées croissant dès le début. C’était phénoménal », se rappellerait May. Dès qu’un certain volume était atteint dans un secteur, l’entreprise divisait la zone en deux et y envoyait un délégué supplémentaire. « On croyait au potentiel de croissance du produit, expliquerait May. Alors si ces deux nouvelles zones marchaient bien, on les divisait à nouveau. On y envoyait encore plus de délégués. On continuait à encourager la croissance. »

Aux yeux de May et de ses collègues, le succès du médicament résidait notamment dans son efficacité. Il faisait des miracles. Au siège de Norwalk, on commença à recevoir des lettres tout à fait extraordinaires où des malades expliquaient comment le traitement les avait aidés. Des gens qui souffraient de douleurs chroniques débilitantes témoignaient que l’OxyContin avait changé leur vie : pour la première fois, ils pouvaient enfin dormir la nuit, ou retourner au travail, ou prendre leurs petits-enfants dans leurs bras.

Ces récits encouragèrent Richard Sackler. « Pourquoi ne pas lancer une campagne concentrée sur le malade en grande souffrance qui n'a jamais été soigné, et qui redevient mobile et retrouve sa vie grâce à nos produits ? » demanda-t-il en 1997. Suivant ces instructions à la lettre, l'entreprise produisit une vidéo promotionnelle intitulée *J'ai retrouvé ma vie*, dans laquelle des personnes atteintes entre autres de polyarthrite rhumatoïde ou de fibromyalgie témoignaient de l'enfer personnel que constituaient les douleurs non traitées. « C'était comme si quelqu'un donnait sans arrêt des coups de piolet dans ma colonne vertébrale », racontait ainsi Johnny Sullivan, un ouvrier du bâtiment à la forte carrure. La vidéo avait été réalisée avec l'aide de l'un des conférenciers rémunérés par Purdue, un médecin du nom d'Alan Spanos qui dirigeait deux centres antidouleur en Caroline du Nord. Le film spécifiait qu'il avait été formé à la médecine « à l'université d'Oxford, au Royaume-Uni ». C'était un homme mince, aux cheveux clairsemés rabattus sur le côté ; dans la vidéo, il apparaissait vêtu d'une chemise vert pâle et d'une cravate assortie, à côté de livres de médecine et d'un diplôme encadré. « Il ne fait aucun doute que les opioïdes sont ce que nous avons de mieux et de plus puissant pour traiter la douleur », déclarait-il à la caméra. Ces médicaments avaient peut-être « la réputation de provoquer une dépendance et d'autres choses terribles », mais il ne s'agissait que d'une idée reçue. « En fait, le taux d'addiction parmi les patients traités par des médecins est largement inférieur à 1 %. » D'après Spanos, les opioïdes étaient tout simplement miraculeux. « Ils ne perdent pas en efficacité, ils continuent à fonctionner, ils ne présentent pas d'effets indésirables graves. »

Au siège de Purdue, Michael Friedman découvrit ces témoignages avec ravissement. Il les estima « très percutants », et demanda à ses subordonnés de terminer la vidéo à temps pour la réunion de vente annuelle, qui devait avoir lieu en janvier. Les Sackler s'intéressèrent personnellement au projet ; le frère de Richard, Jonathan, en discuta avec Michael Friedman et d'autres cadres haut placés. En 1998, quand la vidéo fut terminée, l'entreprise en distribua plus de vingt mille exemplaires.

On disait parfois chez Purdue que l'OxyContin était un si bon produit qu'il « se vendrait tout seul ». C'était une simple tournure de phrase plutôt qu'une stratégie marketing officielle, mais les Sackler prirent l'idée suffisamment au sérieux pour que l'entreprise lance une initiative coûteuse visant à fournir des échantillons gratuits à des malades. C'était une technique classique de l'industrie. Quand Bayer avait commercialisé l'héroïne au début du XXe siècle, des échantillons avaient été offerts aux consommateurs potentiels. Lorsque Roche avait cherché à encourager l'implantation du Valium sur le marché canadien dans les années 1970, quatre-vingt-deux millions de comprimés avaient été distribués à titre gratuit en une seule année. Si vous vendez un produit qui soulage les gens (et qui est peut-être aussi hautement addictif), cette première dose gratuite vous rapporte généralement bien plus d'argent que vous n'en avez dépensé.

Dans le cas de l'OxyContin, Purdue développa un programme grâce auquel des patients recevaient des bons pour un nombre de comprimés correspondant à une ordonnance de trente jours. Michael Friedman expliquerait que ces échantillons servaient à « familiariser » les consommateurs avec l'OxyContin. Si cet antidouleur était vraiment celui avec lequel on commençait, et qu'on adoptait, une bonne partie des patients voudraient sûrement continuer à en prendre après l'avoir essayé. Quand le programme toucha à sa fin, en 2001, Purdue avait financé trente-quatre mille ordonnances.

Plusieurs doses d'OxyContin étaient proposées à la vente : 10 milligrammes, 20 milligrammes, 40 milligrammes et 80 milligrammes. En 2000, un comprimé contenant la dose colossale de 160 milligrammes fut lancé sur le marché. Selon l'entreprise, il n'existait pas « de dose journalière maximum – ou de dose "plafond" », même si Larry Wilson, le chimiste de Purdue qui avait travaillé sur l'OxyContin, estimait que « 160 milligrammes étaient un peu exagérés ». La première année, l'OxyContin rapporta 44 millions de dollars à Purdue. L'année d'après, ce chiffre avait doublé. L'année suivante, il avait encore doublé.

« J'ai le plaisir d'annoncer que le cumul des ventes sur l'année passée à compter de septembre 1999 est de 601 millions de dollars, écrivit Michael Friedman à Richard, Raymond et Mortimer Sackler, avant d'ajouter : Les prescriptions d'OxyContin continuent d'augmenter. » La société attribuait cette croissance stupéfiante à « la présence persistante d'un important marché qui [n'avait] pas encore été satisfait ». Des millions d'Américains affligés de douleurs chroniques non traitées avaient dû se contenter jusqu'alors de remèdes peu efficaces. Comme l'entreprise vantait les mérites de l'OxyContin et offrait des échantillons gratuits aux malades, il n'y avait rien d'étonnant à ce que les ventes décollent. « On ne décèle aucun signe de ralentissement ! » déclara Richard Sackler à une équipe de commerciaux en 2000.

Richard se consacrait corps et âme au médicament. Beth et lui avaient trois enfants à présent, David, Marianna et Rebecca. Richard exigeait beaucoup d'eux, et son naturel brusque autant que sa franchise donnaient parfois l'impression qu'il ne les entourait pas d'une grande affection. « Il ne comprend tout simplement pas l'effet que ses paroles peuvent avoir », observerait David. Celui-ci jouait au hockey et, quand son père n'était pas satisfait de sa performance à un match, il le lui faisait savoir. David avouerait plus tard que les remarques acerbes de Richard et la désinvolture avec laquelle il les assénait pouvaient être profondément blessantes.

Cependant, Richard n'était pas particulièrement concentré sur sa famille, à l'époque. « Après la phase de lancement initiale, je devrai rattraper le temps perdu dans ma vie privée », écrivit-il dans un mail à un ami, trois ans après le début de la commercialisation du médicament. Alors que les profits de l'OxyContin s'envolaient, il restait obnubilé par les chiffres de vente. On avait commencé à lancer le produit à l'étranger et Richard commença à se demander s'il serait possible de vendre les comprimés de façon « non réglementée » – sans ordonnance – en Allemagne. La proposition était pour le moins audacieuse – suffisamment pour que Robert Kaiko, l'employé de Purdue à qui l'on attribuait l'invention de l'OxyContin, signale qu'il s'agissait d'une très mauvaise idée. « Cela m'inquiète beaucoup », indiqua-t-il par mail, ajoutant « déconseiller » cette option. Les délégués de Purdue avaient beau promettre à des médecins dans toute l'Amérique que l'OxyContin présentait peu de risques d'addiction, en privé, Kaiko avertit Richard que la société n'avait pas « des bases suffisamment solides pour avancer que les risques liés à la surconsommation de l'OxyContin étaient minimes ou inexistants ».

Pas découragé pour autant, Richard demanda : « Dans quelle mesure cette option augmenterait-elle nos ventes ? »

Kaiko travaillait avec Richard depuis des années et connaissait les tendances obsessionnelles de son patron. Au lieu d'aborder la question sous l'angle de la santé publique, il présenta des arguments que Richard accepterait sûrement plus volontiers, détaillant les conséquences qu'une telle décision aurait sur les ventes, et rien d'autre. « Si l'OxyContin est vendue sans ordonnance en Allemagne, il est très probable qu'elle sera à terme utilisée à mauvais escient, et que son usage sera régulé, écrivit-il. L'impact négatif que cela pourrait avoir sur la commercialisation internationale du médicament serait bien plus important que toute augmentation temporaire des ventes qu'un statut non contrôlé nous permettrait d'obtenir. »

Kaiko finit par l'emporter et le projet fut abandonné. Richard manifesta malgré tout son mécontentement, grommelant : « Je trouvais que c'était une bonne idée. »

Selon la politique tarifaire de Purdue, plus la dose d'OxyContin était élevée, plus elle rapporterait d'argent à l'entreprise. Cela expliquait peut-être une autre obsession de Richard : l'effet plafond. Steven May et les autres délégués subissaient une pression constante du siège pour encourager les médecins à « titrer » davantage, c'est-à-dire à augmenter la dose prescrite. Comme l'OxyContin était un opioïde, ce sujet avait une importance particulière, car le corps s'accoutumait progressivement à la substance : un patient qui commençait par 10 milligrammes d'OxyContin deux fois par jour constaterait peut-être que cette dose suffisait à apaiser sa douleur ; mais au bout d'un moment, 10 milligrammes ne seraient plus assez. En théorie, la gamme de comprimés d'OxyContin résolvait ce problème. Le patient pouvait simplement passer de 10 milligrammes à 20, et ainsi de suite jusqu'à 160. Or certains médecins paraissaient réticents à prescrire de telles doses d'OxyContin, avançant que le médicament possédait peut-être un plafond – une limite thérapeutique pratique à la quantité qu'on pouvait administrer. Cette idée révoltait Richard Sackler. Il se plaignit à Michael Friedman que certains oncologues semblaient penser qu'au-delà d'une certaine dose, l'OxyContin cessait de fonctionner. « Quelle documentation pourrions-nous constituer pour balayer cette méprise fondamentale ? » demanda-t-il.

« C'était une entreprise assez exceptionnelle », se souviendrait Steven May. Quand il avait commencé à travailler pour Purdue, il avait eu le sentiment d'intégrer « le haut du panier ». C'était « un environnement classieux, qui respirait la réussite ». Les ventes astronomiques de l'OxyContin avaient renforcé le moral et le succès de toute l'entreprise.

« On avait l'impression d'être les rois du monde, raconterait un cadre qui avait collaboré de près avec les Sackler à cette époque. L'argent coulait à flots. On brassait des centaines de millions. On allait dîner à Darien, dans le Connecticut. Le montant de l'addition s'élevait à 19 000 dollars. Les gens dépensaient sans compter. On se faisait surclasser quand on prenait l'avion. » Arthur Sackler avait eu la réputation d'être près de ses sous quand il voyageait, privilégiant la classe économique même une fois devenu riche. À présent, certains cadres de Purdue prenaient le Concorde – l'avion supersonique luxueux et racé qui pouvait traverser l'Atlantique en moins de quatre heures. « Vous participez à la légende qui est en train de s'écrire », annonça Richard aux commerciaux pendant la réunion de vente annuelle de l'entreprise, en janvier 2000. Dans un mail, il résuma le succès fulgurant de l'OxyContin : « [Le lancement du produit] a dépassé toutes nos attentes, nos études de marché et nos rêves les plus fous. »

C'était une période grisante pour les délégués de Purdue. « $$$$$$$$$$$$ – c'est l'heure des primes, les enfants ! » pouvait-on lire dans une note rédigée par un directeur commercial du Tennessee. Purdue avait mis en place un programme pour récompenser les « As des ventes », les délégués les plus efficaces du pays. En reconnaissance de leurs efforts, on les envoyait en vacances tous frais payés dans des endroits comme les Bermudes. La concurrence faisait rage entre les différents secteurs, un phénomène que Purdue encourageait. « C'est le moment de décrocher vos primes, annonça un responsable des ventes à son équipe. Vous avez les infos. Vous avez les outils. Il ne vous manque que de l'ambition pour devenir des As. »

Parmi les commerciaux éparpillés dans le pays, des récits fantasmatiques commencèrent à circuler sur le volume d'OxyContin que certains d'entre eux écoulaient et sur leurs primes hors normes. On racontait que des délégués engrangeaient des revenus à six chiffres en un trimestre. On disait qu'un commercial de Myrtle Beach, en Caroline du Sud, avait touché 170 000 dollars en trois mois. Quatre ans après la fête de lancement au Wigwam, l'OxyContin avait rapporté 1 milliard de dollars à l'entreprise, dépassant le best-seller par excellence de l'époque, le Viagra. Cinq ans après la commercialisation du produit, Purdue avait plus que doublé sa force de vente. En 2001, la société déboursa 40 millions de dollars rien que pour les primes de ses employés. Le bonus annuel moyen des commerciaux atteindrait près de 250 000 dollars, et les meilleurs délégués gagneraient encore plus. Michael Friedman finit par informer les Sackler qu'à ce stade, le principal obstacle à une augmentation des ventes résidait uniquement dans « l'approvisionnement ». L'entreprise n'arrivait littéralement pas à produire l'OxyContin aussi vite qu'elle la vendait.

Steven May avait le sentiment d'avoir réalisé un rêve en devenant représentant de commerce pour l'OxyContin. Il travaillait dur et gagnait beaucoup d'argent. Son secteur de vente comportait un grand hôpital pour anciens combattants ; il y faisait une publicité acharnée pour le produit, de même que dans les petites villes de Virginie et de Virginie-Occidentale. On lui avait appris à continuellement encourager les médecins à augmenter les doses prescrites. Il avait un intérêt personnel à le faire car le montant de son bonus dépendait non pas du nombre d'ordonnances qu'il faisait rédiger, mais du chiffre d'affaires final : plus il vendait de comprimés à haute dose, plus il était payé. Ses résultats étaient si bons qu'une année, la société lui offrit un séjour à Hawaii.

Un jour de l'année 2000, May se rendit à Lewisburg, une petite bourgade de Virginie-Occidentale. Un médecin des environs était devenue l'une de ses meilleures prescriptrices et il voulait lui rendre visite. Mais quand il arriva, la femme était livide. Elle lui expliqua qu'une jeune fille de sa famille venait de mourir. Elle avait fait une overdose d'OxyContin.

18

Ann Hedonia

Au début de l'année 2001, une information fascinante parvint aux oreilles de Barry Meier, un journaliste d'investigation du *New York Times*. Âgé de cinquante ans, Meier était un homme fluet à la calvitie galopante et au regard fureteur derrière des lunettes à monture invisible. Il projetait une énergie fébrile assez typique des fouineurs de premier ordre, toujours à l'affût d'un bon sujet. Fils de juifs allemands réfugiés aux États-Unis dans les années 1930, il avait grandi à New York et dans les environs. C'était un reporter à l'ancienne qui s'exprimait avec un langage fleuri, à grand renfort de « putain ». Son ascension jusqu'aux plus hautes sphères du journalisme n'avait pas été conventionnelle, selon les critères du *New York Times*. Meier avait déserté l'université de Syracuse juste avant d'obtenir son diplôme, en pleine guerre du Viêtnam. Il avait vagabondé à travers le pays, vivant de petits boulots, et s'était mis par hasard à travailler pour une revue spécialisée au nom très alléchant de *Floor Covering Weekly*

(« L'Hebdomadaire du revêtement de sol »). Cet emploi lui avait plu. Meier avait des facilités pour l'écriture ; dans sa période beatnik, il avait caressé l'idée de devenir romancier. Il se fit remarquer en couvrant le secteur du revêtement de sol et ne tarda pas à rejoindre une revue de plus grande envergure et qualité, *Chemical Week*.

Ce fut là que Barry Meier commença à cultiver son goût pour l'investigation. Il se découvrit un véritable talent pour le journalisme. *Chemical Week* était lue principalement par des membres de l'industrie chimique ; mais voilà que Meier, au lieu de se contenter d'aligner les pensums lénifiants, déterrait les secrets inavouables du secteur, à la façon de Woodward et Bernstein. « Je passais mon temps à écrire des choses qui rendaient chèvres les sociétés abonnées à *Chemical Week* », se rappellerait-il. Il bénéficiait du soutien de son rédacteur en chef, John Campbell, selon lequel leur publication devait aspirer à être davantage qu'un journal commercial. « J'ai toujours aimé éplucher les documents, les vieux dossiers et ce genre de trucs », raconterait Meier. Un jour où il cherchait des renseignements sur Dow Chemical aux Archives nationales, à Washington, il tomba sur d'anciens documents indiquant que pendant la guerre du Viêtnam, lorsque Dow fabriquait à Midland, dans le Michigan, le défoliant qu'on avait surnommé l'« agent orange », des produits chimiques avaient filtré dans les eaux souterraines de la région. Il entreprit d'écrire un article à ce sujet, et Dow Chemical piqua « une crise de nerfs ». Un bataillon de cadres débarqua à New York, exigeant de voir John Campbell. Ils firent des pieds et des mains pour empêcher la parution de l'article. Campbell défendit son journaliste, refusant de céder. Les révélations sur Dow furent publiées dans *Chemical Week* puis reprises par le *Wall Street Journal*, qui proposa d'embaucher Meier.

Après plusieurs années passées à mener des enquêtes de fond sur des catastrophes écologiques et des scandales industriels, Meir fut engagé au *New York Times*. À la fin des années 1990, on le chargea de suivre le litige qui portait sur les géants de l'industrie du tabac et les effets nocifs du tabagisme. Des générations d'Américains avaient souffert et perdu la vie à cause de cancers et d'autres maladies liées à la cigarette, et on commençait à se rendre compte que, tout en ayant connaissance des risques posés par leurs produits, les fabricants de tabac les avaient systématiquement minimisés. En 1998, les cigarettiers acceptèrent de verser aux États qui les avaient attaqués en justice la somme colossale de 206 milliards en dommages-intérêts. C'était une saga passionnante, et épuisante à couvrir. Meier avait aussi le sentiment d'être arrivé après la bataille. « C'était le genre de sujet dont on ne pouvait plus retirer aucune gloire, se souviendrait-il. Tout ce que j'avais à faire, c'était d'éviter de merder. Je n'allais publier aucun scoop. Ils étaient déjà tous sortis. »

Meier finit par être délivré du procès des fabricants de tabac. Un jour, alors qu'il était assis à son bureau dans les locaux du *Times*, un rédacteur en chef lui rapporta une nouvelle intéressante. Une de ses sources dans le Midwest lui avait téléphoné pour lui raconter qu'une « nouvelle drogue [faisait] fureur » sur le marché noir. Le plus fou était que cette substance populaire était un médicament vendu sur ordonnance, censé ne présenter aucun risque d'abus.

« On appelle ça l'OxyContin », dit le rédacteur en chef.

Meier ne connaissait pas grand-chose à l'industrie pharmaceutique. Il n'avait jamais entendu parler de Purdue Pharma, la société qui produisait ce médicament. Aidé d'un collègue, il commença à se renseigner par téléphone. Il découvrit que beaucoup de monde semblait consommer de l'OxyContin illégalement. Le produit avait rencontré un grand succès auprès des malades, apaisant des douleurs terribles ; mais on en faisait aussi un usage récréatif. On disait qu'il procurait un plaisir intense et très pur. En théorie, le système Contin utilisé dans l'enrobage des comprimés aurait dû empêcher les consommateurs de recevoir leur charge narcotique de plein fouet. Néanmoins, les gens s'étaient rendu compte qu'en écrasant les pilules – ou même en les mâchonnant –, on pouvait déjouer le système de libération progressive et déclencher une énorme montée d'oxycodone pure. Il n'avait pas fallu chercher loin pour parvenir à cette découverte. En fait, chaque flacon était accompagné d'un avertissement qui, avec le recul, servait aussi accidentellement de mode d'emploi : « Ingérer des comprimés d'OxyContin effrités, mâchés ou écrasés pourrait mener à la libération et à l'absorption rapide d'une dose potentiellement toxique d'oxycodone. »

Meier contacta ses informateurs dans la police, qui lui parlèrent d'un marché noir actif autour de l'OxyContin. Il s'entretint avec des pharmaciens et des médecins qui témoignèrent des tactiques de vente agressives des délégués de Purdue. « Ils viennent nous dire qu'on ne peut pas faire un usage détourné de ce médicament, mais ça ne correspond pas à ce que je vois », lui expliqua un pharmacien.

En novembre 2000, Michael Friedman avertit ses collègues qu'un reporter « était en train de fourrer son nez dans cette histoire d'abus d'OxyContin ». Mortimer Sackler inscrivit cette possible menace au programme de la réunion suivante du conseil d'administration. Réfléchissant à l'attitude à adopter en cas de polémique, Michael Friedman suggéra une stratégie pour « détourner l'attention portée sur les propriétaires de l'entreprise ».

Le 9 février 2001, Meier et un de ses collègues, Francis X. Clines, publièrent un article en une du *Times* : « Un médicament contre les douleurs liées au cancer présente de nouveaux risques d'abus ». Le reportage ne mentionnait pas les Sackler, mais il brossait un portrait alarmant de la situation. « Dans des dizaines de régions rurales de l'Est, des policiers débordés luttent contre ce qu'ils décrivent comme l'abus de plus en plus répandu d'un antidouleur puissant, prescrit aux malades du cancer en phase terminale et à d'autres malades affligés de douleurs sévères. » L'OxyContin se vendait comme des petits pains non seulement sur le marché légal, mais aussi sous le manteau. « Une fois réduit en poudre, le médicament peut être sniffé par les toxicomanes ou dissout pour être injecté », rapportaient Meier et Clines. Ils avaient identifié des cas d'abus, d'overdose et de commerce illégal de l'OxyContin dans le Maine, le Kentucky, l'Ohio, la Pennsylvanie, la Virginie, la Virginie-Occidentale et le Maryland.

À l'époque où Barry Meier commença à enquêter sur Purdue, l'entreprise, désormais à l'étroit au siège de Norwalk, venait d'emménager dans de nouveaux locaux. Les Sackler avaient acheté un bâtiment moderne à Stamford, dans le Connecticut, qui surplombait la route 95. Il se composait de vastes étages de différentes tailles, revêtus de verre foncé et empilés les uns sur les autres en une forme qui évoquait une ziggourat – un temple antique.

Une atmosphère euphorique régnait dans les bureaux. « Je crois qu'aucun de nous ne pensait que ça marcherait si bien », raconterait un ancien cadre. Les médecins avaient accueilli les arguments de vente des commerciaux avec beaucoup plus d'enthousiasme que quiconque aurait pu l'espérer. « Nous avons dû accélérer la production. » À Totowa, dans le New Jersey, l'usine de Purdue tournait vingt-quatre heures sur vingt-quatre, crachant des pilules à la chaîne. « Nous avions fixé un prix élevé pour ce produit, et il se vendait quand même », déclarerait le cadre d'un ton satisfait.

Si le succès initial de l'OxyContin et les intarissables profits qu'elle avait engendrés avaient dépassé ses rêves les plus fous, Richard Sackler n'avait pas tardé à recalibrer ses attentes. Un jour de 1999, Michael Friedman, l'informa par mail que le médicament rapportait désormais 20 millions de dollars par semaine. Richard lui répondit aussitôt, à minuit, que ce n'était « pas si génial ». Il y avait des progrès à faire. « Bah, des bricoles ! On a vu mieux », écrivit-il.

Cette année-là, Richard fut nommé directeur général de Purdue. Son frère Jonathan et ses cousins Kathe et Mortimer junior étaient à présent directeurs délégués.

ın message adressé à un collègue, Udell admit
reprise avait « repéré des allusions à un usage
le [ses] produits opioïdes sur internet ». Il sem-
efois avoir essayé de limiter les traces écrites
études de Purdue sur le détournement de son
niracle. Quand des commerciaux des quatre
pays se mirent à remonter les histoires d'addic-
abus dont ils discutaient avec les pharmaciens
decins, Udell leur donna la consigne de s'en
faits dans leurs notes de visites : s'ils rencon-
es problèmes, ils ne devaient pas les signaler
À la même époque, il expliqua aussi à West
t en train de développer un système « d'encre
» permettant aux mails de s'autodétruire au
trois mois. L'idée semblait un peu tirée par
eux, voire paranoïaque. Udell était un juriste,
ıventeur. Et pourtant, il déposa bel et bien un
our un « système d'autodestruction de docu-
de courrier électronique ». (D'après Kathe
« ça ne marchait pas vraiment ».)
omme les Sackler, Udell accordait une confiance
ble à la magie chimique de l'OxyContin. Il lui
tout simplement impensable que le médica-
sse vraiment être dangereux. En fait, il se fiait
ement à l'antidouleur que, quand Martha West
boitant dans son bureau et lui dit qu'elle souf-
ı mal de dos dû à une blessure dans un acci-
a route, il déclara : « Il faut qu'on vous mette
yContin. » Il demanda à quelqu'un du service
de Purdue d'orienter West vers un spécialiste
ouleur dans le Connecticut. Le médecin lui

Mortimer senior et Raymond (« le Dr Mortimer » et « le Dr Raymond », comme on les appelait en interne, parce qu'il y avait tellement de « Dr Sackler » qu'on devait employer leurs prénoms) restaient également actifs ; on les mettait en copie des mails, et on les traitait généralement avec admiration. « Ils sont tellement fringants et alertes », s'émerveilla un responsable de Purdue à l'époque. Néanmoins, la jeune génération des Sackler prenait peu à peu le contrôle de l'entreprise. Au One Stamford Forum, la famille s'installa dans de vastes locaux réservés à la direction, tout en haut du bâtiment. Le reste de l'immeuble avait l'allure d'une tour de bureaux ordinaire, et seuls des employés triés sur le volet pouvaient accéder au neuvième étage. C'était un monde à part, avec de la moquette couleur pourpre et une atmosphère de club privé. « L'éclairage était différent, se rappellerait un ancien salarié ayant fréquenté les lieux. Il y avait des œuvres d'art. Toutes les assistantes de direction étaient des femmes. On aurait cru avoir remonté le temps. »

Le bureau de Richard se trouvait au neuvième étage, de même que ceux de Kathe, Jonathan et Raymond. Raymond avait eu quatre-vingts ans en 2000, mais il se rendait encore au travail en Jaguar tous les jours. On continuait à lui servir son déjeuner dans la salle à manger de la direction. Jonathan le rejoignait parfois à l'improviste. Richard, plus occupé et plus collet monté, préférait charger son assistante de téléphoner à celle de Raymond pour fixer une date. Même s'il dirigeait désormais l'entreprise, Richard se comportait encore parfois comme l'héritier pourri-gâté de la famille, et le personnel administratif ne le portait pas dans son jusqu'à ce que leur enrobage se dissolve, avant de sniffer cette poudre ou de la faire fondre pour se l'injecter avec une aiguille hypodermique. Elle résuma ses découvertes dans une note de synthèse. Comme West en témoignerait par la suite, sa note fut transmise à de nombreux responsables de Purdue et à « tous les Sackler » qui jouaient un rôle actif dans l'entreprise.

Beaucoup d'employés de Purdue ne considéraient pas seulement Howard Udell comme un fidèle soutien des Sackler, mais aussi comme un parangon d'éthique. « J'adorais Howard Udell. C'était l'un des hommes les plus droits que j'ai connus », déclarerait le cadre supérieur qui avait participé au lancement de l'OxyContin. L'un des fils d'Udell, procureur fédéral à New York, affirmerait qu'aux yeux de son père, être avocat n'était pas tant un métier qu'un « mode de vie ». Cependant, alors que les profits de l'OxyContin s'envolaient et que la presse commençait à rapporter des problèmes liés à l'usage détourné du médicament, Martha West remarqua que son patron devenait de plus en plus cachottier. Udell commençait apparemment à craindre qu'on intente un procès à Purdue à cause de l'OxyContin. La société avait déjà expédié quelques actions en justice agaçantes qui visaient à contester son monopole d'exploitation sur le médicament. Richard Sackler et Udell avaient tous les deux tendance à rouler des mécaniques quand il s'agissait de ce genre d'échauffourées, se targuant de rendre coup pour coup. En 1996, Richard avait proposé de payer une agence de communication pour répandre la nouvelle de leurs victoires judiciaires afin que « les gens sachent qu'ils [avaient] affaire à un tigre, toutes griffes et couilles dehors ».

Dans un message adressé à un collègue, Udell admit que l'entreprise avait « repéré des allusions à un usage excessif de [ses] produits opioïdes sur internet ». Il semblait toutefois avoir essayé de limiter les traces écrites des inquiétudes de Purdue sur le détournement de son remède miracle. Quand des commerciaux des quatre coins du pays se mirent à remonter les histoires d'addiction et d'abus dont ils discutaient avec les pharmaciens et les médecins, Udell leur donna la consigne de s'en tenir aux faits dans leurs notes de visites : s'ils rencontraient des problèmes, ils ne devaient pas les signaler par écrit. À la même époque, il expliqua aussi à West qu'il était en train de développer un système « d'encre délébile » permettant aux mails de s'autodétruire au bout de trois mois. L'idée semblait un peu tirée par les cheveux, voire paranoïaque. Udell était un juriste, pas un inventeur. Et pourtant, il déposa bel et bien un brevet pour un « système d'autodestruction de documents et de courrier électronique ». (D'après Kathe Sackler, « ça ne marchait pas vraiment ».)

Tout comme les Sackler, Udell accordait une confiance inébranlable à la magie chimique de l'OxyContin. Il lui semblait tout simplement impensable que le médicament puisse vraiment être dangereux. En fait, il se fiait si sincèrement à l'antidouleur que, quand Martha West entra en boitant dans son bureau et lui dit qu'elle souffrait d'un mal de dos dû à une blessure dans un accident de la route, il déclara : « Il faut qu'on vous mette sous OxyContin. » Il demanda à quelqu'un du service médical de Purdue d'orienter West vers un spécialiste de la douleur dans le Connecticut. Le médecin lui prescrivit un flacon d'OxyContin, et elle commença le traitement.

En réalité, le vent avait commencé à tourner bien avant que Martha West ne rédige sa note. Personne ne pouvait dire exactement où et comment cela avait débuté, mais les premiers indices avaient émergé dans les zones rurales du Maine, dans la ceinture de rouille couvrant l'ouest de la Pennsylvanie et l'est de l'Ohio, ainsi que dans les régions appalachiennes de Virginie, Virginie-Occidentale et du Kentucky. La surconsommation d'OxyContin s'était propagée rapidement, d'une petite communauté à une autre, comme un virus flottant dans l'air. Les régions où le problème était apparu comptaient souvent un grand nombre de personnes au chômage ou occupant un emploi ouvrier pénible, de personnes handicapées ou affligées de maladies chroniques, de personnes qui souffraient. C'était précisément le genre de secteurs que les délégués de Purdue tel Steven May avaient ciblé – des secteurs qui, selon les données d'IMS, constituaient un terreau fertile pour l'OxyContin. Dans certains cas, ces communautés étaient rongées depuis longtemps par l'abus de médicaments. Dans certains coins des Appalaches, les gens combinaient l'OxyContin avec du Valium – une pilule de Richard Sackler, une pilule de son oncle Arthur. Ils appelaient ça « la dose Rolls-Royce ».

Bientôt, les gens affligés de douleurs se mirent à « faire leur marché » chez les professionnels de santé : ils prenaient rendez-vous chez plusieurs praticiens pour faire des réserves d'ordonnances, vendaient les comprimés ou les partageaient avec des amis, dealaient parfois pour assouvir leurs propres besoins. Les pilules s'écoulaient pour 1 dollar le milligramme au marché noir et, brusquement, on trouva des trafiquants partout – une force de vente de l'ombre qui éclipserait bientôt celle de Purdue. Certaines petites villes se mirent à évoquer un film de morts-vivants, à mesure que le phénomène contaminait un habitant après l'autre et plongeait des adultes équilibrés et en pleine possession de leurs moyens dans une spirale de dépendance et d'addiction. On les repérait ici ou là, ces junkies qui attendaient leur dose à l'extérieur d'un centre commercial ou piquaient du nez au volant d'une voiture garée, un jeune enfant hurlant sur la banquette arrière. Purdue avait eu beau déconseiller à ses délégués d'utiliser des mots comme « puissant » pour décrire l'OxyContin, la charge narcotique du médicament était redoutable. C'était une partie de ce qui constituait son attrait pour les toxicomanes et une des raisons pour lesquelles le produit était si dangereux. Une overdose pouvait entraîner une insuffisance respiratoire : on tombait dans un sommeil si profond et agréable qu'on arrêtait de respirer. De petits hôpitaux recevaient des patients à l'article de la mort. Des policiers et des ambulanciers arrivaient dans une caravane, un appartement miteux ou une ferme isolée, découvraient une scène familière – une overdose d'OxyContin – et entreprenaient d'essayer de ranimer la victime.

En février 2000, le procureur fédéral principal du Maine, Jay McCloskey, envoya une lettre à des milliers de médecins de l'État pour les avertir des risques croissants d'abus et de « détournement » de l'OxyContin. Howard Udell accueillit cette nouvelle avec mépris.

Il se moqua de McCloskey, le décrivant comme « un procureur trop zélé avec des ambitions politiques » qui essayait seulement de « faire les gros titres ». Il s'agissait toutefois d'un représentant de l'État fédéral, qui sonnait l'alarme sur un médicament dont les ventes rapportaient désormais plus de 1 milliard de dollars par an. Alors, quelques mois plus tard, Udell et Michael Friedman prirent l'avion pour le Maine afin de s'entretenir personnellement avec McCloskey. Le procureur s'inquiétait de la surconsommation d'OxyContin, de plus en plus répandue. Des gamins en prenaient, affirmait-il. Des gamins intelligents. Ce médicament était en train de détruire leur vie. Il trouvait aussi un peu curieux que son petit État soit devenu l'un des plus gros consommateurs d'OxyContin du pays par nombre d'habitants. Il évoqua également la dose colossale de 160 milligrammes.

« Un des médecins d'ici m'a dit qu'une de ces pilules pourrait tuer un enfant, s'il l'avalait. C'est vrai ? demanda-t-il.

— Probablement », admirent Udell et Friedman.

La rencontre se déroula dans une ambiance glaciale. Quand elle fut terminée, Udell dit à Friedman :

« Il faut qu'on trouve un moyen de régler ça. »

Une des stratégies que l'entreprise adopta pour gérer McCloskey fut de prétendre qu'elle n'avait pas eu connaissance de problèmes de surconsommation liés à l'OxyContin avant de recevoir sa lettre en 2000. Richard Sackler déclarerait lui-même sous serment ne jamais avoir entendu dire qu'on détournait le médicament avant « le début de l'année 2000 ». C'était faux. En réalité, dès 1997, peu après le lancement de l'OxyContin, des délégués avaient commencé à informer l'entreprise sur les problèmes d'abus. Éparpillés à travers le pays, dans des centres anti-douleur, des cabinets médicaux, des pharmacies et des hôpitaux, les commerciaux constituaient une sorte de système de première alerte chargé de faire remonter aux Sackler ce qui se passait sur le terrain. Tout comme Steven May avait été alerté de l'overdose d'une jeune fille en Virginie-Occidentale, des délégués avaient eu vent d'incidents. Des années plus tard, quand des enquêteurs éplucheraient les comptes rendus de mission rédigés par les commerciaux de Purdue de 1997 à 1999, ils trouveraient des centaines d'occurrences de termes comme « valeur à la revente », « sniffer » ou « réduire en poudre ». En novembre 1999, un commercial de Floride écrivit à son responsable : « J'ai l'impression que nous avons un problème de crédibilité avec ce produit. Beaucoup de médecins associent désormais automatiquement le nom "OxyContin" au stupéfiant que les toxicomanes s'arrachent. » La même année, un cadre de Purdue transféra à Richard un mail décrivant la façon dont les gens détournaient le produit : « Les meilleurs comprimés à sniffer sont ceux de 40 milligrammes, parce qu'on ne sniffe quasiment rien d'autre que la substance active. »

Richard n'eut d'abord aucun mal à faire abstraction de ces histoires d'abus et de dépendance. « J'ai été formé à la médecine, expliquerait-il. Selon mes statistiques, un N = 1 est un cas isolé, et il peut vous encourager à chercher d'autres cas existants ou à réagir rapidement s'il en apparaît davantage. Mais on m'a appris à ne pas me focaliser sur ce qui pourrait être un incident arbitraire. » C'était du Richard pur et dur : une réponse clinique et cérébrale en surface, qui masquait une réaction émotionnelle plus profonde. Richard était tellement attaché à l'OxyContin qu'il ne supportait pas l'idée que le médicament puisse provoquer une dépendance. Dès 1997, il s'était montré sensible aux inquiétudes sur les propriétés addictives de l'antidouleur. Il avait averti ses collaborateurs que les assurances santé risquaient de prendre ces craintes comme prétexte pour « rejeter en bloc » l'OxyContin, et que ces objections devaient être « anéanties ».

Ce n'était donc assurément pas avec la lettre envoyée par McCloskey en 2000 que Richard et les autres dirigeants de Purdue avaient entendu parler du problème pour la première fois. L'intervention de McCloskey marquait plutôt l'étape où le problème était devenu si généralisé qu'on ne pouvait plus faire comme si de rien n'était. Au printemps 2000, Michael Friedman envoya un mail à Richard à propos d'un « voleur d'OxyContin » qui dévalisait des pharmacies dans l'Ohio. « Nous avions l'affaire du Maine, et celle de la Floride, mais c'étaient des incidents isolés. Celle de l'Ohio se répète presque chaque mois », écrivit Friedman.

« Ça ne me plaît pas du tout. C'est l'effet boule de neige assuré », répondit Richard. Pourquoi cet homme ne ciblait-il que l'OxyContin ? demanda-t-il. Ne volait-il pas « d'autres opioïdes » ?

Après avoir vanté la supériorité de son médicament sur les autres antidouleurs pour « enterrer » la concurrence, Purdue faisait désormais face aux conséquences de ses actes. « Des affaires de ce genre finiront par émerger dans chaque État », observa un cadre de Purdue dans un mail, quelques semaines plus tard. En janvier 2001, Russell Gasdia, un représentant de commerce, assista à une réunion organisée dans un lycée de Gadsden, dans l'Alabama, par des femmes dont les enfants avaient fait une overdose d'OxyContin. « Certaines ont affirmé que l'OxyContin se vendait au prix de vies d'enfants », rapporta Gasdia à Richard. Des participantes avaient déclaré que « la seule différence entre l'héroïne et l'OxyContin était qu'on pouvait se faire prescrire l'OxyContin par un médecin ».

Le mois suivant, Mortimer junior transmit à Richard un article de presse notant qu'on avait rapporté cinquante-neuf morts liées à l'OxyContin rien que dans un État du pays. Richard Sackler répondit par mail : « Ce n'est pas si terrible. Ça aurait pu être bien pire. »

Dans les premières années ayant suivi le lancement de l'OxyContin, son fabricant avait reçu d'innombrables lettres qui le remerciaient d'avoir servi une noble cause en restaurant le confort, la mobilité et l'autonomie de personnes dont la vie avait été ravagée par la douleur. Les Sackler et leur équipe en avaient naturellement tiré une grande fierté. À présent, des lettres d'un genre différent arrivaient au neuvième étage du siège de Purdue. « Mon fils n'avait que vingt-huit ans quand l'OxyContin l'a tué le jour du Nouvel An, écrivit une mère endeuillée. Il nous manque beaucoup à tous, et particulièrement à sa femme le jour de la Saint-Valentin. Pourquoi votre entreprise fabrique-t-elle un produit si puissant (80 et 160 milligrammes) en sachant qu'il tuera des jeunes gens ? Mon fils avait des problèmes de dos, et il aurait pu prendre de la Motrin [un médicament à base d'ibuprofène], mais son docteur lui a prescrit de la Vicodin, puis de l'OxyContin… Et maintenant, il est mort. »

Au bout d'un moment, même Richard Sackler fut obligé de concéder que ces récits tragiques n'étaient pas de simples cas isolés. « [Nous] avons besoin d'une stratégie pour endiguer le problème », déclara un responsable des relations publiques. Richard avait une idée.

Arthur Sackler évoquait rarement les ravages de la dépendance et de la surconsommation provoqués par les tranquillisants qui l'avaient rendu riche. Quand cela lui arrivait, il établissait une distinction lourde de sens. Les gens faisaient bel et bien un usage excessif de ces produits, admettait-il. Toutefois, le phénomène ne trouvait pas sa source dans des propriétés addictives intrinsèques aux médicaments : il s'agissait plutôt d'un reflet des tendances personnelles du consommateur. Tandis que des preuves d'abus liés à OxyContin continuaient d'émerger, Richard Sackler adopta un point de vue similaire. Il avait introduit dans le monde un produit pharmaceutique sans précédent, un comprimé qui pouvait rendre une certaine normalité à des millions de vies – en même temps qu'il rapportait des milliards à la famille Sackler. On ne pouvait plus nier désormais qu'il entraînait des overdoses et des morts. Cependant, le produit en lui-même n'était pas le problème, affirmait Richard : le problème, c'étaient les personnes qui en consommaient trop. Ce que Purdue devait faire, c'était « sévir contre ces gens par tous les moyens ». C'étaient eux « les coupables », décréta-t-il. « Ce sont de dangereux criminels. »

Sur l'impulsion de Richard, cette théorie devint le message officiel que l'entreprise communiqua au reste du monde, ainsi qu'à ses propres employés. Alors que la couverture médiatique du fléau de l'OxyContin s'intensifiait, Purdue déclara à son personnel qu'il s'agissait d'une polémique mal inspirée. « La plupart des employés étaient convaincus que nous faisions une bonne chose, la meilleure chose possible pour les gens qui cherchaient à soulager leur douleur, se souviendrait Gary Ritchie, un scientifique qui avait travaillé chez Purdue de 1993 à 2003. Les abus venaient de consommateurs qui pensaient que ce médicament pouvait remplacer certaines drogues illicites. »

Selon cette thèse, la véritable victime de la crise naissante n'était pas le toxicomane qui choisissait de son plein gré de réduire en poudre pour le sniffer un médicament approuvé par la FDA. La véritable victime était Purdue Pharma. « Les médecins sont effrayés ou intimidés par ce qu'ils lisent dans la presse, et cela affecte nos ventes », se plaignit Michael Friedman au *Hartford Courant* en 2001. En réalité, le chiffre d'affaires de l'entreprise ne cessait d'augmenter. Quand les responsables de Purdue évoquaient « l'usage détourné » de leur produit, ils voulaient dire qu'on l'avait fait passer du cadre légal des médicaments vendus sur ordonnance à celui des substances écoulées sur le marché noir. En revanche, personne ne fabriquait illégalement d'OxyContin. Chaque comprimé d'Oxy 40 ou Oxy 80 qui s'échangeait sous le manteau avait initialement été produit et vendu par Purdue Pharma.

Par certains aspects, l'argument de Richard sur l'OxyContin faisait écho au discours libéral des fabricants d'armes à feu, qui ne s'estiment jamais responsables des morts causées par leurs produits. Les armes à feu ne tuent pas les gens ; les gens tuent les gens, soutiennent-ils. L'économie américaine présente une étrange particularité qui permet à n'importe qui de fabriquer un produit dangereux et de se défausser de facto de toute responsabilité légale pour les dégâts qu'il pourrait occasionner en rejetant la faute sur le consommateur. « Les toxicomanes ne sont pas les victimes ; ce sont les agresseurs », affirmait Richard Sackler.

Cette hypothèse possédait un certain nombre de points faibles – le principal étant que toutes les personnes qui devenaient dépendantes à l'OxyContin n'avaient pas commencé par un usage récréatif. En fait, beaucoup de gens à qui l'on avait prescrit le médicament pour de véritables douleurs, et qui avaient suivi leur traitement à la lettre, se retrouvaient incapables d'en décrocher. En 2002, Jill Skolek, une habitante du New Jersey âgée de vingt-neuf ans, fut mise sous OxyContin pour un mal de dos. Une nuit, après quatre mois de traitement, elle mourut d'insuffisance respiratoire dans son sommeil, laissant derrière elle un fils de six ans. Sa mère, Marianne Skolek, était infirmière. Bouleversée et abasourdie, elle acquit la conviction que l'OxyContin était un produit dangereux. Elle écrivit à des responsables de la FDA pour exiger qu'ils prennent des mesures contre les stratégies de promotion agressives de Purdue. Un jour, elle se rendit à une conférence sur l'addiction à l'université de Columbia, où Robin Hogen, un communicant de Purdue, devait prendre la parole. Hogen avait des cheveux blond roux, et les manières d'un diplômé de grande école ; il portait un costume à rayures et un nœud papillon. Avec une assurance désinvolte, il informa Skolek qu'elle semblait avoir mal compris les raisons de la mort de son enfant. L'OxyContin n'était pas le problème. Le problème était Jill, sa fille. « Nous pensons qu'elle était toxicomane », déclara-t-il. (Hogen s'excuserait par la suite.)

Si certains patients devenaient dépendants à l'OxyContin, c'était peut-être en partie parce que Purdue affirmait que le médicament soulageait la douleur pendant douze heures. Les dangers de l'OxyContin étaient bel et bien intrinsèques au produit – et son fabricant le savait. La formule à libération prolongée signifiait, en principe, que les consommateurs pouvaient ingérer sans risque une dose énorme toutes les douze heures. Des documents internes de Purdue révélaient cependant une autre réalité : même avant que la FDA n'approuve le produit, l'entreprise avait conscience que tous les patients qui prenaient de l'OxyContin ne bénéficiaient pas de ses effets pendant douze heures. Les premières personnes à avoir pris le médicament, dans le cadre d'une étude supervisée et financée par Purdue, étaient quatre-vingt-dix femmes qui se remettaient d'une opération à Porto Rico. Une bonne moitié d'entre elles avaient eu besoin d'une nouvelle dose avant que douze heures se soient écoulées.

Le raisonnement commercial qui avait incité Purdue à dissimuler ces résultats était très clair. L'idée qu'on pouvait soulager la douleur pendant douze heures constituait un argument marketing inestimable. L'entreprise avait créé toute une campagne de publicité autour de l'image de deux coupelles en papier contenant une pilule – manière d'indiquer aux malades qu'ils n'auraient pas besoin de prendre d'OxyContin toutes les quatre heures, comme c'était le cas avec d'autres antidouleurs, et pourraient dormir toute la nuit. Prescrire un médicament sur une base de douze heures alors que, pour beaucoup de personnes, son effet n'en durait en réalité que huit était le meilleur moyen d'entraîner une sensation de manque et la succession de « pics et de creux » que l'OxyContin évitait, à en croire les délégués de Purdue. En d'autres termes, c'était le meilleur moyen de provoquer une dépendance.

Une grande partie des gens à qui l'on avait prescrit de l'OxyContin éprouvaient des symptômes de manque entre deux doses. En fait, si quelqu'un chez Purdue avait étudié de près les messages de gratitude envoyés à l'entreprise, il aurait peut-être remarqué que, dans bien des cas, les auteurs des lettres affirmaient prendre de l'OxyContin plus de deux fois par jour. Comme l'un d'eux l'avançait, le médicament semblait « atteindre un plateau après huit heures ». Quand les représentants de commerce rendaient visite aux médecins, ceux-ci leur parlaient de patients à qui ils avaient prescrit trois comprimés par jour. « En tant que commercial, on se dit, merde alors, c'est censé être toutes les douze heures, se rappellerait Dodd Davis, un délégué de Louisiane qui avait travaillé pour Purdue de 1999 à 2002. Mais ça fait une dose de plus en milieu de journée, et donc plus de comprimés, et plus d'argent pour nous. Alors on répond : "Vous savez quoi, docteur, je ne peux pas vous donner mon avis sur les usages hors indication. Mais je peux vous dire que vous n'êtes pas la première personne à avoir dû faire ça." »

En 2001, l'entreprise savait que 20 % des ordonnances rédigées pour l'OxyContin prévoyaient un intervalle d'une durée inférieure à douze heures entre chaque dose. Un document interne mettait l'accent sur ce phénomène, observant : « Ces statistiques sont effrayantes. » En mars de la même année, un employé de Purdue envoya un mail à son responsable dans lequel il décrivait des données récoltées sur le problème du manque et se demandait s'il devait récapituler ses conclusions dans un rapport, car cela pourrait « ajouter à la mauvaise presse du moment ». Son responsable lui répondit : « Je ne ferais pas de rapport à ce stade. » En juillet, la FDA annonça avoir ordonné à Purdue d'ajouter sur les emballages d'OxyContin une « boîte noire » – l'avertissement le plus sérieux requis par l'agence, indiquant qu'un médicament présentait des risques potentiellement mortels.

Une des personnes aux prises avec l'OxyContin était la propre assistante juridique de Howard Udell, Martha West. Dans une déposition de 2004, West expliquerait qu'après avoir commencé à prendre le médicament pour son mal de dos, elle avait constaté « qu'il ne fonctionnait pas aussi longtemps qu'il l'aurait dû ». Elle était censée prendre un comprimé toutes les douze heures, mais la douleur revenait bien avant cela. « Si je voulais me sentir assez bien, vous savez, me sentir bien rapidement, juste pour pouvoir aller au travail et continuer à fonctionner toute la journée, j'avais besoin que la dose fasse effet tout de suite », expliquerait-elle. S'étant renseignée sur les forums sous le pseudonyme d'Ann Hedonia, elle savait exactement comment obtenir ce résultat. Avant de rejoindre son poste à proximité du bureau de Howard Udell, au neuvième étage tout en moquette pourpre du siège de Purdue, Martha West écrasait un comprimé d'OxyContin et le sniffait.

Après avoir publié son premier grand reportage sur l'OxyContin, Barry Meier avait continué de couvrir le sujet. Même si des journaux de moindre envergure avaient déjà dépeint les effets désastreux du médicament, en particulier dans les régions les plus durement touchées, le *New York Times* conféra au problème un retentissement national qu'il n'avait pas eu jusqu'alors. Si Meier était arrivé trop tard pour faire éclater le scandale du tabac, l'OxyContin l'avait intéressé très tôt, et ce qu'il avait appris l'avait choqué. « Contrairement à beaucoup de sociétés pharmaceutiques, cotées en Bourse, Purdue Pharma est une société privée qui fait partie d'un groupe industriel fondé par trois frères, Arthur, Mortimer et Raymond Sackler, écrivit-il en prolongement de son reportage, en mars 2001. L'entreprise est aujourd'hui dirigée par le fils du Dr Raymond Sackler, le Dr Richard Sackler. » Il voulut interviewer les deux hommes au sujet de la crise provoquée par leur médicament. Ceux-ci refusèrent de lui parler.

À la place, l'entreprise lui envoya son chargé des relations publiques, Robin Hogen, ainsi qu'un spécialiste maison de la douleur, David Haddox. Haddox était un ancien dentiste reconverti dans la prise en charge de la douleur. C'était un drôle de porte-parole : un homme exalté, caustique et arrogant, avec des bésicles et une barbe poivre et sel. Comme pour démontrer sa bonne foi, il aimait informer les gens qu'il venait lui-même des Appalaches : « J'ai grandi dans les régions minières de Virginie-Occidentale. Je n'ai pas eu besoin de faire des études de médecine pour apprendre ce qu'est la douleur. J'ai constaté dès tout petit ses effets sur les mineurs blessés et leur famille. »

Comme Richard Sackler et Howard Udell, Haddox était un partisan convaincu de l'OxyContin. Il s'agissait à ses yeux d'un médicament irréprochable – un don sublime des Sackler à l'humanité, désormais souillé par une engeance de cul-terreux nihilistes, accros aux médicaments. Haddox avait un jour comparé l'OxyContin à un légume : « Si je vous donne une branche de céleri et que vous la mangez, vous serez en bonne santé. Mais si vous la passez au mixeur et que vous essayez de l'injecter dans vos veines, ça ne vous réussira pas. » Interviewé par Barry Meier, il déclara que toutes les morts par surdose attribuées à l'OxyContin « impliquaient en général de multiples facteurs, comme l'alcool ». Il avertit le journaliste que toute « exagération » des problèmes d'abus pourrait causer des difficultés injustes aux véritables malades qui avaient besoin du médicament. Si certains patients s'apercevaient qu'ils avaient développé une dépendance au produit, Haddox n'allait pas s'en excuser. « Beaucoup de ces personnes disent : "Je vous assure, je prenais mes médicaments comme mon médecin me l'avait conseillé", et puis elles se mettent à en prendre de plus en plus. Je ne vois pas en quoi c'est mon problème », avait-il déclaré à l'Associated Press en 2001.

Haddox avait réponse à tout. Il admettait que les personnes à qui l'on prescrivait le médicament avaient tendance à s'y accoutumer et que certaines éprouvaient parfois des symptômes de manque – démangeaisons, nausées, tremblements – avant la fin du cycle de douze heures. Toutefois, il arguait qu'il ne s'agissait pas réellement de dépendance, mais de dépendance physique, ce qui était différent. Il avait d'ailleurs affublé ce phénomène d'un nom, que Purdue commença à utiliser dans ses documents promotionnels : la « pseudo-dépendance ». Une brochure distribuée par l'entreprise expliquait ainsi : « [La pseudo-dépendance] ressemble à la dépendance, mais est due à une douleur non soulagée. » Une mauvaise interprétation de ce phénomène subtil pouvait conduire les médecins à « stigmatiser injustement le patient en le désignant comme un "toxicomane" ». Cependant, la pseudo-dépendance s'arrêtait généralement une fois la douleur apaisée, « souvent grâce à une augmentation de la dose d'opioïdes ». Si vous éprouviez des symptômes de manque entre deux doses, l'entreprise vous suggérait donc simplement de prendre des doses plus fortes. C'était probablement un hasard si la solution clinique de Haddox coïncidait avec l'impératif commercial fixé par Purdue à sa force de vente : encourager les professionnels de santé à « titrer » davantage.

Si cette distinction entre dépendance et pseudo-dépendance servait les intérêts de Purdue, elle était aussi clairement plus sémantique que clinique. Quand on traversait des crises de manque insoutenables entre deux doses de médicament, peu importait le nom qu'on choisissait de donner à ce besoin douloureux. « Il n'y a aucune différence, déclarerait Martha West à propos de sa propre dépendance croissante à l'OxyContin. On se sent mal quand on arrête d'en prendre… "Dépendant" ou "pseudo-dépendant", vous pouvez appeler ça comme vous voulez, c'est le même problème. On ne peut pas arrêter. »

Après la publication de son premier reportage, Meier reçut un message d'une personne employée chez Purdue qui voulait s'entretenir avec lui. Ils se retrouvèrent dans un *diner* de White Plains, juste au nord de Manhattan. Cette personne, qui travaillait pour le service commercial de l'entreprise, appréhendait de parler à Meier, même si ce dernier avait promis de ne pas citer ses propos ; mais elle était aussi profondément perturbée par ce qui se passait chez Purdue. Elle ne voulut pas donner son nom, et aujourd'hui encore, des décennies plus tard, Meier refuse de dévoiler ne serait-ce son genre, homme ou femme. Lors de leur rendez-vous, la personne sortit de son sac une feuille de carnet. Une liste de dix noms y figurait, ceux de délégués de Purdue. En haut de la feuille, la source avait noté : « Les As. » C'étaient les dix premiers vendeurs du pays. Chaque nom était accompagné d'un lieu – le secteur de prospection du délégué. « Renseignez-vous sur ces régions », dit la source à Meier. Chaque district représenté sur cette liste était une « zone rouge » d'abus d'OxyContin.

Meier était stupéfait. C'était l'évidence même, quand on y réfléchissait – ce qu'il n'avait pas pris le temps de faire jusqu'alors. Purdue savait, au comprimé près, où son produit se vendait le mieux. Le système de rémunération des As, avec ses primes monstres et ses vacances paradisiaques, reposait sur une carte détaillée des ventes de médicaments effectuées par l'entreprise dans le pays. Que se passait-il quand on superposait cette carte à celle que les forces de l'ordre et les autorités sanitaires commençaient à dessiner et qui représentait les comtés où l'on trouvait le plus de visites aux urgences, de cambriolages de pharmacie, d'overdoses et de morts ?

Meier décida d'écrire un article sur la zone de prospection du délégué en tête de la liste, un certain Eric K. Wilson, qui opérait à Myrtle Beach, en Caroline du Sud. Il s'avéra que Myrtle Beach abritait plusieurs « usines à pilules ». Ces centres antidouleur, gérés par des médecins sans scrupule ou incroyablement naïfs, avaient éclos dans tout le pays pour répondre à la demande d'OxyContin et d'autres antidouleurs ; ils fournissaient des ordonnances à qui en voulait ou presque. Chez Comprehensive Care, une clinique installée dans un centre commercial, une file de quinze ou vingt personnes attendaient souvent à la porte, et des voitures immatriculées dans d'autres États encombraient le parking du matin jusqu'au soir.

En enquêtant à Myrtle Beach, Meier apprit que des pharmaciens et responsables de la police des environs avaient averti Purdue Pharma des activités de la clinique, mais que l'entreprise n'avait rien fait. Au contraire, les ventes de Purdue dans le district avaient augmenté de plus de 1 million en un seul trimestre, la plus grosse croissance enregistrée dans tout le pays. En réaction aux questions de Meier, la société émit un communiqué : « Il n'est pas inhabituel que le volume de prescriptions d'OxyContin et d'autres antidouleurs varie considérablement de trimestre en trimestre. » Lorsque Meier contacta Robin Hogen, le porte-parole de la société, pour l'interroger sur le nombre faramineux de médicaments vendus dans la région, Hogen lui répondit avec désinvolture : « Oh, il y a beaucoup de personnes âgées qui vivent à Myrtle

Beach, et elles souffrent d'un tas de choses. Elles ont de l'arthrite. Alors c'est parfaitement normal. » Purdue ne voyait rien de bien inquiétant chez Comprehensive Care. L'agence américaine de lutte contre les stupéfiants, la DEA, finit pourtant par ordonner la fermeture de la clinique et par interdire temporairement à six médecins qui y travaillaient de vendre des narcotiques car ils présentaient « un danger immédiat pour la santé et la sécurité du public ». Meier commençait à percevoir l'ironie terrible de la situation. Officiellement, Purdue semblait « sévir » contre les personnes qui faisaient un usage excessif d'OxyContin, ainsi que Richard Sackler l'avait décidé. Mais ce qui se passait dans des endroits comme Myrtle Beach ne pouvait s'expliquer que d'une manière : si les ventes se multipliaient à ce point, c'était en raison de la surconsommation.

Après les attentats terroristes du 11 septembre 2001, un directeur commercial de Purdue enregistra un message vocal destiné à tous les délégués de l'entreprise dans lequel il faisait remarquer qu'il s'agissait d'un triste jour, mais qu'au moins, l'OxyContin ne ferait plus les gros titres pendant un moment. Barry Meier vivait à cinq pâtés de maisons du World Trade Center et avait vu le premier avion s'écraser sur la tour Nord. Il était traumatisé. Cependant, alors que le reste de ses collègues se préparaient à couvrir les répercussions des attentats, il voulait continuer à enquêter sur l'OxyContin. Le volet illégal de l'affaire ne l'intéressait pas tellement. Les dealers, les junkies et les coups de filet étaient assurément importants, mais seulement dans une certaine mesure. Ce qui le fascinait, c'était qu'on voyait désormais mourir un nombre considérable de gens, et que cela semblait lié non seulement au marché noir des médicaments, mais aussi à cette société supposément légitime qui encaissait des milliards de dollars et occupait un immeuble de bureaux élégant à Stamford. Quand il entreprit de se renseigner sur les Sackler, Meier découvrit avec stupeur le statut qu'ils occupaient dans le milieu de la philanthropie, et par quel biais leur nom était devenu un symbole de générosité dans le domaine des arts et des sciences. Lorsqu'il envoya à Purdue des questions ciblées sur la famille, le service juridique répliqua par une lettre menaçante.

Alors que la tempête médiatique continuait à faire rage autour de l'OxyContin, Richard Sackler fulminait en privé. « Toute cette histoire n'est qu'une mascarade », le rassura un ami compatissant. Si des gens mouraient parce qu'ils avaient fait un mauvais usage du médicament, « bon débarras ».

« Malheureusement, quand “60 minutes[1]” me tend une embuscade, j'ai du mal à faire passer ce message », répliqua Richard. Il n'avait aucun doute sur ce qui était vraiment en train de se produire, mais il ne pouvait pas pour autant le clamer haut et fort. « Traiter les toxicomanes de “lie de l'humanité” me transformerait à coup sûr en bouc émissaire pour les gauchistes [qui veulent] rejeter la faute sur quelqu'un d'autre », se plaignait-il.

Richard ne fit jamais le lien, du moins publiquement, entre la rhétorique haineuse dont il usait pour décrire les gens qui souffraient de dépendance et la mort

1. Programme d'information télévisé américain extrêmement réputé. *(N.d.l.T.)*

tragique, secrètement liée aux drogues, de son propre cousin Bobby Sackler. Cependant, l'une des personnes qu'il vilipendait travaillait à quelques mètres de lui, à proximité du bureau de Howard Udell, au neuvième étage de Purdue.

« À un moment donné, je suis devenue dépendante à l'OxyContin. J'ai perdu pied », témoignerait Martha West. Alors qu'elle avait arrêté de boire huit ans plus tôt, elle recommença. « Une fois que l'Oxy a été évacuée de l'organisme, l'effet de manque commence », poursuivrait-elle. Ce manque se traduisait notamment par un mal de dos. « Je ne savais pas que c'était ça qui le causait. » Elle se contentait donc de prendre davantage de comprimés. « Je pensais que mon mal de dos empirait, et en fait… ce n'était pas vrai. C'était le médicament qui me donnait cette impression. »

Peu à peu, elle commença à commettre des erreurs de jugement. Elle fit des choses stupides. Des choses dangereuses. Elle essaya d'autres drogues. Un jour, elle se retrouva à Bridgeport, en train d'acheter de la cocaïne. Finalement, on la renvoya de Purdue. Après vingt et un ans de bons et loyaux services, on la licencia pour « mauvaises performances » et un agent de sécurité l'escorta jusqu'à la sortie. Quand elle demanda à l'un des juristes de l'entreprise si elle pouvait récupérer des fichiers personnels sur son ordinateur, il lui répondit que son disque dur avait été formaté et qu'il n'y avait plus rien dessus.

Plus tard, Martha West intenta une action en justice contre Purdue, qui n'aboutit pas. Quand on recueillit son témoignage pour un autre procès contre l'entreprise, en 2004, West évoqua la note de synthèse sur les usages détournés de l'OxyContin que Howard Udell lui avait demandé de préparer. Elle se souvenait très bien l'avoir rédigée, mais les avocats chargés de l'affaire ne parvinrent pas à retrouver le document dans les archives de Purdue. L'existence de cette note fut cependant confirmée par une enquête du département de la Justice, et par Purdue Pharma elle-même. Le document était daté du 1er juin 1999 et décrivait « de nombreuses discussions au sujet d'usages détournés et excessifs des produits de Purdue, en particulier [l'OxyContin] ». Dans sa déposition, West parla aussi du moment où elle avait appris que Purdue prévoyait de fabriquer un comprimé de 160 milligrammes d'OxyContin. « Ils se tuent déjà avec le 80. Pourquoi voudrions-nous lancer un 160 ? » avait-elle écrit à Udell.

Dès qu'il avait reçu son message, le directeur juridique était sorti en trombe de son bureau. « Qu'est-ce qui vous prend ? Si quelqu'un a accès à ces documents un jour, on est foutus ! » s'était-il exclamé. Alors West avait supprimé son message, tout comme Udell, semblait-il. (Au printemps 2001, Purdue retira finalement du marché le comprimé de 160 milligrammes.)

La façon dont l'entreprise traita Martha West reflétait de près l'attitude générale de Richard Sackler concernant la surconsommation d'OxyContin. Même s'ils ne nièrent pas que l'assistante juridique avait développé une dépendance au médicament, les avocats de Purdue laissèrent entendre qu'il s'agissait d'une tare personnelle. En s'appuyant sur son dossier médical, ils interrogèrent West sur ses problèmes de dépendance. L'OxyContin n'était-elle pas simplement la dernière substance en date dont elle avait abusé ? La société avait mis la main sur ses comptes rendus d'hospitalisation et un avocat s'en servit contre elle pendant sa déposition, lisant à voix haute des notes prises à son arrivée : « Patiente totalement focalisée sur l'idée de se venger pour son licenciement… Hurle sans arrêt qu'elle les fera payer, projette des millions de façons d'humilier l'entreprise, notamment en l'attaquant en justice, en la rachetant et en renvoyant toutes les personnes qu'elle connaît. »

West était de son propre aveu une femme blessée, instable, et voilà que Purdue la dépeignait comme une affabulatrice irresponsable et revancharde – exactement le genre de personne que Richard Sackler aurait qualifiée de « lie de l'humanité ».

« J'étais en colère à l'époque, admettrait West, abasourdie et gênée d'entendre quelqu'un lui réciter son propre dossier médical. Les gens disent des choses stupides quand ils sont en colère. » C'était évidemment absurde de sa part d'imaginer qu'une humble assistante juridique accro à la drogue aurait la moindre chance de triompher contre les Sackler et Purdue. « Mais bien sûr, je vais racheter l'entreprise, dit-elle d'un ton sarcastique. On y croit. »

19

Le Pablo Escobar de l'an 2000

Le dernier mardi d'août 2001, une sous-commission de la Chambre des représentants américaine se réunit dans un bâtiment communal de Bensalem, une petite subdivision administrative du comté de Bucks, en Pennsylvanie. Cette audience extraordinaire avait été organisée par un représentant de la Pennsylvanie, James Greenwood, qui présidait la branche de veille et d'enquête de la commission chargée de légiférer sur le commerce et la santé publique. Il avait demandé à ses collègues de faire le déplacement depuis Washington, juste avant le long week-end de la fête du Travail, pour discuter des effets de l'OxyContin dans une communauté en particulier. Un ostéopathe des environs, Richard Paolino, avait été arrêté peu de temps auparavant quand on avait découvert que son cabinet prescrivait des anti-douleurs à la chaîne. Michael Friedman, de Purdue Pharma, avait été appelé à témoigner. Il arriva accompagné de Howard Udell et d'un homme mince doté d'une moustache et d'un air docte – Paul Goldenheim, le directeur médical de la société.

C'était devenu un rituel familier pour le trio. Richard Sackler avait beau diriger Purdue et tirer une grande satisfaction ainsi qu'une fierté personnelle de l'immense succès de l'OxyContin, il n'avait aucune intention de représenter l'entreprise. Il ne donnait pas d'interviews, ne faisait pas de déclarations, ne se montrait pas en public. À la place, il chargeait Friedman, Udell et Goldenheim de sillonner les routes pour s'entretenir avec des hauts fonctionnaires inquiets, des commissaires de police dépassés et des parents endeuillés. Les trois hommes s'appuyaient sur une liste d'éléments de langage bien rodée dont ils ne s'écartaient presque jamais. En fait, peu importait lequel d'entre eux s'exprimait ; leurs déclarations étaient interchangeables car ils utilisaient le même script. « Nous sommes plus troublés que quiconque d'entendre que notre produit, qui apporte un tel soulagement à tant de personnes, est utilisé à mauvais escient, déclara Friedman aux législateurs réunis ce jour-là. Bien que toutes les voix soient importantes dans ce débat, nous devons prêter une attention particulière à celle des patients qui, sans des médicaments comme l'OxyContin, seraient condamnés à endurer des douleurs non traitées, ou mal traitées. » Environ cinquante millions d'Américains étaient affligés de douleurs chroniques, poursuivit-il. « Ce ne sont pas des toxicomanes. Ce ne sont pas des criminels. Ce sont des gens qui, parce qu'ils souffrent d'un cancer, d'anémie falciforme, de graves blessures au dos ou d'autres traumatismes ou maladies, ont vu leur vie anéantie par des douleurs incessantes. »

Depuis dix-sept ans qu'ils collaboraient, Friedman et Howard Udell étaient devenus très proches. Ils partaient souvent en vacances ensemble, avec leurs épouses. Pendant leur journée de travail, ils restaient en contact constant, échangeant des mails sur leur BlackBerry. Depuis la fin de l'année 2000, ils avaient entamé une tournée pour défendre leur médicament et persuader les responsables publics de ne prendre aucune mesure qui risquerait de mettre en péril la facilité d'accès à l'OxyContin. Goldenheim parachevait leur équipe. Il était extrêmement qualifié, ayant fait ses études à la faculté de médecine de Harvard et dirigé le service de pneumologie de l'hôpital associé à l'université. (Richard Sackler l'avait recruté lui-même ; d'après son ancien collègue Bart Cobert, il avait « une passion pour Harvard ».) Sa crédibilité médicale aidait l'entreprise à projeter une image de vertu hippocratique. Alors que la crise de la dépendance prenait son essor, Purdue avait diffusé dans les journaux une publicité avec une photo de Goldenheim en blouse blanche – comme un homme déguisé en médecin pour une soirée costumée.

C'était sur ces experts que s'appuyait Richard. En privé, les trois hommes aimaient adopter un ton fanfaron et viril. Goldenheim pouvait ainsi dire à Friedman : « Nous tenons le loup par les oreilles, et je me demande si nous devrions adopter une approche plus musclée. Discutons-en autour de sashimis ! » Lorsqu'ils parlaient de l'OxyContin en public, ils affichaient cependant un tout autre air : grave et blême, auréolé d'une sobre sincérité. Purdue comprenait le problème, soutenaient-ils. En fait, personne ne fournissait plus d'efforts pour le résoudre que les braves employés de Purdue Pharma. Il s'agissait bien d'une crise, aucun doute là-dessus ; mais c'était aux forces de l'ordre de la régler, expliquaient-ils. Des drogués faisaient un usage criminel de leur produit et l'entreprise collaborait de près avec la police pour remédier à la situation. Elle avait fabriqué de nouveaux blocs d'ordonnances « infalsifiables » qu'elle avait distribués gratuitement aux professionnels de santé, ce qui empêcherait en théorie les gens de contrefaire de véritables ordonnances pour obtenir des quantités excessives du produit. Friedman, Goldenheim et Udell avançaient par ailleurs qu'on ne devait pas considérer l'OxyContin comme un cas particulier ; si des gens mouraient d'overdose après en avoir pris, c'était seulement le symptôme d'une recrudescence plus générale d'abus de médicaments dans le pays. Purdue avait sponsorisé une campagne publicitaire pour dissuader les adolescents de piller l'armoire à pharmacie de leurs parents.

Face à la sous-commission, Friedman maintint que Purdue n'avaient absolument rien à se reprocher et que la hausse soudaine d'abus de médicaments, de crimes et de morts ne pouvait en aucun cas être attribuée aux efforts de l'entreprise pour « déstigmatiser » les opioïdes et promouvoir l'OxyContin. « La stratégie marketing de Purdue a été prudente à tout point de vue », soutenait Friedman. L'entreprise rejetait la possibilité qu'une « promotion agressive du produit ait joué un rôle quelconque dans les usages excessifs et détournés de l'OxyContin ».

C'était un point clé de la défense de Purdue : tout comme il n'existait aucun lien entre les propriétés intrinsèques du médicament et le fait que des gens en devenaient dépendants, il n'y avait aucun lien entre l'assaut promotionnel orchestré par Richard Sackler pour vendre l'OxyContin et les divers problèmes de société qui avaient suivi. L'entreprise n'aurait jamais pu prédire que certaines personnes consommeraient trop d'OxyContin, affirmait Friedman. Pendant les dix-sept années où elle avait commercialisé son prédécesseur, la MS Contin, « Purdue [n'avait] eu connaissance d'aucun cas inhabituel d'abus ou de détournement ». Même après le lancement de l'OxyContin en 1996, l'entreprise n'avait pas décelé le moindre problème pendant les quatre premières années. « C'est au début du mois d'avril 2000 que Purdue a découvert pour la première fois, à travers des journaux du Maine, qu'on rapportait des abus et détournements d'OxyContin », déclara Friedman.

Ce dernier argument constituait un élément essentiel de la stratégie de défense de Purdue. C'était aussi un mensonge pur et simple. Quand le procureur général du Maine, Jay McCloskey, avait envoyé des lettres d'avertissement aux professionnels de santé au sujet de l'OxyContin au début de l'année 2000, il était effectivement devenu intenable pour l'entreprise de prétendre qu'elle n'avait pas conscience du problème. Cela dit, Purdue savait depuis longtemps que le médicament faisait l'objet d'abus généralisés. Il y avait la note de synthèse que Martha West avait rédigée en 1999 pour Howard Udell – lequel se tenait à présent à côté de Michael Friedman tandis qu'il témoignait. Friedman avait lui-même consulté cette note. Bien avant cela, une foule de délégués de Purdue avaient informé l'entreprise des récits d'horreur qu'on leur faisait sur des cas de dépendance et d'abus ; ils avaient immortalisé ces signaux d'alarme dans leurs comptes rendus de visite. Le fabricant était clairement au courant de la situation, quasiment depuis le début. Dès octobre 1997, un cadre de l'entreprise avait envoyé un mail à un collègue, mettant Michael Friedman en copie, pour rapporter qu'on trouvait sur les sites internet et forums de discussions assez de références à l'OxyContin « pour vous occuper toute la journée », et que la société avait chargé « trois personnes » de surveiller le trafic.

Aucun des membres du Congrès qui s'étaient rendus en Pennsylvanie pour l'audience ne savait tout cela. Il semblait qu'on avait pris la décision au siège de Purdue de réécrire la chronologie des événements pour affirmer que l'entreprise n'avait pas eu la moindre idée du problème avant 2000. Effectivement, le 16 février 2001, Friedman avait écrit dans un mail adressé à Richard Sackler : « Je pense qu'il est impératif que notre histoire soit parfaitement cohérente et tienne la route. » Les législateurs ne s'en rendaient pas compte, mais en décrivant les événements de cette manière après avoir prêté serment, Friedman commettait un parjure. Lors d'une autre audience, face à une commission du Sénat américain présidée par Ted Kennedy, Goldenheim répéterait le même mensonge, également sous serment.

Ce n'était pas seulement la chronologie que ces hommes falsifiaient. Pour défendre Purdue, ils affirmaient régulièrement que l'entreprise n'avait jamais rencontré de problèmes avec la MS Contin non plus. Là encore, c'était loin d'être vrai. En mai 1996, un employé avait envoyé à Richard Sackler et Howard Udell un article de presse décrivant les risques d'abus associés à la possibilité d'extraire la morphine des comprimés de MS Contin. En mars 1997, Robert Kaiko avait écrit à Mortimer Sackler, Richard Sackler, Friedman, Goldenheim et Udell pour les informer qu'en Nouvelle-Zélande la MS Contin était désormais « la source la plus courante d'abus de morphine/héroïne par voie orale ». En mars 1998, Udell avait envoyé à Friedman, ainsi qu'à Mortimer, Raymond, Richard et quelques autres Sackler, une note accompagnée d'un article de l'*Ottawa Citizen* qui expliquait qu'au Canada la MS Contin était devenue une drogue récréative assez commune pour mériter un surnom : *purple peeler*, la « violette à gratter ». (D'après un autre article, qui avait également circulé parmi les cadres de Purdue, ce surnom venait du fait que « les toxicomanes [grattaient] l'enrobage conçu pour une libération lente du médicament ». Les comprimés étaient ensuite « réduits en poudre, mélangés avec de l'eau, brûlés dans une cuillère et injectés ».) Dans une note interne de janvier 1999, Udell avait admis devant Friedman et d'autres cadres que l'entreprise surveillait les références faites en ligne à l'abus de MS Contin et d'OxyContin.

Pour l'heure, le représentant de Pennsylvanie, James Greenwood, ignorait tout cela. Il n'avait aucune raison de croire que les envoyés de Purdue ne se montreraient pas totalement honnêtes avec lui. Il adopta un comportement cordial et conciliant, voulant éviter de donner l'impression à Friedman et à ses collègues que la commission les traitait comme des criminels.

« Écoutez, nous reconnaissons – je reconnais – que votre entreprise est une bonne entreprise, avec une longue histoire, tout à fait exemplaire, déclara-t-il.

Et je suis persuadé que votre produit et votre entreprise ont fait bien plus de choses pour apaiser la douleur dans ce pays que pour en causer. » Il tint à rassurer Friedman : « Ce n'est pas vous que l'on juge ici. » Puis il posa une question en apparence simple.

« De quelles informations votre entreprise dispose-t-elle concernant le nombre d'ordonnances que chaque professionnel de santé rédige pour votre OxyContin ?

— Nous collectons bien des données sur le sujet que vous décrivez, répondit Friedman. IMS Health les obtient grâce aux ordinateurs des pharmacies.

— D'accord. Maintenant, quand vous avez récupéré ces données, j'imagine que vous les triez pour pouvoir établir un classement des médecins. Cela vous donne une idée de qui rédige le plus d'ordonnances, qui en rédige le moins et qui se situe dans la moyenne. Analysez-vous ces informations de cette manière ?

— Oui », répondit Friedman.

Greenwood évoqua alors Richard Paolino, l'ostéopathe de campagne qui avait été épinglé après avoir rédigé des milliers d'ordonnances pour l'OxyContin. Paolino constituait probablement une « exception », observa Greenwood : un homme à la tête d'un tout petit cabinet, qui, « sans tenir le moindre compte de l'état de santé de ses patients, avait délivré ces ordonnances à toute vitesse dans le seul but de faire des profits ». Cela dit, Purdue n'aurait-elle pas dû s'en apercevoir ? N'aurait-elle pas dû remarquer cette quantité inhabituelle de prescriptions dans les données d'IMS ? « Je suppose que ces activités se voyaient comme le nez au milieu de la figure, et qu'il doit y avoir d'autres Drs Paolino dans le pays qui font la même chose, dit

Greenwood, avant d'ajouter : Votre entreprise devait avoir accès à ces informations. » Ce qu'il voulait savoir, c'était comment Purdue réagissait lorsqu'elle repérait ce genre de médecin.

« Un petit ostéopathe, ici à Bensalem, qui produit de tels chiffres… Que faites-vous d'une information pareille ?

— Nous ne nous occupons pas de mesurer ni d'évaluer les compétences d'un médecin, répondit Friedman d'un ton évasif. Nous ne sommes pas dans le cabinet avec le soignant et le patient, en train d'observer la consultation ; nous ne participons pas à ce processus. Nous savons, par exemple…

— Dans ce cas, pourquoi voulez-vous ces informations ? le coupa Greenwood, qui répondit aussitôt à sa propre question : Vous voulez juger de l'efficacité de votre stratégie marketing.

— C'est ça », répondit Friedman.

Greenwood souligna alors que si l'entreprise utilisait ces données pour ajuster sa stratégie marketing, elle aurait aussi dû pouvoir s'en servir pour surveiller les abus.

« Pourquoi n'avez-vous pas employé ces données pour vous assurer que les Drs Paolino de ce monde ne détruisaient pas la réputation de votre produit ? »

Voyant que Friedman était en difficulté, Howard Udell intervint. Il rapprocha sa chaise du micro pour prendre le relais.

« On ne peut pas se fier seulement aux prescriptions », déclara-t-il. Le nombre brut d'ordonnances rédigées ne permettait pas de savoir si un professionnel de santé exerçait son métier correctement. « Il faut observer ce que le médecin fait dans son cabinet. »

Faux, rétorqua Greenwood. Un pharmacien de Pennsylvanie s'était rendu compte du problème en jetant un seul coup d'œil aux données brutes. « Il a simplement regardé les données et il s'est dit : "Bon sang, il y a un type à Bensalem, appelé Paolino, qui débite des ordonnances au kilo !"

— Oui, dit Udell.

— Il avait accès à ces données. Et il a tiré la sonnette d'alarme.

— C'est exact.

— Vous aviez ces données, vous aussi. Qu'avez-vous fait ? »

Il y avait probablement eu un moment, au tout début, où les Sackler auraient pu choisir de réagir différemment à la crise qui émergeait autour de l'OxyContin. La famille aurait pu cesser de promouvoir le médicament si énergiquement, arrêter la course permanente aux nouveaux clients. Elle aurait pu reconnaître qu'un problème majeur se dessinait et que sa propre stratégie marketing avait pu contribuer à le causer. Il y avait un étrange paradoxe : dans la phase initiale du lancement de l'OxyContin, la famille et l'entreprise avaient clairement souligné que la réussite du produit dépendrait de leur capacité à faire changer le point de vue des professionnels de santé américains sur les dangers liés à la prescription d'opioïdes puissants. Leurs efforts avaient porté leurs fruits. Un bouleversement s'était opéré, si radical qu'il avait dû surprendre les Sackler eux-mêmes. Tout à coup, des médecins de famille

– ceux-là mêmes que la société qualifiait de « naïfs au sujet des opioïdes » – s'étaient mis à prescrire de l'OxyContin. Le médicament avait rencontré un tel succès que d'autres sociétés pharmaceutiques s'étaient dépêchées de créer et promouvoir leur propre antidouleur opioïde à action prolongée. Ce dernier fait – que d'autres entreprises les aient très vite imités – expliquait peut-être pourquoi les Sackler ne pensaient pas avoir mal agi.

Cependant, les Sackler et Purdue avaient défriché le terrain. « [L'OxyContin] était plus puissante, se rappellerait un ancien chimiste de Purdue qui avait travaillé sur le médicament. Il y a d'autres molécules qu'on aurait pu lancer sur le marché. Mais celle-là a été la première à faire ce qu'elle faisait comme elle le faisait, et à être approuvée. D'autres molécules auraient pu sonner la charge, mais c'est celle-là qui a tout changé. » Pendant un temps, les Sackler et leur entreprise n'avaient pas vu d'objection à s'attribuer le mérite de cette révolution dans le traitement de la douleur. La nature même de l'industrie pharmaceutique veut qu'on gagne gros à changer la donne, à innover.

Pourtant, quand des gens commencèrent à mourir, la société nia en bloc avoir initié le mouvement. Plutôt que de concéder quoi que ce soit, les Sackler choisirent de se battre. Il s'agissait probablement d'une manifestation de la personnalité de Richard Sackler – son opiniâtreté, son attachement total à ses propres idées, son sentiment glacial de supériorité intellectuelle. L'entreprise possédait toutefois un conseil d'administration, qui s'exprimait en votant ; Richard ne prenait pas ses décisions seul. Purdue avait toujours été une entreprise familiale et il n'y eut personne dans la famille pour se mettre en porte-à-faux ou protester.

L'attitude impénitente que l'entreprise adoptait à présent reflétait aussi le style personnel de Howard Udell. Après avoir bâti sa carrière sur une fidélité sans faille envers le clan Sackler, l'avocat s'était changé en conseiller de guerre. Sa philosophie consistait à ne pas faire de quartier. Alors que des milliards de dollars affluaient encore dans les caisses de la société et que l'avenir d'autres milliards se jouait, il avait entrepris de constituer un bataillon d'avocats de haut vol, se préparant à passer à l'offensive. Pendant l'audience de Bensalem, James Greenwood lui demanda si Purdue pourrait envisager de consacrer « un certain pourcentage de [ses] profits à la désintoxication des personnes devenues dépendantes à [son] produit ». Ce n'était pas une requête exagérée, surtout au vu de la réputation de philanthropes extraordinairement généreux que les Sackler avaient pris soin de cultiver.

Mais cette idée ne plaisait pas à Udell. « Les personnes qui terminent dans des centres de désintoxication ont besoin d'aide », admit-il. Néanmoins, Purdue Pharma n'avait rien à voir là-dedans et ne devait rien à ces gens. Leurs problèmes avaient commencé bien avant qu'ils prennent de l'OxyContin, selon lui. « Le système leur a fait faux bond. »

C'était un refrain constant. « La quasi-totalité des cas signalés concernent des gens qui surconsomment le médicament, pas des malades qui en ont véritablement besoin, affirmerait Paul Goldenheim quand viendrait son tour de témoigner devant le Sénat. Bien que toutes les voix soient importantes dans ce débat, nous devons prêter une attention particulière à celles des patients qui, sans des médicaments comme l'OxyContin, seraient condamnés à souffrir. » Le mantra ne changeait pas d'un iota. « Eux ne sont pas des toxicomanes. Eux ne sont pas des criminels », entonnerait Goldenheim.

Plus tôt cet été-là, Richard Blumenthal, le procureur général du Connecticut – le siège de Purdue se trouvait dans cet État –, avait envoyé un courrier à Richard Sackler pour lui signifier ses inquiétudes concernant les problèmes d'abus et de dépendance liés à l'OxyContin. Il avançait que les solutions de l'entreprise – les blocs d'ordonnances infalsifiables, les campagnes d'information destinées à la jeunesse – « [ne résolvaient pas] les problèmes fondamentaux et graves inhérents à la substance elle-même ». Blumenthal concédait que d'autres médicaments vendus sur ordonnance faisaient l'objet d'un usage détourné. « Mais l'OxyContin est différente. [Elle est] plus puissante, plus addictive, plus largement répandue, plus facile à obtenir au marché noir et plus médiatisée. »

Partout dans le pays, des procureurs et des avocats spécialisés en dépôt de plainte commençaient à s'intéresser aux ravages de l'OxyContin et aux profits que Purdue continuait à engranger. Ils se mirent à ouvrir des enquêtes et à saisir la justice. Chez Purdue, Howard Udell et son équipe jurèrent d'affronter tous les adversaires qui se présenteraient. « Bien que nous ayons le plus grand respect pour votre savoir-faire dans l'exercice de la loi, nous vous prions de prendre notre expérience en considération, écrivit Udell à Blumenthal dans une réponse qui brillait par sa condescendance.

Notre longue expérience nous permet de savoir quelles tactiques permettront – et ne permettront pas – de régler ce problème. » Avec un certain dédain, il rejetait la faute de cette polémique sur les médias, les avocats des plaignants et les gens « qui [prétendaient] avoir développé une dépendance à l'OxyContin ».

Robin Hogen, le porte-parole de Purdue, choisit une autre approche pour s'attaquer à Blumenthal. Quand celui-ci remit en question les techniques de promotion de l'entreprise, Hogen l'appela à son bureau et lui laissa un message intimidant, dans lequel il soulignait que Purdue était « un soutien majeur du Parti démocrate » et qu'il était « regrettable qu'une chose pareille arrive à l'un de vos plus importants donateurs ». Hogen était suffisamment sûr de lui et culotté pour menacer le procureur général du Connecticut dans un message enregistré. Une élection approchait, rappela-t-il à Blumenthal avant de conclure d'un ton lugubre : « Je vous assure que vos actions n'ont pas aidé. »

En 2002, Udell annonça que Purdue avait déjà déboursé 45 millions de dollars pour sa défense judiciaire. L'entreprise avait fait savoir qu'« aucune limite de budget » n'avait été fixée dans ce domaine ; Udell était libre de dépenser autant d'argent qu'il en faudrait pour triompher. Tout le monde travaillait sans relâche, soirs et week-ends compris. La stratégie d'Udell consistait à gagner à tout prix. « J'ai lu toutes ces conneries, ces histoires de "délibérément ceci" et "imprudemment cela", crachait-il. Nous n'avons pas versé un seul cent dans toutes ces affaires-là, et il n'est pas question que cela se produise. »

De nombreuses plaintes avaient été déposées puis retirées face aux tactiques musclées d'Udell. On craignait cependant que ce contentieux suive le modèle du procès contre l'industrie du tabac, dans lequel des États et des comtés avaient joint leurs forces à celles d'avocats représentant des particuliers pour saisir la justice. Les Sackler s'étaient toujours enorgueillis de s'entourer de pointures du barreau, et Udell avait bâti un service juridique redoutable avec dix-huit avocats employés au siège de Stamford. Il s'était également adjoint l'aide de plusieurs cabinets juridiques externes dont certains étaient des vétérans de l'affaire du tabac. Enfin, il s'assurait de disposer d'experts sur le terrain, engageant les meilleurs avocats à la ronde chaque fois qu'un procès s'ouvrait dans une nouvelle juridiction. Bientôt, Udell dépensa 3 millions de dollars par mois en frais de justice. Mais le jeu en valait la chandelle.

Les avocats se rapprochent des médecins en ce qu'ils se targuent d'avoir prêté serment et de suivre un code, d'appartenir à une corporation à l'abri des influences indues. Udell se plaisait lui-même à délivrer de petits sermons sur l'importance de l'intégrité. Il admettait néanmoins qu'en pratique, l'exercice du droit pouvait être fortement orienté par les pressions subtiles d'une petite coterie, et que si un client avait les moyens d'acheter ce genre d'influence, cela pouvait suffire à faire pencher la balance en sa faveur. À Washington, Udell avait embauché Eric Holder, un ancien procureur général adjoint des États-Unis devenu associé du cabinet d'avocat Covington & Burling. À New York, il avait recruté l'ancienne procureure générale des États-Unis Mary Jo White. Pour qui cherchait à plaider sa cause auprès de procureurs en exercice, il pouvait s'avérer très utile d'envoyer quelqu'un qu'ils reconnaissaient, quelqu'un qui avait occupé le même genre de poste qu'eux, qu'ils avaient fréquenté, peut-être, et qu'ils admiraient potentiellement. Comme Robin Hogen l'expliqua à l'époque : « Il faut souvent se livrer à des manœuvres politiques dignes de Machiavel pour remporter la partie. »

Peu après avoir quitté la mairie de New York, Rudolph Giuliani avait entamé une nouvelle carrière de consultant, et Purdue avait été l'un de ses premiers clients. Giuliani avait rejoint le secteur privé dans le but de s'enrichir très rapidement. En 2001, il détenait un patrimoine de 1 million de dollars ; cinq ans plus tard, il déclarerait des revenus de 17 millions de dollars et environ 50 millions en actifs. Pour Purdue, qui essayait par tous les moyens de présenter les abus d'OxyContin comme une question de troubles à l'ordre public plutôt qu'un problème relatif au médicament lui-même et à sa commercialisation, l'ancien procureur qui avait géré New York après les attaques du 11-Septembre représenterait un allié idéal. Selon Michael Friedman, Giuliani était « mieux qualifié que personne » pour aider l'entreprise.

« Cela rassure les représentants de l'État de savoir que Giuliani conseille Purdue, observa Udell. [Il] n'accepterait pas de travailler pour une société dont il jugerait les actions incorrectes. »

Non contente de mettre ses ressources à profit pour recruter d'anciens procureurs au bras long, Purdue s'allouait aussi parfois les services de ceux-là mêmes qui l'avaient attaquée. Début 2001, le procureur général de l'est du Kentucky, Joe Famularo, avait comparé l'OxyContin à un « nuage de sauterelles » ravageant son État. Plus tard dans l'année, il avait commencé à travailler comme « consultant » pour Purdue à titre bénévole, même si la société payait ses frais quand il participait à des congrès. À la réflexion, Famularo ne voyait plus du tout l'OxyContin comme un nuage de sauterelles, mais comme « un excellent produit ». Cette même année, Jay McCloskey, le procureur du Maine qui avait été le premier haut responsable fédéral à donner l'alerte à propos de l'OxyContin, avait quitté son poste pour devenir consultant rémunéré chez Purdue. C'était peu ou prou le même schéma qu'on avait observé avec Curtis Wright, l'ancien évaluateur de la FDA : les fonctionnaires chargés de contrôler l'entreprise et de lui réclamer des comptes se laissaient finalement tenter par les perspectives d'emploi qu'elle leur offrait. McCloskey déclarerait que lorsqu'il avait « appris à connaître la culture d'entreprise de Purdue », il avait été « profondément impressionné par l'intérêt manifeste pour le bien commun » qui « émanait » des responsables de la société.

Les Sackler se flattaient de leur capacité à cultiver des contacts dans le milieu politique. « En soixante-douze heures, nous pouvons avoir au téléphone pratiquement n'importe quel sénateur ou membre du Congrès auquel nous voulons parler », se vanta Richard en 2001. Malgré cela, l'entreprise arguait de façon convaincante que son combat n'était pas celui d'un mastodonte industriel isolé animé par le désir égoïste de continuer à engranger des milliards de dollars grâce à un médicament dangereux. Au contraire, son unique motivation résidait dans un sens du devoir sincère – altruiste, même – envers les patients affligés de douleurs chroniques. Depuis la participation de Richard au congrès de Toronto, près de vingt ans plus tôt, l'entreprise avait perpétué l'idée que la prise en charge de la douleur était un mouvement de société. Des centaines de milliers, voire des millions de personnes avaient vu leurs souffrances atténuées par l'OxyContin et d'autres opioïdes, et elles craignaient désormais de ne plus avoir accès à ces remèdes si on contrôlait un tant soit peu leur vente. À la moindre occasion, Udell, Friedman et Goldenheim rappelaient que la « voix » des malades devait être placée au cœur des discussions et non reléguée à la marge par une bande de toxicomanes irresponsables.

Toutefois, si la communauté des patients affligés de douleurs chroniques exprimait des préoccupations médicales naturelles, largement partagées dans le pays, Purdue paraissait disposée à exploiter ce segment démographique d'une façon résolument cynique. En 2001, Kathleen Foley, la chercheuse qui avait collaboré avec le « roi de la douleur » Russell Portenoy et avait prôné très tôt un usage élargi des opioïdes, écrivit à Richard Sackler pour lui assurer que les critiques dont Purdue faisait l'objet étaient « stupides ». Elle lui conseilla de « ne pas perdre de temps avec ça », avant de lui expliquer qu'elle avait réfléchi « à une stratégie possible pour rassembler tous les membres de l'industrie pharmaceutique », ou du moins toutes les sociétés qui commercialisaient des antidouleurs. Ces entreprises devaient « s'unir pour parler d'une seule voix, déclara-t-elle, tout en mettant Richard en garde : Ce sera un exercice d'équilibrisme, car vous êtes une société pharmaceutique et il serait préférable que ce plaidoyer vienne de personnes extérieures à l'entreprise. »

De nouveaux groupes commencèrent à se faire entendre : des groupes de pression nominalement indépendants qui défendaient les droits des patients membres de ce que Foley appelait « la communauté de la douleur ». Il y avait la Fondation américaine de la douleur, l'Académie américaine des traitements contre la douleur, et le Forum sur la prise en charge de la douleur, une coalition informelle réunissant des entreprises pharmaceutiques, des organisations professionnelles et des dizaines d'associations à but non lucratif. Le Forum avait été fondé par un homme du nom de Burt Rosen, qui dirigeait ses opérations depuis Washington tout en étant employé à plein temps par Purdue comme lobbyiste et expert en relations gouvernementales. C'était une tactique que l'industrie pétrolière avait amorcée, avec grand succès : financer des collectifs avec l'apparence d'organisations citoyennes, mais qui étaient en réalité à la solde des entreprises – des collectifs « faussement militants », comme on les appelait parfois. Ces organisations publiaient des études et militaient auprès des agences de régulation et des législateurs. En pratique, cela signifiait que lorsque les autorités envisageaient de prendre des mesures concrètes pour contrôler la distribution toujours plus étendue de l'OxyContin, Purdue pouvait présenter ces initiatives non seulement comme un revers potentiel pour le fabricant, mais aussi un coup porté contre cette communauté qui souffrait depuis si longtemps. « Nous sommes engagés dans une véritable bataille, déclara Richard Sackler lorsque la DEA émit l'idée de réduire le quota d'oxycodone licite à laquelle Purdue aurait accès. Il s'agit d'une attaque très claire contre le mouvement antidouleur. On ne peut pas l'interpréter autrement. »

Comme Richard l'expliqua à Paul Goldenheim, sa stratégie consistait à « rattacher ces organisations très étroitement » à l'entreprise afin que les produits de Purdue « deviennent inextricablement liés à la trajectoire du mouvement antidouleur ». Si, en public, la société faisait semblant de croire à l'indépendance de ces groupes, en interne, les masques tombaient et les cadres de Purdue ne cachaient pas que ces organisations devraient constituer leur conseil d'administration et choisir leur cap en fonction de leurs sponsors. « S'ils veulent nos sous (et ils ne peuvent absolument pas survivre sans le soutien de l'industrie), ils vont devoir accepter d'avoir des représentants "du métier" dans leur conseil d'administration. Je ne pense pas qu'ils puissent espérer beaucoup de subventions sans qu'on ait notre mot à dire sur leur gestion », souligna Robin Hogen dans un mail interne. Le Sénat américain publierait plus tard un rapport sur les origines et les influences de ces organisations de lutte contre la douleur, détaillant la façon dont elles servaient de « couverture » à l'industrie pharmaceutique. Le rapport conclurait que même si de nombreuses sociétés fabriquaient des antidouleurs opioïdes, Purdue Pharma était de loin la plus grande pourvoyeuse de fonds de ces « groupes de pression extérieurs ».

Dans un effort pour réorienter le discours médiatique, Udell embaucha également un consultant en relations publiques, Eric Dezenhall. Ancien conseiller politique devenu mercenaire de la « gestion de crise », Dezenhall était passé maître dans l'art occulte d'enterrer la mauvaise presse et d'en « placer » de la bonne. Il avait la réputation de ne jamais révéler pour qui il travaillait, préférant œuvrer en coulisse, sans laisser de trace. *BusinessWeek* rapporterait cependant qu'ExxonMobil avait fait partie de ses clients pendant cette période ; Dezenhall avait notamment orchestré une manifestation en faveur de l'entreprise au Capitole lors de laquelle des dizaines de personnes avaient agité des pancartes qui proclamaient : « Stop au pleurnichement climatique » et « Vive le capitalisme ».

« Notre premier mois de travail pour Purdue a été assez chargé », écrivit Dezenhall à Howard Udell fin 2001. Il était particulièrement fier d'une tribune qu'il avait réussi à faire paraître dans le *New York Post*, accusant les « toxicomanes des zones rurales » et les « progressistes » d'avoir échafaudé une fausse polémique autour de l'OxyContin. Une fois l'article publié, Dezenhall l'envoya à Udell, Hogen et Friedman en leur promettant qu'il pourrait provoquer un revirement médiatique. « La contre-histoire commence », déclara-t-il.

Dezenhall travailla main dans la main avec Sally Satel, une psychiatre membre d'un *think tank* conservateur, l'American Enterprise Institute. Satel publia un essai dans la rubrique santé du *New York Times*, expliquant qu'à cause de l'hystérie autour des opioïdes, les médecins américains avaient peur de prescrire des traitements contre la douleur, pourtant grandement nécessaires. « Quand on examine de plus près les personnes dépendantes aux antidouleurs, on s'aperçoit en général qu'il s'agit de toxicomanes qui ont déjà eu des problèmes avec les médicaments, l'alcool, l'héroïne ou la cocaïne », écrivait-elle. Elle citait les propos d'un confrère dont elle ne donnait pas le nom, ainsi qu'une étude parue dans le *Journal of Analytical Toxicology*. Elle ne précisait bien sûr pas que le confrère en question travaillait en fait pour Purdue ; ni que l'étude avait été financée par Purdue, et que des employés de l'entreprise en avaient rédigé les conclusions ; ni qu'avant de publier son article, elle en avait transmis une copie à un responsable de Purdue (le texte lui avait plu) ; ni que Purdue donnait 50 000 dollars par an à l'American Enterprise Institute.

Rapportant ses progrès à Udell, Dezenhall expliqua aussi avoir commencé à se pencher sur « les aspects judiciaires du programme », en collaboration avec « des experts en investigation », notamment une entreprise appelée Kroll. Fondée dans les années 1970, Kroll était une agence de détectives privés qui s'était muée en multinationale de l'ombre, chargée de faire de « la veille économique » pour des clients de grande envergure. À ce stade, on intentait une dizaine de nouveaux procès à Purdue chaque mois et Udell était convaincu que, pour tuer le problème dans l'œuf, il fallait s'acharner sur quiconque osait attaquer la société. Les avocats entreprenants qui auraient envisagé de poursuivre Purdue en justice étaient prévenus : il contre-attaquerait « dans chaque affaire, dans chaque juridiction ». Quand des avocats représentant un particulier déposaient une plainte contre une société cotée en Bourse, ils avaient généralement « un avantage », expliquait Udell : ils pouvaient « maintenir la pression » en excitant la fureur médiatique jusqu'à ce que le cours des actions de l'entreprise commence à en pâtir. Ces sociétés estimaient souvent moins coûteux de régler une affaire à l'amiable que de se défendre au tribunal. Purdue, elle, n'était pas cotée en Bourse, aimait à rappeler Udell. Elle appartenait aux Sackler, qui ne paraissaient pas perturbés par les critiques adressées à leur produit. « Ces avocats n'ont donc pas cet avantage sur moi », affirmait Udell.

L'entreprise était si fière de sa posture de gladiateur que, en 2003, Udell publia un communiqué de presse intitulé « 65-0 », clamant le nombre de victoires de Purdue dans des affaires liées à des overdoses et cas de dépendance aux opioïdes comme s'il s'agissait d'un record établi par l'équipe de basket d'un lycée. « Le rejet de ces plaintes renforce notre détermination à nous défendre de toutes nos forces, et jusqu'au bout, dans chaque affaire », déclarait Udell dans le communiqué.

Pour qui aimait contre-attaquer comme lui, les espions de Kroll représentaient une aide précieuse. De la même manière que Purdue avait exhumé le dossier médical de Martha West pour la discréditer, l'entreprise se donnait beaucoup de mal pour dénicher des informations compromettantes sur tous ceux qui tentaient de la mettre face à ses responsabilités. En 2002, Karen White, une ancienne commerciale, saisit la justice en Floride, accusant Purdue de l'avoir licenciée à tort quand elle avait refusé de se livrer à des pratiques marketing d'une légalité douteuse pour vendre l'OxyContin. Purdue réfuta ces allégations avec véhémence et répliqua que White avait été renvoyée parce qu'elle n'avait pas atteint « son quota de vente ».

Or les quotas de vente étaient au cœur de la plainte de White. Quand l'affaire fut portée devant les tribunaux, l'avocat de White déclara au jury que Purdue l'avait licenciée en guise de représailles pour n'avoir pas voulu rendre visite à deux médecins qu'elle suspectait de gérer des usines à pilules. L'un d'eux avait renoncé à la certification fédérale qui lui permettait de prescrire des narcotiques parce qu'une infirmière de son cabinet avait rédigé des ordonnances illégalement. L'autre avait perdu sa licence après avoir été accusé de fournir des médicaments en échange d'actes sexuels. White affirmait que lorsqu'elle avait signalé ces médecins à son responsable chez Purdue, celui-ci lui avait dit de continuer à travailler avec eux parce qu'ils pouvaient potentiellement prescrire de hautes doses d'OxyContin. Dans sa plainte, White soutenait qu'elle n'avait pas apprécié qu'on lui ordonne d'inciter les praticiens à prescrire des « mégadoses » d'OxyContin. « Nous avions intérêt à rendre visite à […] des médecins qui prescrivaient des narcotiques de façon inappropriée », car il s'agissait précisément des professionnels de santé qui pouvaient permettre à un commercial d'atteindre le statut d'As, expliquait-elle. « Si un délégué de Purdue savait […] qu'un médecin prescrivait des pilules à mauvais escient et à la chaîne, souvent, il ne le signalait pas à Purdue, parce qu'il gagnait une fortune grâce à lui. »

D'après White, Purdue Pharma n'était animée que par une chose : une obsession monomaniaque pour les ventes. « Chaque sou engrangé comptait. Il fallait vendre l'OxyContin, point barre. »

Lors d'une déposition préliminaire, alors que White décrivait les paramètres de sa fonction de commerciale, l'un des avocats de Purdue changea brusquement de sujet.

« Madame, avez-vous déjà pris de la drogue ? » demanda-t-il.

La question désarçonna White.

« Est-ce que j'ai déjà pris quoi ?

— De la drogue.

— Non, répondit White.

— Jamais ?

— Non, répéta-t-elle.

— Avez-vous déjà pris du speed ?

— Non.

— Avez-vous déjà pris ce qu'on appelle du *crank* ?

— Non, dit-elle, avant d'ajouter : Pas que je me souvienne.

— Vous témoignez donc aujourd'hui ne jamais avoir pris ces substances, déclara l'avocat. C'est exact ?

— Je ne me souviens pas si j'en ai pris ou pas », dit White. Son ton avait changé. Elle se ravisa : « Ça m'est peut-être arrivé à l'université. »

Purdue s'était renseignée sur le passé de Karen White.

« Vous rappelez-vous avoir pris du speed, qu'on appelle aussi le *crank*, à l'université ? demanda l'avocat.

— Oui, répondit White.

— Le speed est illégal, n'est-ce pas ?

— En effet.

— Pouvez-vous me décrire cette substance ? insista l'avocat. Se présentait-elle sous forme de comprimé ?

— Je crois que c'était un comprimé », répondit White.

Quand le procès commença, l'avocat de White demanda qu'on exclue les traces de cette erreur de jeunesse, que Purdue aurait pu utiliser pour discréditer sa cliente. C'était néanmoins une tactique typique de Howard Udell. Confrontée à une personne qui soulevait des questions pertinentes sur son fonctionnement, l'entreprise cherchait à la traîner dans la boue en lui donnant une image de toxicomane instable et indigne de confiance, comme elle l'avait fait avec Martha West.

Karen White ne cherchait pas à extorquer une fortune à Purdue. Elle réclamait 138 000 dollars en salaires et avantages perdus, un chiffre qui représentait à peine une fraction de ce que l'entreprise déboursait à présent pour payer les avocats et détectives engagés dans le procès. Au tribunal, une armada de ténors du barreau occupait le banc réservé à Purdue. De l'autre côté, on ne trouvait que White et son unique avocat.

« Ce système commercial était corrompu, déclara l'avocat à la cour. Il était corrompu par l'argent, corrompu par l'appât du gain, et ma cliente a refusé d'y participer. »

Malgré tout, le jury donna raison à Purdue.

« Je partais clairement perdante », déclarerait White. Elle ne s'était pourtant pas trompée. Dans sa plainte, elle avait cité les noms de treize médecins qui lui avaient inspiré des doutes pendant qu'elle travaillait chez Purdue. Onze d'entre eux seraient finalement arrêtés ou perdraient leur licence pour prescriptions irresponsables.

Les Sackler et Purdue adoptaient la même approche belliqueuse quand il s'agissait des médias. Robin

Hogen, chargé de la réponse publique de l'entreprise face à la crise, traitait la presse avec une hostilité déclarée. Il intimait aux journalistes de prendre garde à la façon dont ils couvriraient l'affaire, parce qu'on « les surveillerait de près ». En octobre 2000, l'*Orlando Sentinel* publia un dossier majeur sur l'OxyContin et ses détracteurs, intitulé « L'OxyContin au pilori : un anti-douleur sème la mort ». Son autrice, la journaliste d'investigation Doris Bloodsworth, avançait que tous ceux qui avaient fait une overdose d'OxyContin n'étaient pas des « toxicomanes » invétérés, comme Purdue l'affirmait. Au contraire, on trouvait des exemples « de dépendance accidentelle » : certains patients prenaient le médicament exactement comme on le leur avait prescrit, mais en devenaient tout de même dépendants.

Bloodsworth avait travaillé pendant neuf mois sur ce dossier. Elle avait voulu consulter les plans marketings de Purdue obtenus par des procureurs d'État, mais l'entreprise avait saisi la justice pour empêcher qu'on rende ces documents publics, arguant qu'ils contenaient des « secrets industriels ». Lorsque le reportage finit par sortir, il semblait avoir le potentiel de porter un grand coup contre l'entreprise. Bloodsworth avait étudié de près l'argument central de la défense de Purdue – l'idée que les gens mis sous OxyContin par un médecin, qui suivaient leur traitement à la lettre, ne développaient pas de dépendance – et avait conclu qu'il laissait à désirer.

Purdue confia l'affaire à son consultant en gestion de crise, Eric Dezenhall. Un des services que Dezenhall proposait à ses clients était un examen minutieux de toute couverture médiatique défavorable, car même les journalistes établis pouvaient se montrer « négligents ». En menant l'enquête, Dezenhall et ses collaborateurs mirent au jour des failles dans le travail de Bloodsworth. Deux des personnes qu'elle classait parmi les cas de dépendance « accidentelle » s'avérèrent avoir eu des problèmes de drogue par le passé. Une étude approfondie des données sur les morts par overdose citées dans le dossier révéla que si l'OxyContin était présente dans l'organisme de beaucoup de victimes, on y trouvait aussi souvent d'autres substances. Pourquoi rejeter la faute sur l'OxyContin uniquement ? Udell envisagea de porter plainte contre le *Sentinel* pour diffamation, affirmant qu'il avait « des arguments en béton pour démontrer son intention de nuire ». À la place, Purdue fit pression sur le journal pour qu'il publie un important rectificatif au dossier, et obtint gain de cause.

Évidemment, Bloodsworth avait vu juste : certains patients développaient bel et bien une dépendance à l'OxyContin, et il arrivait qu'ils meurent d'overdose. Néanmoins, les imperfections de son travail avaient fourni aux communicants en chef de Purdue les munitions dont ils avaient besoin, et ils ne prirent pas de gants. Un journaliste favorable à l'entreprise écrivit un article pour *Slate* sur le « mythe » du toxicomane accidentel. Il y accusait Bloodsworth d'encourager l'hystérie et la désinformation, et décrétait que les gens qui perdaient la vie à cause de l'OxyContin étaient « tout bonnement des toxicos ». Bloodsworth finit par démissionner du *Sentinel*, puis renonça entièrement au journalisme. Un porte-parole de Purdue déclara que l'entreprise se réjouissait d'avoir pu « rétablir la vérité ».

Barry Meier se trouvait lui aussi dans le collimateur de Purdue. Il avait continué à couvrir les activités de la société pour le *Times*, et ses articles étaient accablants. Fin 2001, il avait décidé de développer ces enquêtes dans un livre. Lors de la rédaction de celui-ci, il se rendit en train à Stamford pour un entretien au siège de Purdue avec Friedman, Goldenheim et Udell. Les trois hommes se montrèrent affables, affichant une décontraction un peu forcée. « Jusqu'à début 2000, nous ne savions pas vraiment qu'il y avait un problème », déclara Friedman. Parlant de la MS Contin, Goldenheim expliqua : « Je n'ai jamais entendu dire que des toxicomanes cherchaient à mettre la main sur ce produit. »

Meier s'intéressait particulièrement à la technique promotionnelle encore employée par Purdue qui consistait à fournir à des patients un bon « initial » pour un mois gratuit d'OxyContin. « La situation est assez différente aujourd'hui, dit-il. Toutes les illusions que nous pouvions avoir dans ce pays sur le faible risque d'abus lié à l'OxyContin se sont dissipées depuis longtemps. » Sachant cela, il demanda : « Pourquoi continuez-vous à distribuer des échantillons gratuits ?

— Notre métier est d'enseigner aux médecins comment prendre en charge la douleur et utiliser nos produits, répondit Friedman. Nous pensons que nous devons être libres de l'exercer. »

Lorsque Meier entama l'écriture de son livre, Udell lui envoya une lettre sévère dans laquelle il demandait un droit de regard sur le manuscrit avant sa publication. Quand Meier refusa, Udell contacta le directeur de Rodale, la maison d'édition chargée de l'ouvrage, pour exprimer « sa profonde inquiétude » sur le parti pris de l'auteur et exiger une fois de plus de pouvoir consulter le texte. « Votre entreprise et la nôtre – et les familles qui les ont fondées – ont travaillé très dur et très longtemps pour se forger une excellente réputation, tout à fait méritée. Si ce livre est publié sans que l'exactitude de son contenu ait été soigneusement vérifiée, elles en pâtiront toutes les deux », écrivit-il d'un ton légèrement menaçant.

Dans leurs reportages sur l'OxyContin, Meier et les autres journalistes n'évoquaient presque jamais les Sackler. La famille ne se montrait pas sereine pour autant. Le public n'associait peut-être pas le nom des Sackler à l'OxyContin, mais leurs amis et connaissances savaient qui possédait l'entreprise dénoncée dans les médias. En 2001, l'un des amis de Richard, Jay Wettlaufer, lui envoya un mail après avoir lu un article défavorable à Purdue : « Tiens bon, Richard. Rappelle-toi juste que tu es une bonne personne, avec de bonnes intentions. Aucun journaliste ou avocat ne peut t'enlever ça. »

« Merci de ton soutien. Ces calomnies sont des conneries », lui répondit Richard à minuit passé, un samedi soir.

Le jour suivant, il renvoya un message à Wettlaufer. « J'aimerais tester un argument sur toi. Je suis persuadé que les médias commettent une ignoble erreur en présentant les toxicomanes comme des victimes plutôt que comme des agresseurs. » Cette rengaine devait commencer à devenir un peu lassante pour les gens qui connaissaient Richard. Mais après tout,

Wettlaufer s'était proposé pour compatir à ses malheurs. « Ce sont des criminels, poursuivit Richard. Pourquoi mériteraient-ils notre indulgence ? »

« Je ne pense pas que la plupart des toxicomanes soient de redoutables criminels, et je suis sûr que toi non plus, quand tu n'es pas furieux, répondit Wettlaufer. [Ces gens ont une vie] bien plus difficile à vivre que la nôtre. Ils méritent notre pitié. » Cela dit, il tenait à rassurer son ami : « Tu ne fais RIEN DE MAL. C'est ce qui compte. [...] Respire un bon coup, Richard. Tu sortiras de cette affaire avec ton humanité intacte. À la fin, c'est tout ce qui nous reste, de toute façon. »

N'étant pas du genre à refuser un débat, et surtout pas celui-là, Richard en remit une couche. « Je comprends ton avis, écrivit-il. Mais je ne le partage pas. Les toxicomanes ont conscience de commettre un crime terrible. Ils le font au mépris total de leur devoir envers la société, leur famille et eux-mêmes. »

À ce stade, Wettlaufer commença à s'impatienter. « Les gens qui vivent dans des quartiers pauvres ou au fin fond du Kentucky n'ont presque jamais le luxe de penser à leur [devoir envers la société]. Ils essayent de survivre au jour le jour, répondit-il. [Leur] décision de commettre un crime [n'est pas] motivée par l'appât du gain ou la haine, mais par une terrible dépendance. Je parierais cher que la grande majorité des toxicomanes préféreraient ne pas avoir ce problème. »

« Je ne parierais pas là-dessus », rétorqua Richard. Les toxicomanes voulaient être dépendants, proclama-t-il. « Ils se trouvent sans arrêt de nouvelles addictions. »

Pour quelqu'un de si cérébral, Richard parvenait à entretenir un détachement émotionnel et cognitif impressionnant par rapport à la situation. En 2002, un autre ami, un anesthésiste, le contacta pour l'informer que dans l'école privée bon chic bon genre de sa fille, l'OxyContin était désormais considérée comme « une drogue de synthèse, un peu comme l'héroïne ». Il ajouta : « Je suis désolé de te le dire, mais tu pourrais devenir le Pablo Escobar de l'an 2000. »

Richard n'était pas le seul Sackler à estimer que la famille n'avait rien à se reprocher ni à se faire pardonner. Les deux branches du clan, le camp A et le camp B, peinaient souvent à trouver un terrain d'entente ; mais ils se rejoignaient sur ce sujet. Ce déni collectif se propagerait à toute l'entreprise. Ainsi, Robert Reder, le cadre de Purdue qui avait supervisé la demande d'approbation de l'OxyContin auprès de la FDA, envoya un mail à de hauts responsables de la société pour leur parler de l'hôpital de Silver Hill, un établissement psychiatrique proche du siège de Purdue, qui se spécialisait dans le traitement de la dépendance aux stupéfiants. Il serait peut-être bon qu'un membre de l'entreprise intègre le conseil d'administration de l'hôpital, suggéra-t-il. Ce serait une façon habile de redorer leur blason : cela indiquerait que même s'ils dénigraient les personnes souffrant de dépendance, les Sackler et Purdue ne manquaient pas totalement de compassion. Y avait-il des amateurs ? s'enquit Reder.

« Je trouve que c'est une institution formidable, mais je suis assez débordé », répondit Michael Friedman.

Howard Udell utilisa exactement la même formule : « Je trouve que c'est une institution formidable, mais je suis assez débordé. »

« Idem », écrivit Paul Goldenheim.

En l'absence de volontaires, Reder s'adressa directement à Kathe Sackler.

« Kathe, veux-tu que quelqu'un de Purdue siège au conseil d'administration de Silver Hill ?

— Seulement si ça aide l'entreprise, Robert », répondit-elle.

À l'automne 2003, Barry Meier publia son livre, *Pain Killer: A « Wonder » Drug's Trail of Addiction and Death* (« L'Antidouleur : le remède "miracle" qui sème l'addiction et la mort »). C'était une enquête majeure, ainsi qu'une évaluation sans concession de l'impact de l'OxyContin et de la culpabilité de Purdue. « En matière de force de frappe narcotique, l'OxyContin était une bombe nucléaire », écrivait Meier. Les responsables de Purdue n'avaient « pas donné l'impression de pouvoir – ou de vouloir – prendre des mesures radicales jusqu'à ce que les circonstances ou la mauvaise presse finissent par leur forcer la main ». Mais à ce stade, il était « trop tard ». Le médicament avait déjà provoqué « une catastrophe ».

Or, au moment de la parution de l'ouvrage, le *New York Times*, qui employait Meier, faisait face à l'une de ses plus grandes crises en cent cinquante-deux ans d'existence. En effet, le journal avait découvert qu'un jeune reporter, Jayson Blair, avait secrètement enfreint toutes les règles du métier : il avait inventé des sources et des citations, affirmé être allé dans des endroits où il n'avait jamais mis les pieds, plagié le travail d'autres personnes. C'était un immense scandale, qui poussa l'institution à un examen de conscience approfondi. On avait là un cas d'école intéressant, mettant en scène deux cultures d'entreprise opposées. Purdue Pharma n'aurait jamais admis la moindre erreur, encore moins fait amende honorable. En revanche, au lieu de balayer les méfaits de Blair sous le tapis ou de les réduire à des fautes isolées commises par un seul mauvais élément, le *Times* fut pris d'une crise existentielle et ébranlé jusque dans ses fondements. Les deux rédacteurs en chef du journal présentèrent leur démission. L'un d'eux raconterait qu'il avait eu l'impression qu'une « mine avait explosé » sous ses pieds.

En un clin d'œil, le vénérable *New York Times* était devenu un symbole de manque de sérieux, la risée de sketchs télévisés. Pendant la période d'introspection qui suivit, la publication constitua un comité de vingt-cinq journalistes chargé d'établir une liste de recommandations pour s'assurer que ce genre d'incident ne se reproduise plus. Le comité proposa notamment qu'on nomme un médiateur qui pourrait servir d'arbitre maison et freiner les excès de zèle des reporters. En octobre 2003, le *Times* désigna son premier « rédacteur public », un journaliste aguerri du nom de Daniel Okrent.

Okrent venait du monde des magazines, pas de celui des quotidiens. Selon lui, sa nouvelle mission consistait à examiner de près les informations rapportées dans le *Times* pour vérifier que « le lecteur n'avait pas été floué ».

Pendant les mois qu'il avait passés à travailler sur *Pain Killer*, Barry Meier n'avait pas signé de reportages sur l'OxyContin dans le journal. Mais à l'automne 2003, quand l'animateur de radio Rush Limbaugh avoua être devenu dépendant au médicament et à d'autres antidouleurs qu'on lui avait prescrits pour son mal de dos, Meier écrivit un article sur l'affaire. À présent que son livre était terminé et publié, il paraissait s'être remis en selle.

Cette perspective avait de quoi inquiéter les dirigeants de Purdue. Cela faisait des années qu'ils se plaignaient de Meier et de ses articles sur l'OxyContin, affirmant qu'il avait sali la réputation de l'entreprise avec ses reportages « sensationnalistes et biaisés ». En 2001, Udell avait essayé de s'en référer directement à ses supérieurs, débarquant à la rédaction du *Times* avec un détachement de cadres de Purdue. À son grand mécontentement, les rédacteurs en chef avaient soutenu leur journaliste. « Ils nous ont envoyés promener », s'était offusqué l'un des représentants de Purdue. Meier n'avait pas fait marche arrière.

À présent que le *Times* était en mauvaise posture et qu'Okrent cherchait de la matière pour sa nouvelle fonction, Udell et son conseil de guerre saisirent leur chance. Ils prirent rendez-vous avec Okrent et envahirent son petit bureau au quinzième étage de l'immeuble du *Times*. Barry Meier ne devait plus être autorisé à couvrir Purdue et l'OxyContin pour le journal, assénèrent-ils, car le fait qu'il ait publié un livre sur le sujet créait un conflit d'intérêts. Tout ce qu'il écrirait dans le *Times* ne serait qu'une publicité pour son ouvrage, soutenait Udell.

C'était un argument spécieux – le genre d'argument que l'on avance quand on n'en a pas d'autre en réserve. Toutefois, l'équipe de Purdue avait des raisons de croire que si elle parvenait à empêcher Meier d'enquêter sur l'OxyContin, l'entreprise se retrouverait en bien meilleure posture. Ce n'était pas comme si tout un contingent de journalistes du *Times* couvraient le sujet. Meier s'en occupait seul. En se débarrassant de lui, la société gagnerait en latitude.

Udell répéta que la publication de l'ouvrage de Meier constituait un conflit d'intérêts flagrant. Il exigea qu'on lui retire le sujet de l'OxyContin, citant le règlement officiel du journal : « Aucun membre de la rédaction ne doit donner l'impression qu'il pourrait retirer un gain financier personnel de l'issue de certains événements. » Une fois la réunion terminée, Okrent envoya à Meier une liste de questions sur son travail. Le journaliste était furieux. C'était évident : après le scandale provoqué par Blair, le *Times* tremblait à la moindre menace, et Purdue en profitait cyniquement.

Peu après avoir reçu les questions d'Okrent, Meier fut convoqué dans le bureau d'Al Siegal, l'un des principaux rédacteurs du *Times*, pour déterminer s'il était acceptable qu'il ait signé un article à propos des antidouleurs alors qu'il avait un livre à vendre sur le sujet. Évidemment que c'était acceptable, s'exclama Meier. Il était l'expert en la matière ! Il savait tout sur l'affaire ! Il avait les connaissances techniques ! Il avait les sources ! Et ce n'était pas comme si on pouvait l'accuser d'avoir casé son propre ouvrage dans l'article sur Rush Limbaugh : il n'avait même pas cité le nom de Purdue avant le onzième paragraphe ! « C'était rageant, raconterait-il des années plus tard. Tout ça me paraissait injuste. »

Okrent publia un éditorial intitulé : « On peut rester campé sur ses principes et se faire une entorse malgré tout », dans lequel il arguait que le travail de Meier était « juste et impartial dans son ensemble », mais qu'il présentait bel et bien un conflit d'intérêts. On aurait pu affirmer que Purdue « faisait beaucoup de bruit pour rien », concédait-il. Néanmoins, il trouvait préférable pour la « réputation » du journal « d'éviter ne serait-ce que le moindre soupçon de conflit ».

« Tu n'écriras plus sur les opioïdes », déclara Al Siegal à Meier. Le *Times* lui retirait le sujet. Bien plus tard, Okrent noterait qu'il n'avait que très peu d'expérience à son poste quand il avait signé l'éditorial à propos de Purdue, et admettrait s'être souvent demandé depuis s'il n'avait pas « commis une erreur ». Meier était fou de rage – « hors de lui », raconterait Okrent. À ses yeux, Okrent « s'était fait avoir comme un bleu », et la direction du *Times*, paralysée par ses craintes sur l'intégrité compromise du journal, avait laissé une bande de brutes en col blanc l'intimider. Purdue Pharma avait commis des fautes graves, des fautes qui étaient presque certainement criminelles, pensait Meier. Cela faisait deux ans qu'Udell et les autres hommes de main des Sackler tentaient de le neutraliser, de l'empêcher de révéler la vérité sur ce que leur entreprise faisait. À présent, ils semblaient avoir obtenu gain de cause.

20

Les boucs émissaires

John Brownlee était un jeune procureur aux ambitions politiques affirmées. Fils d'un officier d'infanterie qui avait combattu au Viêtnam, il avait grandi en Virginie, suivi des études de droit à l'université William & Mary et servi dans l'armée pendant quatre ans. Quelques semaines avant le 11 septembre 2001, George W. Bush l'avait nommé procureur fédéral du district ouest de Virginie. C'était un poste en or, mais d'après ses fréquentations de l'époque, Brownlee n'y voyait qu'un tremplin pour la suite de sa carrière. Ce qu'il voulait vraiment, c'était grimper les échelons du Parti républicain et briguer la fonction de procureur général d'État. Après cela, qui savait à quoi il pourrait aspirer : devenir gouverneur ? Sénateur ?

À cette période, la Virginie se noyait dans l'OxyContin. Brownlee occupait son poste depuis moins d'un mois quand son équipe annonça avoir passé un accord de plaider-coupable avec plusieurs individus qui avaient trafiqué le médicament en bande organisée. La crise accaparait les procureurs : on avait l'impression que chaque semaine ou presque, ils engageaient des poursuites contre des médecins, des dealers, des pharmaciens, des braqueurs de pharmacie. À mesure que ces affaires s'accumulaient, un dénominateur commun émergeait : ce comprimé qui semblait exercer une emprise profonde sur la population. Qui fabriquait cette pilule ? se demanda Brownlee. D'où venait cette avalanche de problèmes qui s'était abattue sur son État, quasiment du jour au lendemain ?

Du Connecticut, lui répondirent ses collaborateurs. Quelques mois après la prise de fonctions de Brownlee, son équipe inculpa un médecin du district, Cecil Knox, pour distribution illégale d'OxyContin. Il s'agissait a priori d'un cas ordinaire : une clinique peu regardante où l'on prescrivait des opioïdes à tour de bras. Néanmoins, en enquêtant sur Knox, l'équipe de Brownlee avait découvert que le médecin exerçait une activité parallèle de conférencier. « Nous savons qu'il faisait des interventions promotionnelles pour Purdue », expliqua Brownlee lors d'une conférence de presse.

Brownlee aimait s'adresser aux médias. En fait, c'était exactement le genre d'homme de loi dont Howard Udell se moquait quand il évoquait les « procureurs trop zélés avec des ambitions politiques ». Il se délectait clairement de l'attention qu'il obtenait à l'annonce d'une inculpation ou d'un accord de plaider-coupable. Cela avait une dimension comique : quand il se déplaçait dans l'État, il emportait un pupitre pliable dans le coffre de sa voiture au cas où il faudrait improviser une conférence de presse.

Deux procureurs qui travaillaient pour Brownlee, Randy Ramseyer et Rick Mountcastle, avaient déjà ouvert une enquête sur Purdue. Ramseyer et Mountcastle possédaient leur propre bureau à Abingdon, une petite ville des montagnes Blue Ridge. C'était une opération spartiate, abritée dans un tout petit local jouxtant un cabinet de dentiste, au milieu d'une zone commerciale. Mais les deux hommes étaient des procureurs fédéraux expérimentés et endurcis, qui avaient vu de près les ravages de l'OxyContin dans leur communauté.

Tous les procureurs sont motivés par un mélange complexe de principes et d'aspirations. Certains cherchent avant tout à faire respecter la justice, d'autres à se placer sous les feux des projecteurs. La perspective de s'attaquer à un gros gibier permet de combler ces deux désirs. « On était là, à discuter de ce qui ferait le plus de bruit, se souviendrait Rick Mountcastle. On a décidé de s'intéresser à Purdue. » L'entreprise familiale qui fabriquait des médicaments à des années-lumière de là, à Stamford, dans le Connecticut, s'était brusquement mise à gagner des milliards grâce à l'OxyContin et semblait avoir joué un rôle important dans la crise. Il y avait bien sûr d'autres sociétés pharmaceutiques dévoyées, d'autres entreprises qui commercialisaient des opioïdes ; mais à l'époque, Purdue faisait figure de coupable principal. Bien que l'abus de médicaments ait toujours constitué un problème dans les Appalaches, l'arrivée de l'OxyContin avait changé la donne. Mountcastle et Ramseyer entendaient sans cesse parler de l'agressivité des délégués de Purdue et de leurs efforts pour inciter les pharmaciens locaux à accepter toutes les ordonnances qu'on leur présentait.

Les pharmaciens des petites villes connaissent souvent très bien leurs clients, ils savent qui peut réellement avoir besoin d'une grande quantité d'antidouleurs – et qui pourrait très clairement s'en passer. Quel genre de modèle économique poussait donc les commerciaux à faire pression sur ces professionnels pour qu'ils vendent des comprimés à des personnes qui n'étaient pas vraiment malades ?

Quand les procureurs suggérèrent de s'attaquer à Purdue, Brownlee se montra aussitôt favorable à l'idée et leur recommanda de « passer à l'action sans tarder ». Il ne s'agirait pas de poursuites civiles comme celles qui arrivaient de toutes parts depuis peu, et dans lesquelles l'entreprise s'était défendue avec grand succès. Ce serait une enquête criminelle. Les procureurs allaient rassembler des preuves, interroger des témoins et consulter les documents internes de Purdue.

« Et si on ne trouve rien ? s'interrogea Ramseyer tout haut.

— On aura cherché, au moins », répondit Mountcastle.

Le 3 décembre 2002, les procureurs d'Abingdon sollicitèrent par voie légale l'accès aux archives de Purdue sur la fabrication, la promotion et la distribution de l'OxyContin. Mountcastle exerçait le droit depuis vingt ans. Il avait travaillé pour le département de la Justice à Washington et participé à des procès dans tout le pays. Il ne voyait aucune raison interdisant à deux avocats installés dans l'annexe d'un centre commercial au fin fond de la campagne de Virginie d'engager des poursuites pénales contre un géant de l'industrie.

Cela dit, il leur fallait plus de place. À environ un kilomètre du centre commercial, de l'autre côté de l'autoroute, quelqu'un avait construit un complexe de bureaux moderne. Celui-ci paraissait totalement démesuré dans ce décor, et relativement luxueux pour Abingdon. Mountcastle l'appelait le Taj Mahal. Les procureurs y louèrent des locaux pour pouvoir travailler sur l'affaire. Comme ils manquaient cruellement de personnel, ils se bricolèrent une équipe improvisée, avec des employés détachés d'autres agences : un expert en fraude à l'aide médicale venu du bureau du procureur général de l'État, deux enquêteurs de la FDA et un agent spécial de l'IRS, l'administration fiscale.

Si Purdue se voyait contrainte de dévoiler ses archives, Mountcastle imaginait qu'elle aurait recours à une vieille astuce juridique : noyer l'accusation sous la paperasse. Les avocats de Purdue enverraient un tel déluge de documents que les procureurs n'auraient pas la moindre chance de les étudier tous. Si des informations compromettantes s'y trouvaient bel et bien, l'entreprise rendrait leur découverte aussi difficile que possible. Effectivement, des cartons remplis de dossiers commencèrent à arriver au Taj Mahal. On les livra par camion, les uns après les autres : des dizaines de milliers de pages, puis des centaines de milliers, et finalement des millions. C'était un océan de papier. Plus de documents qu'une personne – et même toute une équipe – n'aurait pu en lire en une vie. À un moment donné, quelqu'un prit une photo de la salle des preuves qui montrait un millier de boîtes soigneusement disposées sur des étagères métalliques en rangées de vingt cartons de large sur neuf de haut.

Les enquêteurs s'y attendaient et s'attaquèrent au problème de façon méthodique. Dès qu'ils recevaient de nouveaux documents, ils les scannaient et les enregistraient dans une base de données. À mesure qu'ils consultaient les dossiers internes de Purdue et commençaient à se faire une idée du fonctionnement de l'entreprise, ils rédigeaient de nouvelles demandes de documents, plus détaillées. Au bout du compte, les procureurs d'Abingdon enverraient à l'entreprise près de six cents demandes différentes tandis qu'ils exploreraient les archives confidentielles de Purdue et resserreraient leurs recherches sur des sujets précis.

Pour défendre Purdue, Howard Udell engagea un avocat de Washington au bras long, Howard Shapiro, qui avait été le directeur juridique du FBI avant de rejoindre le cabinet Wilmer, Cutler, Pickering, Hale and Dorr. Ayant lui-même travaillé à Washington au début de sa carrière, Rick Mountcastle avait appris à se méfier du système du « tourniquet », comme on l'appelait parfois. Les cabinets d'avocats comme Wilmer comptaient beaucoup d'associés qui avaient occupé des postes élevés au département de la Justice, et le département de la Justice comptait beaucoup des hauts responsables qui avaient travaillé (et espéraient peut-être retravailler un jour) dans des cabinets comme Wilmer. Résultat, une familiarité inévitable liait les avocats les plus en vue du secteur privé et les personnes nommées au département de la Justice. Si l'on entrait dans un restaurant chic près de la Maison-Blanche un jour de semaine, on pouvait parfois y voir des procureurs fraterniser avec l'ennemi autour d'un déjeuner. Mountcastle était peut-être un peu aigri ; il aimait remarquer d'un ton pince-sans-rire qu'il n'était qu'un « avocat d'un patelin paumé ». Mais si Purdue employait quelqu'un comme Howard Shapiro, il craignait que l'entreprise n'essaie de l'emporter autrement que par la force de ses arguments : elle se servirait de ses avocats hors de prix pour le déborder – et déborder son chef, John Brownlee – en persuadant directement les décideurs du département de la Justice d'enterrer l'affaire.

Ce fut exactement ce qui se produisit. Tandis que les procureurs continuaient de réclamer des documents à l'entreprise, l'équipe chargée de la défense de Purdue fit appel à l'un des plus hauts responsables au département de la Justice, le procureur général adjoint James Comey. Le message qu'ils lui adressèrent était simple : ces procureurs de campagne avaient dépassé les bornes et le département devait « faire rentrer le district ouest de Virginie dans les clous », selon l'expression de Howard Shapiro. Comey demanda donc à John Brownlee de venir le voir à Washington. Pour aider leur chef à se préparer, Mountcastle et Ramseyer lui décrivirent tous les détails de l'affaire, lui expliquant quelles preuves ils avaient réunies à ce stade et en quoi leur enquête était justifiée. Brownlee se rendit ensuite à Washington ; mais lorsqu'il arriva dans le somptueux bureau du procureur général adjoint, Comey ne voulut même pas voir les documents qu'il avait apportés ; il lui demanda simplement de résumer l'enquête dans les grandes lignes. Il y eut un instant de confusion quand Brownlee dut préciser que l'affaire concernait Purdue Pharma, le fabricant de l'OxyContin, et pas Perdue Farms, le producteur de poulet. Une fois le malentendu dissipé, Comey déclara : « Retournez en Virginie et poursuivez votre affaire. » Il n'avait pas besoin d'écouter toute la présentation.

C'était un soulagement. Les procureurs de Virginie avaient la confiance et le soutien de Comey – sa « couverture maximale », comme on disait à Washington. Ils se remirent donc au travail. Rick Mountcastle savait qu'ils luttaient contre un bataillon d'avocats – pour autant qu'il sache, Shapiro pouvait bien avoir mis une vingtaine de ses collaborateurs sur le dossier –, alors il inventa des astuces pour maintenir la pression sur ses adversaires. Il réglait parfois son réveil à quatre heures du matin le dimanche, se levait, s'habillait et partait au bureau, d'où il envoyait un fax aux avocats de Purdue pour que, à la vue de l'heure sur le document, ceux-ci pensent que les procureurs d'Abingdon avaient eux aussi une armée de collaborateurs à leur service, qui trimaient jour et nuit.

En plus des millions de pages qu'ils reçurent, les enquêteurs menèrent près de trois cents interrogatoires. Ils en tirèrent des conclusions stupéfiantes. Les responsables de Purdue avaient vendu une belle histoire sur leur entreprise aux autorités et au public – aussi efficacement qu'ils avaient vendu l'OxyContin aux médecins. Avant son licenciement, l'assistante juridique de Howard Udell, Martha West, avait remarqué que son chef semblait paranoïaque à propos des documents conservés chez Purdue et du genre d'informations que les employés mettaient par écrit. En fin de compte, celui-ci avait de bonnes raisons de s'inquiéter. Armés de leurs ordonnances judiciaires, les enquêteurs de Brownlee récupérèrent des mails, des notes, des comptes rendus de réunion et des plans marketing de l'entreprise. Ils obtinrent également des rapports de visite où des délégués comme Steven May retraçaient leurs échanges avec des professionnels de santé ou des pharmaciens. En épluchant ces documents, ils découvrirent que presque tous les éléments clés de la version des faits de Purdue étaient faux.

Les cadres de la société avaient affirmé n'avoir eu aucun moyen de prédire les abus d'OxyContin ; or leurs propres documents prouvaient le contraire. Ces mêmes responsables qui avaient déclaré sous serment ne jamais avoir entendu parler d'une surconsommation importante de MS Contin avaient échangé des mails à ce sujet à de nombreuses reprises. « Quand j'étais manager dans le Midwest [...], je recevais ce type d'informations sur la MS Contin tout le temps, et de partout, avait écrit un cadre de l'entreprise, Mark Alfonso, dans un mail daté de juin 2000. Certaines pharmacies ne gardaient même pas de MS Contin en stock par peur d'être braquées. » (En transférant le message à Howard Udell, Michael Friedman avait demandé : « Veux-tu qu'on parle de ces choses-là par mail ? »)

Purdue aurait dû s'attendre à ce qu'on fasse un mauvais usage de l'OxyContin pour une autre raison : ses propres recherches démontraient que le médicament ne fonctionnait souvent pas comme elle le proclamait. Lors d'une étude clinique concernant des personnes atteintes d'arthrose, deux des sept participants avaient rapporté une sensation de manque quand ils avaient cessé de prendre ne serait-ce qu'une faible dose du produit. Malgré cela, la version finale de la notice de l'OxyContin assurait que les personnes auxquelles on avait prescrit 60 milligrammes ou moins pouvaient arrêter le traitement « immédiatement et sans incident ». Les enquêteurs de Brownlee découvrirent également que Purdue avait demandé à ses délégués de distribuer un article affirmant que les gens qui prenaient de faibles doses du médicament ne ressentaient pas d'effets de manque une fois le traitement terminé.

Quand Barry Meier les avait interviewés en 2001, Friedman, Goldenheim et Udell s'étaient dit parfaitement surpris d'apprendre qu'on pouvait dissoudre l'OxyContin dans de l'eau pour s'injecter la substance par intraveineuse, une possibilité qu'ils n'avaient jamais envisagée. Les procureurs s'aperçurent pourtant que l'entreprise avait réfléchi à ce cas de figure précis : un test « cuillère-aiguille » avait été réalisé afin de déterminer combien d'oxycodone on obtenait en dissolvant un comprimé dans un liquide chauffé. Cette expérience avait montré qu'on parvenait à extraire la majeure partie de la charge narcotique de l'OxyContin de cette manière. (D'après les procureurs, cela n'avait pas empêché Purdue d'indiquer à ses représentants de commerce d'assurer aux médecins que la substance ne pouvait pas être injectée.)

On aurait pu espérer que ces risques auraient retenu l'attention de la FDA ; mais les enquêteurs d'Abingdon exhumèrent des indices troublants sur les liens entre les responsables de l'entreprise et Curtis Wright, l'évaluateur de l'agence. Leurs échanges présentaient « un aspect largement informel », constatèrent les procureurs. Robert Reder, le cadre de Purdue chargé du processus d'approbation auprès de la FDA, avait déclaré à Howard Udell que Wright avait « confirmé » l'autorisation de vente de l'OxyContin dans un mail daté de mars 1995 – neuf mois avant l'annonce officielle. Rick Mountcastle commença à soupçonner que Wright s'était entendu avec Purdue sur une possible embauche avant même de démissionner de l'agence. « Je crois qu'ils ont passé un marché secret, avancerait-il. Je ne peux pas le prouver, alors ce n'est que mon avis personnel. Mais si on regarde la situation dans son ensemble, il n'y a pas d'autre explication. »

Aucune des données de Purdue ne démontrait que l'OxyContin posait moins de risques d'abus que d'autres antidouleurs, et pourtant la FDA avait autorisé l'entreprise à l'affirmer. Les commerciaux s'étaient ensuite attelés à orchestrer une gigantesque escroquerie. Les notes de visite retraçaient comment certains délégués avaient répété encore et encore aux médecins et aux pharmaciens que l'OxyContin ne provoquait pas d'euphorie ni un phénomène de pics et de creux trop intense, et que moins de 1 % des consommateurs développaient une dépendance. En analysant ces comptes rendus, les procureurs d'Abingdon conclurent qu'il s'agissait d'une campagne organisée, au script soigneusement préparé. « Dans une affaire de ce genre, la défense consiste toujours à dire : "On avait quelques mauvais éléments", remarquerait Brownlee. Mais quand on voit les notes de visite, on commence à comprendre que c'était une politique d'entreprise. » Les enquêteurs travaillaient avec une carte des États-Unis : chaque fois qu'ils trouvaient des preuves d'assertions mensongères dans les notes des délégués, ils coloriaient en rouge l'État où la visite avait eu lieu. « En un clin d'œil, tous les États étaient devenus rouges », se rappellerait Brownlee.

« Ces gens avaient été briefés », assurerait-il. Les délégués n'avaient pas sorti de leur chapeau ces affabulations sur les faibles risques associés au médicament. Cela aussi, les enquêteurs pouvaient le prouver. Purdue leur avait remis des enregistrements vidéo de séances d'information destinées à la force de vente où on voyait des responsables encourager ouvertement les délégués à affirmer des choses que l'entreprise savait être fausses. Brownlee n'en revenait pas : « Ils formaient littéralement leurs employés à mentir sur leur produit. »

Les procureurs constatèrent que des commerciaux avaient continué à rendre visite à certains médecins dont la licence avait été suspendue. Ils trouvèrent des notes d'un délégué de l'Ohio qui, en 1999, avait rapporté sa conversation avec un professionnel de santé obsédé par « la valeur à la revente de l'OC ». Ils trouvèrent une transcription d'un échange téléphonique de la même année entre Michael Friedman et un chargé de communication, au cours duquel Friedman avait déclaré : « Je veux dire, on a un comprimé d'OC qui contient 80 milligrammes. Ça fait autant d'oxycodone que dans seize cachets de Percocet… C'est pour ça que les toxicos en ont après nos pilules. »

Même le discours de Purdue sur sa noble contribution au soulagement de la douleur s'avéra dans bien des cas être trompeur. Dans les années 1950, Arthur avait créé une publicité pour la Sigmamycine comprenant des cartes de visite très réalistes de médecins censés recommander le produit, et John Lear, le journaliste du *Saturday Review*, avait découvert que ces médecins n'existaient pas. Quand Richard Sackler avait proposé de recueillir des témoignages de malades, Purdue avait fait appel à Alan Spanos, le spécialiste de la douleur de Caroline du Nord, pour produire la vidéo intitulée « J'ai retrouvé ma vie ». Il apparut toutefois que ces récits n'étaient pas aussi concluants qu'ils semblaient l'être. Johnny Sullivan, l'ouvrier du bâtiment qui avait expliqué à quel point son existence s'était améliorée grâce à l'OxyContin, avait fini par arrêter le médicament. « Il prend maintenant de la méthadone à la place de l'OC, pour une question de coût » reconnaissait Spanos dans un mail exhumé par les enquêteurs. Il souhaitait tout de même que l'ouvrier participe à la nouvelle vidéo de Purdue, « J'ai retrouvé ma vie, partie II » : « Johnny passe très bien à l'écran. J'espère que cela ne l'empêchera pas de faire une autre apparition ! » L'homme avait bel et bien témoigné dans la deuxième vidéo, alors qu'il ne prenait plus d'OxyContin. Il y racontait qu'il pouvait désormais « conduire une moto » et « des engins de chantier », et vantait l'absence d'effets secondaires de l'OxyContin : « Les coups de mou, je ne connais pas. »

Le bilan de ces vidéos s'avérerait encore plus sombre que les procureurs d'Abingdon ne l'avaient imaginé. Les Sackler avaient toujours avancé qu'il existait deux catégories très simples d'individus – les malades d'un côté, les toxicomanes de l'autre –, et que l'OxyContin ne provoquait pas de dépendance chez les véritables malades. Or c'était bien le cas, même chez ceux qui avaient figuré dans les vidéos promotionnelles de l'entreprise. D'après un article du *Milwaukee Journal*

Sentinel, trois des sept participants du premier spot avaient trouvé l'OxyContin extrêmement utile pour gérer leurs douleurs chroniques. D'autres avaient eu plus de problèmes. Une femme nommée Lauren évoquait dans la vidéo de graves douleurs au dos. On avait doublé sa dose d'OxyContin une fois, puis deux. Elle avait perdu son emploi, et la possibilité de payer un traitement qui lui coûtait désormais 600 dollars par mois. Quand elle avait essayé de réduire sa dose, elle avait éprouvé une sensation aiguë de manque. Comme elle dépensait tout son argent en OxyContin, elle ne parvenait plus à rembourser ses emprunts bancaires. Elle avait perdu sa voiture, puis sa maison, et avait fini par se déclarer en faillite. Au bout d'un certain temps, elle était enfin parvenue à se sevrer du médicament. « Si je n'avais pas arrêté, je serais probablement morte », conclurait-elle.

Un autre participant à la vidéo, Ira, était atteint de fibromyalgie et affirmait que l'OxyContin lui avait permis de faire du sport et de la kinésithérapie. Quelques années plus tard, on l'avait retrouvé mort dans son appartement ; il avait soixante-deux ans. Son décès découlait d'une hypertension artérielle et de problèmes cardiovasculaires ; mais selon un rapport d'analyse, on avait découvert deux substances opioïdees dans son système sanguin, dont de l'oxycodone. Ira sortait d'une cure de désintoxication. Il avait des comprimés dans sa poche au moment de sa mort.

Johnny, l'ouvrier du bâtiment, avait aussi rencontré des difficultés avec son traitement et développé une dépendance à l'OxyContin. Sa femme, Mary Lou, avait fini par dire à leurs fils : « Ce médicament va le tuer. »

Il avait été hospitalisé plus d'une fois pour des overdoses accidentelles. Au fil du temps, sa dépendance à l'OxyContin et à la morphine l'avait tellement affecté que Mary Lou avait été obligée de s'occuper de lui comme d'un infirme : elle l'aidait à enfiler ses chaussettes et ses chaussures, le rasait, lui lavait les cheveux. Johnny gardait une pochette remplie de médicaments sous le siège de son pick-up. Un jour où il rentrait de la chasse, son véhicule s'était renversé, le tuant sur le coup. Il avait cinquante-deux ans.

Tandis que les procureurs de Virginie entamaient leur enquête, les Sackler préparaient d'importantes festivités dans le Connecticut pour commémorer les cinquante ans de la famille à la tête de Purdue. En 2002, cela allait faire un demi-siècle qu'Arthur Sackler avait racheté pour ses frères une petite société de Greenwich Village qui produisait des remèdes vendus sans ordonnance. La société que Mortimer et Raymond avaient bâtie à partir de là – et que Richard avait modernisée par la suite – rapportait désormais des profits gigantesques, plus de 1 milliard de dollars par an. Mortimer et Raymond s'étaient progressivement mis en retrait de l'entreprise pour se concentrer sur leurs multiples œuvres philanthropiques. En reconnaissance de sa générosité, le premier venait d'être décoré de la Légion d'honneur, la plus haute distinction accordée par l'État français. Il avait aussi été fait chevalier par la reine d'Angleterre en 1999, comme Raymond plusieurs années auparavant. (D'après une de leurs connaissances mutuelles, Mortimer avait été agacé que son frère cadet, qui ne vivait même pas au Royaume-Uni, ait reçu cette distinction avant lui.) Un chroniqueur britannique avait suggéré dans le *Harpers & Queen* que le mécénat auprès d'institutions culturelles et universitaires qui constituait désormais l'activité principale des deux frères représentait pour eux une façon « d'acheter l'immortalité ».

En 2003, tandis que les enquêteurs de Virginie triaient les archives soutirées à Purdue dans la salle des documents du Taj Mahal, Richard Sackler quitta son poste à la tête de l'entreprise. « J'ai fait partie de l'équipe de direction jusqu'en 2003. Après ça, j'ai simplement gardé un siège au conseil d'administration », témoignerait-il par la suite. En réalité, c'était un changement davantage de titre officiel que de rôle pratique, car il continua à participer de très près aux activités de l'entreprise. Il se sentait toujours investi au plus haut point dans le succès de l'OxyContin et surveillait les ventes avec un soin maniaque, exigeant qu'on l'en tienne constamment informé. « Il faut que le Dr Richard nous lâche », se plaignit un cadre dans un mail interne alors que Richard était censé avoir « pris ses distances » avec l'entreprise depuis des années. « Il entraîne les gens dans tous les sens, ce qui crée une surcharge de travail et augmente la pression et le stress. » Pour remplacer Richard à la tête de Purdue, les Sackler avaient choisi Michael Friedman – le responsable de la campagne de promotion de l'OxyContin, qui attirait désormais tant l'attention. C'était Richard qui avait embauché Friedman en premier lieu. « Michael et lui étaient très proches. Le Dr Richard l'avait accompagné pas à pas, à la fois comme conseiller, critique, coach et soutien », se rappellerait Robin Hogen. Néanmoins, Richard n'avait jamais été doué pour lâcher les rênes.

« Tu échanges constamment avec mes subordonnés, lui reprocha Friedman un jour, avant d'ajouter : Tu influes sur nos priorités avec tes messages, et tu dévies les gens du cap que je leur ai fixé. Cela diminue mon efficacité. Tu ne veux pas t'arrêter, mais ça ne signifie pas que ton comportement est justifié. »

Le frère de Richard, Jonathan, et ses cousins Mortimer et Kathe finirent eux aussi par renoncer à leurs postes de directeur délégué. Cependant, comme un procureur l'expliquerait, « ce n'était qu'un changement de façade. Les Sackler contrôlaient toujours l'entreprise ». La fierté que la famille tirait de l'OxyContin n'avait pas été diminuée par le nombre croissant de morts, l'avalanche de poursuites civiles ou l'enquête fédérale en Virginie. En fait, à l'approche du cinquantenaire des Sackler, l'une des craintes principales de Kathe était que Richard, son rival au sein de la famille, s'approprie la paternité du médicament – alors qu'elle estimait que ce mérite lui revenait de droit. Les Sackler avaient prévu de publier une brochure spéciale pour commémorer l'événement, et Kathe s'inquiétait de la façon dont le document présenterait ce chapitre important de l'histoire de la famille. Après avoir relu la première version du texte, elle envoya un mail sanguin à son père : « Je refuserai catégoriquement d'approuver tout document qui suggère ou insinue, comme celui-là le fait, que Richard Sackler a eu l'idée de concevoir un produit à libération contrôlée à base d'oxycodone. Comme tu le sais, quand j'ai parlé à Richard de mon idée au milieu des années 1980, il m'a demandé ce qu'était l'oxycodone. »

L'équipe juridique de Purdue avait eu beau essuyer un échec avec James Comey, les Sackler n'avaient pas de raison de s'affoler. Howard Udell était là pour les protéger, de même que Howard Shapiro, à Washington, et Mary Jo White. Et comme si cet entourage redoutable ne suffisait pas, ils gardaient un as dans la manche : l'ancien maire de New York, Rudy Giuliani. La raison principale pour laquelle Purdue avait engagé Giuliani était qu'on le considérait à l'époque comme un personnage imposant, doté d'une renommée nationale. On évoquait souvent la possibilité qu'il se présente à l'élection présidentielle de 2008 ; beaucoup l'imaginaient remporter l'investiture du Parti républicain. Giuliani jouissait à Washington du genre de visibilité et de notoriété dont un politicien en herbe comme Brownlee ne pouvait que rêver. Un jour, il fit savoir au procureur fédéral qu'il était disposé à le rencontrer pour parler du procès. Avant leur entrevue, Brownlee acheta et lut son livre, qui venait de paraître ; il s'intitulait *Leadership*.

« Giuliani était très bon dans son domaine », raconterait Brownlee. L'ancien maire ne semblait pas particulièrement au courant des détails de l'affaire, mais ce n'était pas pour cela que Purdue l'avait embauché. « Il était très avenant, fin politique, décontracté, se rappellerait Rick Mountcastle, qui l'avait rencontré aussi. [Purdue] voulait enterrer l'affaire, et le rôle de Giuliani était de conclure le marché. »

Brownlee se montra courtois, mais il ne céda pas : « [Giuliani] n'était pas un magicien. Il ne pouvait pas changer les faits. » L'équipe de Brownlee avait réuni des preuves d'agissements si choquants que cela justifiait d'engager des poursuites pénales non seulement contre l'entreprise elle-même, mais aussi contre les trois dirigeants que les Sackler avaient placés sur le devant de la scène pour défendre l'OxyContin : Michael Friedman, Paul Goldenheim et Howard Udell.

À Abingdon, Rick Mountcastle prépara en secret un dossier d'accusation dans lequel il détaillait l'affaire et récapitulait toutes les preuves incriminantes rassemblées par son équipe. Le document, fruit de cinq années d'enquête, était daté du 28 septembre 2006. Sur plus de cent pages, accompagnées de notes minutieuses, il présentait une litanie incendiaire des malversations commises par l'entreprise. Le dossier ne se contentait pas de répertorier les actes passibles de poursuites : il démontrait avec un luxe de détails qu'aux plus hauts échelons de Purdue, on avait eu connaissance de ces actes, et qu'on les avait encouragés. « Les auteurs des crimes ont formé les représentants de commerce de Purdue et leur ont fourni du matériel de formation et de promotion » afin qu'ils propagent des informations trompeuses, affirmait le document. Les dépositions que Friedman, Goldenheim et Udell avaient effectuées sous serment étaient formellement contredites par les propres archives de l'entreprise. Les procureurs ne mâchaient pas leurs mots : les dirigeants de Purdue avaient livré des témoignages « mensongers et malhonnêtes » devant le Congrès.

D'après cinq anciens représentants du département de la Justice qui avaient suivi les discussions, Brownlee voulait inculper les trois dirigeants de nombreux crimes, dont ceux de « faux étiquetage » (une fraude consistant à vendre des produits pharmaceutiques sous une étiquette trompeuse), fraude postale et électronique, ainsi que blanchiment d'argent. En règle générale, les procureurs hésitent à engager des poursuites pénales contre des entreprises cotées en Bourse de peur que cela ne fasse chuter le cours de leurs actions et n'entraîne de graves pertes financières pour des actionnaires qui n'ont peut-être aucunement conscience des crimes commis. Cependant, dans le cas de Purdue, il n'y avait pas de petits actionnaires. Il n'y avait que les Sackler. Le dossier d'accusation décrivait une escroquerie élaborée, menée sur plusieurs années – et extrêmement lucrative. Les archives de l'entreprise indiquaient que Purdue avait déjà engrangé plus de 9 milliards de dollars grâce aux ventes d'OxyContin. En plus d'inculper la société et ses dirigeants, les procureurs leur réclameraient donc une amende. Le montant qu'il convenait de fixer avait fait débat et serait âprement négocié par la défense ; mais on avait finalement décidé de proposer la somme de 1,6 milliard de dollars.

Les Sackler avaient peut-être tiré un certain réconfort de ne pas être directement visés par ces poursuites pénales. C'était exactement le genre de situation où les subterfuges employés par les membres de la famille depuis des années pour obscurcir leurs liens avec leurs diverses entreprises pouvaient s'avérer très utiles. Toutefois, quand des procureurs fédéraux attaquent une société en justice, ils commencent rarement par inculper son P-DG ou le président du conseil d'administration. Ils ont plutôt tendance à viser des membres de l'équipe de direction, qui se situent un ou deux échelons plus bas – la logique étant qu'il est souvent plus facile de réunir des preuves contre ces cadres d'un niveau moins élevé, car ils jouent un rôle plus pratique dans les opérations et laissent davantage de traces écrites de leurs activités. Dans les affaires de délinquance en col blanc, ces personnes constituent aussi des cibles particulièrement vulnérables. Il s'agit généralement d'hommes d'âge mûr, à la réputation sans tache, qui n'ont l'habitude ni d'être malmenés ni de mettre les mains dans le cambouis. Quand ils se retrouvent inculpés et confrontés à la perspective très réelle d'une incarcération, la seule idée de faire de la prison suffit à les plonger dans une peur panique. Par conséquent, on peut souvent les persuader de retourner leur veste – et d'impliquer le P-DG ou le président du conseil d'administration en échange d'un aménagement de peine.

Le nom de Richard Sackler revenait très souvent dans le dossier d'accusation. Ayant dirigé l'entreprise et maintenu un contact presque constant avec Friedman et les autres responsables, il se trouvait naturellement dans la ligne de mire de l'enquête. Mountcastle notait que Friedman, Goldenheim et Udell « étaient placés sous la responsabilité directe de la "Famille" », comme il appelait les Sackler tout au long du document. Si les procureurs réussissaient à mettre en examen les trois cadres et les menaçaient d'une peine de prison, il y avait de fortes chances pour qu'ils parviennent à convaincre au moins l'un d'eux – ou les trois, d'ailleurs – de trahir les Sackler en témoignant pour l'accusation.

Cependant, avant qu'on puisse intenter un procès aux trois hommes, le dossier devait être examiné par le département de la Justice à Washington. Il atterrit sur le bureau d'un jeune fonctionnaire appelé Kirk Ogrosky, qui s'entretint avec les procureurs de Virginie et passa dix jours à relire le document. Puis il rédigea à son tour un compte rendu de l'affaire. Elle était extrêmement solide, conclut-il. « Il n'y a peut-être jamais eu d'affaire dans notre histoire qui pèse autant sur la santé et la sécurité publique que celle décrite par nos procureurs du district ouest de Virginie, écrivit-il, avant d'observer : L'abus d'OxyContin a eu un impact considérable sur la vie de millions d'Américains. » Il s'agissait d'une « juste cause », dans le jargon du département, et Ogrosky recommandait à ses collègues d'inculper les cadres de l'entreprise de plusieurs crimes. Ils devaient agir sans tarder, soulignait-il, car Purdue aurait « un intérêt financier direct à réclamer un sursis », étant donné que « les ventes et la promotion frauduleuses » de l'OxyContin continuaient à lui rapporter 100 millions de dollars chaque mois.

Avec ces innombrables preuves, si le procès avait bien lieu, et dans un tribunal du district ouest de Virginie où tant de jurés potentiels connaîtraient quelqu'un dont la vie avait été détruite par l'OxyContin, les procureurs le remporteraient sans difficulté. En fait, si on parvenait ne serait-ce qu'à inculper les trois cadres, ils réfléchiraient probablement à leurs chances de victoire une fraction de seconde avant de se dépêcher de signer un accord de coopération avec l'accusation. Comme un avocat impliqué dans l'affaire l'observerait : « Mon intuition me disait que si l'un des trois coopérait, les Sackler tomberaient. »

Cela n'arriva pas. Un jour d'octobre 2006, John Brownlee fut informé par téléphone qu'une réunion avait été fixée au bureau de la procureure générale déléguée pour que les avocats de la défense viennent présenter leurs arguments. La nouvelle inquiéta les procureurs de Virginie. Toutes les personnes visées par des poursuites pénales n'ont pas la capacité de court-circuiter les instances qui les ont attaquées en adressant une requête officieuse aux responsables du département de la Justice ; mais ce privilège est à la portée des Américains dotés d'assez d'argent et de moyens pour en user. Même dans un système judiciaire orienté en faveur des riches et des puissants, la coutume veut cependant qu'on permette au moins aux procureurs de présenter les tenants et aboutissants de l'affaire à leurs supérieurs avant qu'ils ne s'entretiennent avec la défense.

Brownlee, Mountcastle et Ramseyer se rendirent à Washington. La réunion devait avoir lieu dans une grande salle attenante au bureau d'Alice Fisher, la procureure générale déléguée. On y trouvait une longue table en chêne entourée de fauteuils en cuir. Des bibliothèques chargées d'ouvrages juridiques bordaient les murs, créant une atmosphère de probité solennelle. Howard Shapiro arriva, accompagné de Mary Jo White, d'autres avocats et des trois cadres de Purdue. Fisher se chargea d'animer la réunion avec plusieurs de ses subordonnés nommés par l'administration Bush, notamment son directeur de cabinet, Rob Coughlin. Plus tard, Coughlin ferait lui-même l'objet de poursuites judiciaires et avouerait avoir rendu service à des clients du lobbyiste véreux Jack Abramoff en échange de repas dans des restaurants huppés, de billets pour des manifestations sportives et autres pots-de-vin. Mais pour l'heure, il donnait l'impression d'être un représentant honnête de l'État américain, et Fisher et lui laissèrent les avocats de Purdue s'exprimer à leur aise. L'équipe effectua une présentation bien argumentée afin de démontrer que Brownlee et ses procureurs manifestaient un zèle excessif dans leurs poursuites contre l'entreprise. En particulier, ils avancèrent qu'il serait extrêmement inconvenant d'accuser Friedman, Goldenheim et Udell d'actes criminels. Ces hommes ne possédaient aucune responsabilité pénale personnelle dans l'affaire, en réalité. Si tant était qu'on puisse affirmer que Purdue avait commis le moindre faux pas dans la promotion de l'OxyContin, le problème découlait du comportement de quelques commerciaux sans scrupule – un comportement que ces trois hommes n'auraient jamais toléré (et encore moins approuvé) s'ils en avaient eu connaissance (ce qui n'était pas le cas).

Une fois la réunion terminée, on informa Brownlee qu'en dépit des preuves que son équipe et lui avaient passé cinq ans à recueillir, le département de la Justice ne l'autoriserait pas à inculper de crime les trois cadres de Purdue. À la place, on pourrait inculper l'entreprise de faux étiquetage, et Friedman, Goldenheim et Udell d'un délit mineur. « Brownlee écumait de rage », raconterait un ancien fonctionnaire qui s'était entretenu avec lui à l'époque. Rick Mountcastle et Randy Ramseyer étaient « fous furieux ».

Cette décision prise à huis clos au département de la Justice resterait un mystère pour les années à venir, car aucun haut fonctionnaire impliqué ne voudrait en assumer la responsabilité. La directive d'abandonner les chefs d'accusation les plus graves contre

Friedman, Goldenheim et Udell semblait avoir été émise par la procureure adjointe déléguée, Alice Fisher. Cependant, plusieurs fonctionnaires qui avaient travaillé avec elle à l'époque souligneraient que Fisher n'aurait pas eu le pouvoir de passer outre l'avis d'un procureur fédéral comme Brownlee et que, de ce fait, l'ordre avait dû venir de son supérieur, le procureur général adjoint, Paul McNulty. Fisher, qui parlerait rarement des débats internes ayant eu lieu pendant son mandat au département de la Justice, ferait une exception pour soutenir qu'elle n'avait « pris ou contredit aucune décision relative aux chefs d'accusation dans cette affaire », ce qui semblerait indiquer que McNulty avait tranché la question lui-même. John Brownlee se rappellerait s'être entretenu personnellement avec McNulty à propos des poursuites. Mais dans une interview, McNulty nierait avoir ordonné qu'on diminue la gravité des chefs d'accusation portés contre les cadres de Purdue ; selon lui, on ne l'avait même pas consulté à ce sujet. C'était une directive orpheline : un accord conclu en coulisse, qu'aucun de ces anciens représentants de l'État ne voulait assumer.

Il s'agissait d'un « résultat politique que Purdue avait acheté », déclarerait un ancien fonctionnaire du département de la Justice impliqué dans l'affaire. Paul Pelletier, un autre fonctionnaire qui avait étudié le dossier d'accusation, expliquerait : « C'est pour intenter ce genre de procès qu'on a créé le département de la Justice. Quand j'ai vu les preuves, il n'y avait aucun doute dans mon esprit que si on avait inculpé ces gens, s'ils étaient allés en prison, cela aurait changé la façon dont les entreprises opéraient. »

Cependant, Purdue ne l'entendait pas de cette oreille. Les craintes de Rick Mountcastle étaient devenues réalité : des procureurs d'un petit bureau d'Abingdon avaient consacré une importante partie de leur carrière à constituer un dossier d'accusation irréprochable contre Purdue, tout cela pour qu'une poignée de colporteurs d'influence huppés se précipitent à Washington et leur coupent l'herbe sous le pied. Plus tard, Howard Shapiro témoignerait que Purdue avait versé plus de 50 millions de dollars à son entreprise pour travailler sur l'affaire.

Même une fois le dossier d'accusation vidé de sa substance, les avocats de Purdue persistèrent à essayer d'obtenir l'avantage. Brownlee voulait au minimum que l'entreprise plaide coupable – une façon d'admettre sa conduite criminelle –, même si aucun individu n'écoperait d'une peine de prison. Il voulait une amende, une amende très élevée, et que les trois cadres reconnaissent avoir commis une infraction. Mais ayant constaté que le pouvoir de Brownlee était en fin de compte assez limité, Mary Jo White et le reste de l'équipe de Purdue poursuivirent tranquillement leur travail de sape. Les procureurs en demandaient encore trop, arguaient-ils. L'entreprise n'était pas du tout pressée de signer un accord et il n'était pas question que Friedman, Goldenheim et Udell admettent avoir commis ne serait-ce qu'un délit mineur.

Pour finir, Brownlee leur adressa un ultimatum : soit Purdue et les trois cadres acceptaient de plaider coupable, soit ils étaient inculpés. L'entreprise avait cinq jours pour se décider. Le soir où l'offre devait expirer, Brownlee n'avait toujours pas obtenu de réponse.

Il se trouvait chez lui, en Virginie, quand le téléphone sonna. Un jeune homme appelé Michael Elston, chef de cabinet de Paul McNulty, l'informa que les avocats de Purdue n'appréciaient pas qu'on cherche à leur intenter un procès aussi vite. Elston partageait si ostensiblement le point de vue de Purdue que Brownlee eut l'impression qu'il « s'exprimait quasiment en leur nom ». Le message était très clair : on annule tout. On ralentit. L'entreprise ne veut pas plaider coupable. On ne va pas l'y forcer.

Elston ne le révéla pas ce soir-là, mais il intervenait en réalité au nom de son supérieur. Paul McNulty avait reçu un appel de Mary Jo White en personne. « C'était Mary Jo White. Quelqu'un qui estimait avoir un droit d'accès » au procureur général adjoint, expliquerait-il. Pour une avocate de sa stature, « ce genre de présomption n'était pas forcément inhabituel ». McNulty avait donc signalé à son chef de cabinet que « Mary Jo avait appelé » et lui avait demandé de discuter avec John Brownlee pour « voir si on ne pouvait pas s'arranger ».

John Brownlee avait une réputation de politicien, même auprès de ses procureurs : on le voyait comme un homme bon et honnête, mais qui aspirait manifestement à de plus hautes fonctions. C'était un Républicain, et l'administration de George W. Bush était connue pour attacher une grande valeur à la loyauté. Les hauts fonctionnaires au bras long qui s'étaient discrètement rangés dans le camp de Purdue étaient exactement le genre de personnes d'influence qu'un homme comme John Brownlee avait besoin de mettre dans sa poche. Richard Sackler s'était autrefois vanté de pouvoir obtenir n'importe quel sénateur au téléphone, et Purdue se livrait à présent à une manœuvre élégante, et extrêmement efficace : un appel de Mary Jo White à McNulty, au département de la Justice, puis un appel d'Elston à Brownlee – l'homme qui supervisait les poursuites engagées contre l'entreprise, mais aussi quelqu'un qui, au vu de sa personnalité et de ses ambitions professionnelles, pourrait se montrer particulièrement réceptif à une demande de sursis de la dernière heure émise par une figure influente dans les milieux politiques.

Pourtant, Brownlee refusa de se coucher. Il déclara qu'en tant que procureur fédéral, il avait le pouvoir d'engager ces poursuites et qu'Elston ferait mieux de « lui laisser le champ libre », parce que le procès aurait bien lieu. Certaines connaissances de Brownlee estimeraient par la suite qu'il avait simplement atteint la limite des affronts qu'il était prêt à encaisser. D'autres penseraient que l'énormité des souffrances que l'OxyContin avait infligées à son État l'avait poussé à tenir bon. Quoi qu'il en soit, Rick Mountcastle déclarerait : « Mon respect pour lui a encore augmenté, ce jour-là. »

Après avoir signifié à Elston qu'il ne céderait pas, Brownlee raccrocha. Plus tard dans la soirée, il apprit que Purdue et les trois cadres avaient accepté de plaider coupable. Toutefois, sa réticence à respecter les règles du jeu de Washington ne serait pas oubliée. Moins de deux semaines après cet appel, Michael Elston prépara une liste de procureurs généraux que l'administration Bush avait décidé de révoquer pour des raisons politiques. Comme cette fonction était apolitique par définition, il s'agissait d'une mesure hautement inhabituelle, qui provoquerait un tollé à Washington. Le Congrès ouvrirait une enquête, et Elston perdrait son poste. D'après les observateurs, la liste noire reposait sur des questions d'« allégeances » politiques ; les procureurs fédéraux qui y figuraient n'avaient apparemment pas suffisamment prouvé leur loyauté envers l'administration Bush. Elston y avait ajouté le nom de Brownlee. Le scandale éclaterait avant que celui-ci puisse être démis de ses fonctions ; mais lors d'un témoignage ultérieur, il exprimerait sa conviction de s'être retrouvé sur cette liste parce qu'il avait refusé de saborder les poursuites contre Purdue Pharma.

Un jour du printemps suivant, Barry Meier se trouvait à New York quand il reçut un message d'un collaborateur de Brownlee : Purdue plaiderait bientôt coupable devant un tribunal fédéral. L'entreprise avait demandé qu'aucun journaliste n'assiste aux audiences. Bien sûr, l'issue aurait pu être bien pire pour Purdue, mais il s'agirait tout de même d'un événement gênant – en particulier pour Friedman, Goldenheim et Udell.

« Brownlee veut que vous soyez là », déclara le contact de Meier. En préparant leur dossier d'accusation, les procureurs s'étaient beaucoup appuyés sur son livre, *Pain Killer*, et sur ses reportages pour le *Times*. Ils lui faisaient donc la faveur de le prévenir.

Meier n'avait publié aucun article sur Purdue depuis que la direction du *Times* le lui avait défendu à la demande d'Udell, trois ans plus tôt. Mais il avait désormais un nouveau rédacteur en chef à qui il expliqua qu'il aimerait aller en Virginie pour couvrir le procès.

« Tout est pardonné, lui dit celui-ci. Va écrire ton article. »

La veille de l'audience, Meier se rendit à Washington en train puis loua une voiture pour rejoindre Roanoke, où il dîna avec John Brownlee. L'affaire ne s'était peut-être pas conclue comme son équipe l'avait espéré, mais le procureur fédéral prenait les choses avec philosophie. Au bout du compte, Purdue avait accepté de plaider coupable de faux étiquetage. Friedman, Goldenheim et Udell plaideraient coupable du même délit à un degré moindre et écoperaient de vingt ans d'interdiction de commerce avec les programmes d'aide médicale financés par les contribuables, tel Medicare. (Cette période serait finalement réduite à douze ans.) Les trois hommes accepteraient une peine de trois ans de prison avec sursis et quatre cents heures de travaux d'intérêt général. En outre, Purdue verserait une amende de 600 millions de dollars. Ce n'était pas négligeable.

Le lendemain matin, Meier se réveilla de bonne heure pour conduire jusqu'à Abingdon, où il retrouva un photographe indépendant. Il savait que Friedman, Goldenheim et Udell étaient arrivés en avion la veille et avaient passé la nuit dans un hôtel proche du tribunal, le Martha Washington Inn. On épargnerait aux cadres l'affront des menottes aux poignets ; cependant, ils devraient subir en passant de leur hôtel au tribunal une sorte de marche de la honte version col blanc, et Meier voulait immortaliser l'instant. Le photographe et lui s'accroupirent derrière une rangée de voitures dans la rue. Les hommes arrivèrent, arborant un costume sombre et une expression lugubre. Friedman semblait avoir perdu de sa superbe ; Udell était toujours gêné par son poids. Ils furent surpris, et manifestement contrariés, de voir Barry Meier surgir au milieu des voitures tandis que le photographe les mitraillait. Ils n'avaient pas recroisé le journaliste depuis leur entretien au siège de Purdue à Stamford, cinq ans plus tôt, pendant lequel ils l'avaient abreuvé de mensonges. Cette fois, ils ne lui dirent pas un mot et disparurent à toute vitesse dans le palais de justice. « Purdue Pharma a reconnu aujourd'hui devant la justice avoir, dans "l'intention d'escroquer ou de tromper", commercialisé et présenté l'OxyContin comme un médicament moins addictif, moins susceptible d'entraîner des abus et moins à même de causer d'autres effets secondaires narcotiques que d'autres traitements contre la douleur », écrivit Meier dans le *Times*. Le sous-entendu de son texte était très clair : *Je vous l'avais dit, connards.*

Par un jour pluvieux d'été, Friedman, Goldenheim et Udell furent obligés de retourner à Abingdon pour l'annonce du jugement. L'événement serait bien plus médiatisé. De nombreux spectateurs avaient fait le déplacement depuis les quatre coins du pays. Beaucoup d'entre eux avaient perdu des proches à cause de l'OxyContin, et le juge chargé de l'affaire, James Jones, un homme d'une soixantaine d'années avec un sourire bienveillant et d'épais cheveux blancs, avait offert à ces victimes la possibilité de s'exprimer.

« Messieurs, commença une certaine Lynn Locascio en se tournant vers Friedman, Goldenheim et Udell. Vous êtes responsables d'un fléau moderne. » La salle d'audience était pleine à craquer. Locascio était venue de la ville lointaine de Palm Harbor, en Floride. Elle raconta comment son fils était devenu dépendant à l'OxyContin qu'on lui avait prescrite après un accident de voiture. Un par un, d'autres parents se levèrent pour témoigner brièvement, et de façon déchirante, de leur douleur. Un dénommé Ed Bisch, qui avait perdu son fils de dix-huit ans, Eddie, implora le juge : « Je vous en supplie, ne les laissez pas s'en tirer avec une peine pareille. Ces criminels méritent la prison. » Une mère avait apporté au tribunal une urne contenant les cendres de son enfant.

Certains parents expliquèrent avec honnêteté que leurs enfants avaient d'abord pris de l'OxyContin pour le plaisir, pendant des fêtes, avant d'en devenir dépendants et de mourir. Mais d'autres décrivirent une addiction provoquée par un traitement médical. Un homme appelé Kenny Keith parla de sa propre dépendance, qui s'était développée quand on lui avait prescrit le médicament pour des douleurs chroniques. « Je suis un des patients qui sont devenus accros à l'OxyContin et qui ont survécu, dit-il. À chaque fois que j'essayais d'arrêter, le manque était pire que la douleur que j'éprouvais. » Il avait perdu sa maison. Il avait perdu sa famille. « J'étais un animal, incontrôlable », déclara-t-il.

Marianne Skolek, l'infirmière dont la fille, Jill, avait succombé à une overdose, était venue en Virginie. Depuis la mort de Jill, elle participait à un mouvement citoyen visant à mettre Purdue face à ses responsabilités. Elle expliqua qu'on avait prescrit de l'OxyContin à sa fille en janvier 2002, et qu'elle était morte quatre mois plus tard. « Elle a laissé un fils, qui avait six ans à l'époque. Brian est avec moi au tribunal aujourd'hui, parce qu'il avait besoin de voir que les responsables peuvent bel et bien être punis. » S'adressant à Friedman, Goldenheim et Udell, elle déclara qu'ils étaient « le mal incarné ».

Une personne manquait à l'appel ce jour-là : l'ancienne assistante juridique de Howard Udell, Martha West. Les enquêteurs de Brownlee l'avaient interrogée et avaient inclus dans leur dossier d'accusation un compte rendu des recherches qu'elle avait menées en 1999 sur l'abus d'OxyContin. Ils avaient même prévu de la faire témoigner devant le jury à Abingdon. Mais ce n'était pas arrivé car, la veille de l'audience, Martha West avait disparu. Son avocat l'avait retrouvée le matin suivant aux urgences d'un hôpital des environs, où elle était allée mendier des antidouleurs.

En plaidant coupable, Purdue admettait sa responsabilité dans un ensemble de pratiques frauduleuses. Les procureurs et les avocats de la défense avaient constitué après d'âpres négociations une « liste de faits reconnus » que la société ne contesterait pas. En plus des 600 millions de dollars versés par l'entreprise, Friedman, Goldenheim et Udell avaient accepté de payer 34 millions d'amende (même si, en pratique, Purdue s'en acquitterait à leur place).

Malgré cela, avant l'annonce du jugement, les avocats de Purdue arguèrent que les fautes reconnues par les accusés n'étaient pas si nombreuses et que tout ce scandale était l'œuvre de quelques mauvais éléments anonymes. « Certains employés ont affirmé des choses au sujet de l'OxyContin à des professionnels de santé, ou encouragé d'autres personnes à le faire », déclara Howard Shapiro à la cour. Toutefois, « ces affirmations inexactes étaient loin d'être la norme », soutint-il.

Avant l'audience, le juge avait reçu une ribambelle de lettres d'amis et de collègues des trois cadres qui faisaient appel à sa clémence et se montraient indignés que de tels piliers de la société puissent être soumis à l'infamie d'une sanction pénale. Le frère de Michael Friedman, Ira, suggérait en substance que les accusations à son encontre avaient été montées de toutes pièces et que Michael n'avait rien fait de mal : « Les médias sont responsables de cette terrible injustice. » L'épouse de Goldenheim, Anne, se rappelait « le sentiment de responsabilité profonde » que Paul avait éprouvé quand il avait prêté le serment d'Hippocrate à sa cérémonie de remise des diplômes, en 1976.

« Pour faire simple (et mes excuses à mes parents), Howard Udell est la meilleure personne que j'aie jamais rencontrée », écrivit Richard Silbert, un employé du service juridique de Purdue. Les cadres de l'entreprise avaient parfois suggéré que les vraies victimes de la crise des opioïdes n'étaient pas les personnes souffrant de dépendance, mais Purdue elle-même, et ces lettres de soutien reprenaient le même refrain. Howard Udell avait « enduré les flèches empoisonnées de la presse », écrivit son fils Jeffrey, se plaignant qu'on ait dépeint son père comme « un vulgaire dealer ». Il s'agissait à ses yeux d'une « représentation affreusement faussée ».

La définition juridique de l'infraction faite par les trois hommes stipulait qu'ils n'avaient pas besoin d'avoir commis d'actes répréhensibles eux-mêmes : si l'entreprise avait enfreint la loi, la responsabilité leur en incombait en tant que cadres dirigeants. C'était une distinction utile, pour ceux qui les défendaient, car elle permettait d'affirmer qu'ils étaient innocents même s'ils avaient plaidé coupable. Pour Rick Mountcastle et d'autres personnes qui avaient travaillé sur l'affaire, en revanche, ce sentiment affiché de rectitude morale était exaspérant : ils avaient réuni quantité de preuves concernant les actes graves commis par ces trois hommes. Ils étaient tout à fait préparés à les inculper de plusieurs crimes.

Toutefois, un motif sous-jacent dans les lettres laissait entendre, sans jamais exprimer l'idée ouvertement, que des cadres supérieurs blancs et aisés – des pères de famille bardés de diplômes prestigieux, des hommes qui contribuaient à des œuvres de bienfaisance et jouaient un rôle important dans leur communauté – étaient naturellement incapables du genre de crimes qui justifiaient une incarcération. Ces personnes-là n'avaient tout simplement pas leur place en prison, suggérait-on, lettre après lettre. Jay McCloskey, l'ancien procureur fédéral du Maine qui avait été le premier à sonner l'alarme sur la crise des opioïdes dans son État avant de quitter la fonction publique pour se faire embaucher chez Purdue, blâmait ses anciens collègues : pour lui, « l'orientation procédurale de cette affaire [avait] été inhabituelle, pour ne pas dire inédite » ; il déplorait « la marque d'infamie » dont Howard Udell serait désormais affligé, après une carrière si longue et « exemplaire ».

« Il n'y a aucune preuve que M. Udell se soit personnellement livré à des actes répréhensibles », déclara Mary Jo White le jour de l'annonce du jugement, décrivant son client comme un homme « à l'âme noble » et « d'une grande éthique ». « Ce qui s'est passé ici, dit-elle devant une salle remplie de personnes qui avaient perdu des membres de leur famille à cause des opioïdes, est un drame personnel pour M. Udell. »

Faisant contre mauvaise fortune bonne cœur, John Brownlee affirma : « Purdue et ses cadres ont été punis. » En 2008, Brownlee démissionnerait de ses fonctions de procureur fédéral et annoncerait presque aussitôt sa candidature au poste de procureur général d'État. (Il ne gagnerait pas et rejoindrait le secteur privé.)

D'un certain point de vue, on pouvait considérer cette affaire comme un revers infligé à Purdue ; mais en pratique, c'était tout le contraire. Des décennies plus tôt, quand les frères Sackler avaient créé une multitude de sociétés portant des noms différents, ils avaient appris à maîtriser le grand tour de passe-passe de la nomenclature d'entreprise. À présent, la société allait utiliser cette technique à son clair avantage. Si Purdue Pharma avait plaidé coupable dans une affaire pénale, cela aurait eu des conséquences désastreuses sur son activité, car des assurances santé subventionnées par le gouvernement, comme Medicare, n'auraient plus été autorisées à faire affaire avec elle. On avait donc convenu que Purdue Pharma ne plaiderait coupable de rien, même si Purdue Pharma était coupable. À la place, ce serait Purdue Frederick – la société originelle, le vendeur de nettoyants pour oreilles et de laxatifs – qui signerait l'accord. Purdue Frederick serait condamnée, et disparaîtrait pour que Purdue Pharma puisse survivre et continuer à prospérer.

Quant aux Sackler, aucun d'eux ne s'était rendu en Virginie pour les audiences ou l'annonce du jugement, et leur nom ne figurait nulle part dans la liste des faits reconnus. Brownlee ne cita pas la famille lors de sa conférence de presse sur l'affaire ; aucune dépêche concernant le jugement ou les amendes ne les mentionna non plus. Les neuf Sackler qui siégeaient au conseil d'administration de Purdue avaient décidé par vote que Friedman, Goldenheim et Udell devaient plaider coupable individuellement, protégeant ainsi la famille et l'entreprise. Dans la lettre que Richard Silbert avait adressée au juge pour louer la rectitude morale de Howard Udell, l'avocat de Purdue laissait entendre que le directeur juridique avait été obligé « d'assumer les fautes des autres ». Mais ni au cours des audiences ni dans les comptes rendus des médias on n'avait suggéré qu'en plaidant coupable, c'étaient les Sackler que les trois hommes protégeaient.

Au sein de l'entreprise, cependant, c'était l'impression qui se dégageait. Friedman, Goldenheim et Udell « avaient pris la responsabilité de plaider coupable », affirmerait Kathe Sackler. Ce faisant, ils avaient garanti qu'on ne toucherait pas au clan. « En gros, ces trois hommes ont payé les pots cassés pour la famille, parce que la famille allait s'occuper d'eux, se souviendrait Gary Ritchie, un chimiste qui avait travaillé pendant onze ans à Purdue. "Évitez la prison : on vous récompensera en sous-main." C'était leur façon de procéder. » Peu après le procès, les Sackler votèrent une indemnité de 3 millions de dollars pour Michael Friedman. Howard Udell obtint 5 millions. C'était le genre de dynamique qu'on retrouvait dans les films de mafieux. Comme un ami de Goldenheim le dirait, on avait chargé les trois hommes de « porter le chapeau ».

Le même mois où ils versèrent 5 millions de dollars à Udell, les Sackler décidèrent de s'en octroyer 325 millions. L'un des parents endeuillés présents à l'annonce du jugement, un habitant de Floride qui avait perdu son fils moins d'un an auparavant, avait comparé le pas de deux entre l'État et l'entreprise à un jeu. Ces sanctions n'étaient « qu'une manœuvre de plus », avait-il affirmé. « Ils n'ont rien changé. La machine tourne comme avant. Ils vont sortir leur chéquier, payer, continuer. »

En théorie, cette condamnation aurait dû représenter une première étape cruciale dans la réforme de Purdue. En interne, on n'y voyait guère plus qu'une contravention pour excès de vitesse. Quand John Brownlee serait appelé à témoigner sur l'affaire devant le Congrès, Arlen Specter, le sénateur républicain de Pennsylvanie, ferait remarquer que lorsque l'État condamnait une société à une amende, au lieu d'envoyer ses dirigeants en prison, cela revenait à lui « accorder un coûteux permis de criminalité ». Cela semblait être l'image que les Sackler et leurs cadres se faisaient de la sanction. Peu après l'annonce du jugement, Nancy Camp, une nouvelle secrétaire administrative de Purdue, entendit le directeur financier, Ed Mahony, parler de l'amende de 600 millions : « On a ça en stock depuis des années. C'est une bagatelle pour nous. »

Peu après la clôture de l'affaire de Virginie, les Sackler décidèrent de renforcer le service commercial de Purdue en recrutant une centaine de délégués supplémentaires. Il était temps de se remettre à vendre l'OxyContin. Quant aux faits ayant été reconnus – la liste des fautes de Purdue qui avait été négociée avant tant de soin par les avocats de l'entreprise et le département de la Justice, et qui devait servir de base à l'amélioration des pratiques de la société à l'avenir –, on ne la prenait pas très au sérieux au neuvième étage du siège de Stamford.

Quand on demanderait à Richard Sackler, lors d'une déposition sous serment, s'il avait été étonné par certaines mauvaises pratiques citées dans le document, il paraîtrait étonnamment pris de court.

« Je ne saurais pas vous le dire, répondrait-il.

— À ce jour, avez-vous lu le document dans son intégralité ? demanderait un avocat.

— Non », déclarerait Richard Sackler.

LIVRE III

L'HÉRITAGE

21

Les Turks

L'archipel des Turks et Caicos, un minuscule territoire d'outre-mer britannique, est composé d'îles coralliennes éparpillées comme une poignée de miettes de pain sur une mer opaline entre les Bahamas et la République dominicaine. La plupart sont encore inhabitées et, avec leurs eaux transparentes et leurs plages de sable fin, les Turks conservent une atmosphère à la Robinson Crusoé désormais rare, au vu du nombre des endroits plus développés des Caraïbes. De ce fait, l'archipel est devenu un refuge populaire pour les ultrariches. Des vedettes de cinéma comme Brad Pitt et des sportifs comme David Beckham y passent leurs vacances. Jusqu'à sa mort en 2016, d'une overdose d'opioïdes, le musicien Prince possédait une résidence personnelle sur l'île principale, Providenciales. Pendant la haute saison, entre Noël et le Nouvel An, le petit aéroport de Providenciales fourmille d'activité, dans un ballet incessant de jets privés racés.

En 2007, sur une côte balayée par les vents, un nouvel hôtel de luxe était en construction, l'Amanyara. Il faisait partie d'une petite chaîne de propriétés ultraluxueuses et discrètes fondée en Asie du Sud-Est. Une suite y coûterait jusqu'à 10 000 dollars la nuit, et on proposait également plusieurs résidences privées somptueuses à la vente, pour un prix compris entre 11 et 20 millions de dollars. L'une des personnes à avoir investi dans le complexe en achetant une résidence pour sa famille était le plus âgé des fils de Mortimer Sackler encore en vie, Mortimer junior.

Mortimer était l'un des deux enfants issus de la brève et orageuse deuxième union de son père avec l'autrichienne Geri Wimmer ; il avait grandi à Manhattan. Après le divorce, les enfants avaient principalement été élevés par leur mère. Celle-ci avait dirigé pendant une période éphémère sa propre affaire, une entreprise qui concevait des crèmes pour le corps et des lotions toniques à base de plantes destinées à devenir « les produits de beauté les plus coûteux du marché », comme Geri le proclamait. (Les crèmes s'inspiraient de remèdes pour la peau utilisés « dans les monastères italiens du XVIIIe siècle », selon sa description douteuse.)

Mortimer avait étudié à Dalton, une école privée très chic de l'Upper East Side. C'était un enfant fragile, avec de grands yeux et des boucles brunes. Certains de ses camarades se moquaient de lui car, même dans les années 1980, Mortimer était le genre de prénom qui évoquait une caricature de vieux grippe-sou. D'après un ancien élève de l'école, « c'était juste un gamin naïf, ridiculisé, sans amis et riche » – or Dalton grouillait de gosses de riches, « alors pour être ostracisé sur ce critère, il fallait vraiment rouler sur l'or ». Mortimer avait terminé sa scolarité à Exeter, un lycée prestigieux du New Hampshire, avant d'aller faire son premier cycle à Harvard (où un musée portait le nom de son père), puis des études de commerce à NYU (où un institut portait le nom de son père).

Là-bas, il avait rencontré une jeune fille svelte et bien née, Jacqueline Pugh, qui avait grandi comme lui à Manhattan. Après leur mariage, en 2002, le couple s'était installé dans un loft de Chelsea conçu par l'architecte Peter Marino. « Mortimer et sa famille sont membres de plusieurs organisations en ville », avait déclaré Jacqueline, avec un fort sens de la litote, quand *Vogue* l'avait interviewée au sujet de l'association à but non lucratif qu'elle avait créée pour les « jeunes philanthropes ». « Mais c'est épuisant d'avoir une vie sociale aussi remplie et d'aller au bureau tous les jours. Nous sommes surmenés. »

Dans le trio d'origine des Sackler, le père de Mortimer s'était toujours distingué par son goût des voyages et son penchant pour l'accumulation de demeures fastueuses. Pendant leurs premières années de mariage, Mortimer et Jacqueline aimaient passer leurs vacances dans la retraite familiale au cap d'Antibes ; mais ils finirent par acheter une vaste propriété à Amagansett, dans les Hamptons, qui avait été le club de tennis de la commune avant sa conversion en résidence privée. Ils déménagèrent aussi dans une plus grande demeure à Manhattan, déboursant 15 millions de dollars pour une maison de ville de quatre étages dans le style Art déco, située sur la 75e Rue, juste à côté de Central Park, à une courte distance à pied de l'aile Sackler du Met.

Leur refuge des Turks et Caicos fut achevé à peu près à l'époque où Purdue finalisait son accord de plaider-coupable avec les procureurs de Virginie. Si cet épisode regrettable avait causé des angoisses indues à Mortimer, l'Amanyara constituait le remède idéal. Jacqueline et lui avaient deux enfants, à présent. Après un trajet en avion de quelques heures depuis New York, une Range Rover garnie de lingettes rafraîchissantes parfumées venait chercher la famille pour les amener à l'hôtel, tout en panoramas zen et végétation luxuriante, accolé à une vaste réserve naturelle. Le nom d'Amanyara évoquait un havre de sérénité et de béatitude, et le décor était apaisant, peuplé de pavillons d'inspiration asiatique en forme de pagode. Ici, pas de musique tonitruante, pas de jet-skis, pas de bateaux de croisière. Aucun signe des touristes en voyage organisé dissipés et disgracieux qui avaient contaminé les régions des Caraïbes plus ouvertes au grand public. À la place, l'Amanyara offrait une solitude et une tranquillité absolues. Constitué d'un ensemble de bâtiments et d'une piscine privée, le logement des Sackler était davantage un complexe qu'une villa. L'architecture était épurée et élégante, avec de la pierre d'Indonésie taillée à la main, de la soie de Thaïlande et beaucoup de teck (chaque villa se composait de matériaux acheminés jusqu'aux Turks et Caicos depuis trente-neuf pays). Les Sackler avaient leur propre cuisinier, disponible à toute heure du jour et de la nuit, et une escouade de « valets » et autres employés de maison qui rôdaient et se précipitaient, servaient et nettoyaient, tels des courtisans à Versailles. À l'Amanyara, on comptait environ cinq fois plus de membres du personnel que de résidents.

On y trouvait des installations dédiées à la santé et au bien-être, dont un spa, et des professeurs de yoga et de Pilates réputés qu'on faisait venir des États-Unis. Ces services étaient utiles à Mortimer, car il avait développé des problèmes de dos avec l'âge. Contrairement à l'avocat déchu Howard Udell, qui avait pris de l'OxyContin, Mortimer ne profitait pas de la manne familiale. Il avait opté pour un programme à base de massages, d'acupuncture et autres remèdes alternatifs. Selon un professeur de yoga que la famille avait emmené à l'Amanyara plusieurs fois, lors d'un séjour à la villa, Mortimer avait eu tellement mal au dos que Jacqueline (qui avait la réputation de mener le petit personnel à la baguette) avait ordonné à deux valets de l'accompagner chaque fois qu'il se déplaçait en boitillant, comme des « béquilles humaines ».

Dans un autre établissement, cette demande aurait peut-être donné l'impression d'outrepasser les fonctions des employés. Cependant, l'Amanyara défendait une vision du service sans limites pratiques pour ses clients fortunés. En adéquation avec le thème asiatique du décor, la plus grande partie du personnel n'était pas originaire de l'archipel, ni même des îles environnantes. Près de la moitié venait des Philippines. Si la plage devenait trop chaude à midi, les employés aspergeaient le sable d'eau pour que les résidents puissent se promener à leur guise sans craindre de se brûler les pieds. Haïti ne se trouvait qu'à quelques centaines de kilomètres de là et parfois, des migrants désespérés montaient dans une frêle embarcation, mettant le cap sur les Turks et Caicos. De temps à autre, un cadavre s'échouait sur le rivage : un infortuné qui n'avait pas survécu à la traversée, ses rêves anéantis, ses poumons remplis d'eau. L'hôtel avait expressément indiqué à ses employés de surveiller ce type d'éventualité ; quand un mort surgissait pendant la nuit, tout le personnel se mobilisait pour s'assurer qu'il n'en reste aucune trace sur la plage au réveil des clients.

C'est un lieu commun que dans toute dynastie familiale à l'origine d'une immense fortune, la deuxième génération s'avère souvent moins impressionnante que la première. Et c'était effectivement la pensée qui traversait souvent l'esprit de ceux qui croisaient Mortimer Sackler fils, que ce soit en société ou dans un environnement professionnel. Mortimer s'était dégarni au fil du temps, son menton s'était ramolli. On lisait une certaine nervosité dans son regard et, lors des multiples occasions où il sortait avec Jacqueline, pour une vente aux enchères caritative par exemple, il se composait un sourire gêné, comme un élève de primaire posant pour une photo de classe. Suivant la tradition familiale, il distribuait généreusement son argent, siégeait au conseil d'administration du musée Guggenheim et contribuait à diverses institutions culturelles respectables. Jacqueline s'était muée en organisatrice de réceptions pour la bonne société ; elle « marrainait » notamment le bal d'hiver du musée d'Histoire naturelle de New York, avec d'autres jeunes femmes du gotha comme Ivanka Trump.

On la vit ainsi arriver sous les flashs des journalistes, dans une robe Yves Saint Laurent sans bretelles à motif arlequin, pour le gala de l'association de jeunes philanthropes du Guggenheim, dont la rotonde avait été décorée d'un millier de roses à longue tige et d'une demi-douzaine de taureaux mécaniques grandeur nature. (« Les taureaux sont fantastiques », s'extasia Jacqueline.) Mortimer l'accompagnait d'événement en événement tel un gros bébé dénué d'expression – le genre de jeune homme bien nourri qui ne semblait pas perturbé par la possibilité qu'être riche constitue peut-être son seul mérite dans la vie.

« Mortimer se comporte comme le personnage qu'il serait dans une série télé. C'est le fils de milliardaire typique », remarquerait un ancien employé de Purdue qui l'avait côtoyé. Il avait intégré l'entreprise familiale, occupant le poste de directeur délégué aux côtés de Kathe. (« Même si nous n'avons pas la même mère, c'est mon frère », avait-elle déclaré un jour.) Ils défendaient tous les deux les intérêts du camp A, comme on appelait la branche de Mortimer, tandis que Richard et son frère Jonathan (qui avait lui aussi été directeur délégué) représentaient le camp B, la branche de Raymond. Mortimer avait une bonne vingtaine d'années de moins que Richard, cependant, et n'était pas médecin. Bien que très impliqué dans l'entreprise, il ne la considérait peut-être pas comme une partie aussi fondamentale de son identité que son cousin. Il avait d'autres intérêts, d'autres projets et se montrait bien plus actif que Richard dans le milieu de la philanthropie. Il semblait aussi se rendre compte que la mauvaise presse associée à l'OxyContin pourrait l'affliger d'un léger parfum de disgrâce dans l'écosystème social en vase clos où Jacqueline et lui évoluaient, et il préférait ne pas s'appesantir sur le sujet de Purdue. Dans l'Upper East Side, certains de ses amis évoquaient à voix basse les origines sordides de sa fortune. Une de ses connaissances expliquerait : « Je crois que la plupart du temps, son attitude consiste simplement à se dire : “La vache, on est vraiment riches. C’est génial. Je n’ai pas tellement envie de réfléchir à l’envers du décor.” »

Mortimer évoquait parfois l’idée de sortir entièrement du secteur pharmaceutique. « L’industrie est devenue bien trop volatile et hasardeuse pour qu’une famille y concentre 95 % de sa fortune, écrivit-il à Richard et Jonathan peu après l’affaire de Virginie, en 2008. Il n’est tout simplement pas prudent pour nous de rester dans ce secteur, compte tenu des risques que nous affronterons certainement à l’avenir. » Les Sackler avaient déjà envisagé de vendre la société ; mais chaque fois que l’option était proposée, quelqu’un rétorquait : « Ça n’arrivera jamais du vivant du Dr Raymond. » Le vieil homme ne voulait pas qu’on se débarrasse de l’entreprise que ses frères et lui avaient bâtie. La famille avait donc choisi de rester dans ce secteur, même si, selon Mortimer, cela n’était pas « une expérience agréable (c’est le moins qu’on puisse dire) ».

Après l’affaire de Virginie, il reconnut cependant que « la situation [avait] l’air de s’arranger ». Et c’était vrai. En réalité, les Sackler ne risquaient pas d’abandonner le commerce des opioïdes : il était tout simplement trop lucratif. Les ventes annuelles d’OxyContin continuaient d’augmenter et, une fois la procédure judiciaire terminée, elles atteignirent un nouveau sommet de 3 milliards de dollars. Ayant triomphé d’une menace potentiellement fatale, l’OxyContin poursuivait son ascension. Purdue ne persistait pas seulement à vendre le médicament : l’entreprise continuait d’utiliser les stratégies marketing agressives auxquelles elle avait promis de renoncer.

Après sa condamnation, Purdue avait signé un accord dans lequel elle s'engageait à améliorer sa conduite et à se soumettre à des contrôles indépendants. La société s'était vantée publiquement des mesures prises pour corriger les problèmes qu'elle avait pu avoir par le passé : on avait engagé des chargés de conformité pour veiller au respect de la déontologie et défendu aux commerciaux de faire des déclarations sans fondement sur le médicament. En pratique, cependant, les Sackler et les dirigeants de Purdue relancèrent très vite les vieilles techniques de vente de l'OxyContin. Les délégués présentaient toujours le médicament comme un opioïde sans danger, qui n'entraînerait pas de dépendance. La société continua à distribuer des documents fallacieux sur l'innocuité des opioïdes, qui avançaient que les personnes manifestant des signes de dépendance et de manque souffraient simplement de « pseudo-dépendance ». Dans le Tennessee, on formait les représentants de commerce à la méthode ABC, ou *Always Be Closing* (« Conclure coûte que coûte »), d'après le slogan prononcé par Alec Baldwin dans le film *Glengarry*, de 1992, où des vendeurs usent de tactiques trompeuses pour convaincre des acheteurs naïfs d'investir dans de l'immobilier sans valeur. Les nouveaux délégués notaient consciencieusement dans leur carnet : « Conclure… coûte… que… coûte. »

L'amende de 600 millions de dollars versée par les Sackler ne semblait pas les avoir ramenés à la raison. La famille et ses adjudants adhéraient encore à la philosophie de Richard : le médicament n'était pas le problème. Un an après l'affaire judiciaire, en mai 2008, des employés envoyèrent aux Sackler une série de « messages clés efficaces » dans la promotion de l'usage d'opioïdes puissants. « Ce n'est pas de la dépendance, c'est de l'abus, disait l'un d'eux. C'est une question de responsabilité individuelle. » La même année, l'entreprise distribua à des professionnels de santé une brochure affirmant que la dépendance n'était « pas causée par les médicaments » mais plutôt « déclenchée chez les individus qui y sont prédisposés lorsqu'ils prennent des médicaments, le plus souvent de façon excessive ». Une autre campagne publicitaire de Purdue encourageait les malades à « surmonter » les peurs qu'ils pouvaient avoir au sujet de la dépendance. Cet automne-là, pendant une réunion du conseil d'administration, on informa les Sackler que les propres données de l'entreprise montraient que les abus et usages détournés de l'OxyContin étaient répandus « dans tous les États-Unis », et que la facilité d'accès au produit et « les pratiques de prescription » accentuaient ce phénomène. Au cours de la même réunion, des employés annoncèrent aux Sackler qu'on avait ressuscité le classement des As sous une nouvelle forme – pour motiver les délégués devenus des acteurs de premier plan concernant la facilité d'accès au médicament et la prolifération des prescriptions, justement.

En 2008, les États-Unis étaient en proie à un véritable raz-de-marée d'opioïdes, une situation que l'on commençait à décrire comme une crise de santé publique. Le fléau de la dépendance n'était plus confiné aux zones rurales. Ce janvier-là, quand l'acteur Heath

Ledger mourut d'une overdose causée par une longue liste d'antidouleurs, dont l'oxycodone, le problème devint un sujet d'intérêt national. Le nombre des victimes augmentait et, au Capitole, le sénateur Joe Biden organisa des audiences sur « ce phénomène qui s'est infiltré dans [les] foyers et [les] communautés, partout dans le pays ».

L'OxyContin était en vente depuis douze ans. Sur le terrain, les délégués de Purdue pouvaient souvent repérer à des kilomètres les signaux d'alarme associés aux prescriptions inappropriées. En 2008, une organisation criminelle de Los Angeles recruta une praticienne âgée, en mauvaise santé et criblée de dettes, Eleanor Santiago, pour monter une fausse clinique baptisée Lake Medical, près de MacArthur Park. Santiago se mit à prescrire de l'OxyContin à tour de bras. Une semaine de septembre, elle rédigea des ordonnances pour mille cinq cents comprimés – plus que beaucoup de pharmacies n'en vendaient en un mois. Pour le mois d'octobre, ce chiffre grimpa à onze mille comprimés. Un nombre disproportionné de ces ordonnances concernaient les pilules de 80 milligrammes d'OxyContin, la plus haute dose proposée. Les « 80 » étaient aussi les pilules les plus populaires sur le marché noir, où elles se vendaient 80 dollars pièce. À la fin de l'année, Santiago avait prescrit soixante-treize mille comprimés.

L'opération avait beau être véreuse, elle se distinguait par une efficacité industrielle qui forçait l'admiration. Des membres du réseau débarquaient à Skid Row, un quartier sinistré du centre de Los Angeles, et repartaient avec des camionnettes remplies de sans-abri, qu'ils payaient 25 dollars chacun pour se soumettre à un examen médical de façade. Ils escortaient ensuite ces faux patients jusqu'à une pharmacie, y présentaient l'ordonnance que Santiago venait de rédiger et récupéraient un flacon de 80 ; après quoi ils vendaient les comprimés en vrac à des trafiquants de drogue qui les redistribuaient au marché noir sur toute la côte Ouest et jusqu'à Chicago.

À Stamford, Purdue suivait ces prescriptions de près grâce aux données détaillées fournies par IMS. Des responsables de l'entreprise remarquèrent le nombre faramineux d'ordonnances générées par Lake Medical mais ne cherchèrent pas à intervenir. En septembre, Michele Ringler, une directrice régionale de Purdue, se rendit à la clinique avec un de ses délégués. De l'extérieur, le bâtiment semblait abandonné ; mais à l'intérieur, ils trouvèrent un petit local bondé. Ringler rapporterait par la suite avoir pensé que certains des individus présents paraissaient « tout droit sortis de la prison du comté ». Ne se sentant pas en sécurité, son délégué et elle repartirent avant même d'avoir pu parler à Santiago.

« Je suis convaincue qu'il s'agit d'une opération criminelle, écrivit Ringler à Jack Crowley, son chargé de conformité basé à Stamford. Ne faudrait-il pas prévenir la DEA ? »

« Pour la DEA, c'est une piste que nous envisageons sérieusement », lui répondit Crowley. Pourtant, l'entreprise ne dénonça pas Lake Medical aux autorités, alors même que des pharmacies de Los Angeles – près d'une dizaine – commençaient à la contacter pour lui faire part de leurs propres soupçons sur la clinique. Purdue conclut qu'au moins une des pharmacies qui acceptaient les ordonnances de Lake Medical était elle-même véreuse, et impliquée dans le réseau criminel. Cependant, aucune mesure ne fut prise pour arrêter de lui fournir des médicaments. Crowley admettrait plus tard que pendant les cinq années qu'il avait passées à enquêter sur des pharmacies suspectes pour le compte de Purdue, l'entreprise n'avait jamais cessé d'en approvisionner une seule.

Purdue avait bien établi une liste secrète de médecins potentiellement problématiques, désignée en interne comme la « Région zéro ». Le nom de Santiago y avait été inscrit, pourtant l'entreprise n'avait pas essayé d'alerter la police à son sujet. En fait, il fallut attendre 2010 pour que Purdue communique ses soupçons à la police. À ce moment-là, la clinique avait déjà été fermée, et Santiago et d'autres membres du réseau inculpés. (Santiago plaiderait coupable de fraude médicale et serait condamnée à vingt mois de prison.) Alertés par le voisinage, des enquêteurs avaient fini par s'intéresser au cas de Lake Medical, sans la moindre aide de Purdue. Dans un mail, Jack Crowley remarquerait que les autorités avaient pris tout leur temps pour « repérer ces guignols ».

Un avocat de Purdue défendit la conduite de la société, arguant que les rumeurs de prescriptions inappropriées étaient souvent « isolées » et « non vérifiées », et que si Purdue avait décidé trop vite de cesser d'approvisionner la clinique, cela aurait pu rendre le médicament difficile d'accès pour les personnes qui en avaient réellement besoin. Bien sûr, cette réticence à s'attaquer au problème constituait aussi une politique d'entreprise très lucrative. Selon une enquête du *Los Angeles Times*, pendant les deux années écoulées entre le moment où la directrice régionale de Purdue, Michele Ringler, avait sonné l'alarme en interne et celui où Lake Medical avait fermé ses portes, la société avait fourni plus d'un million de comprimés d'OxyContin au réseau criminel.

Alors que les Sackler devaient faire face à un déferlement grandissant de détresse et de mort, ils traitaient celui-ci comme un problème commercial, l'une des nombreuses « pressions » qui pesaient sur l'entreprise. En 2008, Kathe Sackler envoya un mail à des employés pour leur demander de récapituler ces différentes pressions et de « quantifier leur impact négatif sur les ventes prévisionnelles ». Purdue se trouvait encore aux prises avec une kyrielle de poursuites civiles concernant l'OxyContin, dépensant beaucoup d'argent pour sa défense. Après l'affaire de Virginie, Howard Udell avait conservé son poste pendant un temps. Toutefois, comme l'accord de plaider-coupable qu'il avait signé avec les deux autres accusés, Paul Goldenheim et Michael Friedman, l'empêchait de travailler pour une société faisant affaire avec l'État fédéral, il avait fini par devoir démissionner. (Les trois hommes se plaignirent vivement de cette sanction. Ils allèrent jusqu'à la contester devant la justice, sans succès.)

Au lieu d'une peine de prison, les cadres de Purdue avaient récolté un sursis et reçu l'ordre d'effectuer plusieurs centaines d'heures de travaux d'intérêt général. Udell choisit de faire du volontariat auprès d'anciens combattants ; il monta ensuite dans le Connecticut une organisation qui fournissait aux vétérans des services juridiques dont ils avaient grandement besoin. Purdue Pharma s'intéressait aussi aux anciens militaires, à l'époque : la société organisait des rencontres thématiques pour encourager les médecins à prescrire des opioïdes aux hommes et aux femmes qui rentraient d'Irak et d'Afghanistan. Elle subventionna la parution d'un livre, *Blessures de guerre : un guide de survie pour gérer la douleur, à destination des vétérans et de leur famille*. L'auteur, Derek McGinnis, était un ancien infirmier de la marine qui avait perdu une jambe pendant la bataille de Falloujah, en 2004. L'ouvrage fut publié par une organisation en apparence indépendante, la Fondation américaine de la douleur (« Unis dans l'espoir et forts contre la douleur »). Ce n'était qu'en petits caractères, sur la page des mentions légales, qu'on évoquait « le soutien généreux » de Purdue Pharma.

« Beaucoup de vétérans de l'opération *Liberté immuable* ont probablement vu des fleurs de pavot, écrivait McGinnis, qui précisait que la culture de la plante était largement répandue en Afghanistan. Les propriétés antidouleur des opioïdes sont inégalées. » Selon lui, ces substances étaient « la référence absolue » en matière de traitement de la douleur et pourtant, malgré leurs grands avantages, on les utilisait « encore trop peu ». McGinnis cherchait aussi à rassurer les vétérans blessés sur les risques de dépendance : « Une utilisation des opioïdes sur le long terme a démontré que les personnes non prédisposées à la dépendance courent peu de risques de ce point de vue. »

En 2013, à soixante-douze ans, Howard Udell mourut d'une attaque. La cofondatrice du centre d'aide juridique pour vétérans, Margaret Middleton, décrivit son engagement caritatif comme « la plus belle des rédemptions ». En réalité, Udell n'avait jamais pensé avoir besoin de se racheter, étant donné qu'il ne s'était personnellement rendu coupable d'aucun crime. Après sa mort, un article partisan dans le *Hartford Courant* avança qu'Udell n'avait pas eu connaissance de la publicité fallacieuse effectuée par Purdue, « qui se résumait à des remarques faites à des médecins par quelques représentants de commerce sur le terrain ».

Les Sackler partageaient cette vision inoffensive de l'homme qui les avait représentés pendant quarante ans et qui avait choisi de se sacrifier pour le clan. Ils rebaptisèrent en son honneur la petite bibliothèque juridique au huitième étage du siège de Purdue et, en guise d'hommage, y firent accrocher une photographie de l'avocat dans la fleur de l'âge. Aux yeux de certains employés, la présence perpétuelle de ce lieu de culte dédié à l'ancien directeur juridique – qui avait dû prendre sa retraite après que l'entreprise avait plaidé coupable d'un crime fédéral – tendait à saper subtilement toutes les platitudes que les Sackler ou leur équipe dirigeante du moment pouvaient débiter sur leur volonté de combattre la crise des opioïdes. « Car enfin, l'homme avait plaidé coupable… Qu'est-ce qu'il fallait en déduire ? » remarquerait un ancien cadre de Purdue. En matière de culture d'entreprise et de message subliminal sur le type de comportement considéré comme acceptable, la révérence constante témoignée à Howard Udell en disait long.

Si, à première vue, la retraite puis le décès du directeur juridique semblaient avoir laissé un vide chez Purdue, en réalité les Sackler disposaient d'une écurie d'avocats compétents tout à fait prêts à prendre la relève. À leur tête, un certain Stuart Baker. Baker était l'éminence grise par excellence : un employé presque invisible pour le monde extérieur mais qui, en coulisse, œuvrait patiemment et habilement pour les Sackler. Officiellement, il était associé chez Chadbourne & Parke (qui deviendrait Norton Rose Fulbright). Ce cabinet d'avocats new-yorkais représentait la famille depuis des décennies – l'un de ses anciens membres, Richard Leather, avait rédigé l'accord des mousquetaires entre les frères Sackler et Bill Frohlich. Il avait aussi longtemps défendu l'industrie du tabac. Cependant, Baker semblait consacrer la quasi-totalité de son temps à un unique client. On lui avait attribué son propre bureau au neuvième étage du siège de Purdue, ainsi qu'une assistante administrative à plein temps. Kathe Sackler avait un jour décrit le rôle de Baker comme celui d'un « intermédiaire » entre le conseil d'administration et les cadres dirigeants de l'entreprise. Il servait aussi souvent de médiateur entre les différentes branches de la famille. Lors des réunions du conseil d'administration, qui pouvaient dégénérer en échanges d'insultes en raison de désaccords fréquents et acrimonieux entre le camp A et le camp B, Baker s'efforçait de maintenir la paix en s'interposant physiquement entre les factions ennemies. Kathe se mettait parfois à vitupérer à propos d'un sujet ou d'un autre, jusqu'à ce que son cousin Jonathan l'interrompe pour déclarer qu'elle causait trop de difficultés et qu'elle ferait mieux de se taire. Quand Baker essayait discrètement de remettre la réunion sur les rails, Kathe rétorquait : « Non, Stuart. Je ne pense pas qu'on devrait reprendre tant que Jonathan ne m'aura pas présenté ses excuses. »

« Je ne vais pas m'excuser pour la façon dont tu te comportes », ripostait Jonathan, laissant Baker essayer de désamorcer la situation – la vingtaine de personnes assises autour de la table baissaient les yeux et s'efforçaient de masquer leur gêne. « Il occupait plusieurs fonctions », résumerait Kathe. Certains cadres de l'entreprise surnommaient Baker « le concierge ».

« Stuart avait plus de pouvoir que quiconque dans l'entreprise, y compris le P-DG », déclarerait un ancien employé. Parce qu'il servait d'intermédiaire entre les Sackler et les dirigeants de Purdue, il représentait un « goulet d'étranglement ». Il siégeait au conseil d'administration de multiples sociétés appartenant à la famille, aux quatre coins du monde. « C'était un peu le ciment de l'organisation », conclurait l'ancien employé. Un jour, pendant une réunion chez Purdue, Baker évoqua l'accord de plaider-coupable signé par Udell, Goldenheim et Friedman. « Il fallait que ces hommes portent le chapeau pour protéger la famille », reconnut-il, soulignant que la stratégie de l'entreprise était « de protéger la famille à tout prix ». (Deux anciens employés se rappelleraient avoir assisté à cette discussion. L'un d'eux raconterait : « Je me souviens être rentré chez moi en me disant : "Merde alors, dans quel genre d'endroit je travaille ?" »)

Si Richard Sackler ne voulait pas vendre Purdue, il partageait les inquiétudes de son cousin Mortimer sur l'énorme ampleur des investissements réalisés par la famille dans l'entreprise – et la concentration des risques que cela impliquait. Il proposa donc une solution. Dans une note adressée au reste du clan en 2008, il suggéra d'installer à la tête de Purdue un P-DG

« loyal » à la famille. Au lieu de vendre l'entreprise, les Sackler pourraient alors simplement s'attribuer « une plus grande partie du flux de trésorerie disponible ». En pratique, cela signifierait qu'on verserait fréquemment des liquidités aux héritiers de Raymond et Mortimer. En plus des deux frères, huit membres de la famille, issus de trois générations, siégeaient au conseil d'administration : l'épouse britannique de Mortimer, Theresa, et ses enfants Ilene, Kathe et Mortimer Jr ; l'épouse de Raymond, Beverly, et ses enfants Richard et Jonathan ; et le fils de Richard, David. Le conseil se réunissait régulièrement, souvent dans le cadre luxueux d'une destination lointaine : Bermudes, Portugal, Suisse, Irlande.

Richard Sackler se montrait imprévisible pendant ces réunions. Il n'était pas rare qu'il ignore la personne en train de parler – tellement concentré sur son ordinateur portable que Jonathan finissait par s'agacer : « Lâche ton portable, Richard. Range-moi ça. » Alors que Mortimer junior se préoccupait surtout des ramifications financières des questions à l'ordre du jour, Richard s'intéressait plutôt à leur aspect scientifique. Un cadre qui avait fait des présentations devant le conseil d'administration expliquerait : « [Richard] vous pose une question. Si vous y répondez, il vous en pose une autre. Si vous répondez à celle-là, il vous en pose encore une autre. Et il continue comme ça jusqu'à ce que vous ne soyez plus capable de répondre ; alors il a gagné. Parce qu'il est plus malin que tout le monde. Et il peut vous poser mille questions, s'il le faut, pour arriver à celle où vous sécherez. » Après quoi, « si Richard a réussi à poser sa question piège, Kathe doit en trouver une aussi », poursuivrait le cadre. D'après lui, Kathe semblait toujours essayer de damer le pion à Richard ; mais celui-ci la traitait seulement avec mépris. « On avait presque l'impression que les réunions du conseil d'administration servaient avant tout à ce que chaque branche de la famille prouve à l'autre qu'elle était la plus futée. »

Le problème, selon Jonathan Sackler, était qu'il y avait un « camp Mortimer » et un « camp Raymond », et que ces factions avaient fini par refléter « les rapports dysfonctionnels » des deux frères. « Nous en avons hérité et, dans une certaine mesure, nous les reproduisons dans notre propre façon de fonctionner », estimait-il.

Les réunions du conseil d'administration se terminaient généralement par une table ronde familiale dont tous les autres cadres de l'entreprise étaient exclus, à l'exception de Stuart Baker. Et à chaque séance, les Sackler votaient pour s'attribuer de nouveaux dividendes : une centaine de millions par-ci, une centaine de millions par-là. Si Mortimer fils estimait qu'on ne l'avait pas payé assez vite, ni autant qu'il s'y attendait, il se plaignait. « Peut-on savoir pourquoi vous avez choisi de réduire le montant du versement *et* de le retarder en le divisant en deux ? » s'emporta-t-il en 2010 après avoir appris que les paiements trimestriels destinés à la famille allaient passer de 320 à 260 millions de dollars et s'effectuer en deux temps. Comme Mortimer père avait sept enfants de ses trois épouses, alors que Raymond, qui était toujours marié à Beverly, n'en avait eu que deux, les membres du camp A se mirent à réclamer systématiquement des dividendes plus importants : ils avaient davantage de bouches à nourrir. Heureusement pour eux, l'argent disponible ne manquait pas. En juin 2010, Purdue présenta aux Sackler un plan d'entreprise qui prévoyait des versements annuels de 700 millions de dollars pour la famille, sur les dix années suivantes.

Cette stratégie avait pour inconvénient de ne pas laisser à Purdue un grand trésor de guerre à réinvestir. Dans le cas d'une entreprise cotée en Bourse, on aurait pu identifier cela comme un danger existentiel ; mais les Sackler possédaient Purdue, ils pouvaient bien en faire ce qu'ils voulaient. Mortimer ordonna personnellement à la société d'opérer des coupes franches dans son budget recherche et développement. Pour les scientifiques employés par Purdue, c'était une décision frustrante : l'OxyContin générait encore des revenus faramineux, mais les Sackler semblaient décidés à siphonner le capital de l'entreprise plutôt que de développer ou de diversifier ses activités. La famille avait trop concentré ses risques en misant tous ses jetons sur l'industrie pharmaceutique, or Purdue faisait désormais face au même problème puisqu'elle avait misé tous les siens sur l'OxyContin. Selon Jonathan Sackler, la stratégie de l'entreprise ressemblait davantage à « un programme d'extraction qu'à un programme de croissance ».

C'était un plan d'action particulièrement imprudent au vu d'une réalité inéluctable de l'industrie pharmaceutique : tous les médicaments finissent par atteindre un pic de rentabilité, et celle-ci s'effondre à l'expiration du brevet, laissant le champ libre à la concurrence des génériques. Les Sackler l'avaient découvert avec effroi quelques années auparavant seulement. En 2000, l'un des concurrents de Purdue, Endo, avait déposé un brevet pour fabriquer une version générique de l'OxyContin. Comme le brevet de Purdue n'avait pas encore expiré, l'entreprise avait attaqué Endo en justice pour l'empêcher de vendre sa version moins coûteuse du produit. Il était essentiel qu'elle écarte cet obstacle : deux autres sociétés suivaient l'affaire de très près et préparaient leur propre générique. Toutefois, en 2004, un juge de Manhattan décréta que le brevet originel de l'OxyContin n'était pas valide car le dossier que son fabricant avait constitué pour l'obtenir était trompeur. Purdue avait argué que l'OxyContin était un produit unique puisqu'une dose relativement faible suffisait à soulager 90 % des patients. Néanmoins, Paul Goldenheim avait reconnu dans une déposition qu'à l'heure où Purdue avait fait ces déclarations, les chercheurs de l'entreprise étaient « loin » de pouvoir les prouver : ces assertions audacieuses reflétaient la « vision » de Robert Kaiko plutôt qu'une quelconque vérité scientifique. Purdue se retrouva soudain face à la perspective de la concurrence des génériques – et d'un effondrement de son chiffre d'affaires. La société enchaîna les licenciements douloureux. L'OxyContin semblait être arrivée en bout de course, un revers de fortune qui allait coûter des milliards de dollars à Purdue et aux Sackler. Cependant, Howard Udell avait recruté d'excellents avocats spécialistes en droit des brevets. Ils persuadèrent une cour d'appel d'annuler le jugement de 2004, et Purdue put récupérer son monopole sur le médicament. L'entreprise était de nouveau dans la course, mais plus consciente que jamais de devoir maximiser les profits de l'OxyContin avant d'en perdre pour de bon l'exclusivité d'exploitation.

Après l'affaire de Virginie, en 2007, les Sackler s'allouèrent les services du cabinet de conseil McKinsey pour les aider à développer le marché de l'OxyContin. Une équipe de consultants prit ses quartiers dans l'entreprise, s'installant dans une salle de conférences au siège de Purdue. Les ventes du médicament n'avaient jamais été aussi bonnes, mais la quantité d'oxycodone prescrite par les médecins américains avait commencé à se stabiliser. Ed Mahony, le directeur financier de Purdue, avertit les Sackler que, selon les dernières projections, les revenus générés par l'OxyContin pourraient atteindre un plateau. Si cela arrivait, la promesse de versements annuels de 700 millions de dollars pendant dix ans ne se concrétiserait probablement pas, ce qui inquiétait la famille. À l'été 2009, Richard organisa une réunion stratégique pour chercher comment « inverser la tendance ». Il exigea qu'on lui fournisse les chiffres de vente de l'OxyContin toutes les semaines. (Cela sema la panique chez les employés, qui n'avaient pas l'habitude de produire le genre de données que Richard réclamait. Ils envisagèrent de lui expliquer que ces documents n'existaient pas, mais décidèrent finalement de créer un nouveau type de rapport de ventes hebdomadaire, juste pour lui.) McKinsey recommanda plusieurs pistes aux Sackler afin de « booster » le succès de l'OxyContin. Il était important de convaincre les médecins que les opioïdes redonnaient leur « liberté » aux malades et leur offraient « la meilleure chance possible de mener une vie complète et active », suggérèrent-ils.

Pour ces conseillers externes, cette mission constituait une étrange formation accélérée à l'étonnante architecture interne de Purdue. Quand ils s'entretinrent avec des employés, les consultants de McKinsey apprirent que, même si les Sackler se contentaient désormais officiellement de siéger au conseil d'administration, dans la pratique, ils dirigeaient toujours avec minutie les opérations courantes de l'entreprise. Le conseil d'administration « se mêle de beaucoup trop de décisions dont il ne devrait pas se mêler », leur expliqua-t-on. Dans son évaluation, un responsable de McKinsey écrivit : « Les deux frères qui ont fondé l'entreprise traitaient tous les employés comme des gens qu'on embauche "pour tailler une haie" : ils devaient faire exactement ce qu'on leur disait et ne pas trop donner leur avis. »

Mortimer Sackler senior avait plus de quatre-vingt-dix ans, à présent, et menait encore une vie bien remplie et active. Pendant les réunions du conseil d'administration, il faisait figure de grincheux, jetant des regards courroucés derrière ses lunettes rectangulaires. Les employés de Purdue le trouvaient bien moins chaleureux et débonnaire que Raymond. Cela dit, il avait toujours apprécié son temps libre plus que son travail. Il sillonnait encore le globe, volant en jet d'une demeure somptueuse à une autre. Il adorait le backgammon et avait continué à jouer au tennis jusqu'à quatre-vingts ans passés. Le dernier soir de 2009, Mortimer accueillit sa large famille et des centaines d'invités dans sa résidence de campagne du Berkshire, non loin de Londres. Surnommé Rooksnest, le « nid de freux », le manoir était entouré de cinq hectares de jardins impeccablement entretenus et de collines boisées. On avait érigé une immense marquise dehors pour le mariage de la fille de Mortimer, Sophie. La mariée avait vingt-sept ans et était très belle. Elle avait grandi à Londres et étudié à l'université d'Oxford, où une bibliothèque portait le nom de son père. Là-bas, elle avait rencontré un jeune joueur de cricket appelé Jamie Dalrymple, qui intégrerait plus tard l'équipe d'Angleterre. Pour l'animation musicale de la cérémonie, les Sackler avaient fait venir un chœur de soixante-dix personnes de Swansea, au pays de Galles. Les chanteurs entonnèrent le cantique *Guide-moi, ô rédempteur* :

Ouvre à présent la fontaine cristalline
D'où jaillissent les torrents guérisseurs.

Mortimer avait toujours aimé faire la fête. Il n'alla se coucher que bien après minuit. Trois mois plus tard, il était mort. Il avait vécu près d'un quart de siècle de plus que son grand frère, Artie, dont il avait éclipsé la réussite professionnelle et probablement aussi l'impact sur le monde. Le décès de Mortimer fut déploré des deux côtés de l'Atlantique, et les nombreux hommages prononcés par ceux qui l'avaient connu se concentrèrent principalement sur ses œuvres philanthropiques. « Mortimer D. Sackler, mécène », s'intitulait la nécrologie publiée par le *New York Times*. Le journal soulignait qu'il avait été « un important donateur auprès de l'université d'Oxford, l'université d'Édimbourg, l'université de Glasgow, la Tate Gallery à Londres, le Royal College of Art, le Louvre, le Musée juif de Berlin et l'université de Salzbourg, entre autres institutions ». Ce n'était qu'au neuvième paragraphe que l'article évoquait l'OxyContin, « une drogue très répandue, responsable de nombreuses morts par surdose », avant d'ajouter : « Aucun Sackler n'a jamais été accusé de malversations. » Une autre nécrologie détaillée, parue dans le *Times* de Londres, faisait grand cas des dons apportés par Mortimer aux universités et aux musées d'art, mais aussi « au monde de l'horticulture ». Il y avait par exemple le Sackler Crossing, un joli pont incurvé en granit noir qui enjambait un lac dans les jardins botaniques de Kew. Et la fois où Theresa Sackler (qui avait été nommée *Dame* par la reine et siégeait toujours au conseil d'administration de Purdue) avait participé à une vente aux enchères au profit d'une association caritative, et remporté le droit de nommer une nouvelle espèce de rose. Dame Theresa, passionnée de jardinage, avait choisi de baptiser la fleur en l'honneur de son mari. La nécrologie du *Times* citait la comparaison qu'elle avait effectuée entre la rose Mortimer Sackler et l'homme qui l'avait inspirée : « Les fleurs donnent une impression de délicatesse et de douceur, mais sont en fait très résistantes et peu affectées par les intempéries. » L'OxyContin n'était mentionnée nulle part.

22

Un comprimé inaltérable

Un jour de l'été 2010, sans fanfare ni avertissement préalable, Purdue arrêta de distribuer les comprimés d'OxyContin qu'elle produisait à la chaîne et disséminait dans tout le pays depuis près de quinze ans pour leur substituer un nouveau type d'OxyContin, légèrement remanié. À première vue, les pilules que la société commença à vendre au mois d'août semblaient identiques aux précédentes. Elles étaient seulement un peu plus épaisses, et les lettres traditionnellement imprimées au centre, « OC », avaient été remplacées par « OP ». La substance active était exactement la même : de l'oxycodone pure. C'était l'enrobage qu'on avait réinventé.

Dès 2001, Purdue avait commencé à chercher une solution miracle aux problèmes qui frappaient l'OxyContin. Pouvait-on développer une version des comprimés impossible à réduire en poudre ? Comme les toxicomanes broyaient les pilules pour déjouer le mécanisme à libération prolongée et avoir accès à la charge narcotique entière du médicament, les scientifiques de Purdue cherchaient à concevoir un comprimé qui découragerait ces « drogués criminels » que Richard Sackler méprisait tant – un produit dont on ne pourrait pas faire mauvais usage.

C'était un sujet délicat à explorer, car une partie de la philosophie de la famille Sackler (et par conséquent de la culture de l'entreprise familiale) consistait à refuser d'admettre, même de façon hypothétique, que des erreurs ou des malversations avaient pu être commises. Si la société attirait l'attention sur le fait qu'elle développait une version de l'OxyContin impossible à détourner, on pourrait y voir un aveu que le médicament vendu depuis toutes ces années présentait bel et bien de graves risques d'abus, comme ses détracteurs n'avaient cessé de l'affirmer.

Mais la perspective d'un comprimé d'OxyContin qui pourrait uniquement être ingéré – décourageant ainsi les personnes en quête d'un effet immédiat – était bien trop alléchante, et plusieurs responsables de l'entreprise en firent leur saint Graal. Il fallut des années de travail, et beaucoup d'essais et d'échecs. D'après l'un des artisans clés du projet, Purdue consacra à l'initiative « une très grande portion » de son budget R & D déjà limité. Ces efforts découlaient sans doute en partie d'un désir sincère d'empêcher les usages détournés du produit phare de Purdue. Mais un autre élément entrait peut-être en jeu : certains concurrents de Purdue essayaient eux aussi de concevoir un comprimé d'oxycodone impossible à réduire en poudre. Si l'une de ces sociétés se lançait sur le marché avant Purdue, elle pourrait présenter son médicament comme un substitut plus sûr à l'OxyContin. « Purdue devrait être la figure de proue de ce genre de recherches, dit Mortimer Sackler junior à Richard en 2008. Pourquoi courons-nous après les autres ? »

Richard avait renoncé à son poste officiel de directeur depuis longtemps, mais il conservait un rôle extrêmement actif dans l'entreprise. Il continuait à se rendre au bureau tous les jours. Il avait un bouledogue, qu'il emmenait souvent. Le chien répondait au nom d'Unch, une abréviation du terme *unchanged*, utilisé dans le milieu de la Bourse pour signifier que le cours des actions d'une entreprise n'a pas bougé à la clôture du marché. Parfois, un employé revêtait son plus beau costume pour une réunion avec Richard et prenait place dans la pièce remplie de livres où siégeait le patron, avant de se rendre compte que, sous son bureau en verre, Unch maculait de bave son pantalon fraîchement repassé. Unch avait tendance à faire ses crottes dans le couloir, et Richard à ne pas les ramasser. Les visiteurs du neuvième étage avaient donc appris à éviter les déjections que le chien laissait parfois sur la moquette pourpre.

Richard avait mené ses propres recherches sur des formules inaltérables, obtenant plusieurs brevets qui le désignait comme inventeur, et il restait en contact étroit avec l'équipe de Purdue chargée d'échanger avec la FDA au sujet de ce nouveau produit. Il donna même son avis sur les noms envisagés pour le comprimé. (En fin de compte, on le baptisa simplement OxyContin OP.) L'entreprise soumit une demande d'approbation fin 2007, mais il fallut attendre 2010 pour que la FDA lui accorde l'autorisation de commercialiser cette nouvelle OxyContin « impossible à détourner ».

Le nouveau comprimé était une merveille de la science. Quand on l'écrasait, il ne se brisait pas en fragments ou en une poudre fine qu'on aurait pu sniffer ou dissoudre dans un liquide pour se l'injecter. À la place, il s'aplatissait comme un bonbon. Si on le frappait avec un marteau, on parvenait seulement à le fissurer, pas à l'éclater. En y mettant du sien, on pouvait en détacher quelques morceaux, mais si on essayait de les sniffer, ils restaient coincés dans les narines. C'était un petit miracle, plus innovant à sa façon que l'OxyContin ne l'avait été au départ. Selon la description d'un ancien cadre de Purdue, quand on tentait de trafiquer un comprimé d'OxyContin reformulé, il se changeait en « ourson en gélatine ».

L'entreprise, qui n'avait jamais hésité à formuler des affirmations audacieuses à la FDA, vanta la sécurité inégalée de ce nouveau médicament. S'étant déjà montrée remarquablement disposée à approuver ses arguments marketing exagérés, l'agence accorda un nouveau cadeau à Purdue : pour la première fois de son histoire, elle permit qu'on inclue dans la notice d'un produit un passage sur ses propriétés « anti-abus ». À l'époque du lancement de l'OxyContin originelle, Richard Sackler s'était félicité que Purdue eût réussi à faire approuver une notice comprenant davantage d'arguments marketing que jamais auparavant ; et voilà qu'une fois encore, la FDA lui permettait d'assurer que son nouveau médicament était plus sûr que les produits concurrents. En un autre écho de la première commercialisation de l'OxyContin, les propriétés anti-abus qu'on mettait en avant étaient principalement un vœu pieux, à ce moment-là. Un communiqué de presse de la FDA nota que Purdue devrait conduire une étude « post-marché » pour collecter des données sur « la mesure dans laquelle la nouvelle formulation [réduisait] l'abus et le mésusage de cet opioïde » – autrement dit, pour vérifier si les affirmations que la FDA avait déjà approuvées se révélaient exactes. Entre-temps, Purdue serait autorisée à expliquer à qui voulait l'entendre que l'OxyContin modifiée présentait moins de risques d'abus que d'autres opioïdes sur le marché.

Aux yeux d'un observateur lambda, la reformulation de l'OxyContin pouvait donner l'impression que, après toutes ces années, les Sackler avaient enfin reconnu l'impact négatif de leur antidouleur. Néanmoins, le moment choisi pour lancer cette nouvelle formule était intéressant – et indiquait que l'entreprise avait probablement eu d'autres préoccupations en tête. Purdue avait déposé les brevets d'origine de l'OxyContin dans les années 1990. Le monopole d'exploitation continue accordé par ces brevets lui avait permis d'empêcher des sociétés pharmaceutiques concurrentes de fabriquer une version générique du médicament. Malgré cela, pendant toutes ces années de profits astronomiques, un compte à rebours s'était égrené en arrière-plan. La perspective qu'un médicament se retrouve « hors brevet » terrifie tous les fabricants, mais une entreprise rusée peut employer certaines manœuvres pour bénéficier d'un sursis. Ces tactiques portent un nom : l'*evergreening*, ou « régénération ». Souvent, les sociétés pharmaceutiques attendent l'ultime moment avant l'expiration d'un brevet pour apporter une modification mineure à leur produit, obtenant ainsi un nouveau brevet qui relance le compte à rebours. Près de dix ans avant la commercialisation de l'OxyContin OP, en janvier 2001, Michael Friedman et un autre cadre de Purdue, Mark Alfonso, avaient parlé de développer des comprimés d'OxyContin impossibles à détourner, ce qu'ils décrivaient comme « un prolongement de la gamme ». Lancer cette nouvelle version leur donnerait un moyen de « fermer la porte à la concurrence », avait écrit Alfonso. Avant la mise sur le marché de l'OxyContin OP, l'expiration du brevet originel était prévue pour 2013.

« Tout tournait autour de la propriété intellectuelle de l'Oxy », révélerait un cadre qui avait rejoint l'entreprise à cette période. Purdue vendait d'autres produits, mais personne n'était dupe : « L'opération tournait à 100 % autour de l'OxyContin. C'était de là que venait l'argent. Parce que la société n'avait pas les compétences d'une entreprise pharmaceutique générale, le mot d'ordre était : "Il faut protéger les brevets à tout prix." Alors tout – les investissements, les talents – était orienté vers la protection et la préservation de l'OxyContin. » En fait, les dirigeants de Purdue manifestaient une telle détermination à prolonger la durée de vie du médicament que l'employé en question avait parfois le sentiment de travailler non pour un fabricant de produits pharmaceutiques, mais pour « un cabinet juridique spécialisé dans la propriété intellectuelle, qui avait aussi un petit département R&D et une division marketing ».

Pendant plus d'une décennie, face à une crise de santé publique toujours plus étendue, les Sackler et Purdue avaient soutenu envers et contre tout que l'OxyContin était efficace et sans danger. Howard Udell l'avait clamé jusque dans la tombe. Mais après avoir lancé la nouvelle version du médicament, en 2010, alors que le brevet de la formule originelle allait expirer, Purdue opéra une volte-face insolente. L'entreprise déposa une requête auprès de la FDA pour que l'agence refuse d'approuver les génériques basés sur la première formule de l'OxyContin – celle que la société vendait depuis des années –, au motif qu'elle était dangereuse. Purdue affirmait avoir retiré l'ancien médicament du marché de son plein gré, pour des raisons de « sécurité ». Le jour même où le brevet originel devait arriver à son terme, la FDA, toujours aussi obligeante, décréta que les avantages de l'ancienne version de l'OxyContin « ne l'emportaient plus » sur les risques. « Purdue se réjouit que la FDA ait établi que les comprimés d'OxyContin à libération prolongée ont été retirés de la vente pour des raisons de sécurité », déclara l'entreprise dans un communiqué de presse, ajoutant que l'agence « n'accepterait ni ne validerait » aucune demande d'approbation pour une version générique du médicament.

Affirmer que Purdue n'avait pas d'autres produits dans les cartons n'était pas tout à fait juste. En fait, peu après avoir commencé à commercialiser l'OxyContin OP, l'entreprise lança un nouvel antidouleur opioïde, un patch transdermique baptisé Butrans. Le concert de critiques contre Purdue, les condamnations pénales et les multiples procès auraient pu inciter les Sackler à développer l'offre de la société dans un autre domaine que celui des opioïdes ; au lieu de quoi ils avaient choisi d'en rajouter une couche, positionnant Purdue comme

« une entreprise générale dédiée à la prise en charge de la douleur ».

Au fil des années, Richard Sackler s'était éloigné de son épouse, Beth. Ils finirent par divorcer en 2013 et Richard déménagea à Austin, dans le Texas, où il acheta une belle demeure moderne juchée sur une colline en périphérie de la ville, dans un quartier prisé des milliardaires du secteur des nouvelles technologies. Malgré cela, il avait toujours tendance à s'immiscer avec un zèle fanatique dans les rouages les plus infimes de l'entreprise. Regrettant peut-être les riches heures du blizzard de 1996, quand il avait supervisé le démarrage sur les chapeaux de roues de l'OxyContin, il examinait désormais dans les moindres détails le lancement du Butrans. Il réclama à Russell Gasdia, un cadre de Purdue, des « informations confidentielles » sur les résultats du produit. « [L'équipe de vente] rencontre-t-elle la résistance à laquelle nous nous attendions ? Comment la surmonte-t-elle ? Les réactions sont-elles semblables, meilleures ou pires que lorsque nous avons commercialisé les comprimés d'OxyContin® ? » voulait-il savoir. (Même dans ses mails, Richard prenait la peine d'accoler un symbole de marque déposée au nom du médicament, signe peut-être de sa révérence pour le Code de la propriété intellectuelle.)

Richard ne se contentait pas d'exiger qu'on le tienne informé, quasiment en temps réel, de la progression des ventes. Il demandait aussi aux employés de lui fournir les données brutes dans des tableurs pour qu'il puisse se livrer à ses propres calculs cabalistiques. Il avait beaucoup de choses à dire sur la façon dont le Butrans devait être commercialisé et sur le type de médecins auprès desquels on devait en faire la publicité. « Avez-vous décidé qui j'accompagnerai sur le terrain la semaine suivant les réunions de budget ? » écrivit-il à Gasdia en 2011. Afin de se faire l'idée la plus claire possible du fonctionnement de la force de vente, Richard avait demandé à suivre personnellement des délégués pendant leur tournée. « Pourrait-on facilement caser deux commerciaux par jour ? » s'interrogeait-il.

Craignant peut-être que le Dr Richard n'arrive pas à se contenir et essaie de vendre des opioïdes directement aux médecins, Gasdia tira discrètement la sonnette d'alarme en abordant le problème avec le directeur de la conformité de Purdue, Bert Weinstein.

« LOL », répondit Weinstein, avec une légèreté pouvant paraître cavalière de la part du gendarme interne d'une société qui s'était rendue coupable de pratiques commerciales trompeuses. Richard n'en ferait qu'à sa tête : c'était une règle de vie immuable chez Purdue, que tout le monde avait été obligé d'accepter. Weinstein fit clairement comprendre à Gasdia qu'en ce qui le concernait, il ne se fatiguerait pas à essayer d'empêcher le patron de participer à ces visites. Il suggéra cependant que « Richard reste bouche cousue et anonyme », comme s'il s'agissait d'une de ces émissions de téléréalité où des P-DG s'affublent d'une perruque et de fausses moustaches pour explorer incognito les entrepôts de leur société. (Richard renonça finalement à son projet, même s'il se joignit à la tournée d'un délégué du Connecticut une autre fois cette année-là.)

« Tout ce que vous pourrez faire pour limiter les interventions directes de Richard dans l'entreprise sera bienvenu, écrivit Gasdia à John Stewart, le nouveau

P-DG, nommé quand Michael Friedman avait été obligé de démissionner. J'ai bien conscience qu'il a le droit d'être informé et qu'il a un bon esprit d'analyse, mais ses ingérences dans l'organisation ne sont pas toujours productives. »

« J'y travaille quasiment tous les jours, avec plus ou moins de succès », répondit Stewart.

Le Butrans était une substance contrôlée – un opioïde puissant, comme l'OxyContin, avec les risques de dépendance inhérents. Cependant, pour Richard, il était agaçant que les ventes d'un médicament soient affectées par le fait qu'il était perçu comme potentiellement dangereux. Il se plaignait de ce qu'il considérait comme des mises en garde inutilement alarmistes à propos des effets nocifs du produit. « [Ces avertissements] impliquent une menace de réactions et de risques indésirables qui n'existent tout simplement pas », protestait-il, suggérant que l'entreprise trouve des façons « moins inquiétantes » de décrire les opioïdes.

À sa mise sur le marché, le Butrans obtint un succès modéré. S'il y avait une chose que les Sackler savaient faire, à part des dons d'argent, c'était vendre des opioïdes. Comparé à l'OxyContin, le Butrans n'était toutefois pas un triomphe, et cela dérangeait Richard ainsi que les autres membres du conseil d'administration. « Partagez-vous ma déception ? demanda Richard à son équipe à l'été 2011. Que pouvons-nous faire pour dynamiser les ventes et accélérer notre croissance ? » Mortimer exprima les mêmes inquiétudes que son cousin et réclama davantage d'informations sur les chiffres des ventes. Au mois de juin, on annonça aux Sackler qu'il manquerait plusieurs centaines de millions de dollars aux bénéfices prévus. Selon Richard, l'entreprise avait commis l'erreur de ne pas cibler les prescripteurs « à haut potentiel ». Il voulut savoir comment les « managers [avaient] laissé cela se produire ».

En privé, Gasdia se plaignait de l'« obsession bornée » de la famille pour les opioïdes. « J'ai du mal à convaincre mes collègues et le conseil d'administration que notre succès sur ce marché est terminé », écrivit-il à un ami. Quatre mois plus tard, les Sackler le renvoyèrent.

L'OxyContin continua à bien se vendre sous sa nouvelle forme. C'était l'antidouleur le plus populaire aux États-Unis, qui rapportait plus de 3 milliards de dollars par an, presque le double de son principal concurrent. Mais cette nouvelle version empêchait-elle réellement les usages détournés ? C'était une autre question. Au sein de l'entreprise, on reconnaissait que les affirmations de Purdue sur les propriétés anti-abus du médicament étaient tout au mieux théoriques. Les Sackler savaient, parce que leurs collaborateurs les en avaient informés, que la méthode prédominante de surconsommation du médicament ne consistait pas à le sniffer ou à se l'injecter, mais à l'ingérer, ce que la nouvelle formule n'empêcherait pas. John Stewart avait bien précisé à Richard Sackler que modifier la formule de l'OxyContin ne « [dissuaderait] pas les patients d'avaler simplement trop de pilules ». Lors d'une réunion au début de l'année 2011, des employés présentèrent au conseil d'administration des données indiquant que l'ingestion d'un nombre excessif de comprimés était à l'origine de 83 % des entrées en cure de désintoxication.

En même temps, des signes indiquaient que, pour beaucoup de personnes déjà dépendantes à l'OxyContin, la nouvelle formule rendait bel et bien plus difficile un usage détourné. Sur les forums internet, des consommateurs d'OxyContin de longue date discutaient des efforts qu'ils déployaient pour extraire leur dose des nouvelles pilules. Certains les passaient au micro-ondes, d'autres les faisaient cuire au four, les mettaient au congélateur, les trempaient dans toutes sortes de solvants. Si l'objectif de Purdue avait simplement été d'empêcher qu'on réduise les comprimés en poudre, ce nouvel enrobage semblait fonctionner. En fait, presque dès le début, des indices dans les données de ventes de Purdue révélèrent que certains toxicomanes habitués à prendre de l'OxyContin rencontraient des difficultés avec les comprimés inaltérables. L'entreprise avait beau avoir déclaré à la FDA que la formule originelle devait désormais être considérée comme dangereuse, elle continua à vendre l'ancienne version de l'OxyContin au Canada pendant un an après le lancement du nouveau produit aux États-Unis. D'après une étude ultérieure, au cours des mois qui suivirent la reformulation de 2010, les ventes de l'OxyContin originelle quadruplèrent brusquement à Windsor, dans l'Ontario. Windsor se situe à la frontière avec les États-Unis, juste en face de Detroit. C'était clair : des gens achetaient les comprimés au Canada puis les transportaient clandestinement aux États-Unis pour les revendre au marché noir, où ils rencontraient plus de succès que la nouvelle version. Grâce aux données d'IMS, Purdue avait dû remarquer cette inflation soudaine des ventes au Canada et en déduire la raison. (L'entreprise affirmerait s'être rendu compte de cette hausse et avoir alerté les autorités mais n'accepterait pas de préciser à quel moment exactement.)

Bientôt, le nombre de morts liées à des overdoses d'OxyContin commença à diminuer aux États-Unis. Il était encore trop tôt pour dire si la nouvelle version du médicament pouvait réellement être décrite comme « impossible à détourner », car beaucoup de personnes qui consommaient trop d'OxyContin ingéraient les comprimés – et n'en mouraient pas forcément. Le CDC conclurait à terme qu'aucune étude n'était parvenue à démontrer que les « technologies anti-abus » constituaient une stratégie véritablement efficace pour « décourager ou empêcher la surconsommation ». Dans une analyse qui ne serait pas publiée avant 2020, la FDA se rallierait à cet avis, déclarant que, même si la modification du médicament avait pu diminuer le nombre de personnes qui sniffaient ou s'injectaient le médicament, « on [manquait] de preuves solides pour avancer que la nouvelle formule [avait] causé une réduction significative de la surconsommation générale d'OxyContin ».

Néanmoins, si le changement de formule dissuadait certaines personnes de sniffer ou de s'injecter l'OxyContin, cela semblait être un pas dans la bonne direction. Par ailleurs, Purdue n'avait pas besoin de mener des études complexes pour se faire une idée de l'effet des nouveaux comprimés : il lui suffisait de regarder ses résultats nets. D'après un résumé de recherche établi par une équipe de scientifiques chez Purdue, les ventes de comprimés de 80 milligrammes d'OxyContin avaient chuté de 25 % dans tout le pays après la reformulation.

D'un côté, c'était un indicateur remarquable du succès de Purdue concernant la réduction des abus d'OxyContin, et l'entreprise mettrait en avant les moyens investis dans cette nouvelle formule pour prouver qu'elle s'efforçait de remédier à la crise des opioïdes. De l'autre, cet effondrement des ventes montrait clairement que, pendant des années, un quart des revenus apportés à Purdue par la plus haute dose d'OxyContin avaient découlé du marché noir. L'entreprise étudia le phénomène ; Richard se plaignit de cette « baisse soudaine » et voulut savoir quelles « actions correctives » on envisageait. D'après un document judiciaire, Purdue conclut en interne que cette perte de profit pouvait être attribuée en grande partie à « une diminution des prescriptions non nécessaires d'un point de vue médical ».

Les détracteurs de l'entreprise soutenaient que Purdue ne méritait pas de louanges pour cette reformulation – une mesure trop insignifiante, prise trop tard. Peu après le lancement du nouveau médicament, le sénateur du Massachusetts Steven Tolman, qui avait présidé une commission d'enquête sur l'abus d'OxyContin, déclara : « Cela ne devrait pas leur permettre de se racheter une conscience. Pourquoi n'ont-ils pas fait ça des années plus tôt ? »

La question de la chronologie s'avérerait d'une importance cruciale, car la nouvelle formule de Purdue eut un effet pervers majeur. Si les Sackler avaient remplacé l'OxyContin originelle par une version inaltérable une décennie plus tôt, ce produit aurait peut-être eu une chance de limiter réellement la surconsommation, car moins de gens auraient découvert ses propriétés euphorisantes. Mais l'Amérique de 2010 n'était plus celle de 2000. Le pays était en proie à une épidémie d'opioïdes généralisée. Des millions d'Américains avaient développé une dépendance à l'OxyContin et à d'autres antidouleurs, que ce soit à travers un usage récréatif ou dans le cadre d'un traitement médical. D'ailleurs, quoi que les Sackler aient voulu se raconter sur leurs propres intentions et la nature de leur secteur d'activité, cette large population de toxicomanes était l'une des raisons pour lesquelles les ventes de Purdue restaient si dynamiques. Les chiffres ne mentaient pas. L'ancien slogan de l'entreprise s'était avéré plus pertinent que quiconque aurait pu le prédire : l'OxyContin était bien l'antidouleur avec lequel on commençait, et qu'on adoptait ; et il existait désormais un immense marché captif, dépendant du produit.

Au moment du lancement de l'OxyContin OP, certains gros consommateurs peinaient déjà à se procurer le médicament. Les autorités avaient fermé des usines à pilules et poursuivi des médecins en justice, et beaucoup de professionnels de santé posaient davantage de questions avant de prescrire de l'OxyContin ou d'autres opioïdes puissants. Et voilà qu'en plus de ces obstacles, les comprimés refusaient obstinément de livrer leur charge d'oxycodone en une seule fois. Résultat, beaucoup de gens abandonnèrent tout simplement l'OxyContin. Dans un monde idéal, ils auraient juste décroché du jour au lendemain, bravant la torture du manque, ou se seraient fait aider pour réduire prudemment leur consommation. Cependant, la réalité était qu'une grande partie de ces gens étaient déjà des toxicomanes. Beaucoup l'étaient depuis des années. Ils avaient franchi un point de non-retour.

Et une solution de rechange meilleur marché et plus puissante que l'OxyContin existait, disponible partout : l'héroïne.

Si la reformulation de l'OxyContin incita certains consommateurs à passer à des médicaments plus faciles à détourner, beaucoup leur préférèrent l'héroïne. Chimiquement parlant, les deux substances étaient apparentées. D'une certaine façon, l'héroïne avait toujours constitué un point de référence pour l'OxyContin. La puissance extrême du médicament lui avait valu le qualificatif d'« héroïne en pilule ». Quand son usage récréatif avait commencé à se populariser dans les Appalaches, on l'avait surnommé « l'héroïne du péquenaud ». Il était peut-être donc logique qu'une fois privées d'OxyContin, les personnes déjà dépendantes aux opioïdes n'aient eu qu'un pas à faire en direction de l'héroïne.

Dans son livre *Dreamland* (« Le Pays des rêves »), le journaliste Sam Quinones explique que, environ à la même époque, les cartels mexicains, flairant un marché émergent aux États-Unis, commencèrent à y exporter clandestinement plus d'héroïne bon marché que jamais auparavant. En un clin d'œil, on vit apparaître dans tout le pays des équipes de dealers propres sur eux, sans armes et d'un grand professionnalisme, qui proposaient des sachets d'héroïne issue des pavots des montagnes du Nayarit, sur la côte ouest du Mexique. Tout comme Purdue avait identifié par le passé un immense marché potentiel de personnes affligées de douleurs chroniques non traitées, ces jeunes entrepreneurs mexicains avaient repéré une large catégorie de population qu'on pourrait convaincre d'essayer une nouvelle drogue. Ils n'avaient pas eu l'occasion d'étudier à la Harvard Business School, comme Richard Sackler, ni à NYU, comme Mortimer. Ils étaient principalement autodidactes. Néanmoins, en essayant de bâtir un marché robuste pour l'héroïne mexicaine, les trafiquants du Nayarit employèrent un répertoire de tactiques de vente qui rappelait parfois de façon troublante les premières stratégies marketing de Purdue pour l'OxyContin. Les Sackler avaient ciblé des personnes qui semblaient prêtes à faire un bon accueil à leur médicament, concentrant leurs efforts initiaux sur des communautés dont beaucoup de membres souffraient de blessures reçues au travail ou de handicaps et de douleurs chroniques. Les vendeurs d'héroïne allaient souvent chercher de nouveaux clients aux abords des dispensaires de méthadone, où ils pourraient trouver des gens dépendants aux opioïdes. Purdue avait offert à certains patients des bons pour un mois d'OxyContin ; les dealers d'héroïne proposaient également des échantillons gratuits à leurs clients.

Il y avait aussi la question de ce que Purdue appelait « surmonter les objections ». Les Sackler avaient compris dès leurs premiers pas dans le commerce des opioïdes qu'un des défis consisterait à gérer les inhibitions du consommateur. Un nuage noir planait au-dessus de ces produits, le spectre irrationnel de l'opiophobie. Quand l'entreprise britannique des Sackler, Napp, avait conçu la MS Contin, l'idée était notamment qu'un comprimé de morphine semblait plus sûr et plus accessible que tout ce qu'on pouvait administrer au moyen d'une aiguille. Cette aversion pour l'usage intraveineux des drogues – pour le geste de se piquer – avait aussi imposé une limite naturelle à la croissance du marché de l'héroïne aux États-Unis. Toutefois, quand une personne déjà dépendante aux opioïdes commence à éprouver les premiers symptômes du manque, les inhibitions de toute une vie peuvent rapidement être écartées. C'est la logique de l'addiction. Les aiguilles ont beau vous rendre malade, quand votre corps vous donne l'impression que vous allez mourir si vous n'obtenez pas votre dose, vous vous mettez à faire toutes sortes de choses que vous aviez peut-être juré ne jamais faire.

C'est ainsi qu'une épidémie nationale d'abus de médicaments qui durait depuis dix ans se métamorphosa aux alentours de 2010 en épidémie d'héroïne. Plus tard, certains Sackler attireraient l'attention sur cette transition précise, utilisant l'avènement de l'héroïne (et finalement d'un équivalent encore plus létal, le fentanyl) comme un atout pour disculper la famille. C'était bien la preuve que les gens qui avaient développé une dépendance à l'OxyContin n'étaient pas de vrais malades mais des toxicomanes omnivores. L'héroïne était un stupéfiant, vendu à la sauvette par de jeunes Mexicains anonymes et plus ou moins en règle avec l'immigration, tandis que l'OxyContin avait été approuvée par rien moins que la FDA. Les Sackler étaient de véritables hommes d'affaires, des piliers de la société américaine. Même après la condamnation pénale de Purdue, alors que la polémique continuait de faire rage autour de l'OxyContin, Richard Sackler avait conservé son siège à la commission consultative du centre de recherche sur le cancer de Yale. Juste avant la reformulation du médicament, Beth et lui, ainsi que Jonathan et son épouse, Mary Corson, avaient donné

3 millions de dollars à cette même université pour y fonder la chaire de médecine interne Richard Sackler et Jonathan Sackler. « Mon père nous a élevés, Jon et moi, dans l'idée que la philanthropie devait constituer une part importante de nos activités », avait déclaré Richard à cette occasion, l'une de ses rares interventions publiques. Avant de s'installer au Texas, il avait également été nommé professeur associé en génétique à l'université Rockefeller, à Manhattan, une autre institution financée par ses soins. Sa famille et lui étaient encore régulièrement cités en exemples de ce que les valeurs et la médecine américaines possédaient de plus noble. Ce n'était pas un baron de l'héroïne venu de l'étranger. Le fait que ces junkies qui avaient utilisé l'OxyContin à mauvais escient se tournaient désormais vers une drogue dure confortait les Sackler dans l'idée qu'ils n'avaient rien à se reprocher.

Cependant, Richard s'était toujours enorgueilli de son talent pour les statistiques ; et en l'occurrence, les statistiques suggéraient que, même si les Sackler ne trafiquaient assurément pas de drogue, on ne pouvait pas avancer que rien ne les liait à la crise de l'héroïne. Dans les années qui suivraient, des chercheurs éplucheraient les données relatives à la hausse soudaine d'overdoses d'héroïne au début de 2010 et concluraient que beaucoup d'Américains consommant cette drogue avaient d'abord pris de l'OxyContin ainsi que d'autres médicaments. Selon la Société américaine d'addictologie, quatre personnes sur cinq ayant commencé à prendre de l'héroïne pendant cette période avaient d'abord surconsommé des antidouleurs prescrits sur ordonnance. Selon une étude réalisée auprès de deux cent quarante-quatre patients ayant entamé une cure de désintoxication d'OxyContin après la reformulation de 2010, un tiers de ceux-ci étaient passés à d'autres drogues. Environ 70 % de ce dernier groupe s'étaient tournés vers l'héroïne. Dodd Davis, l'ancien délégué de Purdue en Louisiane, est aujourd'hui intervenant sur les questions de toxicomanie. Après avoir gagné sa vie en vendant de l'OxyContin, il travaille désormais avec des personnes dépendantes à l'héroïne. De son point de vue, « la seule raison pour laquelle l'héroïne est devenue un phénomène est que cette affaire d'OxyContin est tombée à l'eau ». En 2019, une équipe d'économistes de l'université Notre-Dame, de l'université de Boston et du National Bureau of Economic Research publia un article touffu sur la chronologie de « l'accélération du nombre de morts causées par l'héroïne » depuis 2010. L'article s'intitulait « Comment la reformulation de l'OxyContin a provoqué l'épidémie d'héroïne ».

23

Les ambassadeurs de la douleur

La seule personne de la famille Sackler qui fit un passage en prison fut la nièce de Richard, Madeleine. Fille du frère de Richard, Jonathan, et de son épouse, Mary Corson, c'était une jeune femme menue au visage étroit et aux yeux foncés et sérieux. Le couple habitait avec ses trois enfants – Madeleine, Clare et Miles – dans une vaste demeure de Field Point Circle, l'enclave huppée de Greenwich, dans le Connecticut, où Raymond et Beverly occupaient encore le domaine en bord de mer que Raymond avait acheté en 1973. Jonathan était assez différent de son frère, de nature plus sociable et accessible. Mary et lui cultivaient une sensibilité intellectuelle et quelque peu bohème. Souvent habillé en Patagonia, Jonathan était un causeur affable qui accueillait chez lui un cercle toujours renouvelé d'artistes et de penseurs intéressants. Passionné par la réforme de l'enseignement, il s'engagea dans le mouvement des *charter schools*[1], effectuant des dons, signant des tribunes dans les journaux. « Je pense que nous pouvons faire bien mieux pour nos enfants, surtout ceux qui grandissent en ville, affirmait-il, avant d'ajouter : C'est un privilège de pouvoir défendre les causes importantes de notre temps. » Mary et lui aidèrent à fonder un réseau éducatif qui construisit des écoles dans tout le Connecticut.

Madeleine, qui était née en 1983, fit sa scolarité dans le public à Greenwich. Elle avait treize ans lors du lancement de l'OxyContin et elle entra dans l'âge adulte à une époque où beaucoup d'adolescents américains, même dans des endroits comme Greenwich, avaient commencé à faire un usage récréatif du médicament. Brillante et studieuse, elle fut admise à l'université Duke pour étudier la psychobiologie (un sujet qui n'aurait pu que séduire son grand-père). Elle se voyait suivre l'exemple de Raymond ou de son oncle Richard et s'inscrire ensuite en médecine. Mais, arrivée à l'université, elle se découvrit un goût pour la photographie. Elle décida finalement de faire des études de cinéma, signant son premier film documentaire à vingt-huit ans. *The Lottery* (« La Loterie ») traitait d'une *charter school* de Harlem – Madeleine partageait l'enthousiasme de son père pour ce type d'enseignement – et sortit en 2010, l'année où Purdue commercialisa la nouvelle formule de l'OxyContin. Le film suivait quatre familles de la classe ouvrière de Harlem et du Bronx

1. Les *charter schools* sont des écoles subventionnées par l'État mais sous gestion privée, qui bénéficient de plus d'autonomie que les écoles publiques. *(N.d.l.T.)*

en quête de meilleures perspectives d'éducation pour leurs enfants. C'était « moralement inacceptable » que les Américains de milieux défavorisés ne bénéficient pas d'un accès garanti à une éducation de qualité, fit remarquer Madeleine pendant une interview pour la chaîne C-SPAN. Le film fut présenté au festival de Tribeca et sélectionné aux oscars.

Alors qu'elle travaillait sur *The Lottery*, Madeleine commença à réfléchir au rôle de la prison dans la société américaine. « C'est un peu l'autre versant du sujet, observa-t-elle. C'est ce qui arrive quand les gens ne reçoivent pas une bonne éducation. Je savais que nous avions plus de gens en prison ici que partout ailleurs dans le monde. » Elle décida d'explorer le problème épineux de l'incarcération de masse avec un long-métrage de fiction qui évoquait un prisonnier âgé sur le point d'être libéré. En tant que documentariste, Madeleine voulait toutefois que le film paraisse ancré dans la réalité. Elle décida donc d'essayer de le tourner entre les murs d'une véritable prison en activité – « avec des acteurs incarcérés ».

Une autre jeune réalisatrice aurait peut-être considéré l'idée ambitieuse d'un point de vue artistique, mais infaisable d'un point de vue logistique. Cependant, Madeleine Sackler faisait montre dans le domaine culturel de cette particularité familiale que son grand-oncle Arthur avait appliquée à la promotion médicale, et son oncle Richard à l'industrie pharmaceutique – la conviction que tous les rêves, si démesurés semblaient-ils, étaient atteignables, et qu'il suffisait parfois de se lancer en disant : « Pourquoi pas ? » En 2015, après d'âpres négociations, Madeleine fut autorisée à pénétrer dans la prison de haute sécurité de Pendleton, dans l'Indiana. Elle était accompagnée d'une petite équipe technique et de quelques acteurs professionnels, dont Jeffrey Wright, primé pour ses rôles au théâtre et à l'écran. Wright avait visité Pendleton avec Madeleine pour préparer le terrain ; selon ses mots, l'expérience avait été « bouleversante ». Il avait établi un lien avec les détenus qu'il avait rencontrés, et le projet lui tenait à cœur. La prison avait été construite dans les années 1920, principalement par des prisonniers. C'était un lieu lugubre, « l'environnement le plus dur dans lequel j'aie travaillé », expliquerait Wright. Pendant plusieurs semaines, Madeleine tourna des scènes dans les imposants blocs de cellules.

Un des rôles principaux du film avait été confié à Theothus Carter, un vrai détenu. Carter avait passé la majeure partie de sa vie à enchaîner les séjours en prison, souvent pour des affaires de drogue, et purgeait à présent une peine de soixante-cinq ans pour cambriolage à main armée et tentative d'homicide. Guidé par un ami de Madeleine qui participait à la production du film, l'acteur Boyd Holbrook – il jouait dans la série Netflix *Narcos* –, Carter livra une interprétation émouvante. (« La prison, c'est une grande réunion d'acteurs de genre », s'amusait à dire Madeleine.) Finalement, l'acteur George Clooney, ouvertement engagé dans des causes sociales progressistes, se joignit au projet en tant que producteur. L'œuvre achevée, intitulée *O.G.* (pour *original gangster*, « le vieux caïd »), fut achetée par HBO.

Comme si tourner ce film n'avait pas été assez difficile, Madeleine réalisa en même temps un documentaire sur la vie quotidienne à Pendleton, appelé *It's a Hard Truth, Ain't It* (« La vérité n'est pas belle à voir, n'est-ce pas ? »), qui serait nommé aux Emmy Awards. En récompense de son travail sur ces deux projets, Madeleine recevrait elle-même le prix Bill Webber pour avoir utilisé son art « dans le but de faire entendre la voix des personnes incarcérées », comme elle l'expliquerait sur son site internet.

À la sortie des films, HBO organisa des projections privées pour des journalistes spécialistes des droits civiques et de l'égalité raciale, des militants associatifs et des organisations comme l'Union américaine pour les libertés civiles. Madeleine était douée pour présenter son travail avec éloquence et une immense assurance, mais sans prétention. Lorsqu'elle faisait la promotion de ses films, mettant en avant son intérêt profond pour les conséquences de certains types de dysfonctionnements sociaux systémiques sur la vie des gens ordinaires, on ne lui demandait presque jamais de précisions sur sa propre histoire – ce qui aidait.

Madeleine avait un train de vie relativement modeste, selon les critères de sa famille : elle habitait à Los Angeles, où elle avait payé comptant 3 millions de dollars pour une maison dans le quartier hipster de Los Feliz. Elle n'en restait pas moins une héritière de l'OxyContin. Son père, Jonathan, avait beau être un intellectuel sympathique, c'était aussi un responsable de longue date de Purdue, autrefois directeur délégué, un membre extrêmement actif du conseil d'administration qui avait présidé à l'immense succès de l'OxyContin et houspillait toujours les cadres de l'entreprise pour obtenir des prévisions financières et des rapports de ventes. Rien n'indiquait que Madeleine ait pris ses distances avec sa famille, ni même qu'elle éprouve la moindre gêne concernant l'impact du médicament qui les avait tous rendus si riches. Ses connaissances personnelles et professionnelles savaient qu'elle refusait d'aborder le sujet de Purdue. Les rares fois où cela arrivait, elle tendait à dédaigner l'idée qu'on puisse l'estimer liée à l'entreprise familiale, soulignant qu'elle n'y jouait aucun rôle.

Dans l'Indiana, où Madeleine avait réalisé ses films sur l'univers carcéral, les morts par surdose d'opioïdes n'avaient pas cessé d'augmenter depuis 2010. Les médecins locaux prescrivaient des antidouleurs à un rythme qui dépassait de loin la moyenne nationale. L'année où Madeleine avait tourné son film, le comté de Madison, où se situait la prison, avait recensé cent seize prescriptions d'opioïdes pour cent résidents, un chiffre effarant, même pour cet État. À Pendleton, sur une population de mille huit cents personnes, mille détenus suivaient un traitement pour des problèmes de drogue ou d'alcool chaque année. Selon les statistiques compilées par l'établissement, près de 80 % des prisonniers avaient souffert par le passé de « dépendance à diverses substances ».

Les Africains-Américains n'avaient pas subi l'épidémie des opioïdes de plein fouet : les médecins avaient moins tendance à prescrire des antidouleurs à des patients noirs – soit parce qu'ils ne les pensaient pas capables de faire un usage raisonnable des médicaments, soit parce qu'ils étaient moins susceptibles de manifester de l'empathie envers eux et de leur proposer des traitements agressifs contre la douleur. C'était bien la première fois que le racisme institutionnalisé semblait avoir protégé les Africains-Américains. En revanche, les personnes non blanches étaient largement plus touchées que les autres par les conséquences de la lutte antidrogue. Les cadres de Purdue avaient échappé à une incarcération après avoir participé à une escroquerie qui avait rapporté des milliards de dollars à la famille de Madeleine ; mais en 2016, le gouverneur de l'Indiana, Mike Pence, signa un décret réinstaurant une peine plancher de dix ans de prison pour tout dealer d'héroïne récidiviste. Au niveau national, 82 % des personnes inculpées de trafic d'héroïne étaient noires ou latinos.

On ne peut pas parler honnêtement de l'incarcération de masse sans parler de la lutte antidrogue ; et on ne peut pas parler honnêtement de la lutte antidrogue sans aborder la crise des opioïdes. C'était pourtant le tour de passe-passe rhétorique que Madeleine Sackler parvenait on ne savait comment à accomplir. La performance était habile. La cinéaste trouvait le moyen de s'exprimer doctement sur le terrible sort de la population carcérale américaine sans qu'on l'interroge sur le rapport de sa propre famille avec l'un des moteurs primaires de la crise. Ses films étaient-ils financés, dans une plus ou moins grande mesure, par l'argent de l'OxyContin ? Le sujet n'était presque jamais évoqué, mais quand cela arrivait, Madeleine déclarait sans plus de précisions qu'elle n'avait pas payé les coûts de production de sa poche. Pendant les années où elle avait travaillé à la conception d'*O.G.* avant d'obtenir des financements pour le film, Jeffrey Wright avait eu la nette impression qu'elle subventionnait le projet elle-même.

Jonathan Sackler s'était toujours intéressé de près à la couverture médiatique du problème de l'OxyContin, épluchant les coupures de presse et s'agaçant de toute description qui lui semblait injuste. Chez Purdue, il s'était inquiété que les campagnes de santé publique pour prévenir la dépendance aux opioïdes puissent à terme nuire aux ventes de l'OxyContin. Toute la famille était attentive à la mauvaise presse. Même à son âge avancé, Raymond demandait encore si l'on pouvait trouver un moyen de convaincre le *Times* de « ne pas se concentrer autant sur l'OxyContin ». Cependant, s'il fallait que les journalistes évoquent l'épidémie des opioïdes, et potentiellement l'OxyContin et Purdue, Jonathan tenait tout particulièrement à s'assurer qu'ils évitent au moins de faire le lien avec la famille Sackler. L'entreprise avait recruté de nombreux communicants pour participer à l'opération délicate consistant à placer le patronyme familial dans tous les reportages favorables sur la philanthropie et les avant-premières de film, et à l'escamoter dans tout compte rendu défavorable lié aux opioïdes qu'ils vendaient. Cette tactique avait eu un succès remarquable. Pour l'essentiel, les critiques négatives de Purdue dans les médias ne citaient pas la famille. L'origine de la fortune des Sackler continuait à paraître obscure et lointaine, comme si elle remontait très loin.

Les rares fois où l'on interrogeait directement Madeleine sur le décalage apparent entre le message de justice sociale de ses films et la provenance particulière de sa fortune personnelle, elle faisait peu de cas du sujet. Dans un portrait flatteur de la réalisatrice publié par le *New Yorker*, Jeffrey Wright soulignait que beaucoup de détenus de Pendleton n'avaient pas pu exercer un grand contrôle sur leur trajectoire. « Toute cette négligence, ces maltraitances, cette addiction… Beaucoup de ces hommes n'avaient aucune chance », déclarait-il. Malgré cela, quand l'auteur de l'article, Nick Paumgarten, suggérait à Madeleine que son film représentait peut-être une forme d'expiation – une façon discrète de reconnaître les torts de sa famille, et une tentative, à travers l'art, de se racheter –, Madeleine réfutait le postulat même de la question. Il n'y avait rien à expier, rétorquait-elle. Elle ne se sentait pas moralement responsable ni même personnellement proche de la crise des opioïdes. Son histoire familiale n'était qu'une distraction. N'avait-elle pas droit, en tant que cinéaste, à ce qu'on juge son travail sur ses simples mérites ? « Cela la chagrine de penser que la perception de son projet […] pourrait être affectée de quelque manière que ce soit par son ascendance », écrivait Paumgarten.

Jeffrey Wright avait appris qui était la famille de Madeleine alors qu'il préparait le film. À un moment donné, il l'avait interrogée sur ses origines ; mais elle avait changé de sujet, préférant clairement ne pas en parler. Quand Wright avait vu son documentaire, il avait été frappé par une scène où Cliff, un prisonnier à la barbe taillée en bouc, évoquait son enfance difficile et sa mère qui « avait un problème avec les médicaments ». Wright trouvait perturbant que Madeleine inclue une telle scène sans divulguer son propre lien avec le sujet. « Cela pollue tout, si vous n'admettez pas qui vous êtes, si vous cachez votre propre rôle dans l'affaire », estimait-il. Il était convaincu que les histoires des hommes du film étaient importantes et que les raconter était une entreprise louable, voire urgente. « Mais quand vous retirez cet élément de transparence de l'équation, et quand, en faisant cela, vous dissimulez l'importance de *votre* histoire par rapport à *leur* histoire, il y a quelque chose de pourri qui ne peut pas être expurgé », affirmait-il. Par conséquent, le film présentait « des défauts fondamentaux, parce qu'il y a quelque chose d'incroyablement malhonnête là-dedans, de trompeur ».

Le soir de l'avant-première d'*O.G.*, Madeleine apparut sur le tapis rouge dans un élégant tailleur-pantalon prune et assista aux festivités en son honneur. Elle posa pour des photos avec Van Jones, l'ancien responsable de l'administration Obama et commentateur de CNN, et Shaun King, la militante de Black Lives Matter. Avant l'événement, Wright avait envoyé un mail à Madeleine dans lequel il louait « l'honnêteté et la franchise » des participants à son documentaire. Malgré tout, il y avait un « non-dit » qui pesait sur le projet. « Tu as offert un cadeau immense à ces hommes. Quelque chose qu'on leur a rarement donné, si c'est déjà arrivé. [Mais ils ne savent] rien de ton histoire. Tu ne m'en as jamais parlé. J'en avais conscience, et j'ai essayé une fois d'aborder le sujet avec toi. Tu n'as pas voulu le faire. Je suis retourné à mon travail. » À présent, Wright voulait discuter du problème. « Ne penses-tu pas que tu devrais envisager que cela devienne une part intégrante du dialogue autour de ces films ? » demanda-t-il.

Madeleine ne lui répondit jamais.

Par certains aspects, Madeleine était typique de la troisième génération des Sackler. Beaucoup de jeunes membres du clan avaient fait des stages d'été chez Purdue, mais le seul à avoir choisi de s'impliquer dans l'entreprise était le cousin de Madeleine, David, le fils de Richard Sackler. David avait été stagiaire chez Purdue au lycée. Il avait étudié le commerce à Princeton avant de devenir investisseur. Il partageait certains des comportements antipathiques de son père : il pouvait se montrer bourru et autoritaire et, pendant les réunions, il gardait les yeux rivés sur son téléphone, l'air très absorbé, puis redressait brusquement la tête pour poser une question pointue. Il avait monté sa propre société d'investissement, domiciliée au n° 15 de la 62e Rue dans la vieille maison de ville en calcaire où son père et Richard Kapit étaient venus embarquer des meubles pour leur appartement d'étudiants dans les années 1960. Le bâtiment appartenait toujours à la famille.

David avait intégré le conseil d'administration de Purdue en 2012. « Je crois que le projet de mon père était que je le remplace un jour », affirmerait-il, laissant entendre que Richard envisageait une succession en ligne directe, léguant à son fils la société que son père lui avait léguée. David soutenait fidèlement Richard et semblait partager son attitude agressivement partiale envers l'entreprise. Il se moquait des « cyniques » qui critiquaient Purdue. À l'en croire, les poursuites pénales de 2007 n'avaient été qu'un problème mineur causé par « quelques représentants de commerce » qui avaient fait des affirmations incorrectes avant que la société puisse s'en débarrasser.

En intégrant le conseil d'administration, David avait rejoint une sous-division de la famille qui s'était installée d'elle-même aux commandes de Purdue. « Raymond et Mortimer avaient travaillé tellement dur pour bâtir cette entreprise. Ils avaient connu des échecs et des revers », observerait un employé de longue date de Purdue. Mais les générations suivantes « avaient grandi en pensant qu'ils étaient plus malins que tout le monde – c'était ce qu'on leur avait répété toute leur vie ». Ils conduisaient des voitures fournies par l'entreprise, utilisaient des portables payés par l'entreprise. (Selon un document juridique ultérieur, Purdue dépenserait à terme 477 000 dollars pour les factures téléphoniques personnelles d'une poignée de Sackler.) Quand Kathe avait des problèmes d'ordinateur dans sa demeure de Westport, elle appelait le siège de Purdue pour qu'on lui envoie un technicien maison. « Richard me disait : "Je vais en Europe dans deux semaines et j'ai déjà réservé mon vol, mais je viens de voir que le prix de l'essence avait baissé et que Delta faisait une promotion, pourrais-tu regarder ce qui coûterait le moins cher ?" raconterait Nancy Camp, l'ancienne assistante administrative. Tout ça pour économiser 200 dollars… Et une fois que j'avais fait mes recherches, il gardait le vol qu'il avait au départ. »

« Ils nous infligeaient leur présence, il n'y a pas d'autre mot pour le dire, se rappellerait un ancien cadre. Kathe adorait vous convoquer dans son bureau en fin de journée et vous faire la leçon pendant des heures. Personne du côté business ne l'impliquait jamais dans les discussions, parce qu'elle ne servait à rien. Tout le monde l'appelait "Dr Kathe", mais je ne crois pas que son diplôme de médecine ait impressionné qui que ce soit. »

Aux yeux de certains employés, la suffisance affichée par les Sackler pouvait paraître comique. « Ils aimaient se prendre pour des hommes d'affaires très sérieux, observerait un ancien salarié qui les avait fréquentés. Ils ne voyaient pas la différence entre être doué pour quelque chose et avoir une chance de cocu. Ce qu'il y avait de particulier chez cette famille, c'est que la deuxième génération avait découvert une mine d'or sur le pas de sa porte, en gros. C'est comme si vous déménagiez à Odessa, dans le Texas, et que vous disiez : "Tiens, qu'est-ce que c'est que ce truc noir qui suinte du sol ?" En dehors de l'OxyContin, l'entreprise n'a jamais si bien marché que ça. Sans l'OxyContin, ce serait une société pharmaceutique pépère à 50 millions de dollars dont vous n'auriez jamais entendu parler. » Pourtant, le succès d'un unique médicament avait incité la famille à s'auto-attribuer une aura de génies du commerce, continuerait l'employé. Les Sackler se voyaient désormais comme « des milliardaires avisés qui avaient réponse à tout ». Plus d'une personne qui avait travaillé chez Purdue à cette époque comparerait l'expérience à *Succession*, une série télé HBO à l'humour grinçant dans laquelle trois grands enfants gâtés se disputent en vain le conglomérat fondé par leur forcené de père.

Mortimer avait l'habitude de consulter un psychiatre et psychanalyste du nom de Kerry Sulkowicz, un « conseiller en leadership » très demandé, sorte de gourou pour cadres supérieurs. Même s'il était indubitablement fortuné, le jeune Sackler jouait parfois avec le feu. Quand son père était en vie, il pouvait le solliciter pour un « prêt relais » chaque fois qu'il se retrouvait en mauvaise posture ; mais à présent, il devait demander qu'on extraie de l'argent en urgence d'un des trusts de la famille. Une fois, Mortimer envoya ses notes au Dr Sulkowicz, en préparation d'une conversation gênante avec les administrateurs d'un trust. « Commencer par dire que ça ne me fait pas plaisir, avait-il écrit. Je suis sérieusement à la peine sur le plan financier. » Il était prêt à vendre « des œuvres d'art, des bijoux, des actions », mais il avait tout de même besoin d'aide pour un « problème de liquidités à plus court terme ». Ce qu'il lui fallait, c'étaient « 10 millions de dollars dans l'immédiat, et possiblement 10 millions supplémentaires ». C'était « le MAX », promettait-il.

Une partie du problème était qu'il se surmenait à travailler pour l'entreprise familiale et à « tenir tête à Richard et Jon », ce qui était stressant, et peut-être pas la meilleure façon d'employer son énergie, se plaignait-il. « Cela fait des années que je trime pour Purdue en échange de profits que j'estime considérablement faibles comparés à LA VALEUR DE MON TEMPS. Je PERDS de l'argent en travaillant dans l'industrie pharmaceutique. » Il proposait qu'on inscrive le versement « dans les comptes du trust sous l'intitulé d'un prêt ou d'un apport de liquidités destiné à des membres de la famille, mais sans plus de précisions ». Il n'avait pas envie que tout le clan se rende compte de ses difficultés. « Je ne veux pas que mes frères et sœurs me donnent leur avis là-dessus, et je n'ai pas besoin de stresser davantage. J'ai besoin qu'on résolve le problème, écrivait-il. Il faut que ce soit fait. Reste à savoir par quel CIRQUE il faudra passer pour ça. » Il remarquait que « par le passé », son père s'était montré « tout à fait disposé à [l'aider] ».

David Sackler méprisait son cousin Mortimer. Sa branche de la famille faisait davantage attention à ses finances et en tirait une grande fierté. Jonathan se vantait du peu d'argent qu'il dépensait ; David s'amusait à dire que son oncle « n'avait pas investi un seul dollar dans sa garde-robe depuis dix ans ». Quand David voulut acheter un plus grand appartement après son mariage, Richard lui signifia sa désapprobation. David déballa alors ses sentiments dans un mail adressé à ses parents. « Je sais que papa n'est pas fan des mails, alors il ne lira peut-être pas celui-ci », écrivit-il ; mais il voulait « exprimer le fond de sa pensée ». Il travaillait extrêmement dur pour « gérer la fortune familiale », et ce n'était pas de tout repos. « En plus de m'astreindre à l'excellence, je me donne du mal pour un patron (papa) qui ne comprend pas ce que je fais. » Plutôt que de le soutenir dans ses efforts, Richard qualifiait son travail de « "terrible, médiocre, merdique, nul, ni fait ni à faire, mou du genou", ou tout autre adjectif moqueur » qu'il se plaisait à lui « jeter à la figure ». David admettait qu'une partie de ses fonctions consistait à « gérer papa ». Il lui servait de « bras droit en toutes circonstances » et se tuait à la tâche pour « accroître la richesse de la famille ». Cela semblait peut-être facile à faire. En réalité, c'était « littéralement le travail le plus dur au monde ».

Certaines pathologies familiales s'étaient transmises, observait David. Son grand-père, Raymond, avait « amorcé un type de comportement très blessant. En faisant constamment miroiter des promesses d'argent aux gens, tout en les forçant à travailler pour les entreprises familiales, il était parvenu à exercer un immense niveau de contrôle ». Richard avait lui-même affirmé d'innombrables fois avoir cette dynamique en horreur ; or voilà qu'il se mettait à son tour à exiger de David un dévouement total à l'entreprise familiale, tout en essayant de contrôler ses dépenses. Et ce n'était pas comme si David voulait « vivre comme Mortimer junior ou ses frères et sœurs, protestait-il. Mon but dans la vie n'est pas d'avoir un avion, un yacht ou quoi que ce soit de démentiel. » Il voulait seulement un plus grand logement ! D'ailleurs, Richard se déplaçait en jet privé et personne ne le lui reprochait.

« Je suis comme papa, écrivait-il. J'ai tenu bon pour la famille et j'ai assumé le stress que ça implique. J'ai accepté qu'on me manipule pour accomplir mes objectifs et aider la famille. » La plupart des Sackler n'avaient pas pris cette peine, selon lui. En fait, la plupart des Sackler ressemblaient davantage à Madeleine : ils poursuivaient leurs propres passions en dehors de l'industrie pharmaceutique, et leur vie ne présentait aucun lien apparent avec les opioïdes – en dehors du fait d'en dépendre financièrement. Le frère de Madeleine, Miles, était programmeur en Californie ; sa sœur, Clare, était aussi réalisatrice. La fille de Richard, Rebecca, était vétérinaire. Son autre fille, Marianna, avait été employée pendant plusieurs années chez Purdue et Mundipharma avant d'arrêter de travailler. (« Elle n'a pas de carrière, et n'en aura probablement jamais », remarquait David.) Elle occupait désormais une maison de 12 millions de dollars dans le quartier huppé de Pacific Heights, à San Francisco. L'un des petits-fils de Mortimer,

Jeffrey – dont la mère Ilene siégeait toujours au conseil d'administration de Purdue –, avait ouvert une chaîne populaire de restaurants à New York, « The Smith ».

Les héritiers de Mortimer se concentraient principalement à Londres. Il y avait Samantha, la fille de Geri Wimmer, qui avait épousé un entrepreneur en café et acheté pour 26 millions de livres une maison dotée d'un grand jardin privé à Chelsea, ancienne propriété de Hugh Grant et de la productrice de cinéma Jemima Khan. Fascinée par l'architecture Art déco, Samantha avait entrepris de restaurer la demeure dans le plus pur style 1930. Il y avait le fils issu du troisième mariage de Mortimer, Michael Sackler, qui, comme Madeleine et Clare, s'était lancé dans le cinéma en montant une société de financement, nommée Rooks Nest Ventures en hommage à la demeure familiale du Berkshire. Ses bureaux se situaient juste à côté de Soho Square. La sœur de Michael, Marissa, avait fondé Beespace, qu'elle décrivait comme « un incubateur à but non lucratif », qui subventionnait le fonds Malala et diverses causes. Comme elle l'expliqua au magazine *W*, Marissa n'aimait pas le terme « philanthrope » : elle se considérait plutôt comme « une entrepreneuse sociale ». Elle réalisait « des investissements sociaux », donnait des conférences et s'exprimait dans un patois impénétrable, truffé de jargon à la mode chez les dirigeants d'entreprise.

Quand Richard Sackler avait décroché son diplôme de médecine, Félix Martí-Ibáñez s'était efforcé de lui faire prendre conscience de l'immense estime que son patronyme lui conférerait dans la vie. C'était encore plus vrai à présent, et peut-être nulle part autant qu'à

Londres. Tout le Royaume-Uni était marqué du sceau de la famille. Il y avait le bâtiment Sackler au Royal College of Art, le centre éducatif Sackler au Victoria and Albert Museum, la salle Sackler à la National Gallery, le hall Sackler au musée de Londres, le pavillon Sackler au National Theatre, le studio Sackler au théâtre du Globe. En 2013, la Serpentine Gallery fut rebaptisée la Serpentine Sackler lors d'une soirée d'inauguration co-organisée par *Vanity Fair* et le maire de New York, Mike Bloomberg (un ami de la famille). L'un des vitraux de l'abbaye de Westminster était dédié à Mortimer et Theresa. Dans de belles teintes rouges et bleues, il représentait les blasons de Harvard, de Columbia, de NYU et d'autres bénéficiaires des largesses familiales. « Famille M & T Sackler. La paix à travers l'éducation », lisait-on au centre. Le réflexe qui poussait les Sackler à apposer leur nom sur n'importe quel don, de quelque importance qu'il soit, atteignait peut-être un paroxysme d'absurdité à la Tate, le temple de l'art moderne installé dans une ancienne centrale électrique caverneuse sur la rive sud de la Tamise, où une plaque en argent informait les visiteurs qu'ils empruntaient l'escalator Sackler.

Mortimer et Theresa avaient donné plus de 100 millions de dollars aux arts et aux sciences au Royaume-Uni. Après le décès de son mari, Theresa avait été décorée de la médaille du prince de Galles en reconnaissance de ses œuvres philanthropiques dans le domaine de l'art. À l'annonce de cet honneur, Ian Dejardin, le directeur Sackler de la Dulwich Picture Gallery, avait remarqué : « Cela va être difficile de ne pas la décrire comme une sainte. »

La majorité de ces dons étaient administrés par la Fondation Sackler, basée à Londres. Les héritiers de Raymond et Mortimer bénéficiaient de plusieurs autres trusts de ce genre, où l'on plaçait les revenus de l'OxyContin – ces versements réguliers de centaines de millions de dollars. Depuis son lancement, près de vingt ans plus tôt, le médicament avait rapporté environ 35 milliards de dollars. Une part considérable de ces profits avait atterri non pas à Londres ou à New York, mais dans le paradis fiscal des Bermudes où, depuis des années, un immeuble de bureaux moderne à l'allure ordinaire, situé sur une étroite rue bordée de palmiers, servait de chambre de compensation pour la fortune des Sackler. Le bâtiment portait le nom de Mundipharma House.

En acheminant de l'argent vers les Bermudes, les Sackler avaient évité de payer des centaines de millions de dollars d'impôts, à en croire un ancien conseiller financier de la famille. Ce n'était pas illégal, et on ne pouvait pas accuser le clan d'avoir manqué de générosité envers les pays où ses membres résidaient. Simplement, les Sackler préféraient distribuer leurs immenses dons à leur guise – dans le domaine des arts et des sciences, en s'assurant que leur nom soit cité – plutôt que de laisser l'État s'en charger.

Mundipharma House portait le nom de la multinationale contrôlée par les Sackler, Mundipharma, qui écoulait les différents produits du groupe à l'étranger. Tandis que les ventes d'OxyContin se stabilisaient peu à peu aux États-Unis, les Sackler avaient commencé à s'intéresser à de nouveaux marchés, dans d'autres régions du globe. Pendant les réunions du conseil d'administration, les cadres de Purdue signalaient régulièrement à la famille qu'une poursuite de la croissance aux États-Unis n'était probablement plus un objectif réaliste, notamment parce que les médecins et les patients semblaient davantage attentifs aux risques des opioïdes puissants. En revanche, l'avenir de Mundipharma semblait prometteur. En Amérique latine et en Asie, des centaines de millions de personnes rejoignaient progressivement la classe moyenne. Elles disposaient soudain d'un meilleur accès aux soins et de plus d'argent à dépenser pour leur santé et leur bien-être. Alors, au moment même où Purdue affrontait une kyrielle de procès aux États-Unis, Mundipharma entreprit de développer le marché des antidouleurs à l'étranger. Dans cette optique, la société employa des tactiques familières. Lorsqu'elle convoitait un nouveau marché, elle commençait par produire des statistiques qui suggéraient que la région souffrait d'un problème de douleur non traitée. Quand elle s'implanta au Mexique en 2014, des représentants de Mundipharma annoncèrent que 28 millions de personnes dans le pays vivaient avec des douleurs chroniques. Ce n'était rien comparé au Brésil, où le chiffre atteignait 80 millions. En Colombie, la société avança que 22 millions de personnes – 47 % de la population – étaient affectées par cette « épidémie invisible ».

Vingt ans plus tôt, Purdue avait transformé des médecins en conférenciers professionnels qui intervenaient dans des congrès, répandaient la bonne parole sur la prise en charge de la douleur et arguaient que les opioïdes constituaient le meilleur et plus sûr moyen de traiter les douleurs chroniques d'origine non maligne. L'entreprise répéta cette stratégie à l'étranger, ayant recours dans certains cas à ces mêmes médecins qui s'étaient montrés si obligeants la première fois. Elle appelait ces émissaires rémunérés les « ambassadeurs de la douleur » et les envoyait tous frais payés dans des marchés émergents pour promouvoir les opioïdes et mettre en garde contre les dangers de l'opiophobie. « On arrive, on fait notre présentation, et on remonte dans l'avion », expliqua au *Los Angeles Times* le Dr Barry Cole, un spécialiste de la douleur de Reno, dans le Nevada. Cole avait aidé l'entreprise à promouvoir l'OxyContin aux États-Unis dans les années 1990 et exerçait désormais une activité parallèle d'ambassadeur de la douleur, parcourant le monde pour informer d'autres médecins des avantages des opioïdes puissants dans des endroits comme la Colombie, le Brésil, la Corée du Sud et les Philippines.

Certains des professionnels de santé que l'entreprise dépêchait à l'étranger n'étaient peut-être pas exactement les représentants les plus réputés de leur domaine. Il y avait par exemple Joseph Pergolizzi junior, un médecin de Floride qui faisait de la réclame sur le câble pour une pommade antidouleur de sa propre invention et voyageait au Brésil pour le compte de Mundipharma afin de dispenser des conseils aux praticiens sur « les outils nécessaires pour traiter la douleur ». Dans ses argumentaires de vente, la société s'appuyait souvent sur la documentation discréditée que Purdue avait employée des décennies plus tôt. Elle citait la lettre publiée dans le *New England Journal of Medicine* selon laquelle moins de 1 % des patients développaient une addiction aux opioïdes et affirmait aux médecins qu'il était « pratiquement impossible pour les personnes affligées de douleurs chroniques ou sévères de devenir dépendantes ».

En 2014, Richard Sackler déclara avec enthousiasme que la croissance de l'entreprise dans les marchés émergents était « exceptionnelle et dépassait toutes les prévisions ». Jonathan Sackler manifesta le même optimisme, affirmant dans un mail cette année-là que si la famille abordait ces marchés « avec intelligence et application », elle pourrait continuer à tirer des revenus des opioïdes « pendant les décennies à venir ». Les Sackler confièrent à un dénommé Raman Singh le poste de P-DG de la branche asiatique de l'entreprise, basée à Singapour. Avec ses longs cheveux noirs, ses costumes chatoyants et son sourire espiègle, Singh était l'incarnation même du commerçant rentre-dedans. « C'est d'ici que vient la croissance », annonça-t-il. Entre 2011 et 2016, le chiffre d'affaires de Mundipharma Emerging Markets, la société qu'il supervisait, augmenta de 800 %, jusqu'à atteindre 600 millions de dollars. En Inde, Mundipharma imposa ses opioïdes coûteux comme une autre option que la morphine bon marché fabriquée dans le pays. Cependant, le véritable gros lot était la Chine, comme le soulignait Singh. « La Chine est essentielle à notre succès, expliquait-il, précisant que l'entreprise y vendait cinq opioïdes différents, dont l'OxyContin. Nous avons extrêmement bien réussi à investir le marché de la douleur. » Il espérait qu'avant 2025 le pays aurait dépassé les États-Unis en tant que marché principal pour les produits Sackler.

Compte tenu de l'histoire délicate de la Chine avec les opioïdes – au XIXe siècle, le pays avait déclenché les guerres de l'opium en refusant de laisser la Grande-Bretagne continuer d'y déverser cette drogue, qui avait créé une épidémie de dépendance –, on aurait pu supposer que Mundipharma se heurterait à de formidables obstacles en essayant de changer les habitudes de prescription locales. Mais dans sa quête insatiable de nouveaux consommateurs, l'entreprise avait prévu d'user de tactiques marketing extrêmes, même selon les critères de Purdue. Mundipharma Chine avait été créée en 1993, l'année où le musée d'Art et d'Archéologie Arthur M. Sackler avait ouvert à Beijing. Le *China Medical Tribune*, qu'Arthur avait fondé, comptait désormais plus d'un million de lecteurs parmi les professionnels de santé chinois. Afin de convaincre les médecins et les patients locaux que les opioïdes n'étaient pas dangereusement addictifs, Mundipharma assembla une gigantesque force de vente. L'entreprise exerçait une très forte pression sur les délégués pour qu'ils obtiennent de bons résultats et les motivait avec le genre de système de primes agressif que les Sackler avaient toujours favorisé : faites mieux que l'objectif de vente trimestriel de l'entreprise et vous pourriez doubler votre salaire. Faites moins bien et vous pourriez perdre votre emploi. Mundipharma fournissait à ses délégués des documents promotionnels contenant des assertions sur la fiabilité et l'efficacité de l'OxyContin qui avaient été démenties depuis longtemps. La société proclamait aussi que l'Organisation mondiale de la santé recommandait l'OxyContin pour la prise en charge des douleurs liées au cancer (c'était faux). D'après une enquête de l'Associated Press, les commerciaux de Mundipharma chargés du démarchage dans les hôpitaux allaient jusqu'à s'affubler de blouses blanches afin qu'on les prenne pour des médecins. Ils interrogeaient directement des patients sur leurs problèmes de santé et effectuaient des copies de leurs dossiers médicaux, pourtant confidentiels.

Mundipharma réalisa une série de vidéos promotionnelles clinquantes à propos de ses produits et de ses ambitions internationales. Celles-ci mettaient en scène des patients aux origines ethniques variées, souriant de toutes leurs dents. « Nous ne faisons que commencer », déclarait l'un des clips.

En 2013, des employés de Purdue informèrent les Sackler du conseil d'administration que les décès par surdose avaient plus que triplé depuis 1990, et qu'il ne s'agissait que de « la partie émergée de l'iceberg » ; car pour chaque individu mort d'overdose, il y en avait des centaines d'autres qui souffraient d'une dépendance aux opioïdes ou qui en faisaient une consommation excessive. Quand Sam Quinones publia son livre sur la catastrophe, *Dreamland*, en 2015, il pointa du doigt la complicité de la famille, comme Barry Meier l'avait fait dix ans plus tôt dans son propre ouvrage, *Pain Killer*. Cependant, ces critiques ne semblèrent pas avoir d'effet. Les Sackler continuèrent d'évoluer dans le monde sans que leur lien avec la crise des opioïdes représente un grand écueil. À l'université Tufts, qu'ils subventionnaient généreusement depuis des décennies – la faculté des sciences biomédicales y avait été baptisée en leur honneur –, un comité rejeta la proposition d'inclure

Dreamland dans le cursus des étudiants en première année de médecine : par « égard » pour ses donateurs, l'institution estimait préférable de ne pas promouvoir un livre qui pourrait jeter l'opprobre sur leur nom. Lorsque le magazine *Forbes* intégra les Sackler dans son classement des familles les plus riches des États-Unis et identifia la source de leur fortune en les décrivant comme « le clan de l'OxyContin », aucune université ni aucun musée ne se montrèrent gênés d'avoir accepté leur argent. « Je suis content qu'ils aient choisi une belle photo », remarqua Richard à propos du cliché illustrant l'article, qui montrait son père et sa mère tout sourire à une remise de décorations en Europe. L'article estimait la fortune de la famille à 14 milliards de dollars, mais Richard n'aurait pas su dire si ce chiffre était exact. Personne n'avait jamais « pris le temps [...] de compter », expliqua-t-il.

Ce genre d'attention médiatique – se retrouver sur la liste des nababs de *Forbes* – pouvait avoir un côté embarrassant, mais les Sackler semblaient s'en accommoder. Par ailleurs, le personnel de Purdue faisait tout son possible pour s'assurer que le patronyme familial ne soit pas entaché par les articles plus assassins qui surgissaient parfois au sujet de l'OxyContin. « Je suis assez satisfait du résultat final, concluait ainsi dans un mail Raul Damas, un chargé des relations publiques, après la publication d'un compte rendu de procès concernant l'OxyContin. Il n'y a presque rien sur les Sackler, et le peu qu'il y a est négligeable, et bien enterré. » C'était le statu quo auquel l'entreprise s'était habituée. Dame Theresa Sackler pouvait continuer à faire des apparitions lors de cérémonies d'inauguration arrosées au champagne, prononcer quelques mots et afficher un sourire magnanime. Madeleine Sackler pouvait continuer à intervenir dans des festivals de cinéma et livrer des observations incisives sur la réinsertion des anciens détenus et les difficultés des populations urbaines défavorisées. La famille pouvait supporter que les médias critiquent l'entreprise, et même qu'ils citent son nom tant que celui-ci restait en arrière-plan. Cependant, tout cela s'apprêtait à changer.

24

It's a Hard Truth, Ain't It ?

Un jour d'août 2015, un avion atterrit à Louisville, dans le Kentucky. Richard Sackler en descendit, entouré de ses avocats. L'État venait d'inculper Purdue de pratiques commerciales trompeuses dans une affaire qui avait débuté huit ans plus tôt. Greg Stumbo, le procureur général à l'origine des poursuites, avait perdu un membre de sa famille à cause d'une overdose d'OxyContin. La région entière avait été décimée par le médicament.

Purdue s'était défendue avec son âpreté habituelle, insistant pour qu'on transfère le dossier dans une autre juridiction au motif que l'entreprise ne bénéficierait pas d'un procès équitable dans le comté de Pike – la partie rurale du bassin houiller où l'État prévoyait d'organiser les audiences. Afin d'étayer ce recours, Purdue avait fait réaliser une étude démographique du comté et l'avait soumise à la cour pour illustrer la possibilité d'un parti pris chez les jurés. Ce rapport était révélateur, mais peut-être pas comme Purdue l'avait espéré.

Selon le document, 29 % des habitants du comté affirmaient qu'eux-mêmes ou un membre de leur famille connaissaient quelqu'un qui avait perdu la vie à cause de l'OxyContin. Sept personnes interrogées sur dix estimaient que le médicament avait eu un impact « dévastateur » sur leur communauté.

Un juge débouta Purdue de sa requête : l'entreprise allait bel et bien devoir se défendre dans un tribunal du comté de Pike. Les procureurs voulaient que Richard Sackler fasse une déposition. Cela n'était jamais arrivé, pas une seule fois au cours des centaines de procès en rapport avec l'abus d'OxyContin, même si la famille de Richard possédait Purdue et qu'il en avait lui-même été directeur et président du conseil d'administration. Les avocats de l'entreprise s'opposaient catégoriquement à l'idée qu'on oblige Richard à se rendre dans un endroit comme le Kentucky pour répondre sous serment à des questions sur l'OxyContin. Ils finirent cependant par se retrouver à court d'arguments, et le juge donna l'ordre de procéder à la déposition.

Richard vivait désormais à Austin. Il avait presque l'air à sa place dans cette ville peuplée d'un nombre démesuré de grosses têtes fortunées et excentriques. Il s'était lié d'amitié avec Philip Bobbitt, un professeur de droit distingué qui avait à peu près son âge et qui avait grandi comme lui dans un milieu extrêmement favorisé. Le CV long comme le bras de Bobbitt n'avait pu que séduire Richard : il avait été conseillé en politique étrangère auprès de nombreux présidents et enseignait à présent non seulement à la faculté de droit de l'université du Texas, mais aussi à Columbia et à Oxford, volant d'un institut d'études supérieures à l'autre pour dispenser des cours magistraux. Il avait également signé dix volumes ampoulés sur la stratégie militaire et le droit constitutionnel. Il affectionnait les costumes en crêpe de coton et les gros cigares – il aimait souffler des ronds de fumée. Il rapportait des anecdotes nostalgiques sur son « oncle célèbre », Lyndon Johnson, et discourait doctement sur des sujets importants. En bref, c'était le genre d'homme qui plaisait à Richard.

« Richard est un drôle de type. Sa vie est en train de s'écrouler et il vous recommande un livre à lire », dirait un ancien employé de Purdue, décrivant un homme qui semblait de plus en plus retranché dans une réalité parallèle, fruit de ses propres obsessions. En théorie, son exil physique au Texas, à près de trois mille kilomètres du siège, devait protéger la direction de Purdue de certaines de ses interventions maniaques. La société avait embauché un nouveau P-DG, Mark Timney, au début de l'année 2014. Timney venait de Merck, et c'était la première fois que quelqu'un de l'extérieur – ni un membre de la famille, ni un fidèle de longue date – était recruté pour diriger l'entreprise. À son arrivée, Timney annonça que l'un de ses objectifs serait de changer la culture de Purdue. Il avait conscience que certaines choses avaient déraillé par le passé et estimait qu'une partie des dysfonctionnements de la société découlaient de ses origines de petite affaire familiale. D'après un de ses proches collaborateurs, il voulait « en faire une entreprise reconnaissable » – une entreprise qui ressemblerait davantage à Merck. À cette fin, il souhaitait que la famille Sackler évite d'intervenir directement dans les opérations. La mission n'avait cependant rien de simple, car Purdue avait toujours fonctionné d'une façon bien particulière. Il s'avérerait très rapidement que séparer la famille de l'entreprise familiale était une tâche impossible.

Au Texas, Richard ne décollait jamais de ses mails et continuait à exercer même de loin une immense influence sur Purdue. « Notre problème principal est que nous n'avons pas réussi à diversifier notre gamme de produits aux États-Unis et à alléger la pression sur l'OxyContin, écrivit-il en 2014 dans un mail adressé à d'autres membres de la famille. Malgré cela, pendant les années où la société générait un énorme volume de liquidités, les actionnaires se sont écartés des pratiques de nos pairs dans l'industrie et ont extrait tout cet argent de l'entreprise. Aujourd'hui, malheureusement, la baisse des ventes américaines de l'OxyContin a réduit nos revenus et le flux de trésorerie disponible. » Richard restait toutefois optimiste et déterminé. « Nos sociétés subviennent aux besoins de la famille depuis plus de soixante ans. » La « famille de Raymond a de bons espoirs pour l'évolution de notre activité générale ». Richard était certain que « la persévérance [serait] récompensée ».

Pour Richard, l'enjeu au sein de Purdue était le suivant : il fallait persuader la famille de Mortimer de maintenir le cap et de réinvestir dans l'entreprise. Les héritiers de ce côté du clan étaient si nombreux qu'ils avaient manifesté une tendance prononcée à ne s'intéresser qu'aux distributions périodiques de liquidités. En privé, le fils de Richard, David, qui occupait une place de plus en plus importante au conseil d'administration, se plaignait auprès de son père et de son oncle Jonathan de ce que le camp A tentait de « piller » les caisses de la société. Il se moquait de leurs façons de faire étrangement « bureaucratiques », comparant leur processus décisionnel à celui d'une « bande de ronds-de-cuir ».

Raymond Sackler avait quatre-vingt-quinze ans. Au crépuscule de sa vie, il avait longtemps continué à faire le trajet en Jaguar de sa demeure de Field Point Circle, à Greenwich, jusqu'à son bureau à Stamford. Imaginer ce potentat du troisième âge au volant, en train de slalomer au milieu du trafic de l'autoroute, troublait tellement le service de sécurité de Purdue Pharma qu'il leur arrivait d'envoyer deux voitures pour l'escorter – une devant, une derrière – afin de s'assurer qu'il ne rentre dans personne. Certains employés de l'entreprise supposaient que Raymond était quasi sénile, à le voir planté derrière son bureau, en costard-cravate, un sourire de statue de cire sur le visage. Il ne semblait pas faire grand-chose à part proposer des biscuits à ses rares visiteurs. Il se chuchotait aussi, parmi ceux qui connaissaient la famille Sackler depuis des décennies et qui tenaient l'ancienne génération en haute estime, que la focalisation irresponsable de Purdue sur les opioïdes était une marotte de Richard et des plus jeunes membres de la famille, alors que Raymond n'aurait jamais toléré une chose pareille – *si seulement il avait été au courant*.

En réalité, Raymond savait parfaitement ce qui se passait dans l'entreprise. Un an avant que Richard se rende dans le Kentucky pour sa déposition, son père lui avait transféré une note à propos de la stratégie de Purdue. Le document évoquait le projet de l'entreprise d'augmenter ses profits en encourageant les médecins à prescrire à leurs patients de plus hautes doses d'opioïdes sur une plus longue durée, et reconnaissait que cela impliquerait de parvenir à surmonter les objections des praticiens qui ne considéreraient peut-être pas cela comme la meilleure option pour les patients eux-mêmes. « Nous devrions en discuter quand tu auras le temps », avait noté Raymond. Lorsque McKinsey avait fait une présentation au conseil d'administration pour expliquer aux Sackler qu'ils pourraient inverser la baisse des profits de l'OxyContin en effectuant davantage de visites commerciales auprès des prescripteurs les plus prolifiques, Raymond avait présidé la réunion. « Il y avait uniquement des membres de la famille dans la pièce, notamment le doyen, le Dr Raymond », avait rapporté l'un des représentants de McKinsey dans un mail, observant que la famille s'était montrée « extrêmement favorable » aux recommandations des consultants. D'après un autre membre de l'équipe de McKinsey, les Sackler avaient « manifesté leur accord total pour "passer à l'action rapidement" ».

Peu après 9 heures du matin, dans les environs de Louisville, Richard prit place à une table de conférence du cabinet d'avocats Dolt, Thompson, Shepherd & Kinney. Il portait un costume bleu quelconque et une chemise blanche bien repassée, ainsi qu'un micro-cravate. Richard venait d'avoir soixante-dix ans, mais paraissait toujours en bonne santé et énergique. Il remuait sur sa chaise, ses petits yeux affichant un air distant et narquois – prêt à livrer bataille. Pour l'un des avocats qui représentaient l'État du Kentucky, un jeune procureur du nom de Mitchel Denham, cette confrontation, attendue depuis si longtemps, était lourde de sens. « Nous faisions face à l'homme dont l'entreprise avait tout bonnement participé à créer la crise des opioïdes », raconterait-il.

L'interrogatoire serait mené par Tyler Thompson, un avocat en dommage corporel chevronné, basé à Louisville, qui possédait une assurance affable et un accent traînant du Kentucky. Richard le fixait en plissant les yeux, le visage figé dans une expression de pure condescendance. Il n'allait pas lui faciliter la tâche.

« Le 30 juillet 2014, étiez-vous l'un des administrateurs de Purdue Pharma ? demanda Thompson.

— Pas que je sache », répondit Richard.

Thompson lui tendit un document.

« Est-ce votre nom ?

— Oui.

— Ce document est daté du 30 juillet 2014. Il indique : "Déclaration du Dr Richard Sackler. Je suis l'un des administrateurs de Purdue Pharma."

— Si c'est ce qu'il dit, c'est ce qu'il dit, répondit Richard en haussant les épaules.

— J'ai noté qu'il y avait plus de soixante-neuf sociétés différentes, peut-être, que la famille Sackler possédait, poursuivit Thompson. Est-ce exact ?

— Si vous les avez comptées, rétorqua Richard. Je n'en sais rien. »

Pas une seconde Thompson n'avait imaginé que ce baron de l'industrie pharmaceutique serait un témoin conciliant ; mais le ton de Richard l'interloqua tout de même. L'homme ne manifestait aucune sympathie de façade au sujet des souffrances que le médicament de sa famille avait causées dans le Kentucky. Il n'était même pas capable de feindre la compassion. Il semblait à Thompson qu'à travers ses réponses, mais aussi sa voix et son comportement physique, Richard voulait donner l'impression qu'il était au-dessus de tout ça. « Un sourire narquois et une attitude je-m'en-foutiste, une absence totale de remords, s'étonnerait-il plus tard. Il me faisait penser à ces sociétés minières qui débarquent ici, rasent une montagne et repartent en laissant un carnage derrière eux. "Ce n'est pas chez moi, alors quelle importance." »

« Avez-vous pris le temps d'étudier l'histoire de la dépendance ? demanda Thompson à Richard.

— Je n'ai pas étudié ce sujet, répondit Richard.

— Avez-vous réalisé la moindre étude sur les risques d'abus liés à l'OxyContin, avant son lancement sur le marché ?

— Pas à ma connaissance. »

La voix de Richard était grave et sèche. Il affichait un air revêche, dégoulinant de mépris. Il s'efforça de minimiser son rôle dans l'entreprise, affirmant qu'il était impliqué à un « niveau d'encadrement, pas de façon active ». Il « n'avait aucunement participé au travail », assurait-il. « Je n'étais pas un représentant de commerce. » Cependant, pendant la préparation du procès, les avocats du Kentucky avaient obtenu une foule de documents de Purdue qui donnaient une autre version des faits. Thompson commença à interroger Richard sur ses propres mails et souligna le rôle décisif qu'il avait joué dans l'offensive marketing de l'OxyContin, citant même le discours du « blizzard de 1996 » qu'il avait prononcé près de vingt ans plus tôt au Wigwam, dans l'Arizona, pour le lancement du médicament. En parcourant ses anciennes notes et déclarations, Richard se retrouva confronté – alors que ce n'était pas arrivé lors de l'affaire de Virginie, ni des innombrables autres procès intentés à l'entreprise – à la preuve qu'il avait été l'architecte et le meneur de la campagne de l'OxyContin. À un moment donné, il parut presque l'admettre, remarquant avec une sorte de perplexité ironique que « cette expérience » qui le forçait à remonter le temps pour réexaminer les détails du lancement de l'OxyContin équivalait à « revivre un tiers de [sa] vie ».

« Je ne regrette pas d'avoir essayé de motiver notre force de vente, déclara-t-il à Thompson d'un air de défi. Je pense que c'était ma mission. » Il n'avait pas « honte » du ton qu'il avait adopté, poursuivit-il. « J'estime que c'était tout à fait justifié. » Interrogé sur la campagne de promotion qui présentait l'OxyContin comme l'antidouleur « avec lequel on commençait, et qu'on adoptait », Richard affirma qu'il n'avait pas inventé ce slogan lui-même, mais ajouta : « J'aimerais pouvoir m'en attribuer le mérite. »

« Pensez-vous que la stratégie marketing de Purdue a été trop agressive ?

— Non.

— Pensez-vous qu'engager ces trois mille médecins comme conférenciers les a incités à rédiger davantage d'ordonnances pour l'OxyContin ?

— Je ne pense pas que cela ait eu un effet. »

Tandis que la déposition se poursuivait laborieusement, Richard restait énigmatique et évasif. « Je ne sais pas », murmurait-il encore et encore en réponse aux questions de Thompson. « Je ne me rappelle pas. »

« Vous êtes-vous jamais renseigné pour savoir si les intervenants de la vidéo "J'ai retrouvé ma vie" avaient effectivement retrouvé leur vie, ou avaient au contraire développé une dépendance à l'OxyContin ? » s'enquit Thompson.

Richard lui répondit que non ; mais l'OxyContin était un antidouleur extrêmement efficace, soutint-il.

« Mais son efficacité dépend aussi d'autres facteurs, comme la surconsommation, remarqua Thompson. Je veux dire, vous pouvez soulager quelqu'un de sa douleur en le tuant. Mais ce ne serait pas efficace, non ?

— Je ne pense pas qu'on pourrait considérer un décès comme une preuve d'efficacité », admit Richard, pince-sans-rire.

En préparant le procès, Mitchel Denham avait découvert une photographie de l'équipe de football américain du lycée de Pikeville, prise en 1997. Près de la moitié des garçons qui y figuraient étaient morts d'overdose ou devenus toxicomanes. « Cela allait faire une très bonne illustration », expliquerait Denham. Cependant, il n'eut jamais l'occasion de présenter cette image à un jury, car avant que l'affaire soit portée devant un tribunal, Purdue paya 24 millions de dollars pour la régler à l'amiable.

C'était un grand coup pour les Sackler. La somme versée dépassait l'offre originelle de Purdue – l'entreprise avait d'abord proposé d'accorder un demi-million de dollars seulement à l'État –, mais elle demeurait sans commune mesure avec les besoins du comté de Pike. En réglant le litige à l'amiable, Purdue n'admettait aucun tort. Et l'une des conditions clés de cette résolution, sur laquelle l'entreprise avait insisté, était que les millions de pages amassées comme preuves par les procureurs du Kentucky – y compris la déposition filmée de Richard Sackler – seraient scellées pour toujours, hors de la vue du public. C'était un élément essentiel de la stratégie de l'entreprise. Une dizaine de juges, chargés de différentes affaires tout autour du pays, finiraient par accepter des requêtes semblables. Dans le Kentucky, Purdue ordonna aux procureurs de « détruire entièrement » tous les dossiers.

« C'est la raison principale pour laquelle ces gens ne vont pas au tribunal », expliquerait Mitchel Denham. Les Sackler avaient toujours préféré régler à l'amiable les procès qu'on leur intentait plutôt que de contester la culpabilité de l'entreprise (ou, pire, de la famille) lors d'audiences publiques. Si des poursuites avaient atteint le stade de la présentation des preuves au jury, « cela aurait signifié qu'on allait rendre ces documents accessibles à tout un chacun », soulignerait Denham. Après la signature de l'accord, le site d'informations médicales STAT saisit la justice pour qu'on déclassifie la déposition de Richard. Un magistrat de l'État se prononça en la faveur de cette demande, mais Purdue fit aussitôt appel. Cette déposition contenait les remarques les plus approfondies jamais effectuées par un membre de la famille Sackler au sujet de la controverse de l'OxyContin. Le clan était prêt à tout pour empêcher qu'on la dévoile.

À Stamford, dans la ziggourat en verre réfléchissant du siège de Purdue, on avait le sentiment grandissant qu'il allait devenir impossible d'échapper aux regards extérieurs. En 2013, le *Los Angeles Times* avait publié une enquête majeure sur la façon dont Purdue surveillait les habitudes de prescription douteuses des médecins véreux. « Au cours des dix dernières années, le fabricant de l'OxyContin, un puissant antidouleur, a compilé une base de données de centaines de médecins soupçonnés de prescrire son médicament de façon inappropriée à des toxicomanes et des trafiquants de drogue, mais n'a pris que très peu de mesures pour alerter la police ou les autorités médicales », rapportait le journal. La liste, appelée « Région zéro », comprenait plus de mille huit cents noms et était restée jusqu'alors un secret bien gardé. L'entreprise se défendit en signifiant qu'elle avait constitué cette base de données afin que ses délégués évitent ce genre de praticiens, et déclara au journal qu'elle avait signalé aux autorités 8 % des médecins concernés. L'entreprise estimait en revanche que rien ne l'obligeait à prendre des mesures contre les 92 % d'autres praticiens qui semblaient mal prescrire le médicament. « Nous n'avons pas la possibilité de leur ôter le bloc d'ordonnances des mains », trancha un avocat de Purdue, Robin Abrams.

Évidemment, tant que les autorités médicales ou la police ne forçaient pas une usine à pilules à fermer, Purdue continuait à tirer profit de toutes ces prescriptions d'OxyContin frauduleuses ; et même si les responsables de l'entreprise se targuaient de ne pas envoyer leurs représentants de commerce dans ces établissements, cela n'empêchait en rien qu'on y rédige des ordonnances. « Personne n'avait besoin de rendre visite aux médecins vraiment louches. On faisait des affaires grâce à eux de toute façon », soulignerait Dodd Davis, l'ancien délégué de Louisiane. Ces médecins étaient « une mine d'or », expliquerait au *Times* Keith Humphreys, un professeur de psychologie de Stanford qui avait été conseiller sur la lutte antidrogue pour l'administration Obama. « Et pendant tout ce temps, ils encaissent de l'argent en sachant très bien qu'il y a un problème. C'est vraiment écœurant », poursuivrait-il.

Comme si ces révélations à propos de la liste « Région zéro » n'étaient pas assez accablantes, lorsque Richard Sackler se rendit dans le Kentucky, le service des relations publiques de Purdue avait déjà appris qu'il ne s'agirait pas d'un article isolé ; le journal en préparait toute une série. Raul Damas, le chargé de communication, informa les Sackler qu'il travaillait à « des stratégies d'atténuation » pour contrecarrer la série et « marginaliser les reportages biaisés du *Times* ». Il n'y avait pourtant pas grand-chose que l'entreprise puisse faire. Un jour, l'un des journalistes, Scott Glover, parvint à contacter Richard Sackler sur son téléphone personnel. Surpris, Richard s'empressa de raccrocher.

Il exigea de consulter toute la correspondance entre le *Times* et l'entreprise. Cependant, les Sackler semblaient se déconnecter sciemment de la réalité – même leurs employés s'en apercevaient. Richard avait mis en place une alerte Google pour le mot « OxyContin » afin de ne rater aucune information sur le médicament. Au bout d'un moment, il se plaignit à Raul Damas : « Pourquoi toutes les alertes ne concernent-elles que les aspects négatifs de l'OxyContin, et pas les aspects positifs ? » Damas proposa de modifier les termes de la recherche afin que Richard ne reçoive que des informations flatteuses.

En 2016, le *Los Angeles Times* publia un autre article choc, cette fois sur le fait que l'OxyContin, qui avait été commercialisée pendant vingt ans comme un antidouleur à prendre toutes les douze heures, ne faisait peut-être pas vraiment effet pendant ce laps de temps. Le journal révéla que Purdue avait découvert le problème avant même de lancer le médicament sur le marché, quand les participants à ses essais cliniques s'étaient plaints que leur douleur ressurgissait avant que les douze heures soient écoulées. L'entreprise s'était néanmoins efforcée de cacher cette difficulté, car toute sa stratégie marketing reposait sur l'idée que les patients pourraient prendre deux comprimés d'OxyContin par jour seulement. L'article notait que depuis sa commercialisation, « plus de sept millions d'Américains [avaient] fait un usage excessif d'OxyContin ».

Le *Times* publia ensuite une troisième enquête, encore plus incendiaire. Intitulée « L'OxyContin se mondialise », elle décrivait comment les Sackler avaient reporté leur attention sur la promotion des opioïdes dans les marchés émergents, à travers Mundipharma. « C'est une pratique calquée sur celles de l'industrie du tabac : comme les États-Unis prennent des mesures pour limiter les ventes ici, l'entreprise se tourne vers l'étranger », déclara au journal l'ancien commissaire de la FDA David Kessler.

Après la publication de l'article, plusieurs membres du Congrès américain adressèrent une lettre ouverte à l'Organisation mondiale de la santé pour l'exhorter à mettre un frein à l'expansion de l'OxyContin, pointant directement du doigt les Sackler. « La communauté internationale de la santé a la possibilité rare de voir l'avenir, écrivirent les législateurs. Ne laissez pas Purdue tourner le dos au drame qu'elle a provoqué dans d'innombrables familles américaines et s'en aller chercher ailleurs de nouveaux marchés et de nouvelles victimes. »

Pendant ces deux décennies mouvementées de la vente de l'OxyContin, le personnel de Purdue avait eu tendance à adopter une mentalité d'assiégés. À chaque flambée de mauvaise presse, l'équipe dirigeante envoyait des mails à toute la société pour affirmer qu'il s'agissait une fois de plus de calomnies, répandues par des médias « biaisés » et des journalistes sans scrupule qui se montraient toujours prêts à dénigrer Purdue, omettant toutes les grandes choses accomplies par l'entreprise. Les enquêtes du *Los Angeles Times* provoquèrent néanmoins des dissensions en interne, amorçant ce qui aurait pu être un tournant pour Purdue. Certains employés tombèrent des nues à la lecture des articles. Ils savaient que Mundipharma vendait des opioïdes à l'étranger, mais pas qu'elle employait exactement les mêmes tactiques qui avaient attiré des ennuis à Purdue aux États-Unis. Quand des membres du personnel demandèrent à Stuart Baker, l'avocat de l'entreprise, d'expliquer ces allégations, il ne parut pas préoccupé. Mundipharma n'enfreignait pas la loi dans ces autres pays, déclara-t-il. Il ne voyait donc pas quel était le problème.

Un fossé commençait à se creuser entre la génération de cadres arrivés avec le nouveau P-DG, Mark Timney, qui pensaient que Purdue devait se réformer de toute urgence pour espérer survivre, et la vieille garde qui accompagnait les Sackler depuis des décennies et soutenait que l'entreprise n'avait rien à se reprocher. Pour beaucoup d'employés plus récents, Purdue semblait grevée de problèmes et archaïque. « Votre première réaction en arrivant n'était pas de vous dire : "Génial, c'est exactement comme ça qu'il faut gérer une entreprise ! Tous les articles de la *Harvard Business Review* avaient tort !" » ricanerait un ancien cadre. Dans une société cotée en Bourse, la condamnation pénale de 2007 aurait peut-être eu de réelles conséquences : on aurait licencié quelques personnes et entrepris une véritable refonte du système. Chez Purdue, même David Haddox – l'inventeur du terme de « pseudo-dépendance » – occupait toujours un poste élevé. « Encore aujourd'hui, je reste stupéfait que [ce concept] soit passé comme une lettre à la poste pendant toutes ces années, déclarerait un autre ancien employé. Leur solution consistait à déclarer : "Donnez-leur encore plus d'opioïdes !" Pas besoin d'un doctorat en pharmacologie pour se rendre compte que ça n'avait pas de sens. »

Certains membres du nouveau régime avaient été stupéfaits de découvrir des vétérans en poste depuis des années, dont la seule compétence semblait être leur fidélité aux Sackler. Personne ne pouvait expliquer ce que ces gens faisaient de leurs journées, au juste. Ils paraissaient pourtant indéboulonnables. Ils n'auraient peut-être jamais trouvé d'emploi ailleurs, mais ils continuaient à toucher un salaire, ce qui ne faisait que renforcer la loyauté d'une bonne partie du personnel envers la famille. À son arrivée, Mark Timney avait cherché à mettre en place des évaluations de compétences standardisées, comme on en trouvait dans une entreprise normale. « Beaucoup de gens partiront, avait-il annoncé aux salariés réunis dans l'auditorium du rez-de-chaussée. Certains perdront leur poste. D'autres décideront que cet environnement ne leur convient plus. Et ce n'est pas grave. »

Cependant, si Timney s'imaginait que les employés de longue date de Purdue, dont un grand nombre possédaient un lien direct avec les Sackler, allaient le laisser transformer l'entreprise sans opposer de résistance, il se trompait. « Il y avait deux camps », se rappellerait un cadre qui avait pris part aux débats. Au sein de la nouvelle garde, l'opinion générale était que la crise des opioïdes avait désormais atteint une ampleur tellement catastrophique qu'il n'était plus viable (si cela l'avait été un jour) de continuer à vendre ces produits sans effectuer ne serait-ce qu'un geste de bonne volonté. Depuis 1999, plus de cent soixante-quinze mille Américains avaient perdu la vie en raison d'une surconsommation de médicaments opioïdes. Les overdoses avaient dépassé les accidents de la route pour devenir la première cause de décès évitables aux États-Unis. Lors d'un briefing semestriel, en juin 2016, des membres du personnel expliquèrent aux Sackler que, selon des sondages, près de la moitié des habitants du pays connaissaient quelqu'un qui avait été dépendant aux opioïdes.

« Purdue doit adopter une nouvelle approche », proposèrent des cadres récemment embauchés. Lors d'une réunion, ils effectuèrent une présentation intitulée « Un nouvel angle : le bon usage ». Le fait qu'encourager un « bon » usage des opioïdes soit vu comme un changement radical par rapport aux habitudes de Purdue montrait à quel point les Sackler étaient déconnectés de la réalité. Quoi qu'il en soit, la proposition fut rejetée.

C'est un des aléas peu abordés de la vie de ploutocrate : votre entourage a généralement tendance à vous brosser sans arrêt dans le sens du poil. En théorie, vous devriez pouvoir bénéficier de la plus grande expertise qui soit ; au lieu de quoi vous recevez souvent de très mauvais conseils car vos courtisans prennent soin de vous dire uniquement ce que vous souhaitez entendre. Le risque, que vous soyez un dirigeant d'entreprise milliardaire ou le président des États-Unis, est que vous aggraviez ce problème en rejetant toute voix divergente et en créant une bulle où la loyauté est récompensée avant tout le reste. Les Sackler se targuaient de se montrer fidèles envers ceux qui leur rendaient la pareille : si vous souteniez la famille, on prendrait soin de vous. Le corollaire tacite était que quiconque démissionnait de l'entreprise pour travailler ailleurs était placé sur une liste noire et ne pouvait plus jamais y revenir. Par conséquent, les Sackler se retrouvaient isolés au milieu d'un cortège de partisans qui partageaient et renforçaient leur point de vue – selon lequel Purdue était victime de calomnies et n'avait rien fait de mal. Parmi les membres de cette faction, « personne n'avait été choqué par les révélations du *LA Times* », se souviendrait un ancien cadre. « Leur seule réaction avait été le silence. »

Concernant la crise des opioïdes, Mark Timney préconisait de faire des concessions. Il engagea une nouvelle directrice juridique, Maria Barton, une ancienne procureure fédérale qui tenta elle aussi de changer la culture de l'entreprise. Commettant une sorte d'hérésie – selon les critères de Purdue –, elle avança qu'il n'était peut-être pas très convenable de conserver un portrait de son prédécesseur, Howard Udell, dans la bibliothèque de la société. Raul Damas, qui avait été employé à la Maison-Blanche sous l'administration George W. Bush, et Robert Josephson, un autre responsable des relations publiques qui avait travaillé pour l'entreprise de catch World Wrestling Entertainment, conseillèrent aux Sackler de trouver un moyen de répondre à la crise.

Cependant, ces voix réformatrices s'opposaient à un chœur d'anciens de Purdue, parmi lesquels Haddox, l'avocat Stuart Baker, deux lobbyistes, Burt Rosen et Alan Must, et Craig Landau, un cadre qui avait occupé divers postes dans la société, dont celui de directeur médical, et en dirigeait désormais la branche canadienne. Des employés proposèrent aux Sackler de financer une fondation pour aider à endiguer la crise des opioïdes et de diriger une partie de leurs efforts philanthropiques vers des centres de soins en addictologie, entre autres remèdes de ce type. La famille refusa. La vieille garde restait sur la défensive, considérant que le moindre geste charitable lié aux répercussions de l'OxyContin revenait à admettre des torts. « Faire quoi que ce soit pour l'addiction, c'est reconnaître que vous êtes coupable », affirmaient les fidèles de la famille.

Howard Udell avait beau être mort, son fantôme rôdait encore. « C'était la philosophie d'Udell : ne rien concéder », observerait un ancien cadre. Les Sackler excluaient même de signer un communiqué dans lequel ils auraient admis l'existence de la crise des opioïdes et exprimé un minimum de compassion. Des membres du personnel avaient préparé une dizaine de versions de cette déclaration et exhorté la famille à en choisir une pour qu'ils puissent la publier. Mais les Sackler ne voulaient rien entendre.

Cette réticence était d'autant plus frappante que, dans d'autres secteurs de ce que Richard appelait la « communauté de la douleur », certains alliés des Sackler avaient commencé à changer de discours. « Mon travail de sensibilisation sur la prise en charge de la douleur, et plus particulièrement sur les traitements opioïdes, reflétait-il des informations erronées ? J'imagine que oui », déclara le roi de la douleur, Russell Portenoy, en 2012. Le risque de dépendance associé à ces substances s'avérait bien plus élevé qu'il ne l'avait pensé, reconnaissait-il à présent. En fin de compte, il ne s'agissait peut-être même pas de la meilleure thérapie pour les douleurs chroniques. Portenoy avait donné au cours de sa carrière « d'innombrables » conférences sur l'addiction, qui « n'étaient pas fondées ». En réalité, « il [n'existait] pas de données sur l'efficacité des opioïdes », affirma-t-il au *Wall Street Journal*. Portenoy n'était pas le seul à désavouer une partie des poncifs de la grande campagne en faveur des antidouleurs. « De toute évidence, il est absurde de penser que seulement 1 % de la population présente des risques de dépendance aux opioïdes, reconnut Lynn Webster, membre de l'Académie américaine des traitements contre la douleur, un organisme financé par Purdue. C'est tout simplement faux. »

Richard n'appréciait pas cette mauvaise presse. « As-tu lu des articles à mon sujet ? demanda-t-il à un ami en 2016. Dans ce cas, y a-t-il une raison pour laquelle tu ne m'en as pas parlé ? C'est curieux, parce que je reçois aussi peu de réactions par mail, SMS ou téléphone que si le *Globe* avait publié ma nécrologie ! » Au lieu de défendre sa famille et son entreprise à grands cris, Richard opta cependant pour l'habituelle discrétion soigneusement cultivée des Sackler. Le clan avait beau se rengorger en privé sur la droiture de sa conduite, il n'était pas prêt à ce que le public l'associe de quelque manière que ce soit à Purdue. Une nouvelle génération de sous-fifres se livrait toujours aux vieux tours de passe-passe imaginés par Arthur Sackler et ses frères dans les années 1950, même si la tâche devenait plus ardue à chaque article de presse. « Les membres de la famille Sackler ne jouent aucun rôle dans la direction des entreprises contrôlées par le trust familial », avançait ainsi un projet de communiqué. Ce mensonge semblait toutefois flagrant et trop facilement vérifiable, alors on le remplaça par l'affirmation plus mesurée que les membres de la famille n'occupaient « aucun poste à responsabilité ». Même cette déclaration restait trompeuse – huit Sackler siégeaient encore au conseil d'administration, et certains intervenaient avec un soin maniaque dans la gestion de l'entreprise. Après avoir rédigé le texte eux-mêmes, les communicants de Purdue choisirent donc de le faire publier par l'une des filiales étrangères du groupe, car les interrogations les plus récentes concernaient les pratiques de Mundipharma à l'international et, de ce fait, personne ne voulait en assumer la responsabilité aux États-Unis. « Ce communiqué viendra de Singapour », décidèrent-ils.

Un argument dont les Sackler usaient souvent, entre eux et avec les autres, pour justifier leur rôle dans la controverse de l'OxyContin, était que le médicament avait été mis sur le marché avec l'accord de la FDA. Certains régulateurs estimaient que l'agence avait commis une terrible erreur en approuvant le produit et les affirmations de Purdue à son sujet. En 2001, une responsable de la FDA, Cynthia McCormick, déclara lors d'une réunion avec l'entreprise qu'une partie des essais cliniques que celle-ci avait réalisés étaient fallacieux et « n'auraient jamais dû être cités dans la notice de l'OxyContin ». Parce que Purdue avait véhiculé l'idée que le médicament était « bon pour tous les maux », l'OxyContin « s'était infiltrée jusqu'à une catégorie de population qu'elle n'aurait jamais dû toucher », arguait-elle. David Kessler, qui dirigeait l'agence à l'époque où le produit avait été approuvé, décrivait la déstigmatisation des opioïdes que l'OxyContin avait aidé à amorcer comme l'une des « plus grandes erreurs de la médecine moderne ».

En dehors d'une poignée de détracteurs, la FDA avait toutefois manifesté un soutien constant à Purdue au fil des années. Craig Landau, le directeur médical de l'entreprise qui était l'un des protégés des Sackler, téléphonait régulièrement au responsable des analgésiques à l'agence. « Il lui passait des coups de fil, se rappellerait un de ses collaborateurs. C'est totalement anormal. Vous ne discutez pas comme ça avec le chef de la division qui évalue vos produits. » L'employé avait l'impression que Purdue entretenait « des rapports très inappropriés avec cette division de la FDA ».

Un représentant de Purdue réfuterait fermement cette description, affirmant que « tous les échanges du Dr Landau avec la FDA [avaient] eu lieu de manière officielle et appropriée ». Toutefois, depuis l'époque d'Arthur Sackler et Henry Welch, l'industrie pharmaceutique avait trouvé bien des façons de corrompre le personnel de la FDA. Ces malversations n'impliquaient pas toujours des pots-de-vin ou d'autres contreparties évidentes. Il suffisait parfois que ces employés surqualifiés cantonnés à des salaires de fonctionnaires sachent que lorsqu'ils choisiraient de quitter le secteur public, comme Curtis Wright l'avait fait après avoir autorisé la commercialisation de l'OxyContin, des missions de conseil ou des postes lucratifs les attendraient.

En fait, quand un organisme fédéral décida enfin de s'attaquer à l'industrie des opioïdes, ce ne fut pas la FDA, ni d'ailleurs aucune agence de Washington, mais le CDC – l'institut de veille sanitaire, basé à Atlanta. En 2011, le CDC déclara que la vague d'addictions et de décès qui balayait le pays constituait une épidémie. Selon plusieurs observateurs, un des problèmes était que de nombreux médecins américains tenaient leurs informations sur la prescription des opioïdes des fabricants eux-mêmes. Le CDC entreprit donc d'élaborer une série de recommandations pour aider les professionnels de santé à déterminer à quel moment ils devaient préconiser de prendre ces médicaments, espérant de ce fait empêcher leur prescription excessive. L'agence réunit un panel d'experts, prenant soin de s'adresser à des spécialistes qui ne recevaient pas de financements de la part de l'industrie pharmaceutique.

Cette nouvelle alarma aussitôt Purdue. « Le CDC ne veut pas entendre l'avis des sociétés pharmaceutiques », écrivit dans un mail interne Burt Rosen, le lobbyiste de Purdue à Washington. Les experts chargés de rédiger les recommandations ne devaient posséder « aucun lien financier avec l'industrie », observa-t-il, ce qui empêcherait l'entreprise d'exercer son influence. Ces recommandations « ont une visée restrictive », avertit Rosen. Une fois achevées, elles pourraient constituer « une norme juridique nationale en matière de prescription d'opioïdes ».

« On est sur le coup », répondit David Haddox. Au fil des années, tandis que les inquiétudes sur les opioïdes grandissaient, Purdue s'était démenée en coulisse pour bloquer toute mesure qui risquerait d'affecter son activité, aussi bien au niveau des États qu'à celui de la réglementation fédérale. Selon une étude réalisée par deux organisations de journalistes, l'Associated Press et le Center for Public Integrity, Purdue et d'autres fabricants d'antidouleurs opioïdes avaient déboursé entre 2006 et 2015 plus de 700 millions de dollars pour défendre leurs intérêts à Washington et dans les cinquante États américains. Les dépenses conjuguées de ces sociétés équivalaient à environ huit fois celles du lobby des armes à feu. (En comparaison, sur la même période, les rares organisations vouées à restreindre les prescriptions d'opioïdes avaient dépensé 4 millions de dollars.) Un ancien responsable de la FDA qualifierait l'influence que ce lobby exerçait sur le Congrès de « mainmise ». Au niveau local, Purdue s'était également opposée à des mesures visant à sévir contre les usines à pilules, arguant que cela risquerait de limiter la disponibilité des médicaments pour les malades. Richard Sackler avait suivi ces batailles de près et élaboré avec les équipes de Purdue des stratégies pour contrer les initiatives des États destinées à endiguer la crise.

En plus des groupes de pression, Purdue pouvait compter sur son éventail d'organisations faussement militantes, financées par l'industrie. Rosen avait créé le Forum sur la prise en charge de la douleur afin de « donner une direction unifiée » à « la communauté de la douleur », comme il l'avait expliqué en 2005 dans un mail adressé à Howard Udell. Le forum rassemblait de nombreux collectifs de patients et leurs partenaires financiers. À présent, ils avaient une nouvelle directive à suivre : lutter contre les recommandations du CDC.

« Nous ne connaissons aucun autre traitement régulièrement employé pour des problèmes non mortels qui tue des patients si fréquemment », affirmait Tom Frieden, le directeur du CDC, au sujet des opioïdes. De plus en plus d'Américains étaient « prédisposés » à prendre de l'héroïne à cause de leur expérience avec ces médicaments, observait-il. De son point de vue, la reformulation de l'OxyContin avait en réalité eu un effet assez pernicieux car elle avait donné l'impression (renforcée, une fois de plus, par la FDA) que ce médicament ne présentait aucun danger. « Il n'était pas moins addictif, avançait Frieden. Les gens le pensaient, mais c'était seulement une manière de détourner l'attention. L'entreprise avait tout à fait conscience du trafic auquel elle se livrait, et je dis bien "trafic". »

Le CDC prévoyait de recommander aux médecins de considérer les opioïdes non comme un remède « avec lequel on commençait, et qu'on adoptait », mais comme une solution de dernier recours, après d'autres médicaments ou des séances de kinésithérapie. L'agence conseillerait aussi aux médecins de prescrire la plus petite dose possible, sur la durée la plus courte possible, pour les douleurs aiguës. Cette réaction pouvait sembler raisonnable et relativement modeste, face à une crise de santé publique. Elle allait cependant directement à l'encontre de la stratégie de Purdue, qui consistait à encourager les médecins à prescrire des doses de plus en plus fortes d'OxyContin, pour une durée de plus en plus longue. Les recommandations du CDC constituaient une menace pour l'entreprise et pour le reste de l'industrie pharmaceutique : elles n'obligeaient peut-être les professionnels de santé à rien, mais si des compagnies d'assurances ou des hôpitaux les adoptaient, cela affecterait grandement leurs profits. Purdue fit donc cause commune avec ses concurrents sur le marché des antidouleurs pour organiser une riposte de choc.

David Haddox avait l'habitude de croiser le fer avec le CDC. L'épidémie des opioïdes n'existait pas, décréta-t-il dans un argumentaire adressé à l'agence. Les responsables du CDC avaient beau se plaire à user de « termes provocateurs », Haddox ne saisissait pas « pourquoi on [jugeait] ces problèmes particuliers d'une ampleur épidémique ». Une épidémie était bel et bien en cours, admettait-il, mais ce n'était pas celle dont le CDC parlait. La véritable épidémie – « le problème de santé n° 1 aux États-Unis », en fait – était celle des douleurs non traitées. Pourquoi ne qualifiait-on pas les douleurs chroniques d'épidémiques ? se demandait Haddox. Dans les années 1990, Purdue avait estimé que 50 millions de personnes étaient affectées par des douleurs chroniques non diagnostiquées. À présent, ce chiffre s'élevait probablement à 116 millions ; plus d'un tiers de la population ! Et ce n'était pas une épidémie ? En outre, les douleurs non traitées pouvaient avoir des effets tout aussi « dévastateurs et handicapants pour un individu que les conséquences de l'abus de médicaments et de la dépendance, allant jusqu'au décès ».

Lorsque les recommandations envisagées par le CDC furent publiées, des membres du Forum sur la prise en charge de la douleur les attaquèrent, affirmant qu'elles ne reposaient pas sur des preuves solides et reprochant à l'agence de ne pas avoir communiqué le nom des experts qu'elle avait consultés. L'une des organisations, la Fondation juridique de Washington, argua que ce manque de transparence constituait une « infraction flagrante » à la loi fédérale. Un autre groupe, l'Académie d'antalgie intégrative, exhorta le Congrès à ouvrir une enquête sur le CDC. Richard Sackler estimait essentiel que ces organisations fantoches paraissent indépendantes de Purdue. Quand on demanda à Burt Rosen, lors d'une déposition ultérieure, s'il avait joué un rôle dans l'intervention de la Fondation juridique de Washington, il déclara : « Je ne me rappelle pas avoir été impliqué. » Interrogé sur la participation de Purdue, il rétorqua platement : « Je ne sais rien d'autre que ce que j'ai déclaré. » (En 2016, l'année où elle incrimina le CDC, la Fondation juridique de Washington reçut un don de 200 000 dollars de la part de Purdue, une somme plus élevée qu'à l'accoutumée.)

Le Forum pour la prise en charge de la douleur publia ses propres « recommandations par consensus », qui s'opposaient à toute mesure à même de créer de « nouveaux obstacles » aux traitements, et recueillit quatre mille signatures sur une pétition mettant en garde contre la stigmatisation des personnes affligées de douleurs. L'organisation remettait en cause l'impartialité des experts réunis par le CDC – alors qu'évidemment les groupes qui portaient ces accusations étaient eux-mêmes financés par l'industrie pharmaceutique.

Sous le feu des critiques, le CDC retarda la publication de ses recommandations ; mais elles finirent par paraître en 2016. Les opioïdes ne devaient pas être considérés comme un « traitement standard », conseillait l'agence. « Notre civilisation a réussi d'une manière ou d'une autre à survivre pendant cinquante mille ans sans l'Oxy-Contin. Je pense qu'elle le fera encore », déclara l'un des médecins consultés par le CDC, Lewis Nelson.

Il n'était cependant pas absurde de craindre que, face à ces nouvelles recommandations et devant l'intérêt accru porté par les autorités aux prescripteurs, les médecins opèrent un revirement radical qui priverait brusquement les patients d'un traitement dont ils dépendaient désormais. Cela pourrait avoir des conséquences tout aussi désastreuses sur la santé publique, en poussant les patients à se tourner vers le marché noir, ou en négligeant les réelles souffrances des personnes atteintes de douleurs chroniques. C'était un problème terriblement complexe, du point de vue tant des politiques de santé que de la médecine – et il était exacerbé par le fait que la plupart des praticiens n'avaient pas été formés à réduire progressivement la dose d'opioïdes d'un patient. L'industrie avait appris aux médecins à faire prendre ces traitements aux gens, pas à les leur faire arrêter.

En 2017, le contrat de P-DG de Mark Timney chez Purdue Pharma arriva à son terme. Les Sackler choisirent de ne pas le renouveler. « Certaines personnes poussaient la famille à changer. Mais en fin de compte, ils n'ont pas voulu le faire », se souviendrait un ancien cadre. La vieille garde se félicita du départ de Timney tandis que les membres restants de la nouvelle garde commençaient à planifier leur propre exode. Le message était clair : essayer de réformer l'entreprise constituait une excellente façon de finir sur la touche, ou licencié. Les loyalistes avaient lié leur sort à celui des Sackler. Certaines personnes évincées par Timney réintégrèrent leur poste. Selon un autre employé de l'époque, la philosophie de l'entreprise bascula de nouveau vers l'idée de fidélité récompensée : « Tous ces gens repensaient à ce qui s'était passé avec Udell, Goldenheim et Friedman, et disaient : “Ils se sont occupés d'eux.” »

Les Sackler choisirent de remplacer Timney par le P-DG de la branche canadienne de l'entreprise, Craig Landau. Ayant passé la majeure partie de sa carrière chez Purdue, Landau était perçu comme un fidèle par excellence. En tant que directeur médical, il avait joué un rôle important dans la reformulation de l'OxyContin. Il ne risquait pas de s'opposer aux Sackler, de les exhorter à présenter des excuses ou à faire des dons qu'ils ne souhaitaient pas. Landau n'essaierait pas non plus de limiter les ingérences de la famille dans l'entreprise, comme Timney avait tenté de le faire. Au contraire, quand il prépara son plan de développement pour son poste, il sembla admettre que son rôle de P-DG serait essentiellement protocolaire. Il appela Purdue « la société pharmaceutique des Sackler ». Pour lever tout doute, il décrivit le conseil d'administration, toujours dominé par la famille, comme « le P-DG de fait ». D'autres sociétés commençaient peut-être à renoncer aux opioïdes, car le coût juridique et l'impact sur leur réputation étaient tout simplement trop élevés, admit Landau. Toutefois, il s'agissait là d'une occasion en or pour Purdue. Plutôt que de diversifier ses activités pour s'éloigner du secteur qui lui avait apporté tant d'argent et tant d'ennuis, l'entreprise devait mener une « stratégie de consolidation des opioïdes » pendant que les autres sociétés « abandonnaient le marché », suggéra-t-il.

Une des innovations envisagées par Purdue fut un projet apporté par McKinsey. Il s'agissait de proposer un remboursement chaque fois qu'un patient auquel on avait prescrit de l'OxyContin ferait une overdose ou développerait une dépendance aux opioïdes. Ces paiements, qui pourraient aller jusqu'à 14 000 dollars, ne seraient pas destinés aux patients qui avaient subi le préjudice, mais aux grandes chaînes de pharmacies et aux assureurs, comme CVS et Anthem. Le but était d'encourager les pharmacies à continuer à vendre l'OxyContin et les assureurs à continuer à la payer malgré les effets secondaires potentiellement mortels du produit. (En fin de compte, l'entreprise renonça à l'idée.)

Le mois suivant la prise de fonctions de Landau, Raymond Sackler mourut. Il avait quatre-vingt-dix-sept ans. « Il travaillait encore à la veille de tomber malade », déclara Richard avec fierté. Le dernier propriétaire originel de l'entreprise venait de s'éteindre. Et la génération suivante des Sackler semblait bien décidée à maintenir le cap, contre vents et marées, et à écarter de son chemin tous ceux qui tenteraient de l'arrêter ou de la freiner.

25

Le temple de l'avarice

En 2016, Nan Goldin partageait son temps entre ses appartements à Berlin, Paris et New York. C'était une petite femme d'une soixantaine d'années au teint pâle, au visage auréolé de frisottis brun-roux, toujours avec une cigarette aux lèvres. En activité depuis un demi-siècle, elle était considérée comme une des photographes américaines les plus importantes de son époque. Elle avait grandi dans une banlieue de la classe moyenne à Washington, au sein d'une famille très à cheval sur les convenances. Ses parents venaient d'un milieu pauvre, mais son père avait réussi à intégrer Harvard à une période où l'université admettait très peu d'étudiants juifs. « Harvard comptait plus que tout pour mon père », observerait Nan. Avoir obtenu cette marque de distinction irréfutable était « la chose la plus importante de sa vie ».

Quand Nan avait onze ans, sa sœur aînée Barbara, qui en avait dix-huit, se suicida en se couchant sur les rails devant un train de banlieue à l'approche, près de Silver

Spring, dans le Maryland. Nan adorait sa grande sœur, mais Barbara était une jeune fille perturbée, dotée d'une personnalité excentrique et sujette à de violentes crises de colère. Ses parents l'avaient fait interner contre son gré dans une série d'institutions psychiatriques. Ce n'étaient pas des hôpitaux publics comme l'asile de Creedmoor, mais des établissements privés de plus petite taille, et Barbara avait enchaîné les séjours dans ces bâtiments mornes pendant six ans avant de mettre fin à sa vie. Lorsque des policiers vinrent annoncer la nouvelle à la famille, Nan entendit sa mère déclarer : « Dites aux enfants que c'était un accident. » Effondrée et débordant de rancœur envers ses parents, Nan partit de chez elle à l'âge de quatorze ans. Elle vécut pendant quelque temps dans des foyers d'accueil et en communauté. Elle fréquenta une école de hippies dans le Massachusetts ; là, quelqu'un lui donna un appareil photo, qu'elle entreprit d'utiliser. Elle était douée. À dix-neuf ans, elle monta sa première exposition, dans une petite galerie de Cambridge.

Les photographies de Goldin constituaient un rejet provocant de la façon dont ses parents voyaient le monde – ou choisissaient de ne pas le voir, plutôt. Dans l'écosystème étouffé par l'ambition sociale de la banlieue du Maryland, le suicide de Barbara, tout comme son anticonformisme de son vivant, avait constitué une source de gêne et de honte pour la famille Goldin. Motivée en partie par « tout ce déni autour de son suicide », Nan décida de « laisser des traces que personne ne pourrait contester ». Elle ne dissimulerait pas la réalité de son existence, si atypique, marginale ou vulnérable qu'elle soit. Elle l'exposerait. Elle commença à prendre des portraits sur le vif d'elle-même, de ses amis, de ses amants et des amants de ses amis, dans des chambres à coucher faiblement éclairées et des bars sordides. Elle menait une vie de beatnik, en marge de la société, parmi les drag-queens de Provincetown et les artistes et travailleurs du sexe de New York. Usant d'une palette lumineuse, elle capturait ses sujets dans des moments crus, d'une intimité confondante. Son travail manifestait avant tout une sincérité vivifiante. Dans ce qui est peut-être sa photo la plus célèbre, *Nan un mois après avoir été battue*, elle fixe l'objectif, la bouche maquillée en rouge cerise, les sourcils tracés au crayon, l'œil gauche tuméfié et encore à moitié fermé à cause de coups infligés par son compagnon.

Goldin vivait dans un loft du quartier de Bowery, dans l'East Village, quand l'épidémie du sida frappa. Beaucoup de ses amis les plus proches et des artistes qui l'avaient influencée étaient homosexuels, et ils commencèrent à mourir les uns après les autres. Tout à coup, Nan se retrouva à prendre des photos dans des hôpitaux et des mouroirs. Elle développa des liens étroits avec l'artiste et militant gay David Wojnarowicz, lui-même très proche d'un autre de ses amis et mentors, le photographe Peter Hujar. Hujar mourut en 1987. À l'époque, Nan affrontait ses propres démons. La drogue faisait partie intégrante des milieux dans lesquels elle gravitait depuis qu'elle avait quitté son foyer à l'adolescence et, au cours des années 1970, elle avait commencé à prendre de l'héroïne. Comme beaucoup de personnes qui en consomment, elle avait d'abord trouvé un aspect glamour à cette substance, puis plus du tout. Elle en avait fait un usage sporadique pendant un temps, mais à la fin des années 1980 la drogue avait pris le dessus. Wojnarowicz avait été héroïnomane aussi, avant de parvenir à décrocher. Alors, en 1988, Goldin entama une cure de désintoxication.

Elle en ressortit sevrée l'année suivante, impatiente de retrouver ses amis. Cependant, quand elle arriva à New York, la ville avait changé. Le rythme des décès s'était accéléré. En 1989, Goldin organisa dans une galerie de Manhattan une exposition qui ferait date, intitulée « Témoins : contre notre disparition ». Elle y avait rassemblé les œuvres de personnes affectées par le sida. Dans un texte rédigé pour le catalogue, Wojnarowicz dénonçait la classe politique conservatrice qui avait refusé de subventionner la recherche sur le VIH, laissant ainsi les ravages de l'épidémie se poursuivre. Si les dirigeants américains étaient restés les bras croisés si longtemps, c'était notamment parce qu'ils avaient adopté le point de vue moralisateur selon lequel les homosexuels et consommateurs de drogue par intraveineuse, si nombreux à tomber malades, ne pouvaient s'en prendre qu'à eux-mêmes – selon lequel le sida était en réalité un choix de vie. Certaines œuvres de l'exposition, comme un autoportrait de Hujar, étaient signées par des amis de Goldin déjà décédés. Une autre artiste et amie de la photographe, Cookie Mueller, mourut quelques jours avant l'inauguration. On aurait dit qu'un fléau était en train d'emporter l'entourage de Goldin. Wojnarowicz mourut trois ans plus tard.

Nan Goldin survécut. Malgré tout, elle éprouvait souvent une sorte de culpabilité du survivant en repensant à ses amis, disparus en si grand nombre, qui la fixaient sur ses photos. Son travail trouva de nouveaux admirateurs. Des musées lui consacrèrent des rétrospectives. À terme, les photographies de ses camarades décédés finiraient accrochées aux murs des institutions les plus prestigieuses du monde. En 2011, le Louvre lui remit les clés du palais afin qu'elle puisse arpenter en dehors des heures d'ouverture les vastes salles en marbre, pieds nus, et photographier les œuvres d'art présentées, pour une installation où elle juxtaposerait des toiles de la collection du musée avec des photographies issues de ses propres archives. La chroniqueuse des marges de la société était désormais une artiste installée.

En 2014, Goldin se trouvait à Berlin quand elle développa une tendinite sévère au poignet gauche, qui la faisait beaucoup souffrir. Elle alla consulter un médecin, et il lui prescrivit de l'OxyContin. Goldin connaissait le médicament ; elle savait qu'on le disait dangereusement addictif. Mais, au lieu de l'inciter à la prudence, son expérience passée avec les drogues dures la rendait parfois imprudente. Ce ne sera pas un problème pour moi, pensa-t-elle.

Dès qu'elle commença le traitement, elle comprit pourquoi il rencontrait un tel succès. L'OxyContin ne soulageait pas seulement sa douleur au poignet ; elle semblait aussi servir d'isolant chimique contre l'angoisse et la détresse. C'était comme « une couche de protection entre le monde et vous », expliquerait Goldin. Bientôt, elle se mit à prendre des comprimés plus souvent qu'elle l'aurait dû. De deux par jour, elle passa à quatre, puis huit, puis seize. Pour répondre à ses besoins, elle dut solliciter d'autres médecins et jongler entre de multiples ordonnances. Elle avait de l'argent ;

elle venait de recevoir une importante subvention pour travailler sur un nouveau projet et préparait une exposition au musée d'Art moderne de New York. Néanmoins, ses efforts pour obtenir des pilules l'occupaient quasiment à plein temps. Elle commença à réduire des comprimés en poudre pour les sniffer. Elle trouva un dealer très serviable à New York, qui lui envoyait des médicaments par FedEx.

Trois ans de sa vie disparurent. Goldin ne cessa pas de travailler, mais elle restait cloîtrée dans son appartement, coupée de tout contact humain, ne recevant pratiquement personne en dehors des gens qu'elle devait voir pour obtenir ses pilules. Elle passait des journées entières à compter et recompter sa collection de comprimés, à prendre des résolutions, puis à les abandonner. Ce n'était pas l'euphorie procurée par le médicament qui la maintenait dans cette spirale, mais simplement la peur du manque. Quand celui-ci la frappait, la souffrance mentale et physique était indicible. Tout son corps se tordait d'une douleur brûlante, incandescente. Elle avait l'impression qu'on l'écorchait vive. À cette période, elle peignit une toile représentant un jeune homme en débardeur vert à l'expression accablée, les bras couverts de furoncles et de blessures purulentes. Elle l'intitula *Manque/Sables mouvants*. Au bout d'un moment, ses médecins repérèrent ses manœuvres et Goldin ne parvint plus à se procurer assez d'OxyContin sur le marché noir ; alors elle retomba dans l'héroïne. Un soir, elle acheta sans le savoir un sachet qui contenait du fentanyl et fit une overdose.

Elle n'en mourut pas, mais l'incident l'effraya. En 2017, à soixante-quatre ans, elle retourna donc en cure de désintoxication. Elle choisit une excellente clinique dans la campagne du Massachusetts, un établissement affilié à l'hôpital psychiatrique McLean. Goldin savait qu'elle avait de la chance de bénéficier d'un traitement – seule une personne dépendante aux opioïdes sur dix y avait accès. Elle était aussi reconnaissante de pouvoir se permettre des soins d'une qualité hors de la portée de la plupart des gens : le programme de McLean coûtait 2 000 dollars par jour. Elle fut suivie par le même médecin qui l'avait aidée à se sevrer dans les années 1980. Au bout de deux mois, elle était parvenue à éliminer la drogue de son organisme. L'expérience lui rappela par certains aspects sa première sortie de cure, trente ans auparavant : ces premiers pas tremblants, après une longue période d'isolement, pour rejoindre les vivants. Comme en 1989, elle avait toutefois l'impression de regagner un monde décimé par une catastrophe. Le nombre de décès liés aux overdoses de médicaments opioïdes avait franchi la barre des deux cent mille. Selon les statistiques les plus récentes du CDC, en prenant en compte l'héroïne et le fentanyl, cent quinze Américains perdaient la vie chaque jour. À l'automne 2017, alors qu'elle était encore en convalescence, Goldin découvrit dans le *New Yorker* un article au sujet du médicament qui avait failli la tuer, de l'entreprise qui fabriquait ce médicament et de la famille qui possédait cette entreprise.

Ce n'était assurément pas la première fois qu'on publiait des informations sur les Sackler. Barry Meier et Sam Quinones avaient retracé l'histoire de la famille et de l'entreprise dans leurs ouvrages. Jusqu'alors, on avait cependant eu tendance à présenter le clan comme un élément parmi d'autres dans un récit complexe où se mêlaient l'OxyContin, Purdue, les spécialistes de la douleur, les patients et la crise des opioïdes naissante. Ce n'était pas étonnant, ni une lacune de ces enquêtes ; vu l'obsession des Sackler pour le secret et parce que Purdue était une société privée, il avait été difficile, jusque-là, de construire un récit où la culpabilité de la famille apparaissait au premier plan.

L'article du *New Yorker*, que j'ai écrit, abordait le sujet différemment. Il se concentrait directement sur la famille et mettait en lumière aussi bien son rôle dans la gestion de l'entreprise que l'écart entre sa réputation sans tache dans les milieux philanthropiques et les origines sordides de sa fortune. « Je ne pourrais pas compter le nombre de salles où j'ai donné des conférences, aux quatre coins du monde, qui portaient le nom des Sackler, témoignait Allen Frances, l'ancien responsable du département de psychiatrie à la faculté de médecine de Duke. On a fait de leur nom un symbole de charité et des bienfaits du système capitaliste. Mais au bout du compte, ils ont accumulé leur argent aux dépens de millions de personnes souffrant d'addiction. C'est un scandale qu'ils s'en soient tirés impunément. »

Par un hasard du calendrier, l'article du *New Yorker* parut la même semaine qu'une enquête sur les Sackler signée par Christopher Glazek dans *Esquire*, qui défendait une thèse très semblable. « Pourquoi tourner autour du pot ? On nous demandait de mentir », déclarait un ancien représentant de commerce de Purdue. « Les Ford, les Hewlett, les Packard, les Johnson…

Toutes ces familles ont donné leur nom à leurs produits parce qu'elles en étaient fières. Les Sackler, eux, ont caché leur lien avec leur produit », observait Keith Humphreys, le professeur de psychiatrie de Stanford.

Brusquement, la famille dut faire face à un niveau d'attention sans commune mesure avec tout ce qu'elle avait pu connaître par le passé. Dans les semaines qui suivirent la publication des articles, une ligne de faille apparut au grand jour, pour la première fois, entre la branche d'Arthur et la branche de Mortimer et Raymond. En préparant mon sujet, j'avais tenté de recueillir l'avis des membres de la famille d'Arthur sur l'héritage de Purdue, la société qu'il avait achetée pour ses frères. Ils avaient cependant refusé d'émettre la moindre critique publique sur les décisions commerciales prises par le reste du clan.

Cela changea après cette nouvelle vague d'intérêt médiatique. Elizabeth Sackler, qui avait financé la création du centre d'art féministe Elizabeth A. Sackler au Brooklyn Museum et dont le compte Twitter regorgeait d'exclamations pressantes sur la perfidie de Donald Trump et son propre soutien au mouvement Black Lives Matter, livra une déclaration tardive, dans laquelle elle prenait ses distances avec ses cousins. Elle accorda un entretien au site internet Hyperallergic, dans lequel elle affirmait que le rôle de Purdue dans la crise des opioïdes lui semblait « moralement abject ». Elle soulignait que son père était mort en 1987, bien avant le lancement de l'OxyContin, et que ses frères et sœurs et elle avaient accepté rapidement de vendre à leurs oncles le tiers de l'entreprise qu'ils possédaient. Par conséquent, aucun d'eux n'avait profité de l'OxyContin, assurait-elle.

Jillian Sackler, la veuve d'Arthur, était encore en vie, installée dans un appartement peuplé de peintures et de sculptures qui occupait un étage entier d'un bâtiment néoclassique sur Park Avenue. Elle aussi prit la parole pour la première fois, affirmant qu'Arthur « n'aurait pas approuvé la commercialisation généralisée de l'OxyContin ». Les héritiers des frères d'Arthur avaient « l'obligation morale d'aider à régler la situation et d'expier toutes les fautes qu'ils [avaient] pu commettre », déclara-t-elle. Elizabeth et Jillian s'accordaient à dire qu'Arthur était entièrement sans reproche. « [C'était] un homme extraordinaire, qui a accompli d'excellentes choses, et je suis extrêmement fière de lui », conclut Jillian. En un geste caractéristique pour celle qui était la veuve d'Arthur M. Sackler, elle remit aux journalistes un long CV contenant les noms des différents conseils d'administration où elle siégeait et des fondations auxquelles elle avait contribué.

Décider si les descendants d'Arthur Sackler méritaient d'être éclaboussés par la controverse autour de l'OxyContin posait un intéressant dilemme. D'un côté, on ne pouvait pas nier qu'Arthur était décédé avant le lancement du médicament et qu'il ne parlait presque plus à ses frères à la fin de sa vie. De l'autre, c'était lui qui avait créé le monde dans lequel l'OxyContin pouvait faire ce qu'elle avait fait. Il avait révolutionné la publicité et le marketing médical, initié la cooptation de la FDA ainsi que le mélange des genres entre la médecine et le commerce. On retrouvait d'innombrables ferments de la saga de l'OxyContin dans la vie d'Arthur Sackler. Ses héritiers s'étaient placés d'eux-mêmes dans une posture épineuse. De son vivant, et dans une plus importante mesure encore après sa mort, des personnes comme Jillian et Elizabeth avaient préservé l'héritage d'Arthur, entretenant sa mémoire et énumérant sans relâche ses exploits (en les exagérant parfois). Selon Arthur, le mérite d'une bonne partie de ce que ses frères avaient accompli lui revenait, et ses admirateurs avaient fait écho à ce sentiment longtemps après son décès. « [Arthur] Sackler a fondé une dynastie », déclarait la biographie hagiographique publiée par la fondation de Jillian Sackler, précisant qu'il avait aidé ses frères à s'établir et grandement participé au succès de Purdue. Le site internet Sackler.org, géré par Jillian, expliquait qu'Arthur avait « créé le concept de la publicité médicale factuelle », puis « racheté la société pharmaceutique Purdue Frederick et fondé toutes les autres entreprises de la famille ».

En janvier 2018, Nan Goldin publia une nouvelle œuvre dans le magazine *Artforum*, comprenant une série de photos de sa vie à Berlin. Elle avait retracé ses années d'addiction à travers des clichés de flacons de comprimés et d'ordonnances – son matériel banal de toxicomane –, et des autoportraits réalisés quand elle planait. En regard de ces images, elle avait placé des photographies de panneaux aux lignes géométriques épurées portant le nom des Sackler, prises dans divers musées autour du monde. « J'ai survécu à la crise des opioïdes, écrivait Goldin dans un texte d'accompagnement où elle revenait sur sa première période militante, pendant la crise du sida. Je ne peux pas regarder une nouvelle génération disparaître sans rien faire. » Au contraire, elle voulait lancer un cri de ralliement. « Les Sackler ont bâti leur fortune en encourageant la dépendance.

Ils ont lavé leur argent taché de sang dans les salles de musées et d'universités du monde entier. » Il était temps de « leur réclamer des comptes ».

Si Goldin montait une sorte de cabale, cela mettrait Elizabeth Sackler dans une position délicate. Celle-ci se considérait non seulement comme une progressiste et une mécène, mais aussi comme une militante. « J'admire le courage dont Nan Goldin fait preuve en racontant son parcours, et sa volonté d'agir, écrivit Elizabeth dans une lettre adressée à *Artforum*. Je suis solidaire des artistes et des penseurs, dont le travail et la voix doivent être entendus. »

Cependant, avec son allergie particulière aux histoires hypocrites que se racontent les familles, Goldin refusa de se laisser amadouer. Arthur était peut-être mort avant la mise sur le marché de l'OxyContin, mais il était « l'architecte du modèle publicitaire qu'on avait si bien utilisé pour promouvoir le médicament », rétorqua-t-elle. En plus de cela, il avait bâti sa fortune sur les tranquillisants ! C'était un peu fort de café de la part des héritiers du Valium de s'ériger en parangons de vertu face à leurs cousins dans l'OxyContin. « Les frères ont gagné des milliards sur les cadavres de centaines de milliers de personnes. Tout le clan Sackler est infâme », déclara-t-elle.

Ce regain d'attention médiatique causa la fureur des Sackler. Une information parue dans le *New Yorker* révolta particulièrement certains membres de la famille. L'article affirmait que Purdue, « confrontée à une diminution de son marché et à un opprobre grandissant », n'avait pas renoncé à l'idée de chercher de nouveaux consommateurs : « En août 2015, en dépit des critiques, la FDA a autorisé l'entreprise à recommander l'OxyContin aux enfants dès l'âge de onze ans. »

C'était vrai. Purdue avait reçu la permission de vendre de l'OxyContin aux mineurs, malgré la longue liste de cas d'enfants morts de surdose à cause du produit. Toutefois, les Sackler répliquèrent que Purdue n'avait pas sollicité cette autorisation. L'entreprise s'était contentée de suivre la procédure de la FDA, qui l'obligeait à mener des essais cliniques pour déterminer si le médicament pouvait être prescrit aux enfants. Dans une lettre indignée adressée au *New Yorker*, un avocat représentant la famille de Raymond, Tom Clare, affirma que Purdue n'avait pas mené ces recherches « de son plein gré », mais « ***uniquement*** pour se conformer à la réglementation de la FDA » (italique et caractères gras dans le texte). En outre, il soulignait que la société avait promis d'elle-même de ne pas recommander activement ce médicament pour un usage pédiatrique.

On comprenait bien pourquoi la famille se montrait sensible à l'image que cette information donnait d'elle. Cependant, même en mettant de côté le fait qu'à ce stade, Purdue s'attendait à se voir décerner une médaille pour avoir renoncé à promouvoir ouvertement un opioïde à l'intention des enfants, il était tout simplement faux de dire que ce processus avait été initié dans le seul but de satisfaire la FDA. En réalité, on trouvait dans les archives internes de Purdue de nombreux exemples de responsables décrivant l'« indication pédiatrique » comme une ambition bien concrète de l'entreprise. En janvier 2011, lorsque Craig Landau avait préparé ses « buts et objectifs » de l'année en tant que directeur médical, obtenir l'autorisation de vendre l'OxyContin pour un usage pédiatrique figurait sur la liste.

Si les Sackler n'avaient pas apprécié qu'on publie cette information, c'était pour une raison plus complexe. Selon des employés de Purdue de l'époque, l'entreprise cherchait depuis des années à décrocher cette autorisation. Cependant, cc n'était pas parce que la FDA l'exigeait, ou parce que les Sackler estimaient que les enfants représentaient un nouveau marché gigantesque pour leur antidouleur – mais plutôt parce que obtenir une indication pédiatrique de la FDA constituait une technique habile de plus pour prolonger le brevet d'un médicament. Deux décrets passés par le Congrès dans le but de favoriser la recherche pédiatrique avaient permis à la FDA d'offrir des avantages aux entreprises qui mèneraient des essais cliniques sur l'efficacité de leurs médicaments chez les enfants. À cette étape, le monopole d'exploitation de l'OxyContin durait depuis vingt ans – bien plus que celui de la majorité des produits pharmaceutiques. Purdue devait cela à ses avocats extrêmement brillants. Et si elle parvenait à décrocher l'indication pédiatrique, la société pourrait bénéficier de six mois supplémentaires de monopole. Les Sackler soutenaient que la loi les avait forcés à mener des essais cliniques ; mais il ne s'agissait pas tant d'une obligation que d'une incitation. Un ancien cadre observerait qu'en 2011, six mois supplémentaires d'exclusivité auraient probablement représenté un gain de « plus d'un milliard de dollars » pour l'entreprise. De ce fait, on avait décidé que « cela valait la peine de mettre à mal son image ». Dès 2009, une présentation budgétaire avait abordé cette idée en considérant son « impact sur le monopole et les bénéfices générés ». La même année, Mortimer Sackler junior avait évoqué dans un mail le spectre de la « falaise des brevets », avant de se renseigner sur la possibilité d'une « extension apportée par les essais pédiatriques ».

L'entreprise avait fini par décrocher cette indication. Cependant, pour des raisons techniques, on lui avait refusé une extension d'exclusivité, ce qui avait rendu les Sackler très mécontents, et peut-être enclins à prendre la mouche quand des articles mesquins sous-entendaient que la famille voulait vendre des opioïdes aux enfants alors qu'elle cherchait en réalité à pouvoir écouler son produit au tarif garanti par son monopole pendant six mois de plus. Cette vague sans précédent de mauvaise presse n'empêcha pas les Sackler de continuer à chercher de nouvelles façons de vendre des opioïdes. Quelques semaines après la parution de l'article du *New Yorker*, alors même qu'il tempêtait contre les critiques qui dépeignaient sa famille comme des colporteurs de pilules avides de profits, Jonathan Sackler proposa que Purdue réfléchisse à lancer un nouvel antidouleur. Richard continua d'exiger des mises à jour sur les ventes, au point que les employés ne surent plus comment lui répondre. « Je crois qu'il faut qu'on trouve un juste équilibre entre expliquer clairement la réalité des choses [...] et donner tant de mauvaises nouvelles qu'on aura l'impression qu'il n'y a plus d'espoir pour l'avenir », écrivit un membre du personnel à un autre. Pour préserver les profits de l'entreprise, la famille se cramponnait à sa stratégie d'encourager les patients à prendre des doses plus élevées d'OxyContin sur une plus longue durée, comme McKinsey le lui avait conseillé. Toutefois, ces recommandations allaient à l'encontre d'un consensus médical émergent affirmant qu'il ne s'agissait pas de la meilleure approche pour traiter les douleurs chroniques. Le CDC avait récemment annoncé qu'on « manquait de preuves » pour avancer que ce type de médicaments continuaient à soulager les patients qui en prenaient pendant plus de trois mois. L'agence avertissait que près d'un quart des personnes qui suivaient un traitement opioïde de longue durée pourraient développer des problèmes de dépendance.

Certains cadres avaient exhorté le conseil d'administration à admettre que l'idée d'une société dédiée à la prise en charge de la douleur ne fonctionnait pas, et que Purdue devait diversifier ses activités. En 2014, Kathe Sackler avait participé à des discussions au sujet d'une initiative appelée « projet Tango ». La théorie était la suivante : l'entreprise disposait désormais d'un secteur vers lequel elle pouvait naturellement se tourner, à savoir la vente de médicaments traitant la dépendance aux opioïdes. Richard Sackler et une équipe d'inventeurs avaient eux-mêmes déposé un brevet pour soigner l'addiction. (Leur dossier qualifiait les personnes dépendantes de « junkies » et déplorait « les activités criminelles, liées aux drogues, auxquelles ces toxicomanes [avaient] recours pour obtenir l'argent leur permettant d'entretenir leur addiction ».) Une présentation PowerPoint réalisée pour le projet Tango avançait que le « marché de la dépendance » représentait « une nouvelle étape adaptée et logique pour Purdue ». Par certains aspects, cette initiative était une variation sur un modèle économique que l'entreprise suivait depuis longtemps. L'un des effets secondaires associés à l'usage des opioïdes est la constipation et, pendant des années, les délégués de Purdue avaient présenté le fidèle laxatif de l'entreprise, le Senokot, comme le compagnon idéal de l'OxyContin. Avec une franchise que même les Sackler auraient pu trouver perturbante, la présentation pour le projet Tango déclarait : « Le traitement de la douleur et l'addiction sont naturellement liés. » « Le secteur de la dépendance aux opioïdes pourrait constituer un point de départ excitant pour Purdue », y notait-on.

En fin de compte, le conseil d'administration décida d'écarter le projet Tango. C'était le schéma habituel. On semblait conscient chez Purdue qu'il était nécessaire de concevoir d'autres produits ou d'acquérir de nouvelles licences ; mais chaque fois qu'on présentait au conseil d'administration un candidat qui n'était pas un opioïde, les Sackler s'enquéraient de l'ampleur des profits qu'il générerait. « Les gens ont essayé de les inciter à diversifier leurs activités », se rappellerait un ancien cadre. On avait envisagé des traitements pour la maladie de Parkinson, pour les migraines, pour l'insomnie. « Mais le conseil d'administration n'était pas intéressé. Les marges de profit n'étaient pas les mêmes qu'avec les opioïdes. » La barre était haut – peu de produits pharmaceutiques sont aussi rentables que l'OxyContin –, et les Sackler rejetaient une proposition après l'autre. « Ils ne cherchaient pas du tout à développer des produits qui n'étaient pas des opioïdes. Leur souci principal était de vendre autant d'OxyContin que possible », se souviendrait un autre cadre. Après avoir été nommé P-DG, Craig Landau avait fait mine d'explorer d'autres gammes de produits ; mais comme le cadre l'expliquerait, « Craig [était] un homme d'affaires. Tout ce qu'il avait à la bouche, c'était le chiffre d'affaires que représentait chaque segment de la population affectée par la douleur. "C'est 10 % de notre chiffre d'affaires." "C'est 15 % de notre chiffre d'affaires." Il ne prononçait jamais le mot "patient", en revanche il parlait sans arrêt de chiffre d'affaires. »

Un troisième cadre se rappellerait la pression qu'il éprouvait en allant proposer de nouvelles idées à la famille : « Participer à une réunion du conseil d'administration des Sackler, c'est comme participer à un affreux repas de Thanksgiving avec deux branches d'une famille qui ne se supportent pas. Vous avez Richard, du côté de Raymond, qui veut pousser les choses dans une direction, et Kathe, du côté de Mortimer, qui veut les pousser dans l'autre, et tout le monde se crie dessus, pendant que vous restez là debout, à demander si vous pouvez passer au deuxième slide. » Mais c'était inutile. « Ça ne les intéressait pas de développer d'autres lignes de produits », conclurait le cadre. Si novatrice que soit la proposition, « ce n'était pas l'OxyContin ».

La bonne nouvelle pour les Sackler était que, même après les révélations d'*Esquire* et du *New Yorker*, la mauvaise presse ne semblait pas parvenir à affecter les relations philanthropiques de la famille ni son statut dans la haute société. Après la publication des articles, le *New York Times* contacta vingt et un établissements culturels ayant reçu des sommes importantes de la part des Sackler, dont le Guggenheim, le Brooklyn Museum et le Met. « Peu d'institutions semblaient préoccupées par le fait que l'argent dont elles avaient bénéficié puisse être lié d'une manière ou d'une autre à une fortune familiale bâtie sur la vente d'opioïdes », rapporta le journal. Aucun musée n'émit de déclaration autre que favorable au sujet des Sackler, ou n'indiqua qu'il rendrait les dons effectués ou refuserait d'accepter des contributions de la famille à l'avenir. Certains se montrèrent ouvertement protecteurs. « La famille Sackler demeure un important et précieux donateur », déclara au journal une porte-parole du Victoria and Albert Museum, ajoutant que les responsables du musée lui étaient « reconnaissants de son soutien toujours renouvelé ». L'université d'Oxford se montra tout aussi ferme, annonçant qu'elle n'avait « pas l'intention de revenir sur son partenariat avec la famille et les fondations Sackler ».

Par un samedi après-midi glacial de mars 2018, Nan Goldin pénétra dans l'enceinte du Met. Elle était vêtue de noir de la tête aux pieds, avec une longue écharpe autour du cou. Ses lèvres étaient maquillées en rouge vif et ses cheveux d'un roux flamboyant retombaient sur ses yeux. Une fois à l'intérieur du musée, elle se dirigea vers l'aile Sackler.

Elle n'était pas venue seule. Quand elle atteignit la salle, avec sa grande paroi de verre inclinée donnant sur le parc, elle se mêla à une foule de visiteurs en apparence classique. Mais une centaine de personnes arrivées incognito, comme elle, étaient discrètement en train de s'organiser. Soudain, à 16 heures pile, le groupe se mit à crier : « Temple de l'avarice ! Temple de l'Oxy ! » Quelqu'un déroula une banderole noire proclamant : DES FONDS POUR LA DÉSINTOXICATION.

Goldin avait créé un collectif calqué sur les associations de lutte contre le sida qu'elle avait tant admirées dans les années 1980. Baptisé PAIN (un acronyme de Prescription Addiction Intervention Now, « Intervention immédiate pour l'addiction aux médicaments »), le groupe s'était réuni régulièrement dans l'appartement de la photographe à Brooklyn pour préparer une action coup-de-poing. Tandis que des dizaines de manifestants entonnaient leurs slogans, des centaines de visiteurs les regardaient bouche bée ou les filmaient avec leurs téléphones. Des photographes de presse, informés à l'avance, immortalisèrent la scène. Goldin avait décidé de s'attaquer aux Sackler sur leur terrain – le milieu prestigieux des musées d'art. Le Met possédait des œuvres de la photographe dans sa collection permanente, et elle comptait utiliser sa propre réputation dans ce monde – et son identité spécifique d'artiste admirée, qui se remettait d'une addiction à l'OxyContin – pour appeler les institutions culturelles à refuser l'argent des Sackler et exiger que la famille emploie sa fortune à financer des traitements contre la dépendance.

« Nous sommes des artistes, des militants, des toxicomanes », annonça-t-elle en prenant place entre deux imposantes statues en pierre noire. Certains de ses camarades avaient déployé une banderole indiquant HONTE AUX SACKLER, devant laquelle elle se tenait à présent. « Nous sommes en colère », déclara-t-elle. Les manifestants s'étaient postés autour du grand miroir d'eau, pièce maîtresse de tant de fêtes somptueuses. Ils sortirent de leurs sacs des flacons de comprimés orange qu'ils jetèrent dans le bassin. « Regardez les faits ! crièrent-ils. Lisez les données ! »

Des agents de sécurité apparurent pour essayer de les forcer à cesser leur tapage et à partir ; au lieu de quoi, les manifestants s'effondrèrent à terre en une mort symbolique. Ils restèrent là quelques minutes, cadavres jonchant le sol, afin de représenter les victimes de l'OxyContin. Puis ils se relevèrent et se dirigèrent vers la sortie, passant devant le temple de Dendour puis traversant les immenses salles en marbre qu'Arthur, Mortimer et Raymond avaient voulu s'approprier au prix de tant d'efforts. Ils agitaient des banderoles et clamaient des slogans, leurs voix résonnant dans les galeries : « À cause des mensonges des Sackler, des milliers de personnes meurent ! » Alors qu'ils descendaient les marches du perron, Nan Goldin se retourna pour crier : « Nous reviendrons ! »

Dans l'aile Sackler, près d'un millier de flacons orange flottaient sur le miroir d'eau. C'étaient à leur humble façon de minuscules œuvres d'art, portant chacune une étiquette imperméable d'allure très réaliste, spécialement conçue pour l'occasion. L'étiquette disait :

OxyContin
Prescrite pour vous par les Sackler

26

Sur le sentier de la guerre

L'île de Tasmanie se situe à deux cent cinquante kilomètres au large de la côte Sud du continent australien, au cœur de l'une des régions les plus isolées du globe. Dans le nord de l'île, dans un endroit appelé Westbury, des champs de pavots à longue tige frémissent au gré du vent autour de l'usine de l'entreprise Tasmanian Alkaloids. Les fleurs sont principalement roses, avec quelques taches de mauve et de blanc ici ou là. Mais ce ne sont pas des pavots ordinaires. Il s'agit d'une variété particulière de super-pavots, génétiquement modifiés pour produire une plus grande quantité de thébaïne, un alcaloïde qui constitue l'ingrédient chimique principal de l'oxycodone. Les plantes récoltées sont transformées dans l'usine de Westbury en un extrait concentré que l'on envoie par avion aux États-Unis, où cette matière brute narcotique va devenir de l'oxycodone et d'autres opioïdes.

La Tasmanie est la pépinière qui alimente l'essor de ces substances. Bien qu'elle fasse à peu près la taille de la Virginie-Occidentale, l'île produit 85 % de la thébaïne mondiale. Pendant les années 1990, alors que Purdue Pharma développait l'OxyContin, une filiale du géant de l'industrie pharmaceutique Johnson & Johnson s'occupait de créer cette nouvelle variété de pavot à opium. Comme Purdue, Johnson & Johnson est une société aux origines familiales. Les Américains tendent à associer son nom à des produits innocents tels que les pansements Band-Aid et le shampooing pour bébé. Cependant, l'entreprise a aussi joué un rôle essentiel dans la crise des opioïdes. Après le lancement de l'OxyContin, la branche tasmanienne de Johnson & Johnson, propriétaire de l'usine, accéléra son rythme de production. En 1998, elle signa un accord l'engageant à fournir à Purdue la matière narcotique brute « nécessaire pour l'intégralité de sa production internationale [d'OxyContin] ».

Cela s'avéra être une responsabilité de taille. Alors que la demande grimpait en flèche, Tasmanian Alkaloids dut encourager les agriculteurs locaux, qui produisaient auparavant d'autres denrées – choux-fleurs, carottes… –, à passer au pavot. Ils utilisèrent à peu près les mêmes méthodes que Purdue quand elle cherchait à motiver ses représentants de commerce : ils instaurèrent des programmes d'incitation et offrirent des vacances tous frais payés et des voitures de luxe. Le boom du pavot créa un contexte économique si étrange qu'un fermier tasmanien buriné pouvait passer une longue journée au volant d'un tracteur pour s'occuper de ses champs sous un soleil écrasant, avant de rentrer chez lui dans sa Mercedes climatisée surpuissante. Au plus fort de la vague, en 2013, trente-sept mille hectares étaient dédiés à cette plante en Tasmanie. Un comptable s'amusa à dire que le pavot était devenu si rentable qu'on aurait pu aller jusqu'à « offrir un 747 » aux agriculteurs, si cela en avait incité un plus grand nombre à se lancer dans ce secteur.

Par le passé, la DEA, l'agence de lutte antidrogue, avait limité la quantité d'alcaloïdes qu'on pouvait importer aux États-Unis. Toutefois, l'industrie naissante des opioïdes milita avec acharnement pour faire augmenter ces quotas, et la DEA finit par céder. La crise des opioïdes est, entre autres choses, une parabole sur l'impressionnante capacité du secteur privé à corrompre les institutions publiques. Tout comme la FDA qui avait été compromise, le Congrès qui avait été neutralisé ou ouvertement coopté à l'aide de généreux dons, tout comme les procureurs fédéraux qui avaient été torpillés par des appels discrets aux autorités de Washington ou amadoués par la promesse d'un emploi dans le privé, tout comme les législateurs des États et le CDC qui avaient été freinés et sabordés quand ils avaient tenté de restreindre les prescriptions d'opioïdes, la DEA n'était pas immunisée contre ce genre de pressions et, sous les encouragements incessants de l'industrie, elle entreprit d'assouplir sa réglementation. Entre 1994 et 2015, l'agence augmenta à trente-six reprises le quota d'oxycodone qu'il était légalement possible de fabriquer. Un rapport ultérieur de l'inspecteur général du département de la Justice critiquerait la DEA pour avoir « réagi trop lentement à la montée spectaculaire de la surconsommation d'opioïdes ».

Évidemment, Purdue n'était pas la seule entreprise à exercer ces pressions. Cela deviendrait un élément clé de la défense de la famille Sackler. En 2016, Johnson & Johnson vendit l'usine de Tasmanian Alkaloids. Les médecins prescrivaient désormais des antidouleurs avec une plus grande prudence. À ce stade, beaucoup d'Américains contemplaient le carnage créé par deux décennies de prescriptions généralisées d'opioïdes et cherchaient un responsable. Rappelant fortement Arthur Sackler lorsqu'il avait affirmé en 1961 devant une assemblée de sénateurs américains que l'agence McAdams était en réalité une société de peu d'importance, le reste de la famille clamait que la part de marché de l'OxyContin n'avait jamais dépassé les 4 %.

Ce n'était pas faux. Janssen, la branche pharmaceutique de Johnson & Johnson, vendait ses propres antidouleurs, un comprimé du nom de Nucynta et un patch de fentanyl, le Duragesic, qui avait entraîné des problèmes d'abus dont l'entreprise avait eu conscience dès 2001. C'était aussi le cas d'Endo (avec l'Opana), de Mallinckrodt (avec la Roxicodone), de Teva (avec le Fentora et la sucette au fentanyl Actiq) et de bien d'autres encore. Le secteur était surpeuplé. « Nous ne sommes pas la seule entreprise à avoir commercialisé des opioïdes », fulminait David Sackler. « Johnson & Johnson était un mastodonte ! » s'exclamait-il, alors que l'OxyContin n'était « qu'un tout petit produit de niche, avec une minuscule part de marché ».

La famille trouvait rageant qu'on la considère comme un cas à part. Dans des documents juridiques, les avocats de Purdue se plaignaient qu'on ait transformé les Sackler en « boucs émissaires ». Leurs plus grands concurrents faisaient eux aussi l'objet de poursuites judiciaires ; cependant, personne n'écrivait d'enquêtes désobligeantes sur le P-DG d'Endo ou sur le conseil d'administration de Mallinckrodt.

Si ce refrain sur la petite taille de Purdue occupait toujours une place de choix dans le répertoire d'arguments que les Sackler et leur entreprise employaient pour se défendre, il était aussi délibérément trompeur, sur plusieurs points importants. Tout d'abord, le pourcentage total de prescriptions d'opioïdes n'était peut-être pas le meilleur indicateur pour comprendre le véritable poids de Purdue sur le marché, car ces statistiques mettaient tous les médicaments sur le même plan, sans tenir compte de leur force ni de la durée du traitement. Le seul moyen pour les Sackler de parvenir à ce chiffre de 4 % était d'envisager les prescriptions d'opioïdes selon des paramètres si généraux qu'ils incluaient même des ordonnances à court terme pour des médicaments faiblement dosés, comme le Tylenol-Codéine. L'OxyContin était un produit incroyablement puissant. Son aspect révolutionnaire – et la source de la fierté des Sackler – résidait dans le système novateur qui avait permis à Purdue de compacter 40 ou 80 milligrammes d'oxycodone dans une seule pilule. De plus, l'OxyContin était le médicament « avec lequel on commençait, et qu'on adoptait ». Le modèle commercial de Purdue reposait sur l'idée que les patients prendraient ce traitement pendant des mois. Des années. Toute une vie, parfois. L'entreprise pratiquait une politique tarifaire agressive et encourageait ses délégués à recommander des doses de plus en plus fortes aux patients, en grande partie parce qu'une dose plus élevée signifiait des profits plus élevés. Selon une étude du *Wall Street Journal*, quand on prenait en compte la dose contenue dans chaque comprimé, Purdue dominait en fait le marché de l'oxycodone, avec 27 % des ventes. Une autre analyse, réalisée par l'association de journalistes d'investigation ProPublica, concluait que si l'on rectifiait les chiffres en fonction de la puissance des médicaments, dans certains États, la part de Purdue sur le marché de tous les antidouleurs opioïdes – pas seulement de l'oxycodone – s'élevait à 30 %.

En soutenant n'avoir jamais été que des seconds couteaux, les Sackler et Purdue rejetaient la faute sur leurs vieux adversaires, les fabricants de génériques. Si vous vouliez savoir d'où venait l'essentiel des médicaments opioïdes, c'était là qu'il fallait regarder, avançaient-ils. « L'OxyContin a été lancée sur un marché dominé par les opioïdes génériques », déclara un porte-parole de Purdue au *New Yorker* en 2017. La vaste majorité des prescriptions d'antidouleurs concernaient ce type de produits, affirmait-il. Toutefois, pour certains employés de Purdue familiers des investissements nébuleux du clan Sackler, cette ligne de défense était d'une malhonnêteté éhontée : la famille possédait en secret une autre entreprise pharmaceutique qui était l'un des plus grands fabricants d'opioïdes génériques des États-Unis.

Les locaux de Rhodes Pharmaceuticals se situaient sur une route de campagne de la commune de Coventry, au Rhode Island, et étaient protégés par un impressionnant dispositif de sécurité. La société semblait déterminée à faire profil bas : pendant des années, son site internet était resté « en construction ». Le lien de la famille Sackler avec Rhodes, que le *Financial Times* finirait par révéler, datait de la période ayant suivi la condamnation pénale de Purdue en Virginie. Les Sackler avaient fondé l'entreprise quatre mois après le jugement. Selon un ancien haut responsable de Purdue, elle était destinée à servir de « point de chute » à la famille au cas où elle aurait besoin de prendre un nouveau départ après la crise de l'OxyContin. Rhodes était devenue le septième fabricant d'opioïdes des États-Unis, juste derrière le géant des génériques Teva, et loin devant Johnson & Johnson et Endo. L'entreprise produisait une version générique de la MS Contin, mais aussi de l'oxycodone à libération instantanée, un médicament dont l'abus était très répandu. Un article sur le site internet de Purdue, intitulé « Mythes courants au sujet de l'OxyContin », déplorait « l'idée erronée que tous les abus d'oxycodone [concernaient] l'OxyContin ». Il avançait que l'oxycodone à libération instantanée était aussi en cause, sans mentionner le fait gênant que les Sackler fabriquaient les deux produits.

Chez Purdue, on avait conscience qu'après la reformulation de l'OxyContin en 2010, les grandes déclarations de l'entreprise sur la fiabilité de son opioïde inaltérable sonneraient creux si les gens s'apercevaient qu'une société apparentée, Rhodes, était toujours occupée à produire de l'oxycodone à libération instantanée – qui n'avait rien d'inaltérable, elle. Dans un mail interne, un cadre de Purdue, Todd Baumgartner, avait évoqué les efforts « discrets » du fabricant pour masquer cette contradiction.

De nombreux Sackler jouaient un rôle actif chez Rhodes. Dame Theresa et Kathe siégeaient à un comité ; Mortimer à un autre. Mais d'après un cadre de Purdue qui avait longtemps travaillé avec la famille, c'était Jonathan qui s'impliquait le plus dans la société. « Jonathan est devenu le plus grand apôtre de Rhodes. C'était son bébé », expliquerait-il.

Néanmoins, il y avait une faille plus claire dans l'argumentation des Sackler sur l'importance relative de leurs parts de marché : lorsque toutes ces sociétés pharmaceutiques concurrentes avaient commencé à promouvoir leurs propres opioïdes puissants, elles avaient suivi le chemin tracé par Purdue. L'OxyContin avait « lancé l'assaut », selon un chimiste de Purdue qui avait travaillé sur le médicament. Dans les années 1990, Richard Sackler et son équipe avaient identifié un obstacle de taille au développement de leur marché – la mauvaise réputation des opioïdes puissants, largement répandue dans la communauté médicale. Ils avaient mené à bien une stratégie remarquable pour écarter cet obstacle, ouvrant la voie. En 2001, Purdue avait reconnu elle-même que ses efforts promotionnels avaient aidé à engendrer « un changement de modèle ». Des concurrents avaient peut-être supplanté l'entreprise sur son propre terrain ; mais ils lui avaient emboîté le pas plutôt que de la précéder. Lors d'une présentation effectuée en 2002 chez Johnson & Johnson, une équipe de consultants de McKinsey l'avait admis elle-même : l'OxyContin avait « créé » un marché.

Aux yeux de l'avocat Mike Moore, Purdue Pharma et la famille Sackler semblaient être « les principaux coupables ». « [Ils] ont trompé la FDA en affirmant que l'OxyContin durait douze heures, expliquait-il. Ils ont menti sur ses propriétés addictives. Ils ont fait tout ça pour développer le marché des opioïdes et montrer qu'on pouvait se jeter à l'eau. Et certaines de ces autres entreprises ont vu que l'eau était bonne. Alors elles ont dit : "C'est bon, on peut y aller aussi." »

Moore avait une soixantaine d'années mais paraissait plus jeune ; il était maigre comme un clou, avec un accent un peu traînant. Il venait du Mississippi où il avait été procureur général de 1988 à 2004. Pendant les années 1990, Moore avait été considéré comme une étoile montante du Parti démocrate, un progressiste du Sud avec une expérience dans le maintien de l'ordre, que l'on comparait souvent à Bill Clinton. Certains pensaient qu'il pourrait un jour briguer la présidence à son tour. En tant que procureur général, il excellait dans l'art d'attirer l'attention des médias et dans la tambouille politique nécessaire à la formation de coalitions. De son propre aveu, Moore aimait envisager les choses sous l'angle général. Les nuances complexes et les interminables éléments de droit des dossiers d'instruction n'étaient pas son point fort. En revanche, il avait de l'enthousiasme, de l'énergie et du charisme à revendre, et une ferveur de justicier.

En 1994, Moore avait décidé de s'allier à d'autres hommes de loi pour s'attaquer à l'industrie du tabac. Employant une stratégie originale et risquée, il était devenu le premier procureur d'État à poursuivre en justice les cigarettiers ; il espérait les forcer à répondre de leurs mensonges concernant les effets nocifs du tabagisme sur la santé. Des avocats privés s'étaient associés aux États pour une série de procès contre les fabricants de tabac. C'était l'affaire que Barry Meier avait suivie pour le *Times*, qui s'était achevée par une victoire retentissante pour Moore. Les entreprises incriminées avaient consenti à l'accord à l'amiable le plus important de l'histoire des États-Unis. Moore, ses collègues procureurs et les avocats des plaignants avaient obligé l'industrie à admettre qu'elle avait dissimulé les dangers du tabac. Ils avaient fait décrocher des panneaux publicitaires, interdire les distributeurs de cigarettes, annuler des partenariats avec des équipes sportives. Ils avaient sonné le glas de Joe Camel, la mascotte emblématique du fabricant, ainsi que du Marlboro Man. Et ils avaient contraint les entreprises à verser des dommages-intérêts exceptionnels, dépassant les 200 milliards de dollars.

En 2004, Moore quitta son poste de procureur général pour ouvrir son propre cabinet d'avocats. Après la marée noire provoquée par l'explosion de la plateforme pétrolière Deepwater Horizon, il aida à soutirer 20 milliards de dollars de dédommagement à la société BP. Il avait acquis une réputation de tueur de géants, capable de mettre au pas même les plus féroces mastodontes industriels. Il avait croisé le fer avec les meilleurs avocats de la planète et remporté le combat. Il avait aussi amassé une fortune considérable grâce aux honoraires obtenus à chaque victoire. Lorsque le réalisateur Michael Mann avait décidé de tourner son film *Révélations* sur le procès contre l'industrie du tabac, la plupart des personnages réels avaient été interprétés par des acteurs, comme Russell Crowe et Al Pacino. Mike Moore avait joué son propre rôle. Il avait une certaine prestance.

Il avait aussi un neveu accro aux opioïdes. Un soir de 2006, ce neveu avait été blessé par balle après une altercation avec sa femme (ses souvenirs de l'incident étaient si brumeux qu'il n'avait pas pu dire s'il s'était tiré dessus lui-même ou si c'était elle qui l'avait fait). Un médecin lui avait prescrit du Percocet. Il n'avait plus réussi à s'en passer et, en 2010, il achetait du fentanyl au marché noir. Moore s'était efforcé de l'aider, mais son neveu avait enchaîné sans succès les cures de désintoxication ; il faisait une overdose, se rétablissait, faisait de nouveau une overdose.

Moore avait participé à plusieurs affaires civiles contre Purdue en 2007, qui avaient abouti à un règlement à l'amiable. L'entreprise avait versé 75 millions de dollars sans admettre le moindre tort, et les documents internes recueillis pendant l'enquête avaient été scellés. Cependant, Moore avait commencé à échanger avec ses anciens collaborateurs du procès contre l'industrie du tabac, dans l'idée d'appliquer le même modèle aux fabricants d'opioïdes. À ses yeux, les ressemblances sautaient aux yeux : « Les deux secteurs font des profits en tuant des gens. »

Cela posait toutefois une question intéressante. Les Sackler avaient toujours adhéré à une vision fondamentalement libérale de leur domaine d'activité. La famille fabriquait un produit et le commercialisait. Elle n'était pas responsable de ce que les gens en faisaient. Les détracteurs de Purdue arguaient que cela rapprochait d'autant plus l'entreprise des cigarettiers : si vous mentez sur les risques associés à votre produit et que les gens vous croient sur parole et le consomment, avec des conséquences fatales, on devrait considérer que vous avez une part de responsabilité dans l'affaire. Pour d'autres personnes, l'analogie adéquate n'était pas celle des cigarettes, mais des armes à feu. Jusqu'à ce jour, il a été quasiment impossible, aux États-Unis, de reprocher aux fabricants d'armes les décès causés par leurs produits. On pourrait avancer que les armes à feu, encore plus que les médicaments addictifs, mènent à des issues désastreuses qui ne sont pas difficiles à prévoir. Néanmoins, les fabricants (ainsi que leurs avocats et groupes de pression) soutiennent avec succès qu'on ne devrait pas les blâmer pour ce que leurs clients font de leurs produits. Quand quelqu'un est blessé ou tué par une arme à feu, il y a toujours un individu irresponsable qui a appuyé sur la détente, ce qui, selon l'industrie, devrait absoudre de toute responsabilité ceux qui ont fabriqué et vendu cette arme. Les Sackler estimaient qu'il en allait de même pour l'OxyContin. Si les gens utilisaient le médicament à mauvais escient et faisaient des overdoses, la faute en incombait à plusieurs acteurs potentiellement irresponsables – le médecin, le grossiste, le pharmacien, le dealer, le toxicomane, la personne dépendante –, mais pas au fabricant. Pas à Purdue. Et encore moins aux Sackler.

En collaboration avec un consortium informel d'avocats, dont plusieurs autres vétérans de la bataille contre l'industrie du tabac, Moore passa en revue tous les procès intentés par le passé à Purdue et à d'autres fabricants d'opioïdes. Ils étudièrent les poursuites pénales de 2007 en Virginie ainsi que toutes les autres affaires que Purdue avait réglées à l'amiable pour éviter le tribunal (avant d'enterrer les preuves). Aucune de ces issues n'était satisfaisante, surtout au vu des répercussions délétères que l'OxyContin et les autres opioïdes avaient eues sur l'ensemble du pays, et des profits faramineux engrangés par les entreprises. Moore et ses confrères lancèrent donc l'idée d'une nouvelle série de poursuites. Elles seraient engagées par des procureurs d'État, mais aussi par des villes, des comtés et des nations amérindiennes. Tous les plaignants conviendraient de mettre leurs ressources en commun, de partager les informations et les documents, et d'attaquer non seulement Purdue, mais aussi les autres acteurs majeurs de l'industrie, les grossistes et les pharmacies. « Ces sociétés peuvent gagner une affaire, mais elles ne peuvent pas en gagner cinquante. Il y aura bien un jury quelque part qui leur collera le verdict le plus sévère de l'histoire de la nation », affirma Moore.

Bientôt, les poursuites judiciaires intentées à Purdue et à d'autres sociétés proliférèrent à tel point qu'on dut les regrouper en ce qu'on appelle un « litige multidistrict ». Les accusés étaient nombreux : Purdue et d'autres fabricants, comme Johnson & Johnson et Endo ; de grands distributeurs de produits pharmaceutiques tels que McKesson, qui fournissaient les médicaments en gros aux pharmacies ; et des chaînes de pharmacies elles-mêmes, telles Walmart, Walgreens et CVS. Ces actions en justice se fondaient sur la thèse selon laquelle Purdue avait mis en place des tactiques marketing trompeuses, que d'autres sociétés avaient imitées. D'après le CDC, la crise des opioïdes coûtait 80 milliards de dollars par an à l'économie américaine. Si les contribuables devaient assumer ce coût, il semblait normal que les entreprises pharmaceutiques mettent la main à la pâte, arguaient Moore et ses confrères. Lors d'une audience organisée en janvier 2018, Dan Aaron Polster, un juge fédéral de l'Ohio qui avait été chargé de superviser l'ensemble du litige, nota le caractère extrêmement urgent de cette procédure judiciaire. « Nous perdons plus de cinquante mille de nos concitoyens chaque année. Cent cinquante Américains vont mourir aujourd'hui, rien qu'aujourd'hui, alors que nous sommes réunis ici », déclara-t-il.

L'Ohio constituait une tribune appropriée pour cette confrontation. En 2016, on avait déjà prescrit des opioïdes à 2,3 millions d'habitants de l'État – environ 20 % de la population. La moitié des enfants placés en famille d'accueil dans la région avaient des parents dépendants à ces substances. Les morts par overdose se succédaient à un rythme tel que les légistes ne trouvaient plus de place pour entreposer les cadavres et devaient chercher des solutions de fortune. Aucun des États ne disposait d'assez d'argent ou de moyens pour faire face au problème. Compte tenu de l'urgence de la situation et de l'extrême complexité du litige, Polster encouragea les parties à parvenir à un accord plutôt que de porter les procès un par un devant les tribunaux. Purdue et les autres entreprises accusées souhaitaient aussi éviter cette issue.

Alors que la menace du litige se faisait plus pesante, les responsables de Purdue à Stamford avaient commencé à travailler avec une petite agence de relations publiques, Herald Group, spécialisée dans la recherche d'informations sur les parties adverses. L'agence proposa un plan d'action pour inciter les procureurs d'État à y « réfléchir à deux fois » avant de participer au litige, en commençant par « une enquête approfondie sur Mike Moore et ses associés actuels et passés ». Si l'on parvenait à discréditer Moore, cela suffirait peut-être à « semer le doute » chez d'autres avocats qui envisageaient de se joindre aux poursuites, suggéra un représentant de Herald Group. « Moore et toute sa clique sont des chasseurs de procès riches et cupides, qui empochent des centaines de millions de dollars en attaquant des entreprises en justice », observa l'agence. Elle proposait notamment de construire un site internet baptisé Avocats charognards : « Le concept d'Avocats charognards lie les avocats des plaignants à l'appât du gain et les rapproche des nantis de Wall Street plutôt que de l'homme de la rue. Cette représentation diminue encore leur crédibilité, renforçant l'idée qu'ils ne se battent pas pour le petit peuple. »

Lorsque le *Wall Street Journal* publia un éditorial défavorable à ces poursuites judiciaires, arguant que les procureurs d'État cherchaient seulement à « renflouer leurs caisses » aux dépens de l'industrie pharmaceutique, les cadres de Purdue ouvrirent le champagne. Un responsable de Herald Group leur rapporta qu'il avait « collaboré avec » l'auteur de l'article.

Mike Moore ne se cachait pas de vouloir de l'argent ; il avait qualifié un jour Johnson & Johnson d'« énorme tirelire ». On pouvait aussi légitimement mettre en doute les motivations des avocats spécialistes en dommages à la personne, qui récoltaient d'énormes honoraires en cas de victoire. Toutefois, il était plus difficile de dénigrer les dizaines de procureurs généraux engagés dans les poursuites qui avançaient, comme Moore, que ces procès visaient à obtenir les fonds dont les États avaient désespérément besoin pour construire des centres de traitement, financer la recherche en addictologie et acheter de la Naloxone, un produit permettant de contrer les effets d'une surdose d'opioïdes.

Lors d'un entretien donné en février 2018, Moore remarqua qu'aucune de ces affaires judiciaires n'avait « cité les Sackler » dans la liste des accusés. Ils semblaient toujours protégés par l'impression habilement cultivée qu'en dehors de voter au conseil d'administration de temps à autre, leur rôle dans l'entreprise familiale était négligeable. Moore ajouta cependant qu'à l'heure même où il parlait, des avocats essayaient de trouver un moyen « d'écarter l'obstacle de la personnalité morale de la société pour pouvoir attaquer directement ses propriétaires ».

De leur côté, les Sackler commençaient enfin à paniquer. « J'ai reçu un appel de Mary Woolley aujourd'hui », annonça Jonathan à d'autres membres de la famille. Woolley dirigeait un groupe appelé Research ! America que les Sackler avaient abondamment subventionné. Sept mois plus tôt, elle avait fait l'éloge funèbre du père de Jonathan, Raymond, louant son « flair pour le commerce, sa gentillesse, son extraordinaire générosité et sa détermination à faire avancer la recherche ». Son « héritage » était « un modèle pour tous ceux qui aspiraient à servir le bien commun », avait-elle ajouté. Cependant, Woolley venait d'informer Jonathan que son organisation avait révisé sa position. « Apparemment, à cause de la mauvaise presse autour de Purdue et de la famille, leur conseil d'administration a décidé de rebaptiser le prix Raymond & Beverly Sackler », écrivit Jonathan. On avait proposé cette mesure quand d'anciens lauréats du prix (« elle n'a pas voulu révéler qui ») avaient commencé à demander s'ils ne pouvaient pas appeler cette récompense différemment sur leur CV.

« Évidemment, cela viendra s'ajouter à la pression sur les autres conseils d'administration pour qu'ils fassent de même, avertit Jonathan, avant de conclure : Nous devrions nous y préparer. » Un musée, la South London Gallery, avait déjà pris ses distances avec la famille en lui rendant discrètement un de ses dons. L'acteur oscarisé Mark Rylance, ancien directeur artistique du Globe à Londres, avait exhorté publiquement le théâtre à refuser toute nouvelle contribution des Sackler. Jonathan redoutait l'« effet domino », comme il le déclara à un avocat de l'entreprise.

La famille instaura une conférence téléphonique hebdomadaire, tous les mardis à 8 heures du matin, pour discuter du problème avec leur entourage toujours plus fourni d'avocats et de communicants. Chacun semblait avoir ses propres représentants, et le nombre de participants ne cessait de croître. Il suffisait que quelqu'un recommande un consultant à Mortimer pendant une fête pour que cette personne s'ajoute à cette conférence régulière. « Tout à coup, on a six agences de relations publiques différentes qui font sonner la caisse enregistreuse en indiquant : "Pour 50 000 dollars par mois, on fera tout ce que vous voulez" », raconterait un ancien conseiller de la famille. Jonathan Sackler peaufinait personnellement le texte des publicités que l'entreprise faisait paraître pour se défendre.

« Le problème était que la famille refusait d'admettre sa culpabilité », se rappellerait le conseiller. Maria Barton, la directrice juridique de Purdue, finit par déclarer : « Tant que la famille elle-même ne se sera pas exprimée, toutes les actions de l'entreprise seront étouffées par ce silence. » Certains Sackler estimaient qu'il était temps d'émettre un communiqué, mais personne n'arrivait à s'accorder sur son contenu. Quand une transcription de la déposition effectuée par Richard Sackler dans le Kentucky, que la famille avait fait sceller au prix de tant d'efforts, fuita sur le site d'actualités médicales STAT, les médias reprirent en chœur les remarques insensibles de Richard sur les personnes dépendantes à l'OxyContin. Mortimer et son épouse, Jacqueline, furent embarrassés par ces révélations, et horrifiés qu'elles aient été rendues publiques. Ils voulaient que Richard retire ses propos.

La mère de Richard, Beverly, avait cessé de siéger au conseil d'administration à quatre-vingt-treize ans, à peu près au moment de la publication des articles d'*Esquire* et du *New Yorker*, en 2017. Elle n'avait jamais été très impliquée dans l'entreprise, même quand elle faisait partie du conseil d'administration. Lorsqu'un journaliste la contacta chez elle, dans le Connecticut, pour l'interroger sur la polémique qui faisait rage au sujet de Purdue, elle déclara : « Je ne sais pas ce que je pourrais dire sur l'entreprise, à part qu'ils ont toujours pris grand soin de ne faire de mal à personne. » À mesure que le feu des projecteurs se braquait sur eux, les Sackler démissionnèrent un par un du conseil d'administration. Richard fut le premier à partir. Puis David. Puis Theresa, et finalement Ilene, Jonathan, Kathe et Mortimer.

Nan Goldin avait elle aussi établi une réunion hebdomadaire. Son association, PAIN, se retrouvait le mercredi soir dans son appartement. C'était une coalition sympathique et éclectique, composée d'artistes, de militants, d'amis de longue date de Goldin, d'anciens toxicomanes et de personnes qui avaient perdu un proche dans l'épidémie. Les réunions se déroulaient de façon détendue et décousue, contrastant avec les actions de plus en plus ambitieuses que le groupe planifiait. Comme une cellule paramilitaire, ils communiquaient à l'aide d'applications téléphoniques cryptées et gardaient le secret sur leurs « activités ». Ils avaient préparé une « liste noire » de musées qui avaient bénéficié de l'argent des Sackler. Goldin était sur le sentier de la guerre.

En avril 2018, elle arriva au National Mall et pénétra dans la galerie Arthur M. Sackler, suivie d'un cortège de manifestants. Elle se posta sous une sculpture en bois laqué suspendue au plafond, intitulée *Des singes tentent d'attraper la Lune*. La famille d'Arthur soutenait encore que sa réputation ne devrait pas être entachée par l'OxyContin, mais Nan Goldin ne l'entendait pas de cette oreille. « Arthur était doué pour vendre des comprimés ! cria-t-elle. L'addiction crée des profits ! » Ses camarades brandirent des flacons orange, dont certains portaient l'étiquette « Valium », et les jetèrent dans une fontaine.

Un soir de février 2019, les manifestants s'infiltrèrent à l'intérieur du musée Guggenheim, où Mortimer Sackler siégeait depuis des années au conseil d'administration. Ils gravirent le célèbre escalier en spirale de l'atrium central, s'arrêtant à différents étages. À un signal, ils déployèrent des banderoles rouge sang, où on lisait en lettres noires :

HONTE AUX SACKLER
200 MORTS PAR JOUR
EFFACEZ LEUR NOM

Depuis les hauteurs du Guggenheim, des membres du groupe jetèrent des bouts de papier en l'air, qui flottèrent et tourbillonnèrent jusqu'à terre, tel un nuage de confettis. Chacun représentait une petite « ordonnance », en référence au blizzard d'ordonnances que Richard Sackler avait invoqué lors du lancement de l'OxyContin.

« L'heure a sonné, Guggenheim ! » clama Goldin. Ce n'était pas une oratrice naturellement charismatique. Elle était d'une timidité innée, angoissée quand elle devait s'exprimer en public ; même avec un mégaphone à la main, elle semblait souvent mal à l'aise et distraite. Et il y avait quelque chose de frêle chez elle. Quelque chose de fragile. Elle était sortie de cure de désintoxication à peine deux ans auparavant. Elle se sentait une profonde affinité envers les personnes qu'elle rencontrait et qui avaient souffert de dépendance ou perdu des êtres chers à cause de cela. Les membres de PAIN tendaient à materner Goldin, l'entourant de leurs soins. Dans le groupe, on avait le sentiment palpable que son militantisme était devenu un principe structurant à partir duquel elle gérait sa propre convalescence.

L'œil de Goldin était sa meilleure arme de militante. Quelqu'un avait averti le *New York Times* de l'événement ; un photographe envoyé par le journal se posta au rez-de-chaussée du Guggenheim et braqua son objectif sur le plafond tandis que des ordonnances dégringolaient dans la rotonde. Tous ces petits papiers blancs qui flottaient dans l'intérieur blanc du musée, devant les banderoles rouge vif des manifestants, constituaient une image extraordinaire. Voulant évoquer une véritable tempête de neige, Goldin et ses camarades militants avaient imprimé huit mille ordonnances pour s'assurer de remplir l'espace. La photo parut avec un article dans le journal : « Le Guggenheim ciblé par des manifestants pour avoir accepté l'argent d'une famille liée à l'OxyContin ».

Le mois suivant, le Guggenheim annonça qu'après un partenariat de vingt ans, au cours duquel les Sackler avaient versé 9 millions de dollars, le musée n'accepterait plus de dons de la part de la famille. La même semaine, la National Portrait Gallery de Londres révéla avoir décliné une somme de 1,3 million offerte par les Sackler. Deux jours après, la Tate annonça qu'elle ne « solliciterait et n'accepterait pas d'autres dons des Sackler ».

C'était l'effet domino que Jonathan Sackler redoutait. Les musées « n'effaceraient » pas le nom de la famille, comme Goldin l'avait exigé. « Nous n'avons pas l'intention de supprimer les références à cette philanthropie historique », déclara la Tate. Le Guggenheim fit savoir qu'en raison de clauses « contractuelles », le centre Sackler pour l'éducation artistique conserverait son nom. Cependant, cette distanciation inédite de certaines institutions culturelles par rapport à la famille Sackler découlait clairement de l'influence de Goldin. En plus de composer chaque manifestation comme une photographie, elle avait audacieusement mis à profit sa propre stature dans le monde de l'art. Avant l'annonce de la National Portrait Gallery, elle avait révélé que le musée lui avait proposé d'organiser une rétrospective de son œuvre. « Je ne ferai pas cette exposition s'ils prennent l'argent des Sackler », avait-elle affirmé à l'*Observer*. Quand elle apprit que le don avait été refusé, elle eut le sentiment qu'on lui donnait raison. « Je les félicite pour leur courage », déclara-t-elle.

Le mois suivant, à Londres, lors de l'inauguration d'une exposition qui lui était consacrée à la Serpentine Sackler, l'artiste allemande Hito Steyerl livra un discours surprenant. « J'aimerais aborder la question qui fâche », déclara-t-elle avant de se lancer dans une diatribe contre les Sackler, encourageant d'autres artistes à se rallier au mouvement qui visait à dépêtrer les musées de la famille. Elle compara la relation entre le monde de l'art et ses mécènes nuisibles à « un mariage avec un serial killer ». Le « divorce » était nécessaire, continua-t-elle. La Serpentine ne tarda pas à indiquer que, même si elle portait le nom des Sackler, elle ne « projetait pas » d'accepter des dons de la famille à l'avenir.

Cette mobilisation ne fut pas sans conséquence pour les participants. Un soir, l'une des militantes de PAIN les plus proches de Goldin, Megan Kapler, venait de quitter l'appartement de la photographe à Brooklyn quand elle repéra un homme d'âge moyen assis au volant d'une voiture, qui l'observait. Quelques jours plus tard, Kapler sortit de chez elle pour promener son chien, dans un autre quartier de Brooklyn, et aperçut le même homme. Leurs regards se croisèrent. Kapler poursuivit son chemin. Quand elle se retourna, l'individu était en train de la photographier avec son portable.

Les militants de PAIN supposèrent que les Sackler avaient ordonné qu'on les file, mais aussi que l'homme était probablement une sorte de sous-traitant, et qu'il serait très difficile de prouver pour qui il travaillait. Quelques jours plus tard, il apparut de nouveau devant l'appartement de Goldin. Cette fois, des membres de l'association sortirent pour le filmer. Il refusa de leur parler, mais ne se cacha pas non plus. Il resta appuyé contre sa voiture, un rictus aux lèvres, et entreprit de se couper les ongles. Avait-il été envoyé pour les surveiller ou pour les intimider ? En un sens, peu importait. Sa présence était une confirmation : leur campagne fonctionnait. Au mois de mai, le Metropolitan Museum of Art, qui abritait l'aile Sackler originelle, annonça qu'il « éviterait » les dons qui ne lui semblaient « pas dans l'intérêt public ».

Un jour, Goldin apprit que le documentaire carcéral de Madeleine Sackler, *It's a Hard Truth, Ain't It*, serait montré en avant-première au festival du film de Tribeca. Elle s'arrangea pour assister à la projection avec plusieurs camarades. Ils arrivèrent séparément, munis de flacons de comprimés, et prirent place dans la salle. Une rencontre avec le public devait avoir lieu après le film, et Madeleine était clairement mal à l'aise. On l'avait probablement avertie de la présence d'éléments indésirables. Un agent de sécurité s'approcha bientôt de Goldin et la raccompagna vers la sortie.

« Savez-vous qui a réalisé ce film ? » demanda Goldin à des passants devant la salle. Elle distribua des flacons de comprimés à des curieux, indiquant que le documentaire servait à « blanchir la réputation » de la famille. Décrivant Madeleine, elle déclara : « Elle se présente comme une militante, mais elle doit sa richesse aux problèmes de dépendance de centaines de milliers de personnes. » Pour Goldin, tous les héritiers de la fortune Sackler qui « empochaient de l'argent » sans prendre position étaient « coupables ».

Interrogée par des journalistes du *Guardian* au sujet des Sackler, Madeleine affirma qu'elle travaillait « plus qu'à plein temps » sur ses films, et qu'elle se « concentrait uniquement » sur son travail. Elle ne voulait pas parler de sa famille. Lorsqu'ils lui firent remarquer que l'OxyContin l'avait rendue extrêmement riche et lui demandèrent si cette idée lui posait problème, elle répondit : « Quelle idée, exactement ? »

La position de Madeleine, dans la mesure où elle prit la peine de l'exprimer, paraissait être qu'on devait la juger seulement en fonction de son travail, et non de l'entreprise que sa famille possédait par ailleurs. Elle n'avait « jamais travaillé pour la société ni exercé la moindre influence sur ses activités », affirma-t-elle. (Après l'interview, le *Guardian* perdit son accréditation pour le reste du festival.)

« Le nom des Sackler est devenu synonyme de la crise des opioïdes, déclara Nan Goldin. Je le demande à Madeleine : est-ce l'héritage qu'elle souhaite laisser ? Pourquoi ne pas se servir de son nom, de son argent et de son influence pour faire face à cette crise et assumer ses responsabilités ? »

Purdue vacillait. En février 2018, l'entreprise annonça qu'elle allait licencier la moitié de son service commercial et cesser de promouvoir ses opioïdes auprès des médecins. De l'extérieur, cela ressemblait à une concession importante ; mais en interne, la société avait déjà calculé que, comme l'OxyContin était un produit arrivé à « maturité », il lui rapporterait encore des centaines de millions de dollars grâce aux retombées des précédentes campagnes marketing, même sans délégués pour encourager les ventes. L'été suivant, l'entreprise alla encore plus loin : elle supprima entièrement son service commercial et indiqua qu'elle prendrait « d'importantes mesures pour se transformer et diversifier ses activités au-delà du secteur de la prise en charge de la douleur » qu'elle avait traditionnellement occupé.

Mais il était trop tard pour se réinventer. Russell Portenoy, le roi de la douleur, avait accepté de participer au litige multidistrict en tant que témoin à charge contre Purdue et d'autres entreprises, en échange de quoi il échapperait lui-même aux poursuites. Il avait admis avoir pris connaissance « d'effets nocifs graves associés aux opioïdes » dès la fin des années 1990, même s'il avait continué à minimiser les risques des antidouleurs. Quant à Purdue, l'entreprise représentait selon lui un cas à part, même comparée aux autres inculpés dans l'affaire : auparavant, aucune société n'avait « promu un médicament opioïde avec autant de zèle, ni encouragé l'usage d'un opioïde par des non-spécialistes ».

Cependant, la plus grande menace pour les Sackler émergea en janvier 2019, lorsque la procureure générale du Massachusetts dévoila un dossier de plainte dans lequel elle franchissait une frontière qu'aucun procureur n'avait franchie en vingt années de procès intentés à Purdue : elle citait les noms de huit membres de la famille – Richard, Beverly, Jonathan, David, Theresa, Kathe, Mortimer et Ilene – parmi les accusés.

27

Accusés

Joss Sackler était l'épouse de David, le fils de Richard. Elle avait rencontré son futur mari lors d'un rendez-vous arrangé, à l'époque où elle vivait dans le quartier de Park Slope, à Brooklyn. Elle considérait David comme un « financier typique » – sérieux, ponctuel, peut-être un tantinet conformiste –, tandis qu'elle-même sortait un peu plus de l'ordinaire. Fille d'un diplomate canadien, elle était allée au lycée au Japon et avait caressé le rêve de devenir espionne. À la place, elle avait fait un master de linguistique à l'université de la ville de New York. Avant la mort de Raymond Sackler, Joss et David avaient l'habitude de passer des week-ends avec Beverly et lui dans leur propriété familiale de Greenwich. Joss était très impressionnée par Raymond (ou « Poppi », comme ses petits-enfants l'appelaient). C'était un « scientifique et homme d'affaires très réputé », qui avait été « décoré du titre de chevalier en France et en Angleterre », expliquait-elle. Raymond recevait souvent d'éminents visiteurs dans sa demeure donnant sur le détroit de Long Island. Il semblait inspirer un immense respect à tous, et « énormément d'amour ». C'était une telle sommité, en fait, que Joss trouva plus sage de conserver son nom de jeune fille, Jaseleen Ruggles, jusqu'à la fin de ses études pour éviter qu'on lui accorde un « traitement de faveur ». Elle choisit d'écrire son mémoire sur la « narco-propagande » des cartels mexicains, détaillant comment ces réseaux criminels s'efforçaient « d'obtenir le soutien de la population locale », selon ses propres termes.

Diplôme en poche, Jaseleen Ruggles devint Joss Sackler. Elle avait beau présenter toutes les caractéristiques de l'épouse de milliardaire – mince, blonde et très athlétique, avec une bouche pulpeuse et boudeuse –, elle refusait qu'on la considère comme une potiche. Elle fonda un club pour jeunes amatrices de vin fortunées ou, comme elle le décrivait elle-même, un « collectif féminin exclusif, célébrant l'intersection entre l'art, le vin, la mode et la culture ». Titulaire d'un diplôme de sommelière (« de niveau 2 »), elle baptisa ce groupe d'un nom français, Les Bouledogues vigneronnes – LBV pour faire court. « De par sa formation, Joss est une experte en menaces dont les recherches portent sur l'évaluation des risques associés aux menaces de violence émises par les cartels mexicains », déclarait une biographie sur son site internet (supprimée depuis). C'était aussi « une aventurière dans l'âme », qui pratiquait « le tir sportif, l'escalade et l'alpinisme » et parlait « anglais, français, espagnol et farsi ».

À l'instar de Madeleine Sackler, Joss était fermement persuadée que, puisqu'elle ne siégeait pas elle-même au conseil d'administration de Purdue, rien ne la rattachait spécialement à l'empire pharmaceutique, et que celui-ci ne devait en aucun cas constituer un frein à ses rêves. Mais le lien n'était pas si simple à faire oublier. Par un hasard extrêmement gênant, ce fut à la période où les Sackler subissaient un regain d'attention de la part de la justice et de la presse que Joss décida de mener à bien son ambition de longue date : transformer LVB en marque de vêtements. Elle produisit une série de tenues de sport aux couleurs fluo, inspirées par sa passion pour l'alpinisme. « Je suis décidée à en faire un succès », indiqua-t-elle, observant que LBV avait le potentiel de devenir « la prochaine marque 100 % américaine de prêt-à-porter aux influences haute couture ». Dans un post Facebook, elle décrivit ce projet comme sa « propre initiative d'entrepreneuriat féminin, non liée à Purdue, visant à promouvoir la capacité d'agir des femmes ».

Néanmoins, alors que Madeleine avait réussi assez adroitement à convaincre son milieu professionnel de juger ses œuvres sur leur seul mérite, sans évoquer son statut d'héritière des opioïdes, Joss n'y parviendrait pas si facilement. Quand un journaliste de la rubrique mode du *New York Times* manifesta un intérêt pour sa collection, elle accepta de lui accorder un entretien, tout cela pour qu'il la bombarde de questions insolentes au sujet de sa famille. Dans un article de blog indigné, Joss dépeignit cette mésaventure sous l'angle du sexisme : « Arrêtez vos questions à la con sur les hommes de ma vie et concentrez-vous sur mes sweats à capuche flashy. » (Le journaliste du *Times*, Matthew Schneier, s'amusa en privé de l'affaire, faisant remarquer à un ami que s'il s'était effectivement concentré sur les vêtements, son article aurait peut-être été bien plus sévère.)

Voilà d'où venaient les malheurs de Joss : si on disposait les différents membres du clan Sackler dans des cercles concentriques en fonction de leur culpabilité, elle se trouvait dangereusement proche du centre. Son beau-père était l'architecte de l'OxyContin. Son mari était le seul représentant de la troisième génération des Sackler à siéger au conseil d'administration. Pour aggraver encore la situation, Joss possédait une différence de taille avec la famille qu'elle avait intégrée : elle refusait obstinément de rester discrète. Elle organisait de grandes fêtes (« Sept cents dollars par personne, vins sélectionnés par LBV »). David et elle déboursèrent 22 millions de dollars comptant pour une vaste demeure à Bel Air, puis se déclarèrent outrés quand le site people *TMZ* et d'autres médias rapportèrent cet achat, alors même qu'ils avaient choisi de confier la transaction à un agent immobilier en vue, star de l'émission télé « Million Dollar Listing ». Et Joss continuait de donner des interviews. « Je soutiens ma famille à 500 %, déclara-t-elle au magazine *Town & Country*. Je suis persuadée qu'elle aura gain de cause. Mais ça n'a rien à voir avec LBV. » Elle avait retrouvé le journaliste dans un restaurant près de Gramercy Park, à New York. « Ils vont regretter d'avoir cherché des poux à une linguiste, dit-elle à propos de ses détracteurs. Ils le regrettent déjà. » Au cours de l'entretien, sans le moindre encouragement de la part de l'interviewer, Joss décida tout bonnement de commander un cochon de lait. Ce numéro à la Marie-Antoinette était tellement caricatural (était-il possible qu'elle soit sincère ? Ou s'agissait-il d'une sorte de performance artistique conceptuelle ?) qu'on l'aurait dit conçu exprès pour les rubriques à scandale. Bientôt, le tabloïd *Page Six* se mit à commenter chaque déclaration outrancière de Joss, qu'il surnomma la « lady Macbeth des opioïdes ». Elle répliqua en envoyant par SMS un emoji de doigt d'honneur à un membre de la rédaction.

L'une des sources principales des problèmes de Joss s'appelait Maura Healey. Âgée d'une quarantaine d'années, celle-ci exerçait son deuxième mandat de procureure générale dans le Massachusetts. Healey était la première personne ouvertement gay à occuper ce poste aux États-Unis. Elle avait grandi dans le New Hampshire, à la frontière du Massachusetts. Aînée de cinq enfants élevés par une mère célibataire, elle avait joué au basket à Harvard puis fait carrière dans ce sport pendant quelques années en Europe. Elle n'était pas très grande – elle mesurait un mètre soixante-deux –, et malgré une attitude décontractée, elle ne s'en laissait pas conter ; plus tard, elle inclurait dans son fameux répertoire de traits d'esprit la remarque qu'en tant que basketteuse professionnelle, elle avait appris à « s'attaquer à plus grand qu'elle ». Elle prononçait toujours cette observation sur le ton de la plaisanterie ; mais si c'était une boutade, c'était aussi un avertissement.

Le Massachusetts avait particulièrement souffert de la crise des opioïdes. Healey avait entamé son enquête en 2015, juste au début de son premier mandat : les gens qu'elle avait rencontrés au fil de sa tournée électorale n'avaient cessé de lui parler des ravages provoqués par ces produits dans leur communauté. Un des bénévoles de sa campagne avait un fils dépendant aux opioïdes. La femme que Healey chargea du dossier, la procureure générale adjointe de l'État, Joanna Lydgate, avait un proche qui avait fait une overdose. Healey et son équipe décidèrent de se concentrer sur Purdue. Un avocat, Sandy Alexander, commença par se rendre au bureau du médecin légiste pour recueillir les actes de décès des habitants du Massachusetts morts de surdose d'opioïdes depuis 2009. Il recoupa ces noms avec ceux des gens à qui l'on avait prescrit des antidouleurs de Purdue. Le fabricant avait toujours avancé que les cas de dépendance dite iatrogène – provoquée par un traitement recommandé par un médecin et suivi à la lettre – étaient pratiquement inexistants. Alexander put cependant confirmer qu'au cours des dix années précédentes, rien que dans le Massachusetts, six cent soixante et onze personnes étaient mortes d'une overdose d'opioïdes après avoir reçu une ordonnance pour des antidouleurs de Purdue.

En 2018, Healey organisa une conférence de presse à Boston. Elle y invita des représentants d'une association qui aidait les familles des victimes de surdose d'opioïdes et déclara avoir l'intention d'attaquer en justice non seulement Purdue Pharma, mais aussi huit Sackler membres du conseil d'administration. Les sociétés ne se géraient pas toutes seules, observa-t-elle. Elles étaient gérées par des gens. Et elle voulait donner des noms. « Le public mérite des réponses. C'est ce que cette procédure judiciaire veut apporter. » Quelques mois plus tard, juste avant Noël, elle annonça le dépôt d'une plainte modifiée qui fournirait certaines de ces réponses à la population.

Purdue et les Sackler avaient usé de leurs tactiques habituelles. Pour les représenter sur le terrain, ils avaient engagé une certaine Joan Lukey, qui se trouvait être une amie et le mentor de Healey, et avait été la directrice financière de sa campagne. Pour Healey, cela n'avait rien d'une coïncidence. Avant que la procureure générale ait pu citer officiellement les Sackler dans sa plainte, Mary Jo White se rendit à Boston avec une escouade d'avocats pour lui expliquer qu'il s'agirait d'une grave erreur. Mais Healey, qui avait travaillé plus tôt dans sa carrière chez Wilmer, l'un des cabinets huppés qui représentaient Purdue, se méfiait ouvertement de ce genre de conciliabules en coulisse. Elle connaissait également White de réputation et l'admirait pour avoir ouvert la voie à d'autres femmes de loi. « Cela m'attriste de voir qu'une personne comme Mary Jo White a représenté [Purdue] en 2007 et la représente encore aujourd'hui, déclara-t-elle. Je ne veux pas dire qu'on ne devrait pas défendre des sociétés, c'est un travail honorable. Mais cette société-là ? Ces gens-là ? Cela revient à défendre un cartel de narcotrafiquants, pour moi. » Quand Purdue lui envoya ses avocats, Healey choisit donc de ne pas assister à la réunion elle-même, confiant cette tâche à des membres de son équipe. « Je ne souhaitais pas discuter avec ces gens, d'autant plus que j'entretenais des relations amicales avec certains d'entre eux, expliquerait-elle. Je voulais garder mes distances. Ils n'avaient qu'à parler à mes avocats. »

Le litige multidistrict avait engendré une véritable mine de documents scellés obtenus auprès de Purdue et d'autres sociétés pharmaceutiques. Dan Aaron Polster, le juge fédéral de l'Ohio qui chapeautait la procédure, avait décidé que les avocats participant à l'affaire auraient le droit de consulter les dossiers mais que, en dehors de cela, on ne devait pas les divulguer au public. « Je pense que personne dans ce pays n'est intéressé par une chasse aux coupables. Les gens ne s'intéressent pas aux dépositions, aux pièces ni aux procès », avait-il affirmé. Healey et son équipe sollicitèrent l'accès à ces archives classées et reçurent environ douze millions de documents liés à Purdue.

Ces informations scellées retraçaient l'histoire de l'OxyContin telle qu'elle s'était déroulée au sein de l'entreprise, et l'équipe de Healey découvrit que si les Sackler étaient parvenus pendant des années à se tenir à l'écart de la crise des opioïdes, leur nom apparaissait absolument partout dans les documents internes de Purdue. Il y avait des mails où Richard donnait des instructions détaillées au service commercial, des mails où Kathe discutait du projet Tango, des mails où Mortimer pestait à propos des dividendes qui lui revenaient, et des mails où Jonathan se demandait comment l'entreprise pourrait freiner la dégringolade des profits liés aux opioïdes. Il y avait des mails où plus d'un cadre supérieur de Purdue se plaignait que l'ingérence constante de la famille empêchait le P-DG de faire son travail. Les Sackler ne possédaient pas simplement Purdue, comprirent les procureurs du Massachusetts : ils dirigeaient l'entreprise. L'équipe de Healey modifia sa plainte pour y incorporer ces nouveaux éléments explosifs.

Cependant, avant que le dossier d'accusation puisse officiellement être révélé, les avocats de Purdue intervinrent. Ils déposèrent un recours auprès de la juge d'État chargée de l'affaire dans le Massachusetts, Janet Sanders, pour lui demander de placer le document « sous séquestre », empêchant ainsi sa publication. Lors d'une audience, un avocat de Purdue argua que Healey avait « sélectionné [les preuves] qui l'arrangeaient ». Invoquant l'intérêt général, Sanders rétorqua : « Cela me met toujours la puce à l'oreille quand on me demande de censurer lourdement des documents publics dans une affaire comme celle-ci. » Elle décréta qu'on publierait la plainte de Healey dans son intégralité. En rendant son jugement, elle nota que les inquiétudes émises par Purdue – l'idée que cette publication « mettrait des individus dans l'embarras et provoquerait un tollé » – ne constituaient pas le plus convaincant des arguments pour étouffer la plainte. Elle évoqua aussi un triste précédent dans l'histoire juridique du Massachusetts : l'habitude honteuse des tribunaux locaux de placer sous séquestre des informations concernant des prêtres catholiques accusés d'abus sexuels sur mineurs.

Cette décision avait de quoi choquer Purdue, qui avait si bien réussi, au cours des décennies passées, à convaincre la justice de garantir la confidentialité de ses dossiers internes. Dans l'Ohio, le juge Polster s'était montré bien plus conciliant. Les avocats de l'entreprise firent donc appel à lui en urgence pour voir s'il pourrait empêcher la publication de la plainte au sujet des Sackler. « Nous n'avons pas communiqué ces documents à la procureure générale du Massachusetts », se plaignit un avocat de Purdue, Mark Cheffo, lors d'une téléconférence avec le juge. L'entreprise avait ouvert ses archives à la justice dans le contexte de poursuites fédérales ; mais voilà qu'on les utilisait dans une autre arène, soumise à d'autres règles.

« Je ne suis pas ravi des actions de la PG du Massachusetts non plus », grommela Polster. Néanmoins, il avait les mains liées. Si une juge d'État du Massachusetts avait ordonné la publication de l'intégralité de la plainte, en tant que juge fédéral de l'Ohio il n'avait pas le pouvoir de contester cette décision. « Je ne peux pas contrôler les ordonnances d'un juge d'État », déclara-t-il.

Cheffo était furieux. Il assura que si la plainte était rendue publique, ils feraient tous immédiatement face à une « tempête médiatique ».

Il avait raison. Maura Healey estimait qu'en plus de rendre justice et d'établir la responsabilité de chacun, le droit possédait une autre fonction : révéler la vérité. Pendant des décennies, Purdue avait dissimulé la nature et l'étendue de sa propre culpabilité, réglant à l'amiable toutes les poursuites qu'on lui intentait et faisant sceller les dossiers. À l'inverse, après la clôture du procès contre l'industrie du tabac, aucune pièce n'avait été classée ni détruite : on avait placé dans des archives ces quatorze millions de documents livrés par les cigarettiers, qui étaient devenus une ressource indispensable pour les historiens, les journalistes et les experts en santé publique. En incorporant un grand nombre d'informations sensibles et inédites dans sa plainte, et en bataillant pour la rendre publique, Healey cherchait à laisser des traces écrites irréfutables de la façon dont cette crise de santé publique sans précédent avait émergé.

Le 31 janvier, Healey publia un dossier d'accusation de deux cent soixante-quatorze pages. Elle y alléguait que les Sackler cités dans la plainte « avaient pris les décisions qui avaient causé la majeure partie de l'épidémie des opioïdes ». Le document était truffé d'extraits de comptes rendus de réunion, de présentations faites au conseil d'administration et de mails internes, formant un catalogue d'une cupidité ahurissante. Des employés de Purdue avaient autrefois averti les Sackler que les documents internes de l'entreprise pourraient leur poser problème à l'avenir. Ce jour était arrivé. Healey s'était servie des mails des Sackler pour exposer le système hiérarchique à travers lequel la famille dirigeait l'entreprise. (La liste des accusés comprenait également huit cadres dirigeants et membres du conseil d'administration de Purdue, encore en poste ou non, qui ne faisaient pas partie de la famille.) Le dossier illustrait avec des détails frappants la façon dont Richard Sackler avait diabolisé les personnes qui avaient le malheur de devenir dépendantes au produit phare de Purdue. Il retranscrivait l'échange dans lequel Richard s'était enquis de la possibilité de vendre l'OxyContin sans ordonnance en Allemagne, et le mail où il exprimait sa déception (« Bah, des bricoles ») en apprenant que les ventes d'OxyContin ne rapportaient que 20 millions de dollars à Purdue par semaine. Il contenait de nombreux exemples, dont certains relativement récents, des efforts envisagés par les Sackler pour convaincre les médecins de prescrire à leurs patients des doses plus élevées d'opioïdes sur une plus longue durée, même si le consensus médical (et les recommandations du CDC) considérait que cela accentuait fortement les risques de dépendance.

Certains des éléments les plus choquants du dossier concernaient le fait que, des années après la condamnation pénale de l'entreprise en Virginie, les délégués de Purdue avaient continué à rendre visite à des professionnels de santé véreux. En 2010, des commerciaux avaient qualifié d'« excellente nouvelle cible » Fathalla Mashali, un médecin qui gérait un groupe de cliniques dans le Massachusetts et à Rhode Island. Après avoir appris que les autorités du Rhode Island avaient ouvert une enquête criminelle à son sujet, l'entreprise avait demandé à ses délégués de continuer à rendre visite au médecin dans le Massachusetts. En 2013, un commercial de Purdue avait noté que son cabinet était tellement bondé que les patients apportaient « leurs propres "transats" pliants pour s'asseoir, parce qu'à tout moment il pouvait y avoir plus de trente-cinq personnes qui faisaient la queue ». Mashali avait fini par perdre sa licence et par plaider coupable pour vingt-sept infractions au Code de la santé publique, avant d'être condamné à sept ans de prison.

Le dossier rapportait qu'entre 2008 et 2012, le premier prescripteur de Purdue dans tout le Massachusetts était un praticien de la ville de North Andover, Walter Jacobs. « Il exerçait seul, observait Healey. Il ne travaillait souvent que trois jours par semaine. Néanmoins, en cinq ans, il a prescrit plus de trois cent quarante-sept mille comprimés d'opioïdes de Purdue. » Deux cent mille de ces comprimés étaient des 80 milligrammes. Purdue avait fini par proposer à Jacobs un contrat de 50 000 dollars pour donner des conférences. Les Sackler s'étaient fixé comme objectif de faire prescrire aux patients de plus hautes doses d'OxyContin sur une plus longue durée, et le médecin s'y montrait entièrement disposé. Le dossier de Healey notait que, avant de perdre sa licence, Jacobs avait fait prendre le médicament à un de ses patients pendant deux ans, à raison de vingt-quatre pilules de 80 milligrammes *par jour*.

« Purdue s'est servie de la dépendance pour s'enrichir, écrivait Healey. Pour les patients, cela a été un massacre. » Les individus décédés dans le Massachusetts étaient « pompiers, hommes et femmes au foyer, charpentiers, routiers, infirmiers, coiffeurs, pêcheurs, serveurs, étudiants, mécaniciens, cuisiniers, électriciens, ouvriers de la métallurgie, travailleurs sociaux, comptables, artistes, techniciens de laboratoire et barmen », affirmait le dossier. « Le plus âgé est mort à quatre-vingt-sept ans. Le plus jeune a commencé à prendre des opioïdes de Purdue à seize ans, et est décédé quand il en avait dix-huit. »

La plainte du Massachusetts provoqua la fureur des Sackler. Jusqu'alors, ils étaient restés invisibles aux yeux du public. La famille avait beau évoquer ouvertement sa philanthropie, elle n'avait jamais donné d'interview sur ses activités ; et en tant que société privée, Purdue était demeurée une énigme qui tournait toute seule. À présent, la réalité sordide éclatait au grand jour. Un avocat employé par la branche de Raymond qualifia le document préparé par Healey de « mélodramatique ». Mary Jo White, qui représentait la branche de Mortimer, argua que son contenu était « inexact et trompeur ». Les Sackler déposèrent leur propre recours, qui dénigrait l'aspect « verbeux » du dossier d'accusation, raillait ces « centaines de pages de détritus procéduriers » et exhortait le juge à rejeter l'affaire. La famille n'avait absolument rien ordonné à personne, soutenaient ses avocats. Et de toute façon, les autorités judiciaires du Massachusetts n'étaient pas compétentes pour la juger. Les actions de l'entreprise avaient peut-être affecté le Massachusetts, mais elles avaient aussi affecté tous les autres États du pays. L'argument semblait être que Purdue était partout, et pourtant nulle part. Aux dires de leurs avocats, si le Massachusetts était autorisé à juger les Sackler, cela enfreindrait leur droit constitutionnel à un procès équitable.

Les membres de la famille maintenaient qu'on avait sorti leurs propos de leur contexte. Cependant, les précisions qu'ils apportaient n'aidaient guère à les disculper. Contestant l'usage fait par le dossier d'accusation du discours sur « le blizzard d'ordonnances », les avocats des Sackler soulignaient que Richard avait employé cette métaphore « pour faire allusion à son arrivée tardive à l'événement *en raison du blizzard bien connu de 1996* », italique inclus dans le texte, comme si cela changeait quelque chose. Ils s'arrêtaient également sur un mail cité par Healey pour illustrer la tendance de Richard à superviser de très près le travail de ses employés. Dans l'échange en question, Richard exigeait qu'un subordonné lui envoie des données sur un sujet précis le jour même, qui se trouvait être un dimanche. « Il s'agit d'un mail tout à fait approprié de la part d'un directeur », assuraient les avocats de Richard. Quand l'employé, d'une patience à toute épreuve, avait fini par écrire : « J'ai fait tout ce que je pouvais », ce n'était pas parce que son patron l'avait poussé à bout, mais parce qu'il « recevait de la famille ». En l'occurrence, ce détail semblait plutôt renforcer l'impression que Richard était un despote sans cœur.

Le recours des Sackler fut rejeté. Dans le bureau de la procureure générale, en haut d'un gratte-ciel du centre-ville de Boston, Maura Healey passa de pièce en pièce, un grand sourire aux lèvres, pour distribuer des accolades à Sandy Alexander, à Gillian Feiner, la procureure en chef sur l'affaire, et à d'autres collaborateurs. Elle posta une vidéo de leur joie sur Instagram. À la suite des poursuites engagées dans le Massachusetts, la procureure générale de New York, Letitia James, avait intenté un procès à Purdue à son tour, ainsi qu'aux membres de la famille Sackler qui siégeaient au conseil d'administration. James avait décrit l'OxyContin comme la « racine » de l'épidémie et observé que les Sackler s'étaient arrogé des « centaines de millions de dollars chaque année ». Sa plainte avait notamment mis en lumière un fait intrigant. D'après James, les Sackler avaient su dès 2014 que leur entreprise faisait l'objet d'une enquête et risquait à terme de subir des sanctions sévères. Comprenant que l'heure des comptes avait sonné, ils avaient assidûment siphonné l'argent de Purdue pour le transférer dans des comptes offshores, hors de portée des autorités américaines.

C'était vrai. En fait, dès 2007, une semaine après le jugement de Virginie, Jonathan Sackler avait envoyé un mail à Richard et David dans lequel il expliquait qu'un banquier d'affaires lui avait dit un jour : « Votre famille est déjà riche. La seule chose que vous voulez éviter, c'est de devenir pauvres. »

« Que crois-tu qu'il se passe dans tous ces tribunaux en ce moment ? avait répliqué David Sackler. On est riches ? Jusqu'à quand ? » D'après lui, ce n'était plus qu'une question de temps avant que la justice parvienne à « atteindre la famille ». Sa suggestion était la suivante : « Emprunter là où c'est possible, pour essayer de générer des revenus supplémentaires. On pourrait bien en avoir besoin… Même si on doit garder tout ça en cash. » La famille commença donc à extraire de plus en plus d'argent de l'entreprise. De 1997 jusqu'au jugement de 2007, Purdue avait versé 126 millions de dollars en liquide aux Sackler. À partir de 2008, elle commença à leur distribuer des milliards. « Nous avons sorti des sommes phénoménales de l'entreprise », admit Jonathan dans un mail envoyé à Mortimer en 2014. Si les Sackler avaient siphonné l'argent de Purdue et l'avaient placé à l'étranger parce qu'ils savaient que des poursuites judiciaires risquaient d'« atteindre la famille », cela pouvait être une forme de fraude, affirmait James. Elle voulait essayer de récupérer une partie de cette fortune.

Chez McKinsey, l'inquiétude montait parmi les consultants de luxe qui avaient passé tant d'années à aider les Sackler à trouver de nouveaux moyens d'écouler leurs opioïdes. Il était probablement temps que le cabinet pense à « éliminer tous [les] documents et [les] mails », écrivit l'un des consultants, Martin Elling. « Je m'en occupe », lui répondit son collègue Arnab Ghatak.

Le mois où James engagea ses poursuites contre Purdue, la Fondation Sackler annonça qu'elle suspendait jusqu'à nouvel ordre toutes ses activités philanthropiques en Grande-Bretagne. Dans un communiqué, Dame Theresa mit cette décision sur le compte de « l'attention médiatique générée par toutes ces affaires judiciaires aux États-Unis ». Le nom des Sackler faisait de plus en plus figure de marque d'infamie. « Il y a cinq ans, la famille Sackler était considérée comme l'une des dynasties les plus respectées et généreuses de New York. Aujourd'hui, aucun musée ne veut de leur argent », observa le *New York Post*.

Les musées n'étaient pas les seules institutions à commencer à traiter les Sackler comme des pestiférés. Achievement First, un réseau de *charter schools* que Jonathan Sackler avait abondamment subventionné, annonça avoir « décidé de ne plus solliciter de financements auprès de la famille Sackler ». Le fonds spéculatif Hildene Capital Management, qui s'était chargé d'investir une partie de la fortune familiale, déclara ne plus souhaiter faire affaire avec les Sackler. Brett Jefferson, le gestionnaire du fonds, révéla qu'une personne proche de la société avait vécu « un drame lié aux opioïdes » et expliqua : « Ma conscience m'a conduit à mettre fin à cette collaboration. » Même la banque de Purdue, JPMorgan Chase, lâcha l'entreprise.

Les Sackler avaient grandi avec la certitude que leur nom leur conférait un certain prestige, si ce n'est des prérogatives. Beaucoup d'entre eux devaient avoir été perturbés par la vitesse à laquelle on les avait mis au ban de la société. Cela dit, cette douche froide ne semblait pas les avoir poussés à une grande remise en question concernant leur entreprise et ses actions. Sur le chat WhatsApp de la famille, les héritiers de Mortimer Sackler n'abordaient leurs mésaventures que sous l'aspect d'un problème d'image. Dame Theresa déplorait que les « avocats des plaignants [aient] lancé une campagne médiatique contre la famille ». Marissa Sackler qualifiait les manifestations de Nan Goldin de « coup de pub ». Samantha Sackler abordait l'urgente nécessité de créer « un autre discours ». Nulle part, dans ces messages échangés en toute franchise durant des mois, on ne trouvait un membre de la famille qui exprime le moindre doute personnel ou pose des questions délicates sur la conduite du clan.

Les héritiers de Mortimer et Raymond avaient beau s'opposer sur de nombreux sujets, ils partageaient l'amère conviction de ne rien avoir fait de mal. « Les médias se font un plaisir de déformer tous nos propos et nos actes et de les présenter comme grotesques et infâmes », pesta Jonathan Sackler dans un mail. L'entreprise lui semblait victime de la culture « punitive » plus générale qui régnait en Amérique. « L'"angle punitif" a entraîné des incarcérations et des dépenses publiques effrénées », avançait-il. Inspiré par les films de sa fille Madeleine, peut-être, Jonathan voyait désormais des points communs entre la détresse des Américains incarcérés et l'attention que subissait sa famille pour avoir accumulé des milliards de dollars en vendant des opioïdes. « Les avocats en responsabilité civile, dans leur génie, ont trouvé le moyen de faire tenir à l'industrie pharmaceutique le rôle du dernier "méchant" en date (dont les poches se trouvent être merveilleusement pleines) », écrivait-il. Pourquoi personne ne se concentrait-il sur le fentanyl – qui était extrêmement dangereux, et de plus en plus répandu ? Purdue devait peut-être créer un nouveau « programme du service des conférences » pour aider à faire passer le message. Il était important de souligner que l'entreprise était « digne de confiance », concluait-il.

David Sackler partageait son point de vue. D'après lui, le problème fondamental ne résidait pas dans les actions de Purdue ou de la famille, mais dans leur discours : « Nous n'avons pas bien géré notre communication. C'est mon plus grand regret. » La famille avait une version convaincante des faits à présenter ; au lieu de rester tapie dans ses retranchements, elle aurait dû la clamer haut et fort.

Mortimer estimait pour sa part que les Sackler étaient engagés dans une « bataille ». Il rejoignait Jonathan sur l'idée qu'une partie du problème découlait du « système de la responsabilité civile ». Mais plus fondamentalement, comme il le soutenait dans un mail adressé à d'autres membres de la famille, les médicaments opioïdes n'étaient « PAS la CAUSE de l'abus de médicaments, de la dépendance ou de la prétendue "crise des opioïdes" ». (Il était assez révélateur que, en 2019, Mortimer use encore de guillemets pour décrire l'épidémie.) « Je ne pense pas non plus que nous devrions employer les termes "crise des opioïdes", ou même "crise de la dépendance", dans nos communications », poursuivait-il. À la place, mieux valait privilégier l'expression « abus de médicaments et dépendance ». En privé, les Sackler se raccrochaient toujours à leur bonne vieille théorie : le problème ne venait pas du médicament, mais des gens qui en surconsommaient.

À un moment, Mortimer écrivit au nouveau directeur juridique de Purdue, Marc Kesselman, ainsi qu'à plusieurs personnes, dont Mary Jo White, pour les interroger sur des statistiques qui, pensait-il, seraient utiles à la défense de la famille. Il voulait savoir s'il serait possible de recueillir des informations sur les victimes de surdose – comme celles citées dans l'affaire du Massachusetts – pour vérifier si elles avaient souscrit un contrat d'assurance-vie. Quelqu'un lui avait expliqué que ces assurances fonctionnaient pour la plupart en cas « de mort par surdose accidentelle », mais pas de suicide. Cela l'avait fait réfléchir. « Je pense qu'on peut partir du principe qu'une partie de ces overdoses sont en réalité des suicides », écrivit-il.

Mortimer contacta aussi discrètement des personnalités influentes à New York, en quête de soutien. « Je dois voir Michael Bloomberg demain », signala-t-il un jour à la direction de Purdue, précisant qu'il aborderait notamment le sujet du « discours actuel, par opposition à la vérité ». La famille s'était efforcée de recentrer le débat sur l'héroïne et le fentanyl ; Bloomberg aurait peut-être des idées. L'ancien maire l'accueillit dans son bureau et lui recommanda d'établir une liste de dix arguments à répéter, afin de mieux construire son message. (Après l'entretien, Mortimer chargea les communicants de Purdue de lui soumettre une liste, qu'il réviserait ensuite.)

À la même époque, il tenta également d'approcher le financier milliardaire et philanthrope George Soros. Celui-ci était devenu la cible de théories du complot délirantes (et souvent antisémites) qui le dépeignaient comme un marionnettiste tout-puissant, tirant les ficelles du monde. Il trouverait peut-être des échos de ses propres difficultés dans la situation délicate des Sackler et leur dirait comment négocier ce déluge de critiques. Mortimer plaida sa cause auprès d'un membre de l'organisation de Soros et lui demanda d'arranger un entretien téléphonique avec son patron. Mais Soros refusa de lui parler.

Un jour, David et Joss décidèrent de vendre leur appartement new-yorkais sur la 66e Rue Est pour s'installer en Floride. « Je ne suis pas quelqu'un qu'on effraie facilement, déclara Joss, évoquant ses galons d'alpiniste. Si le K2 ne me fait pas peur, la Floride non plus. » (Elle n'avait jamais gravi le K2.) « Les Sackler fuient New York », proclamèrent les rubriques people. Le couple acheta une villa à 7,4 millions de dollars près de Boca Raton. À ce stade, le litige contre les Sackler était devenu si vaste qu'en déménageant du comté de New York à celui de Palm Beach, David et Joss étaient passés d'une juridiction qui poursuivait leur famille à une juridiction qui le faisait aussi.

On put se rendre compte de l'ampleur de l'opprobre qui pesait désormais sur le clan quand un habitant du New Jersey, également appelé David Sackler, intenta un procès à plusieurs médias qui avaient utilisé sa photo au lieu de celle de l'autre David Sackler pour illustrer des articles sur la famille. Être confondu avec « le mauvais David Sackler » avait « nui à sa réputation », affirmait-il dans sa plainte ; il en avait été réduit à employer un pseudonyme quand il voulait réserver une table au restaurant. Ne voulant pas être en reste, l'université Purdue de West Lafayette, dans l'Indiana, publia un communiqué de presse expliquant qu'elle n'avait « jamais été affiliée d'aucune façon à Purdue Pharma ».

L'affaire était arrivée à un tournant. L'animateur de télévision Stephen Colbert consacra une chronique aux Sackler, s'amusant à dire qu'ils avaient corrigé le serment d'Hippocrate : « Avant tout, ne pas nuire. À moins que ce soit extrêmement rentable. » Il afficha une photo de Richard, Jonathan, Raymond et Beverly, « occupés ici à se contrefoutre de tout ». John Oliver, le présentateur du programme d'information satirique *Last Week Tonight*, réalisa aussi une émission sur la famille. L'invisibilité de longue date des Sackler semblait « délibérée », remarqua-t-il. Il nota que Richard Sackler ne donnait jamais d'interviews, mais que les procès en cours permettaient d'entrevoir « à quel point il était impliqué ». Évoquant la déposition que Richard avait effectuée dans le Kentucky, Oliver fit une remarque subtile : comme seule la transcription avait fuité, et pas la vidéo, il était difficile pour un programme d'information du soir d'exploiter ce témoignage. Comment illustrer des mots sur une page ?

Oliver trouva une solution remarquablement inventive : il recruta des acteurs en vue pour déclamer des extraits de la déposition et de la correspondance de Richard. Michael Keaton, affichant un rictus indifférent, rejoua le moment où on avait envoyé à Richard un article affirmant que cinquante-neuf personnes étaient mortes d'overdose rien que dans un État du pays, et où il avait rétorqué : « Ce n'est pas si terrible. » Bryan Cranston, qui avait tenu le rôle du baron de la meth Walter White dans *Breaking Bad*, reprit le discours de Richard lors du lancement de l'OxyContin au Wigwam. Michael K. Williams, l'interprète d'Omar Little dans *The Wire*, proposa une troisième performance, le visage déformé en une grimace cruelle. Un quatrième acteur, Richard Kind, se livra à une imitation parodique de toutes les fois où Richard Sackler avait répondu aux questions sur son entreprise ou sa propre conduite par : « Je ne sais pas. » Oliver expliqua aux téléspectateurs qu'il avait créé un site internet, sacklergallery.com, où l'on pouvait consulter d'autres clips. Il avait choisi ce nom de domaine parce que les Sackler « adoraient coller leur nom sur des foutues galeries ».

La famille avait été prévenue que *Last Week Tonight* préparait une émission à son propos. L'épouse de Mortimer, Jacqueline, était affolée. Des représentants des Sackler informèrent les producteurs qu'elle aimerait s'entretenir personnellement avec John Oliver pour plaider sa cause. N'ayant pas l'habitude de rencontrer les sujets de son programme, Oliver déclina la proposition. Jacqueline envoya un mail furieux à d'autres membres de la famille : « C'est l'émission préférée de mon fils. Il la regarde chaque semaine avec tous ses amis. Cette histoire est en train de détruire notre travail, nos amitiés, notre réputation et notre capacité à vivre en société. Pire, elle condamne mes enfants. Comment mon fils pourra-t-il postuler au lycée en septembre ? »

Comme son mari et le reste de sa famille, Jacqueline éprouvait un fort sentiment de persécution et avait la conviction rageuse qu'on les faisait souffrir sciemment. « J'en ai assez que notre famille serve de punching-ball à ce pays pour des problèmes qui existaient déjà bien avant l'OxyContin, et qui existeront encore longtemps après, écrivit-elle. J'attends encore qu'on me prouve que cette entreprise a commis QUOI QUE CE SOIT d'immoral. » Cette campagne de diffamation était une « punition » infligée à « une famille entière : hommes, femmes et enfants, hier, aujourd'hui et demain, proclama-t-elle. Ce sont des vies d'enfants qu'on détruit ».

28

Le phénix

Un jour d'août 2019, David Sackler prit l'avion pour Cleveland afin de représenter sa famille lors d'une réunion des nombreux avocats impliqués dans le litige multidistrict. Il avait une proposition à leur faire. David avait une allure d'ours trapu, des cheveux brun foncé, les yeux clairs de son grand-père Raymond, la mâchoire lourde de son père Richard et une barbe mouchetée de gris. Il était devenu l'un des principaux acteurs de la riposte judiciaire des Sackler. Il était un peu plus à l'aise en société que Richard, mais pas plus enclin à s'excuser. Et il était furieux : furieux contre les procureurs et les avocats des plaignants qui poursuivaient sa famille, furieux contre la presse, furieux contre les musées qui refusaient les dons du clan. À son sens, la formidable générosité des Sackler s'était brusquement « retournée » contre eux.

David soutenait *mordicus* que sa famille n'avait rien à se reprocher. La science avait évolué, aimait-il à dire. La perception de la dépendance avait changé. L'affaire était complexe. L'industrie pharmaceutique était un secteur d'activité extrêmement compliqué. La FDA avait approuvé chaque décision des Sackler. Et de toute façon, tous leurs concurrents faisaient la même chose qu'eux. David estimait que sa famille aurait dû raconter plus franchement son histoire. En fait, il venait d'accorder un entretien à Bethany McLean, une journaliste financière aguerrie employée à *Vanity Fair*. Depuis soixante ans que les Sackler possédaient Purdue, c'était la première fois qu'un membre du clan acceptait de donner une interview substantielle au sujet de l'entreprise. Face à McLean, David avait dénoncé le « vitriol hyperbolique » et les « condamnations incessantes » que sa famille avait subis. « J'ai trois jeunes enfants. Celui qui a quatre ans est revenu de la maternelle en disant : "Pourquoi est-ce que mes amis racontent que le travail de notre famille tue des gens ?" »

David avait enchaîné les arguments habituels. Les procès intentés aux Sackler reposaient sur l'idée qu'ils dirigeaient Purdue, ce qui était « complètement faux ». Les consultants de McKinsey, embauchés par l'entreprise elle-même, avaient beau avoir noté en interne que les Sackler « participaient à tous les niveaux de prise de décision chaque semaine », David affirmait désormais que lorsqu'il siégeait au conseil d'administration, de 2012 à 2018, il s'était contenté de voter en fonction « des informations qu'on [lui] présentait ». Sa famille ne faisait pas la pluie et le beau temps, loin de là. « Nous n'avons pas causé cette crise », martelait-il. En fait, la plus grande erreur qu'il était prêt à reconnaître était que le clan n'avait pas réussi à corriger cette thèse erronée. S'il s'exprimait à présent, c'était dans le cadre d'une campagne qu'ils avaient « entreprise pour montrer l'aspect humain de leur famille ».

Ils n'obtiendraient peut-être pas l'effet escompté. McLean était une journaliste impressionnante : au début de sa carrière, chez *Fortune*, elle avait été la première personne à signer une enquête remettant en doute les activités de la société Enron, avant de couvrir sa faillite. Il y avait peu de risques pour qu'elle croie David sur parole. Dans son article, elle passait en revue chacun de ses arguments ; elle les envisageait sérieusement, puis les démantelait. Ainsi, l'idée que moins de 1 % des patients développaient une dépendance aux opioïdes ne reflétait pas un consensus médical, contrairement à ce que David prétendait. Lorsqu'il soulignait que la FDA avait validé les décisions de Purdue, il omettait de mentionner la profonde influence exercée sur la FDA par l'industrie pharmaceutique en général, et Purdue Pharma en particulier. Interrogé sur les procès intentés à l'entreprise, David avait balayé la question d'un geste, laissant entendre que ces plaintes se résumaient à dire : « Oh, vous n'auriez pas dû commercialiser ces produits du tout », ce à quoi il ne pouvait que répondre, d'un ton agacé : « J'imagine que c'est un débat qu'on peut avoir, avec le recul. »

À ce stade, la quasi-totalité des États américains avait attaqué Purdue en justice. Comme le Massachusetts et New York, une vingtaine d'entre eux avaient intenté un procès aux Sackler eux-mêmes. À côté de ça, on trouvait des milliers de poursuites engagées par des villes, des comtés, des hôpitaux, des commissions scolaires et des nations amérindiennes. Quand la Californie avait entamé une action en justice plus tôt dans l'été, le procureur général de l'État avait pointé du doigt la responsabilité particulière du père de David, affirmant qu'il avait « mis le feu aux poudres ». Richard avait dû faire une nouvelle déposition, à Stamford, au début de l'année. Il paraissait vieilli, moins vigoureux qu'auparavant. Toutefois, il ne semblait pas avoir mis d'eau dans son vin. Quand on lui avait demandé si, avant de lancer un narcotique sur le marché et d'affirmer qu'il présentait moins de risques d'abus que les autres, il n'aurait pas dû se sentir obligé de réunir des preuves scientifiques pour appuyer ses dires, il s'était lancé dans un soliloque haché digne de David Mamet : « Je crois, avec le recul, qu'on pourrait… Toutes les infortunes de la vie, vous me posez une question, si vous saviez ce qui allait se passer, qu'est-ce que vous auriez… N'auriez-vous pas fait quelque chose pour l'éviter ? La réponse est : bien sûr. Mais nous ne nous attendions pas à une chose pareille. »

Lorsqu'on lui avait demandé pourquoi l'entreprise n'avait mené aucune étude sur les risques de dépendance ou d'abus avant de présenter l'OxyContin comme un médicament moins à même de causer ces problèmes, Richard avait rétorqué : « Vu après coup, cela aurait peut-être été une bonne idée. Cela aurait peut-être évité des… des infortunes. Mais ce ne sont que des spéculations. Je ne sais pas. »

Au cours du même mois, Purdue était parvenue à un accord à l'amiable avec l'un des États, l'Oklahoma. L'entreprise avait accepté de verser 270 millions de dollars, une somme principalement destinée à financer un centre de traitement et d'étude en addictologie. Les Sackler ne pensaient pas avoir le choix : une date de procès avait été fixée ; les audiences auraient été filmées et certains témoignages auraient causé énormément de tort à Purdue. Par ailleurs, les jurys étaient imprévisibles. Certains avaient déjà livré des verdicts extrêmement sévères dans des affaires où des petits poucets sympathiques s'opposaient à des poids lourds de l'industrie. Néanmoins, les Sackler avaient fait savoir dans un communiqué que cet arrangement à l'amiable avec l'Oklahoma n'était pas un « modèle financier [viable] pour de futures négociations ».

« On parle de deux mille affaires, avait déclaré Mary Jo White. Combien de temps ces instructions vont-elles prendre ? » La famille ne voulait pas se défendre dans une juridiction après l'autre – ni dans aucune juridiction, d'ailleurs. Pendant près d'un quart de siècle, les Sackler avaient tiré avantage de leur capacité à éviter les tribunaux. À présent, le clan visait à obtenir ce que White décrivait comme une « résolution globale ». Un nouveau procès attendait Purdue, cette fois dans l'Ohio, en octobre – à moins que l'entreprise puisse régler l'affaire au préalable.

On avait donc chargé David Sackler de se rendre à Cleveland pour faire une offre au nom de la famille. Une dizaine de procureurs généraux s'étaient rassemblés pour l'occasion dans un tribunal fédéral du centre-ville. David et son équipe juridique présentèrent leur suggestion. Les États avaient attaqué Purdue et les Sackler chacun de leur côté, mais la famille proposait une résolution générale, qui engloberait les plaignants de toutes les affaires. Les Sackler renonceraient à la gestion de Purdue ; ils transformeraient l'entreprise en trust public et verseraient une importante somme d'argent pour combattre la crise des opioïdes. En échange, on les dédouanerait de « toute responsabilité fédérale potentielle » liée à l'OxyContin. C'était un vaste compromis, un pacte unique qui résoudrait l'intégralité des affaires en une fois et permettrait aux Sackler d'avoir l'esprit tranquille en leur assurant qu'ils ne passeraient pas le reste de leur vie à gérer des procédures judiciaires. Sitôt l'offre faite, ou presque, l'information fuita dans la presse. Des gros titres annoncèrent la nouvelle : « Purdue Pharma offre 10 à 12 milliards de dollars pour régler l'affaire des opioïdes ».

Ces chiffres semblaient réellement conséquents – bien plus que tous ceux qui avaient circulé par le passé. Cela ne suffirait pas à compenser le coût de la crise des opioïdes, loin de là, mais il s'agissait de la majeure partie de la fortune restante des Sackler. À première vue, une victoire retentissante s'annonçait pour Maura Healey, Letitia James, Mike Moore et tous les autres plaignants et leurs avocats. Cependant, lorsque les détails de la proposition de Cleveland se précisèrent, on s'aperçut que l'offre des Sackler était bien plus compliquée – et considérablement moins spectaculaire – qu'il n'y paraissait. L'idée était que Purdue se déclare en faillite et soit transformée en « trust d'intérêt public ». D'après les avocats de l'entreprise, on doterait ce trust de l'équivalent de plus de 4 milliards de dollars en nouveaux médicaments pour traiter la dépendance et prévenir les overdoses, auxquels viendraient s'ajouter 3 ou 4 milliards de dollars issus des ventes de médicaments réalisées par la version de Purdue qui émergerait de la procédure de faillite. Par conséquent, l'apport personnel des Sackler ne s'élèverait pas à 10 milliards de dollars (et encore moins à 12), mais seulement à 3 milliards de dollars. Et même cet argent ne viendrait pas de leur poche. Les Sackler proposaient de réunir cette somme grâce à la vente de Mundipharma, la multinationale qui avait continué à cultiver de nouveaux marchés pour les opioïdes à l'étranger. En guise de concession, la famille avait indiqué qu'elle accepterait peut-être d'ajouter 1,5 milliard, pour un apport total de 4,5 milliards – mais seulement si elle parvenait à tirer plus de 3 milliards de la vente de Mundipharma. En plus de ces considérations financières, la proposition comportait une clause d'une importance capitale. Selon les conditions du marché proposé par David Sackler, la famille n'admettrait aucun tort.

Les premiers comptes rendus des médias avaient dépeint cette proposition comme une sorte de capitulation totale ; mais aux yeux de Maura Healey et de ses avocats, elle présentait d'immenses défauts. « C'est une blague », décréta la procureure en chef de Healey, Gillian Feiner. L'offre reposait sur un grand nombre de facteurs très incertains, remarqua-t-elle. Il semblait également significatif que les Sackler, conspués pour leur cupidité sans borne, ne se montrent toujours pas prêts à débourser leur propre argent au-delà de ce que leur rapporterait la vente de Mundipharma. (Par comparaison, entre 2008 et 2016 seulement, la famille s'était approprié près de 4,3 milliards de dollars de revenus de l'OxyContin.) Enfin, de façon plus symbolique, Feiner était frappée par le fait que, dans un litige concernant les ravages provoqués par les ventes effrénées de l'OxyContin, un élément majeur de la proposition de David Sackler veuille qu'une fois Purdue constituée en trust d'intérêt public, les plaignants financent les remèdes à la crise des opioïdes grâce aux profits de l'entreprise – c'est-à-dire en vendant le médicament qui avait provoqué la crise en premier lieu. Ayant hérité de Purdue, les États se retrouveraient dans la position perverse de devoir faire le commerce d'opioïdes. « Ce serait l'ultime victoire pour les Sackler, nota Sandy Alexander, le collègue de Feiner. Si les États prennent le relais pour vendre les mêmes médicaments aux mêmes patients, à travers les mêmes médecins, et que les gens continuent à mourir au même rythme, les Sackler présenteront cela comme une preuve très convaincante de leur innocence. »

Letitia James, la procureure générale de New York, ne mâcha pas ses mots : la proposition de David était « purement et simplement une insulte ». Pour Maura Healey, le fait que l'offre ne comporte aucune admission de culpabilité en disait long. Cela permettait en pratique aux Sackler d'acheter le silence, comme ils l'avaient toujours fait. « Il est primordial que toute la lumière soit faite sur les actions de cette entreprise, de ses cadres et de ses dirigeants, qu'ils présentent leurs excuses pour les préjudices causés, et que personne ne tire profit d'infractions à la loi », déclara la procureure. Lors des négociations de Cleveland, alors que Healey et son adjointe Joanna Lydgate se dirigeaient vers un ascenseur, elles avaient croisé le chemin de David Sackler et de son entourage. David s'était présenté avant de déclarer : « Je suis ravi que vous ayez pu faire le déplacement. » Il affichait un air suffisant, comme s'il avait l'habitude d'inspirer le respect, avait pensé Healey.

« Eh bien, David, votre famille a fait du mal à beaucoup de monde », avait-elle répondu sèchement. Lydgate et elle étaient entrées dans l'ascenseur sans lui serrer la main.

Certains des négociateurs firent une contre-offre aux Sackler, leur suggérant d'engager une plus grande partie de leur fortune personnelle. Ils souhaitaient que la famille promette de verser le milliard et demi de dollars supplémentaire dès le départ plutôt que de le conditionner à un rachat élevé de Mundipharma. Les Sackler ne voulurent pas céder. « Presque tous les États accepteraient l'arrangement si la famille Sackler donnait cette garantie », déclara le procureur général de Caroline du Nord, Josh Stein, qui avait discuté avec la famille. Mais d'après lui, les Sackler étaient demeurés inflexibles : l'offre était « à prendre ou à laisser ».

Face à cette obstination, les représentants des plaignants ne cachèrent pas leur écœurement. « Pour moi, ce n'est qu'un ramassis de millionnaires faussement vertueux qui ont menti et triché pour faire des profits juteux. Je suis convaincu qu'ils ont du sang sur les mains », déclara le procureur général de Pennsylvanie, Josh Shapiro.

Le juge Polster, chargé de superviser les négociations, indiqua qu'au moins trente-cinq États devaient accepter le règlement à l'amiable avant qu'il donne son feu vert. Si les Sackler ne parvenaient pas à convaincre les parties adverses de signer, ils feraient face à un procès dans l'Ohio à l'automne. Toutefois, la famille possédait un moyen de pression de taille. Parce que l'entreprise n'avait jamais vraiment développé d'autre produit à succès après l'OxyContin, qu'elle s'était saignée à blanc pour régler ses frais de justice astronomiques et que les Sackler lui avaient soutiré de l'argent à la moindre occasion, les caisses de Purdue Pharma étaient quasiment vides. Après avoir vendu l'équivalent de 35 milliards de dollars d'OxyContin au fil de deux décennies, l'entreprise ne disposait probablement plus que de 500 millions de dollars en caisse, selon la presse. Le 19 août, Purdue envoya une lettre à d'anciens représentants de commerce pour les informer qu'elle ne pourrait peut-être pas financer leur retraite.

Si les États n'acceptaient pas leur offre généreuse, Purdue se déclarerait simplement en faillite sans qu'un accord ait été signé, annoncèrent les Sackler. Cela présenterait un grand avantage à court terme pour la famille : lorsqu'une société dépose le bilan, toutes les poursuites engagées à son encontre sont généralement suspendues le temps de procéder à son redressement judiciaire. Les Sackler ne voulaient pas que Purdue affronte un jury en octobre. Si leur proposition de règlement à l'amiable n'épargnait pas le tribunal à l'entreprise, la faillite parviendrait à le faire. Et si Purdue faisait faillite, tous les États et les autres entités ayant attaqué la société en justice n'auraient d'autre choix que de se disputer ses actifs restants devant les autorités compétentes. Mieux valait accepter l'argent maintenant, les avertit Mary Jo White, sous peine de devoir se résoudre à « payer des frais d'avocats pendant des années et des années à venir ».

C'était une menace feutrée. Pour les encourager à signer la proposition de Cleveland, les avocats de Purdue informèrent les plaignants que la somme totale qu'ils pourraient espérer récupérer en cas de redressement judiciaire (puis se répartir d'une façon ou d'une autre) n'excéderait peut-être pas le milliard de dollars. C'était vrai : Purdue ne valait tout simplement plus grand-chose. Les Sackler avaient réussi à prolonger le monopole d'exclusivité de l'OxyContin à de multiples reprises depuis 1996, bien plus longtemps qu'on ne l'aurait cru possible. Cependant, la falaise se profilait enfin : les brevets de l'OxyContin reformulée ne tarderaient pas à expirer. « La fête est finie. Le message qu'on envoie au public, c'est : "D'accord, la collectivité a gagné." Mais à mes yeux, ça pourrait bien avoir été leur projet dès le début », raconterait un ancien cadre de Purdue.

Le 8 septembre, la presse indiqua que les discussions entre les deux camps avaient échoué. La famille refusait d'avancer plus d'argent, et de trop nombreux procureurs s'opposaient au marché. Les Sackler avaient rejeté deux propositions concernant la gestion des paiements, sans présenter de contre-offre. « Par conséquent, les négociations sont au point mort, et nous nous attendons à ce que Purdue demande à être placée en redressement judiciaire d'un instant à l'autre », déclarèrent les représentants des plaignants.

Le jour suivant, alors que les observateurs attendaient de voir si Purdue allait se déclarer en faillite, Joss Sackler arriva au Bowery Hotel, dans le sud de Manhattan, pour le défilé printemps-été 2020 de sa marque de vêtements LBV. C'était la semaine de la mode de New York, et Joss était excitée de présenter sa nouvelle collection. Elle avait embauché une véritable styliste, Elizabeth Kennedy, qui avait entre autres travaillé pour Isaac

Mizrahi. Les deux femmes s'étaient rencontrées à une soirée de dégustation de vins organisée par Joss, et Kennedy avait accepté de concevoir sa collection. « Joss et moi essayons de créer quelque chose de nouveau et de rafraîchissant », affirmait-elle. Elle n'avait aucun scrupule à empocher l'argent des Sackler, convaincue que la marque n'avait « rien à voir » avec l'OxyContin. Joss arriva au Bowery dans une robe rouge sans manches, escortée par deux gardes du corps. Certes, son mari était occupé à la tâche délicate de faire ratifier la proposition de règlement à l'amiable des Sackler par un quorum de trente-cinq États ; certes, il s'essayait à une nouvelle posture publique de commisération lugubre (les Sackler compatissaient, avait-il assuré à *Vanity Fair* ; ils « compatissaient tellement ») ; cependant, Joss n'allait pas laisser ces interférences perturber son heure de gloire. Les invitations au défilé, distribuées généreusement à des personnalités des médias et de la mode, décrivaient Joss Sackler comme « le "phénix" que rien ne décourage ». Elle n'avait pas participé à l'entretien de David avec *Vanity Fair* – les communicants de la famille craignaient peut-être qu'elle fasse une sortie maladroite. Elle avait tout de même réussi à figurer sur la photo illustrant l'article : elle s'y tenait de profil, sculpturale, debout aux côtés de son homme, tandis que David fixait l'objectif d'un air sombre. Elle avait posté le cliché sur Instagram, avec la légende : « Des paroles fortes de mon mari. »

Avant le défilé, *Page Six* avait clamé : « Les fashionistas "fuient" le défilé de Joss Sackler à la semaine de la mode de New York. » Malgré cela, Joss et ses assistants (elle en avait une équipe permanente) n'avaient pas ménagé leurs efforts pour persuader les gens de venir. Ils avaient offert de faire transporter, coiffer et maquiller divers jeunes influenceurs du milieu de la mode, dont certains n'avaient jamais entendu parler de la polémique autour des Sackler, et encore moins de Joss. Il n'était pas rare, lors de ce genre d'événement, que les marques cherchent à placer des personnalités au premier rang pour générer de la publicité et faire implicitement leur promotion. Une des célébrités que Joss cherchait à attirer dans ses filets était la chanteuse Courtney Love, icône des tabloïds et fauteuse de troubles notoire. Ses assistants lui envoyèrent une invitation, expliquant que Joss et Elizabeth Kennedy étaient toutes les deux des « grandes fans », et que Love incarnait le genre de femme « forte et intrépide » à laquelle la marque se destinait. En guise d'encouragement, ils lui proposèrent 100 000 dollars et une « robe *Phénix* de LBV faite sur mesure, brodée de fils d'or vingt-quatre carats ».

Courtney Love avait l'habitude de ce genre d'invitation, et un cachet de 100 000 dollars paraissait plus qu'honnête pour assister à un défilé de vingt minutes. Toutefois, quand elle apprit qui Joss Sackler était exactement, elle en resta bouche bée. Dans un mail, les représentants de Joss avaient souligné : « La marque n'a pas de rapport avec Purdue [...] en dehors du fait que Joss est mariée à un membre de la famille. » Mais cela avait tout l'air d'un lien ! Le plus curieux dans l'idée que Joss Sackler (et surtout elle) invite Courtney Love (et surtout elle) à son défilé de mode était que Love avait une histoire bien connue et peu négligeable avec les opioïdes. Kurt Cobain, son défunt mari et le père de sa fille, avait été accro à l'héroïne. Il s'était suicidé en 1994. Love avait elle-même souffert de dépendance à l'héroïne – mais aussi à l'OxyContin. Quand Joss l'invita au défilé de LBV, la chanteuse était sevrée depuis un an à peine. L'ironie de la situation dépassait presque l'entendement.

En sortant de sa cure de désintoxication, Nan Goldin avait dirigé sa juste colère contre la famille à l'origine du médicament qui avait causé ses problèmes. Courtney Love se déchaîna de la même façon. « Je suis l'une des plus célèbres ex-junkies de la planète, déclara-t-elle à l'ennemi juré de Joss, *Page Six*. D'où Joss Sackler sort-elle l'impression qu'elle pourrait m'acheter ? » Elle se moqua du club d'amatrices de vin de Joss (avec sa « branche philanthropique ») et descendit en flèche sa marque de vêtements. « Cette proposition de Joss Sackler est scandaleuse et offensante, après tout ce que mes amis, moi-même et des millions d'autres personnes avons subi à cause de l'OxyContin. Je ne prends plus de drogue, mais je resterai toujours dépendante aux opioïdes », indiqua-t-elle. En fin de compte, aucun « fil d'or vingt-quatre carats » ne pourrait jamais masquer la conscience entachée de la famille Sackler.

Love n'était donc pas présente quand la musique commença à résonner et que des mannequins perchées sur des talons vertigineux se mirent à arpenter d'un pas nonchalant le podium improvisé sur la terrasse du Bowery. David Sackler n'était pas là non plus. En revanche, beaucoup d'amis et soutiens de Joss se trouvaient dans l'assistance ; et quand des journalistes les interrogèrent sur la polémique, la plupart eurent recours au vocabulaire de l'entrepreneuriat féminin.

« Ce n'est pas juste, dit une personne au *Daily Beast*. Elle est indépendante, et les gens devraient y penser avant de parler. On ne la voit que comme la femme de quelqu'un. C'est incroyable qu'elle dirige sa propre affaire. » Joss partageait ce point de vue. Elle échangea des piques avec Courtney Love sur Instagram, l'attaquant avec les paroles de ses propres chansons : « Arrête de jouer les trolls @courtneylove. Je ne travaille pas pour Purdue, et je ne l'ai jamais fait. Tu l'as dit toi-même, "on n'est pas la personne avec qui on couche", non ? » À la fin du défilé, Joss, flanquée de ses gardes du corps, afficha un sourire triomphant. « C'était tellement réussi ! » s'exclama-t-elle.

Six jours plus tard, Purdue Pharma déposa le bilan. L'une des particularités du droit de la faillite américain est qu'il permet aux sociétés de choisir le juge qui se chargera de leur dossier. Au mois de mars précédent – six mois avant que l'entreprise se déclare officiellement en faillite –, Purdue avait payé des frais administratifs de 30 dollars pour faire envoyer tous les documents relatifs au litige à une nouvelle adresse, correspondant à un immeuble de bureaux anonyme de White Plains, dans l'État de New York. Il n'y avait qu'un seul juge chargé des faillites dans le tribunal fédéral siégeant à White Plains ; c'était un homme appelé Robert Drain. En 2002, avant de devenir magistrat, Drain avait été associé chez Paul, Weiss, un cabinet d'avocats spécialisé en droit des sociétés. Purdue avait sélectionné ce juge avec le plus grand soin. La façon dont l'affaire se terminerait pour les Sackler et leur entreprise dépendait désormais en grande partie de cet homme.

Suivant la procédure habituelle en cas de faillite, Drain commencerait probablement par suspendre toutes les poursuites engagées contre Purdue, dans l'attente que le redressement judiciaire suive son cours. L'entreprise échapperait ainsi à la série de procès qui devaient bientôt s'ouvrir dans l'Ohio. Néanmoins, lors d'une conférence de presse organisée en toute hâte à Boston, Maura Healey exhorta tout un chacun à réfléchir un instant à ce qui avait pu, au juste, mener cette entreprise autrefois colossale au bord de la faillite. « Les Sackler se sont très bien arrangés pour vampiriser Purdue. Année après année, mois après mois, ils ont siphonné des centaines de millions de dollars », déclara-t-elle. À ce stade, il n'en restait quasiment plus qu'une « coquille vide ».

Healey ne cherchait pas à masquer son indignation à l'idée que les Sackler allaient pousser leur entreprise à la faillite, à présent qu'elle ne leur servait plus, et disparaître avec les milliards de dollars qu'ils lui avaient soutirés. Les avocats des Sackler soulignèrent que leur proposition de règlement à l'amiable global restait parfaitement valable. Cependant, Healey se méfiait de leurs promesses sur toutes les bonnes actions qu'ils pourraient accomplir sous réserve que les États acceptent leur projet. « Ils ont eu largement l'occasion ces dernières années de prendre des mesures constructives », observa-t-elle. Au lieu de quoi, « ils n'ont pas cessé de nous mettre des bâtons dans les roues ». Les membres de la famille peaufinaient encore « leur image de marque », déclara-t-elle avec mépris ; mais la méticuleuse gestion de leur réputation qui avait toujours constitué leur point fort n'était tout simplement plus viable. « Nous savons qui sont les Sackler », conclut-elle.

Néanmoins, Healey peinait à maintenir intacte la coalition d'États qui s'opposaient à la proposition de la famille. Le problème était que, même si beaucoup de procureurs généraux trouvaient l'offre ridiculement basse comparée à la fortune des Sackler ou à l'étendue de leur culpabilité, il s'agissait tout de même d'une énorme somme d'argent. Bon nombre d'États, fragilisés par l'épidémie et manquant désespérément de moyens, étaient tentés de récupérer ce qu'ils pouvaient. « Je crois que nous n'obtiendrons pas de meilleur marché », opina Dave Yost, le procureur général de l'Ohio. Son homologue dans le Tennessee, Herbert Slatery, émit le même avis. Il fit remarquer que le projet leur « garantirait des milliards de dollars » pour gérer l'épidémie, et « signifierait que la famille Sackler renoncerait à ses investissements dans l'industrie pharmaceutique à tout jamais ».

Étonnamment, une ligne de faille partisane émergea entre les procureurs. Les représentants des États républicains se montraient plus enclins à accepter l'offre des Sackler, tandis que les procureurs des États démocrates voulaient essayer d'en obtenir une meilleure. Selon certains observateurs, cela était dû au fait que les États conservateurs avaient terriblement besoin de fonds d'urgence, ou à une différence de culture politique – les républicains ayant davantage tendance à servir les intérêts des entreprises, et les démocrates à chercher à tout prix à redistribuer les richesses. Mais c'était peut-être aussi parce que, en coulisse, les Sackler s'efforçaient d'orienter les votes. La famille connaissait depuis longtemps les règles de l'influence politique et la valeur d'un intermédiaire au bras long. Quand ils avaient eu besoin de faire disparaître la menace d'une inculpation pénale en 2006, ils avaient mis à contribution l'ancien procureur fédéral Rudy Giuliani. À présent qu'ils faisaient face à une cohorte de procureurs généraux en colère, ils avaient embauché un nouvel émissaire : l'ancien sénateur et procureur général de l'Alabama, Luther Strange. Jusqu'à l'année 2017, Strange avait présidé l'Association nationale des procureurs généraux républicains, la RAGA. Par le passé, Purdue avait effectué des dons importants à ce groupe et à son équivalent démocrate, versant aux deux associations un total de 800 000 dollars entre 2014 et 2018. Chose étonnante, l'entreprise avait continué à financer ces deux organisations même après son dépôt de bilan, alors que la quasi-totalité des procureurs généraux d'État, démocrates comme républicains, la poursuivaient en justice. Au cours de l'été 2019, Luther Strange participa en tant qu'envoyé des Sackler à une réunion de la RAGA en Virginie-Occidentale et plaida personnellement auprès des procureurs généraux républicains présents pour qu'ils soutiennent l'offre de la famille.

Pour compliquer encore l'affaire, les avocats des plaignants – comme Mike Moore –, qui avaient attaqué Purdue au nom de collectivités locales et apporté une aide cruciale à ceux qui tentaient de réclamer des comptes aux Sackler, semblaient eux aussi disposés à accepter la proposition. Les avocats de ce genre travaillent au résultat et peuvent toucher jusqu'à un tiers de la somme finalement versée en cas de règlement à l'amiable. Cela signifie que lorsqu'une offre de plusieurs milliards de dollars se retrouve sur la table, ils ont parfois intérêt à la saisir plutôt que de chercher à obtenir une somme plus importante et plus juste, et courir le risque de finir sans un sou. Les avocats de l'affaire Purdue considéraient aussi celle-ci comme un simple élément dans un litige plus général, à travers lequel ils poursuivaient d'autres fabricants de médicaments, des grossistes et des pharmacies. Certaines personnes impliquées dans le redressement judiciaire de l'entreprise suspectaient Mike Moore d'avoir lui-même orchestré en sous-main le marché proposé par les Sackler à Cleveland. Grâce à ce compromis, les États obtiendraient des fonds dont ils avaient grandement besoin pour faire face à la crise, les Sackler parviendraient à une issue qui leur paraissait tolérable, et les avocats des plaignants encaisseraient des centaines de millions de dollars. Ces soupçons s'avérèrent fondés : lors d'une interview ultérieure, Moore admit avoir travaillé avec un autre avocat des plaignants, Drake Martin, à « élaborer » l'offre de Purdue.

L'un des points de friction principaux pour les procureurs démocrates était le suivant : même si Purdue criait à la faillite, les Sackler restaient l'une des familles les plus riches des États-Unis. « Quand votre campagne marketing illégale cause une crise nationale, vous ne devriez pas pouvoir garder la majeure partie des profits », écrivit la coalition d'États récalcitrants de Healey dans un argumentaire, affirmant que la proposition des Sackler n'était tout simplement pas « à la hauteur de ce qu'ils [devaient] ».

C'était sur cette base que reposait le procès de New York – l'idée que les Sackler avaient mis à sac leur propre société. Tandis que la procédure de redressement judiciaire suivait son cours, Letitia James continuait à vouloir recueillir des informations plus détaillées sur les finances de la famille. La fortune des Sackler était éparpillée dans un vaste réseau international constitué de centaines de sociétés-écrans, de trusts et de sociétés à responsabilité limitée, la plupart établies dans des paradis fiscaux et des juridictions caractérisées par un fort secret bancaire. La structure de ces arrangements financiers semblait délibérément obscure, avec une myriade de sociétés anonymes, toutes imbriquées comme des poupées russes. En août, Letitia James avait demandé la saisie des archives de trente-trois institutions financières et cabinets de conseil en investissement liés à la famille. Elle s'appuyait sur la théorie juridique du « transfert frauduleux de propriété », arguant que les Sackler avaient sciemment caché leur argent afin d'échapper à de possibles créanciers. Les demandes de saisie concernaient de grandes institutions telles que Citibank, Goldman Sachs et HSBC, mais aussi de plus petites holdings liées à la famille et domiciliées dans des paradis offshores comme les îles Vierges britanniques et Jersey.

Les Sackler s'opposèrent à ces saisies, avançant qu'elles revenaient à une forme de « harcèlement ». Un porte-parole de Mortimer publia un communiqué pour dénoncer les manœuvres de ce « bureau du procureur hostile, qui cherche cyniquement à générer des gros titres diffamatoires ». Mais un juge donna son accord et, quelques semaines plus tard, Letitia James avait déjà acquis des informations révélatrices. La réponse d'une seule institution financière permit à ses collaborateurs de suivre la trace d'environ 1 milliard de dollars de virements bancaires effectués par les Sackler, dont de l'argent transféré par Mortimer lui-même sur ses comptes en Suisse.

Quand le juge Drain avait suspendu tous les litiges contre Purdue, Maura Healey pensait qu'elle-même, Letitia James et tous les autres procureurs d'État pourraient poursuivre leurs actions en justice contre les Sackler. Après tout, ce n'était pas la famille qui était en faillite. Josh Stein, le procureur général de Caroline du Nord, déclara ainsi que les Sackler avaient « siphonné quasiment tout l'argent de Purdue et poussé la carcasse de l'entreprise au dépôt de bilan ». « Les multimilliardaires sont tout sauf insolvables. » Cependant, le 18 septembre, Purdue déposa un recours exceptionnel auprès du juge Drain. Ayant entretenu pendant des décennies un simulacre de séparation entre les Sackler et Purdue, les avocats de l'entreprise arguaient désormais que la famille était « inextricablement liée » à tout procès intenté à sa société. Pour l'instant, les Sackler étaient prêts à conclure l'accord qu'ils avaient proposé à Cleveland ; mais si le juge autorisait la poursuite des procédures engagées contre eux, ils seraient obligés de réviser leur position et risqueraient de se montrer « réticents » à verser ne serait-ce que les 3 milliards offerts.

Ce n'était pas seulement la menace implicite qui restait en travers de la gorge de Maura Healey. C'était le fait que les Sackler se livraient à un tour de passe-passe : ils liaient leur sort à celui de Purdue quand cela les arrangeait et prenaient leurs distances avec l'entreprise quand ce n'était plus le cas. Ils ne voulaient assumer aucune des responsabilités liées au fait de posséder une société et de siéger à son conseil d'administration, mais revendiquaient toutes les protections que cela apportait. On aurait peut-être pu comprendre qu'ils demandent à être protégés de tout litige si leurs propres finances étaient entrées en jeu dans le redressement judiciaire ; mais ils n'avaient même pas déclaré faillite ! Au lieu de cela, ils essayaient de manipuler le système à leur avantage afin « d'éviter de rendre des comptes individuellement », écrivirent Healey et d'autres procureurs généraux dans un résumé destiné au juge. « Les Sackler veulent que le tribunal chargé du redressement judiciaire suspende nos poursuites pour pouvoir garder les milliards de dollars qu'ils ont empochés grâce à l'OxyContin et s'en sortir sans jamais avoir été mis face à leurs responsabilités. C'est inacceptable », déclara Healey.

Il existait quelques précédents pour ce genre de manœuvres. En 1985, une société pharmaceutique de Virginie, A. H. Robins Company, s'était déclarée en faillite. Elle avait fabriqué un dispositif contraceptif intra-utérin, le Dalkon Shield, qui s'était avéré extrêmement dangereux, provoquant une série de blessures et de décès et donnant lieu à des milliers d'actions en justice ; on réclamait des millions de dollars à l'entreprise. Comme Purdue, A. H. Robins était une affaire familiale, et on avait accusé ses propriétaires d'avoir dissimulé des preuves de la dangerosité de leur produit. Le clan Robins était connu pour sa philanthropie ; à l'université de Richmond, le centre sportif et la faculté de commerce portaient le nom de membres de la famille. Alors qu'il devenait de plus en plus clair que le Dalkon Shield présentait des effets nocifs, la société avait continué à assurer que le dispositif était sûr et efficace, « utilisé correctement ». (Quand on leur avait signalé que le Dalkon Shield causait des infections utérines, les avocats de l'entreprise avaient cherché à discréditer les femmes ayant subi ces effets en suggérant que le problème ne venait pas du produit, mais de leurs propres « pratiques d'hygiène » et de leurs « mœurs légères ».) Lorsque la société s'était déclarée en faillite, la famille Robins n'en avait pas fait de même. Pourtant, la justice avait accepté de suspendre tout litige non seulement contre l'entreprise, mais aussi contre ses propriétaires. Dans le Massachusetts, Sandy Alexander, l'avocat employé par Maura Healey, découvrit un ouvrage épuisé au sujet de l'affaire du Dalkon Shield. Il en acheta dix exemplaires d'occasion et les distribua à ses collègues afin de leur donner une idée du modèle qu'ils devraient peut-être affronter à White Plains. L'ouvrage s'intitulait *Bending the Law*, « Une entorse à la loi ».

Le juge Drain, quant à lui, avait été confronté à un problème similaire au moins une fois par le passé. En 2014, il avait accordé une protection de ce genre à des tierces parties qui ne s'étaient pas elles-mêmes déclarées en faillite. L'attitude conciliante que Drain avait montrée sur le sujet pouvait faire partie des raisons pour lesquelles Purdue avait choisi de lui confier le dossier en premier lieu – du moins était-on en droit de se le demander. Dans un argumentaire, la famille de Raymond indiqua au juge que, s'il acceptait de suspendre les poursuites contre les Sackler, cela pourrait offrir à la famille « un répit suffisant » pour leur permettre de finaliser un règlement à l'amiable avec les États. Lors d'une audience, un avocat de l'entreprise affirma : « Un procès contre les Sackler est bel et bien un procès contre Purdue. »

Le 11 octobre 2019, le juge Drain se prononça en faveur des Sackler. C'était une décision « qui sortait de l'ordinaire », admit-il en rendant son jugement, mais elle lui paraissait adéquate. Les avocats avaient échangé des arguments sur la question pendant des heures, et Drain avait souvent manifesté des signes d'agacement face à ceux qui s'opposaient à l'idée. Il accorda aux Sackler un sursis temporaire, qui pourrait toutefois être prolongé. Dans un communiqué, Purdue se réjouit de cette décision, avançant qu'elle « profiterait à terme à tous les Américains ».

29

Débaptiser

Deux mois après le dépôt de bilan de Purdue Pharma, en novembre 2019, des économistes publièrent une étude fascinante. « Les morts par surdose d'opioïdes ont augmenté de façon spectaculaire depuis le milieu des années 1990, donnant lieu à la pire épidémie d'overdoses de l'histoire américaine », écrivirent-ils. On trouvait néanmoins « peu de preuves concrètes des causes premières ». Cette équipe de chercheurs voulait comprendre, en employant une méthode rigoureusement scientifique, comment la crise avait commencé. Il existait différentes théories sur l'élément déclencheur. On s'accordait en général à dire que le changement radical dans les habitudes de prescription des médecins américains constituait un facteur important, mais il était difficile de mettre le doigt avec exactitude sur ce qui avait provoqué ce changement. Depuis quelques années, certains observateurs avançaient que la crise des opioïdes n'était en réalité que le symptôme d'un ensemble plus profond de problèmes socio-économiques aux États-Unis : le nombre de décès liés aux suicides et à l'alcool augmentait aussi, et selon eux toutes ces victimes devaient être rangées dans la catégorie plus large des « morts de désespoir ».

Cependant, les économistes en question – Abby Alpert, de la Wharton School, William Evans et Ethan Lieber, de l'université Notre-Dame, et David Powell, de l'institut Rand – s'intéressaient expressément au rôle de Purdue Pharma. Bon nombre d'experts en santé publique, de journalistes et de procureurs comme Maura Healey avaient allégué, sur la base de leurs propres constatations, que la commercialisation de l'OxyContin avait déclenché la crise. Les économistes voulaient vérifier si les chiffres confirmeraient cette théorie.

Mais comment faire ? D'innombrables variables sociales, médicales et économiques avaient pu entrer en jeu. Comment isoler l'impact de l'OxyContin ? Les économistes s'intéressèrent au rôle du marketing ; et quand ils obtinrent des documents internes de Purdue, déclassifiés au cours d'une procédure judiciaire, ils firent une découverte captivante à ce sujet. Au début de la commercialisation du médicament, en 1996, Purdue avait identifié une barrière de taille à l'entrée dans plusieurs États américains. Ceux-ci étaient dotés de ce qu'on appelait des programmes de « triplicatas » : une mesure qui obligeait les médecins à remplir une ordonnance spéciale en trois exemplaires chaque fois qu'ils souhaitaient prescrire des substances contrôlées. Un de ces exemplaires était envoyé à l'administration, ce qui permettait aux agences gouvernementales de maintenir à jour une base de données de prescriptions et de repérer tout mauvais usage ou toute irrégularité.

Ces initiatives remontaient à plusieurs décennies avant la crise des opioïdes ; la première avait été mise en place en Californie en 1939, car à cette époque déjà on s'inquiétait du détournement des produits pharmaceutiques dérivés de l'opium. Les programmes de triplicatas avaient fini par être abandonnés en 2004 ; mais au moment du lancement de l'OxyContin, cinq États en possédaient encore : la Californie, l'Idaho, l'Illinois, New York et le Texas.

En étudiant les documents de Purdue, les économistes découvrirent de nombreuses références à ces programmes. L'entreprise les considérait comme un problème. Selon des panels de consommateurs, les médecins des États où ces mesures avaient cours évitaient de prescrire des opioïdes : cela entraînait trop de tracasseries administratives, et ils « ne voulaient pas donner au gouvernement une excuse pour surveiller leurs activités ». Des employés de Purdue avaient rapporté que « les médecins des États à programmes de triplicatas ne se montraient pas enthousiastes au sujet du produit ». Pendant la phase de lancement initial de l'OxyContin, Purdue avait donc choisi de limiter ses campagnes marketing dans ces régions pour se concentrer sur celles dotées d'une réglementation moins stricte, où l'entreprise pouvait espérer un meilleur retour sur investissement. Les économistes déterminèrent que, en raison de cette stratégie marketing plus modeste (et des mesures de triplicatas elles-mêmes), on avait distribué moitié moins d'OxyContin que la moyenne dans ces cinq États durant l'année qui avait suivi le lancement du produit.

Cela semblait être de bonnes données de départ pour parvenir à des conclusions solides sur l'impact du médicament. Ces États ne se ressemblaient pas d'un point de vue géographique. Ils comprenaient quatre des régions les plus peuplées du pays, mais aussi l'une des moins peuplées. Leurs économies étaient différentes. En d'autres termes, aucun point commun propre à ces cinq États (mais à aucun des autres) ne constituait un facteur explicatif – en dehors des programmes de triplicatas et du fait apparenté que, pendant ces premières années, l'OxyContin y avait bien moins circulé que partout ailleurs. Comment ces régions avaient-elles donc vécu la crise des opioïdes, comparées au reste du pays ?

Avant 1996, on recensait en fait un plus grand nombre de morts par surdose dans les États à programme de triplicatas que dans les autres. Toutefois, l'équipe d'économistes découvrit que, peu après le lancement de l'OxyContin, ce rapport s'était brusquement inversé. Le nombre d'overdoses avait commencé à grimper à toute vitesse partout ailleurs que dans ces cinq États. Ils avaient été préservés, avec une augmentation « exceptionnellement basse » des morts par overdose. En fait, même après l'arrêt des programmes de triplicatas, des années plus tard, on observait encore « les effets des obstacles initiaux à la promotion et l'adoption de l'OxyContin dans ces États ». À l'opposé, les régions qui avaient davantage été exposées à l'OxyContin juste après son lancement avaient connu « une augmentation plus importante des morts par overdose presque chaque année après 1996 », constatèrent les chercheurs.

D'autres études avaient déjà établi des liens de causalité entre la reformulation de l'OxyContin en 2010 et la progression de l'abus d'héroïne et de fentanyl. Mais les économistes remarquèrent que dans les États possédant un programme de triplicatas à l'époque où l'OxyContin avait été commercialisée, les morts liées à l'héroïne et au fentanyl avaient augmenté bien moins rapidement qu'ailleurs. En fait, en 2019 encore, près d'un quart de siècle après le « blizzard d'ordonnances » originel, ces cinq États présentaient certains des chiffres les plus bas du pays en matière de morts par overdose, quel que soit l'opioïde impliqué. Cette disparité ne pouvait pas s'expliquer par d'autres facteurs tels que des politiques de lutte antidrogue ou des considérations économiques sans lien avec le problème. « Nos résultats montrent que le lancement et le marketing de l'OxyContin sont à l'origine d'une part considérable des morts par overdose survenues au cours des deux dernières décennies », conclurent les chercheurs.

David Sackler était furieux que la procureure générale de New York, Letitia James, décrive le médicament lancé par son père Richard comme « la racine » de la crise des opioïdes. « On peut avancer cet argument, mais il faut le prouver », déclarait-il. Or, voilà qu'on tenait quelque chose qui ressemblait très fortement à une preuve. Dans des mails échangés en privé, les Sackler se plaignirent qu'on les rende responsables des morts par overdose d'héroïne et de fentanyl alors qu'ils n'avaient jamais rien fait d'autre que vendre un médicament légal, approuvé par la FDA. Ils se concertèrent avec les conseillers en communication de l'entreprise pour déplacer le débat et le recentrer sur le fentanyl. Néanmoins, dans une autre étude, deux économistes de l'institut Rand et de l'université de Caroline du Sud conclurent que, si la reformulation de 2010 avait fait diminuer les abus d'OxyContin, elle avait aussi « accru le nombre général de morts par overdose ». En cultivant soigneusement et inlassablement la demande pour ces substances, Purdue avait créé une génération de personnes dépendantes aux opioïdes. Une fois la reformulation effectuée, cette demande n'avait pas disparu : elle avait simplement trouvé une autre source d'approvisionnement. L'étude affirmait que même l'essor du fentanyl illicite, comme celui de l'héroïne avant lui, était « déterminé par des questions de demande qui existaient des années avant l'arrivée du fentanyl ». L'usage excessif d'opioïdes d'origine synthétique était largement plus répandu dans les États qui présentaient un fort taux d'abus d'OxyContin. Les répercussions de la reformulation ne s'étaient pas non plus dissipées au bout de quelques années, concluaient les auteurs de l'étude. Au contraire, elles s'étaient aggravées au fil du temps, à mesure que les marchés se développaient et innovaient, menant à une crise de santé publique.

Sous ses premières formes connues, dans la poésie d'Hésiode, le mythe grec de Pandore découle d'une parabole sur la technologie. Prométhée a défié les dieux en dérobant le feu sur l'Olympe pour le donner à l'humanité. Le feu est un bienfait volatil, capable de création comme de destruction ; mais les hommes apprennent à le dompter et il devient le fondement de la civilisation. Pour les punir de leur désobéissance, les dieux leur envoient un « beau mal », Pandore. L'histoire dit qu'il s'agit de la première femme, et qu'elle apporte une jarre (ou, comme ce mot a été traduit, une « boîte »). La jarre contient tous les maux du monde, les maladies et d'autres terreurs, « le dur labeur » et « les cruels fléaux qui conduisent les hommes à la mort ». Prométhée a averti les humains de se méfier des cadeaux des dieux. Mais ils n'écoutent pas ses mises en garde, et Pandore ouvre la jarre. Dans certaines versions de l'histoire, Pandore peut sembler malveillante, libérant de son plein gré un torrent de supplices. Dans d'autres variantes, elle est naïve, sa plus grande erreur n'étant que la curiosité.

Alors qu'ils tentaient d'échapper à une crise historique engendrée par leur propre faute, les Sackler évoquaient parfois Pandore quand ils contemplaient, bouche bée, les conséquences monumentales de leurs décisions. Ils avaient dit au monde, et s'étaient dit à eux-mêmes, que la jarre était remplie de bienfaits, qu'il s'agissait d'un don des dieux. Et puis ils l'avaient ouverte, et il était apparu qu'ils avaient tort.

Un matin de bonne heure, en arrivant au siège de Stamford pour travailler, des employés de Purdue Pharma découvrirent qu'une immense sculpture avait été déposée pendant la nuit sur le trottoir devant le bâtiment. C'était une énorme cuillère en métal. Elle pesait trois cent soixante kilos et son manche avait été replié sur lui-même pour rappeler les tests « cuillère-aiguille » effectués par Purdue avant le lancement de l'OxyContin. Le fond de la cuillère était taché, évoquant de l'héroïne brûlée. Cette sculpture était l'œuvre de Domenic Esposito, un artiste personnellement concerné par le sujet : son frère avait commencé par prendre de l'OxyContin avant de finir accro à l'héroïne. « C'est un symbole de ce qui est le fardeau de ma famille », déclara-t-il, expliquant que sa mère trouvait ce genre de cuillères « chaque fois que [son] frère replongeait ». Le propriétaire d'une galerie d'art de Stamford avait estimé approprié d'installer l'œuvre juste en face du siège de Purdue ; mais quelqu'un prévint la police, qui arrêta le gérant pour « entrave à la circulation ». En quelques heures, on avait alerté les autorités compétentes afin de faire enlever la sculpture. Il fallut utiliser un bulldozer.

Depuis quelque temps, le dispositif de sécurité entourant le siège de Purdue avait été renforcé. Certains jours, on fouillait les voitures qui y arrivaient. Des manifestants avaient commencé à se présenter sur les lieux, parfois seuls ou à deux, parfois par dizaines. Il s'agissait souvent de femmes qui serraient contre elles un portrait agrandi de leur enfant mort. Elles ressemblaient aux mères de la place de Mai en Argentine. Certaines personnes scandaient le nom de leurs êtres chers ; d'autres restaient simplement debout sans rien dire, témoins sévères incarnant avec une incroyable et constante dignité ce que Nan Goldin ne cessait de répéter : une génération entière avait été fauchée.

Lunettes de soleil sur le nez, Goldin participait elle-même aux manifestations, brandissant sa banderole HONTE AUX SACKLER. La famille ne venait plus travailler au neuvième étage. Avec le redressement judiciaire, les Sackler s'étaient enfin plus ou moins extirpés des rouages internes de l'entreprise. Malgré tout, ils possédaient encore le bâtiment. Et compte tenu des affinités du clan avec les arts, il était poignant que certains des manifestants soient des artistes. Pendant un temps, Frank Huntley, un habitant du Massachusetts, s'était présenté régulièrement avec une sculpture de squelette constituée de trois cents flacons de médicaments et d'une tête de mort en plastique. Huntley était un peintre et poseur de papier peint à qui l'on avait prescrit de l'OxyContin après une blessure en 1998. Il avait utilisé tous les flacons qui composaient la sculpture. « C'est ce que j'étais pendant quinze ans, disait-il à propos du squelette. Ce médicament me contrôlait au quotidien. »

Durant deux décennies, le siège tout en verre de Stamford avait été entouré de panneaux ornés du logo caractéristique de Purdue – le nom de l'entreprise entouré d'un cercle et souligné. Mais la société avait fini par décider qu'il serait probablement plus prudent d'enlever les panneaux. Goldin avait tiré une certaine satisfaction de cet aveu discret de la disgrâce de Purdue. Cela dit, elle était toujours bien décidée à faire tomber le nom des Sackler aussi. À cette période, beaucoup d'institutions dédiées à la culture et à l'éducation commençaient à se demander si elles souhaitaient encore porter le nom de bienfaiteurs moralement douteux. En 2017, le président de Yale avait annoncé que l'université allait rebaptiser une de ses facultés, nommée en l'honneur de John C. Calhoun, car l'héritage laissé par ce partisan de la suprématie blanche était fondamentalement opposé à « sa mission et ses valeurs ». À Oxford, un récipiendaire d'une bourse Rhodes venu d'Afrique du Sud avait aidé à lancer une campagne pour déboulonner une statue de Cecil Rhodes[1].

1. Les bourses scolaires Rhodes, qui permettent d'étudier gratuitement à l'université d'Oxford, doivent leur existence à l'homme politique

Malgré cela, de nombreuses universités, dont Yale, avaient continué à accepter l'argent des Sackler alors même que les procès et les enquêtes des médias s'accumulaient, et que d'autres institutions prenaient leurs distances avec eux. Il fallut attendre 2019 pour que Yale coupe les ponts avec la famille, annonçant qu'elle n'accepterait plus de financements de sa part. Cependant, s'agissant d'anciens dons, l'université n'avait pas l'intention d'effacer le nom des Sackler. Harvard exprima le même point de vue. La candidate aux élections présidentielles Elizabeth Warren, qui avait enseigné à Harvard avant de devenir sénatrice, avait exhorté l'université à se défaire du nom de la famille ; mais le président de l'institution, Lawrence Bacow, avait rétorqué que cela ne serait pas « pertinent », car Arthur Sackler avait financé la création du musée baptisé en son honneur avant l'invention de l'OxyContin. De toute façon, « des obligations juridiques et contractuelles » auraient empêché l'université de prendre une telle décision.

Goldin n'était pas satisfaite. Le 1er juillet 2019, elle arriva à Paris pour une manifestation au Louvre. L'aile Sackler du musée avait été financée par la famille de Mortimer Sackler. Elle consistait en douze salles débordant de magnifiques antiquités du Proche-Orient. Sous le regard de centaines de touristes et de vendeurs de souvenirs, Goldin et une troupe d'une quarantaine de militants envahirent l'esplanade près de l'entrée du Louvre. Goldin sauta dans une fontaine à côté de la grande

du XIXe siècle Cecil Rhodes, critiqué aujourd'hui pour son impérialisme et ses actions en Afrique. *(N.d.l.T.)*

pyramide en verre qui dominait les lieux, en criant : « Effacez le nom des Sackler ! » Certes, la famille jouissait d'une influence considérable en France, où Mortimer et Raymond avaient reçu la Légion d'honneur ; mais Goldin avait sa propre légitimité. Ses photos étaient exposées au Louvre. Elle avait été nommée commandeur des Arts et des Lettres par l'État français. (En guise de pied de nez, elle était venue à la manifestation avec ses médailles.) Par ailleurs, des membres de son association avaient découvert au Louvre une spécificité qui leur permettrait peut-être d'obtenir une victoire décisive. En étudiant son règlement interne, ils avaient remarqué que le musée se réservait le droit de mettre fin à tout accord de dénomination au bout de vingt ans. L'aile Sackler avait été baptisée plus de deux décennies auparavant. Deux semaines à peine après la manifestation de Goldin, le président-directeur du musée, Jean-Luc Martinez, annonça que l'aile ne « porterait plus le nom des Sackler ». L'institution affirma que cette décision n'avait rien à voir avec Purdue Pharma, l'OxyContin ou la manifestation de Nan Goldin : on avait juste fait un peu de ménage. Les salles avaient été « débaptisées », insista une porte-parole – simplement rafraîchies. Mais personne n'était dupe et, du jour au lendemain, l'ensemble de la signalétique annonçant « aile Sackler des Antiquités orientales » et listant les noms des sept enfants encore en vie de Mortimer – Ilene, Kathe, Mortimer, Samantha, Marissa, Sophie et Michael – fut retirée, et les références à la famille effacées du site internet du musée. « Les Sackler voulaient tout ce que Nan possède dans le monde de l'art, déclara Megan Kapler, la camarade de lutte de Goldin. Et elle a tapé du poing sur la table, en disant : “Non. C’est mon monde. Vous n’avez rien à faire là.” »

La veuve d’Arthur, Jillian, avait commencé à dire aux gens qu’elle hésitait à utiliser son propre nom de famille. Elle n’appréciait pas qu’on parle « très généralement de la “famille Sackler” » et continuait son combat d’arrière-garde pour « dépêtrer » le nom d’Arthur de celui de ses frères. Elle avait recruté des attachés de presse pour envoyer des lettres véhémentes aux médias et exiger qu’ils se montrent « plus précis ». Elle inventa une nouvelle expression, les « OxySackler », dans l’espoir qu’elle permettrait de distinguer les familles de Raymond et Mortimer de la sienne. Néanmoins, après des années de silence face aux ravages de l’OxyContin, il était probablement trop tard pour que des gens comme Jillian ou Elizabeth, la fille d’Arthur, se drapent dans une quelconque supériorité morale. Jillian reconnaissait que ses efforts revenaient à « prêcher dans le désert ». Cela ne l’empêchait pas de clamer que si Arthur avait vécu, il serait intervenu pour empêcher ses frères de promouvoir l’OxyContin de façon si excessive. (« Est-ce que quelqu’un y croit ? rétorquait Nan Goldin. C’est d’un cynisme ! »)

En dépit des efforts acharnés de Jillian et d’Elizabeth, le Smithsonian, auquel Arthur avait attribué sa collection après avoir flirté pendant des années avec le Met – imposant comme condition d’avoir un musée à son nom –, commençait aussi à se détacher discrètement de la famille. Contractuellement, l’institut ne pouvait pas effacer le nom d’Arthur. À la place, il annonça une « refonte de son identité » et transforma les galeries

Sackler et Freer en « musée national de l'Art asiatique ». Le Smithsonian minimiserait désormais l'usage du nom Sackler partout où il le pourrait, changeant de logo et reléguant toute référence à la galerie Arthur M. Sackler aux mentions légales. Le fils d'Arthur, Arthur Felix, débarqua chez son cousin Richard dans le Connecticut et lui reprocha violemment d'avoir jeté l'opprobre sur leur patronyme. Jillian se demandait si la réputation de son défunt mari « s'en relèverait un jour ».

Ce fut peut-être à l'université Tufts qu'on assista à la remise en question la plus complète de la postérité des Sackler. Les liens entre la famille et l'université remontaient à 1980, quand Arthur, Mortimer et Raymond avaient effectué un don majeur en échange duquel on avait rebaptisé la faculté des sciences biomédicales en leur honneur. L'accord signé à l'époque précisait où et comment le nom des Sackler devait être affiché. Trois ans plus tard, Arthur avait conclu un autre marché avec Tufts afin qu'on donne son nom au bâtiment abritant la faculté de médecine. En 1986, on avait établi le centre communication et santé Arthur M. Sackler et célébré son mécène lors d'un dîner de gala. Arthur avait comparé l'institut qui porterait son nom à « la bibliothèque d'Alexandrie, mais au XXe siècle ». La famille avait continué à financer Tufts au fil des décennies, lui accordant un total de 15 millions de dollars et subventionnant entre autres des recherches sur le cancer et les neurosciences. En 2013, l'université avait attribué un doctorat honoris causa à Raymond. En raison de son grand âge, on lui avait remis le diplôme lors d'une cérémonie privée dans les locaux de Purdue. « Il serait impossible de calculer combien de vies vous avez sauvées, avait déclaré le président de l'université, Anthony Monaco. Vous êtes de ceux qui changent le monde. » Pour marquer l'occasion, l'université avait intégré à son site internet une biographie de Raymond qui détaillait ses nombreuses œuvres philanthropiques – sans jamais évoquer Purdue.

Quand l'entreprise avait plaidé coupable de faux étiquetage, en 2007, personne à Tufts n'avait paru s'en émouvoir. Lorsque Sam Quinones avait publié *Dreamland*, en 2015, la faculté de médecine avait discrètement choisi d'escamoter l'ouvrage du corpus destiné aux primo-entrants. En fait, ce n'était qu'en 2017, après la parution quasi simultanée d'enquêtes dans le *New Yorker* et *Esquire*, qu'on avait commencé à remettre en question les liens entre l'université et la famille. Des étudiants en médecine trouvaient gênant d'assister à des cours dans des locaux baptisés en l'honneur des Sackler ou d'être diplômés d'une faculté portant leur nom. Certains avaient entrepris de s'organiser, comme Nan Goldin, en montant un collectif baptisé Sack Sackler (« Saquez les Sackler »). Un étudiant en première année de médecine, Nicholas Verdini, avait adressé un fervent plaidoyer aux administrateurs de l'université, dans lequel il révélait que sa propre sœur avait été dépendante aux opioïdes et était morte d'une overdose d'héroïne deux ans auparavant. Âgée de vingt-cinq ans, elle avait laissé deux filles orphelines.

Dans son dossier d'accusation, Maura Healey avait cité Tufts en exemple pour illustrer les ramifications néfastes de l'influence des Sackler. Richard avait siégé au comité consultatif de la faculté de médecine de 1999 à 2017. La famille avait proposé « un don plus ciblé » pour créer un nouveau programme de master intitulé Douleur, recherche, éducation et politiques publiques. Richard entretenait des rapports cordiaux avec le professeur nommé à la tête du programme, Daniel Carr. « La poursuite de notre collaboration est ma priorité absolue », lui avait déclaré ce dernier en 2001. Quand des critiques avaient commencé à s'élever contre l'OxyContin, Carr avait assuré à Richard qu'il n'avait rien à se reprocher ; le problème venait des « criminels qui [faisaient d'eux] des victimes par leurs dangereux méfaits ». En 2002, Carr avait figuré dans une publicité pour Purdue publiée dans le *Boston Globe* ; posant en blouse blanche, il félicitait l'entreprise d'avoir « fait quelque chose » au sujet de la crise des opioïdes. Tufts avait recruté un nouveau professeur associé pour son master sur la douleur : David Haddox, qui se prévaudrait de ce poste pour attester son indépendance de chercheur. Haddox utilisait des documents frappés du logo de Purdue pendant ses cours. D'après le *Tufts Daily*, il avait continué jusqu'en 2010 à enseigner sa théorie de la « pseudo-dépendance ».

Après la bronca des étudiants, Tufts engagea un ancien procureur fédéral, Donald Stern, afin de conduire un audit interne. Une fois l'enquête terminée, en décembre 2019, les présidents de l'université et du conseil d'administration envoyèrent un mail à toute la communauté gravitant autour de l'institution. « Nos étudiants, nos professeurs, nos employés administratifs, nos anciens élèves et d'autres personnes encore nous ont fait part des effets négatifs que le nom des Sackler avait sur eux au quotidien », écrivirent-ils. L'université opta pour une solution radicale : elle effaça ce nom, le faisant retirer de cinq bâtiments et programmes. « Nos étudiants trouvent inacceptable de pénétrer dans un bâtiment qui porte le nom des Sackler. [Ils ne le jugent] pas en adéquation avec la mission de l'établissement et avec ce que nous essayons de leur enseigner », déclara Harris Berman, le doyen de la faculté de médecine. Il ajouta que l'OxyContin ne constituait pas la seule pierre d'achoppement ; la postérité d'Arthur était aussi en cause : « Le nom des Sackler pose problème, celui d'Arthur Sackler comme de tous les Sackler. »

Les étudiants engagés célébrèrent leur victoire. « Nos professeurs et nos doyens nous enseignent tous les jours de prendre soin des patients, de les respecter, de traiter les gens dignement ; et faire ça quand vous avez un bureau dans un bâtiment affublé du nom des Sackler semble assez hypocrite », affirma une étudiante en médecine, Mary Bridget Lee. Grâce à ce jugement moral tranché, Tufts pourrait « donner l'exemple à d'autres institutions », avança-t-elle.

C'était peut-être ce que craignaient les Sackler, qui s'opposèrent de toutes leurs forces à cette décision. Jillian se déclara outrée qu'on « rende [Arthur] responsable des actions de ses frères et d'autres OxySackler ». Du côté des OxySackler, l'avocat Daniel Connolly déplora la « malhonnêteté intellectuelle » de Tufts et souligna que la famille avait « réalisé ces dons de bonne foi ». Il menaça de poursuivre l'université en justice et exigea que la décision soit « annulée ». Dans une lettre, les Sackler accusèrent Tufts de ne pas avoir respecté son contrat. C'était une illustration frappante de leur orgueil et de leur incapacité pathologique à regarder la vérité en face : ils étaient prêts à ce genre d'avilissement pour imposer leur nom à une université dont le corps étudiant avait très clairement fait savoir qu'il le jugeait moralement répréhensible. Néanmoins, les administrateurs de Tufts tinrent bon.

Nicholas Verdini se trouvait à la cafétéria quand il apprit qu'on allait effacer le nom des Sackler, et il se précipita dehors pour assister à la scène. Il était un peu abasourdi. Autour de lui, des gens applaudissaient. Verdini pensa à sa sœur ; cet événement lui semblait être « une grande victoire pour elle ».

Là où le nom était peint sur les murs, des ouvriers utilisèrent un rouleau pour le recouvrir d'une couche de peinture fraîche. Là où il s'annonçait avec des caractères en laiton saillants, ils détachèrent les lettres une à une au marteau et au burin, jusqu'à ce qu'il n'en reste plus que des fantômes – des traces sales et diffuses aux endroits où le nom s'était trouvé.

Si les Sackler avaient été mis au ban de la société, à White Plains, le magistrat qu'ils avaient soigneusement sélectionné pour se charger du redressement judiciaire, Robert Drain, se révélait être un excellent choix. Bien qu'un dépôt de bilan évoque généralement l'échec et la honte, le tribunal de Drain était devenu un havre de paix pour la famille. Le juge renouvela la suspension des poursuites à son encontre une fois, puis deux, malgré les objections de Letitia James qui arguait que les Sackler bénéficiaient ainsi des « avantages apportés par une faillite sans s'être déclarés en faillite eux-mêmes ».

Drain semblait considérer son rôle d'expert en redressement judiciaire comme celui d'un technocrate inventif, un architecte du compromis, soucieux d'efficacité avant tout. Il évoquait fréquemment l'immense coût de l'affaire – avec cette multitude d'avocats embauchés par l'entreprise, les Sackler et les divers créanciers, qui facturaient tous à l'heure – et s'efforçait de simplifier la procédure pour prendre en compte les besoins des personnes affectées par la crise des opioïdes : d'après lui, le peu de valeur que Purdue possédait encore devrait servir à aider les gens souffrant de dépendance plutôt qu'à enrichir des hommes de loi.

Avec cette conception délibérément étroite de sa propre mission, Drain montrait peu d'intérêt pour les questions plus vastes de justice et de responsabilité, les traitant comme autant de concepts théoriques sans lien avec les négociations en cours. En fait, il manifestait parfois de l'agacement face aux procureurs d'État et aux avocats des victimes qui avaient perdu des proches dans l'épidémie, las de les voir exiger sans cesse qu'on réclame des comptes à l'entreprise et à la famille. La proposition de règlement à l'amiable global des Sackler restait valable et, lors d'une audience, Drain laissa entendre que le refus obstiné de Maura Healey et d'autres procureurs généraux de la signer n'était qu'un effet de manche politique ; l'idée qu'ils « empêchent une résolution bénéfique pour tout le monde » lui paraissait « presque répugnante », déclara-t-il.

L'une des principales sources de discorde dans l'affaire de White Plains concernait l'accès aux documents privés : la possibilité pour les procureurs d'État et les avocats des créanciers de recueillir des informations sur l'entreprise et les finances de la famille. Combien d'argent les Sackler possédaient-ils encore ? Comment pouvait-on espérer parvenir à une solution équitable sans avoir la moindre idée de ce qu'ils avaient « mis de côté » ? se demandait Letitia James. Il y avait quelque chose de terriblement absurde à regarder Drain et tous ces avocats spécialistes en redressement judiciaire débattre d'un air docte de la meilleure façon de diviser les miettes de Purdue Pharma – qui équivalaient désormais à environ 1 milliard de dollars, en liquidités et actifs –, tandis que les Sackler restaient en retrait, apparemment intouchables, assis sur un tas d'or. D'après le témoignage d'un des propres experts de Purdue, la famille avait extrait près de 13 milliards de dollars des caisses de l'entreprise.

Analysant l'affaire, un juriste noterait que les spécialistes en droit de la faillite ont parfois tendance à se comporter comme si leur domaine d'expertise était « le couteau suisse du système juridique ». Drain semblait convaincu que son tribunal était le lieu idéal pour régler toutes les questions encore en suspens concernant le rôle de Purdue et des Sackler dans la crise des opioïdes. Il employait le même jargon que les avocats experts en redressement judiciaire impliqués dans l'affaire, parlant sur un ton monocorde d'« efficacité », de « consensus », de « maximiser la valeur », de parvenir à un « marché ». S'agissant des documents, Drain avait recommandé aux avocats spécialistes en faillite de « garder un œil » sur leurs confrères qui ne l'étaient pas pour s'assurer qu'ils comprenaient bien que toutes les informations obtenues auprès de Purdue ou des Sackler ne devaient pas être considérées comme « des preuves destinées à un procès », mais des « vérifications préalables » à un éventuel arrangement. Drain ne croyait pas vraiment aux procès. « Ce n'est pas une espèce de sérum de vérité public », affirmait-il avec dédain. Il préférait les « négociations qui [débouchaient] sur un accord ».

Certains des participants étaient troublés par l'esprit d'entre-soi manifeste qui caractérisait la procédure. Les Sackler évoluaient dans des milieux prestigieux. Ils avaient recruté des avocats ayant étudié dans des écoles réputées et intégré des cabinets prestigieux afin de les défendre dans des affaires où les représentants de la partie adverse étaient souvent issus des mêmes facultés, tout comme les juges. D'après l'un des avocats qui avaient attaqué Purdue en justice, cela créait une « atmosphère de connivence ». La corporation des avocats spécialistes en faillite était particulièrement réduite et insulaire. Le nouveau président du conseil d'administration de Purdue, un expert en restructuration du nom de Steve Miller, connaissait Drain depuis des années. Dans des mémoires parus en 2008, il racontait sur le ton de l'anecdote qu'il lui était arrivé de faire la sieste dans le bureau du juge. Kenneth Feinberg, l'expert en indemnisation corporelle qui était l'un des deux médiateurs choisis pour gérer la faillite, avait auparavant travaillé pour Purdue et reçu environ 12 millions de dollars en échange. Tout le monde semblait connaître tout le monde. Une fois, Gillian Feiner, la procureure en chef du Massachusetts, était allée passer la nuit à White Plains avant une audience. Elle bénéficiait d'un tarif de fonctionnaire au Ritz, où beaucoup d'avocats impliqués dans l'affaire séjournaient ; l'hôtel se trouvait à une courte distance à pied du tribunal. En discutant avec des procureurs d'autres États qui poursuivaient Purdue, Feiner avait découvert qu'ils avaient prévu de dîner avec Marc Kesselman – le directeur juridique de l'entreprise. Elle ne les avait pas accompagnés. À la place, elle avait mangé seule au bar de l'hôtel. « Rien que moi et mes principes », avait-elle écrit par SMS à une connaissance.

Pour Nan Goldin et son collectif de militants, il était extrêmement frustrant de penser que les Sackler allaient peut-être jouer leur fin de partie dans ce cadre. Le problème n'était pas seulement que la procédure de redressement judiciaire attachait plus de valeur au compromis économique qu'à tout le reste ; c'était que le droit de la faillite était un domaine si technique et stérile que les non-spécialistes n'y comprenaient pas grand-chose. « On se bat sur leur terrain, maintenant. Le tribunal ne parle que de chiffres. Tout est "fongible" », se plaignit un militant de PAIN, Harry Cullen. Au début, le groupe organisa des *die-in* sur les marches du palais de justice. Mais après l'arrivée du Covid-19, en mars, Drain suspendit les audiences en présentiel pour les remplacer par des téléconférences, ce qui priva les manifestants d'un théâtre où orchestrer leurs actions. « Ça nous court-circuite complètement, dit Cullen. Comment les mettre face à leurs responsabilités ? » Goldin, très impliquée dans l'affaire, avait aidé à monter un comité de victimes qui plaidait pour une meilleure reconnaissance des torts dans la procédure de redressement judiciaire. Ce comité créa une pétition demandant à ce qu'on fasse appel à un arbitre indépendant, qui pourrait chaperonner le juge. Une mesure de ce type avait été mise en place dans d'autres affaires de faillite médiatisées impliquant des accusations de malversations, comme celles d'Enron et WorldCom. Néanmoins, Drain estima que ce ne serait pas nécessaire pour celle-là.

L'été suivant, le *New York Times* publia une tribune dans laquelle un journaliste, Gerald Posner, et un expert en droit de la faillite, Ralph Brubaker, laissaient entendre que les Sackler risquaient de « s'en tirer » avec la majeure partie de leur fortune intacte et d'échapper à toute sanction d'envergure. Quand un avocat évoqua ce texte lors d'une audience, le juge explosa. « Je me fiche de ce que pensent ces crétins qui signent des tribunes ! » cracha-t-il. Il exhorta les participants à l'audience à ne pas « donner un sou ou un clic » à des publications comme le *New York Times*, et annonça qu'il ne voulait « plus jamais qu'on [lui] cite les propos d'un imbécile de journaliste ou d'un blogueur dans cette affaire ».

Drain avait eu beau prendre la mouche, la probabilité que les Sackler s'en tirent bel et bien impunément semblait augmenter chaque mois qui passait. Une question planait encore sur l'affaire de redressement judiciaire : le département de la Justice allait-il engager des poursuites pénales contre l'entreprise – ou contre la famille ? Cela faisait plusieurs années que des procureurs fédéraux issus de multiples juridictions enquêtaient sur Purdue, recueillant discrètement des preuves et des témoignages. Le juge Drain avait annoncé que les plaignants qui estimaient faire partie des « créanciers » de Purdue avaient jusqu'au 30 juillet pour déposer un dossier auprès du tribunal. Plus de cent mille personnes avaient porté plainte, arguant que les opioïdes de Purdue avaient détruit leur vie et qu'on leur devait des indemnités. Des compagnies d'assurances s'étaient manifestées aussi. L'une d'elles, United Health, avait présenté un dossier confondant qui révélait que, lorsqu'elle avait fait réaliser une étude pour déterminer le nombre de ses clients à qui l'on avait prescrit des opioïdes de Purdue, puis diagnostiqué une dépendance, elle avait découvert que des « centaines de milliers » de personnes étaient concernées. Au temps pour l'idée que les gens ne devenaient pas dépendants quand ils suivaient le traitement indiqué par un médecin.

Juste avant la date butoir, le département de la Justice déposa une plainte à son tour, annonçant que de multiples enquêtes civiles et criminelles avaient démontré que, entre 2010 et 2018, Purdue avait envoyé ses délégués en visite chez des prescripteurs qu'elle savait enclins à « fournir des ordonnances non nécessaires d'un point de vue médical ». Le dossier avançait aussi que l'entreprise avait versé des pots-de-vin aux prescripteurs pour les encourager à rédiger davantage d'ordonnances ; à un fournisseur de dossiers médicaux électroniques pour qu'il crée une alerte informatique invitant les praticiens à recommander des opioïdes pendant leurs consultations ; et à des pharmacies spécialisées pour les inciter à accepter les ordonnances que d'autres officines refusaient. Toutes ces actions entraînaient une « responsabilité pénale », selon le département de la Justice.

Le plus rageant dans ce catalogue de méfaits était qu'il s'inscrivait dans une veine très semblable aux malversations pour lesquelles Purdue avait plaidé coupable en 2007. Les détails étaient différents, mais pas l'idée générale : la société avait promu ses opioïdes de manière trompeuse, se moquant éhontément des dangers qu'ils présentaient. La plainte du département de la Justice stipulait que l'État fédéral pouvait devenir lui-même un créancier de Purdue si l'entreprise était condamnée pour la moindre de ces malversations ou réglait l'affaire à l'amiable. Étant donné que les détracteurs de l'accord de 2007 avaient allégué que l'amende de 600 millions de dollars n'était pas suffisamment dissuasive – et qu'il semblait maintenant que Purdue avait récidivé, commettant le même type de crimes –, certains observateurs se demandaient si, cette fois, la justice fédérale n'allait pas décider d'inculper des cadres de l'entreprise pour des actes criminels. De fait, le département de la Justice venait de choisir cette option dans une autre affaire : en janvier 2020, John Kapoor, l'ancien P-DG et président du conseil d'administration de la société pharmaceutique Insys, avait été condamné à cinq ans et demi de prison pour son rôle dans la promotion et la commercialisation d'un dangereux opioïde, un produit à base de fentanyl appelé Subsys. Craig Landau, le P-DG de Purdue, subirait-il le même sort ?

Cela n'arriverait pas. Il s'avéra que, depuis des mois, Mary Jo White et d'autres avocats des Sackler et de Purdue négociaient en secret avec l'administration Trump. Des responsables politiques avaient commencé à exercer une forte pression sur les procureurs chargés des poursuites civiles et pénales contre l'entreprise et la famille afin qu'ils terminent leurs enquêtes avant l'élection présidentielle de novembre 2020. Dans les hautes sphères de l'administration Trump, on avait pris la décision de résoudre cette affaire rapidement, et en douceur. Certains avocats employés au département de la Justice étaient si contrariés par ce choix qu'ils firent état de leurs objections dans des notes confidentielles afin de laisser une trace écrite de ce qu'ils pensaient être une erreur judiciaire.

Un matin, deux semaines avant l'élection, le procureur général adjoint des États-Unis Jeffrey Rosen organisa une conférence de presse pour annoncer que la justice fédérale était parvenue à une « résolution globale » dans le cadre des enquêtes contre Purdue et les Sackler. L'entreprise plaiderait coupable de fraude à l'encontre de l'État américain, d'infraction à la réglementation concernant les médicaments et les produits cosmétiques ainsi que de deux infractions aux lois anticorruption dans le secteur de la santé. Aucun dirigeant ne serait inculpé personnellement. En fait, le dossier d'accusation ne mentionnait même pas de noms : on aurait dit que l'entreprise avait agi de son propre fait, comme une voiture sans conducteur. (Lors de dépositions liées à la faillite de Purdue qui eurent lieu après l'accord passé avec le département de la Justice, deux anciens P-DG de l'entreprise, John Stewart et Mark Timney, invoquèrent leur droit au silence pour éviter de répondre aux questions.) Rosen clama fièrement que Purdue verserait « plus de 8 milliards de dollars » à l'État en guise de pénalités ; et selon un schéma désormais bien établi, la presse reprit obligeamment ce chiffre.

Évidemment, quiconque s'intéressait à l'affaire savait que la valeur totale des liquidités et actifs de Purdue s'élevait seulement à 1 milliard de dollars ; et personne n'avait laissé entendre qu'il incomberait aux Sackler de régler l'ardoise de Purdue. Ce chiffre de 8 milliards était donc trompeur, tout autant que la valeur de 10 à 12 milliards attribuée à la proposition de règlement à l'amiable des Sackler : il s'agissait d'un montant artificiel, sans signification concrète, principalement destiné à alimenter les gros titres. Quant aux Sackler, Rosen annonça qu'ils avaient accepté de payer 225 millions de dollars pour échapper à une autre accusation de fraude contre l'État fédéral, dans une affaire civile. D'après les enquêteurs, Richard, David, Jonathan, Kathe et Mortimer avaient « délibérément soumis des informations trompeuses et frauduleuses à des programmes d'assurance santé fédéraux » au sujet d'opioïdes « prescrits pour des usages dangereux, inefficaces et non nécessaires d'un point de vue médical ». On ne les inculperait cependant d'aucun crime. En fait, d'après une déposition de David Sackler, le département de la Justice avait conclu son enquête sans avoir recueilli le témoignage d'aucun membre de la famille. Les autorités s'étaient montrées si déférentes à l'égard des Sackler que personne n'avait pris la peine de les interroger.

Quand Rosen laissa la place aux questions, un journaliste remarqua que les 225 millions de dollars qu'on forcerait les Sackler à verser représentaient « un peu plus de 2 % des 10 milliards de dollars qu'ils ont extraits de l'entreprise », et demanda : « Pourquoi les avez-vous laissés garder tout cet argent ? »

Rosen rétorqua que, de son point de vue, les Sackler allaient payer « un prix extrêmement élevé ».

« Avez-vous essayé de récupérer cet argent ? » insista une autre journaliste.

« Il n'y a aucune loi qui dit que si vous avez fait quelque chose de mal, on doit simplement vous dépouiller de vos actifs, répliqua Rosen, sur la défensive. Ce n'est pas comme ça que ça marche. »

Pourquoi l'État n'avait-il pas engagé de poursuites pénales contre les Sackler ? s'enquit un troisième journaliste. Rosen refusa de répondre.

« On se croirait revenus en 2007 », observa Barry Meier après la conférence de presse. Treize ans auparavant, les procureurs de Virginie avaient amassé un nombre formidable de preuves incriminantes, tout cela pour que les Sackler envoient leurs avocats de choc plaider leur cause auprès des hauts responsables du département de la Justice et sabordent les poursuites. De la même manière que l'action en justice de 2007 avait donné lieu à un dossier d'accusation regorgeant d'allégations détaillées, cette nouvelle affaire permettait de conserver la trace du travail vertueux des procureurs sur le terrain. Le texte officiel du règlement à l'amiable citait des exemples spécifiques de médecins suspects auxquels les délégués de Purdue avaient rendu visite, dont une femme surnommée la « vendeuse de bonbons » parce qu'elle « prescrivait automatiquement la plus haute dose à tous ses patients ». Des avocats des Sackler avaient soutenu que ce n'était pas en prévision d'éventuelles sanctions que la famille avait récupéré l'argent de l'entreprise : « Avant 2017, aucune personne sensée n'aurait pensé que Purdue devrait faire face à un important nombre de poursuites ou de pénalités liées aux opioïdes. » Néanmoins, le contrat de règlement à l'amiable citait des mails échangés par les Sackler en 2007 dans lesquels ils estimaient probable que la justice parvienne un jour à « atteindre la famille » et évoquaient leur intention de s'approprier l'argent de Purdue. Les Sackler avaient eu beau accepter de payer des pénalités de 225 millions de dollars, ils refusaient toujours d'admettre le moindre tort personnel, alors même que leur entreprise s'était déclarée coupable d'actes criminels.

« Nous voici des années plus tard, dans un cas de figure où le département de la Justice a une nouvelle occasion de prendre la bonne décision – et une fois de plus, ils laissent ces gens filer, déclara Maura Healey à la chaîne d'information MSNBC. Personne n'ira en prison. Justice n'a pas été faite. Les Sackler n'ont pas été forcés à reconnaître leur culpabilité. » Avec ce règlement à l'amiable, on n'avait pas obtenu grand-chose de plus que de « faire plaider coupable une société déjà en faillite ».

Les collaborateurs de Healey, Gillian Feiner et Sandy Alexander, avaient reçu l'accord du juge Drain pour recueillir le témoignage des membres de la famille Sackler. Feiner avait interrogé David Sackler en août, mais le reste des entretiens – avec Kathe, Mortimer et Richard – devait s'échelonner jusqu'au mois de novembre, après l'élection. Feiner et Alexander avaient espéré que l'État fédéral serait dans l'obligation de reporter toute annonce de règlement à l'amiable tant que les Sackler n'auraient pas effectué leurs dépositions. Après tout, de nouvelles preuves accablantes auraient pu en ressortir. Au lieu de quoi les avocats du département de la Justice avaient tout simplement cessé d'assister aux interrogatoires. « Je n'en ai pas terminé avec Purdue et les Sackler », jura Healey. Les dépositions continueraient, règlement à l'amiable ou pas. « Notre État poursuivra son action en justice au tribunal. »

Néanmoins, les autres procureurs généraux et elle restaient captifs de la décision du juge Drain de suspendre les litiges ; et en discutant de ses projets pour la résolution finale du redressement judiciaire, Drain avait bien fait comprendre qu'il souhaitait changer l'interdiction temporaire de poursuites contre les Sackler en interdiction permanente. Quand ils avaient conclu un arrangement à l'amiable avec le Kentucky et l'Oklahoma, les Sackler avaient stipulé que cela les délivrerait de toute responsabilité juridique future : ils voulaient bien payer pour se débarrasser d'une affaire, mais seulement si on leur garantissait formellement qu'ils en auraient fini pour de bon. Dans la proposition écrite que David Sackler avait présentée à Cleveland en 2019, la famille s'était dite prête à verser 3 milliards de dollars et à abandonner le contrôle de Purdue, mais seulement en échange d'une exonération totale de sa responsabilité civile et pénale. Les Sackler ne voulaient pas se sentir menacés pour le restant de leur vie. Et le juge Drain, avec son désir obsessionnel de préserver la valeur du redressement judiciaire, semblait sensible à cette idée. Pendant l'une des premières audiences, en février 2020, il avait avancé que l'unique manière d'obtenir « une véritable trêve » serait de mettre en place ce qu'on appelait « une immunité de tiers », un jugement qui protégerait non seulement Purdue mais aussi la famille Sackler de tout procès lié aux opioïdes à l'avenir. C'était un sujet controversé étant donné qu'une vingtaine d'États se tenaient prêts à reprendre leurs poursuites contre les Sackler dès la clôture du redressement judiciaire ; et Drain avait indiqué qu'il abordait la question le plus tôt possible car, dans certaines régions du pays, la loi n'autoriserait pas un juge fédéral chargé d'une affaire de faillite à empêcher des États d'attaquer un tiers – comme la famille Sackler – qui ne s'était même pas déclaré en faillite auprès de son tribunal. Cependant, la jurisprudence évoluait constamment, avait-il noté.

Marshall Huebner, un avocat de Purdue, avait assuré au juge que son cabinet, Davis Polk, étudiait la jurisprudence « au microscope électronique ».

« Vous aurez peut-être besoin de faire plus que l'étudier, avait répondu Drain, basculant dans un registre qui ressemblait étrangement à celui d'un conseiller juridique. Vous aurez peut-être besoin de soumettre un argumentaire au tribunal pour contrer certains des… » Il s'était interrompu. « Enfin, je m'en tiendrai là. »

Huebner, apparemment plus lucide sur sa propre situation que Drain, avait rétorqué : « Je ne suis pas sûr que le monde veuille entendre l'avis de Purdue Pharma. » Puis il avait ajouté : « Mais nous devrons prendre cette idée en considération. »

Dans un recours déposé en mars, les États qui s'opposaient aux conditions du règlement à l'amiable proposé par les Sackler avaient souligné l'évidence : ce genre de traitement de la part du système juridique était une prérogative réservée aux plus riches et « ne donnait pas au public une bonne image de l'impartialité [des] tribunaux ».

Cependant, il existait aussi un précédent en la matière. Dans l'affaire du Dalkon Shield, le dangereux dispositif contraceptif, les propriétaires de l'entreprise avaient conclu exactement le même marché. Après avoir suspendu les litiges contre les Robins pendant le redressement judiciaire (même si la famille n'avait pas déclaré faillite elle-même), le juge avait présidé à un accord qui les engageait à verser 10 millions de dollars. Il avait ensuite exonéré la famille et la société de toutes futures poursuites liées au dispositif défectueux. Quand des femmes qui avaient subi des blessures à cause du Dalkon Shield s'étaient présentées au tribunal, exigeant qu'on les entende, on les avait fait évacuer de force. À la clôture de l'affaire, l'entreprise des Robins avait été rachetée par American Home Products. La transaction avait rapporté 385 millions de dollars à la famille. Il semblait désormais presque certain que les Sackler finiraient par payer quelques milliards de dollars, mais conserveraient une somme bien plus importante. On ne leur intenterait pas d'autre procès. Et ils n'admettraient jamais aucun tort.

Lors de la dernière audience organisée en 2020, le juge Drain discutait par téléconférence avec les avocats impliqués dans la procédure à propos des détails protocolaires d'une requête particulière quand une voix les interrompit.

« Je m'appelle Tim Kramer, déclara un homme. J'ai quelques remarques à faire.

— Représentez-vous quelqu'un ? demanda Drain. Quel est votre rôle dans l'affaire ?

— Mon rôle, c'est que ma fiancée est morte, répondit Kramer. Je suis devenu le tuteur de sa fille. [Purdue et les Sackler] doivent dédommager ma belle-fille parce qu'ils ont fabriqué les médicaments qui ont tué ma fiancée.

— D'accord, alors, M. Kramer, le premier sujet à l'ordre du jour concerne une requête déposée pour que la cour accorde plus de temps au débiteur, comme c'est son droit exclusif, pour demander à être placé sous la protection du chapitre 11 de la loi sur les faillites, déclara Drain. Par conséquent, je peux bien sûr comprendre votre erreur, d'autant que vous n'êtes pas avocat, mais cette requête n'a vraiment aucun lien ni rapport direct avec votre plainte ou celle de votre petite-fille dans cette affaire. »

Kramer voulait s'exprimer au nom de sa belle-fille, pas de sa petite-fille, mais peu importait ; il aurait l'occasion de demander qu'on étudie sa plainte contre Purdue à une date ultérieure, indiqua Drain. Les déclarations qu'il souhaitait faire n'étaient pas au programme de cette audience.

« Oh, dit Kramer, du ton penaud de quelqu'un qu'on vient de remettre à sa place. Est-ce que je dois raccrocher, alors ? Ou rester en ligne ?

— Comme vous voulez, monsieur, répondit Drain. Vous n'êtes pas obligé de rester en ligne. »

Kramer proposa de couper son micro, pour simplement « écouter les discussions ».

L'audience reprit ; mais bientôt, il y eut une nouvelle interruption.

« Monsieur le juge ? Excusez-moi… » dit une femme. Elle donna son nom, Kimberly Krawczyk, et annonça qu'elle voulait s'exprimer « en mémoire de [son] frère ».

Sa voix s'étrangla tandis qu'elle réprimait un sanglot. Elle avait envoyé une lettre au juge, dit-elle.

« Préféreriez-vous que je lise ma lettre ou que je parle juste en son nom ? demanda-t-elle.

— Eh bien, madame, je... » Drain s'interrompit. Il y eut un long silence. « Je dois dire, madame... » Le juge se tut à nouveau. Drain gérait l'affaire depuis plus d'un an et, à intervalles réguliers, il avait évoqué pour la forme les nombreuses victimes de la crise des opioïdes, qui existaient quelque part à l'extérieur du tribunal, comme une abstraction. Mais à présent que ces victimes s'ingéraient dans les audiences pour exiger qu'on les écoute et qu'il se retrouvait confronté aux véritables personnes dont il avait si fréquemment et négligemment évoqué les souffrances, le magistrat semblait déstabilisé, et impatient de se retrancher dans le monde opaque et rassurant du droit. « Je tiens des audiences en fonction du calendrier que j'ai devant moi, dit-il. Il y a littéralement des centaines de milliers de personnes qui ont perdu des êtres chers à cause des opioïdes. » Il marqua un nouveau silence. « Je... euh... Je ne crois pas que ce soit le bon cadre pour faire cela. » Krawczyk tenta d'intervenir, mais Drain la coupa. Le chagrin et les souffrances des familles comme la sienne étaient son « sujet de préoccupation principal » – ainsi que celui des « avocats et des gens du côté financier », lui assura-t-il. « Simplement, nous ne pouvons pas changer ces audiences en quelque chose que le droit n'envisage pas vraiment. Alors je ne vais pas vous laisser vous exprimer davantage sur le sujet », conclut-il. Il n'en voulait pas à Krawczyk d'avoir pensé qu'elle aurait l'occasion de prendre la parole : « C'est tout à fait compréhensible. Je ne vous le reproche pas. Vous n'êtes pas avocate. »

« Je m'excuse, répondit-elle. J'aimerais pouvoir parler, à un moment donné. C'était le dernier parent qui me restait, et ma famille entière a souffert à cause de cette épidémie et de la famille de Purdue Pharma. Alors j'aimerais vraiment dire quelque chose sur la douleur que ça a créée, et comment je me retrouve seule, sans famille. »

Au fil des décennies écoulées depuis qu'ils étaient sortis diplômés de Columbia et avaient entamé leurs études de médecine, Richard Kapit et Richard Sackler avaient renoué contact de temps à autre. Kapit était devenu psychiatre et avait travaillé pendant de nombreuses années à la FDA. Il avait assisté à la métamorphose de son ancien colocataire en impresario de l'OxyContin avec intérêt, et même ébahissement. Il lui semblait toujours incroyable de se dire que cette personne dont il avait jadis été si proche avait lancé un médicament qui avait transformé l'industrie pharmaceutique, l'avait rendue multimilliardaire et avait déclenché un raz-de-marée de dépendance et de mort. Une qualité qui l'avait toujours impressionné chez Richard était son enthousiasme – si vif, si contagieux, et pourtant si irréfléchi, en fin de compte. C'était l'image que Kapit garderait à jamais de lui : celle « d'un personnage qui se laissait emporter ». « Je l'ai suivi tellement de fois, expliquerait-il. Je me suis laissé emporter à mon tour en le suivant. On pourrait dire que c'était un bon vendeur, mais ça ne suffirait pas vraiment à le décrire. » Richard possédait un orgueil démesuré, une incapacité à envisager les conséquences de ses actions, une confiance inébranlable en ses propres convictions. S'il partageait quelque chose avec son oncle Arthur – outre leur nom, un formidable talent pour le marketing et une ambition insatiable –, c'était le refus obstiné de ménager une place au doute, même face à des preuves contrariantes, et le don correspondant pour entretenir une foi illusoire et bornée en leur propre droiture.

Beverly Sackler mourut quelques semaines après le dépôt de bilan de Purdue. Elle était la dernière représentante de l'ancienne génération, si on laissait de côté Jillian et Theresa, les troisièmes épouses bien plus jeunes d'Arthur et Mortimer. Avant la mort de Raymond, Beverly avait l'habitude de se rendre aux événements organisés par l'entreprise à Stamford et de discuter avec les employés. Ils la trouvaient chaleureuse et charmante. Elle portait encore l'alliance en or toute simple que Raymond et elle avaient achetée pour leur mariage en 1944. Ils avaient si peu d'argent à l'époque, c'était tout ce qu'ils avaient pu se permettre, expliquait-elle aux gens.

À une certaine étape de la procédure de redressement judiciaire, Richard Sackler était revenu s'installer dans la maison de ses parents – la villa de Field Point Circle, à Greenwich, qui donnait sur le détroit de Long Island. C'était une propriété immense et isolée, qui n'avait quasiment pas changé depuis la mort de ses parents. Jonathan et sa femme Mary vivaient dans les environs, mais Jonathan souffrait d'un cancer et, à l'été 2020, il finit par mourir aussi. Les nécrologies qu'on lui consacra étaient sensiblement différentes de celles de son père et de ses oncles. Elles s'ouvraient sur le sujet de l'OxyContin et abordaient à peine celui de la philanthropie.

Richard passait le plus clair de son temps seul, à présent. Il était resté proche de ses enfants, mais comme le processus de redressement judiciaire reposait sur une séparation formelle entre Purdue et ses propriétaires, une des grandes passions de sa vie – contrôler le moindre détail des activités de la société – n'était brusquement plus à sa portée. Amer et frustré, il regardait tel un sportif sur le banc de touche d'autres sociétés pharmaceutiques se lancer dans la course au remède contre le Covid, incapable de mobiliser ce qui restait de Purdue pour se joindre à l'effort ou même de soutenir financièrement ces recherches – à ce stade, personne ne voulait de son argent. Il n'avait plus beaucoup d'amis en dehors des nombreux conseillers à sa solde. Les rares fois où il évoquait ses difficultés, c'était pour affirmer que l'OxyContin était un produit sûr. Au mépris de toutes les preuves contraires, il soutenait qu'il était « de plus en plus rare » que des gens suivis par un médecin développent une dépendance au médicament. Les Sackler continuaient à marteler que peu de gens en avaient fait autant qu'eux pour combattre la crise des opioïdes. L'un des avocats de Richard avait décrit la reformulation de l'OxyContin en 2010 comme la mesure « la plus ambitieuse et la plus efficace » que Purdue et la famille avaient prise à cet égard. Cependant, en septembre 2020, la FDA publia les résultats d'une décennie d'études et déclara que, au vu de la tendance des personnes déjà dépendantes à l'OxyContin à se tourner vers l'héroïne et d'autres drogues, on ne pouvait pas avancer que la nouvelle version du médicament avait

« réduit les surdoses d'opioïdes » dans leur ensemble. L'agence n'alla pas jusqu'à conclure, comme d'autres études l'avaient fait, que cette reformulation avait en réalité provoqué la crise de l'héroïne. Mais après avoir analysé toutes les données disponibles, elle observa qu'il était « difficile de savoir » si l'OxyContin reformulée avait eu le moindre « effet bénéfique net sur la santé publique ».

Le jour suivant la finalisation de l'accord entre Purdue et le département de la Justice, la faculté de médecine de NYU, dont Richard avait été diplômé, décréta que son Institut des sciences biomédicales et « d'autres programmes baptisés » ne porteraient plus le nom des Sackler. La décision prise par Tufts d'effacer toute référence à la famille ne semblait plus si marginale, et les termes de l'équation changeaient presque en temps réel dans d'autres institutions. Un jour après les déclarations de NYU, le Metropolitan Museum of Art indiqua que le nom de la célèbre aile Sackler, foyer du temple de Dendour et théâtre de la première manifestation de Nan Goldin, était désormais officiellement « en cours de révision ». Trois jours plus tard, Harvard annonça la formation d'un comité de « rebaptême », notant que certains patronymes qui ornaient les bâtiments du campus étaient associés à des comportements que « beaucoup de membres de l'université trouveraient abjects aujourd'hui », et indiqua que des changements auraient lieu au moment voulu.

Nan Goldin et ses alliés de PAIN, qui, pendant la majeure partie de l'année écoulée, s'étaient sentis paralysés par la faillite et l'épidémie de Covid, éprouvèrent un regain d'énergie et d'espoir. Ils redoubleraient d'efforts auprès des universités, du Guggenheim et surtout du Met. Ils étaient déterminés à continuer à se battre jusqu'à ce que le nom des Sackler disparaisse.

Dans les dernières semaines de 2020, on vit soudain se profiler la possibilité qu'une forme de jugement s'abatte sur les Sackler. La commission de veille et de réforme de la Chambre des représentants annonça la tenue d'une audience sur « le rôle de Purdue Pharma et de la famille Sackler dans l'épidémie des opioïdes » – et invita Richard, Kathe, Mortimer et David Sackler à y participer. Si le département de la Justice et le tribunal fédéral chargé de la faillite de Purdue allaient laisser les Sackler s'en tirer impunément, peut-être au moins pourrait-on compter sur le Congrès pour les mettre face à leurs responsabilités. Cela semblait être l'occasion pour les législateurs de reproduire ce moment mythique de 1994 où on avait traîné les dirigeants des sept plus grandes entreprises de tabac au Capitole pour les interroger sur ce qu'ils savaient des propriétés addictives des cigarettes et depuis quand.

Les avocats des Sackler attendirent une semaine après réception de l'invitation puis renvoyèrent une réponse polie : merci de cette proposition, que nous sommes au regret de décliner. En coulisse, des membres de l'équipe juridique de la famille se démenèrent pour que la commission annule l'audience, ou que des responsables de Purdue soient autorisés à s'exprimer à la place des Sackler, comme ils l'avaient toujours fait. Mais le 8 décembre, Carolyn Maloney, la membre du Congrès à la tête de la commission, signifia par courrier aux Sackler que s'ils n'acceptaient pas l'invitation de leur plein gré, elle serait obligée de les assigner à comparaître.

L'audience eut lieu neuf jours plus tard. À cause de l'épidémie de coronavirus, l'événement devait se dérouler à distance. Et ce matin-là, David Sackler, vêtu d'un costume foncé et assis dans une pièce lumineuse et aseptisée qui semblait être un bureau emprunté à quelqu'un, leva la main droite pour prêter serment. Après avoir compris que certains d'entre eux seraient bien obligés de se présenter devant le Congrès, les Sackler avaient entamé des négociations, proposant d'envoyer David et Kathe, ainsi que Craig Landau, de Purdue. Lorsque le sénateur Kefauver avait organisé ses audiences, soixante ans plus tôt, Félix Martí-Ibáñez avait prétexté une infirmité pour éviter de témoigner, et Bill Frohlich avait déclaré qu'il était indisponible, quelque part en Allemagne. Cette fois, comme le rapporterait une personne ayant suivi les négociations, les avocats de Mortimer Sackler affirmèrent que leur client ne pourrait pas accepter l'invitation du Congrès car il se trouvait dans « une région reculée d'Asie ». Même quand il dirigeait Purdue, Richard Sackler avait toujours préféré laisser d'autres personnes parler à sa place. Devant la perspective d'un interrogatoire public implacable – qui se concentrerait probablement en grande partie sur ses propres actions et remarques –, il décida de ne pas aller s'expliquer lui-même mais d'envoyer son fils s'exprimer en son nom.

« Je veux témoigner de la profonde tristesse de ma famille au sujet de la crise des opioïdes », commença David. Il avait rasé sa barbe et s'était coiffé avec une raie d'écolier qui lui donnait l'air plus jeune que ses quarante ans. « Ce que vous avez lu dans la presse sur les Sackler est très probablement faux, et hautement exagéré. »

Avant cette déposition, la commission avait invité plusieurs personnes à décrire les bouleversements que l'OxyContin avait occasionnés dans leur vie. Une Californienne nommée Barbara Van Rooyan avait raconté comment elle avait perdu son fils Patrick en 2004, lorsqu'il avait fait un arrêt respiratoire après avoir pris un seul comprimé d'OxyContin. « La première année, je me réveillais tous les matins en regrettant de ne pas être morte aussi, dit-elle. La douleur de la perte d'un enfant n'est pas un processus. C'est un poids qui pèse toute la vie sur votre cœur. Un poids dont je tiens Purdue et les Sackler pour responsables. » Nan Goldin avait pris la parole, un exemplaire de l'ouvrage de Barry Meier en évidence sur une étagère derrière elle. « Ma toxicomanie a détruit mes relations avec mes amis et ma famille, et a failli mettre un terme à ma carrière. Aujourd'hui, j'essaie de parler au nom des cinq cent mille personnes qui ne peuvent plus le faire », avait-elle déclaré.

C'était probablement une expérience assez inédite pour David : se retrouver face à face avec les individus dont la vie avait été brisée par le médicament de sa famille, et être obligé de les écouter. « Je suis profondément et complètement désolé que l'OxyContin ait joué un rôle dans des problèmes de dépendance et des décès, dit-il. Même si je suis convaincu que l'intégralité des preuves, qui n'ont pas encore été dévoilées, montreront que ma famille et le conseil d'administration ont agi de façon légale et éthique, j'estime avoir une grande responsabilité morale dans tout cela, car je pense que notre produit, l'OxyContin, malgré nos meilleurs intentions et efforts, a été associé à la surconsommation et la dépendance. »

Ces points clés avaient été soigneusement rodés. Les Sackler s'attacheraient à montrer de la compassion et même du chagrin – mais n'admettraient aucun tort. « Je faisais confiance à la direction de Purdue pour se tenir à jour de l'évolution de la science et pour s'assurer que l'entreprise respectait toute la réglementation », déclara David. Avec une syntaxe d'avocat, il ne cessait de répéter que l'OxyContin avait été « associée » à la dépendance. Toutefois, les membres du Congrès n'étaient pas dupes. « Vous utilisez la voix passive ici, quand vous dites que le médicament a été "associé" à l'addiction. Cela laisse entendre que ni votre famille ni vous n'aviez conscience de ce qui se passait vraiment », observa Jamie Raskin, un représentant du Maryland.

Clay Higgins, qui avait été policier en Louisiane avant d'être élu au Congrès, souligna que tout le monde « dans la rue » savait que l'OxyContin rendait accro. Comment les Sackler auraient-ils pu l'ignorer, eux ? Une représentante du Dakota du Nord, Kelly Armstrong, fit remarquer qu'à ce stade, il était difficile de trouver les démentis des Sackler plausibles. La famille aurait pu repérer des signes de la crise nationale en préparation « rien qu'en jetant un œil à [son] bilan ».

L'un après l'autre, les représentants assaillirent David de critiques. « Il n'arrive pas souvent que des gens de différents bords politiques soient d'accord dans cette commission, déclara son responsable, le représentant du Kentucky James Comer. Mais je crois que nous pouvons tous convenir que notre avis sur Purdue Pharma et les actions de votre famille est qu'elles sont ignobles. »

David semblait parfois tellement déconnecté de la crise des opioïdes et de la réalité quotidienne en Amérique que c'en était comique. Quand on lui demanda s'il s'était déjà rendu dans les Appalaches pour se faire une idée de l'impact de l'OxyContin sur la région, il répondit qu'il y était bien allé – pas dans le but de « se renseigner », toutefois, mais pour des vacances avec Joss. À un moment, le représentant de l'Illinois Raja Krishnamoorthi afficha à l'écran une photo de la villa que David et Joss avaient achetée à Los Angeles en 2018.

« C'est votre maison à Bel Air, en Californie, n'est-ce pas ?

— Non, répondit David. Je n'ai jamais passé une nuit là-bas. »

Il devait estimer que cela le dédouanait entièrement ; ce n'était qu'un investissement immobilier, après tout. Mais sa réponse laissa Krishnamoorthi perplexe. Possédait-il la maison, oui ou non ?

« Le trust dont je suis bénéficiaire la possède, précisa David, avant d'ajouter : C'est un investissement immobilier.

— Oh, c'est le trust qui la possède », répondit Krishnamoorthi. Bien sûr. Le trust. « Oui, M. Sackler, c'est bien le trust qui a acheté cette propriété. Pour 22 millions de dollars, en cash. » Beaucoup d'Américains avaient développé une dépendance à l'OxyContin, reprit Krishnamoorthi. « J'avancerais, monsieur, que votre famille et vous-même êtes dépendants à l'argent. »

Quand elle se présenta devant le Congrès, Kathe Sackler avait les traits tirés et paraissait âgée. Peut-être était-ce en partie une façade ; lors d'une déposition effectuée peu de temps auparavant, dans l'affaire du redressement judiciaire, elle avait également tenu à se servir d'une loupe pour lire les documents placés devant elle. Elle entama le discours qu'elle avait préparé par une remarque personnelle surprenante : « Rien n'est plus tragique que la mort d'un enfant. Bien que chaque drame familial soit unique, je sais la douleur profonde que cela cause. Mon frère Robert s'est suicidé à cause d'une maladie mentale. Je sais d'expérience que nos proches ne sont pas responsables de leurs problèmes mentaux ou de leurs addictions. »

C'était un revirement étonnant. Pendant toutes les années écoulées depuis 1975, la famille n'avait jamais évoqué publiquement la mort de Bobby – ni sa vie, d'ailleurs. Or voilà que Kathe avait décidé de le faire. Cela pouvait être lié au fait qu'on l'avait informée, plusieurs semaines avant son témoignage, que le récit de la mort de Bobby serait bientôt publié dans ce livre. En tout cas, qu'il ait été destiné à susciter la pitié ou qu'il exprime une véritable compassion, cet aveu tomba à plat. Durant le reste de son témoignage, Kathe usa des mêmes circonlocutions évasives que David. Cela la « désolait », dit-elle, de penser que l'OxyContin avait été « associée » à tant de souffrance humaine.

Le représentant du Vermont, Peter Welch, évoqua le baron de la drogue mexicain Joaquín Guzmán, dit « El Chapo », qui venait d'être condamné par un tribunal fédéral de New York : « El Chapo a écopé d'une peine de prison à perpétuité, et on va lui confisquer 12 milliards. À travers Purdue, la famille Sackler a été condamnée pour trois crimes, mais personne n'ira en prison, et elle a conservé ses milliards.

— Excusez-moi, rétorqua Kathe d'un ton brusquement animé, presque agacé. La famille Sackler n'a été condamnée pour aucun crime. C'est Purdue Pharma qui l'a été. Je ne suis pas une société. » En réalité, Kathe n'était pas très satisfaite des actions de l'entreprise familiale. « Je suis furieuse que certains employés de Purdue aient enfreint la loi, dit-elle, admettant que c'était arrivé plus d'une fois. Je suis furieuse que ce soit arrivé en 2007, et je suis de nouveau furieuse aujourd'hui, en 2020. »

Maloney demanda à Kathe si elle était prête à présenter des excuses – pas des excuses génériques, façon « je suis désolée que vous soyez contrariés », mais de véritables excuses, « pour le rôle que vous avez joué vous-même dans la crise des opioïdes », précisa-t-il.

« Cette question m'a beaucoup préoccupée, commença Kathe. Je me suis demandé : y a-t-il quoi que ce soit que j'aurais pu faire différemment, en sachant ce que je savais à l'époque, et pas ce que je sais maintenant ? » Après réflexion, elle avait conclu : « Ce n'est pas le cas. Je ne trouve rien que j'aurais fait différemment. »

David avait évoqué son désir de montrer « l'aspect humain » de sa famille ; cependant, contrairement à beaucoup d'êtres humains, les Sackler ne semblaient pas apprendre de ce qui se produisait autour d'eux. Ils pouvaient s'entraîner à projeter un simulacre d'empathie mais semblaient incapables de saisir leur propre rôle dans l'histoire, et rétifs à toute véritable prise de conscience. Ils trouvaient rageant qu'on les présente comme les malfaiteurs dans ce drame, alors que c'était leur propre aveuglement, étriqué et obstiné, qui les rendait si idéaux pour le rôle. Ils ne pouvaient pas changer.

L'audience qui avait lieu ce matin-là revêtait indéniablement l'aspect d'un rituel. Si la collectivité ne pouvait pas réclamer des comptes à la famille, elle la soumettrait à une humiliation publique. Aux yeux de Kathe et David, toute cette manœuvre ressemblait probablement à du théâtre : les législateurs mettaient en scène leur indignation, comme eux-mêmes avaient mis en scène leur compassion. Cependant, cet événement était aussi, d'une façon fondamentale, une expression de démocratie : l'OxyContin avait causé des ravages dans d'innombrables communautés, et les délégués de ces communautés s'étaient rassemblés, tel un chœur antique terrible, pour faire entendre leur indignation collective.

La commission comptait parmi ses membres un dénommé Jim Cooper, représentant de longue date du Tennessee, un État qui avait été décimé par l'OxyContin. Il avait des manières courtoises et parlait lentement, choisissant ses mots à un rythme prudent de professeur. Évoquant le refus acharné de la famille d'admettre ses torts, Cooper déclara : « Je crois que c'est Upton Sinclair qui a écrit qu'il est difficile de faire comprendre une chose à quelqu'un si son salaire dépend du fait qu'il ne la comprenne pas. » D'une voix douce et réfléchie, il poursuivit : « Vous regarder témoigner me met hors de moi. Je ne suis pas sûr de connaître une famille en Amérique qui soit plus infâme que la vôtre. »

La pandémie de 2020 et l'effondrement économique qui l'accompagna ne firent que renforcer la crise des opioïdes, tandis que l'isolement social et les difficultés financières poussaient des gens à replonger dans la drogue. Le nombre de décès par overdose connut une hausse vertigineuse dans de nombreuses régions du pays. Peu après que David et Joss eurent quitté New York, Mortimer et Jacqueline vendirent discrètement leur maison de ville sur la 75e Rue Est, pour 38 millions de dollars, sans l'avoir mise sur le marché. La rumeur disait qu'ils allaient s'installer à Londres – une ville prisée depuis longtemps par les oligarques à la fortune douteuse, qui leur offrirait peut-être une base d'opérations plus accueillante.

Maura Healey mettait un point d'honneur à s'entretenir régulièrement avec des gens qui avaient perdu un proche à cause des opioïdes. Ces personnes éprouvaient souvent une immense colère ; cependant, beaucoup lui disaient que ce n'était pas de l'argent qu'elles voulaient, mais la vérité. Dans un argumentaire déposé auprès du tribunal chargé de la faillite, les États avaient estimé le coût de la crise à plus de 2 000 milliards de dollars. « Ce que nous essayons de faire, c'est de raconter cette histoire pour que les fautifs soient punis », affirmait Healey. Recueillir des preuves et raconter l'histoire – la véritable histoire, toute l'histoire, l'histoire qu'on avait si longtemps dissimulée – avait de la valeur en soi. « Nous ne parviendrons jamais à obtenir assez d'argent pour réparer les ravages de la crise provoquée par les membres de cette famille », soulignait-elle. Aucun montant ne suffirait. En même temps, aucune somme ne permettrait non plus aux Sackler d'effacer l'histoire de ce qu'ils avaient fait, selon elle. Près d'un siècle plus tôt, au plus fort de la Grande Dépression, Isaac Sackler avait dit à ses trois fils que quand on perdait une fortune, on pouvait toujours la rebâtir ; mais une réputation perdue était irrécupérable. En écho à ces paroles, Maura Healey concluait : « Ils ne peuvent pas se racheter une réputation. »

La résolution du département de la Justice avait une caractéristique étrange : elle appuyait la proposition des Sackler de transformer Purdue en ce qu'on appelait une société d'intérêt public, qui continuerait à vendre des opioïdes mais redistribuerait ses bénéfices aux États pour leur permettre d'endiguer la crise. Aucun observateur n'aborda ce sujet, cependant il y avait une certaine ironie à ce que les Sackler proposent de changer Purdue en fondation caritative. Dans les années 1940, à un coin de rue enneigé de New York, Arthur, Mortimer et Raymond avaient forgé un pacte avec leur meilleur ami, Bill Frohlich. Les quatre hommes collaboreraient de façon si étroite qu'il deviendrait difficile de dire où finissaient les intérêts des uns, et où commençaient ceux des autres. Ils partageraient leurs entreprises et se soutiendraient mutuellement afin que le projet finisse par être plus grand que la somme de ses parties ; et quand le dernier d'entre eux mourrait, tous leurs actifs seraient placés dans une fondation.

Richard Leather, l'avocat qui avait officialisé le pacte près de soixante ans plus tôt, trouvait exaspérant de voir la famille agiter la promesse d'un arrangement de ce genre comme un appât pour échapper aux poursuites judiciaires : « Cet accord n'avait pas pour objet de faire la fortune de Richard Sackler. Il était destiné à offrir un don à l'humanité. À servir l'intérêt général. »

En 1947, quand Richard Sackler était encore enfant, son père et ses oncles avaient signé l'acte de création d'une des premières fondations de la famille, dédiée « à la mémoire d'Isaac Sackler, en hommage de ses fils à un homme dont l'amour était infini, et les intérêts et la vision illimités ». Leur but était « de faire progresser les idéaux qu'il chérissait », avaient écrit les trois frères, et « d'aider à atténuer la souffrance humaine ».

Postface

Alors que j'écrivais ce livre, à l'été 2020, je suis sorti de chez moi un après-midi avec ma femme et mes enfants pour faire une course. Nous nous apprêtions à monter dans notre voiture quand une voisine habitant quelques maisons plus loin s'est approchée de nous. « Je ne veux pas vous faire peur, a-t-elle dit. Mais il y a un type qui est assis dans un SUV en haut de la rue depuis ce matin, et je crois qu'il surveille votre maison. »

J'habite dans la banlieue de New York, dans une rue résidentielle assoupie où les gens n'ont pas tellement de raison de se garer au hasard. Cette information était donc troublante. Nous avons remercié la voisine, grimpé dans notre voiture puis remonté la rue en passant juste à côté du SUV. Un homme corpulent, âgé d'une cinquantaine d'années, était assis au volant. À notre arrivée, il s'est soudain intéressé de très près à son portable. Nous avons poursuivi notre route puis décrit une boucle pour rebrousser chemin, espérant le surprendre. Il devait être sorti de sa voiture dès que nous avions disparu, car lorsque nous nous sommes approchés de lui à nouveau, il était debout près de l'arrière du véhicule, en train de s'étirer. Il portait des claquettes. Nous l'avons pris en photo.

C'était un incident perturbant pour mes fils, qui sont en primaire, mais nous avons essayé d'en tirer le meilleur parti possible. Nous avons acheté des jumelles et avons fait le guet à la fenêtre, au cas où l'homme ressurgirait. Nous ne l'avons plus jamais revu, même s'il est revenu à au moins une occasion : un autre voisin, qui l'avait aussi remarqué la première fois, nous a dit qu'il avait encore passé la journée à surveiller notre maison. Il se trouvait dans une voiture différente, une berline ; mais c'était clairement le même homme. Il y avait un arbre particulier près duquel il semblait aimer se garer parce qu'il donnait de l'ombre. En août, une violente tempête tropicale a frappé New York, avec des vents de cent dix kilomètres-heure. Nous avons subi une coupure d'électricité. Quand la pluie s'est arrêtée, je me suis aventuré dehors avec mes fils, évitant soigneusement les lignes électriques tombées à terre. En haut de la rue, nous avons découvert que l'arbre qui donnait de l'ombre avait été complètement déraciné par la tempête. J'ai espéré que l'homme reviendrait, constaterait que son arbre avait été arraché du sol et se demanderait si ce n'était pas un signe d'intervention divine. Mais s'il a réapparu, nous ne l'avons pas remarqué.

Bien sûr, la première fois que ce visiteur s'est montré, j'ai tout de suite pensé à Nan Goldin et au détective privé qui avait surveillé son appartement de Brooklyn et filé sa camarade Megan Kapler. Nan ne possédait pas de preuve irréfutable que l'homme avait été engagé par les Sackler. Ces choses-là sont difficiles à vérifier :

les détectives privés sont généralement des sous-sous-traitants, embauchés par des intermédiaires comme des cabinets d'avocats ou des experts en gestion de crise, notamment parce que cela permet aux commanditaires de feindre l'ignorance. Souvent, le détective ne sait pas lui-même pour qui il travaille vraiment. Toutefois, le fait que Goldin, Kapler et moi ayons tous eu la même expérience semblait indiquer qu'il ne s'agissait pas d'une simple coïncidence. Quand j'ai interrogé Purdue Pharma au sujet de cette surveillance, l'entreprise a catégoriquement nié en avoir connaissance. Quand j'ai posé la même question aux Sackler, le représentant de la famille qui m'a répondu n'a pas opposé de démenti similaire, déclarant à la place qu'il ne ferait pas de commentaires. À l'époque de ces visites, je vivais confiné à cause du Covid. Je me demandais ce qu'un détective privé pouvait espérer apprendre en espionnant un écrivain qui ne sortait jamais de chez lui. Puis il m'est venu à l'esprit que le but de l'opération n'était certainement pas d'apprendre quoi que ce soit mais de m'intimider.

Lorsque j'ai commencé à travailler sur ce projet, en 2016, j'y étais arrivé de manière indirecte. Depuis plusieurs années, je m'intéressais au trafic de drogue entre le Mexique et les États-Unis. J'essayais en particulier d'envisager les cartels non seulement comme des organisations criminelles, mais aussi comme des entreprises. J'avais écrit un long article, une sorte d'étude de cas d'école de commerce dédiée à un syndicat du crime, dans lequel je montrais en quoi le cartel de Sinaloa pouvait être considéré comme le pendant lugubre d'une société vendant des produits licites. Au cours de ces recherches, j'ai remarqué que les trafiquants mexicains avaient commencé à se concentrer sur l'héroïne. Cette piste m'a mené à l'OxyContin. Les cartels, qui n'avaient aucun scrupule à vendre un produit addictif et à détruire des vies, faisaient très justement l'objet d'une détestation profonde. En revanche, j'ai découvert avec stupeur que la famille à la tête de l'entreprise qui fabriquait l'OxyContin était une éminente dynastie de philanthropes, apparemment dotée d'une réputation sans tache. J'ai lu *Dreamland*, de Sam Quinones, puis *Pain Killer*, de Barry Meier, et les enquêtes sur Purdue dans le *Los Angeles Times*. Le nom des Sackler m'était familier. Dans mon esprit, il était synonyme de philanthropie. Avant de me renseigner sur la crise des opioïdes, je ne savais rien des activités commerciales de la famille.

J'ai passé la majeure partie de l'année suivante à me documenter et à rédiger l'article que le *New Yorker* a publié en 2017. À mesure que je découvrais l'histoire fascinante des trois frères à l'origine de Purdue et comprenais de quelle façon l'entreprise avait commercialisé l'OxyContin sous la houlette de Richard Sackler, j'ai été frappé par le fait qu'on retrouvait des échos de la carrière d'Arthur Sackler dans tous les événements qui avaient suivi. À ce moment-là, la famille n'avait encore jamais évoqué publiquement son rôle dans la crise. Je me demandais ce qu'ils auraient à dire sur le sujet. Néanmoins, tous mes efforts pour interviewer les Sackler se sont heurtés à un silence glacial.

Lorsque l'on est journaliste, la plupart des articles que l'on écrit ne provoquent pas de remous. Ils décrivent la réalité mais la changent rarement. Mon article dans le *New Yorker* a pourtant bel et bien fait bouger les choses, d'une façon à laquelle je ne m'attendais pas. J'ai reçu des centaines de messages de lecteurs qui avaient découvert l'histoire des Sackler parce qu'ils avaient été dépendants aux opioïdes ou connaissaient quelqu'un qui l'avait été. Nan Goldin était l'une des personnes qui m'ont contacté et, de loin, je l'ai regardée lancer un mouvement.

À l'époque, je ne pensais pas possible d'écrire un livre sur les Sackler : la famille préservait jalousement ses secrets, et Purdue, en tant que société privée, restait impénétrable. Cependant, des personnes qui avaient travaillé chez Purdue ou qui avaient connu les Sackler ont commencé à me dire qu'elles souhaitaient témoigner. Et, en janvier 2019, Maura Healey a révélé son dossier d'accusation dans l'affaire du Massachusetts, qui regorgeait d'extraits de la correspondance personnelle de la famille.

On trouve beaucoup d'excellents ouvrages sur la crise des opioïdes. Je souhaitais toutefois écrire une histoire d'un genre différent, une saga dépeignant trois générations d'une dynastie familiale et la façon dont cette dynastie avait changé le monde, une histoire qui parlerait d'ambition, de philanthropie, de crime et d'impunité, de corruption des institutions, de pouvoir et d'appât du gain. De ce fait, il y a certains aspects de cette crise sanitaire que cet ouvrage aborde peu, de l'addictologie jusqu'aux meilleures stratégies pour traiter et éliminer le problème, en passant par les difficultés des gens qui vivent avec une dépendance aux opioïdes. Le sujet de la douleur et de sa prise en charge correcte est extrêmement complexe, et bien que ce livre se montre très critique sur la commercialisation de masse des opioïdes pour les douleurs modérées, il n'explore pas en détail la question plus difficile, qui provoque actuellement des débats enflammés, de la valeur thérapeutique à long terme des opioïdes pour les douleurs chroniques sévères. J'ai reçu des messages de nombreux lecteurs qui souffrent de douleurs chroniques et craignent que mon enquête sur les méfaits de Purdue mette à mal leur accès aux traitements dont ils ont besoin, en jetant l'opprobre sur les opioïdes et les patients qui dépendent de ces médicaments pour vivre leur vie. Je ne souhaite pas du tout contribuer à la stigmatisation très réelle des gens qui prennent de l'OxyContin et d'autres opioïdes, que ce soit de manière légale ou illégale. Néanmoins, comme j'espère que cet ouvrage le démontre, cela fait des décennies que Purdue Pharma et la famille Sackler utilisent l'intérêt des personnes affligées de douleurs comme une feuille de vigne pour masquer leur propre cupidité, et il me semble que ce serait une erreur de se fonder sur ce critère pour leur donner l'absolution aujourd'hui.

Comme je le souligne au fil du livre, l'OxyContin n'est assurément pas le seul opioïde à avoir fait l'objet d'un marketing trompeur ou d'une surconsommation généralisée, et ma décision de me concentrer sur Purdue ne doit en aucun cas faire oublier que d'autres sociétés pharmaceutiques possèdent une grande part de responsabilité dans la crise. On pourrait dire la même chose de la FDA, des médecins qui rédigeaient les ordonnances et des pharmacies qui les acceptaient, des grossistes qui distribuaient les opioïdes. La faute est largement partagée. Cependant, je rejoins l'avis de nombreux médecins, responsables publics, procureurs et chercheurs qui estiment que Purdue a joué un rôle à part, en tant que pionnière.

Les trois branches de la famille Sackler ont accueilli la perspective de ce livre sans enthousiasme. La veuve et les enfants d'Arthur ont refusé mes nombreuses demandes d'entretien, tout comme la famille de Mortimer. La branche de Raymond a opté pour une hostilité plus franche en embauchant Tom Clare, un avocat à la tête d'un petit cabinet basé en Virginie qui se spécialise dans l'intimidation de journalistes afin de faire « enterrer » des articles avant leur publication. Clare a lancé sa première attaque avant même que je commence l'écriture de ce livre, à l'été 2019 : dans une lettre de quinze pages à interligne simple, adressée au *New Yorker*, il m'accusait de « parti pris constant » contre ses clients et exigeait qu'on apporte une longue liste de corrections à l'enquête que j'avais publiée près de deux ans auparavant. La crise des opioïdes découlait du « fentanyl importé clandestinement aux États-Unis depuis la Chine et le Mexique », soutenait Clare. En réaction à ses critiques, le *New Yorker* a engagé quelqu'un pour revérifier les informations contenues dans mon enquête. Cet examen n'a révélé aucune erreur factuelle, et le magazine n'a pas changé un mot à l'article. Ensuite, Clare m'a écrit directement, pour me signaler que les Sackler envisageaient d'« éventuelles poursuites » et me donner l'ordre formel de ne détruire aucune « preuve », en prévision de ce procès. En une belle démonstration d'audace, Clare avait frappé toutes ces missives de la mention « **Document confidentiel,**

personnel, ne doit être ni publié ni cité » – même si n'importe quelle personne un peu au fait du fonctionnement du journalisme aurait dû savoir que ce genre de condition dépendait de mon accord et que les déclarations unilatérales ne valaient rien, même écrites en gras.

Au cours des dix-huit mois suivants, Clare a envoyé plusieurs dizaines de lettres et de mails au *New Yorker* et à Doubleday, l'éditeur de ce livre. Tandis que j'examinais comment Arthur Sackler s'était servi de son avocat de choc, Clark Clifford, pour manipuler la commission de Kefauver, comment le fidèle conseiller de la famille, Howard Udell, avait essayé de manipuler le *New York Times*, et comment Purdue et les Sackler avaient utilisé Mary Jo White pour saborder une enquête fédérale en 2007, puis une autre en 2020, je n'ai pu que remarquer la constance des tactiques de la famille. Je suis marié à une avocate. Beaucoup de mes amis proches sont avocats. J'ai étudié le droit moi-même. Pourtant, je reste ébahi (naïvement, pourrait-on dire) par l'empressement mercenaire que certains avocats en apparence respectables mettent à jouer les laquais auprès d'industriels véreux. Un jour, Joanna Lydgate, la procureure générale adjointe du Massachusetts, a invoqué un adage qui lui venait d'un de ses professeurs de droit : « Tout le monde a le droit d'être représenté par un avocat, mais vous n'êtes pas obligé de représenter tout le monde. »

Lorsque NYU a annoncé avoir décidé d'effacer le nom des Sackler, après la condamnation de Purdue à l'automne 2020, l'un des avocats de la famille, Daniel Connolly, a déclaré : « Dès que les documents de Purdue seront rendus publics, ils révéleront l'histoire de l'entreprise et montreront que les membres de la famille Sackler qui siégeaient au conseil d'administration ont toujours agi de manière éthique et légale. » Cela m'a paru une drôle de position à adopter. Les documents qui avaient émergé jusqu'alors ne donnaient pas une bonne image des Sackler ; si la famille possédait vraiment d'autres informations qui la disculpaient et qui présentaient une version différente de l'histoire, pourquoi attendre ? J'ai écrit à Tom Clare pour lui dire que je serais ravi de consulter ces documents afin de les intégrer à mon livre. Il m'a répondu que comme ses clients ne pensaient pas que je traiterais ce genre de preuves « de façon raisonnable », ils ne souhaitaient pas m'accorder un « accès privilégié à de nouvelles informations ».

Au fil de mes entretiens avec des dizaines d'anciens employés de Purdue – des commerciaux, des médecins, des scientifiques, des cadres –, j'avais vu un thème se détacher : celui du déni collectif qui les aveuglait. Au début de la commercialisation de l'OxyContin, l'entreprise (comme les Sackler) avait ressassé certaines histoires : seuls les gens qui faisaient une consommation excessive du médicament en devenaient dépendants ; seule une poignée de délégués dévoyés avaient utilisé des arguments de vente trompeurs ; la société était uniquement motivée par un désir altruiste d'aider les gens qui souffraient. Ces histoires, comme celles qu'Arthur avait répétées au sujet des médicaments qu'il aidait à promouvoir, perdaient toute crédibilité dès qu'on s'intéressait de près aux faits. Pourtant, il semblait que beaucoup de gens chez Purdue avaient continué à les croire, persistant pendant des décennies à se voiler la face. « Nous étions complices, pour des raisons pécuniaires, m'a dit Nicholas Primpas, chargé de clientèle régional chez Purdue de 1987 à 2005. Nous avons mis du temps à comprendre. Par cupidité, peut-être. » Beaucoup d'anciens employés, qu'ils aient adoré ou détesté les Sackler, ne voulaient même pas admettre cela.

Dans l'affaire de l'OxyContin, les lanceurs d'alerte brillent par leur absence. C'est peut-être parce que Purdue a pris soin de démolir les rares personnes qui ont tenté de sonner l'alarme, comme Karen White, la commerciale de Floride qui a perdu son procès contre l'entreprise en 2005. Toutefois, j'ai fini par y voir un autre corollaire de ce déni. Je pouvais m'entretenir pendant des heures avec des gens intelligents, autrefois employés par la société, qui étaient prêts à reconnaître toutes sortes de travers à la culture de l'entreprise et livraient des observations d'une grande subtilité sur les personnes concernées ; mais dès qu'on abordait le rôle de l'OxyContin dans la crise des opioïdes, ils essayaient de trouver des explications. Même face à l'abondance de preuves, aux condamnations pénales, aux milliers de procès, aux études qui s'enchaînaient, au si grand nombre de décès, ils se retranchaient derrière d'anciennes vérités sur la différence entre surconsommation et dépendance, sur l'héroïne et le fentanyl. Je me demandais si, pour certaines de ces personnes, il était tout simplement trop démoralisant d'envisager sérieusement leur propre complicité ; si c'était un poids trop lourd à porter pour la conscience humaine.

Un jour, je me suis rendu dans le village d'Amagansett, à la pointe de Long Island, pour rencontrer un homme que j'appellerai Jeff. Nous nous sommes retrouvés dans un restaurant, et il m'a parlé de son passé de toxicomane. Une dizaine d'années plus tôt, quand il était adolescent, il avait commencé à prendre des opioïdes. Ils étaient « partout », se rappelait-il. Il aimait particulièrement l'OxyContin pour l'euphorie pure qu'elle apportait. Après avoir sucé l'enrobage rouge des pilules, il écrasait le reste avec l'arête d'un briquet, puis le sniffait. Il ne se piquait pas. « En grandissant, je m'étais toujours dit : "Je ne me planterai jamais une aiguille dans le bras." »

D'une voix douce et déterminée, Jeff m'a raconté les dix ans qui avaient suivi : il avait continué à prendre des antidouleurs, avait rencontré une femme, était tombé amoureux d'elle et l'avait entraînée dans les opioïdes. Un jour où il était à court de pilules, son dealer lui avait dit : « Je peux te vendre un sachet d'héroïne pour 20 dollars. » Malgré sa réticence, quand les effets du manque avaient commencé à se faire sentir, Jeff avait accepté. Sa petite amie et lui avaient commencé par sniffer l'héroïne. « Mais, au bout d'un moment, on s'y accoutume, comme avec les comprimés », m'a-t-il expliqué. Ils avaient fini par se shooter. Ils planaient au moment de leur mariage. La femme de Jeff avait donné naissance à un petit garçon dépendant aux opioïdes. « Les médecins l'ont sevré avec des gouttes de morphine », m'a dit Jeff.

Après une longue cure de désintoxication, Jeff avait arrêté la drogue, et cela faisait plus d'un an qu'il n'y avait pas touché. Son bébé était en bonne santé, et sa femme ne se droguait plus non plus. Avec le recul, Jeff avait le sentiment qu'une décision impulsive de jeunesse, celle de sniffer des opioïdes, l'avait entraîné sur un chemin dont il n'avait plus réussi à s'écarter. « Tout tournait autour de la drogue. J'avais déclenché un ouragan de destruction. »

Nous avons payé notre déjeuner et sommes sortis du restaurant pour nous promener dans une petite rue arborée, flanquée de majestueuses villas. Amagansett est l'endroit où beaucoup de familles new-yorkaises fortunées viennent passer leurs étés. Pendant les pires années de sa dépendance, Jeff avait loué ses services d'artisan dans la région. Je lui ai demandé de me montrer une propriété particulière où il avait été embauché. Dans une rue tranquille, nous nous sommes arrêtés à l'entrée d'un immense domaine presque invisible derrière d'épais buissons. C'était la maison de vacances de Mortimer et Jacqueline Sackler. Même à l'époque où il travaillait pour eux, Jeff savait dans quel secteur d'activité leur famille opérait. L'ironie de la situation ne lui avait pas échappé. Les Sackler avaient toujours paru isolés des ravages causés par leur médicament parce qu'ils se déroulaient hors de leur vue. Et pourtant Jeff était là, littéralement sous leurs yeux. « Vous n'imaginez même pas combien de fois j'ai sniffé des pilules dans cette propriété, assis au volant d'une camionnette », m'a-t-il dit.

Nous avons atteint un portail ornemental en bois derrière lequel s'étendait un terrain dominé par un imposant saule pleureur. Alors que j'admirais l'arbre, Jeff m'a dit que pour les gens qui s'occupaient du jardin, c'était « une vraie plaie ». Chaque fois que le vent soufflait, des branches se cassaient et s'éparpillaient sur la pelouse. « Mais l'endroit devait être impeccable. Il ne devait pas y avoir une feuille par terre. » Alors une équipe d'entretien passait par là régulièrement pour nettoyer et balayer les débris.

Remerciements

Je tiens d'abord à remercier toutes les personnes qui ont si généreusement pris le temps de s'entretenir avec moi pendant ces deux dernières années et qui m'ont fait confiance pour raconter leur histoire. Cela ferait trop de noms à citer, et il y en a certains que je ne peux pas citer du tout. Mais vous savez qui vous êtes. Merci. Merci aussi aux employés des nombreuses archives que j'ai consultées. Merci au Consortium international des journalistes d'investigation de m'avoir permis d'accéder à une mine de données bancaires divulguées par des sources anonymes, qui comprenaient des détails sur les comptes des Sackler. Merci à Katie Townsend et à ses collègues du Comité des journalistes pour la liberté de la presse, qui sont intervenus dans l'affaire du redressement judiciaire afin de faire déclassifier des dossiers contenant des informations très révélatrices.

Ce livre a commencé sous la forme d'un article écrit pour le *New Yorker*, et je suis comme toujours profondément redevable à mon éditeur de longue date, Daniel Zalewski, qui m'a appris une bonne partie de ce que je sais sur l'art de raconter une histoire.

Merci à E. Tammy Kim et à Nicolas Niarchos, qui ont vérifié les informations de l'article d'origine, à Peter Canby, qui a supervisé la vérification (et revérification), et à Fabio Bertoni. Merci aussi à David Remnick, qui donne à tant de choses compliquées une apparence de simplicité et qui arrive à être un formidable chef par-dessus le marché, ainsi qu'à Dorothy Wickenden, Henry Finder, Pam McCarthy, Deirdre Foley-Mendelssohn, Mike Luo, David Rohde, Linnea Feldman Emison, Sean Lavery, Alexander Barasch, Ave Carrillo, Natalie Raabe et à tous mes autres collègues au magazine. Merci à mon ami Philip Montgomery, dont le photoreportage saisissant, « Visages d'une épidémie », est paru avec mon article dans le *New Yorker*.

J'ai énormément de chance de publier un nouveau livre chez Doubleday avec Bill Thomas, qui a pris un risque en m'engageant pour écrire *The Snakehead* en 2006. Bill a compris ce que ce livre devait être dès nos premières conversations, et il a été un allié sans faille et un interlocuteur hautement perspicace tout au long du processus. Un immense merci à Daniel Novack, mon infatigable juriste chez Doubleday, qui parvient on ne sait comment à être à la fois d'une précision maniaque et d'une décontraction imperturbable. Merci aussi au merveilleux Michael Goldsmith, et à Todd Doughty, Anke Steinecke, Maria Massey, Ingrid Sterner, Lydia Buechler, Kathy Hourigan, Khari Dawkins, John Fontana et au reste de l'équipe de Doubleday. Thea Traff m'a donné un coup de main pour les photos. Kimon de Greef s'est occupé des notes en un temps extrêmement limité. Julie Tate a vérifié les informations contenues dans le livre avec une attention, un soin et une bonne humeur stupéfiants. Toutes les erreurs qui subsistent sont entièrement de mon fait.

Je dois bien plus que je ne saurais le dire à Tina Bennett, mon agente depuis près de vingt ans. Chez WME, mes remerciements vont à Tracy Fisher, Svetlana Katz, Matilda Forbes Watson, Eric Simonoff, Ben Davis, Anna DeRoy et Christina Lee. Je remercie également Ravi Mirchandani et ses collègues chez Picador.

Merci, pour diverses raisons, à Rachel Aviv, Joel Lovell, Raffi Khatchadourian, Andrew Marantz, Henry Molofsky, David Grann, Tyler Foggatt, Micah Hauser, Victoria Beale, Phil Keefe, Jim Keefe, Laura Poitras, Daniel Gorman, Sravya Tadepalli, Sam Rosen, David De Jong, Naomi Fry, Nick Paumgarten, Bart Gellman, Tim Weiner, Paul DeMarco, Jennifer Kinsley, Paulina Rodríguez, Peter Smith, Pauline Peek, Scott Podolsky, David Juurlink, Andrew Kolodny, Ed Bisch, David Fein, David Segal, Larissa MacFarquhar, Jillian Fennimore, Evan Hughes, Lily Bullitt, Ed Conlon, Mark Rosenberg, Oriana Hawley, Mark Bomback, Andy Galker, Jason Burns, Dave Park, Noah Harpster, Micah Fitzerman-Blue, Will Hettinger, Eric Newman, Alex Gibney, Svetlana Zill, John Jordan, Jed Lipinski, Mike Quinn, Sarah Margon, Sarah Stillman, Ed Caesar, Sheelah Kolhatkar, Ben Taub, Gideon Lewis-Kraus, Sai Sriskandarajah et « aux Michael », comme mes enfants les appellent : Michael Wahid Hanna et Michael Shtender-Auerbach. Un grand merci également à Alex Godoy.

En écrivant ce livre, j'ai beaucoup réfléchi au concept de famille – à ce qui unit ou déchire une famille, à ce que cela signifie de porter un nom de famille –, et cette expérience m'a rendu profondément reconnaissant d'être né dans la mienne. Merci à mes parents, Jennifer Radden et Frank Keefe, pour leur soutien indéfectible et l'exemple qu'ils ne cessent de me donner, et à mes beaux-parents, Tadeusz et Ewa. Je tiens particulièrement à remercier ma sœur, Beatrice, et mon frère, Tristram. Même si nous vivons loin les uns des autres et avons chacun notre carrière et notre famille, je suis qui je suis aujourd'hui grâce à l'enfance que nous avons partagée, et je vous aime et vous admire énormément tous les deux, ainsi que vos familles. Ce livre vous est dédié.

J'ai écrit ce manuscrit pendant le Covid, confiné avec ma femme, Justyna, et nos fils, Lucian et Felix. C'est drôle à dire, mais j'ai reçu une leçon de flexibilité en regardant mes enfants s'adapter en temps réel à la catastrophe qui se déroulait autour d'eux. Nous avons eu de la chance, tout bien considéré, et les petites épreuves que la pandémie nous a fait traverser ne valent pas la peine d'être mentionnées, au vu de ce que d'autres ont vécu. Mais la résilience de mes enfants a été une source d'inspiration. Elle m'a donné de l'espoir à une période où j'en avais besoin.

Justyna m'a informé que ces remerciements avaient « intérêt à être réussis », et c'est un assez bon exemple, en fait, de ce que j'aime chez elle – son humour caustique, son soutien total en ce qui concerne les grandes choses, associé à son scepticisme affiché en ce qui concerne toutes les petites. Pouvoir rire et partager un verre de vin, une vie et deux enfants avec Justyna est tout ce dont j'aurais pu rêver. Aujourd'hui encore, cela me donne l'impression d'avoir réalisé un beau coup.

Remarque sur les sources

La famille Sackler n'a pas coopéré avec moi pendant mes recherches pour ce livre. Aucun des Sackler qui y occupent une place importante n'a voulu m'accorder d'entretien. Tom Clare, l'avocat, a répondu à mes demandes répétées d'interview auprès de Richard et David Sackler par ces mots : « Tant que M. Keefe n'aura pas reconnu (et corrigé) les erreurs commises dans son enquête précédente pour le *New Yorker* [...] nous n'avons aucune raison de penser que M. Keefe mènera un entretien impartial avec mes clients. » En plus de réfuter la thèse générale de mon article et d'y opposer leur répertoire habituel d'objections peu convaincantes, les Sackler semblaient particulièrement indignés par le passage concernant l'indication pédiatrique de l'OxyContin. Ils exigeaient que j'ajoute un rectificatif à l'article pour préciser – ce qui aurait été faux – que Purdue n'avait pas cherché de son plein gré à obtenir cette indication et n'avait entamé la procédure que parce que la FDA l'y obligeait. Malgré tout mon désir de m'entretenir directement avec les clients de Clare, ce n'était pas une condition que j'étais prêt à accepter.

À la place, Clare a suggéré que je rencontre les avocats et communicants de la famille afin de leur expliquer ce que je prévoyais d'écrire dans ce livre et qu'ils m'en disent plus sur les prétendues erreurs de ma précédente enquête. J'étais tout à fait disposé à les écouter, mais Clare a paru changer d'avis au fil du temps, et les propositions de mon éditeur pour organiser une réunion sont restées lettre morte pendant des mois. Clare m'a annoncé par mail que, à cause de mon refus de modifier l'article du *New Yorker*, les Sackler s'étaient vus « forcés » d'échanger avec moi « de cette manière (par écrit et par l'entremise d'avocats) ».

Alors que je terminais ce livre, j'ai envoyé une liste de questions détaillées aux familles de Raymond et Mortimer. Clare m'avait bien spécifié que ses clients auraient besoin de beaucoup de temps pour répondre à toute demande de précisions. Je leur ai donc donné un mois.

Juste avant la fin du délai imparti, Clare a contacté le juriste de Doubleday chargé de vérifier le manuscrit pour lui demander d'assister à un briefing de la part d'un avocat de la famille et de communicants travaillant pour les branches de Raymond et Mortimer. Aucun de ces porte-parole n'a accepté que je cite son nom ; mais au cours de leur présentation PowerPoint, ils ont affirmé que l'OxyContin avait toujours représenté une portion congrue du marché des opioïdes, qu'il était extrêmement rare pour des gens suivis par un médecin de développer une dépendance au médicament et que les Sackler siégeant au conseil d'administration n'avaient pas joué de rôle important dans la direction de l'entreprise.

L'une de mes sources, qui avait occupé un poste élevé chez Purdue, m'a dit un jour que la plupart des ennuis de l'entreprise découlaient de son lien avec la FDA : « Pendant des années, la FDA a refusé d'admettre qu'elle aussi était passée à côté de certaines choses. » L'agence avait longtemps fait preuve de laxisme en ce qui concernait les opioïdes de Purdue ; mais, à Stamford, on considérait que tant que l'entreprise gardait son aval, c'était que son comportement ne posait aucun problème. Au fil des années, cette dynamique avait « donné trop d'assurance à Purdue ». Lors de leur présentation chez Doubleday, les porte-parole des Sackler n'ont cessé d'évoquer la FDA. Pour réfuter l'idée que Michael Friedman et Paul Goldenheim avaient menti au Congrès en déclarant sous serment que la MS Contin n'avait pas entraîné d'abus importants, ils ont mis l'accent sur le témoignage d'un responsable de l'agence qui avait plus ou moins affirmé la même chose en 2002. Toutefois, rien ne permet de penser que la FDA aurait possédé davantage d'informations que l'entreprise elle-même sur l'usage excessif qu'on faisait de son produit, et il semble entièrement plausible que, lors de sa déposition en 2002, le responsable de l'agence se soit fondé sur le témoignage antérieur des cadres de Purdue. Les émissaires des Sackler ainsi qu'un représentant de Purdue n'ont pas non plus réussi à trouver d'explication aux mails internes confirmant que le médicament avait bel et bien fait l'objet d'une surconsommation généralisée et que l'entreprise recevait des rapports en ce sens « tout le temps et de partout ». De la même façon, l'avocat de la famille a décrété pendant sa présentation chez Doubleday que l'OxyContin était invariablement efficace sur un cycle de douze heures – malgré toutes les preuves du contraire –, car la FDA n'avait pas invalidé la notice de Purdue qui l'affirmait.

Le jour où j'attendais une réponse à mes questions, Clare m'a annoncé que les deux branches de la famille y travaillaient ensemble – mais qu'elles auraient besoin de plus de temps. À ce stade, je me préparais mentalement à recevoir un document volumineux et à incorporer les commentaires et démentis de la famille dans le corps du texte. Cependant, quand Clare m'a envoyé la réponse officielle de la famille, cinq jours plus tard, elle ne faisait qu'une page et demie. Notant que je n'avais toujours pas « corrigé les erreurs de [mon] premier article sur la famille Sackler », la lettre avançait que mes demandes de précisions étaient « remplies d'assertions erronées, fondées sur de fausses prémisses concernant : les activités commerciales de la famille Sackler, leurs affiliations politiques, leurs résidences, leurs études, leur conduite au cours de réunions du conseil d'administration (dont de fausses assertions sur un mésusage de médicaments) » – ce dernier point semblait être une réfutation spécifique de la rumeur selon laquelle Richard Sackler avait avalé un comprimé d'OxyContin devant des collègues, même si dans la version qu'on m'avait rapportée, ce n'était pas arrivé à une réunion du conseil d'administration – « et leur statut au conseil d'administration, leur rôle dans la conception des produits, des courriels clairement écrits sur le ton de la plaisanterie ou impliquant des gens qui n'ont jamais travaillé chez Purdue, des affirmations sur la puissance de l'OxyContin, et d'autres errata ». En fait, ces « innombrables erreurs » ne leur donnaient « aucune garantie que l'ensemble du livre se montrerait un tant soit peu conforme aux faits » ; par conséquent, la famille avait décidé de boycotter entièrement le processus de vérification et de ne pas opposer de démenti aux nombreuses allégations spécifiques que j'avais formulées. J'avais envoyé aux Sackler plus d'une centaine de questions relatives aux deux branches de la famille et à l'entreprise. Je leur avais donné tout le temps dont ils avaient besoin. En fin de compte, ils ont choisi de ne pas répondre.

Malgré cela, ce récit repose en grande partie sur les propres paroles de la famille. Parce que Purdue et, dans une moindre mesure, les Sackler font l'objet de poursuites judiciaires depuis des décennies, la source principale de cet ouvrage consiste en des dizaines de milliers de pages de documents juridiques : des dépositions, des déclarations sous serment, des argumentaires, des plaintes, des comptes rendus d'audience et des centaines de mails, de notes et autres documents confidentiels obtenus au fil des enquêtes. Les dossiers d'accusation et les plaintes sont par nature des documents à charge ; mais plutôt que de prendre pour argent comptant les allégations des États et des autorités fédérales, je me suis appuyé sur les preuves qu'ils ont exhumées pour raconter ma propre histoire. Par endroits, mon interprétation des preuves différait de celle des procureurs généraux d'État, tout comme elle différait, assez nettement, de l'interprétation proposée dans les divers argumentaires de défense établis par Purdue et les Sackler.

Ce livre est un ouvrage de journalisme narratif : aucun détail n'a été inventé ni imaginé. Lorsque j'attribue des pensées ou des émotions aux protagonistes, c'est parce qu'ils me les ont décrites, qu'ils les ont décrites à quelqu'un d'autre ou qu'une personne qui les connaissait me les a décrites. J'ai employé des pseudonymes à deux reprises : pour la secrétaire juridique de Howard Udell, que j'ai appelée Martha West, et pour l'homme mentionné dans la postface, que j'ai appelé Jeff. En préparant ce livre, j'ai bénéficié du travail précurseur d'universitaires et de journalistes qui ont exploré divers aspects de cette histoire, notamment John Lear, Scott Podolsky, David Herzberg, Andrea Tone, Richard Harris, Adam Tanner, Barry Meier, Sam Quinones, David Armstrong, Christopher Glazek, Beth Macy, Chris McGreal, Bethany McLean, Gerald Posner et l'équipe d'investigation du *Los Angeles Times* : Lisa Girion, Scott Glover et Harriet Ryan.

J'ai interviewé plus de deux cents personnes, dont la majorité a travaillé pour les Sackler – que ce soit chez Purdue ou dans un autre rôle –, a fréquenté la famille ou a enquêté à son sujet. Bon nombre d'entre elles se sont exprimées au grand jour. Cependant, beaucoup d'autres, pour diverses raisons, n'ont accepté de me parler que sous couvert d'anonymat. Plusieurs dizaines de personnes m'ont accordé de multiples entretiens sur une période de deux ans, et j'ai vérifié l'exactitude de leurs souvenirs – en les recoupant avec d'autres sources, en cherchant des corroborations dans des documents, en mettant à l'épreuve leur mémoire. Ce livre a par ailleurs été vérifié par une personne indépendante qui connaissait la véritable identité de toutes les sources. Elle a comparé chaque citation et affirmation avec les transcriptions des interviews et, dans bien des cas, elle a interrogé elle-même mes informateurs anonymes pour s'assurer que tout concorde.

Pour le livre I, je me suis beaucoup appuyé sur des mémoires publiés à compte d'auteur par Marietta Lutze en 1997. Il n'en existe que deux cent vingt-cinq exemplaires ; j'en ai acheté un sur internet. Lutze avait un point de vue très tranché, aussi me suis-je efforcé de confirmer son récit en interviewant des gens qui avaient fréquenté Arthur et sa famille à l'époque. Je me suis également appuyé sur une biographie d'Arthur M. Sackler écrite par l'un de ses fidèles protégés et publiée en 2012 par la Fondation AMS pour les arts, les sciences et les lettres. Elle dépeint Arthur comme un héros d'une envergure presque mythique, mais elle m'a tout de même été très utile. Les chroniques d'Arthur dans le *Medical Tribune*, que j'ai consultées au College of Physicians de Philadelphie, m'ont fourni d'autres éléments et un aperçu de sa voix. Même si les frères Sackler étaient bien trop secrets pour avoir légué leur correspondance à un fonds d'archives, bon nombre de leurs amis l'ont fait ; j'ai donc pu retrouver des lettres et des objets cédés par leurs associés ou amis proches. J'ai puisé dans une dizaine d'archives, mais je dois particulièrement saluer les Félix Martí-Ibáñez Papers, à Yale, qui m'ont été essentiels pour comprendre les frères Sackler et Bill Frohlich et me faire une idée de leur vie dans les années 1960.

Les Archives nationales recèlent une vaste réserve de dossiers de l'enquête Kefauver – une quarantaine de cartons au total, dont certains qu'aucun autre chercheur n'avait ouverts avant moi, si je ne m'abuse. J'en ai tiré une foule d'informations inédites sur Arthur et ses frères. L'épais dossier relatif à la bataille autour de la succession d'Arthur, que j'ai épluché dans un palais de justice de Long Island, comprenait des dépositions de membres de la famille, des comptes rendus de réunions familiales et divers autres documents regorgeant de détails évocateurs.

Pour l'écriture du livre II, j'ai eu la chance d'entrer en contact avec Richard Kapit, l'ancien colocataire de Richard Sackler, et avec deux de ses amis de Roslyn, dont l'un m'a confié des lettres que Richard lui avait envoyées à l'université. J'ai aussi interviewé des dizaines de personnes employées chez Purdue à chaque décennie depuis les années 1960. Plusieurs documents juridiques m'ont été d'une aide cruciale : deux dépositions de Richard Sackler, de près de huit cents pages au total ; la déposition de Kathe Sackler ; une dizaine de dépositions d'autres employés de Purdue ; et une multitude de mails internes et fichiers variés. Certains de ces documents ont émergé au fil d'affaires judiciaires ; d'autres m'ont été communiqués par des gens qui estimaient qu'on devait les rendre publics.

Un soir, pendant la phase finale d'écriture de ce livre, j'ai trouvé une enveloppe dans ma boîte aux lettres. Elle ne comportait pas d'adresse d'expéditeur, rien qu'une clé USB et un bout de papier où l'on avait noté une citation de *Gatsby le magnifique* : « C'étaient des êtres parfaitement insouciants. Ils cassaient les objets, ils cassaient les humains, puis ils s'abritaient derrière leur argent, ou leur extrême insouciance, ou je ne sais quoi qui les tenait ensemble, et ils laissaient à d'autres le soin de nettoyer et de balayer les débris. » La clé USB contenait des milliers de pages de dépositions, de fichiers de police et d'archives de Purdue recueillies lors de poursuites judiciaires contre l'entreprise. J'avais aussi adressé une requête à la FDA, au nom du Freedom of Information Act[1], pour obliger l'agence à me communiquer des milliers de pages issues de ses propres archives. Cette initiative ne s'était pas avérée aussi fructueuse que je l'espérais – l'agence m'avait informé que les mails de Curtis Wright étaient « introuvables » (!) » –, mais elle m'a tout de même éclairé sur le processus d'approbation de l'OxyContin.

Le dossier d'accusation du département de la Justice préparé par Rick Mountcastle dans le district ouest de Virginie m'a été extrêmement précieux. J'espère qu'un jour on dévoilera ce document dans son intégralité. Je l'aurais bien publié moi-même, mais la personne qui me l'a transmis m'a imposé des conditions qui m'en empêchent, du moins pour le moment. Un avocat représentant Paul Goldenheim m'a assuré dans un mail que son client n'avait pas menti au sujet de l'OxyContin lors de son témoignage au Congrès et que ses propos étaient « tout sauf trompeurs, d'une exactitude vérifiable et fidèles à la réalité » – une assertion peu convaincante, à mon sens. (Je me suis aussi efforcé de contacter Michael Friedman, sans succès.)

Pour le livre III, je me suis reposé sur de multiples entretiens avec des personnes ayant travaillé chez Purdue ou côtoyé les Sackler d'une façon ou

1. Loi qui oblige les agences fédérales américaines à communiquer des documents à tout citoyen qui en fait la demande. *(N.d.l.T.)*

d'une autre. J'ai découvert au fil de mon enquête une catégorie d'employés qui pouvaient sembler invisibles aux yeux de la famille – des concierges au personnel de maison, en passant par les professeurs de yoga et les assistants administratifs – mais qui bénéficiaient souvent d'un angle de vue unique, et étonnamment intime, sur leurs patrons. J'ai aussi pu obtenir de nombreux mails personnels de certains membres de la famille, qui n'ont pas été divulgués lors de procès mais qu'on m'a communiqués. Une copie de quarante-huit pages d'une conversation WhatsApp privée entre les héritiers de Mortimer Sackler, révélée dans l'affaire du redressement judiciaire, m'a offert un aperçu fascinant des stratégies envisagées par la famille pour réagir à mon enquête parue dans le *New Yorker* et à la polémique plus générale qui n'a pas tardé à la cibler.

En tant que journaliste, j'accorde beaucoup de crédit aux documents – à l'idée qu'un paquet de feuilles peut parfois se révéler plus précieux qu'une interview. Cependant, ce projet a été le premier que j'aie entrepris où le nombre de documents m'a complètement dépassé. Je me sentais comme les procureurs d'Abingdon, en Virginie, quand ils préparaient leurs poursuites contre Purdue : débordé par le papier. Malgré cela, les informations auxquelles j'ai pu avoir accès ne représentent qu'une fraction de celles qui finiront par émerger. Il semble que l'affaire de White Plains livrera une mine de documents internes de Purdue, qui pourraient se compter par dizaines de millions de pages. Si c'est le cas, ce livre ne sera assurément pas le dernier à se pencher sur ces gens et ces événements. J'espère toutefois qu'il pourra fournir une feuille de route aux journalistes et chercheurs qui se plongeront à l'avenir dans cet immense corpus déclassifié et qu'il les inspirera pour faire toute la lumière sur cette importante histoire.

NOTES

PROLOGUE : À LA RACINE

13 "Debevoise & Plimpton Posts Record Revenue, Profits", Yahoo Finance, March 12, 2019.

14 Sauf indication contraire, le récit de la déposition de Kathe Sackler repose sur le témoignage de deux personnes qui se trouvaient sur place ce jour-là et sur la transcription de cette déposition, *In re National Prescription Opiate Litigation*, MDL nº 2804, Case nº 1:17-MD-2804, April 1, 2019 (ci-après nommé Kathe Sackler Deposition).

14 "Interview with Mary Jo White", *Corporate Crime Reporter*, Dec. 12, 2005.

14 Mary Jo White Executive Branch Personnel Public Financial Disclosure Report, Feb. 7, 2013.

14 "Street Cop", *New Yorker*, Nov. 3, 2013.

15 "A Veteran New York Litigator Is Taking On Opioids. They Have a History", STAT, Oct. 10, 2017.

16 "The OxyContin Clan", *Forbes*, July 1, 2015.

16 "Convictions of the Collector", *Washington Post*, Sept. 21, 1986.

17 Thomas Hoving, *Making the Mummies Dance: Inside the Metropolitan Museum of Art* (New York: Simon & Schuster, 1993), 93.

18 "OxyContin Goes Global", *Los Angeles Times*, Dec. 18, 2016.

18 "Understanding the Epidemic", site internet du CDC.

18 Mary Jo White Oral History, ABA Women Trailblazers Project, Feb. 8 and March 1, 2013, July 7, 2015.

19 "Cigarette Makers and States Draft a $206 Billion Deal", *New York Times*, Nov. 14, 1998.

19 First Amended Complaint, *State of New York v. Purdue Pharma LP et al.*, Index nº :

400016/2018, March 28, 2019 (ci-après nommé New York Complaint).
19 First Amended Complaint, *Commonwealth of Massachusetts v. Purdue Pharma LP et al.*, C.A. n° 1884-cv-01808 (BLS2), Jan. 31, 2019 (ci-après nommé Massachusetts Complaint).
19 "Purdue's Sackler Family Wants Global Opioids Settlement: Sackler Lawyer Mary Jo White", Reuters, April 23, 2019.

CHAPITRE 1 : UN NOM RESPECTABLE

25 Arthur est né le 22 août. "Dr. Arthur Sackler Dies at 73", *New York Times*, May 27, 1987.
25 Données concernant Abraham M. Sackler, recensement des États-Unis, 1920.
25 Photographie in Marietta Lutze, *Who Can Know the Other? A Traveler in Search of a Home* (Lunenberg, Vt.: Stinehour Press, 1997), 167.
25 Données concernant Sophie Sackler, recensement des États-Unis, 1930.
26 D'après un formulaire pour le recensement de 1910, Isaac est arrivé aux États-Unis en 1904. Ses parents et plusieurs de ses frères et sœurs étaient arrivés un an plus tôt ; un de ses frères, Mark, était arrivé en 1897. Données concernant Isaac Sackler, recensement des États-Unis, 1910.
26 Lutze, *Who Can Know the Other?*, 166.
26 Miguel Angel Benavides Lopez, *Arthur M. Sackler* (New York: AMS Foundation, 2012), 11.
26 Isaac Sackler World War I Draft Registration Card, 1917-1918.
26 "Food Board Fines Bakers and Grocers", *Brooklyn Daily Eagle*, Nov. 2, 1918.
26 "Raymond Sackler: Obituary", *Times* (London), July 21, 2017.
26 Beth S. Wenger, *New York Jews and the Great Depression: Uncertain Promise* (Syracuse, N.Y.: Syracuse University Press, 1999), 89.
26 Alfred Kazin, *A Walker in the City* (New York: Harcourt, 1974), 9.
26 Lopez, *Arthur M. Sackler*, 12.
27 Lutze, *Who Can Know the Other?*, 110, 166-67.
27 Données concernant Isaac et Sophie Sackler, recensement des États-Unis, 1920.
27 Lopez, *Arthur M. Sackler*, 11-12.
27 Janna Malamud Smith, *My Father Is a Book: A Memoir of Bernard Malamud* (Berkeley, Calif.: Counterpoint, 2013), 40. Bernard Malamud faisait partie des camarades de classe d'Arthur

à Erasmus, même s'ils ne sont devenus amis que dans leur vieil âge.

28 Herbert Jacobson, "How I Rigged the Elections at Erasmus Hall", fragment of an unpublished memoir (1976), in Bernard Malamud Papers, 11.7, Harry Ransom Center, University of Texas.

28 Malamud Smith, *My Father Is a Book*, 40.

28 Jacobson, "How I Rigged the Elections at Erasmus Hall".

28 Philip Davis, *Bernard Malamud: A Writer's Life* (Oxford: Oxford University Press, 2007), 34.

28 Lopez, *Arthur M. Sackler*, 11-12.

28 "An Open Letter to Bernard Malamud", *Medical Tribune*, Nov. 14, 1973.

29 "The Name of Arthur M. Sackler", *Tufts Criterion* (Winter 1986).

29 Lopez, *Arthur M. Sackler*, 12, 168.

29 Lutze, *Who Can Know the Other?*, 14, 168

29 "Raymond Sackler: Obituary", *Times* (London), July 21, 2017.

30 *The Chronicles: A History of Erasmus Hall High School from 1906 to 1937* (Brooklyn: Erasmus Hall High School, 1937), 17, 49.

30 Jacobson, "How I Rigged the Elections at Erasmus Hall".

30 Lopez, *Arthur M. Sackler*, 12.

31 "Erasmus Hall Jobs Bureau Now Helps Parents Find Work", *Brooklyn Daily Eagle*, May 10, 1932.

31 Lopez, *Arthur M. Sackler*, 11-13.

31 "Art Collector Honored Guest at Philbrook Opening", *Tulsa World*, Dec. 8, 1975.

31 Lutze, *Who Can Know the Other?*, 167.

31 "Erasmus Hall Jobs Bureau Now Helps Parents Find Work".

32 "Name of Arthur M. Sackler".

32 "The Temple of Sackler", *Vanity Fair*, Sept. 1987.

32 Lopez, *Arthur M. Sackler*, 11.

32 "Name of Arthur M. Sackler".

32 "Raymond Sackler: Obituary", *Times* (London), July 21, 2017.

32 John C. Burnham, "American Medicine's Golden Age: What Happened to It?", *Science*, March 19, 1982.

33 Lopez, *Arthur M. Sackler*, 11, 13.

33 "Name of Arthur M. Sackler".

33 Arthur M. Sackler, editor's note, *Medical Violet*, New York University College of Medicine, 1937.

33 Lutze, *Who Can Know the Other?*, 168.

34 Lopez, *Arthur M. Sackler*, 14-15.

34 L'édition de mai 1936 du *Medical Bulletin* cite Arthur comme rédacteur en chef. *Medical Bulletin* 1, nº 3 (May 1936).

34 La photographie illustre un éditorial d'Arthur dans le *Medical Violet*, l'album de promo de la faculté, en 1937.

34 « Révéler ses secrets » : cette expression est tirée de la première chronique d'Arthur, parue dans le *Medical Tribune* du 2 août 1972.

34 "Of Dreams and Archaeology, of Methylmercury Poisoning", *Medical Tribune*, Oct. 24, 1973.

35 La description de cet épisode est inspirée d'une chronique d'Arthur. "We Are Our Brother's Keeper", *Medical Tribune*, Sept. 17, 1975.

35 "Raymond Sackler: Obituary", *Times* (London), July 21, 2017; Lutze, *Who Can Know the Other?*, 167.

CHAPITRE 2 : L'ASILE

37 Lutze, *Who Can Know the Other?*, 65, 95-99.

38 FBI file for Raymond Raphael Sackler, June 23, 1945, Federal Bureau of Investigation file 100-NY-73194-1, obtained through the Freedom of Information Act.

38 Leon Sokoloff, "The Rise and Decline of the Jewish Quota in Medical School Admissions", *Bulletin of the New York Academy of Medicine* 68, n° 4 (Nov. 1992).

38 "In a Time of Quotas, a Quiet Pose in Defiance", *New York Times*, May 25, 2009.

38 "Biography of Mortimer Sackler", site internet de l'université de Glasgow. Le détail sur l'entrepont est tiré de "Dr. Mortimer Sackler", *Telegraph*, April 28, 2010.

38 "Raymond Sackler", Obituary, *Herald* (Glasgow), July 28, 2017.

39 Lopez, *Arthur M. Sackler*, 16.

39 Entretien avec Richard Leather.

39 Lutze, *Who Can Know the Other?*, 99, 100. La fête à l'hôpital est décrite dans le même ouvrage, p.206.

40 Lutze, *Who Can Know the Other?*, 168.

40 Lopez, *Arthur M. Sackler*, 11, 99, 100.

40 "The Lost World of Creedmoor Hospital", *New York Times*, Nov. 12, 2009.

41 Susan Sheehan, *Is There No Place on Earth for Me?* (New York: Vintage, 1982), 9. À la fin des années 1940, on comptait quasiment six mille patients à l'hôpital. Annual Report, Creedmoor State Hospital, 1947. Le problème de la surpopulation est abordé dans le rapport annuel de 1950.

41 Lutze, *Who Can Know the Other?*, 124.

41 Le détail sur les camisoles de force est tiré de Sheehan, *Is There No Place on Earth for Me?*, 9.

41 "New Hope for the Insane", *Pageant*, Oct. 1951. Arthur avait effectué son internat au Lincoln Hospital.
41 Lopez, *Arthur M. Sackler*, 15-16.
41 "New Hope for the Insane". Voir aussi "From Waltzing Mice to MBD", *Medical Tribune*, July 6, 1977; et "A Sentimental Journey", *Medical Tribune*, Aug. 9, 1978.
41 "Breaking Ground at the Site Where American Psychoanalysis and the Space Age Were Launched", *Medical Tribune*, July 13, 1983.
41 H. P. J. Stroeken, "A Dutch Psychoanalyst in New York (1936-1950)", *International Forum of Psychoanalysis* 20, n° 3 (2011).
41 Le contemporain d'Arthur en quèstion était Heinz Lehmann. Cité dans Andrea Tone, *The Age of Anxiety: A History of America's Turbulent Affair with Tranquilizers* (New York: Basic Books, 2009), 89.
42 FBI Memo on the Schering Corporation, June 23, 1942, Federal Bureau of Investigation, 65-HQ-4851, v. 3 Serial 73, obtained through the Freedom of Information Act.
42 Lopez, *Arthur M. Sackler*, 16.
42 Virginia Woolf, "On Being Ill", *Criterion,* Jan. 1926.
43 Anne Harrington, *Mind Fixers: Psychiatry's Troubled Search for the Biology of Mental Illness* (New York: Norton, 2019), 48-50.
43 Robert Whitaker, *Mad in America: Bad Science, Bad Medicine, and the Enduring Mistreatment of the Mentally Ill* (New York: Basic Books, 2002), 84, 147.
43 Annual Report, Creedmoor State Hospital, 1952.
43 "New Hope for the Insane"
43 Lopez, *Arthur M. Sackler*, 18.
43 Testimony of Arthur M. Sackler, Hearing Before the Subcommittee of the Committee on Appropriations, U.S. Senate, March 15, 1950 (ci-après nommé AMS 1950 Testimony).
44 Testimony of Johan H. W. van Ophuijsen, Hearing Before the Subcommittee of the Committee on Appropriations, U.S. Senate, March 15, 1950.
44 AMS 1950 Testimony.
44 Harrington, *Mind Fixers*, 48-49, 65-68.
44 Whitaker, *Mad in America*, 80-82, 96-97.
44 Edward Shorter, *A History of Psychiatry: From the Era of the Asylum to the Age of Prozac* (New York: Wiley, 1997), 219.
45 Whitaker, *Mad in America*, 99.
45 Shorter, *History of Psychiatry*, 207-8, 221.
45 Annual Report, Creedmoor State Hospital, 1947 ; 1948 ; 1952.

45 Sylvia Plath, *The Bell Jar* (New York: Harper, 2006), 143.
45 Anthony DeCurtis, *Lou Reed: A Life* (New York: Little, Brown, 2017), 32.
46 "New Hope for the Insane".
46 Shorter, *History of Psychiatry*, 228.
46 Whitaker, *Mad in America*, 132.
46 La lobotomie a été adoptée à Creedmoor en 1952. Sheehan, *Is There No Place on Earth for Me?*, 9.
46 Lopez, *Arthur M. Sackler*, 18.
47 LaBurt est devenu directeur de Creedmoor en 1943, et a occupé ce poste jusqu'en 1969. "Harry A. LaBurt, 91, Ex-chief of Creedmoor", *New York Times*, Oct. 6, 1989.
47 Sheehan, *Is There No Place on Earth for Me?*, 13.
47 Donald F. Klein, interview in *An Oral History of Neuropsychopharmacology: The First Fifty Years, Peer Interviews*, ed. Thomas A. Ban and Barry Blackwell (Brentwood, Tenn.: ACNP, 2011), 9:205.
47 Annual Report, Creedmoor State Hospital, 1953.
47 Entretien avec Rachel Klein.
47 AMS 1950 Testimony.
48 Lutze, *Who Can Know the Other?*, 72-73, 79-81, 97, 100.
48 Rapport du FBI sur Schering daté du 18 juillet 1941, citant le nom d'Arthur parmi les dirigeants de l'entreprise : Federal Bureau of Investigation, 65-HQ-4851 v. 1 Serial 21.
49 Lutze, *Who Can Know the Other?*, 100, 101.
50 "New Hope for the Insane".
50 "Recoveries Double in Mental Cases Using Histamine", *Globe and Mail*, May 12, 1949.
50 "New Treatment with Hormones Aids Psychotics", *New York Herald Tribune*, May 15, 1950.
51 "New Hope for the Insane".
51 "Biochemical for Emotional Ills", *Philadelphia Inquirer Public Ledger*, June 12, 1949.
51 "If You Live to Be a Hundred", *Maclean's*, Dec. 1, 1951.
51 "A Shot You Take to Help You 'Take It'", *Better Homes and Gardens*, April 1950.
51 "Three Brothers, Doctors All, Join in Winning Award", *Brooklyn Daily Eagle*, May 21, 1950.
51 Lopez, *Arthur M. Sackler*, 25.
51 Le récit de la mort d'Isaac est tiré de *ibid.*, 18, et de "To Live and Die with Dignity", *Medical Tribune*, March 10, 1976.
52 "A Three-Year Follow-Up Study of Nonconvulsive Histamine Biochemotherapy, Electric Convulsive Posthistamine Therapy, and Electric Convulsive Therapy Controls", *Psychiatric Quarterly* 27 (Jan. 1953).

52 "Three New York Brothers Honored for Medical Research", *New York Herald Tribune*, May 13, 1950; "New Treatment with Hormones Aids Psychotics".
52 "New Hope for the Insane".
52 Deposition of Else Sackler, *Matter of Sackler*, Surrogates Court, Nassau County, N.Y. (ci-après nommé EJS Deposition). L'exemplaire de cette déposition que j'ai obtenu auprès du tribunal n'était pas daté.
52 Demande de naturalisation de Jans Jorgensen (le père d'Else), U.S. District Court, Los Angeles, nº 123391 (1945).
52 Emma Zakin Affidavit, Dec. 5, 1990, *Matter of Sackler*, Surrogates Court, Nassau County, N.Y.
52 Lopez, *Arthur M. Sackler*, 15.
52 Lutze, *Who Can Know the Other?*, 101.
53 Arthur Sackler to Marietta Lutze, quoted in *ibid.*, 106-7.
53 Lutze, *Who Can Know the Other?*, 103-5, 107.

CHAPITRE 3 : SÉDUIRE LES MÉDECINS

55 *Medicine Ave: The Story of Medical Advertising in America* (Huntington, N.Y.: Medical Advertising Hall of Fame, 1999), 23.
55 Joseph G. Lombardino, "A Brief History of Pfizer Central Research", *Bulletin of the History of Chemistry* 25, nº 1 (2000).
55 David Herzberg, *Happy Pills in America: From Miltown to Prozac* (Baltimore: Johns Hopkins University Press, 2010), 22.
55 Federal Trade Commission, *Economic Report on Antibiotics Manufacture* (Washington, D.C.: U.S. Government Printing Office, 1958), 6.
56 Scott H. Podolsky, *The Antibiotic Era: Reform, Resistance, and the Pursuit of a Rational Therapeutics* (Baltimore: Johns Hopkins University Press, 2015), 19, 23, 35.
56 Lopez, *Arthur M. Sackler*, 18.
56 L. W. Frohlich, "The Physician and the Pharmaceutical Industry in the United States", *Proceedings of the Royal Society of Medicine*, April 11, 1960.
56 Tom Mahoney, *The Merchants of Life: An Account of the American Pharmaceutical Industry* (New York: Harper, 1959), 237-38, 243.
57 "Becker, Corbett, Kallir: An Industry Comes to Life", *Medical Marketing and Media*, Jan. 1997.
57 "W. D. M'Adams, 68, Advertising Man", *New York Times*, Aug. 16, 1954.
57 Herzberg, *Happy Pills in America*, 29-30.
57 "McAdams Forms Division to Focus on Latest Drugs", *New York Times*, Dec. 16, 1991.

57 "Advertising: Generic Drugs and Agencies", *New York Times*, Sept. 12, 1985; Herzberg, *Happy Pills in America*, 29-30.
57 Arthur Sackler prepared statement and biography, Hearings Before the Subcommittee on Antitrust and Monopoly of the Committee on the Judiciary, U.S. Senate, Jan. 30, 1962.
57 "The Name of Arthur M. Sackler", *Tufts Criterion* (Winter 1986).
57 Arthur Sackler to Félix Martí-Ibáñez, Aug. 27, 1954, Félix Martí-Ibáñez Papers, Sterling Memorial Library, Yale University (ci-après nommé FMI Papers).
57 Lopez, *Arthur M. Sackler*, 18.
57 Dans son livre de 2020, *Pharma*, Gerald Posner cite des propos adressés à Arthur par son avocat Michael Sonnenreich : « S'il y a un pogrom, peu importe qui tu prétends être, tu termineras dans le même wagon à bestiaux que moi. Arrête ces petits jeux. […] Tu auras beau épouser toutes les chrétiennes que tu veux, ça ne marchera pas. Ils te mettront quand même dans le train. » Gerald Posner, *Pharma: Greed, Lies, and the Poisoning of America* (New York: Avid Reader, 2020), 287.
57 "The Temple of Sackler", *Vanity Fair*, Sept. 1987.
58 Lopez, *Arthur M. Sackler*, 18.
58 *Medicine Ave.*, 16.
58 Arthur M. Sackler, *One Man and Medicine: Selected Weekly Columns (1972-1983) by the International Publisher of "Medical Tribune"* (New York: Medical Tribune, 1983), 29.
58 Entretien avec Kallir.
59 Adam Tanner, *Our Bodies, Our Data: How Companies Make Billions Selling Our Medical Records* (Boston: Beacon Press, 2017), 23-24.
59 Arthur Sackler prepared statement and biography, Hearings Before the Subcommittee on Antitrust and Monopoly of the Committee on the Judiciary, U.S. Senate, Jan. 30, 1962.
59 Arthur Sackler to Félix Martí-Ibáñez, Aug. 27, 1954, FMI Papers. L'adresse du 11 Bartlett Street est tirée de l'en-tête de John McKeen, incluse dans les dossiers de l'enquête sur les prix des médicaments concernés par un monopole, menée par le Subcommittee on Antitrust and Monopoly of the U.S. Senate Committee on the Judiciary. Ces dossiers sont désormais conservés aux National Archives and Records Administration. (Dossiers ci-après nommés Kefauver Files.)
59 Le contemporain en question est William G. Castagnoli. "Remembrance of Kings Past", *Medical Marketing and Media*, July 1996.

59 D'après Scott Podolsky, « le terme "à large spectre" semble avoir fait son apparition dans la première publicité de Pfizer pour la Terramycine, en juillet 1950. Avant cela, au congrès de l'American Medical Association, en juin 1950, William Kirby, de l'université de Washington, avait évoqué "le large spectre d'activité des nouveaux antibiotiques". » Voir Scott H. Podolsky, "Antibiotics and the History of the Controlled Clinical Trial, 1950-1970", *Journal of the History of Medicine and Allied Sciences* 65, n° 3 (2010).

60 *Medicine Ave.*, 22. Arthur avait peut-être dû employer la technique du teaser par nécessité. En effet, il n'aurait pas été autorisé à citer le nom du médicament à ce stade, car il n'avait pas encore reçu l'accord officiel de l'American Medical Association pour le faire. Voir Podolsky, *Antibiotic Era*, 206n70; et Federal Trade Commission, *Economic Report on Antibiotics Manufacture*, 141.

60 "Pfizer Put an Old Name on a New Label", *Business Week*, Oct. 13, 1951

60 Podolsky, *Antibiotic Era*, 25.

60 "Advertising: Generic Drugs and Agencies", *New York Times*, Sept. 12, 1985.

61 John Pekkanen, *The American Connection: Profiteering and Politicking in the "Ethical" Drug Industry* (Chicago: Follett, 1973), 89, 91.

61 "News of the Advertising and Marketing Fields", *New York Times*, Feb. 28, 1954.

61 Charles D. May, "Selling Drugs by 'Educating' Physicians", *Journal of Medical Education* 36, n° 1 (Jan. 1961).

62 Unpublished essay by Arthur Sackler, "Freedom of Inquiry, Freedom of Thought, Freedom of Expression: 'A Standard to Which the Wise and the Just Can Repair': Observations on Medicines, Medicine, and the Pharmaceutical Industry", FMI Papers.

62 Voir aussi Jeremy A. Greene and Scott H. Podolsky, "Keeping the Modern in Medicine: Pharmaceutical Promotion and Physician Education in Postwar America", *Bulletin of the History of Medicine* 83 (2009).

62 "Advertising: Generic Drugs and Agencies".

62 Harry Zelenko, email.

62 *Medicine Ave.*, 18.

62 Lutze, *Who Can Know the Other?*, 112. Arthur junior est né le 9 février 1950, jour de l'inauguration officielle du nouvel institut.

63 Annual Report, Creedmoor State Hospital, 1951.

63 AMS 1950 Testimony.

63 "Psychobiologic Institute Is Dedicated", *Psychiatric Quarterly* 24, n° 1 (Jan. 1950).

63 "UN President Dedicates New Unit at Creedmoor", *Long Island Star-Journal*, Feb. 10, 1950.

63 Annual Report, Creedmoor State Hospital, 1950.

63 Lutze, *Who Can Know the Other?*, 112.

64 Lopez, *Arthur M. Sackler*, 25. Cet ouvrage a été publié par la Fondation AMS pour les arts, les sciences et les lettres, gérée par la troisième épouse d'Arthur, Jillian Sackler. Les enfants d'Else réfuteraient probablement la description qui y est faite de la séparation entre Arthur et leur mère.

64 Lutze, *Who Can Know the Other?*, 108, 115-16.

64 Plusieurs documents avancent que la maison de Searingtown Road avait en fait été construite dans les années 1920, en réutilisant des poutres, des portes et d'autres éléments d'une ferme de Flushing datant du XVIIIe siècle, qui avait été ravagée par un incendie. Voir "Rare in Nassau: A Large Tract with Right Zoning", *New York Times*, July 27, 1997; Michael J. Leahy, ed., *If You're Thinking of Living In...* (New York: Times Books, 1999), 255.

64 « Marietta avait fui l'Allemagne nazie » : Cette description est tirée de Lopez, *Arthur M. Sackler*, 25. Bien que Lopez soit l'auteur du livre, il s'agit d'un récit en grande partie hagiographique, publié auprès d'un organisme privé par un protégé d'Arthur, qui présente ce projet comme inspiré des propres remarques et écrits d'Arthur.

65 Lutze, *Who Can Know the Other?*, 108, 109-10, 113, 117, 125.

66 Lopez, *Arthur M. Sackler*, 20, 23.

66 AMS 1950 Testimony.

66 John Kallir, qui avait rencontré Arthur dans les années 1950, m'a expliqué : « Je n'avais pas du tout remarqué d'accent de Brooklyn. Il avait une voix suave et douce. » J'ai également pu entendre la voix d'Arthur dans un épisode de 1984 de l'émission télévisée *Smithsonian World*, "Filling in the Blanks". Smithsonian Institution Archives, Accession 08-081, box 10.

68 "Becker, Corbett, Kallir: How It Began", *Medical Marketing and Media*, Nov. 1996.

68 Entretien avec Wolff.

68 Lopez, *Arthur M. Sackler*, 15.

68 Sam Quinones, *Dreamland: The True Tale of America's Opiate Epidemic* (New York: Bloomsbury, 2015), 28.

68 FBI File n° 100-HQ-340415, obtained from the National Archives through the Freedom of Information Act.

68 Entretien avec Kallir.

69 Entretien avec Wolff.

69 "Becker, Corbett, Kallir: An Industry Comes to Life".
69 "Remembrance of Kings Past".
69 Harry Zelenko, email.
69 Entretien avec John Kallir. Quand John Kallir a quitté McAdams, Arthur l'a attaqué en justice pour rupture de contrat, une affaire qui s'est soldée par un règlement à l'amiable. J'ai pu corroborer les impressions de Kallir. Une autre ancienne employée d'Arthur, Hara Estroff Marano, m'a rapporté une histoire extrêmement semblable sur les communistes qu'il recrutait. « Sackler embauchait tous les écrivains placés sur liste noire – et puis il les exploitait », m'a-t-elle expliqué.
70 Entretien avec Wolff.
70 Zelenko, email.
70 Harry Zelenko, un directeur artistique adjoint qui avait commencé à travailler à l'agence quand McAdams la dirigeait encore, m'a dit que Haberman « s'attendait à prendre la tête de l'agence », mais qu'Arthur l'avait « évincée ». Entretien avec Zelenko.
70 Helen Haberman, *How About Tomorrow Morning?* (New York: Prentice-Hall, 1945), 11, 13.
70 Entretien avec Keusch.
71 "L. W. Frohlich, the Gay Jewish Immigrant Whose Company Sells Your Medical Secrets", *Forward*, Jan. 12, 2017.
71 Frohlich to John Talbott, July 28, 1959, Kefauver Files.
71 Frohlich, "Physician and the Pharmaceutical Industry in the United States".
71 Tanner, *Our Bodies, Our Data*, 23.
71 *Medicine Ave.*, 18.
71 EJS Deposition.
72 *Medicine Ave.*, 22. Les avis divergent sur la date de création de l'agence Frohlich, 1943 ou 1944.
72 Entretien avec Kallir.
72 "L. W. Frohlich, the Gay Jewish Immigrant Whose Company Sells Your Medical Secrets".
72 Frohlich, "Physician and the Pharmaceutical Industry in the United States".
72 Arthur Sackler testimony, Hearings Before the Subcommittee on Antitrust and Monopoly of the Committee on the Judiciary, U.S. Senate, Jan. 30, 1962.
72 "Critics Fail to Inhibit Ethical Drug Ad Growth", *Advertising Age*, Feb. 1, 1960.
72 Tanner, *Our Bodies, Our Data*, 26.
73 Arthur Sackler to Félix Martí-Ibáñez, Aug. 27, 1954, FMI Papers.
73 Sheehan, *Is There No Place on Earth for Me?*, 10.
73 Publicité pour la Thorazine, *Mental Hospitals* 7, nº 4 (1956).
73 Tone, *Age of Anxiety*, 80-81.

73 Harrington, *Mind Fixers*, 103. Harrington dresse un portrait plus complexe de la désinstitutionalisation des malades mentaux, arguant que ce serait une simplification hâtive d'attribuer ce phénomène exclusivement, ou même principalement, aux médicaments. Elle cite d'autres facteurs, tels qu'un changement de réglementation, le coût des traitements, et des formes d'interventions différentes, effectuées au sein même de la communauté. Voir *ibid.*, 113.

74 "1957 | When Pfizer and the Times Worked Closely", *New York Times*, Nov. 27, 2015.

74 EJS Deposition.

74 Tanner, *Our Bodies, Our Data*, 24.

75 Entretien avec Richard Leather.

75 Tanner, *Our Bodies, Our Data*, 25. Voir aussi "An Art Collector Sows Largesse and Controversy", *New York Times*, June 5, 1983.

75 Posner, *Pharma*, 618n10.

75 Lutze, *Who Can Know the Other?*, 117.

76 Entretien avec Richard Leather.

76 "2 Doctors to Be Privates", *New York Times*, May 8, 1953.

76 Annual Report, Creedmoor State Hospital, 1952.

76 Entretien avec Kallir.

76 FBI Files for Raymond and Beverly Sackler, 100-NY-73194-1.

76 "2 Doctors Dismissed over Oath", *New York Herald Tribune*, May 8, 1953

77 Louis Lasagna remembrance of Arthur Sackler, *Studio International* 200, supplement 1 (1987).

77 "2 Doctors to Be Privates".

77 Entretien avec Leather.

77 Lors d'une déposition effectuée près de soixante-dix ans plus tard, on a demandé à Richard Sackler : « Savez-vous combien votre famille a payé pour racheter Purdue ? » « Oui : cinquante mille dollars », a-t-il répondu. Deposition of Richard Sackler, *In re National Prescription Opiate Litigation*, MDL n° 2804, U.S. District Court for the Northern District of Ohio, March 8, 2019 (ci-après nommé RDS 2019 Deposition).

77 "Norwalk Firm Finds Niche Among Pharmaceutical Giants", *Hartford Courant*, July 23, 1992.

CHAPITRE 4 : DE LA PÉNICILLINE CONTRE LE BLUES

79 Tone, *Age of Anxiety*, 120, 124, 131.

79 Pekkanen, *American Connection*, 60.

80 "Adventurous Chemist and His Pill", *Washington Post*, Jan. 20, 1980.

80 Tone, *Age of Anxiety*, 78, 124, 145.

81 Herzberg, *Happy Pills in America*, 40.

81 “Adventurous Chemist and His Pill”.

81 Entretien avec John Kallir.

81 Entretien avec Rudi Wolff.

82 Pekkanen, *American Connection*, 71, 74-75.

82 Jeremy Greene and David Herzberg, “Hidden in Plain Sight: Marketing Prescription Drugs to Consumers in the Twentieth Century”, *American Journal of Public Health* 100, nº 5 (May 2010).

82 “New Way to Calm a Cat”, *Life*, April 18, 1960.

83 Tone, *Age of Anxiety*, 136.

83 Pekkanen, *American Connection*, 75-76, 82.

83 Gerson prendrait plus tard la tête de McAdams. “Looking Back, Looking Forward”, *Medical Marketing and Media*, April 1998.

83 « L’âge de l’anxiété » : cette série de publicités pour le Librium et le Valium a été largement diffusée dans le *Medical Tribune* (et de nombreuses autres revues médicales) dans les années 1960. Il est difficile de trouver d’anciens numéros du *Medical Tribune*, mais le College of Physicians de Philadelphie possède la meilleure collection que j’aie pu localiser, et je suis allé la consulter personnellement.

84 Herzberg, *Happy Pills in America,* 51.

84 Pekkanen, *American Connection,* 75.

84 Tone, *Age of Anxiety*, 137-38.

84 “Adventurous Chemist and His Pill”.

85 Entretien avec Wolff.

85 “The Tranquilizer War”, *New Republic*, July 19, 1975.

85 Pekkanen, *American Connection*, 79.

85 « Quand n’utilise-t-on pas ce médicament, au juste ? » Herzberg, *Happy Pills in America*, 40. La citation d’origine se trouve dans H. Angus Bowes, “The Role of Diazepam (Valium) in Emotional Illness”, *Psychosomatics* 6, nº 5 (1965).

85 “Looking Back, Looking Forward”.

85 « Trente-cinq ans, célibataire et psychonévrosée » : Tone, *Age of Anxiety*, 157. Cette publicité pour le Valium est parue dans *Archives of General Psychiatry* 22 (1970).

86 « Une des premières réclames pour le Librium » : “Valium and the New Normal”, *New York Times*, Sept. 30, 2012. Cette publicité est parue dans le *Journal of the American College Health Association* 17, nº 5 (June 1969).

86 Tone, *Age of Anxiety*, 153-54, 156.

86 Pekkanen, *American Connection*, 80.
86 Herzberg, *Happy Pills in America*, 40.
86 "Adventurous Chemist and His Pill".
87 On a parfois avancé qu'Arthur avait reçu une commission sur chaque comprimé vendu ; mais d'après un entretien réalisé par Barry Meier auprès de l'avocat d'Arthur, Michael Sonnenreich, ce n'était pas le cas. Sonnenreich soutient qu'Arthur avait reçu des primes de plus en plus importantes, plutôt que des royalties. Barry Meier, *Pain Killer: An Empire of Deceit and the Origin of America's Opioid Epidemic* (New York: Random House, 2018), 199.
87 Pekkanen, *American Connection*, 60.
87 Lutze, *Who Can Know the Other?*, 126-27.
87 Miriam Kent Affidavit, *Matter of Sackler*, May 29, 1992.
87 Entretien avec Keusch.
88 Lopez, *Arthur M. Sackler*, 23.
88 J'ai passé en revue près de deux décennies de numéros du *Medical Tribune* au College of Physicians de Philadelphie. De grandes publicités pour le Librium et le Valium figurent dans tous les numéros ou presque.
88 "An Art Collector Sows Largesse and Controversy", *New York Times*, June 5, 1983.
88 Affidavit in Support of Else Sackler's Motion for Partial Summary Judgment on Claim for Payment on Promissory Note, File n° 249220, *Matter of Sackler*, New York State Surrogate's Court, 1990.
88 « Le Dr Sackler et moi-même étions les dirigeants de McAdams, et pendant de nombreuses années, les uniques actionnaires de l'agence. En 1978, le Dr Sackler a transféré deux de ses parts à nos filles, amenant notre participation respective à 44 parts chacun. » *Ibid*.
88 Else Sackler to Stanley Salmen, Dec. 18, 1959, Columbia University Central Files, box 507. (Archives ci-après nommées CUCF.)
88 Entretien avec Michael Rich, et entretien confidentiel avec un proche de la famille.
88 EJS Deposition.
89 "The Sackler Collection, Cont'd", *Washington Post*, July 30, 1982.
89 Zakin Affidavit.
89 Lutze, *Who Can Know the Other?*, 115, 117, 122-23, 120.
90 Entretien avec Michael Rich.
90 Lutze, *Who Can Know the Other?*, 117.
90 EJS Deposition.
90 Entretien avec Kallir.
91 Tone, *Age of Anxiety*, 141-42, 146.

91 Herzberg, *Happy Pills in America*, 109.
92 Herzberg, *Happy Pills in America*, 110-12.
92 "A Psychiatrist Discusses What's Good About Tranquilizers", *Vogue*, April 1, 1976.
92 "The Constant Griper", *Pittsburgh Sun-Telegraph*, March 14, 1957.
92 "Tranquilizer War". Voir aussi "U.S. Acts to Curb 2 Tranquilizers", *New York Times*, Aug. 16, 1973.
93 Lopez, *Arthur M. Sackler*, 13; Posner, *Pharma*, 262-63.
93 "Tranquilizer War".
93 "Adventurous Chemist and His Pill".
93 Tone, *Age of Anxiety*, 142.
69 "Abuse of Prescription Drugs: A Hidden but Serious Problem for Women", *New York Times*, April 19, 1978; Hearing on the Use and Misuse of Benzodiazepines, Subcommittee on Health and Scientific Research, Committee on Labor and Human Resources, U.S. Senate, Sept. 10, 1979.
94 "Americans Are Spending Almost Half a Billion Dollars a Year on a Drug to Relieve Their Anxiety — a Fact That Is in Itself Considerable Cause for Anxiety", *New York Times*, Feb. 1, 1976.
94 "Mother's Little Helper", *Rolling Stones*, 1966.
94 "Looking Back, Looking Forward".
94 Quinones, *Dreamland*, 30.
94 « Il y dénonçait régulièrement les dangers de la cigarette » : Voir par exemple "On a Deadly Hazard", *Medical Tribune*, Jan. 10, 1979.
95 "The Other Sackler", *Washington Post*, Nov. 27, 2019.
95 "Adventurous Chemist and His Pill".
95 Sternbach ne se sentait pas floué. Il affirmait ne pas être « une victime de l'exploitation capitaliste. En fait, je suis un exemple de ce qu'apporte un capitalisme éclairé. […] Je suis reconnaissant à l'entreprise de nous avoir fait venir d'Europe, d'avoir procuré une certaine sécurité à ma famille. » Tone, *Age of Anxiety*, 138-39.
95 "Adventurous Chemist and His Pill".

CHAPITRE 5 : LA FIÈVRE CHINOISE

97 Lutze, *Who Can Know the Other?*, 149-50.
97 Arthur Sackler expliquait avoir commencé à collectionner des œuvres d'art après avoir terminé ses études de médecine, dans les années 1940. Au départ, « il s'était concentré sur la pré-Renaissance, la Première Renaissance, les Impressionnistes

français et le postimpressionnisme. À l'époque, il soutenait aussi activement des peintres américains contemporains. Dans les années 1950, il avait commencé à collectionner des œuvres d'art chinoises. » Biographie d'Arthur Sackler, fournie par Jillian Sackler à Harry Henderson, Oct. 1, 1986, Harry Henderson Papers, Penn State University.

98 "East Meets West in LI Ranch House", *Newsday*, July 17, 1963.

98 Le frère en question s'appelait Robert Drummond. "Ex-Oak Parker Heads Chinese Furniture Shop", *Chicago Daily Tribune*, Feb. 24, 1957.

98 "The Smithsonian's Mystery Building", *Washington Post*, Aug. 30, 1987.

98 "East Meets West in LI Ranch House".

98 Draft of a tribute to Arthur Sackler by Harry Henderson, Henderson Papers.

98 Lutze, *Who Can Know the Other?*, 150.

99 Draft of a tribute to Sackler, by Henderson.

99 Lutze, *Who Can Know the Other?*, 154.

99 Jean Strouse, *Morgan: American Financier* (New York: Random House, 1999), XII.

100 Lutze, *Who Can Know the Other?*, 151, 153-54, 160..

100 Hoving, *Making the Mummies Dance*, 95.

100 "Trove of Asian Art Is Left to the Smithsonian", *New York Times*, Sept. 9, 1999.

100 "In Memoriam", *Studio International* 200, supplement 1 (1987).

100 "The Temple of Sackler", *Vanity Fair*, Sept. 1987.

100 Karl Meyer and Shareen Blair Brysac, *The China Collectors: America's Century-Long Hunt for Asian Art Treasures* (New York: Palgrave, 2015), 339-40.

101 "Temple of Sackler".

101 Lutze, *Who Can Know the Other?*, 151-53, 160.

101 Li Ling, *The Chu Silk Manuscripts from Zidanku, Changsha (Hunan Province)*, vol. 1, *Discovery and Transmission* (Hong Kong: Chinese University of Hong Kong, 2020), 167.

101 "Art Collector Honored Guest at Philbrook Opening", *Tulsa World*, Dec. 8, 1975.

102 Minutes of an executors' meeting from July 22, 1987, cited in Affidavit of Gillian T. Sackler, Index n° 249220, *Matter of Sackler*, June 13, 1990.

102 "Temple of Sackler".

102 Hoving, *Making the Mummies Dance*, 93-94.

102 Lutze, *Who Can Know the Other?*, 155-57, 164.

103 Hoving, *Making the Mummies Dance*, 93-94.

103 Lutze, *Who Can Know the Other?*, 156-57.

104 Grayson Kirk to Arthur Sackler, Jan. 8, 1960, CUCF.
104 Arthur Sackler to Stanley Salmen, Dec. 10, 1959, CUCF.
104 "700 See Treasures of Frick Gallery", *New York Times*, Dec. 12, 1935.
104 Arthur Sackler to Stanley Salmen, Dec. 10, 1959.
104 Robert Harron to Davidson Taylor, Feb. 26, 1964, CUCF.
105 Arthur Sackler to Stanley Salmen, Dec. 10, 1959.
105 "Art Collector Honored Guest at Philbrook Opening".
105 Arthur Sackler to Stanley Salmen, Dec. 10, 1959.
105 "Meeting with Professor Mahler and Professor Baughman", Memorandum, Oct. 5, 1960, CUCF.
105 Raymond Sackler to William O'Donoghue, Dec. 14, 1959.
105 Marietta Lutze Sackler to Stanley Salman, Dec. 17, 1959.
105 Else Sackler to Stanley Salmen, Dec. 18, 1959, CUCF.
105 "Arthur M. Sackler", Memorandum, Dec. 1, 1961, CUCF.
105 Le nom de Goldburt revient régulièrement dans les lettres adressées à Columbia. Il a longtemps été le comptable des trois frères Sackler. Entretien avec Richard Leather.
106 Lutze, *Who Can Know the Other?*, 158.
106 Exhibition program for *The Ceramic Arts and Sculpture of China: From Prehistoric Times Through the Tenth Century A.D.*, CUCF.
106 File Memorandum, April 25, 1961; Confidential Memorandum, March 1, 1965, CUCF.
107 Stanley Salmen to Arthur Sackler, Aug. 23, 1960, CUCF.
107 Posner, *Pharma*, 280.
107 Grayson Kirk to Trustees Committee on Honors, memorandum, Feb. 19, 1964, CUCF.
107 Arthur Sackler to Stanley Salmen, Dec. 17, 1965, CUCF.
107 "Sackler Funds", Confidential Memo, March 1, 1965, CUCF.
107 Arthur Sackler to Grayson Kirk, Dec. 12, 1967, CUCF.
108 Arthur Sackler to Grayson Kirk, Dec. 12, 1967, CUCF.
109 Lutze, *Who Can Know the Other?*, 148, 155-56, 162.
109 "In Memoriam", *Studio International* 200, supplement 1 (1987).

CHAPITRE 6 : LA PIEUVRE

111 "Antibiotic Symposium for 1957", Memo from Welch to George Larrick, March 8, 1957, Kefauver Files.
111 Testimony of Warren Kiefer, Hearings Before the Subcommittee on Antitrust and Monopoly of the Committee on the Judiciary, U.S. Senate, June 1, 1960 (ci-après nommé Kiefer Testimony).

111 "Drug Aide Quits; Blames Politics", *New York Times*, May 20, 1960.

111 Testimony of Gideon Nachumi, Hearings Before the Subcommittee on Antitrust and Monopoly of the Committee on the Judiciary, U.S. Senate, June 1, 1960 (ci-après nommé Nachumi Testimony).

112 "Defends FDA Aide's Outside Pay: Drug Maker Says It Was OK'd", *Chicago Tribune*, Sept. 13, 1960. Welch avait été un joueur de baseball semi-professionnel. Oral history of Dr. Lloyd C. Miller, History of the U.S. Food and Drug Administration, Jan. 27, 1981.

112 Telegram from Dwight D. Eisenhower, in *Antibiotics Annual, 1956-1957* (New York: Medical Encyclopedia, 1957).

112 "Dr. Félix Martí-Ibáñez Is Dead; Psychiatrist and Publisher, 60", *New York Times*, May 25, 1972.

112 Herman Bogdan, "Félix Martí-Ibáñez–Iberian Daedalus: The Man Behind the Essays", *Journal of the Royal Society of Medicine* 86 (Oct. 1993).

112 "3 Brothers Find Insanity Clews by Blood Test", *New York Herald Tribune*, Nov. 2, 1951.

112 Arthur Sackler to Henry Welch, Feb. 28, 1956, Kefauver Files.

113 "Physician Is Top Expert", *Atlanta Constitution*, Jan. 5, 1960.

113 "Dr. Félix Martí-Ibáñez Is Dead; Psychiatrist and Publisher, 60".

113 "The Romance of Health", *Cosmopolitan*, July 1963.

113 "Advertising News: Madness in the Method", *New York Herald Tribune*, March 4, 1955.

113 Bogdan, "Félix Martí-Ibáñez–Iberian Daedalus".

113 "Doctors' Pains", *Newsweek*, June 20, 1960.

113 Martí-Ibáñez to Welch, Jan. 16, 1957, Kefauver Files.

114 Testimony of Barbara Moulton, Hearings Before the Subcommittee on Antitrust and Monopoly of the Committee on the Judiciary, U.S. Senate, June 2, 1960 (ci-après nommé Moulton Testimony).

114 Oral history of Dr. Lloyd C. Miller, Jan. 27, 1981.

114 "Antibiotic Symposium for 1957", Memo from Welch to George Larrick, March 8, 1957.

114 Richard E. McFadyen, "The FDA's Regulation and Control of Antibiotics in the 1950s: The Henry Welch Scandal, Félix Martí-Ibáñez, and Charles Pfizer & Co"., *Bulletin of the History of Medicine* 53, nº 2 (Summer 1979).

114 Martí-Ibáñez to Welch, quoted in "Public Health at 7½ Percent", *Saturday Review*, June 4, 1960.

114 Welch, opening remarks at Fourth Annual Antibiotics

Symposium, published in *Antibiotics Annual, 1956-1957*.
114 Moulton Testimony.
114 "Some of Deadliest Ills Defeated by Antibiotics", *Washington Post*, Oct. 19, 1956.
115 Kiefer Testimony.
115 Lutze, *Who Can Know the Other?*, 118, 123-24, 137-38, 142-43.
117 Gray's Glycerine Tonic bottle, exhibit at the National Museum of American History.
117 "New in Town: Purdue for Pain", *U.S. 1*, May 8, 2002.
117 "Arabian Remedy Yields New Drug", *Maryville (Mo.) Daily Forum*, July 22, 1955.
117 Martí-Ibáñez to Mortimer and Raymond Sackler, memorandum, Sept. 28, 1955, FMI Files.
118 Mortimer Sackler to Martí-Ibáñez, Feb. 7, 1960, FMI Files.
118 Arthur Sackler to Martí-Ibáñez, Aug. 11, 1958, FMI Files.
118 "Sackler Brothers", Memorandum from John Blair to Paul Rand Dixon, March 16, 1960, Kefauver Files.
118 "Hiroshima, U.S.A"., *Collier's*, Aug. 5, 1950.
119 Podolsky, *Antibiotic Era*, 70-71. Podolsky suppose que le chercheur en médecine était Maxwell Finland.
119 Richard Harris, *The Real Voice* (New York: Macmillan, 1964), 19.
119 "Taking the Miracle Out of the Miracle Drugs", *Saturday Review*, Jan. 3, 1959.
120 "Public Health at 7½ Percent".
120 "Taking the Miracle Out of the Miracle Drugs".
120 "The Certification of Antibiotics", *Saturday Review*, Feb. 7, 1959.
121 Harris, *Real Voice*, 25.
121 "Crime: It Pays to Organize", *Time*, March 12, 1951; Harris, *Real Voice*, 10.
122 Harris, *Real Voice*, 25-26.
122 "Crime: It Pays to Organize".
122 "The Senator and the Gangsters", *Smithsonian*, April 18, 2012.
122 "Kefauvercasts Prove a Real Tele Bargain", *Billboard*, March 31, 1951.
122 *Time*, March 12, 1951, March 24, 1952, Sept. 17, 1956.
123 « Ces fabricants de médicaments » : cette phrase est souvent attribuée à tort à Kefauver. En réalité, elle a été prononcée par Paul Rand Dixon. Harris, *Real Voice*, 47.
123 "Crime: It Pays to Organize".
123 Harris, *Real Voice*, 41, 106.
123 Moulton Testimony.
124 Jeremy A. Greene and Scott H. Podolsky, "Keeping the Modern in Medicine: Pharmaceutical Promotion and Physician Education in Postwar America", *Bulletin of the History of Medicine* 83 (2009).

124 Harris, *Real Voice*, 58, 117.
124 Testimony of John McKeen, Hearings Before the Subcommittee on Antitrust and Monopoly of the Committee on the Judiciary, U.S. Senate, May 4, 1960.
125 Nachumi Testimony.
126 "Drugmakers and the Govt. — Who Makes the Decisions?", *Saturday Review*, July 2, 1960.
126 Kiefer Testimony.
126 "Sackler Brothers", Memorandum from John Blair to Paul Rand Dixon, March 16, 1960, Kefauver Files.
128 "Public Health at 7½ Percent".
128 Lear to Blair, May 24, 1960, Kefauver Files.
128 Lear to Blair, letter and enclosed cartoons, June 27, 1961, Kefauver Files.
129 "Further Information Concerning M.D. Publications and the Sackler Brothers", Memorandum from John Dixon to John Blair, May 17, 1960, Kefauver Files.
129 "Senators Study Income of High Food-Drug Aide", *Washington Post*, May 18, 1960.
129 Statement of Michael F. Markel, Hearing Before the Subcommittee on Antitrust and Monopoly of the Committee of the Judiciary, United States Senate, May 17, 1960.
129 "U.S. Scientist Held Outside Jobs, Flemming Tells Drug Inquiry", *New York Times*, May 18, 1960.
129 Martí-Ibáñez to Frohlich, March 2, 1960, Kefauver Files.
130 "Public Health at 7½ Percent".
130 "Dr. Henry Welch Earnings from Editorship of M.D. Publications, Journals and from Medical Encyclopedia, Inc., 1953 Through March 1960", Memorandum, Kefauver Files.
130 "Senators Study Income of High Food-Drug Aide".
130 "Welch Resigns as Head of FDA; Denies Wrong", *Washington Post*, May 20, 1960.
130 "Drug Aide Quits; Blames Politics".
130 "Henry Welch, FDA Ex-official, Dies", *Washington Post*, Oct. 29, 1982.
130 "FDA Plans Second Look at Drugs OK'd by Welch", *Chicago Tribune*, June 4, 1960.
130 Hearings Before the Subcommittee on Antitrust and Monopoly of the Committee on the Judiciary, U.S. Senate, Jan. 31, 1962.
131 "Kefauver Subpoenas Advertising Records", UPI, Dec. 24, 1961.
131 Lutze, *Who Can Know the Other?*, 125.
131 Lopez, *Arthur M. Sackler*, 24.

131 Arthur Sackler to Welch, Feb. 28, 1956, Kefauver Files.
131 Exchange of letters between Perrin H. Long and Martí-Ibáñez, May 1957, Kefauver Files.
132 Martí-Ibáñez to Perrin H. Long, May 9, 1957, Kefauver Files.
132 "Doctors' Pains".
132 Lopez, *Arthur M. Sackler*, 24.
132 Sauf indication contraire, la description du témoignage d'Arthur est tirée d'une transcription des audiences. Hearings Before the Subcommittee on Antitrust and Monopoly of the Committee on the Judiciary, U.S. Senate, Jan. 30, 1962.
132 Draft of a script of questions and potential answers, Kefauver Files.
133 Hoving, *Making the Mummies Dance*, 95.
135 Welch to Arthur Sackler, "Personal and Confidential", Feb. 23, 1956, Kefauver Files.
136 Arthur Sackler to Welch, Feb. 28, 1956, Kefauver Files.
136 Arthur Sackler to Welch, March 9, 1959, Kefauver Files.

CHAPITRE 7 : LE DERBY DE DENDOUR

137 Dieter Arnold, *Temples of the Last Pharaohs* (New York: Oxford University Press, 1999), 244.
137 Dieter Arnold and Adela Oppenheim, "The Temple of Dendur: Architecture and Ritual", disponible sur le site internet du Metropolitan Museum.
137 "642 Stones Will Soon Regain Form as an Egyptian Temple", *New York Times*, Nov. 29, 1974.
137 "The Boomerang Graffito (or Bad, Bad, Luther B!)", NPR, June 7, 2013.
138 "642 Stones Will Soon Regain Form as an Egyptian Temple".
138 "Imperiled Heritage", *Hartford Courant*, March 13, 1960.
138 "Floating Laboratories on the Nile", *Unesco Courier*, Oct. 1961; "Metropolitan Due to Get Temple of Dendur", *New York Times*, April 25, 1967.
139 "Cairo Offers U.S. a Temple Saved from Aswan Flooding", *New York Times*, March 27, 1965.
139 "Metropolitan Due to Get Temple of Dendur".
139 Michael Gross, *Rogues' Gallery: The Secret Story of the Lust, Lies, Greed, and Betrayals That Made the Metropolitan Museum of Art* (New York: Broadway Books, 2010), 24.
139 Calvin Tomkins, *Merchants and Masterpieces: The Story of the Metropolitan Museum of Art* (New York: Dutton, 1970), chap. 3.

139 Une loi de l'État de New York datant de 1893, qui concerne les subventions du Met, stipulait que le musée devait « rester ouvert et accessible à tous gratuitement ». "The Met Files a Formal Proposal to Charge Admission to Out-of-State Visitors", *New York Times*, May 5, 2017.
139 Winifred Eva Howe, *A History of the Metropolitan Museum of Art* (New York: Metropolitan Museum of Art, 1913), 200.
140 "Museum Gets Rembrandt for $2.3 Million", *New York Times*, Nov. 16, 1961.
140 "To Keep the Museums Open", *New York Times*, Jan. 9, 1961.
140 "Attendance Soars at Museums Here", *New York Times*, Nov. 27, 1961.
140 "James Rorimer of Metropolitan, Duncan Phillips, Collector, Die", *New York Times*, May 12, 1966.
140 "Museum Sets 1964 as Building Date", *New York Times*, Oct. 22, 1961.
140 Hoving, *Making the Mummies Dance*, 95.
141 Entretien avec Leather.
141 "James Rorimer of Metropolitan, Duncan Phillips, Collector, Die".
141 Hoving, *Making the Mummies Dance*, 95.
141 Gross, *Rogues' Gallery*, 344.
142 "James Rorimer of Metropolitan, Duncan Phillips, Collector, Die".
142 "The Met's Sackler Enclave: Public Boon or Private Preserve?", *ARTnews*, Sept. 1978.
143 Hoving, *Making the Mummies Dance*, 95.
143 "The Temple of Sackler", *Vanity Fair*, Sept. 1987.
143 Gross, *Rogues' Gallery*, 344.
144 "Temple of Sackler".
144 Hoving, *Making the Mummies Dance*, 95.
144 Frederick Dookstader to Arthur Sackler, May 31, 1996, Smithsonian/Museum of the American Indian Files.
144 "James Rorimer of Metropolitan, Duncan Phillips, Collector, Die".
144 "A Happening Called Hoving", *New York Times Magazine*, July 10, 1966.
144 "Metropolitan Due to Get Temple of Dendur".
145 "Feud over a Temple Boils into a Tempest", *New York Times*, Sept. 29, 1966.
145 "A Panel of 5 Will Choose Site in U.S. for Temple of Dendur", *New York Times*, Jan. 23, 1967.
145 "Suggested for Art Museum", *Chicago Tribune*, April 25, 1967.
145 "Metropolitan Due to Get Temple of Dendur".

146 "Charity Fund-Raisers Know the Value of Art", *New York Times*, May 21, 1967.
146 "Museum Wing Will Cost $15 Million", *New York Times*, Jan. 23, 1973.
147 Hoving, *Making the Mummies Dance*, 95, 240-42.
147 Dans sa correspondance avec Félix Martí-Ibáñez, Arthur s'excuse sans arrêt de ne pas lui écrire ou le contacter plus souvent. C'est aussi ce que Marietta Lutze note dans ses mémoires.
148 Gross, *Rogues' Gallery*, 345.
148 "Drills Sing in Park as Museum Flexes Wings", *New York Times*, March 28, 1974.
148 "642 Stones Will Soon Regain Form as an Egyptian Temple".
149 "Temple of Sackler".
149 Hoving, *Making the Mummies Dance*, 95.
149 "An Art Collector Sows Largesse and Controversy", *New York Times, June* 5, 1983.
150 Gross, *Rogues' Gallery*, 345-46.
150 "Art Collector Sows Largesse and Controversy".
150 Hoving, *Making the Mummies Dance*, 94.
150 « Débarrassez-vous de lui » : cette phrase apparaît dans le tapuscrit de *Making the Mummies Dance*, conservé avec les Hoving Papers à Princeton, mais pas dans le livre lui-même.
150 "King's Treasures Open at Museum", *Asbury Park Press*, Dec. 12, 1978.
150 "Treasures of Tut Glitter in Daylight", *New York Times*, Dec. 12, 1978.
150 "Weekend Notes", *Newsday*, Oct. 4, 1985.
150 "Dance: Miss Graham 'Frescoes'", *New York Times*, April 23, 1980.
150 "The Mayor's 'Stroke Diary'", *Newsday*, Aug. 13, 1987.
151 "Exhibit of King Tut Expected to Draw 1.3 Million Visitors", AP, Sept. 19, 1978.
151 "Martha Graham Opens New Dance Work", AP, Dec. 11, 1978.
151 "Sackler Brothers", Memorandum from John Blair to Paul Rand Dixon, March 16, 1960, Kefauver Files.

CHAPITRE 8 : LA DÉSUNION

153 "Muriel L. Sackler", Obituary, *New York Times*, Oct. 9, 2009; "Miriam [*sic*] Sackler", Petition for Naturalization n° 413227, Southern District of New York, 1942. D'après ce document, le nom de naissance de Muriel était peut-être Miriam. Il ne s'agit pas d'une erreur : on peut lire « Miram » inscrit à la main sur la ligne de signature.
153 "Two Looks, Two Lives", *Savvy*, Sept. 1981. Gertraud Wimmer, surnommée « Geri »,

avait trente-cinq ans en septembre 1981. Elle est donc née aux alentours de 1946.

154 Martí-Ibáñez to Mortimer Sackler, July 30, 1969, FMI Papers.

154 Lutze, *Who Can Know the Other?*, 143, 164.

154 Mortimer Sackler to Martí-Ibáñez, Aug. 13, 1966, FMI Papers.

154 "Dr. Mortimer Sackler", Obituary, *Telegraph*, April 27, 2010.

154 Entretien avec Panagiotis Theodoracopulos, dit « Taki ».

154 "Mortimer Sackler and Me", *Spectator*, April 4, 2019.

155 "Paul Gallico, Sportswriter and Author, Is Dead at 78", *New York Times*, July 17, 1976.

155 Mortimer Sackler to Martí-Ibáñez, Aug. 6, 1968, FMI Papers.

155 Entretien avec Paul Gallico daté de 1973, in Publishers Weekly, *The Author Speaks: Selected "PW" Interviews, 1967-1976* (New York: R. R. Bowker, 1977), 54-57.

155 Mortimer Sackler to Martí-Ibáñez, Aug. 13, 1966, FMI Papers.

155 Mortimer Sackler to Martí-Ibáñez, July 24, 1968, FMI Papers.

155 Martí-Ibáñez to Mortimer Sackler, July 30, 1969, FMI Papers.

155 Mortimer D. Sackler Affidavit, *Mortimer Sackler v. Gertraud Sackler*, Supreme Court of the State of New York, July 31, 1984 (ci-après nommé MDS Affidavit).

155 Maureen Emerson, *Riviera Dreaming: Love and War on the Côte d'Azur* (London: I. B. Tauris, 2008), 19, 120, 139.

155 Mortimer Sackler to Martí-Ibáñez, July 2, 1969, FMI Papers.

156 Entretien avec Elizabeth Bernard, employée de maison de Mortimer.

156 Martí-Ibáñez to Mortimer Sackler, Dec. 11, 1972, FMI Papers.

156 Dinner invitation from Geri and Mortimer Sackler to Martí-Ibáñez, Dec. 13 [year not specified], FMI Papers. L'adresse sur l'invitation est le 10 de la Soixante-quatrième Rue.

156 MDS Affidavit.

156 Mortimer Sackler to Martí-Ibáñez, Oct. 4, 1963, FMI Papers.

156 Mortimer Sackler to Martí-Ibáñez, June 6, 1967, FMI Papers.

156 Mortimer Sackler to Martí-Ibáñez, March 1967, FMI Papers.

156 Mortimer Sackler to Martí-Ibáñez, April 15, 1966, FMI Papers.

156 Birth announcement for Mortimer D. Alfons Sackler, May 9, 1971, FMI Papers.

156 Barry Meier, *Pain Killer: A "Wonder" Drug's Trail of Addiction and Death* (Emmaus, Pa.: Rodale, 2003), 217. Il existe deux éditions de *Pain Killer*, que je distinguerai dans les notes par leur année de publication : l'édition originale (2003) et l'édition revue et corrigée (2018).
156 Mortimer Sackler to Martí-Ibáñez, May 11, 1972, FMI Papers.
157 Martí-Ibáñez to Mortimer Sackler, June 8, 1971, FMI Papers.
157 Mortimer Sackler to Martí-Ibáñez, July 2, 1969.
157 Entretien avec Rich.
157 Entretien avec Richard Leather.
158 Entretien avec John Kallir. J'ai consulté deux décennies de numéros du *Medical Tribune* ; des publicités pour le Senokot, la Betadine et d'autres produits de Purdue Frederick figurent dans chaque numéro ou presque.
158 Entretien avec John Kallir.
158 Entretien avec Richard Kapit.
158 Martí-Ibáñez to Mortimer Sackler, June 8, 1971, FMI Papers.
158 Arthur Sackler to Martí-Ibáñez, Aug. 11, 1958, FMI Papers.
158 Mortimer Sackler to Martí-Ibáñez, April 4, 1966, FMI Papers.
158 Raymond Sackler to Martí-Ibáñez, Oct. 5, 1963, FMI Papers.
159 Raymond and Mortimer Sackler to Martí-Ibáñez, Sept. 10, 1971, FMI Papers.
159 Dinner invitation from Geri and Mortimer Sackler to Martí-Ibáñez, Dec. 13 [year not specified], FMI Papers.
159 Birthday invitation, Dec. 7 [year unspecified], FMI Papers.
159 Arthur, Mortimer, and Raymond Sackler to Martí-Ibáñez, June 19, 1969, FMI Papers.
159 Mortimer Sackler to Paul Ghalioungui, Jan. 3, 1967, FMI Papers.
159 Lutze, *Who Can Know the Other?*, 143, 145.
159 "Of Dreams and Archaeology, of Methylmercury Poisoning", *Medical Tribune*, Oct. 24, 1973.
159 Entretien avec Rich.
160 Lutze, *Who Can Know the Other?*, 164.
160 Zakin Affidavit.
160 Reply Affidavit of Else Sackler, *Matter of Sackler*, March 1, 1991.
160 Le tableau était *Les Peupliers*, peint en 1891. La famille Sackler l'a vendu chez Christie's en 2000 pour 22 millions de dollars.
160 Zakin Affidavit.
160 La troisième épouse d'Arthur Sackler a employé plusieurs variantes de son prénom : Gillian, Jill et Jillian. Dans un souci de clarté, je l'appellerai uniquement Jillian, sauf lorsque son nom

est orthographié différemment dans des sources primaires.

160 "The Other Sackler", *Washington Post*, Nov. 27, 2019.

160 Affidavit of Gillian T. Sackler, *Matter of Sackler*, Index n° 249220, Surrogate's Court of the State of New York, Nassau County, June 13, 1990 (ci-après nommé GTS Affidavit).

161 GTS Affidavit.

161 "Other Sackler".

161 Entretien avec Rich.

162 Tanner, *Our Bodies, Our Data*, 28-30.

162 Mortimer Sackler to Martí-Ibáñez, Aug. 29, 1969, FMI Papers.

162 Entretien avec Richard Leather.

163 Entretien avec Richard Leather.

163 Tanner, *Our Bodies, Our Data*, 29.

163 RDS 2019 Deposition.

164 Tanner, *Our Bodies, Our Data*, 29.

164 Minutes of an Estate Meeting, Aug. 7, 1987.

164 Minutes of an Estate Meeting, July 29, 1987.

164 Martí-Ibáñez to Robert Sackler, Oct. 14, 1964, FMI Papers.

165 Entretien avec Elizabeth Bernard. Bien plus tard, Bernard intenterait sans succès un procès à Purdue pour réclamer des avantages sociaux dont elle affirmait avoir été privée. Mais après avoir travaillé pour la famille pendant près de trente ans, elle ne conservait que de très bons et clairs souvenirs de Mortimer D. Sackler, et j'ai trouvé son témoignage tout à fait crédible.

165 Entretien avec Welber.

165 Kathe Sackler Deposition.

165 "Teen-Age Use of 'Angel Dust' Stirs Concern", *New York Times*, Nov. 10, 1977.

166 Entretien avec Bernard.

166 Le récit du suicide de Bobby repose sur un entretien avec Ceferino Perez, qui y a assisté. Elizabeth Bernard, que la famille a appelé pour nettoyer l'appartement de Muriel par la suite, a corroboré presque tous les détails du témoignage de Perez, à une exception près : elle ne se souvient pas que la fenêtre ait été brisée. Elle pense que Bobby l'avait peut-être ouverte avant de sauter. Des deux, c'est Perez qui semble garder les souvenirs les plus précis du suicide, ayant été présent sur les lieux. J'ai donc retracé cette scène de son point de vue.

CHAPITRE 9 : FANTÔMES

169 Lutze, *Who Can Know the Other?*, 165, 171, 174-176, 178.

170 La date précise de l'aveu d'Arthur est difficile à identifier : dans ses mémoires, Marietta ne donne pas d'année. Elle affirme que cette conversation a eu lieu entre l'achat de l'appartement d'UN Plaza, en 1970, et le soixantième anniversaire d'Arthur, en 1973. Dans une déclaration sous serment, Jillian Sackler a écrit qu'Arthur et elle s'étaient rencontrés en 1967, et qu'à cette date, Arthur se disait déjà « séparé » de Marietta. D'après deux personnes qui avaient fréquenté Marietta pendant cette période, elle refusait peut-être de voir que son mariage touchait à sa fin. Cependant, Arthur et elle sont restés officiellement mariés jusqu'en décembre 1981. *Ibid.*, 178-81-181.

171 "Royalty & Raves at a Sparkling World Premiere", *Washington Post*, Nov. 17, 1986.

171 "Series of Bubbly Parties Salutes a New Champagne", *Los Angeles Times*, Sept. 23, 1982.

171 "Tenor Talks of Loving the Public and His Favorite Opera Composers", *Medical Tribune*, Nov. 1, 1978.

171 "Pavarotti Talks of Sex and Sunshine", *Medical Tribune*, Nov. 15, 1978.

171 "The Quiet Scholar: King of Sweden", *Medical Tribune*, Nov. 1, 1972.

172 « Ce que le *Medical Tribune* veut faire passer pour des informations » : citation de Sidney Wolfe. "A Financial Man and the Fogg", *Boston Globe*, Feb. 16, 1982.

172 "The Temple of Sackler", *Vanity Fair*, Sept. 1987.

172 "Art Collector Honored Guest at Philbrook Opening", *Tulsa World*, Dec. 8, 1975.

172 "The Chariots of the Gods — and the 747", *Medical Tribune*, Oct. 3, 1973.

172 "Remembrance of Kings Past", *Medical Marketing and Media*, July 1996.

172 "Sadat Urges U.S. to Back Liberation of the Third World", AP, Aug. 8, 1981.

172 "Koch and City Lionize Sadat", *Newsday*, Aug. 8, 1981.

172 Gail Levin, *Becoming Judy Chicago* (Oakland: University of California Press, 2007), 363.

173 "A Halo and a Vision", *Medical Tribune*, July 25, 1973; "The Colors of Love — I", *Medical Tribune*, April 12, 1978; "The Colors of Love — II", *Medical Tribune*, April 26, 1978; "An Open Letter to Bernard Malamud", *Medical Tribune*, Nov. 14, 1973.

173 Entretien avec Janna Malamud Smith.

173 "FDA Chief Defends Position on Package Inserts", *Medical Tribune*, Feb. 11, 1976.

173 "Sackler — Robert, M"., *New York Times*, July 6, 1975.

173 Entretien avec Elizabeth Bernard.

173 Dans un avis de décès payé pour Mortimer D. Sackler en 2010, l'université de Tel Aviv remarquait : « La bourse en mémoire de Robert M. Sackler continuera à changer des vies à l'avenir. » Il est cependant intéressant de noter qu'il n'existe pas d'informations publiques associées à cette bourse. Elle est nommée en mémoire d'un individu qu'aucune description ne permet pourtant d'honorer.
174 Entretien avec Judith Schachter.
174 Entretien avec Elizabeth Bernard.
174 MDS Affidavit; "Suzy Says", *New York Daily News*, Sept. 13, 1977.
174 Theresa Rowling est née en 1949, et avait donc environ trente et un ans lors de son mariage avec Mortimer, en 1980. "Drugs Mogul with Vast Philanthropic Legacy", *Financial Times*, April 23, 2010.
174 La demeure en stuc blanc se trouvait au 67 Chester Square. Voir "Meet the Chester Square Candys", *Telegraph*, March 8, 2016.
175 "Valentino's Art Presented at Met Museum", *Los Angeles Times*, Sept. 24, 1982.
175 "A Party at the Museum", *New York Daily News*, Sept. 22, 1982.
175 "'Waiting for Valentino' in New York", *Desert Sun* (Palm Springs), Sept. 27, 1982
175 Notes by Thomas Hoving on Arthur Sackler in the Thomas Hoving Papers, Princeton University Library (ci-après nommé Hoving Notes).
176 Entretien avec Rich.
176 "The Met's Sackler Enclave: Public Boon or Private Preserve?", *ARTnews*, Sept. 1978.
176 "Temple of Sackler".
176 Entretien avec Charles Brody.
176 "The Sackler Collection, Cont'd", *Washington Post*, July 30, 1982.
176 Gross, *Rogues' Gallery*, 346.
176 "Arthur Sackler's Inner Resources", *Washington Post*, June 7, 1987.
177 "Financial Man and the Fogg".
177 Hoving Notes.
177 "An Art Collector Sows Largesse and Controversy", *New York Times*, June 5, 1983.
177 Arthur Sackler to Pauling, June 21, 1980, Ava Helen and Linus Pauling Papers, Oregon State University. (Archive ci-après nommée Pauling Papers.)
177 Posner, *Pharma*, 280.
178 Jillian Sackler to Pauling, June 21, 1983, Pauling Papers.
178 Gross, *Rogues' Gallery*, 347.
178 Hoving Notes.
178 Ripley to Arthur Sackler, March 10, 1980, Smithsonian Institution Archives. (Collection ci-après nommée Smithsonian Files.)

178 Arthur Sackler to Ripley, April 4, 1980, Smithsonian Files.
179 Memorandum for the Record, by James McK. Symington, April 8, 1980, Smithsonian Files.
179 Ripley to Arthur Sackler, Sept. 18, 1980, Smithsonian Files.
179 Memorandum for the Record, by Ripley, Oct. 6, 1981, Smithsonian Files.
179 Arthur Sackler/Smithsonian Institution Contract, Fifth Preliminary Draft, April 1982, Smithsonian Files.
179 Ripley letter, Aug. 10, 1982, Smithsonian Files. (Cette lettre n'a pas de destinataire : elle a été envoyée à plusieurs personnes.)
179 Smithsonian Institution, news release, April 1986, Smithsonian Files.
179 "Sackler Collection, Cont'd".
179 "Art Collector Sows Largesse and Controversy".
180 Lutze, *Who Can Know the Other?*, 181-2, 185. Il s'agit d'un cas où on ne peut peut-être pas totalement se fier au témoignage de Marietta. Selon une personne proche de la famille, elle avait bel et bien conservé de nombreux tableaux de valeur après le divorce : un Braque, un Picasso, un Kandinsky, entre autres. « Elle ne les avait peut-être pas réclamés elle-même, mais son avocat, si », a déclaré cette personne.
181 GTS Affidavit. Le divorce a été prononcé le 28 décembre 1981. Jillian et Arthur se sont mariés le jour suivant.
181 Lutze, *Who Can Know the Other?*, 202.

CHAPITRE 10 : PASSER À LA POSTÉRITÉ

183 Site internet du Sanders Theatre, Office of the Arts, Harvard University.
183 "A New Millennium Begins", Dedicatory Address, Harvard University, Oct. 18, 1985.
183 Program for "Lectures Celebrating the Dedication of the Arthur M. Sackler Museum", Oct. 18, 1985.
183 Invitation to the Dedication of the Arthur M. Sackler Museum, Oct. 18, 1985, Louis Lasagna Papers, University of Rochester.
184 "The Miracle on Quincy Street", *Harvard Crimson*, Oct. 17, 1985.
184 "The Man Who Made It Real", *Harvard Crimson*, Oct. 17, 1985.
184 "Arty Party", *Harvard Crimson*, Oct. 17, 1985.
184 "Architecture", *Boston Globe*, Sept. 8, 1985.
184 "New Millennium Begins".
185 Smithsonian Institution, news release, April 1986, Smithsonian Files.
185 Program for the Grand Opening of the Arthur M. Sackler

Center for Health Communications at Tufts University, Feb. 20, 21, 1986.
185 Arthur Sackler to colleagues at McAdams, Dec. 28, 1967.
185 Thomas Lawton to Milo Beach, May 12, 1993, Smithsonian Files.
185 "Digging Museums", *Washington Post*, June 22, 1983.
186 "Convictions of a Collector", *Washington Post*, Sept. 21, 1986; "Forbes 400", *Forbes*, Oct. 1986. (Si l'on observe la couverture du magazine de près, on distingue très bien le nom « Arthur Mitchell Sackler », en cursive, à côté des autres.)
186 "During Medical Tribune's Life Span", *Medical Tribune*, May 7, 1980.
186 Jillian Sackler to Harry Henderson, Oct. 1, 1986, Henderson Papers.
186 Jillian Sackler to Harry Henderson, Oct. 18, 1986, Henderson Papers.
186 Louis Lasagna, *Studio International* 200, supplement 1 (1987).
186 "Of Time and Life, Part I", *Medical Tribune*, April 2, 1975.
187 "Art Collector Sows Largesse and Controversy", *New York Times*, June 5, 1983.
187 "The Other Sackler", *Washington Post*, Nov. 27, 2019.
187 EJS Deposition. Arthur est tombé malade à l'automne 1986.
187 Thomas Lawton to Tom Freudenheim, Dec. 12, 1986, Smithsonian Files.
187 On trouve des photos du gâteau sur le site internet worldofsugarart.com. Scott Clark Woolley, email.
187 "Party Palace", *New York*, Jan. 9, 1989.
187 Entretien avec Michael Rich.
188 Lutze, *Who Can Know the Other?*, 207.
188 Arthur Sackler to Gillian Sackler, memorandum, April 15, 1987.
189 L'exposition s'est tenue du 1er mai au 28 juin 1987. "Jewels of the Ancients", *RA: The Magazine for the Friends of the Royal Academy*, nº 14 (Spring 1987).
189 "Jewels with a Frown", *Sunday Times* (London), May 3, 1987.
189 "In the Shadow of the Ancients", *RA: The Magazine for the Friends of the Royal Academy*, nº 15 (Summer 1987).
189 Alice Beckett, *Fakes: Forgery and the Art World* (London: Richard Cohen Books, 1995), 106, 109.
190 "Jewels with a Frown".
190 Beckett, *Fakes*, 113-14.
190 "Experts Query Jewels", *Sunday Times* (London), July 5, 1987.
190 "Doctor's Collection Is a Prescription for Controversy", *Independent*, Nov. 3, 1988.

190 "Of Dreams and Archaeology, of Methylmercury Poisoning", *Medical Tribune*, Oct. 24, 1973.
191 Lutze, *Who Can Know the Other?*, 207.
191 Entretien avec Michael Rich.
191 "Dr. Arthur Sackler Dies at 73", *New York Times*, May 27, 1987.
191 Program for a Memorial Service to Celebrate the Life of Arthur Mitchell Sackler, M.D., Harvard University, Memorial Church, Oct. 5, 1987.
191 Invitation to the Friends of Arthur M. Sackler Concert, Kennedy Center, Sept. 12, 1987, Henderson Papers.
191 "The Fanfare of Friends", *Washington Post*, Sept. 14, 1987.
191 Program for Memorial Service for Arthur M. Sackler, June 17, 1987, Henderson Papers.
191 Jillian Sackler eulogy for Arthur Sackler, Memorial Service for Arthur M. Sackler, M.D., Sackler Wing, Metropolitan Museum of Art, June 17, 1987.
192 "Other Sackler".
192 "In Memoriam", *Studio International* 200, supplement 1 (1987).
192 Levin, *Becoming Judy Chicago*, 362.

CHAPITRE 11 : APOLLO

195 Sauf indication contraire, les détails se rapportant à l'amitié entre Richard Kapit et Richard Sackler sont tirés de multiples entretiens avec Kapit.
197 Roslyn High School 1960 Yearbook.
197 Barbara Schaffer, email.
198 Obituary of Dr. Marjorie Ellen Yospin Newman, Legacy.com.
198 Richard Sackler to a Roslyn friend, Oct. 26, 1963.
198 Richard Sackler to a Roslyn friend, May 5, 1964.
199 Richard Sackler to a Roslyn friend, May 5, 1964.
199 Dans une lettre datée du 5 mai 1964, Richard Sackler écrit à son ami de Roslyn : « Quelques orgies, sexuelles et autres, devraient bien aider à redresser des valeurs et des membres tordus, dont le courroux s'est retourné contre eux-mêmes pendant trop longtemps. »
199 Richard Kapit, email.
201 La séquence de l'amerrissage repose sur des images d'archives qui sont facilement accessibles en ligne.
201 "NASA Turned to Norwalk Firm to Kill Potential Moon Germs", *Hartford Courant*, July 23, 1992.
201 "Scientists Cannot Rule Out Possibility of Germs

on Moon", *Chicago Tribune*, July 14, 1969.
201 "Local Firm Acquired by Purdue Frederick", *Progress-Index* (Petersburg, Va.), March 30, 1966.
202 Publicité pour la Betadine.
202 Kapit se rappelle que le siège de l'entreprise se trouvait dans le Connecticut, mais à la fin des années 1960, il se situait à Yonkers. (Le déménagement à Norwalk a eu lieu en 1972.) Entretien avec Bob Jones.
203 RDS 2019 Deposition.
204 Martí-Ibáñez to Richard Sackler, June 7, 1971, FMI Papers.

CHAPITRE 12 : L'HÉRITIER POTENTIEL

205 "William T. Grant, Store Founder, Dies", *New York Times*, Aug. 7, 1972.
205 "Buyers Scarce When the Price Is $1.8 Million, Hospital Finds", *New York Times*, Jan. 21, 1973.
206 "W. T. Grant Estate Sold", *New York Times*, June 3, 1973.
206 Le bâtiment au 50 Washington Street à Norwalk avait été construit en 1970.
206 "A Family, and a Transformative Legacy", Medicine@Yale, July/Aug. 2014.
207 Déclaration de Robert Josephson au *New Yorker*, 19 oct. 2017. Lors de sa déposition en 2019, on a demandé à Richard de confirmer qu'il avait entamé sa carrière chez Purdue en tant qu'assistant de Raymond. Il a répondu qu'il ne s'en rappelait pas, mais qu'il ne possédait pas de « souvenirs allant à l'encontre de cette idée ».
207 "A Financial Man and the Fogg", *Boston Globe*, Feb. 16, 1982. L'entreprise vendait le Cerumenex depuis les années 1950. Publicité pour Purdue Frederick, *Medical Tribune*, July 2, 1962.
207 Entretien avec Francine Shaw.
207 Nelson to Hon. James P. Jones, July 11, 2007.
207 Entretien avec Olech.
208 Entretien avec Carlos Blanco.
208 Mundipharma International Group brochure.
208 "Sharing Ideas", *Boston Globe*, Feb. 16, 1986.
208 "Psychiatrists Give $3M. to T.A. Medical School", *Jerusalem Post*, Oct. 19, 1972.
209 Entretien avec Carlos Blanco.
209 "Skiers Covet Clear Skies, Warm Weather", *Salt Lake City Tribune*, Dec. 25, 1985.
209 "Penn Speaker Hails U.S. Achievements", *Philadelphia Inquirer*, May 23, 1972.
209 "Beth M. Bressman", *Item of Millburn and Short Hills* (Millburn, N.J.), Nov. 6, 1969.

209 “Ph.D. Degree Is Awarded Beth Sackler”, *Item of Millburn and Short Hills* (Millburn, N.J.), March 20, 1980.

209 D’après le registre des mariages du Connecticut, Beth et Richard se sont mariés le 3 juin 1979.

209 Biographie officielle de Richard Sackler, qui figurait auparavant sur la page Web du Koch Institute for Integrative Cancer Research au MIT, mais a été supprimée depuis.

209 Kathe Sackler Deposition.

209 RDS 2019 Deposition.

210 Site internet du U.S. Patent and Trademark Office.

210 RDS 2019 Deposition.

211 Publicité pour le bâtiment du 50 Washington Street, « le seul immeuble de bureaux sélect du Connecticut, doté d’un hélicoptère et d’un héliport exclusivement réservés aux locataires », *Bridgeport Post*, March 28, 1972.

211 Entretien avec Cobert.

212 “Pain Relief”, *Corporate Counsel*, Sept. 2002.

213 “The Simple Things in Life Are Fine but Howard Udell Loves Complexity”, article in an internal Purdue brochure (Fall 1999).

213 “Pain Relief”.

213 Entretien avec Cobert.

214 Entretien avec Larry Wilson.

214 “Takesue Named”, *Bernardsville (N.J.) News*, Sept. 11, 1975

214 “Dr. Edward Takesue”, *Morristown (N.J.) Daily Record*, June 4, 1985.

214 Entretien avec Cobert.

214 MDS Affidavit.

215 Entretien avec Carlos Blanco.

215 MDS Affidavit.

215 Entretien avec Elizabeth Bernard.

216 Lutze, *Who Can Know the Other?*, 205.

216 Mundipharma International Group brochure.

216 “Dr. Mortimer Sackler”, *Times* (London), April 13, 2010.

216 Mail de Twycross à l’auteur. On a parfois avancé que Mortimer Sackler avait lui-même participé aux premiers échanges avec St. Christopher’s, mais Twycross n’en avait pas le souvenir, et je n’ai trouvé aucune indication d’une participation directe des Sackler dans les archives de Cicerly Saunders au Kings College de Londres.

217 Le médicament contre l’asthme était l’Uniphyl. “Thrust Under Microscope”, *Hartford Courant*, Sept. 2, 2001.

217 “Mortimer Sackler Dies at 93”, *Los Angeles Times*, March 8, 2014.

217 Le médicament s’appelait MST à son lancement au

Royaume-Uni. MS Contin était le nom américain du produit.
217 Kathe Sackler Deposition.
217 "Morphine Making a Welcome Return", *Times* (London), Sept. 15, 1983.
217 Mundipharma International Group brochure.
217 Napp Laboratories Advertisement/Job Posting, *Guardian*, Oct. 27, 1988.
218 Entretien avec Cobert.
219 "Purdue Frederick Will Submit NDA for MS Contin", *Pink Sheet*, July 8, 1985.
220 "Purdue Frederick MS Contin Continued Marketing", *Pink Sheet*, July 15, 1985.
220 "Thrust Under Microscope".

CHAPITRE 13 : L'AFFAIRE SACKLER

221 Sauf indication contraire, les détails de la réunion des exécuteurs testamentaires au bâtiment de la Cinquante-septième Rue reposent sur un compte rendu datant du 29 juillet 1987. Ce compte rendu, ainsi que ceux d'autres réunions de ce type, se trouvaient dans le dossier *Matter of Sackler*, conservé au palais de justice de Mineola.
221 GTS Affidavit.
221 Entretien avec Michael Rich et avec un autre proche de la famille.
221 Jill Sackler remarks at Memorial Service for Arthur M. Sackler, Metropolitan Museum of Art, June 17, 1987.
222 Entretien avec Michael Rich.
222 Compte rendu de la réunion de succession d'Arthur M. Sackler, 29 juin 1987.
222 Memorandum by Edward J. Ross to Hon. C. Raymond Radigan, "Estate of Arthur M. Sackler — Index n° 249220", June 16, 1988 (ci-après nommé Ross Memo).
222 L'avocat en question était Michael Sonnenreich. Compte rendu d'une réunion des avocats de la famille, 8 juillet 1987.
222 EJS Deposition.
223 Compte rendu de la réunion de succession d'Arthur M. Sackler, 22 juillet 1987, cité dans GTS Affidavit.
223 GTS Affidavit.
223 Compte rendu de la réunion de succession d'Arthur M. Sackler, 29 juillet 1987.
223 Verified Answer of Carol Master, Else Sackler, Arthur F. Sackler, and Elizabeth Sackler in *Matter of Sackler*, File n° 249220. La version de ce document que j'ai consultée au palais de justice de Mineola ne comporte pas de date. « Avant et pendant son union avec le Dr Sackler, Gillian accompagnait rarement le Dr Sackler quand il rendait visite à ses enfants et petits-enfants.

Le Dr Sackler a expliqué à Else et Arthur séparément que comme ils ne souhaitaient pas avoir d'autres enfants, cela lui paraissait indélicat d'impliquer Gillian dans la vie de ses enfants et petits-enfants. »

224 Entretien avec Michael Rich et avec un ami de la famille qui a parlé avec plusieurs enfants d'Arthur à l'époque.

224 Affidavit of Thomas J. Schwarz, File n° 249220, May 8, 1990, *Matter of Sackler*.

224 GTS Affidavit.

224 "The Other Sackler", *Washington Post*, Nov. 27, 2019.

224 Compte rendu de la réunion de succession d'Arthur M. Sackler, 29 juillet 1987.

225 Compte rendu d'une réunion des avocats pour la succession d'Arthur M. Sackler, 9 juillet 1987.

225 Compte rendu de la réunion de succession d'Arthur M. Sackler, 29 juillet 1987.

226 Reply Affidavit of Else Sackler, *Matter of Sackler*, March 1, 1991.

226 Respondent Else Sackler's Memorandum of Law in Support of Her Motion for Summary Judgment Dismissing the Proceeding, *Matter of Sackler*. La version de ce document que j'ai trouvée au palais de justice de Mineola ne comporte pas de date.

227 Jill Sackler to J. Kartiganer, March 6, 1989.

227 GTS Affidavit.

227 "Doctor's Collection Is a Prescription for Controversy", *Independent*, Nov. 3, 1988.

227 Response to Memorandum Submitted in Behalf of Executors Carol Master and Arthur F. Sackler, *Matter of Sackler*, Sept. 25, 1992.

227 Jill Sackler to Linus Pauling, April 27, 1991, Pauling Papers.

227 Memorandum by attorneys for Arthur F. Sackler and Elizabeth Sackler, quoted in Response to Memorandum Submitted in Behalf of Executors Carol Master and Arthur F. Sackler, *Matter of Sackler*, Sept. 25, 1992.

228 "Feud Spoils Christie's Bid Day", *Times*, Jan. 13, 1993.

228 "Depositions of Smithsonian Employees in Litigation Concerning the Estate of Arthur M. Sackler", Memorandum from Ildiko D'Angelis to Constance B. Newman, May 24, 1993, Smithsonian Files.

228 GTS Affidavit.

228 Katz to Elizabeth Sackler, Nov. 18, 1988.

228 "She's Here for the Summer", *Burlington (Vt.) Free Press*, June 13, 1968.

228 Levin, *Becoming Judy Chicago*, 376-77.

228 "The Girl Who Won the Title", *Brattleboro (Vt.) Reformer*, Aug. 31, 1968.

228 Entretien avec Michael Rich.

229 "The Princess and the Porcupine Quills", *Medical Tribune*, Nov. 29, 1972.
229 "The Temple of Sackler", *Vanity Fair*, Sept. 1987.
229 Elizabeth Sackler remarks given at the National Portrait Gallery, Nov. 18, 1996, Henderson Papers.
229 Le Smithsonian a tenté de couper la poire en deux, en employant la version courte (« la collection Singer ») sur un panneau de présentation, et la version longue (« la collection d'art chinois du Dr Paul Singer, de la galerie Arthur M. Sackler ») dans les références de chaque objet. Cela n'a pas plu à Elizabeth. « Comme ce panneau est trompeur, erroné et insultant, en plus de constituer une infraction à notre accord, je suis atterrée que deux événements relativement importants, une réception et un dîner, aient déjà eu lieu à la galerie Sackler depuis l'installation des objets de Singer, et horrifiée par la nouvelle que le Visiting Committee sera accueilli par ce panneau à son arrivée », a-t-elle écrit. Milo Beach to Elizabeth Sackler, Sept. 21, 1999 ; Elizabeth Sackler to Milo Beach, Sept. 30, 1999. Smithsonian Files.
230 Singer to M. M. Weller, March 24, 1996, Smithsonian Files.
230 Entretien avec Leather.
231 Compte rendu de réunion des exécuteurs testamentaire, 22 juillet et 7 août 1987; EJS Deposition.
231 EJS Deposition.
231 Entretien avec Leather.
231 Compte rendu de la réunion de succession d'Arthur M. Sackler, 24 juin 1987.
231 Compte rendu de la réunion de succession d'Arthur M. Sackler, 29 juillet 1987.
231 Compte rendu d'une réunion de succession, 29 juillet 1987.
233 Compte rendu d'une réunion des avocats pour la succession d'Arthur M. Sackler, 9 juillet 1987.
233 Ross Memo.

CHAPITRE 14 :

LE COMPTE À REBOURS

235 Catherine L. Fisk, "Removing the 'Fuel of Interest' from the 'Fire of Genius': Law and the Employee-Inventor, 1830-1930", *University of Chicago Law Review* 65, n° 4 (Fall 1998).
236 "An Uphill Fight for Generics", *Newsday*, March 18, 1986.
237 "Drug Makers Fighting Back Against Advance of Generics", *New York Times*, July 28, 1987.
237 L. W. Frohlich, "The Physician and the Pharmaceutical

Industry in the United States", *Proceedings of the Royal Society of Medicine*, April 11, 1960.

237 "Cliffhanger", *Economist*, Dec. 3, 2011.

237 *Advances in the Management of Chronic Pain: International Symposium on Pain Control* (Toronto: Purdue Frederick, 1984), 3.

237 "Dr. Romagosa on Symposium in Toronto", *Lafayette (La.) Daily Advertiser*, Aug. 19, 1984.

238 Kaiko a donné une conférence et présidé une autre séance. *Advances in the Management of Chronic Pain.*

238 Biography of Robert Kaiko, PhD, Scientific Advisory Board, Ensysce.

238 Richard Sackler Deposition in *Commonwealth of Kentucky v. Purdue Pharma LP et al.*, Aug. 28, 2015 (ci-après nommée RDS 2015 Deposition).

238 Latif Nasser, "The Amazing Story of the Man Who Gave Us Pain Relief", TED talk, March 2015. D'après le *New York Times*, Bonica était arrivé aux États-Unis en 1927. D'autres sources avancent qu'il était arrivé en 1928. "John J. Bonica, Pioneer in Anesthesia, Dies at 77", *New York Times*, Aug. 20, 1994.

239 "John Bonica Devoted His Life to Easing People's Pain", *University of Washington Magazine*, Dec. 1, 1994.

239 John J. Bonica, *Management of Pain* (Philadelphia: Lea & Febiger, 1953).

239 "John J. Bonica, Pioneer in Anesthesia, Dies at 77", *New York Times*, Aug. 20, 1994.

239 "Conquering Pain", *New York*, March 22, 1982.

239 "An Interview with John J. Bonica M.D"., *Pain Practitioner* (Spring 1989).

239 RDS 2015 Deposition.

240 *Advances in the Management of Chronic Pain*, 36.

240 "Medical Essays", *Lafayette (La.) Advertiser*, Feb. 4, 1997.

240 "Morphine Safest to Control Pain", *Lafayette (La.) Advertiser*, Feb. 17, 1985.

241 "Morphine Safest to Control Pain".

241 Entretien avec Larry Wilson.

241 Kaiko to Richard Sackler, memorandum, July 16, 1990, cited in Expert Report by David Kessler, Multidistrict Opiate Litigation, 1:17-md-02804-DAP, July 19, 2019 (ci-après nommé Kessler Report).

242 "OxyContin Made the Sacklers Rich. Now It's Tearing Them Apart", *Wall Street Journal*, July 13, 2019.

242 Kathe Sackler Deposition.

244 "The Secretive Family Making Billions from the Opioid Crisis", *Esquire*, Oct. 16, 2017.

244 Kathe Sackler Deposition.
244 RDS 2019 Deposition.
244 Kaiko to Richard Sackler, memorandum, July 16, 1990, cited in Kessler Report.
245 Entretien avec Wilson.
245 Massachusetts Complaint.
246 RDS 2019 Deposition.
246 New York Complaint.
246 "Thrust Under a Microscope", *Hartford Courant*, Sept. 2, 2001.
246 RDS 2015 Deposition.
246 "OxyContin: The Most Significant Launch in Purdue History!", *Teamlink* (internal Purdue newsletter) (Winter 1996).
246 "On the Move", *New York Daily News*, March 5, 1993.
246 OxyContin Project Team Memo, Dec. 14, 1993, cited in RDS 2015 Deposition.
247 Mark F. Pomerantz and Roberto Finzi to Hon. James P. Jones, July 16, 2007.
247 Meier, *Pain Killer* (2018), 105.
247 Mark F. Pomerantz and Roberto Finzi to Hon. James P. Jones, July 16, 2007.
247 "OxyContin: The Most Significant Launch in Purdue History!"
247 "Product Pipeline and Strategy — VERY CONFIDENTIAL", Memo by Michael Friedman, Dec. 24, 1994.

CHAPITRE 15 : LE DIEU DES RÊVES

251 Martin Booth, *Opium: A History* (New York: St. Martin's Press, 1996), 15-16, 18, 20.
252 Althea Hayter, *Opium and the Romantic Imagination: Addiction and Creativity in De Quincey, Coleridge, Baudelaire, and Others* (New York: HarperCollins, 1988).
252 Booth, *Opium*, 58, 68-69, 74, 77-78.
252 "How Aspirin Turned Hero", *Sunday Times* (London), Sept. 13, 1998.
252 "Uncle Sam Is the Worst Drug Fiend in the World", *New York Times*, March 12, 1911.
252 Lucy Inglis, *Milk of Paradise: A History of Opium* (London: Picador, 2018), 240-41.
253 Walter Sneader, "The Discovery of Heroin", *Lancet*, Nov. 21, 1998.
253 Booth, *Opium*, 78.
253 John Phillips, "Prevalence of the Heroin Habit", *Journal of the American Medical Association*, Dec. 14, 1912.
254 Booth, *Opium*, 78, 84.
254 "How Aspirin Turned Hero".
254 John H. Halpern and David Blistein, *Opium: How an Ancient Flower Shaped and Poisoned Our World* (New York: Hachette, 2019), 174.

254 "What Lenny Bruce Was All About", *New York Times*, June 7, 1971.

254 Richard Sackler, email, May 22, 1999, cited in RDS 2015 Deposition.

254 "You need a vacation": Friedman to Richard Sackler, email, Dec. 23, 1996, quoted in RDS 2019 Deposition.

255 "OxyContin: The Most Significant Launch in Purdue History!", *Teamlink* (internal Purdue newsletter) (Winter 1996).

255 Purdue Pharma Market Research Memo, July 9, 1992, quoted in Kathe Sackler Deposition.

256 Friedman, email, in a chain with Richard Sackler, from May 28, 1997, cited in RDS 2015 Deposition.

257 Compte rendu d'une réunion de l'équipe de lancement, 31 mars 1995.

257 Testimony of Paul Goldenheim, Committee on Health, Education, Labor, and Pensions, U.S. Senate, Feb. 12, 2002 (ci-après nommé Goldenheim 2002 Testimony).

257 Declaration of Russell K. Portenoy, MD, *State of Oklahoma v. Purdue Pharma et al.*, Jan. 17, 2019 (ci-après nommé Portenoy Declaration).

257 "A Pain-Drug Champion Has Second Thoughts", *Wall Street Journal*, Dec. 17, 2012.

258 Portenoy Declaration.

258 Russell Portenoy and Kathleen Foley, "Chronic Use of Opioid Analgesics in Non-malignant Pain: Report of 38 Cases", *Pain*, May 1986.

259 "Pain-Drug Champion Has Second Thoughts".

259 "The Alchemy of OxyContin", *New York Times*, July 29, 2001.

259 Memorandum from Richard Sackler, Nov. 30, 1991, quoted in Kathe Sackler Deposition.

260 "Norwalk Firm Finds Niche Among Pharmaceutical Giants", *Hartford Courant*, July 23, 1992.

261 Voir Jeremy A. Greene and Scott H. Podolsky, "Reform, Regulation, and Pharmaceuticals — the Kefauver-Harris Amendments at 50", *New England Journal of Medicine* 367, n° 16 (Oct. 2012).

261 "OxyContin: The Most Significant Launch in Purdue History!"

262 Deposition of Curtis Wright, *In re National Prescription Opiate Litigation*, MDL n° 2804, U.S. District Court, Northern District of Ohio, Dec. 19, 2018 (ci-après nommé Wright 2018 Deposition).

262 Purdue prelaunch submissions to the FDA, quoted in Prosecution Memorandum Regarding the Investigation of Purdue Pharma, L.P. et al., United States Attorney's Office,

Western District of Virginia, Sept. 28, 2006 (ci-après nommé Prosecution Memo). Un manuel de formation de Purdue donnait pour instruction aux délégués d'informer les médecins que « l'OC [présentait] peu de risques d'abus, car il est plus difficile d'extraire l'oxycodone du système à libération prolongée ».

263 Overall Conclusion to 1995 FDA Review, Curtis Wright, Oct. 1995. Cited in Massachusetts Complaint.

263 March 19, 1993, teleconference, cited in Kessler Report.

263 Friedman to Mortimer, Raymond, and Richard Sackler, memorandum, 1994 (no more specific date provided), quoted in RDS 2015 Deposition.

263 Entretien avec Wilson.

263 RDS 2015 Deposition.

263 "OxyContin: The Most Significant Launch in Purdue History!"

264 1996 Executive Summary for Purdue Research Center, quoted in RDS 2019 Deposition.

264 Project Team Contact Report, Sept. 17, 1992, cited in Prosecution Memo.

264 Richard Sackler, email, quoted in Kathe Sackler Deposition (no date specified).

264 Project Team Contact Report, Reder & Wright, Dec. 28, 1994, cited in Prosecution Memo.

265 "How One Sentence Helped Set Off the Opioid Crisis", *Marketplace*, Dec. 13, 2017.

265 Deposition of Curtis Wright, Multidistrict Opiate Litigation, MDL n° 2804, Dec. 1, 2018 (ci-après nommée Wright 2018 Deposition).

265 "How One Sentence Helped Set Off the Opioid Crisis".

265 Wright 2018 Deposition. « Q. D'accord. Vous rappelez-vous avoir proposé cette formulation à Robert Reder ? R. Je n'ai pas de souvenir précis de l'avoir fait, mais c'est une possibilité. »

265 Schnitzler to Wright, email, Nov. 21, 1995, cited in Prosecution Memo.

265 Wright to Schnitzler, Nov. 21, 1995.

265 "OxyContin: The Most-Significant Launch in Purdue History!"

265 Richard Sackler, email, quoted in Wright 2018 Deposition.

265 "OxyContin: The Most Significant Launch in Purdue History!"

266 Purdue to Wright, Oct. 9, 1998, cited in Prosecution Memo.

266 Wright 2018 Deposition.

266 Wright 2018 Deposition: « Q. Faut-il en déduire que vous avez appelé Robert Reder chez Purdue moins de dix jours après avoir quitté la FDA ? R. Probablement. »

266 RDS 2015 Deposition.

CHAPITRE 16 :

LA BOMBE H

267 Les détails sur la vie et la mort de Calixto Rivera sont tirés des articles du *Record* cités dans les notes suivantes. J'ai essayé de retrouver la famille de Rivera, ou des gens qui l'avaient connu, sans succès.

267 "Communications Glitch Before Lodi Blast?", *Hackensack (N.J.) Record*, April 24, 1995.

267 "Tougher Chemical Pushed", Associated Press, April 24, 1995.

268 "A Preventable Tragedy", *Hackensack (N.J.) Record*, April 27, 1995.

268 "Company Plans Not to Rebuild Its Lodi Plant", *New York Times*, April 28, 1995.

268 "Chemical Plant Explosion Kills 4 in New Jersey Town", *New York Times*, April 22, 1995.

268 "Lodi Betrayed the People's Trust", *The Hackensack* (N.J.) *Record*, Oct. 18, 1995.

268 "Chemical Plant Has History of Problems", *Hackensack (N.J.) Record*, April 27, 1995.

268 "As Grief Replaces Shock, Families Mourn Four Victims of Plant Explosion", *New York Times*, April 24, 1995.

268 "'Our Friends Are Dead; Our Jobs Are Gone'", *Hackensack (N.J.) Record*, April 30, 1995.

268 "Lodi: Explosion, Human Drama Both Developed Gradually".

268 "Napp: Investigation Finds Chain of Errors Before Fatal Blast", *Hackensack (N.J.) Record*, Oct. 17, 1995.

268 "Lodi Chemical Blast Had Many Facets", *Hackensack (N.J.) Record*, May 28, 1995.

269 EPA/OSHA Joint Chemical Accident Investigation Report, Napp Technologies Inc., Oct. 1997 (ci-après nommé Lodi Report).

269 "Chemical Plant Has History of Problems".

269 "Napp: Investigation Finds Chain of Errors Before Fatal Blast".

270 "Lodi: Explosion, Human Drama Both Developed Gradually".

270 Lodi Report.

270 "Napp: Investigation Finds Chain of Errors Before Fatal Blast".

271 "Lodi: No Charges, but a Reprimand", *Hackensack (N.J.) Record*, April 26, 1995.

271 Lodi Report.

271 "Chemical Plant Explosion Kills 4 in New Jersey Town".

271 "Coffee Break Saved Worker's Life", *Hackensack (N.J.) Record*, April 25, 1995.

271 "Lodi: Explosion, Human Drama Both Developed Gradually".

272 "Lodi: No Charges, but a Reprimand".

272 Lodi Report.

272 "Lodi: Explosion, Human Drama Both Developed Gradually".
272 "Chemical Plant Explosion Kills 4 in New Jersey Town".
273 "Lodi: Explosion, Human Drama Both Developed Gradually".
273 "'Our Friends Are Dead; Our Jobs Are Gone.'"
273 "Lodi: No Charges, but a Reprimand".
273 "Chain of Errors Left 5 Dead", *Hackensack (N.J.) Record*, Oct. 17, 1995.
273 "Green Liquid Leaks in Lodi", *Hackensack (N.J.) Record*, May 2, 1995.
273 "Chemical Plant Explosion Kills 4 in New Jersey Town".
273 "Toxic Spill in Lodi Blast Killed Thousands of Fish, EPA Says", *New York Times*, April 24, 1995; "Company Plans Not to Rebuild Its Lodi Plant".
273 "State Rules Out Manslaughter in Lodi Chemical Plant Blast", *New York Times*, March 15, 1996.
273 "Napp: Investigation Finds Chain of Errors Before Fatal Blast".
273 "Chemical Plant Owners Won't Rebuild in Lodi", *Camden (N.J.) Courier-Post*, April 28, 1995.
274 Jonathan Goldstein to Hon. James P. Jones, July 9, 2007.
274 "Napp Chemicals Appoints Boncza", *Passaic (N.J.) Herald-News*, Dec. 27, 1969.
274 "Company Officials Failed Repeatedly", *Hackensack (N.J.) Record*, Oct. 17, 1995.
274 "Napp: Investigation Finds Chain of Errors Before Fatal Blast".
274 "Lodi Plant Owners Known for Wealth, Philanthropy", *Hackensack (N.J.) Record*, April 27, 1995.
274 "Executive: Napp Put Safety First", *Hackensack (N.J.) Record*, Nov. 8, 1995.
275 "Connecticut Man to Be Knighted by the British", Associated Press, Oct. 20, 1995.

CHAPITRE 17 : VENDRE, VENDRE, VENDRE

277 "Coastal Blizzard Paralyzes New York and Northeast", *New York Times*, Jan. 8, 1996.
278 Weather report, *Arizona Republic, Jan.* 9, 1996; "OxyContin: The Most Significant Launch in Purdue History!", *Teamlink* (internal Purdue newsletter) (Winter 1996).
278 Robert F. Bedford (FDA) to James H. Conover (Purdue Pharma), approval letter, Dec. 12, 1995.
278 "Taking Home the 'Wampum'! Wigwam Contest Winners", *Teamlink* (internal Purdue newsletter) (Winter 1996).

278 "Where Cactus Is Par for the Course", *New York Times*, March 10, 1991.
278 "OxyContin: The Most Significant Launch in Purdue History!"
280 RDS 2015 Deposition.
281 Deposition of Stephen Seid, National Prescription Opiate Litigation, MDL nº 2804, Dec. 12, 2018 (ci-après nommée Seid Deposition).
281 Purdue Sales Bulletin, Jan. 25, 1999.
282 Entretien avec Steven May.
283 Notes de la déléguée de Purdue Carol Neiheisel sur sa visite chez Nancy Swikert, 11 janvier 2000.
283 Notes de la déléguée de Purdue Holly Will sur sa visite chez Richard Gruenewald, 12 juillet 1997.
283 Notes du délégué de Purdue John Bullock sur sa visite chez Raymond Timmerman, 19 juillet 1997.
283 Notes du délégué de Purdue John Wethington sur sa visite au Wal-Mart #689, 20 juillet 1997.
283 Seid Deposition.
283 Jane Porter and Hershel Jick, "Addiction Rare in Patients Treated with Narcotics", *New England Journal of Medicine*, Jan. 10, 1980.
283 "Sloppy Citations of 1980 Letter Led to Opioid Epidemic", NPR, June 16, 2017.
283 Entretiens avec de nombreux anciens délégués de Purdue. Une étude ultérieure a constaté que la lettre du *New England Journal of Medicine* avait été citée plus de six cents fois. Voir Pamela T. M. Leung et al., "A 1980 Letter on the Risk of Opioid Addiction", *New England Journal of Medicine*, June 1, 2017.
284 Entretiens avec Steven May and Dodd Davis.
284 "The Alchemy of OxyContin", *New York Times Magazine*, July 29, 2001.
284 RDS 2015 Deposition.
284 "OxyContin Abuse and Diversion and Efforts to Address the Problem", Report by the U.S. General Accounting Office, Dec. 2003 (ci-après nommé GAO Report).
284 "Sales of Painkiller Grew Rapidly, but Success Brought a High Cost", *New York Times*, March 5, 2001.
284 New York Complaint.
285 Portenoy Declaration.
285 Entretien avec Steven May.
285 Colette DeJong et al., "Pharmaceutical Industry–Sponsored Meals and Physician Prescribing Patterns for Medicare Benefits", *JAMA Internal Medicine* 176 (2016). Voir aussi Scott E. Hadland et al., "Association of Pharmaceutical Industry Marketing of Opioid Products to Physicians with

Subsequent Opioid Prescribing", *JAMA Internal Medicine* 178 (2018).
285 Budget Information, June 16, 2014, cited in Massachusetts Complaint.
286 Richard Sackler to Friedman, Oct. 23, 1996.
286 Entretien avec David Juurlink.
286 Purdue marketing materials cited in Complaint, *State of Tennessee v. Purdue Pharma LP*, Circuit Court of Knox County, Tennessee, Sixth Judicial District, Case No, 1-173-18, May 15, 2018 (ci-après nommé Tennessee Complaint).
286 "Awaken the Sleeping Giant!", *Teamlink* (internal Purdue newsletter) (Winter 1996).
287 Entretien avec May. Par la suite, Steven May a engagé une action en justice contre Purdue, qui a été déboutée pour vice de procédure.
287 Goldenheim 2002 Testimony. May ne se rappelait pas combien de temps exactement sa formation avait duré, mais d'après le témoignage de Goldenheim, il s'agissait en général de « trois semaines d'enseignement théorique au siège de la société ».
287 « En 1996, Purdue avait plus de 300 délégués, qui rendaient visite à un total d'environ 33 400 à 44 500 médecins. En 2000, Purdue avait près de 700 délégués, qui rendaient visite à un total d'environ 70 500 à 94 000 médecins. » GAO Report.
288 Entretien avec Rick Mountcastle.
288 RDS 2015 Deposition.
288 Entretien avec May.
288 Entretiens avec de nombreux anciens représentants de commerce.
288 Massachusetts Complaint.
288 Phase II Oxy-Contin Tablets Team Meeting Minutes, June 13, 1997.
288 Mike Cullen, email, June 1997, cited in RDS 2015 Deposition. Cet échange est aussi cité dans Massachusetts Complaint.
289 Entretien avec Robin Hogen.
289 Richard Sackler, email, Jan. 11, 1997. D'après le dossier d'accusation du bureau du procureur fédéral du district ouest de Virginie, « le président de l'entreprise, Richard Sackler, semble avoir eu l'idée de ces vidéos ».
289 *I Got My Life Back*, Purdue video, 1998.
290 Mike Cullen, email, Dec. 15, 1997, cited in Prosecution Memo. La vidéo a été diffusée à la réunion de ventes nationale de janvier.
290 Email between Jonathan Sackler, Michael Friedman, and Mark Alfonso, Oct. 28-29, 1998.

290 Prosecution Memo.

290 Jim Lang, "Sales & Marketing Update", *Teamlink* 11, nº 1 (Winter 1996): « On estime que le produit est si bon qu'il se vendra tout seul. » Dans un post publié de manière anonyme sur le forum CafePharma, un ancien employé de Purdue attribue le même avis à Lang : « Je me souviens qu'à un de ces grands barnums de fin d'année, il a dit aux Sackler : "L'OxyContin se vendra toute seule." » » Post sur CafePharma, 12 fév. 2018.

290 Walter Sneader, "The Discovery of Heroin", *Lancet*, Nov. 21, 1998.

290 "Down for the Downers", *Maclean's*, Feb. 18, 1980.

291 GAO Report. Un porte-parole de Purdue a confirmé le chiffre de trente-quatre mille ordonnances subventionnées.

291 Purdue Pharma, "Long-Acting OxyContin® Tablets Now Available in 160 mg Strength to Relieve Persistent Pain", press release, July 9, 2000.

291 Entretien avec Larry Wilson.

291 Table 2: Total OxyContin Sales and Prescriptions from 1996 Through 2002, in GAO Report.

291 Friedman to Raymond, Mortimer, and Richard Sackler, memorandum, Oct. 13, 1999.

291 Highlights of the keynote speech by Dr. Richard Sackler, Jan. 24, 2000, National Sales Meeting.

291 "'We Didn't Cause the Crisis': David Sackler Pleads His Case on the Opioid Epidemic", *Vanity Fair*, June 19, 2019.

292 Richard Sackler to Cornelia Hentzsch, email, May 29, 1999.

292 Email exchange between Richard Sackler and Paul Goldenheim, March 14, 1997, quoted in RDS 2015 Deposition.

292 Kaiko to Richard Sackler, Feb. 27, 1997, quoted in RDS 2015 Deposition and Massachusetts Complaint.

292 Richard Sackler to Walter Wimmer, email, March 2, 1997, quoted in RDS 2015 Deposition and Massachusetts Complaint.

292 Kaiko to Richard Sackler, Feb. 27, 1997, quoted in RDS 2015 Deposition and Massachusetts Complaint.

293 Richard Sackler to Walter Wimmer, email, date unclear, quoted in RDS 2015 Deposition.

293 Entretien avec May ; entretien avec Dodd Davis.

293 Richard Sackler to Friedman, April 22, 1997, quoted in RDS 2015 Deposition.

294 Highlights of the keynote speech by Dr. Richard Sackler, Jan. 24, 2000, National Sales Meeting.

294 RDS 2015 Deposition.

294 Memo to sales reps, Aug. 19, 1996, reproduced by *Los Angeles Times*, May 15, 2016.

294 "Awaken the Sleeping Giant!"
294 Anonymous CafePharma post, July 25, 2018.
295 "Sales of Painkiller Grew Rapidly, but Success Brought a High Cost".
295 RDS 2015 Deposition.
295 GAO Report.
295 New York Complaint.
295 Friedman, email, Oct. 13, 1999.
295 Entretien avec May.

CHAPITRE 18 : ANN HEDONIA

298 "Cigarette Makers and States Draft a $206 Million Deal", *New York Times*, Nov. 14, 1998.
299 Entretien avec Meier.
299 Le GAO Report de 2003 notait que l'avertissement sur les flacons pouvait « avoir indiqué par inadvertance aux toxicomanes une méthode permettant de faire un mauvais usage du médicament ».
300 Entretien avec Meier.
300 Friedman, email, Nov. 30, 2000, cited in Massachusetts Complaint.
300 Mortimer D. Sackler, email, Dec. 1, 2000, cited in Massachusetts Complaint.
300 « Détourner l'attention » : pour cette citation attribuée à Friedman, voir Complaint in *State of Delaware, ex rel. v. Richard Sackler et al.*, Case n° N19C-09-062 MMJ, Superior Court of Delaware, Sept. 9, 2019 (ci-après nommé Delaware Complaint).
300 "Cancer Painkillers Pose New Abuse Threat", *New York Times*, Feb. 9, 2001.
300 "Pain Pill Is Meal Ticket, Problem for Drug Maker", *Hackensack (N.J.) Record, July* 8, 2001.
301 Richard Sackler to Friedman, email, June 17, 1999, quoted in Massachusetts Complaint.
301 Presentation of Defenses, *In re Purdue Pharma LP et al.*, filed with the bankruptcy court (and then withdrawn) by Joseph Hage Aaronson LLC, Counsel to Raymond Sackler Family, Dec. 20, 2019 (ci-après nommé B Side Defenses).
301 Massachusetts Complaint.
301 "Thrust Under Microscope", *Hartford Courant*, Sept. 2, 2001.
302 Entretien avec Nancy Camp.
302 Ronald D. Levine to Hon. James P. Jones, May 28, 2007.
302 Mary T. Yelenick to Hon. James P. Jones, June 26, 2007.
303 Deposition of "Martha West". (Je ne cite pas l'intégralité des références des documents juridiques concernant Martha West, afin de préserver son anonymat.)
303 Jeffrey Udell to Hon. James P. Jones, July 1, 2007.

303 West Deposition.
303 Richard Sackler, email, Sept. 3, 1996.
304 Udell, email, summer 1999, cited in New York Complaint.
304 Prosecution Memo.
304 West Deposition.
304 U.S. Patent Application 20030126215, Aug. 12, 2002.
304 Kathe Sackler Deposition.
305 "The Alchemy of OxyContin", *New York Times*, July 29, 2001.
305 Entretien avec May ; entretien avec Rick Mountcastle.
305 Beth Macy, *Dopesick: Dealers, Doctors, and the Drug Company That Addicted America* (New York: Little, Brown, 2018), 35.
306 Testimony of Jay P. McCloskey, Hearings Before the Committee on the Judiciary, U.S. Senate, July 31, 2007.
306 "Pain Relief", *Corporate Counsel*, Sept. 2002.
306 "Cancer Painkillers Pose New Abuse Threat".
306 Transcription de l'entretien de Meier avec Udell, Friedman et Paul Goldenheim, 24 août 2001.
306 RDS 2015 Deposition.
307 RDS 2019 Deposition.
307 Jim Speed, email, Nov. 30, 1999.
307 Mark Alfonso, email, Sept. 21, 1999, quoted in RDS 2019 Deposition.
307 Richard Sackler, email, Jan. 14, 1997.
308 Friedman, email, May 10, 2000, quoted in RDS 2019 Deposition.
308 Email exchange between Robin Hogen and Mark Alfonso, June 2000, quoted in RDS 2019 Deposition.
308 Joseph Coggins, email, Jan. 26, 2001, cited in Massachusetts Complaint.
308 Mortimer D. A. Sackler, email, Feb. 8, 2001, cited in Massachusetts Complaint.
308 Richard Sackler to Robin Hogen and David Haddox, Feb. 8, 2001. Dans les B Side Defenses, des avocats de Richard ont avancé que l'expression « Ce n'est pas si terrible » ne faisait pas référence au nombre de morts, mais à l'intégralité de l'article, « pas aussi terrible que prévu ».
309 Edward Mahony to Hon. James P. Jones, July 11, 2007.
309 Entretien avec Robin Hogen.
309 Letter cited in Massachusetts Complaint.
309 RDS 2019 Deposition.
309 "The Other Sackler", *Washington Post*, Nov. 27, 2019.
310 Richard Sackler, email, Feb. 1, 2001, cited in Massachusetts Complaint.
310 Entretien avec Ritchie.
310 "Thrust Under Microscope".
310 2001 email exchange between Richard Sackler and an acquaintance, quoted in Amended Complaint, *State of Connecticut*

v. Purdue Pharma LP et al., nº X07 HHD-CV-19-6105325-S, May 6, 2019 (ci-après nommé Connecticut Complaint).

311 Entretien avec Marianne Skolek Perez.

311 "A Chilling Attempt at Damage Control", *Star Ledger*, March 5, 2003.

311 Entretien avec Hogen.

312 "'You Want a Description of Hell?': Oxy-Contin's 12-Hour Problem", *Los Angeles Times*, May 5, 2016.

312 [Redacted] to Kevin McIntosh, May 14, 2001; [Redacted] to Purdue Pharma, April 16, 2001.

313 Entretien avec Davis.

313 « D'après les documents internes de [Purdue], dont des données d'IMS Health, l'entreprise savait dès 1998 que 12,1 % des ordonnances d'OxyContin recommandaient de prendre le médicament toutes les huit heures ou plus fréquemment. Le nombre de ces prescriptions hors indication a continué à augmenter au fil des années suivantes, passant à 14 % en 2000 et 20,2 % en 2001, avant une légère baisse à 18 % en 2002. » Petition to Require Purdue Pharma LP to Revise the Labeling of OxyContin® Tablets to Strengthen Warnings of the Greater Potential for Developing Side Effects and Adverse Drug Reactions due to Prescribing Dosing Frequencies in Excess of the Recommended Guidelines, Submitted by Richard Blumenthal to the Food and Drug Administration, Jan. 23, 2004. Un porte-parole de l'entreprise a réfuté ces informations, affirmant qu'elles reposaient sur « une petite étude qualitative […] qui n'incluait pas les anesthésistes et les spécialistes de la douleur », sans toutefois avancer d'autres chiffres. Dans sa requête adressée à la FDA, Blumenthal notait que ces statistiques étaient probablement *en deçà* de la réalité, en fait. Il citait une autre étude sur la fréquence de prise d'OxyContin, qui « indiquait que 86,8 % des patients qui prenaient de l'OxyContin le faisaient toutes les huit heures ou plus fréquemment. »

313 Agreed Statement of Facts, *United States v. The Purdue Frederick Company Inc., Michael Friedman, Howard Udell, Paul Goldenheim*, U.S. District Court for the Western District of Virginia, May 9, 2007.

313 "FDA Strengthens Warnings for OxyContin", FDA Talk Paper, July 25, 2001.

313 West Deposition.

314 "Sales of Painkiller Grew Rapidly, but Success Brought a High Cost", *New York Times*, March 5, 2001.

314 Testimony of David Haddox, Prescription Drug Abuse Hearing, Hartford, Dec. 11, 2001.
315 "Deadly OxyContin Abuse Expected to Spread in U.S"., AP, Feb. 9, 2001.
315 "Cancer Painkillers Pose New Abuse Threat".
315 "Maker of Often-Abused Painkiller Faces Suits over Addiction, Deaths", AP, July 27, 2001.
315 David Weissman and J. David Haddox, "Opioid Pseudoaddiction", *Pain* 36, n° 3 (1989).
315 "Dispelling the Myths About Opioids", brochure for physicians, produced by Partners Against Pain, 1998.
316 West Deposition. Dans une déclaration faite le 19 octobre 2017 au *New Yorker*, le porte-parole de Purdue Robert Josephson admettait : « Les patients qui prennent de l'OxyContin en suivant les instructions de la notice approuvée par la FDA développeront probablement une dépendance physique. »
316 Entretien avec Meier.
317 Meier, *Pain Killer* (2003), 299.
317 "At Painkiller Trouble Spot, Signs Seen as Alarming Didn't Alarm Drug's Maker", *New York Times*, Dec. 10, 2001.
317 Entretien avec Meier.
318 "At Painkiller Trouble Spot, Signs Seen as Alarming Didn't Alarm Drug's Maker".
318 Entretien avec Meier.
318 Macy, *Dopesick*, 70. Ce message vocal est resté dans les annales de Purdue. Il a été rapporté par divers anciens employés, et décrit dans des posts anonymes sur le forum de discussion CafePharma.
319 2001 email exchange between Richard Sackler and an acquaintance, quoted in Connecticut Complaint.
319 West Deposition.
320 Complaint in a lawsuit filed by West against Purdue.
320 Cette note de synthèse est citée dans Prosecution Memo. Un porte-parole de Purdue m'a également confirmé son existence quand je l'ai contacté pour vérifier l'information.
320 Purdue Pharma, "Long-Acting OxyContin® Tablets Now Available in 160 mg Strength to Relieve Persistent Pain", press release, July 9, 2000.
320 West Deposition.
320 Richard Silbert to Hon. James P. Jones, July 13, 2007; Jay McCloskey to Hon. James P. Jones, July 9, 2007.
321 West Deposition.

CHAPITRE 19 : LE PABLO ESCOBAR DE L'AN 2000

323 "Prescription Abuses Turn a New Drug Bad", *Philadelphia Inquirer*, July 29, 2001.
323 "Pain Relief", *Corporate Counsel*, Sept. 2002.
324 Entretien avec Cobert.
325 Publicité pour Purdue Pharma, *Philadelphia Daily News*, March 27, 2003.
325 Goldenheim, email, Jan. 16, 1997.
325 "Painkiller Maker Fights Back", *Hartford Courant*, July 18, 2001.
325 « On ne devait pas considérer l'OxyContin comme un cas particulier » : les Sackler défendent encore cet argument aujourd'hui. Dans un mail adressé au *New Yorker* le 4 octobre 2020, Davidson Goldin réfutait l'idée que l'OxyContin avait déclenché la crise des opioïdes, en se référant à des éléments indiquant que les abus de médicaments étaient en hausse avant le lancement du produit.
325 "The Maker of OxyContin, a Painkiller That Is Addictive, Sponsors a Campaign on Drug Abuse", *New York Times*, Sept. 4, 2003.
326 Prosecution Memo.
327 Mark Alfonso to Jim Lang, cc: Michael Friedman, email, Oct. 3, 1997, cited in Prosecution Memo.
327 Michael Friedman to Richard Sackler, Feb. 16, 2001.
327 Goldenheim 2002 Testimony. Interrogé sur le sujet, un avocat de Paul Goldenheim m'a répondu : « Aucun des échanges relatifs aux cas d'usage détourné et abusif que vous citez ne diminue ne serait-ce qu'un tant soit peu la véracité du témoignage de Paul Goldenheim concernant le degré d'abus de la MS Contin, et le fait que l'augmentation anormale et inattendue des usages détournés et abusifs de l'OxyContin n'était pas connue avant le début de l'année 2000. » Cependant, il ne m'a pas fourni d'explications sur les nombreuses preuves indiquant que Purdue avait conscience bien avant 2000 de problèmes répandus et importants autour de l'usage de l'OxyContin, et de rapports sur l'abus généralisé de la MS Contin qui, selon Mark Alfonso, arrivaient « tout le temps, et de partout ». Soulignant qu'une enquête avait été menée sur Goldenheim, l'avocat affirmait que le Département de la Justice n'avait « pas conclu que son témoignage était faux ou trompeur ». En fait, le dossier d'accusation préparé par le Département de la Justice parvenait à cette conclusion

exacte, déclarant que Goldenheim et Friedman avaient effectué des témoignages « erronés et malhonnêtes » sur ces deux points. Michael Friedman n'a jamais évoqué publiquement ces événements depuis sa condamnation en 2007. Mes nombreux efforts pour le contacter sont restés vains.

327 Prosecution Memo.

327 Kaiko to Mortimer Sackler et al., email, March 3, 1997, cited in Prosecution Memo.

328 Law Department Memorandum from Udell to Mortimer D. Sackler et al., March 19, 1998, cited in Prosecution Memo. The original article was "Prescription Drugs Marked Up 5,000% on B.C. Black Market", *Ottawa Citizen*, Feb. 16, 1998.

328 Law Department Memorandum from Udell to John Stewart, cc: Michael Friedman, Dec. 10, 1998, cited in Prosecution Memo. The original article is "Chasing the Dragon's Tail", *Calgary Herald*, Aug. 29, 1998.

328 Law Department Memorandum from Udell to John Stewart, cc: Friedman, Jan. 5, 1999, cited in Prosecution Memo.

328 "OxyContin: Its Use and Abuse", Hearing Before the Subcommittee on Oversight and Investigations, Committee on Energy and Commerce, U.S. House of Representatives, Aug. 28, 2001.

332 Goldenheim 2002 Testimony.

332 Blumenthal to Richard Sackler, July 31, 2001.

333 Udell to Blumenthal, Aug. 10, 2001.

333 Meier, *Pain Killer* (2018), 185. Transcript of voice mail message from Hogen, March 15, 2001, cited in Prosecution Memo.

333 "Drug Maker Tied to Fatal Overdoses Avoids Blame", *Daily Report* (Fulton County, Ga.), April 30, 2002.

333 "Pain Relief", *Corporate Counsel*, Sept. 2002.

334 « Les pressions subtiles d'une petite coterie » : pour plus d'informations sur ce phénomène, voir Jesse Eisinger, *The Chickenshit Club: Why the Justice Department Fails to Prosecute Executives* (New York: Simon & Schuster, 2017).

334 "Pill Maker Attacks Negative Publicity", *Orlando Sentinel*, Oct. 21, 2003.

334 "A Rocky Road to Riches", *Los Angeles Times*, Jan. 25, 2008.

335 "Under Attack, Drug Maker Turned to Giuliani for Help", *New York Times*, Dec. 28, 2007.

335 "Ex-prosecutor Became Adviser to OxyContin", *Courier-Journal*, Nov. 23, 2001.

335 Testimony of Jay P. McCloskey, Committee on the

Judiciary, U.S. Senate, July 31, 2007.

336 RDS 2019 Deposition.

336 Foley to Richard Sackler, email, April 4, 2001.

337 Foley to Hon. James P. Jones, July 2, 2007. L'Académie américaine des traitements contre la douleur était un groupe un peu plus ancien, fondé en 1983.

337 "Pro-painkiller Echo Chamber Shaped Policy amid Drug Epidemic", AP, Sept. 19, 2016.

337 Richard Sackler to Jonathan Sackler, email, May 28, 2001, quoted in RDS 2019 Deposition.

337 Richard Sackler to Goldenheim, April 13, 2001.

338 Hogen to David Haddox, Aug. 5, 2000, quoted in Kessler Report.

338 "Fueling an Epidemic: Exposing the Financial Ties Between Opioid Manufacturers and Third Party Advocacy Groups", Ranking Member's Office, Homeland Security and Governmental Affairs Committee, U.S. Senate, Feb. 2018.

338 "The Pit Bull of Public Relations", *Business Week*, April 17, 2006.

338 "Heroic Dopeheads?", *New York Post*, Aug. 1, 2001.

339 Dezenhall to Hogen, Udell, and Friedman, Aug. 1, 2001.

339 "Inside Purdue Pharma's Media Playbook: How It Planted the Opioid 'Anti-story'", ProPublica, Nov. 19, 2019.

339 Dezenhall to Udell, Aug. 3, 2001. N'ayant apparemment pas connaissance de ce mail, ou du fait que je l'avais consulté, un porte-parole de Purdue m'a déclaré : « Il serait entièrement faux de suggérer qu'Eric Dezenhall a sollicité les services de Kroll pour mener ce genre d'enquête. »

339 "The Secret Keeper", *New Yorker*, Oct. 19, 2009.

339 "Pain Relief".

340 "They Haven't Got Time for the Pain", *Corporate Counsel*, Feb. 1, 2004.

340 Meier, *Pain Killer* (2018), 144.

340 "Saleswoman Sues OxyContin Maker over Dismissal", *Tampa Tribune*, Feb. 1, 2005.

341 Karen White Deposition, Dec. 17, 2003, quoted in Kessler Report.

341 "Did Drug Maker Know of OxyContin Abuse?", ABC News, Oct. 5, 2007.

341 Deposition of Karen White in *Karen White v. Purdue Pharma LP*, U.S. District Court, Middle District of Florida, 8:03-CV-1799-7: T-26MSS, May 5, 2004.

342 Plaintiff's Motion in Limine, *Karen White v. Purdue Pharma LP*, U.S. District Court, Middle District of Florida,

8:03-CV-1799-7: T-26MSS, Jan. 13, 2005.
342 "Saleswoman Sues OxyContin Maker over Dismissal".
343 "How Florida Ignited the Heroin Epidemic", *Palm Beach Post*, July 1, 2018.
343 "Purdue Fights Back with Media Blitz, Legal Offensive", *Orlando Sentinel*, Oct. 21, 2003.
343 "OxyContin Maker Sues to Get Plans Back", *Orlando Sentinel*, Dec. 14, 2002; Attorney General's Memorandum of Law in Opposition to Verified Emergency Complaint for Temporary and Permanent Injunction, *Purdue Pharma LP v. State of Florida*, Case n° 02-23184 CACE 02, Circuit Court, Broward County, Fla., Dec. 23, 2002.
343 Eric Dezenhall, *Glass Jaw: A Manifesto for Defending Fragile Reputations in an Age of Instant Scandal* (New York: Twelve, 2014), 32.
344 "Right Too Soon", *Columbia Journalism Review*, Aug. 23, 2017.
344 Timothy Bannon to Hon. James P. Jones, July 12, 2007.
344 "Inside Purdue Pharma's Media Playbook".
344 "The Accidental Addict", *Slate*, March 25, 2004.
344 "Sentinel Finishes Report About OxyContin Articles", *Orlando Sentinel*, Feb. 22, 2004.
344 Transcription de l'entretien de Meier avec Udell, Friedman et Goldenheim, 24 août 2001. Cette transcription, réalisée par Purdue et remise à la justice par la suite, ne précise pas de qui émanent les réponses des trois cadres. Je me repose ici sur les souvenirs de Barry Meier pour décider à qui attribuer quels propos.
345 Udell to Meier, Jan. 9, 2003. Dans une lettre adressée à Steven Murphy le 20 juin, Udell note qu'il a réitéré son offre à Meier le 5 juin.
345 Howard Udell to Steven Murphy, June 20, 2003.
345 Wettlaufer to Richard Sackler, July 27, 2001.
346 Richard Sackler to Wettlaufer, July 29, 2001.
346 A second email from Richard Sackler to Wettlaufer, July 29, 2001.
346 Wettlaufer to Richard Sackler, July 29, 2001.
346 Richard Sackler to Wettlaufer, July 30, 2001.
346 Wettlaufer to Richard Sackler, July 30, 2001.
347 Email cited in Amended Complaint, *State of Connecticut v. Purdue Pharma*, n° X07 HHD-CV-19-6105325-S, May 6, 2019. Further details about the email and the sender in RDS 2019 Deposition.
347 Email chain quoted in Kathe Sackler Deposition.

348 Meier, *Pain Killer* (2003), 12, 293-94.
348 "Correcting the Record: Times Reporter Who Resigned Leaves Long Trail of Deception", *New York Times*, May 11, 2003.
348 "The Times Chooses Veteran of Magazines and Publishing as Its First Public Editor", *New York Times*, Oct. 27, 2003.
348 "Repairing the Credibility Cracks", *New York Times*, May 4, 2013.
349 "Times Chooses Veteran of Magazines and Publishing as Its First Public Editor".
349 "The Delicate Balance of Pain and Addiction", *New York Times*, Nov. 25, 2003.
349 "The Public Editor: You Can Stand on Principle and Still Stub a Toe", *New York Times*, Dec. 21, 2003.
349 Entretien avec Okrent.
350 Entretien avec Meier.
350 "Public Editor: You Can Stand on Principle and Still Stub a Toe."

CHAPITRE 20 : LES BOUCS ÉMISSAIRES

353 Sauf indication contraire, les détails sur John Brownlee sont tirés d'un entretien avec Brownlee.
353 "7 Plead Guilty to Selling OxyContin", *Staunton (Va.) News Leader*, Sept. 20, 2001.
353 Chris McGreal, *American Overdose: The Opioid Tragedy in Three Acts* (New York: PublicAffairs, 2018), 137.
354 "Doctor Who Dispensed OxyContin Is Indicted", AP, Feb. 2, 2002.
354 Entretiens avec Rick Mountcastle, Brownlee et un autre procureur qui travaillait pour Brownlee à l'époque.
355 Entretien avec Mountcastle.
355 Statement of John L. Brownlee Before the Committee on the Judiciary, U.S. Senate, July 31, 2007 (ci-après nommé Brownlee Testimony).
356 Entretien avec Mountcastle.
356 Photo fournie à l'auteur par Brownlee.
357 Brownlee Testimony.
357 « système du tourniquet » : pour plus d'informations sur ce phénomène, voir Jesse Eisinger, *The Chickenshit Club: Why the Justice Department Fails to Prosecute Executives* (New York: Simon & Schuster, 2017).
358 Deposition of Howard Shapiro, *Commonwealth of Kentucky v. Purdue Pharma LP et al.*, Civil Action n° 07-CI-01303, April 15, 2015 (ci-après nommé Shapiro Deposition).
358 Entretiens avec Mountcastle and Brownlee.
358 Brownlee Testimony.
358 West Deposition.
359 Alfonso to Hogen, cc : Friedman, email, forwarded to

Udell, June 19, 2000, cited in Prosecution Memo.
359 Le résultat des recherches de Purdue figurait dans l'évaluation des produits de l'entreprise réalisée par Curtis Wright pour la FDA. Toutefois, interrogé plus tard sur la raison pour laquelle la sensation de manque avérée n'était pas mentionnée dans la notice originale, qu'il avait approuvée, Wright ne parviendrait pas à donner d'explication, affirmant qu'il n'arrivait pas à se rappeler quand, comment ni pourquoi les formulations finales s'étaient retrouvées dans la notice. Prosecution Memo.
360 Transcription de l'entretien de Barry Meier avec Friedman, Goldenheim et Udell, 24 août 2001.
360 Prosecution Memo.
260 Brownlee Testimony.
360 Project Team Contact Report, Sept. 17, 1992, cited in Prosecution Memo.
360 Reder to Udell and others, email, March 24, 1995, cited in Prosecution Memo.
360 Entretien avec Mountcastle.
361 Entretien avec Brownlee.
361 Prosecution Memo.
361 Sales call notes from Patricia Carnes, Jan. 20, 1999, cited in Prosecution Memo.
362 Transcription of Fleishman-Hillard interview with Friedman, May 12, 1999, cited in Prosecution Memo.
362 Spanos to Adam Rodriguez, June 16, 1999.
362 *I Got My Life Back, Part II*, Purdue Pharma promotional film, 2000.
363 "What Happened to the Post Children of OxyContin?", *Milwaukee Journal Sentinel*, Sept. 8, 2012.
364 Kathe Sackler Deposition.
364 D'après le GAO, les ventes d'OxyContin aux États-Unis avaient atteint 1,5 milliard de dollars en 2002. Si l'on ajoute à cela les autres produits de Purdue vendus dans le pays, et les revenus générés par ses filiales étrangères, le chiffre d'affaires total de l'entreprise devait avoisiner les 2 milliards de dollars.
364 President Jacques Chirac to Mortimer Sackler, April 4, 1997.
364 "Drugs Mogul with Vast Philanthropic Legacy", *Financial Times*, April 23, 2010.
364 "Blessed Are the Very, Very Rich", *Harpers & Queen*, Feb. 1992.
364 RDS 2019 Deposition.
365 Russell Gasdia, email, March 8, 2008, cited in Massachusetts Complaint.
365 Entretien avec Hogen.
365 Friedman to Richard Sackler, email, 2006, cited in Complaint in *State of Oregon v. Richard S. Sackler et al.*, Circuit Court of the State of Oregon, nº 19CV22185, Aug. 30, 2019.

365 Declarations of Jonathan Sackler, Kathe Sackler, and Mortimer Sackler, cited in Massachusetts Complaint.
365 Massachusetts Complaint.
365 Kathe Sackler to Mortimer Sackler, quoted in Kathe Sackler Deposition.
366 Entretien avec Brownlee.
366 Entretien avec Mountcastle.
367 Prosecution Memo.
368 « 1,6 milliard » : Shapiro Deposition. Rick Mountcastle n'a pas contesté ce chiffre.
368 Entretiens avec Paul Pelletier, Rick Mountcastle et d'autres anciens fonctionnaires ayant participé à l'affaire.
368 Prosecution Memo.
369 Ogrosky to Steve Tyrrell and Paul Pelletier (Criminal Division, Department of Justice), internal memorandum, Oct. 6, 2006.
370 Shapiro Deposition.
370 "Top Justice Official Admits Abramoff Fueled His Regal Life", McClatchy, April 22, 2008.
370 Shapiro Deposition; entretiens avec Mountcastle, Brownlee et un autre avocat ayant participé à la réunion.
371 Entretien avec Alice Fisher.
371 Entretien avec Brownlee.
371 Entretien avec Paul McNulty.
372 Entretien avec Pelletier.
372 Shapiro Deposition.
372 John Brownlee to Andrew Good, Mark F. Pomerantz, and Mary Jo White, October 18, 2006. Un indice laissant entendre que le procureur général adjoint avait bel et bien participé à cette décision réside dans le fait que l'un des destinataires de cette lettre, mis en copie avec Alice Fisher, Rudy Giuliani et d'autres personnes, est Ronald Tempas, qui était l'adjoint de McNulty.
372 Brownlee Testimony.
373 Entretien avec Paul McNulty.
374 Brownlee Testimony.
374 Entretiens avec Pelletier and Mountcastle.
375 "Ruling Is Upheld Against Executives Tied to OxyContin", *New York Times*, Dec. 15, 2010.
375 "Three Executives Spared Prison in OxyContin Case", *New York Times*, July 21, 2007.
375 Statement of U.S. Attorney John Brownlee, May 10, 2007.
376 Photographs by Don Petersen for the *Times*. "Narcotic Maker Guilty of Deceit over Marketing", *New York Times*, May 11, 2007.
376 Entretien avec Meier.
376 "In Guilty Plea, OxyContin Maker to Pay $600 Million", *New York Times*, May 10, 2007.
376 Lynn Locascio Testimony, *United States v. Purdue Frederick et al.*, U.S. District Court, Western District of Virginia, 1:07CR29, July 20, 2007.
377 Ed Bisch Testimony, *United States v. Purdue Frederick et al.*, U.S. District Court, Western District of Virginia, 1:07CR29, July 20, 2007.

377 Kenny Keith Testimony, *United States v. Purdue Frederick et al.*, U.S. District Court, Western District of Virginia, 1:07CR29, July 20, 2007.
378 Statement of U.S. Attorney John Brownlee, May 10, 2007.
378 Howard Shapiro remarks, *United States v. Purdue Frederick et al.*, U.S. District Court, Western District of Virginia, 1:07CR29, July 20, 2007.
378 Ira Friedman to Hon. James P. Jones, June 7, 2007.
378 Anne Goldenheim to Hon. James P. Jones, July 16, 2007.
378 Silbert to Hon. James P. Jones, July 13, 2007.
378 Jeffrey Udell to Hon. James P. Jones, July 1, 2007.
379 Entretien avec Mountcastle.
379 McCloskey to Hon. James P. Jones, July 9, 2007.
379 Mary Jo White remarks, *United States v. Purdue Frederick et al.*, U.S. District Court, Western District of Virginia, 1:07CR29, July 20, 2007.
380 Statement of John Brownlee on the Guilty Plea of the Purdue Frederick Company and Its Executives for Illegally Misbranding OxyContin, May 10, 2007.
380 "Brownlee Resigns; May Run for Office", *Roanoke (Va.) Times*, April 17, 2008; "Brownlee Announces Run for Attorney General", *Richmond Times-Dispatch*, May 20, 2008.
380 Entretien avec Mountcastle.
380 Board Minutes, Feb. 14, 2008, cited in Massachusetts Complaint.
380 Board Minutes, Oct. 25, 2006, cited in Massachusetts Complaint.
381 Silbert to Hon. James P. Jones, July 13, 2007.
381 Kathe Sackler Deposition.
381 Entretien avec Ritchie.
381 Board Minutes, Feb. 14, 2008, cited in Massachusetts Complaint.
381 Board Minutes, Nov. 21, 2008, cited in Massachusetts Complaint.
381 Board Minutes, Nov. 6, 2008, cited in Massachusetts Complaint.
381 Gary Harney Testimony, *United States v. Purdue Frederick et al.*, U.S. District Court, Western District of Virginia, 1:07CR29, July 20, 2007.
381 Statement of Senator Arlen Specter, Committee on the Judiciary, U.S. Senate, July 31, 2007.
382 Entretien avec Camp. Purdue a licencié Camp en 2014, et elle s'est plainte par la suite des circonstances de ce licenciement ; mais j'ai vérifié la plus grande partie des informations qu'elle m'a données au fil de plusieurs longs entretiens, et son témoignage m'a semblé crédible.
382 Board Minutes, Feb. 8, 2008.
382 RDS 2015 Deposition.

CHAPITRE 21 : LES TURKS

385 "Rainmakers and Amanyara Villas", *New York Times*, Sept. 14, 2007.
386 "Two Looks, Two Lives", *Savvy*, Sept. 1981. L'entreprise de Geri s'appelait Colturae Inc.
386 Biographie de Mortimer D. A. Sackler, site internet du Vitality Institute.
386 "Wild at Heart", *Vogue*, Oct. 2013.
386 "The New Dot.com Society", *Vogue*, April 2000.
387 "Wild at Heart".
387 "Sackler Family Member Sells Upper East Side Townhouse for $38 Million", *New York Times*, Jan. 31, 2020.
387 Sauf indication contraire, la description de l'Amanyara repose sur des entretiens avec un ami de Mortimer qui lui avait rendu visite là-bas, et un professeur de yoga que la famille avait emmené. "Inside Amanyara, a Peaceful Sanctuary in Turks and Caicos", *Vanity Fair*, May 15, 2018.
387 "Inside Amanyara, a Peaceful Sanctuary in Turks and Caicos".
387 "First Look at Amanyara", *Travel + Leisure*, April 2, 2009.
388 "First Look at Amanyara".
388 Entretien avec le professeur de yoga.
389 Entretien avec l'ancien professeur de yoga.
389 "Moment of Silence Held by Country Leaders for Drowned Haitians", Magnetic Media, Jan. 25, 2017.
389 "Donatella's New York State of Mind", *Women's Wear Daily*, Feb. 7, 2006.
389 "Cocktails for Arts: Museums Compete for Young Patrons", *International Herald Tribune*, Jan. 13, 2006.
390 Kathe Sackler Deposition.
390 B Side Defenses.
390 Feb. 2008 email from Mortimer D. A. Sackler to Richard and Jonathan Sackler, cited in Amended Complaint, *State of Connecticut v. Purdue Pharma LP et al.*, n° X07 HHD-CV-19-6105325-S, Connecticut Superior Court, May 6, 2019.
391 "At Purdue Pharma, Business Slumps as Opioid Lawsuits Mount", *Wall Street Journal*, June 30, 2019. En réponse à une de mes demandes de précision, Purdue Pharma m'a indiqué que l'OxyContin avait rapporté seulement 2,3 milliards de dollars en 2009 ; mais si l'on prend en compte les remboursements et d'autres points de détail, on peut calculer ce chiffre de plusieurs façons.
391 Statement of John Brownlee on the Guilty Plea of the Purdue Frederick Company and Its Executives for Illegally Misbranding OxyContin, May 10, 2007.

391 Des représentants de la famille Sackler et de Purdue m'ont assuré à de multiples reprises depuis 2017 que l'entreprise s'était conformée scrupuleusement à la réglementation durant cette période.

391 « les vieilles techniques de vente » : la Massachusetts Complaint en présente de nombreux exemples.

391 *Clinical Issues in Opioid Prescribing*, Purdue pamphlet, 2008, cited in Massachusetts Complaint. "Providing Relief, Preventing Abuse", also distributed by Purdue, cited in Tennessee Complaint. Dans des documents juridiques, un ancien employé de Purdue qui avait rejoint l'entreprise en 2009 et y avait été représentant de commerce pendant six ans affirme : « Je parlais aussi de pseudo-dépendance avec les médecins. » Declaration of Sean Thatcher, *State of Montana v. Purdue Pharma LP et al.*, Case n° ADV-2017-949, Montana First Judicial Court, Feb. 16, 2018.

391 Notes from Purdue sales representatives' training notebooks, dating from 2009 and 2012, reproduced in Tennessee Complaint.

392 Pamela Taylor, email, May 16, 2008; Executive Committee notes, April 16, 2008; presentation by Luntz, Maslansky Strategic Research, April 16, 2008, cited in Massachusetts Complaint.

392 "Providing Relief, Preventing Abuse" (2008), cited in Massachusetts Complaint.

392 In the Face of Pain website, cited in Massachusetts Complaint.

392 Board Report, Oct. 15, 2008, cited in Massachusetts Complaint.

392 "Unnecessarily Dangerous Drug Combo Caused Heath Ledger's Death", *Wired*, Feb. 6, 2008.

392 Senator Joe Biden Opening Statement, Hearing on Prescription and Over-the-Counter Drug Abuse, Subcommittee on Crime and Drugs, Committee on the Judiciary, U.S. Senate, March 12, 2008.

393 Complaint in *City of Everett v. Purdue Pharma*, Case n° 17 2 00469 31, Superior Court of the State of Washington, Jan. 19, 2017; "More Than 1 Million OxyContin Pills Ended Up in the Hands of Criminals and Addicts. What the Drugmaker Knew", *Los Angeles Times*, July 10, 2016.

393 "More Than 1 Million OxyContin Pills Ended Up in the Hands of Criminals and Addicts."

393 Ringler to Jack Crowley, Sept. 2, 2009; "More Than 1 Million OxyContin Pills Ended Up in the Hands of Criminals and Addicts."

394 Ringler to Jack Crowley, Sept. 2, 2009.

394 Ringler to Jack Crowley, Sept. 1, 2009.
394 Crowley to Ringler, Sept. 1, 2009.
394 "More Than 1 Million OxyContin Pills Ended Up in the Hands of Criminals and Addicts."
394 "OxyContin Closely Guards Its List of Suspect Doctors", *Los Angeles Times*, Aug. 11, 2013.
395 Kathe Sackler to Ed Mahony et al., March 11, 2008, cited in Massachusetts Complaint and reproduced in B Side Defenses.
395 Burt Rosen Deposition, *In re National Prescription Opiate Litigation*, U.S. District Court, Northern District of Ohio, 1:17-MD-2804, Jan. 16, 2019 (ci-après nommée Rosen Deposition).
395 "Let Me Stay in the Game: Purdue's Ex-G.C. Fights a Prohibition Against Working with the Government", *Corporate Counsel*, Feb. 1, 2011.
395 Howard Udell Obituary, *New York Times*, Aug. 5, 2013.
396 Massachusetts Complaint.
396 Derek McGinnis, *Exit Wounds: A Survival Guide to Pain Management for Returning Veterans and Their Families* (Washington, D.C.: Waterford Life Sciences, 2009), 5, 106-7.
396 "Howard Udell: Helped Hundreds of Veterans with Legal Problems", *Hartford Courant*, Sept. 3, 2013.
397 Kathe Sackler Deposition.
399 « une note adressée au reste du clan » : ces propos semblent être apparus pour la première fois dans une note de F. Peter Boer à Richard (re: CEO CONSIDERATIONS), datée du 12 avril 2008. Cependant, on avance dans Massachusetts Complaint que Richard les avait entérinés, vraisemblablement en corrigeant ou en approuvant la note. Fait significatif, dans les B Side Defenses, des avocats représentant Richard citent ces propos sans contester la description de Massachusetts Complaint selon laquelle Richard avait « écrit » la note. (La « défense » présentée par les avocats de Richard dans ce cas-là est que cette discussion à propos de la loyauté du P-DG avait eu lieu dans le contexte d'un rachat possible de Purdue, et n'avait « aucun lien avec des pratiques marketing trompeuses »).
399 Robert Josephson to *New Yorker*, email, Oct. 19, 2017; Massachusetts Complaint.
399 Massachusetts Complaint.
400 Jonathan Sackler to Theresa Sackler, June 23, 2016.
400 Mortimer D. A. Sackler, emails, Nov. 23 and 24, 2010, cited in Massachusetts Complaint.
400 Email exchange between David, Jonathan, and Richard Sackler, Nov. 12, 2014.

400 Purdue Pharma 10-Year Plan, June 24, 2010, cited in Massachusetts Complaint.

400 « En 2011, Mortimer D. A. Sackler a exigé que le budget de 2012 prévoie un poste réduit pour le département recherche et développement : "Nous devons ramener les dépenses et l'investissement en R&D à un niveau correspondant aux revenus que nous avons actuellement, et au manque de diversification de ces revenus." » Complaint in *State of Oregon v. Richard S. Sackler et al.*, Circuit Court of the State of Oregon, n° 19CV22185, Aug. 30, 2019.

401 Jonathan Sackler to Richard Sackler et al., email, Oct. 12, 2014, cited in Settlement Agreement between the United States Department of Justice and Dr. Richard Sackler, David Sackler, Mortimer D. A. Sackler, Kathe Sackler, and the Estate of Jonathan Sackler, Oct. 21, 2020 (ci-après nommé DOJ Sackler Settlement).

401 "Judge Says Maker of OxyContin Misled Officials to Win Patents", *New York Times*, Jan. 6, 2004.

401 Opinion and Order, *Purdue Pharma LP v. Endo Pharmaceuticals Inc.*, 00 Civ. 8029 (SHS), Southern District of New York, Jan. 5, 2004.

401 Edward Mahony to Hon. James P. Jones, July 11, 2007.

402 Opinion, *Purdue Pharma LP et al. v. Endo Pharmaceuticals*, U.S. Court of Appeals for the Federal Circuit, Feb. 1, 2006.

402 « maximiser les profits » : Les détails de cette affaire juridique et commerciale sont trop complexes pour être entièrement retracés ici, mais en voici un résumé. Endo a remis en cause la validité du brevet de Purdue pour l'OxyContin et obtenu un jugement qui invalidait l'exclusivité d'exploitation de Purdue en 2004. Après ce verdict, Endo et plusieurs autres entreprises ont lancé des versions génériques de l'OxyContin. Mais Purdue a obtenu gain de cause en cour d'appel en 2006, s'est arrangée à l'amiable avec les autres entreprises (qui ont retiré leurs génériques du marché), et a recouvré son monopole. Voir "Endo Defiant over Generic Oxy-Contin Knockback", *Pharma Times*, Feb. 7, 2006; "Purdue Fends Off Generic OxyContin Competition", Law360, Aug. 29, 2006; Settlement Agreement, Aug. 28, 2006, signed by Mortimer Sackler, Michael Friedman, and others, SEC Archives.

402 Entretien avec Nancy Camp.

402 Mike Innaurato, email, Dec. 3, 2009, cited in Massachusetts Complaint.

402 Mahony, email, Feb. 26, 2008, cited in Massachusetts Complaint.

402 Richard Sackler, email, July 12, 2009, cited in Massachusetts Complaint.
402 Richard Sackler, email, Oct. 8, 2009, cited in Massachusetts Complaint.
402 Robert Barmore, email, Oct. 8, 2009; Dipti Jinwala, email, Oct. 8, 2009; David Rosen, email, Oct. 8, 2009, all cited in Massachusetts Complaint.
402 "Identifying Granular Growth Opportunities for OxyContin: Addendum to July 18th and August 5th Updates", McKinsey & Company to John Stewart and Russ Gasdia, confidential memo, Aug. 8, 2013.
402 McKinsey Presentation, Sept. 11, 2009, cited in Massachusetts Complaint.
402 Jonathan Cain to McKinsey colleagues, email, Oct. 16, 2008.
403 "Dr. Mortimer Sackler", *Times* (London), April 13, 2010.
403 "Choir's on Song as Star Cricketer Makes His Catch", *South Wales Evening Post*, Jan. 6, 2010.
403 "Inside the Sackler Scandal", *Tatler*, March 22, 2019.
403 "Mortimer D. Sackler, Arts Patron, Dies at 93", *New York Times*, March 31, 2010.
403 Certaines versions publiées de cette nécrologie comprenaient bien une référence à l'OxyContin ; d'autres non.

CHAPITRE 22 : UN COMPRIMÉ INALTÉRABLE

405 William N. Evans, Ethan Lieber, and Patrick Power, "How the Reformulation of OxyContin Ignited the Heroin Epidemic", *Review of Economics and Statistics* 101, nº 1 (March 2019).
406 Entretien avec Craig Landau.
406 Mortimer Sackler, email, Feb. 12, 2008, cited in Massachusetts Complaint.
407 « plusieurs brevets » : voir par exemple U.S. Patent nº 7727557, "Pharmaceutical Formulation Containing Irritant", filed September 22, 2006, United States Patent and Trademark Office.
407 Complaint in *State of Oregon v. Richard S. Sackler et al.*, Circuit Court of the State of Oregon, nº 19CV22185, Aug. 30, 2019.
407 FDA, "FDA Approves New Formulation of OxyContin", news release, April 5, 2010.
407 "Purdue Pharma L.P. Statement on FDA Approval of New Label for Reformulated OxyContin® (Oxycodone HCL Controlled-Release) Tablets CII and Citizen Petition Regarding Withdrawal of Original Formulation due to Safety", April 18, 2013.
408 FDA, "FDA Approves New Formulation of OxyContin."

La nouvelle formule de l'OxyContin a été approuvée en 2010 ; les arguments sur les propriétés anti-abus du produit en 2013. Mais les études, qui avaient d'abord été annoncées en 2010, étaient encore loin d'être achevées lorsque la nouvelle notice a été approuvée ; en fait, ce n'est qu'en 2020 que la FDA a publié les résultats complets de ces études.

408 Roger Collier, "Drug Patents: The Evergreening Problem", *Canadian Medical Association Journal*, June 11, 2013.

409 Alfonso to Friedman, Jan. 25, 2001.

409 "OxyContin Maker Guards Exclusivity", *Wall Street Journal*, June 27, 2012; "Purdue Pharma Is Taking Advantage of Patent Law to Keep OxyContin from Ever Dying", *Quartz*, Nov. 18, 2017.

409 Purdue Pharma LP Citizen Petition, n° FDA-2012-P-0760 (July 13, 2012). La requête de Purdue auprès de la FDA arguait que si on autorisait la vente de génériques de l'OxyContin, « les abus d'oxycodone à libération prolongée pourraient revenir au niveau constaté avant le lancement de l'OxyContin reformulée ». Au cas où on aurait douté des motivations de l'entreprise, un consultant de Purdue expliquerait à la FDA que si l'agence autorisait des génériques de l'OxyContin, cela « réduirait considérablement » les raisons de « vouloir réaliser les importants investissements en recherche et développement nécessaires pour sortir des produits inaltérables sur le marché ». Complaint in *State of Washington v. Purdue Pharma, L.P. et al.*, Sept. 28, 2017.

409 "Abuse-Deterrent Properties of Purdue's Reformulated OxyContin (Oxycodone Hydrochloride) Extended-Release Tablets", Memorandum from Douglas Throckmorton to Janet Woodcock, April 16, 2013; "FDA Bars Generic OxyContin", *New York Times*, April 16, 2013.

410 "Purdue Pharma L.P. Statement on FDA Approval of New Label for Reformulated Oxycontin® (Oxycodone HCL Controlled-Release) Tablets CII and Citizen Petition Regarding Withdrawal of Original Formulation due to Safety."

410 Richard Sackler to Gasdia, Jan. 30, 2011.

411 Delaware Complaint.

411 Richard Sackler to Gasdia, June 16, 2011.

411 Gasdia to Weinstein, June 16, 2011.

411 Weinstein to Gasdia, June 16, 2011.

411 Memorandum of Law in Support of the Individual

Directors' Motion to Dismiss for Lack of Personal Jurisdiction, *Commonwealth of Massachusetts v. Purdue Pharma LP et al.*, Civil Action n° 1884-CV-01808(B), April 1, 2019; les B Side Defenses notent que Richard avait effectué « un seul déplacement avec des délégués en 2011 dans le comté de Fairfield », ajoutant qu'il n'avait pas *personnellement* « participé à leurs opérations de promotion ou de marketing ».

412 Gasdia to Stewart, March 7, 2012.

412 Stewart to Gasdia, March 8, 2012.

412 Richard Sackler, email, July 20, 2011, cited in Massachusetts Complaint.

412 Richard Sackler, email, March 9, 2011, cited in Massachusetts Complaint.

412 Richard Sackler to Russell Gasdia, email, March 16, 2011.

412 Mortimer Sackler, emails, April 5 and 8, 2011, cited in Massachusetts Complaint.

412 Executive Committee Notes, May 12, 2011, cited in Massachusetts Complaint.

412 Richard Sackler to Gasdia, June 16, 2011.

412 Gasdia, email, Feb. 27, 2014, cited in Massachusetts Complaint.

413 Richard Sackler,. email, June 10, 2014, cited in Massachusetts Complaint.

413 Board Presentation, April 14, 2011, cited in Massachusetts Complaint.

413 Stuart Baker, email, Aug. 16, 2010; Presentation by Paul Coplan, Aug. 19, 2010.

413 Stewart to Richard Sackler, Feb. 22, 2008, cited in Massachusetts Complaint.

413 Massachusetts Complaint.

413 "Drug Is Harder to Abuse, but Users Persevere", *New York Times*, June 15, 2011.

414 Tara Gomes et al., "Reformulation of Controlled-Release Oxycodone and Pharmacy Dispensing Patterns near the US-Canada Border", *Open Med*, Nov. 13, 2012.

414 Robert Josephson, email, Oct. 19, 2017.

414 Evans, Lieber, and Power, "How the Reformulation of OxyContin Ignited the Heroin Epidemic".

414 "CDC Guidelines for Prescribing Opioids for Chronic Pain", Centers for Disease Control and Prevention, March 18, 2016.

414 La FDA a publié en 2020 les résultats des études « post-marché » sur l'efficacité de l'OxyContin reformulée pour faire baisser la surconsommation. "OxyContin Abuse Deterrent Formulation (ADF)", FDA Briefing Document, Joint Meeting of the Drug Safety and

Risk Management (DSaRM) Advisory Committee and Anesthetic and Analgesic Drug Products Advisory Committee (AADPAC), Sept. 10-11, 2020.

415 Howard Chilcoat et al., "Changes in Prescriptions of OxyContin and Opana After Introduction of Tamper Resistant Formulations Among Potentially Problematic and Comparator Prescribers", *Drug and Alcohol Dependence*, July 1, 2014. Un porte-parole de Purdue a confirmé cette baisse de 25 %.

415 Entretien avec Craig Landau.

415 DOJ Sackler Settlement.

415 "Drug Is Harder to Abuse, but Users Persevere."

417 Quinones, *Dreamland*, 65.

418 Déclaration conjointe des familles de Raymond et Mortimer Sackler, envoyée par Davidson Goldin, représentant de la famille de Raymond, en collaboration avec les représentants de la famille de Mortimer, 1er octobre 2020. (« Les membres de la famille compatissent grandement avec les personnes souffrant d'addiction, et sont profondément attachés à la recherche de solutions au problème complexe de surconsommation d'opioïdes qui affecte notre pays. Selon les données du gouvernement américain, la hausse des morts d'overdose liées aux opioïdes découle avant tout du trafic d'héroïne et de fentanyl en provenance de la Chine et du Mexique. »)

419 "A Family, and a Transformative Legacy", *Medicine@Yale*, July/Aug. 2014.

419 *Opioid Addiction: 2016 Facts & Figures*, American Society of Addiction Medicine.

419 Theodore J. Cicero and Matthew S. Ellis, "Abuse-Deterrent Formulations and the Prescription Opioid Abuse Epidemic in the United States: Lessons Learned from OxyContin", *JAMA Psychiatry* 72, nº 5 (2015).

420 Entretien avec Davis.

420 Evans, Lieber, and Power, "How the Reformulation of OxyContin Ignited the Heroin Epidemic". Il y avait bien évidemment d'autres facteurs qui auraient pu contribuer à la hausse de la consommation d'héroïne – les habitudes de prescription plus rigoureuses des médecins, la fermeture des usines à pilule, l'augmentation de l'offre décrite par Quinones. Mais ces arguments n'expliquent pas la hausse soudaine constatée en 2010, qui coïncidait si précisément avec la reformulation de l'OxyContin. En 2020, la FDA a publié les résultats d'études menées sur une dizaine d'années au sujet de la reformulation du médicament, et conclu qu'il n'existait pas assez de preuves pour déduire que la reformulation avait entraîné une réduction de la surconsommation générale d'OxyContin (parce que les gens continuaient à en surconsommer par voie orale) et – dans la catégorie des « conséquences néfastes imprévues » – que « toute baisse du nombre d'overdoses par médicaments opioïdes [...] avait pu être compensée, ou plus que compensée, par l'augmentation des overdoses dues aux opioïdes illicites qu'on leur avait substitués. » Christina R. Greene, "Literature Review: Impact of Reformulated OxyContin on Abuse and Opioid-Related Morbidity and Mortality", FDA, Sept. 10-11, 2020.

CHAPITRE 23 : LES AMBASSADEURS DE LA DOULEUR

421 "Democrats Reap $91,000 from Charter Schools Advocate and His Family", *Hartford Courant*, June 21, 2014.
422 "Sackler Family Opioid Fortune Backed CT Charter Schools", *New Haven (Conn.) Register*, March 9, 2019; 2017 Form 990 Tax Returns for the Bouncer Foundation.
422 "The 'Dangerous' Filmmaking of Madeleine Sackler", *Backstage*, July 8, 2014.
422 "Q&A: Madeleine Sackler", C-SPAN, June 24, 2010.
422 Documentary short list, 2010 Academy Awards.
422 "A Prison Film Made in Prison", *New Yorker*, Jan. 29, 2018.
423 Entretien avec Jeffrey Wright.
424 "A Prison Film Made in Prison".
424 Biographie de Madeleine Sackler, tirée de son site internet personnel.
424 "OxyContin Heiress Madeleine Sackler Pays Cash on L.A.'s Eastside", Dirt.com, Jan. 30, 2020.
424 Massachusetts Complaint.
425 "A Prison Film Made in Prison".
425 "Indiana — Opioid-Involved Deaths and Related Harms", National Institute of Drug Abuse, April 2020.
425 U.S. Opioid Prescribing Rate Maps for 2015, CDC website.
425 David Bursten (Indiana Department of Public Correction) to *The New Yorker*, email.
425 "A 'Rare Case Where Racial Biases' Protected African-Americans", *New York Times*, Dec. 6, 2019.
425 "Pence Reinstates Mandatory Minimum Prison Terms for Some Drug Crimes", *Times of Northwest Indiana*, March 21, 2016.
425 "Quick Facts: Heroin Trafficking Offenses", U.S. Sentencing Commission.

426 "Madeleine Sackler's Films Praised, but She Faces Scrutiny over Opioid Wealth", *Guardian*, May 2, 2018.
426 Jonathan Sackler to Kathey Walsh, Jan. 2, 2014, reproduced in B Side Defenses.
426 Zach Perlman, email, Dec. 9, 2015, cited in Massachusetts Complaint.
426 Delaware Complaint.
426 Jonathan Sackler, email, Jan. 2, 2014, cited in Massachusetts Complaint.
427 "A Prison Film Made in Prison".
428 "The Premiere of 'O.G.', the Film Made Inside an Indiana Prison", *New Yorker*, April 24, 2018.
428 Images Getty de "'The O.G.' Experience", un événement organisé par HBO au Studio 525 le 23 février 2019.
428 Jeffrey Wright to Madeleine Sackler, October 26, 2017.
428 Entretien avec Jeffrey Wright.
428 The Raymond Sackler Family's Opposition to the Official Committee of Unsecured Creditors' Exceptions Motion, *In re Purdue Pharma LP et al., Debtors*, U.S. Bankruptcy Court, Southern District of New York, Chapter 11, Case nº 19-23649 (RDD), Oct. 14, 2020.
429 Moab Partners LP, U.S. Securities and Exchange Commission, Form D.
429 Massachusetts Complaint.
429 "'We Didn't Cause the Crisis': David Sackler Pleads His Case on the Opioid Epidemic", *Vanity Fair*, June 19, 2019.
429 "Cash Transfers of Value Analysis", Dec. 16, 2019, audit réalisé par AlixPartners et présenté au tribunal chargé des faillites de White Plains.
429 Entretien avec Camp.
430 Mortimer D.A. Sackler to Kerry Sulkowicz, July 16, 2017.
431 David Sackler to Richard, Beth and Joss Sackler, June 12, 2015.
433 "Inside the Room Where Tech Actually Vies for Military Jobs", *Wired*, March 12, 2019; Clare Sackler website.
433 Deposition of Marianna Sackler, *In re Purdue Pharma LP et al., Debtors*, United States Bankruptcy Court, Southern District of New York, Case nº 19-2649 (RDD), September 2, 2020.
433 David Sackler to Richard, Beth, and Joss Sackler, June 12, 2015.
433 Tuija Catalano to Rich Hillis of the San Francisco Planning Commission, re: 2921 Vallejo Street, Oct. 16, 2017 (citing a complaint by Marianna and her husband, James Frame, in a property dispute).
433 "Hedge Fund Tosses Family That Controls Maker of

Oxy-Contin", *Wall Street Journal*, March 7, 2019.

433 "On Hospitality with Jeff Lefcourt of the Smith and Jane", OpenTable, April 2, 2016.

433 "Homes Gossip", *Evening Standard*, July 20, 2010.

433 "How Family Fortune Bankrolls London Arts", *Evening Standard*, March 19, 2018.

433 Les détails sur Marissa Sackler sont tirés de "Marissa Sackler: Busy Bee", *W*, May 19, 2014. La description de sa façon de s'exprimer repose sur plusieurs conférences qu'elle a données, disponibles sur YouTube.

434 "New Serpentine Sackler Gallery Opens as Michael Bloomberg Steps In as Chairman", *Evening Standard*, Sept. 25, 2013.

434 Site internet de Westminster Abbey.

434 "How Family Fortune Bankrolls London Arts".

434 2011 Honouree: Theresa Sackler. Arts and Business Cymru.

435 L'adresse de Mundipharma House est 14 Par La Ville Road, Hamilton HM 08, Bermuda.

435 Entretien avec un ancien conseiller financier de la famille. Voir aussi "The Sackler Files: How the Tax Haven of Bermuda Played Key Role in £10 Billion Family Fortune", *Evening Standard*, May 11, 2018.

436 "OxyContin Goes Global", *Los Angeles Times*, Dec. 18, 2016.

437 Draft Note to the Board, in Richard Sackler to David Sackler, Nov. 12, 2014.

437 Jonathan Sackler to Richard Sackler et al., email, Oct. 12, 2014, cited in DOJ Sackler Settlement.

437 "China Rises as Key Market for Leading Opioid Producer", *Nikkei Asian Review*, Jan. 25, 2019.

437 "OxyContin Goes Global."

437 "How Big Pharma Is Targeting India's Booming Opioid Market", *Guardian*, Aug. 27, 2019.

437 "Fake Doctors, Pilfered Medical Records Drive Oxy China Sales", AP, Nov. 20, 2019.

438 "OxyContin Goes Global."

439 Board Presentation on Abuse Deterrent Strategy, March 21, 2013, cited in Massachusetts Complaint.

439 Report and Recommendations Concerning the Relationship of the Sackler Family and Purdue Pharma with Tufts University, Prepared by Yurko, Salvesen & Remz, PC, for Tufts University, Dec. 5, 2019 (ci-après nommé Tufts Report).

439 RDS 2019 Deposition.

440 Damas, email, Oct. 20, 2014, quoted in Vermont Complaint.

CHAPITRE 24 : *IT'S A HARD TRUTH, AIN'T IT ?*

441 Memorandum in Support of Purdue's Motion to Change Venue, *Commonwealth of Kentucky v. Purdue Pharma LP*, Pike Circuit Court, Division II, Civ. Action nº 07-CI-01303, June 10, 2013.

442 Entretiens avec Mitchel Denham et Tyler Thompson.

442 "Professor Bobbitt", *New York Observer*, Oct. 14, 2008.

443 Draft Note to the Board, in Richard Sackler to David Sackler, Nov. 12, 2014.

444 David Sackler to Jonathan and Richard Sackler, Nov. 12, 2014.

444 David Sackler to Jonathan and Richard Sackler, Oct. 7, 2014, reproduced in B Side Defenses.

444 Raymond Sackler to Richard, Jonathan, and David Sackler, May 5, 2014. La note en question n'est pas incluse dans le mail que j'ai consulté, mais est décrite *in* Delaware Complaint et Massachusetts Complaint.

445 Arnab Ghatak to McKinsey colleagues, email, Aug. 23, 2013.

445 Martin Elling to Rob Rosiello, email, Aug. 24, 2013.

445 Richard est né le 10 mars 1945.

445 Video recording of RDS 2015 Deposition.

445 Entretien avec Denham.

445 Sauf indication contraire, la description de la déposition de Richard dans le Kentucky en 2015 est tirée d'une transcription et d'une vidéo de cette déposition.

446 Entretien avec Thompson.

448 "OxyContin Maker to Pay State $24 Million to Settle Claim It Marketed Powerful Painkiller Improperly", *Lexington (Ky.) Herald-Leader*, Dec. 23, 2015.

448 "How Judges Added to the Grim Toll of Opioids", Reuters, June 25, 2019.

449 Agreed Judgment and Stipulation of Dismissal with Prejudice, *Commonwealth of Kentucky v. Purdue Pharma et al.*, Civil Action nº 07-CI-01303, Commonwealth of Kentucky, Pike Circuit Court, Dec. 22, 2015.

449 "STAT Goes to Court to Unseal Records of OxyContin Maker", STAT News, March 15, 2016.

449 Order, *Boston Globe Life Sciences Media LLC, d/b/a STAT v. Purdue Pharma LP et al.*, Action nº 07-CI-01303, Commonwealth of Kentucky, Pike Circuit Court, May 11, 2016.

449 "Purdue Pharma Files Appeal of Decision to Unseal OxyContin Records", STAT News, May 17, 2016.

449 "OxyContin Maker Closely Guards Its List of Suspect Doctors", *Los Angeles Times*, Aug. 11, 2013.
450 Entretien avec Davis.
450 "OxyContin Maker Closely Guards Its List of Suspect Doctors."
450 Damas, email, June 30, 2014, cited in Massachusetts Complaint.
450 Scott Glover, email, Aug. 14, 2014, cited in Massachusetts Complaint.
451 Richard Sackler to Damas, Nov. 18, 2013, cited in Massachusetts Complaint.
451 Damas, email, Nov. 18, 2013, cited in Massachusetts Complaint.
451 "'You Want a Description of Hell?': OxyContin's 12-Hour Problem", *Los Angeles Times*, May 5, 2016.
451 "OxyContin Goes Global", *Los Angeles Times*, Dec. 18, 2016.
451 Katherine Clark et al. to Dr. Margaret Chan, May 3, 2017.
453 "CDC Guidelines for Prescribing Opioids for Chronic Pain — United States, 2016", CDC website, March 18, 2016.
453 "OxyContin Maker Closely Guards Its List of Suspect Doctors."
453 Midyear Update, June 8, 2016, cited in Massachusetts Complaint.
453 Board of Directors: Purdue Midyear Preread, June 2017, cited in Massachusetts Complaint.
456 "A Pain-Drug Champion Has Second Thoughts", *Wall Street Journal*, Dec. 17, 2012.
456 2016 email from Richard Sackler, cited in Amended Complaint, *State of Connecticut v. Purdue Pharma LP et al.*, n° X07 HHD-CV-19-6105325-S, Connecticut Superior Court, May 6, 2019.
456 Robert Josephson, email, Nov. 3, 2016, cited in Massachusetts Complaint.
456 Robert Josephson, email, Nov. 28, 2016, cited in Massachusetts Complaint.
457 "The statement will come out of Singapore": Robert Josephson and Raul Damas, email, Dec. 1, 2016, cited in Massachusetts Complaint.
457 Compte rendu d'une réunion sur l'OxyContin entre des représentants de Purdue Pharma et de la FDA, 23 avril 2001.
457 "Former FDA Head: Opioid Epidemic One of the 'Great Mistakes of Modern Medicine'", CBS News, May 9, 2016.
458 Entretien avec Tom Frieden.
458 CDC, "Prescription Painkiller Overdoses at Epidemic Levels", press release, Nov. 1, 2011.
458 Rosen to Purdue colleagues, Sept. 9, 2015.
459 Haddox to Purdue colleagues, Sept. 9, 2015.
459 Study by the Associated Press: "Propainkiller Echo

Chamber Shaped Policy amid Drug Epidemic", AP, Sept. 19, 2016.
459 "Pharma Lobbying Held Deep Influence over Policies on Opioids", AP, Sept. 18, 2016.
459 "Opioid Epidemic: Ex-DEA Official Says Congress Is Protecting Drug Makers", *Guardian*, Oct. 31, 2016.
459 David Haddox, "Pain, Analgesics, and Public Policy", a position paper drafted for the Pain Care Forum and the CDC, Jan. 11, 2012.
459 Massachusetts Complaint.
459 Rosen to Udell, Alan Must, and Pamela Bennett, Jan. 7, 2005.
459 Rosen Deposition.
459 Thomas R. Frieden and Debra Houry, "Reducing the Risks of Relief — the CDC Opioid-Prescribing Guideline", *New England Journal of Medicine*, April 21, 2016.
460 "New Vital Signs Report — Today's Heroin Epidemic", CDC Briefing, July 7, 2015.
460 Entretien avec Frieden.
460 CDC Guidelines for Prescribing Opioids for Chronic Pain, 2016.
460 Haddox, "Pain, Analgesics, and Public Policy".
461 "Pro-painkiller Echo Chamber Shaped Policy amid Drug Epidemic."
461 Alan Must Deposition, *In re National Prescription Opiate Litigation*, MDL n° 2804, Case n° 1:17-MD-2804, U.S. District Court, Northern District of Ohio, March 14, 2019 (ci-après nommé Must Deposition). Cette déposition cite un document dans lequel Richard Sackler affirme qu'il était « important » à la fois pour la Fondation américaine de la douleur et pour Purdue que « la [Fondation américaine de la douleur] soit perçue comme indépendante ».
461 Rosen Deposition.
461 Must Deposition. En réponse à une de mes demandes de précisions, un porte-parole de Purdue m'a déclaré que le don à la Fondation juridique de Washington était plus élevé en 2016 parce qu'il avait été « versé pour 2016 et 2017 ».
462 "Painkiller Politics", AP, Dec. 18, 2015.
462 Pour une analyse nuancée, sérieuse et accessible du dilemme posé par la prescription d'opioïdes, voir Travis Rieder, *In Pain: A Bioethicist's Personal Struggle with Opioids* (New York: HarperCollins, 2019).
463 Landau Presentation, May 2, 2017, cited in Massachusetts Complaint.
463 "High Impact Interventions to Rapidly Address Market Access Challenges: Innovative Contracts", confidential Purdue slide deck, Dec. 2017. Also see

"McKinsey Proposed Paying Pharmacy Companies Rebates for OxyContin Overdoses", *New York Times*, December 1, 2020.
464 RDS 2019 Deposition.

CHAPITRE 25 : LE TEMPLE DE L'AVARICE

465 Sauf indication contraire, les passages concernant Nan Goldin sont inspirés par les nombreux entretiens qu'elle m'a accordés.
465 "Nan Goldin's Life in Progress", *New Yorker*, June 27, 2016.
465 Nan Goldin, *Sœurs, saintes et sibylles* (Paris, Regard, 2005).
466 Stephen Westfall, "Nan Goldin", *BOMB*, Oct. 1, 1991.
466 "Downtown Legend Richard Hell Interviews Nan Goldin About Art, Opioids, and the Sadness of Life on the Fringes", Artnet News, Nov. 8, 2018.
467 "Nan Goldin on Art, Addiction, and Her Battle with the Sacklers", *Financial Times*, Nov. 8, 2019.
468 "A Voyeur Makes Herself at Home in the Louvre", *New York Times*, Dec. 8, 2011.
468 "Nan Goldin Survived an Overdose to Fight the Opioid Epidemic", *T Magazine*, June 11, 2018.
469 "Receipt of Services for Substance Use and Mental Health Issues Among Adults: Results from the 2016 National Survey on Drug Use and Health", NSDUH Data Review, National Survey on Drug Use and Health, Sept. 2017.
469 D'après le site internet de l'hôpital Fernside/McLean, le programme coûte 1985 dollars par jour et ne peut être pris en charge par aucune assurance.
470 Pujah Seth et al., "Quantifying the Epidemic of Prescription Opioid Overdose Deaths", *American Journal of Public Health* 108, nº 4, April, 2018.
470 CDC, "Opioid Overdoses Treated in Emergency Departments", press briefing, March 6, 2018.
470 "Empire of Pain", *New Yorker*, Oct. 23, 2017.
471 "House of Pain", *Esquire*, Oct. 16, 2017.
471 "Elizabeth A. Sackler Supports Nan Goldin in Her Campaign Against OxyContin", *Hyperallergic*, Jan. 22, 2018.
472 "Meet the Sacklers", *Guardian*, Feb. 13, 2018.
472 "Joss and Jillian Sackler on OxyContin Scandal and Opioid Crisis Accusations", *Town & Country*, May 16, 2019.
472 Lopez, *Arthur M. Sackler*, 122.
472 "Dr. Arthur M. Sackler, 1913-1987", biography on www.sackler.org.

473 Nan Goldin, "Pain/Sackler", *Artforum*, Jan. 2018.
473 Elizabeth Sackler, letter to the editor, *Artforum*, Feb. 2018.
473 "'Direct Action Is Our Only Hope': Opioid Crisis Activist Nan Goldin on Why People Need to Go Offline to Fight for Their Beliefs", Artnet News, Sept. 4, 2018.
474 Tom Clare to Fabio Bertoni, July 10, 2019. Le manque de véracité des affirmations de Tom Clare est amplement démontré par les propres documents de Purdue, qui indiquent que l'entreprise cherchait davantage à faire prolonger son brevet qu'à « se conformer » de façon désintéressée aux demandes de la FDA. Lors d'une conversation avec le juriste chargé de réviser cet ouvrage chez Doubleday, des représentants des Sackler ont cité le Pediatric Research Equity Act ; mais lorsqu'on leur a demandé de préciser si Purdue avait eu le choix avant de dépenser des millions de dollars en essais cliniques, ou si l'entreprise avait adressé des protestations ou une demande de dispense à l'agence, ils n'ont pas voulu répondre. En réalité, l'entreprise avait bien le choix. En effet, quand la FDA avait demandé *pour la première fois* à Purdue de mener des essais cliniques pédiatriques sur l'OxyContin, plus de dix ans plus tôt, l'entreprise avait entamé des essais, mais les avait abandonnés en raison de leur coût élevé, refusant ainsi de satisfaire l'agence. L'idée que Purdue était obligée de se conformer à la réglementation est donc contredite par les faits. Ce n'est qu'à l'approche de l'expiration des brevets de l'OxyContin que Purdue a relancé le projet. Voir "After Delay, OxyContin's Use in Young is Under Study", *New York Times*, July 6, 2012.
475 Landau, email, describing his "goals and objectives" for the coming year, Jan. 5, 2011, cited in Massachusetts Complaint.
475 Purdue Pharma LP Budget Presentation 2010, Nov. 2 and 3, 2009.
475 Mortimer Sackler to Ed Mahony et al., Sept. 28, 2009.
476 Jonathan Sackler, email, Nov. 21, 2017, cited in Massachusetts Complaint.
476 Paul Madeiros, email, April 10, 2018, cited in Massachusetts Complaint.
476 "Assessing Benefits and Harms of Opioid Therapy for Chronic Pain", CDC website, Aug. 3, 2016.
477 U.S. Patent n° 9,861,628 ("Buprenorphine-Wafer for Drug Substitution Therapy"), assigned to Rhodes Pharmaceuticals LP, April 22, 2016.

477 Project Tango Presentation Slides, Sept. 12, 2014.
477 "BDC Meeting — Project Tango", slide deck for a presentation at Purdue, Sept. 12, 2014.
477 Project Tango Presentation Slides, Sept. 12, 2014.
477 Davidson Goldin to *New Yorker,* email, Oct. 1, 2020.
479 "Gifts Tied to Opioid Sales Invite a Question: Should Museums Vet Donors?", *New York Times*, Dec. 1, 2017.
479 "How Family Fortune Bankrolls London Arts", *Evening Standard*, March 19, 2018.
479 Sauf indication contraire, le récit de la manifestation au Met est tiré de multiples entretiens avec Nan Goldin, Megan Kapler et Harry Cullen.
479 Vidéo de la manifestation.
479 "Opioid Protest at Met Museum Targets Donors Connected to OxyContin", *New York Times*, March 10, 2018.

CHAPITRE 26 : SUR LE SENTIER DE LA GUERRE

483 "Shake-up on Opium Island", *New York Times*, July 20, 2014.
483 "How an Island in the Antipodes Became the World's Leading Supplier of Licit Opioids", *Pacific Standard*, July 11, 2019.
483 "Shake-up on Opium Island".
484 Michael B. Kindergan (Noramco of Delaware Inc.) to Ed Miglarese (PF Laboratories), Oct. 15, 1998.
484 "How Johnson & Johnson Companies Used a 'Super Poppy' to Make Narcotics for America's Most Abused Opioid Pills", *Washington Post*, March 26, 2020.
485 "Review of the Drug Enforcement Administration's Regulatory and Enforcement Efforts to Control the Diversion of Opioids", Office of the Inspector General, U.S. Department of Justice, Sept. 2019.
485 Tom Clare to Fabio Bertoni, July 10, 2019.
485 Steve Zollo to David Domann et al., Feb. 21, 2001.
485 "'We Didn't Cause the Crisis': David Sackler Pleads His Case on the Opioid Epidemic", *Vanity Fair,* June 19, 2019.
486 Purdue's Memorandum of Law in Support of Its Motion to Dismiss Amended Complaint, *Commonwealth of Massachusetts v. Purdue Pharma LP et al.*, Civil Action 1884-CV-01808 (BLS2), March 1, 2019.
486 "Data Touted by OxyContin Maker to Fight Lawsuits Doesn't Tell the Whole Story", ProPublica, Sept. 9, 2019.
486 Dans le Tennessee, par exemple, Purdue formait ses délégués à « développer des stratégies

spécifiques pour encourager systématiquement les médecins à passer au niveau supérieur de prescription ». Tennessee Complaint.

486 "Purdue Led Its Opioid Rivals in Pills More Prone to Abuse", *Wall Street Journal*, Sept. 19, 2019.

487 "Data Touted by OxyContin Maker to Fight Lawsuits Doesn't Tell the Whole Story."

487 "The Lawyer Who Beat Big Tobacco Takes On the Opioid Industry", *Bloomberg Businessweek*, Oct. 5, 2017.

487 Robert Josephson statement to *New Yorker*, Oct. 19, 2017.

487 New York Complaint.

487 "RI Is Home to Major Oxycodone Manufacturer and Marketing — State Is Suing Parent Company", GoLocal Prov, Sept. 11, 2018.

487 "Billionaire Sackler Family Owns Second Opioid Drugmaker", *Financial Times*, Sept. 9, 2018.

487 "How Purdue's 'One-Two' Punch Fuelled the Market for Opioids", *Financial Times*, Sept. 10, 2018.

487 Deposition of Richard J. Fanelli, *In re National Prescription Opiate Litigation*, MDL nº 2804, U.S. District Court for the Northern District of Ohio, Dec. 7, 2018 (ci-après nommée Fanelli Deposition).

488 Baumgartner to Richard Fanelli, email, cited in Fanelli Deposition.

488 New York Complaint.

488 Kessler Memo.

489 "Duragesic Disease Modeling", McKinsey Presentation for Johnson & Johnson, April 29, 2002.

489 Entretien avec Moore.

489 Carrick Mollenkamp et al., *The People vs. Big Tobacco* (New York: Bloomberg Press, 1998), 28.

489 "Lawyer Who Beat Big Tobacco Takes On the Opioid Industry".

489 Mollenkamp et al., p. 30.

490 "Tobacco Industry Still Has Many Advertising Weapons Available", *New York Times*, June 21, 1997.

490 "Big Tobacco in the Balance", *Guardian*, May 6, 2000.

490 "Mike Moore vs. the Opioid Industry", *60 Minutes*, June 30, 2019.

490 "Lawyer Who Beat Big Tobacco Takes On the Opioid Industry".

491 Entretien avec Moore.

492 "CDC Foundation's New Business Pulse Focuses on Opioid Overdose Epidemic", site internet du CDC, March 15, 2017.

493 Transcript of Proceedings, *In re National Prescription*

Opiate Litigation, MDL nº 2804, Jan. 9, 2018.
493 Complaint in *Ohio v. Purdue Pharma LP et al.*, Court of Common Pleas, Ohio, May 31, 2017.
493 "Lawyer Who Beat Big Tobacco Takes On the Opioid Industry".
493 "Amid Opioid Overdoses, Ohio Coroner's Office Runs Out of Room for Bodies", *New York Times*, Feb. 2, 2017.
493 "Confidential Program Recommendation", Matt Well (Herald Group) to Josie Martin and Keith Wood (Purdue Pharma), June 20, 2017. Un porte-parole de Purdue a déclaré que l'entreprise n'avait pas recruté le Herald Group, mais a admis qu'une « tierce partie » avait pu le faire « pour le compte de l'entreprise ».
494 "State AGs Target Painkiller Makers to Pad Their Budgets", *Wall Street Journal*, July 31, 2017.
494 Matt Well to Alan Must, August 1, 2017, email.
494 "Litigation over America's Opioid Crisis Is Heating Up", NPR, July 25, 2019.
494 "Meet the Sacklers", *Guardian*, Feb. 13, 2018.
495 Statement by Research!America President and CEO Mary Woolley on the Passing of Philanthropist Raymond Sackler, July 19, 2017.
495 Mary Woolley et l'un des deux lauréats qui avaient émis des objections, Mark Rosenberg, ont confirmé ces informations lors d'entretiens qu'ils m'ont accordés.
495 Jonathan Sackler, email, Feb. 26, 2018.
495 "South London Gallery Returned Funding to Sackler Trust Last Year", *Art Newspaper*, March 22, 2019.
495 "How Family Fortune Bankrolls London Arts", *Evening Standard*, March 19, 2018.
495 Jonathan Sackler, email, March 5, 2018.
496 "Purdue's Sackler Embraced Plan to Conceal OxyContin's Strength from Doctors, Sealed Deposition Shows", STAT, Feb. 21, 2019.
496 "OxyContin Made the Sacklers Rich. Now It's Tearing Them Apart", *Wall Street Journal*, July 13, 2019.
496 "New Jersey Is About to Hit Opioid Makers with a Major Lawsuit", NJ.com, Oct. 4, 2017.
496 Massachusetts Complaint.
497 Entretien avec Megan Kapler.
497 "Nan Goldin Survived an Overdose to Fight the Opioid Epidemic", *T Magazine*, June 11, 2018.
498 "Guggenheim Targeted by Protesters for Accepting Money from Family with OxyContin

Ties", *New York Times*, Feb. 9, 2019.

498 "Guggenheim Museum 'Does Not Plan to Accept Any Gifts' from the Sackler Family", *Hyperallergic*, March 22, 2019.

498 "Guggenheim Museum Says It Won't Accept Gifts from Sackler Family", *New York Times*, March 22, 2019.

498 "British Gallery Turns Down $1.3 Million Sackler Donation", *New York Times*, March 19, 2019.

498 "Tate Galleries Will Refuse Sackler Money Because of Opioid Links", *New York Times*, March 21, 2019.

499 "Guggenheim Museum Says It Won't Accept Gifts from Sackler Family."

499 "Nan Goldin Threatens London Gallery Boycott over £1M Gift from Sackler Fund", *Observer*, Feb. 17, 2019.

499 "British Gallery Turns Down $1.3 Million Sackler Donation."

499 "'Like Being Married to a Serial Killer': Hito Steyerl Denounces Sackler Sponsorship of Museums", *Art Newspaper*, April 10, 2019.

499 Entretiens avec Goldin, Kapler, and Harry Cullen.

500 "The Met Will Turn Down Sackler Money amid Fury over the Opioid Crisis", *New York Times*, May 15, 2019.

500 Entretien avec Kapler.

500 "Madeleine Sackler's Films Praised, but She Faces Scrutiny over Opioid-Linked Wealth", *Guardian*, May 2, 2018.

501 Entretien avec Goldin.

501 "Madeleine Sackler's Films Praised, but She Faces Scrutiny over Opioid-Linked Wealth."

501 "OxyContin Maker Purdue Pharma Stops Promoting Opioids, Cuts Sales Staff", Reuters, Feb. 10, 2018.

501 The States' Notice of Public Health Information to Protect Purdue Patients, *In re Chapter 11 Purdue Pharma LP et al.*, 1 Case n° 19-23649, U.S. Bankruptcy Court, Southern District of New York, Dec. 9, 2019.

501 "OxyContin Maker Purdue Pharma Cuts Remaining Sales Force", Reuters, June 20, 2018.

501 Portenoy Declaration.

502 Massachusetts Complaint.

CHAPITRE 27 : ACCUSÉS

503 Sauf indication contraire, les informations contenues dans ce paragraphe sont tirées de "Joss and Jillian Sackler on OxyContin Scandal and Opioid Crisis Accusations", *Town & Country*, May 16, 2019.

503 David Sackler to Richard, Beth and Joss Sackler, June 12, 2015.

503 Jaseleen Ruggles, "The Degree of Certainty System in

Written Spanish in Mexico" (PhD diss., City University of New York, 2014).

504 Site internet de LBV.

504 "Joss and Jillian Sackler on OxyContin Scandal and Opioid Crisis Accusations".

504 Joss Sackler biography, LBV website.

504 "Last Sackler Standing", *Air Mail*, Aug. 17, 2019.

504 Lettre ouverte à Matthew Schneier, postée sur Facebook (et supprimée depuis) par Joss Sackler.

505 "Uptown, Sackler Protests. Downtown, a Sackler Fashion Line", *New York Times*, Feb. 19, 2019.

505 Lettre ouverte à Matthew Schneier, postée sur Facebook (et supprimée depuis) par Joss Sackler.

505 "Joss and Jillian Sackler on OxyContin Scandal and Opioid Crisis Accusations."

505 "OxyContin Heir David Sackler Scores Dope $22.5 Mil Bel-Air Mansion", *TMZ*, March 8, 2018.

506 "Joss Sackler Flips Off Page Six", *New York Post*, Aug. 22, 2019.

506 "Maura Healey Setting Her Course as Attorney General", *Boston Globe*, Nov. 12, 2014.

506 "Massachusetts AG Maura Healey May Send Your Gay Marriage Story to SCOTUS", MSNBC, March 3, 2015.

506 Entretien avec Maura Healey et Joanna Lydgate.

507 Entretien avec Alexander ; Massachusetts Complaint.

507 "AG Healey Sues Purdue Pharma, Its Board Members and Executives for Illegally Marketing Opioids and Profiting from Opioid Epidemic", Office of Massachusetts Attorney General Maura Healey, June 12, 2018.

507 Attorney General Maura Healey, press conference, June 12, 2018.

507 Entretien avec Healey and Joanna Lydgate.

508 Jennifer D. Oliva, "Opioid Multidistrict Litigation Secrecy", *Ohio State Law Journal*, vol. 80 (2019).

508 Entretien avec Sandy Alexander.

509 Joint Motion to Impound Amended Complaint, *Massachusetts v. Purdue Pharma Inc. et al.*, 1884-CV-01808, Dec. 3, 2018.

509 Transcript of a hearing in *Massachusetts v. Purdue Pharma Inc. et al.*, 1884-CV-01808, Massachusetts Superior Court, Dec. 21, 2018.

509 Memorandum of Decision and Order on Emergency Motion to Terminate Impoundment, *Massachusetts v. Purdue Pharma Inc. et al.*, Civ. nº 1884-01808-BLS2, Massachusetts Superior Court, Jan. 28, 2019.

509 "How Judges Added to the Grim Toll of Opioids", Reuters, June 25, 2019.
510 Transcript of Proceedings, *In re National Prescription Opiate Litigation*, Civil Action Number 1:17MD02804, Jan. 30, 2019.
510 Truth Tobacco Industry Documents archive, hosted by the University of California, San Francisco library, at www.industrydocuments.ucsf.edu.
510 Massachusetts Complaint.
510 « Le même mois, des employés ont contacté Richard Sackler et Jonathan Sackler parce qu'ils craignaient que les "documents internes" de l'entreprise leur causent des problèmes si les enquêtes sur la crise des opioïdes se poursuivaient. », Delaware Complaint.
511 "Pain Doctor Who Prescribed Large Amounts of Oxycodone Pleads Guilty to Fraud", *Boston Globe*, March 15, 2017.
511 Department of Justice, "Physician Sentenced to Prison for False Billing Scheme", press release, Feb. 6, 2019.
512 Massachusetts Complaint.
512 Statement of the Raymond Sackler and Beacon Company in Support of the Debtors' Motion for a Preliminary Injunction, U.S. Bankruptcy Court, Southern District of New York, Chapter 11, Case n° 19-23649 (RDD), Oct. 8, 2019.
513 "NYC Society Shuns Sackler Family over OxyContin Fortune", *New York Post*, May 11, 2019.
513 Respondents Richard Sackler, MD's and Kathe Sackler, MD's Motion to Dismiss the Division's Notice of Agency Action and Citation, In the Matter of Purdue Pharma LP et al., DCP Legal File n° CP-2019-005, DCP Case n° 107102, April 9, 2019.
513 Memorandum of Law in Support of the Individual Directors' Motion to Dismiss for Lack of Personal Jurisdiction, *Commonwealth of Massachusetts v. Purdue Pharma LP et al.*, Civil Action n° 1884-CV-01808(B), April 1, 2019.
513 La juge du Massachusetts, Janes Sanders, a rejeté le recours de Purdue ainsi qu'un deuxième recours déposé par les Sackler et d'autres dirigeants. Memorandum of Decision and Order on the Defendant Purdue's Motion to Dismiss, *Commonwealth of Massachusetts v. Purdue Pharma LP and Others*, Massachusetts Superior Court, Civil Action n° 1884CV01808, Sept. 16, 2019; Memorandum of Decision and Order on the Defendant Directors' and Executives' Rule 12(b)(2) Motion to Dismiss, *Commonwealth of Massachusetts v. Purdue Pharma LP and Others*, Massachusetts Superior Court,

Civil Action nº 1884CV01808, Oct. 8, 2019.

514 Entretiens avec Sandy Alexander et Feiner.

514 Vidéo Instagram postée par Healey le 8 oct. 2019.

514 New York Complaint.

514 DOJ Sackler Settlement.

514 Jonathan Sackler to Mortimer D. A. Sackler, Sept. 8, 2014, cited in DOJ Sackler Settlement.

515 Martin Elling to Arnab Ghatak, email, July 4, 2018.

515 Arnab Ghatak to Martin Elling, email, July 4, 2018.

515 "Museums Cut Ties with Sacklers as Outrage over Opioid Crisis Grows", *New York Times*, March 25, 2019.

515 "NYC Society Shuns Sackler Family over OxyContin Fortune."

515 "Charter Network Says No to Further Donations from Opioid-Linked Sackler Family", Chalkbeat.org, June 6, 2019.

515 "Hedge Fund Tosses Family That Controls Maker of OxyContin", *Wall Street Journal*, March 7, 2019.

515 "'We Didn't Cause the Crisis': David Sackler Pleads His Case on the Opioid Epidemic", *Vanity Fair*, June 19, 2019.

516 Les messages WhatsApp sont tirés d'une conversation menée par les membres de la famille de Mortimer Sackler entre octobre 2017 et mai 2019, dévoilée lors de la procédure de redressement judiciaire.

516 Jonathan Sackler to Davidson Goldin, Ted Wells and David Bernick, Feb. 17, 2019.

517 "'We Didn't Cause the Crisis.'"

517 Mortimer D. A. Sackler to Craig Landau et al., Nov. 11, 2018.

517 Mortimer D. A. Sackler to Jonathan Sackler et al., Feb. 17, 2019.

517 Mortimer Sackler Jr. to Kesselman et al., Dec. 18, 2018.

518 "When the Billionaire Family Behind the Opioid Crisis Needed PR Help, They Turned to Mike Bloomberg", ProPublica, Feb. 27, 2020.

518 "The Year Ended with Another Big Sale at 220 Central Park South", *New York Times*, Jan. 3, 2020.

518 "Last Sackler Standing". Joss semble bel et bien être une alpiniste chevronnée, qui a gravi d'autres montagnes et qui arbore parfois une casquette « K2 ». Elle est effectivement parvenue jusqu'au camp de base à l'été 2019, mais a perdu connaissance et a dû faire demi-tour, un épisode qu'elle attribue à une maladie auto-immune.

518 "Sacklers Fleeing NYC Following Family's OxyContin Scandal", *Page Six*, May 20, 2019.

518 Memorandum of Law in Support of the Individual

Directors' Motion to Dismiss for Lack of Personal Jurisdiction, *Commonwealth of Massachusetts v. Purdue Pharma LP et al.*, Civil Action nº 1884-CV-01808(B), April 1, 2019.

518 "Sackler Family Company Pays $7 Million for Mansion near Boca Raton", *Palm Beach Post*, Oct. 25, 2019.

519 "This David Sackler Wants the World to Know He's Not That David Sackler", *Crain's*, June 3, 2019.

519 "Purdue University Statement RE: Purdue Pharma", March 7, 2019.

519 *The Late Show with Stephen Colbert*, Sept. 14, 2018. Le juron a été censuré à la diffusion, et les lèvres de Colbert ne sont pas visibles quand il le prononce. Je dois donc préciser, à l'intention des maniaques qui lisent les notes, qu'il y a une possibilité pour qu'il ait en fait dit « se *contrecarrer* de tout ». On m'a indiqué que Stephen Colbert se… passerait de commentaires.

519 *Last Week Tonight with John Oliver*, HBO, April 14, 2019.

520 Jacqueline Sackler to Maura Kathleen Monaghan et al., April 10, 2019.

CHAPITRE 28 : LE PHÉNIX

521 "'We Didn't Cause the Crisis': David Sackler Pleads His Case on the Opioid Epidemic", *Vanity Fair*, June 19, 2019.

521 "Purdue Offers $10-12 Billion to Settle Opioid Claims", NBC News, Aug. 27, 2019.

521 "'We Didn't Cause the Crisis.'"

522 Jonathan Cain to McKinsey colleagues, email, October 22, 2008.

522 "Is Enron Overpriced?", *Fortune*, March 5, 2001.

523 D'après un mail d'un représentant de Purdue Pharma répondant à mes demandes de précisions le 1er octobre 2020, vingt-neuf États et Washington D.C. ont fini par porter plainte directement contre les Sackler.

523 "Purdue Pharma: OxyContin Maker Faces Lawsuits from Nearly Every U.S. State", *Guardian*, June 4, 2019.

523 RDS 2019 Deposition.

524 "Purdue Pharma Begins Resolution of Opioid Cases with $270 Million Deal", *Wall Street Journal*, March 26, 2019.

524 "Sackler Family Want to Settle Opioids Lawsuits, Lawyer Says", *Guardian*, April 25, 2019.

524 "Exclusive: OxyContin Maker Prepares 'Free-Fall' Bankruptcy as Settlement Talks Stall", Reuters, Sept. 3, 2019.

524 "Purdue Offers $10-12 Billion to Settle Opioid Claims."

525 "Purdue Pharma in Talks over Multibillion-Dollar Deal to Settle More Than 2,000 Opioid Lawsuits", *Washington Post*, Aug. 27, 2019.
525 "Purdue Offers $10-12 Billion to Settle Opioid Claims."
526 Entretien avec Feiner.
526 "Purdue Pharma in Talks over Multibillion-Dollar Deal to Settle More Than 2,000 Opioid Lawsuits."
526 Entretien avec Alexander.
526 "Attorney General James' Statement on Opioid Discussions", New York Attorney General's Office, Sept. 11, 2019.
526 "Purdue Pharma Tentatively Settles Thousands of Opioid Cases", *New York Times*, Sept. 11, 2019.
527 Entretien avec Maura Healey et Joanna Lydgate.
527 "Purdue Pharma Tentatively Settles Thousands of Opioid Cases", *New York Times*, Sept. 11, 2019.
527 "Email: Opioid Talks Fail, Purdue Bankruptcy Filing Expected", AP, Sept. 8, 2019.
527 "Luther Strange's Role in the Purdue Pharma Opioid Settlement Embraced by GOP States", AP, Sept. 14, 2019.
528 "Exclusive: OxyContin Maker Prepares 'Free-Fall' Bankruptcy as Settlement Talks Stall." Après le dépôt de bilan de Purdue, il a été révélé que l'entreprise disposait en réalité d'environ un milliard de dollars en liquidités.
528 "Purdue Pharma in Talks over Multibillion-Dollar Deal to Settle More Than 2,000 Opioid Lawsuits."
528 "Exclusive: OxyContin Maker Prepares 'Free-Fall' Bankruptcy as Settlement Talks Stall."
528 "Sackler Family Want to Settle Opioids Lawsuits, Lawyer Says."
529 "Email: Opioid Talks Fail, Purdue Bankruptcy Filing Expected."
529 "Can a Fashion Line Backed by Joss Sackler Ever Find Success Without Controversy?", Fashionista.com, Sept. 10, 2019.
529 "'We Didn't Cause the Crisis.'"
529 Invitation to Elizabeth Kennedy for LBV c/o Joss Sackler runway presentation, Sept. 9, 2019.
530 Joss Sackler Instagram post, June 19, 2019.
530 "Fashionistas 'Skipping' Joss Sackler's New York Fashion Week Show", *New York Post*, Sept. 7, 2019.
530 "OxyContin Heiress Offered Ex-opioid Addict Courtney Love $100K to Attend Fashion Show", *Page Six*, Sept. 8, 2019.
531 "Supporters Back Joss Sackler, OxyContin Heiress, as

She Stages NYFW Show: 'What Scandal?'", *Daily Beast*, Sept. 9, 2019.
531 Instagram post by Joss Sackler, Oct. 6, 2019.
532 "Security Detail Was Out in Force for LBV's Ready-to-Wear Debut", *Women's Wear Daily*, Sept. 9, 2019.
532 Voluntary Petition for Non-individuals Filing for Bankruptcy by Purdue Pharma LP, U.S. Bankruptcy Court for the Southern District of New York, Sept. 15, 2019.
532 "Purdue's Choice of NY Bankruptcy Court Part of Common Forum Shopping Strategy, Experts Say", *Washington Post*, Oct. 10, 2019.
532 Certificate of Change, filed by Norton Rose Fulbright on behalf of Purdue Pharma Inc., New York State Department of State, March 1, 2019.
532 "Purdue Pharma, Maker of OxyContin, Files for Bankruptcy", *New York Times*, Sept. 15, 2019.
532 Attorney General of Massachusetts, press conference, Sept. 16, 2019.
533 "Partisan Divide Grows over Opioid Settlement Plan", NPR, Oct. 20, 2019.
533 "Purdue Pharma Tentatively Settles Thousands of Opioid Cases."
534 "Opioid Firms Kept Donating to State AGs While Negotiating Settlements", NBC News, Sept. 9, 2019.
534 "Purdue Pharma Made Political Contributions After Going Bankrupt", *Intercept*, July 7, 2020.
534 "Partisan Divide Grows over Opioid Settlement Plan."
535 Entretien avec Moore.
535 "Purdue Pharma's Bankruptcy Plan Includes Special Protection for the Sackler Family", *Washington Post,* Sept. 18, 2019.
535 The Non-consenting States' Voluntary Commitment and Limited Opposition in Response to Purdue's Motion to Extend the Preliminary Injunction, *In re Purdue Pharma LP et al., Debtors*, U.S. Bankruptcy Court, Southern District of New York, Case n° 19-23649 (RDD), March 12, 2020.
535 "A Pharmaceutical Fortune, Dispersed in a Global Labyrinth", AP, Aug. 29, 2019.
536 "New York Subpoenas Banks and Financial Advisers for Sackler Records", *New York Times*, Aug. 15, 2019.
536 "New York Uncovers $1 Billion in Sackler Family Wire Transfers", *New York Times*, Sept. 13, 2019.
536 Josh Stein, North Carolina Attorney General's Office, press release, Oct. 4, 2019.
536 Memorandum of Law in Support of Motion

for a Preliminary Injunction, Chapter 11, Case nº 19-23649, Sept. 18, 2019.
537 The States' Coordinated Opposition to the Debtors' Motion for Preliminary Injunction of States' Law Enforcement Actions Against the Sacklers, *In re Purdue Pharma LP et al.*, Chapter 11, Case nº 19-23649 (RDD), U.S. Bankruptcy Court, Southern District of New York, Oct. 4, 2019 (hereafter cited as States' Coordinated Opposition to Preliminary Injunction).
537 Massachusetts Attorney General's Office, "AG Healey Urges Court to Reject Purdue Pharma's Request to Stop Lawsuits Against the Company and the Sacklers", press release, Oct. 4, 2019.
537 "A. H. Robins Files Bankruptcy Petition", *Washington Post*, Aug. 22, 1985.
537 Richard B. Sobol, *Bending the Law: The Story of the Dalkon Shield Bankruptcy* (Chicago: University of Chicago Press, 1991), x, 11, 13, 64.
538 "Purdue Bankruptcy Venue May Be Part of Strategy Seeking Favorable Ruling, Experts Say", *Washington Post*, Oct. 10, 2019.
538 Statement of the Raymond Sackler and Beacon Company in Support of the Debtors' Motion for a Preliminary Injunction, U.S. Bankruptcy Court, Southern District of New York, Chapter 11, Case nº 19-23649 (RDD), Oct. 8, 2019.
538 "Judge Grants Purdue Pharma, Sackler Family Pause in Civil Lawsuits", *Washington Post*, Oct. 11, 2019.
538 Transcript in *Purdue Pharma LP, Debtor*, U.S. Bankruptcy Court, Southern District of New York, Case nº 19-23649 (RDD), Oct. 11, 2019; "Judge Grants Purdue Pharma, Sackler Family Pause in Civil Lawsuits."
539 "Judge Grants Purdue Pharma, Sackler Family Pause in Civil Lawsuits."

CHAPITRE 29 : DÉBAPTISER

541 Abby E. Alpert et al., "Origins of the Opioid Crisis and Its Enduring Impacts" (National Bureau of Economic Research Working Paper 26500, Nov. 2019).
541 Entretien avec David Powell, de l'institut Rand, l'un des auteurs de l'étude.
541 « morts de désespoir » : voir, par exemple, "The Media Gets the Opioid Crisis Wrong. Here Is the Truth", *Washington Post*, Sept. 12, 2017; "The Age of American Despair", *New York Times*, Sept. 7, 2019; Anne Case and Angus Deaton, *Deaths of Despair and the Future of American Capitalism* (Princeton,

N.J.: Princeton University Press, 2020).

544 "'We Didn't Cause the Crisis': David Sackler Pleads His Case on the Opioid Epidemic", *Vanity Fair*, Aug. 2019.

544 David Powell and Rosalie Liccardo Pacula, "The Evolving Consequences of OxyContin Reformulation on Drug Overdoses" (National Bureau of Economic Research Working Paper, April 2020).

545 Dora Panofsky and Erwin Panofsky, *Pandora's Box: The Changing Aspects of a Mythical Symbol* (Princeton, NJ.: Princeton University Press, 1991),-7.

545 Hesiod, *Works and Days*, 91-92, in *Hesiod: Theogony and Works and Days*, trans. M. L. West (Oxford: Oxford University Press, 1999).

546 Entretien avec Domenic Esposito.

546 "Protesters Place Giant Heroin Spoon Outside Stamford's Purdue Pharma", *Stamford Advocate,* June 22, 2018.

546 "Hedge Fund Tosses Family That Controls Maker of OxyContin", *Wall Street Journal*, March 7, 2019.

546 "Hundreds Protest Outside Purdue Stamford HQ", *Stamford Advocate*, Aug. 21, 2018.

547 "OxyContin Maker Purdue Pharma Takes Down Signs at Stamford HQ", *Stamford Advocate*, May 13, 2019.

547 "Yale Changes Calhoun College's Name to Honor Grace Murray Hopper", *Yale Daily News*, Feb. 11, 2017.

547 "Rhodes Must Fall Activist Accepts £40,000 Rhodes Scholarship to Study at Oxford University", *Independent*, Jan. 24, 2017.

548 "Prestigious Universities Around the World Accepted More Than $60M from OxyContin Family", AP, Oct. 3, 2019.

548 "Yale Won't Accept Sackler Donations", *Yale Daily News*, Sept. 25, 2019.

548 "Elizabeth Warren, Unveiling Opioid Plan, Says Sackler Name Should Come Off Harvard Buildings", *New York Times*, May 8, 2019.

548 "Tufts Removes Sackler Name over Opioids: 'Our Students Find It Objectionable'", *New York Times*, Dec. 5, 2019.

548 Entretiens avec Goldin et Megan Kapler.

548 "Artist Nan Goldin Protests Against Sackler Wing at the Louvre", *Guardian,* July 1, 2019.

549 Entretien avec Goldin et Kapler.

549 "Louvre Removes Sackler Name from Museum Wing amid Protests", *Guardian*, July 17, 2019.

549 "The Louvre Museum Has Removed the Sackler Name from Its Walls and Website Following Protests by Nan Goldin's Activist Army", Artnet News, July 17, 2019.
549 Entretien avec Kapler.
549 "Joss and Jillian Sackler on OxyContin Scandal and Opioid Crisis Accusations", *Town & Country*, May 16, 2019.
549 "Stop Blaming My Late Husband, Arthur Sackler, for the Opioid Crisis", *Washington Post*, April 11, 2019.
549 "The Other Sackler", *Washington Post*, Nov. 27, 2019.
550 "Other Sackler."
550 "Don't Call It the Freer/Sackler. Call It the National Museum of Asian Art", *Washington Post*, Dec. 4, 2019.
550 "OxyContin Made the Sacklers Rich. Now It's Tearing Them Apart", *Wall Street Journal,* July 13, 2019.
550 Tufts Report.
550 "A Historical Opening for Tufts' New Sackler Center", *Tufts Criterion* (Winter 1986).
550 "'We Owe Much to the Sackler Family': How Gifts to a Top Medical School Advanced the Interests of Purdue Pharma", STAT, April 9, 2019.
551 "The Secretive Family Making Billions from the Opioid Crisis", *Esquire*, Oct. 16, 2017.
551 "'We Owe Much to the Sackler Family.'"
551 Tufts Report.
551 Entretien avec Verdini.
551 Obituary of Katelyn Marie Hart, Conway Cahill-Brodeur Funeral Home.
552 Tufts Report.
552 "Inside the Purdue Pharma–Tufts Relationship", *Tufts Daily*, May 19, 2019.
552 Peter R. Dolan and Anthony P. Monaco to the Tufts community, Dec. 5, 2019.
552 "Tufts Removes Sackler Name over Opioids."
553 "Sackler Family Members Fight Removal of Name at Tufts, Calling It a 'Breach'", *New York Times*, Dec. 19, 2019.
553 Entretien avec Verdini.
553 "Tufts Has Purged the Sackler Name. Who Will Do It Next?", *Boston Magazine,* Dec. 6, 2019.
554 Statement by Letitia James, April 7, 2020.
554 Hearing transcript, *Purdue Pharma LP, Debtor*, U.S. Bankruptcy Court, Southern District of New York, Case nº 19-23649 (RDD), March 18, 2020.
555 Statement by Letitia James, May 13, 2020.
555 Deposition of Jesse DelConte of AlixPartners, cited in States' Coordinated Opposition to Preliminary Injunction. Dans les B Side Defenses, la famille de Raymond Sackler estime

que les sommes extraites de l'entreprise revenaient à un total de 10,3 milliards de dollars, un chiffre moins élevé que celui noté par l'expert de Purdue (mais toujours assez important !).

555 Tweet from Professor Melissa B. Jacoby (@melissabjacoby), Oct. 7, 2020.

555 Hearing transcript, *Purdue Pharma LP, Debtor*, U.S. Bankruptcy Court, Southern District of New York, Case nº 19-23649 (RDD), Aug. 26, 2020. Voir aussi la transcription du 23 juillet, dans laquelle Drain exprime le même avis.

555 Hearing transcript, *Purdue Pharma LP, Debtor*, U.S. Bankruptcy Court, Southern District of New York, Case N 19-23649 (RDD), Sept. 30, 2020.

556 Steve Miller, *The Turnaround Kid: What I Learned Rescuing America's Most Troubled Companies* (New York: Harper Business, 2008), 223.

556 "Purdue Pharma Paid Kenneth Feinberg Millions Before Seeking to Hire Him as Mediator", *Wall Street Journal*, Feb. 28, 2020.

556 Entretien avec Gillian Feiner.

556 Entretien avec Cullen.

557 "We Demand Accountability and Transparency from Purdue and the Sacklers!" Change.org petition. L'idée de faire appel à un arbitre indépendant a également été émise dans une lettre signée en 2019 par plusieurs professeurs de droit. Jonathan Lipson to William Harrington, November 5, 2019.

557 "The Sacklers Could Get Away with It", *New York Times*, July 22, 2020.

557 Hearing transcript, *Purdue Pharma LP, Debtor*, U.S. Bankruptcy Court, Southern District of New York, Case nº 19-23649 (RDD), July 23, 2020.

557 "Purdue Pharma in Talks with Justice Department to Resolve Criminal, Civil Probes", *Wall Street Journal*, Sept. 6, 2019.

558 Personal Injury Claim Summary (Claims processed as of 12/7/2020), *Purdue Pharma LP, Debtor*, U.S. Bankruptcy Court, Southern District of New York, Case nº 19-23649 (RDD), July 30, 2020.

558 Attachment to Proof of Claim, United HealthCare Services Inc., filed in *Purdue Pharma LP, Debtor*, U.S. Bankruptcy Court, Southern District of New York, Case nº 19-23649 (RDD), July 30, 2020.

558 Proof of Claim, U.S. Department of Justice, filed in *Purdue Pharma LP, Debtor*, U.S. Bankruptcy Court, Southern

District of New York, Case nº 19-23649 (RDD), July 30, 2020.
559 U.S. Attorney for the District of Massachusetts, "Founder and Former Chairman of the Board of Insys Therapeutics Sentenced to 66 Months in Prison", press release, Jan. 23, 2020.
559 "The Sackler Family's Plan to Keep Its Billions", *New Yorker*, Oct. 4, 2020.
559 Department of Justice, press conference, Oct. 21, 2020.
559 Plea Agreement between the Department of Justice and Purdue Pharma, Oct. 20, 2020.
560 Deposition of John Stewart, *In re Purdue Pharma LP et al., Debtors*, United States Bankruptcy Court, Southern District of New York, Case nº 19-2649 (RDD), Oct. 27, 2020.
560 Deposition of Mark Timney, *In re Purdue Pharma LP et al., Debtors*, United States Bankruptcy Court, Southern District of New York, Case nº 19-2649 (RDD), Oct. 30, 2020.
560 Department of Justice, press conference, Oct. 21, 2020.
560 Department of Justice, "Justice Department Announces Global Resolution of Criminal and Civil Investigations with Opioid Manufacturer Purdue Pharma and Civil Settlement with Members of the Sackler Family", press release, Oct. 21, 2020.
560 "OxyContin Maker Purdue Pharma to Plead to 3 Criminal Charges in $8 Billion Settlement", AP, Oct. 21, 2020.
560 "OxyContin Maker Purdue Pharma Reaches $8 Billion Settlement in Opioid Crisis Probe", *Forbes*, Oct. 21, 2020.
560 DOJ Sackler Settlement.
560 Deposition of David Sackler, *In re Purdue Pharma LP et al., Debtors*, United States Bankruptcy Court, Southern District of New York, Case nº 19-2649 (RDD), Aug. 28, 2020.
560 « un journaliste » : il s'agissait de Kadhim Shubber, du *Financial Times*.
561 « une autre journaliste » : il s'agissait d'Hannah Kuchler, également employée par le *Financial Times*.
561 « un troisième journaliste » : il s'agissait de Jef Feeley, de Bloomberg News.
561 Entretien avec Meier.
561 DOJ Sackler Settlement.
561 B Side Defenses.
561 David Sackler to Jonathan and Richard Sackler, May 17, 2007, cited in DOJ Sackler Settlement. Les Sackler et leurs avocats continueraient d'affirmer, de façon peu convaincante, que la famille ne s'attendait pas sérieusement à faire l'objet de multiples poursuites avant 2017. Mais d'autres documents

internes déclassifiés par la suite indiquent le contraire. Voir "Sackler Family Debated Lawsuit Risk While Taking Billions From Purdue", *Wall Street Journal*, Dec. 22, 2020.

562 Healey interviewed on *The Rachel Maddow Show*, MSNBC, Oct. 23, 2020.

562 Entretiens avec Feiner et Alexander.

562 Maura Healey on Twitter, Oct. 21, 2020.

563 Settlement Agreement and General Release, *Commonwealth of Kentucky v. Purdue Pharma, LP et al.*, Pike Circuit Court, Division II, Civil Action n° 07-CI-01303, Dec. 22, 2015.

563 Consent Judgment as to the Purdue Defendants, *State of Oklahoma v. Purdue Pharma, LP, et al.*, District Court of Cleveland County, Case n° CJ-2017-816, March 26, 2019.

563 Summary Term Sheet for a proposed comprehensive settlement.

563 Hearing transcript, *Purdue Pharma LP, Debtor*, U.S. Bankruptcy Court, Southern District of New York, Case n° 19-23649 (RDD), Feb. 21, 2020.

564 The Non-consenting States' Voluntary Commitment and Limited Opposition in Response to Purdue's Motion to Extend the Preliminary Injunction, *In re Purdue Pharma LP et al., Debtors*, U.S. Bankruptcy Court, Southern District of New York, Case n° 19-23649 (RDD), March 12, 2020.

564 Sobol, p. 180.

564 Transcript in *Purdue Pharma LP, Debtor*, U.S. Bankruptcy Court, Southern District of New York, Case n° 19-23649 (RDD), Dec. 15, 2020. (La transcription officielle ne comporte pas les longues hésitations de Drain ; je faisais aussi partie des auditeurs connectés ce jour-là, et j'ai assisté à l'audience en direct.)

567 Entretien avec Kapit.

568 "Jonathan Sackler, Co-owner of Purdue Pharma, Dies", AP, July 6, 2020.

568 "Jonathan Sackler, Joint Owner of Opioid Maker Purdue Pharma, Dies Aged 65", *Guardian*, July 6, 2020.

568 Tom Clare to Fabio Bertoni, July 10, 2019.

568 OxyContin "Abuse Deterrent Formulation (ADF)", FDA Briefing Document, Joint Meeting of the Drug Safety and Risk Management (DSaRM) Advisory Committee and Anesthetic and Analgesic Drug Products Advisory Committee (AADPAC), Sept. 10-11, 2020.

569 Robert I. Grossman to the NYU Langone community, email, Oct. 22, 2020.

569 "After Purdue Pharma Reached a $225 Million Settlement with US Authorities, the Met Says the Name of Its Sackler Wing Is 'Under Review'", Artnet News, Oct. 23, 2020.
569 "Charge to the Committee to Articulate Principles on Renaming", Office of the President, Harvard University, Oct. 26, 2020.
569 Memorandum re. Hearing on "The Role of Purdue Pharma and the Sackler Family in the Opioid Epidemic", Committee on Oversight and Reform, U.S. House of Representatives, Dec. 14, 2020.
571 "The Role of Purdue Pharma and the Sackler Family in the Opioid Epidemic", Hearing before the House Oversight And Reform Committee of the U.S. House of Representatives, Dec. 17, 2020.
575 "The Opioid Crisis, Already Serious, Has Intensified During Coronavirus Pandemic", *Wall Street Journal*, Sept. 8, 2020; "'The Drug Became His Friend': Pandemic Drives Hike in Opioid Deaths", *New York Times*, Sept. 29, 2020.
576 "Israel Englander Buys Sackler Townhouse for $38M", Real Deal, Jan. 7, 2020.
576 Attachment to Consolidated Proof of Claim of States, Territories, and Other Governmental Entities, *Purdue Pharma LP, et al, Debtors*, United States Bankruptcy Court, Southern District of New York, Case nº 19-23649 (RDD), July 30, 2020.
576 Entretien avec Healey.
577 Entretien avec Leather.
577 Sackler Foundation filing, 1947, quoted in Martin L. Friedman, of Chapman, Wolfsohn, and Friedman (attorneys for Purdue Frederick and Mortimer and Raymond Sackler), to Senator Estes Kefauver, Nov. 28, 1961, Kefauver Files.

POSTFACE

580 Réponse de Purdue Pharma à mes demandes de précisions, 14 déc. 2020.
580 Réponse des familles de Raymond et Mortimer Sackler à mes demandes de précisions, 18 déc. 2020. Je voulais savoir si des membres de l'une ou l'autre branche de la famille avaient connaissance de détectives privés envoyés pour surveiller Nan Goldin, Megan Kapler ou moi-même, et si la famille ou une société travaillant pour son compte avait mis en place cette surveillance. Dans leur réponse, les Sackler ont opposé des démentis sur plusieurs autres sujets, mais ont choisi (assez ostensiblement, m'a-t-il semblé) de ne pas émettre de commentaires sur celui-là.

581 "How a Mexican Drug Cartel Makes Its Billions", *New York Times Magazine*, June 17, 2012.
583 "New York Times, NBC, and '60 Minutes' Bigwigs Hired These Media Assassins to Fight #MeToo Stories", *Daily Beast*, July 20, 2018.
584 Clare to Fabio Bertoni, July 10, 2019.
585 Entretien avec Lydgate.
585 "NYU to Remove Sackler Name Following Purdue Pharma Deal", AP, Oct. 22, 2020.
585 Clare to the author, Oct. 29, 2020.
586 Entretien avec Primpas.

Index

Table des matières

Livre III : L'HÉRITAGE

Cet ouvrage a été composé et mis en page
par Nord Compo à Villeneuve-d'Ascq

Imprimé en France par
CPI Brodard & Taupin
en août 2023
N° d'impression : 3053986

#lisez! engagé
www.lisez.com
Pour plus d'information :
Imprimé sur du papier issu de forêts gérées durablement.

Pocket – 92 avenue de France, 75013 PARIS

S33571/01